講談社文庫

新装版
匣《はこ》の中の失楽

竹本健治

講談社

目次

二章　178

三章　315

四章 464

五章 609

終章に代わる四つの光景　757

新装版

匣《はこ》の中の失楽

登場人物

曳間《ひくま》 了《りよう》――F＊大学。心理学専攻。金沢生まれ。『黒魔術師』。

根戸《ねど》真理夫《まりお》――F＊大学。数学専攻。

真沼《まぬま》 寛《ひろし》――Q＊大学。国文学専攻。

影山《かげやま》敏郎《としろう》――S＊大学。物理学専攻。最も新しい一員。

甲斐《かい》良惟《よしただ》――N＊美大。油絵専攻。曳間とは同郷。兄が『黄色い部屋』を経営。

倉野《くらの》貴訓《たかよむ》――F＊大学。薬学専攻。神戸生まれ。

久藤《くどう》雛子《ひなこ》――グループのアイドル。十五歳。

久藤《くどう》杏子《きようこ》――N＊美大卒。雛子の年若い叔母。

羽仁《はに》和久《かずひさ》――K＊大学。国文学専攻。倉野とは同郷。『白い部屋』の住人。

布瀬《ふせ》呈二《ていじ》――K＊大学。仏文学専攻。『黒い部屋』の住人。

片城《かたじよう》 成《なる》――一卵性双生児のひとり。ナイルズ。

片城《かたじよう》 蘭《らん》――一卵性双生児のひとり。ホランド。

序章に代わる四つの光景

1　霧の迷宮

その時まで彼は、こんなに深い霧を経験したことがなかった。周囲のもの総《すべ》てが、厚くたれこめたミルク色に鎖《とざ》され、深海の光景のようにどんよりと沈みこんでいる、こんな霧を。

街はもう眠りについていて、無論、自動車などは、この濃霧のなかに走りゆく筈《はず》もなく、ひろびろとした車道は、ただ霧、霧、霧のなかに呑《の》みこまれ、処《ところ》どころに信号機が意味もなく点滅しているばかり。それも、水彩を水に滲《にじ》ませたかの如く、ぼーっと浮かびあがっているところは、さながら深海魚の発光器のようでもある。

——さしずめあれは、マクロファリンクス。それからあちらが、キャスモドン。

……いや、キャスモドンには発光器があったかしら。

歩き続けるうち、纏《まと》わりつく霧は、睫毛《まつげ》に細かい水滴をいくつもつくり、そしてそれは街灯の光を攪拌《かくはん》して、視界に虹色の膜を巡《めぐ》らせる。髪の毛も皮膚も外套《がいとう》も、汗をかいたようにじっとりと濡《ぬ》れてくる。彼はぐるりと顔を撫《な》でまわした。

霧はますます深くなり、もう、四、五メートル先も判然としない。こうなってくると、もう殆《ほとん》ど眼隠しされたも同然で、たよりにする家並も、何やら見知らぬ街のもののように思われてくる。大きな道はまだしも、横丁に折れ、迷路のような小路を何度も曲がって進むうちに、いよいよ見憶えのない光景となった。

仄暗《ほのぐら》い渾沌《こんとん》のなかから、不意にその形を現わして、再び背後に溶けこんでゆく。まるで記憶の断片のようだ、と彼は思う。いつもは全体として見ている光景が、部分部分だけしか見られないことによって、これほど印象が違ってしまうものなのだろうか。

——霧の迷宮か……あはあ、何かの題にありそうだな。

耳を欹《そばだ》てても、聞こえるのは砂利を踏む自分の跫音《あしおと》だけで、街は完全に静寂のなかに沈みこんでいた。時折り想い出したように響いてくる犬の遠吠えが、却《かえ》って彼を安心させたりもするのだった。

いつしか彼は、折れ曲がっているくせに岐《わか》れ道のない、ながいながい小路にいた。左右を手も届かぬ高い塀に遮《さえぎ》られて、その道はどこまでも蜿蜒《えんえん》と続いていた。

――やはり迷ってしまったようだ。……それにしても……

彼、曳間了《ひくまりよう》には、幼い頃からの小さな疑問があった。なぜ、こうも世界というものは連続しているのか。

それは、まだ初々《ういうい》しく、驚きやすい感覚器官しか持たぬ幼少時の彼にとっては、担《にな》いきれないほどの、痛々しい疑問だったろう。彼は、田舎から訪ねてくる叔父に、よく、『おじさんは、いなかからずうーっと、ここまで来たの?』という質問をしたものだった。叔父は、しばしば繰り返されるこの質問の意味がよく呑みこめずに、ただ、『ああ、そうだよ』と答えるばかりだった。そしてその質問は、遠方から不意に訪れる来客に対して、なお熱心に向けられるのだが、少年を満足させるような否定形の答えは返ってきたこともなく、あるいは、その質問の意味を訊《き》き返そうとする者さえ、ひとりとして現われることがなかった。

それは少年を苛立《いらだ》たせた。

道を連れて歩いている時、ふと、雑沓《ざっとう》の喧噪《けんそう》のなかに、何かを聞きとるかのように眼を閉じる癖を、両親が発見したのはその頃だったろうか。

また、夜中に、応接室にかかった大きな鏡に向かって、何事かを呟《つぶや》いている少年の姿を、思いがけなく見てしまったのは。

夜霧は飽《あ》くまで深く、そして、総てのものは、向こう側に沈みこんでしまっているようでもある。依然、細ながい小路は、いつ果てるともなく続いていたが、これがたとえどんな処へ彼を案内しているにしても、曳間には、ひとつの予感めいた確信があった。

――この先には、巨人が眠っている。何か、とてつもない馬鹿でかい奴が、この先で蹲《うずくま》るようにして、俺を待っているに違いないぞ。……俺には確かに、その気配がする。……それにしても……

曳間が続けて想い出したのは、あの問いを、周りの大人達に繰り返していた頃から、既に一、二年たった頃の、ある情景だった。

毎朝届けられてくる新聞に、《天気図》と称する奇妙な一角が置かれていて、そこには羽子《はね》突きの羽子を肖《かたど》ったような形象が、暗号めいて配置されてあり、そうかと思うと、恐龍の背中を模したと思われる不思議な曲線が、その図をうねりながら横切っていたりする。

記号の方は、これが天気を表わしていることは察せられるのだが、線の方は判らない。少年は父親をつかまえて訊いてみた。

「ねえ、この線、何なの」

その問いに返ってきたのは、今まで聞いたこともない言葉だった。

「ああ、それはね、《不連続線》っていうんだよ」

「フレンゾクセン？　何それ。そんなものが空にあるの」

「いやいや、そうじゃなくてね、この線の上と下では、空気の温度が違うんだよ」

「この線のところで、急に違うの」

「そうだよ」

あの時、俺は何を聞いたのだろうか。曳間は何度も反芻《はんすう》してみた。

霧は、髪に、皮膚に、服に、凝《こ》り、水滴になり、流れて、俯《うつむ》いて歩くたびに鼻から顎《あご》から滴《したた》り落ちた。

――ひょっとしたら、この濃霧のなかでなら、不連続線を越えることだって、できるんじゃないだろうか。そうだ。俺はもう既に、越えてしまっているのかも知れないぞ。

不意に両脇の塀が姿を消し、曳間は茫漠《ぼうばく》たる霧海のなかに抛《ほう》り出された。そのまま何歩か進んで振り返ってみると、もう細ながい小路は、仄青い闇のなかに溶けこんでしまっていた。

曳間は、もう一度、前方の晦冥《かいめい》を見やった。闇のなかにひそむ者の姿を探るように。

果てしもない霧海。そのなかをさらに辿《たど》り続けるうち、黒い影は、不意に、伸びあがるようにしてその姿を現わした。それはまさしく、眠れる巨人だった。深い金網の

向こうに、予感の何倍、何十倍もの巨大な影を落とした、

それは変電所であった。

闇に懸《か》かる高圧鉄塔。白く立ち並ぶ絶縁碍子《がいし》。杳《はる》かにのびる架空線。そしてその向こうには、ぽつりと赤い灯が滲んでいる。

曳間は、濡れ鼠《ねずみ》のまま竚《たたず》みつくした。俺は一体何を見たのか。これは一体何なのだろう。水滴は後から後から滴り続け、もう眼をあけているのもつらい。そして、それだからこそ、俺は立ちつくすのだ。

——それにしても……

しかし、曳間には、その想いを辿り続けることができなかった。霧はいよいよ深く、そしてそれは、曳間の想いに拘《かかわ》りなく沈みこんでゆく。その底にあるのは、始まりとも終わりともつかぬ、がらんどうの時間だけなのだろう。

だから、曳間は竚みつくした。霧に濡れ、顫《ふる》えながら竚みつくした。ミルク色のなかに、やがて自身の姿までもがかき消されながら、まるでそれは、何事かを待ち続けているとでもいうように。

2　黄昏れる街の底で

突然に空は黄昏《たそが》れたようだった。鋸《のこぎり》型の雲が、恐ろしい速さで走ってゆく。

——疾風《はやて》だな。

根戸真理夫《ねどまりお》は、瞬く間に棘々《とげとげ》しい翳《かげ》に包まれてゆく空を見あげた。硝子《ガラス》の壁のこちら側にいるのだが、吹きとばされてゆくはぐれ雲を眺めているうち、根戸の軀《からだ》も、思わず微《かす》かに傾《かし》ぐのだった。

「何見てるのさ」

テーブルの向かいで、真沼寛《まぬまひろし》は睡《ねむ》そうに小首を傾げながら、口を開いた。木造りの椅子に腕を絡みつかせるようにして、深ぶかと凭《もた》れかかっている様《さま》は、さながら月桂樹に変身するダフネを予感させる。尤《もっと》も、ギリシャ神話中のダフネは、女性だったのだが。

「別に、何も」

その根戸の答を待つまでもなく、真沼の瞼《まぶた》は再び静かに閉じられた。根戸は、そっと、真沼の方に視線を移した。

あらわな首筋を、青白い雲の影が、ゆっくりと匍《は》ってゆく。ながい髪が睫毛のあたりまでかかっているせいか、少し蒼褪《あおざ》めて見えなくもないが、ゆったりとした感じの吐息《といき》は、確かに満ち足りた眠りのようでもある。

しあわせな眠り。

いつか見たことのある光景だと根戸は思う。体験したという訳ではない。ずっと昔に抱き続けていた筈の光景に、よく似ている。そして、その時、どういう想いと共に抱き続けていたのかは忘れてしまったのだけれども、確かにこれは終わりの光景だ。

雲は青黒く展《ひろ》がり、ささくれて、幾重もの層をつくっていた。通りを駆け抜ける突風に、街路樹の梢《こずえ》は弓なりに撓《たわ》み、瘧《おこり》のように顫《ふる》えている。根戸には、その悲鳴が聞こえてくるような気がした。砂塵《さじん》が驚くほどの勢いで走り過ぎるのは、それに合唱しているのだろうか。

硝子一枚隔てたこちらでは、時はこんなにも懶《ものう》く降り積もっているというのに。

――問題は、だ。

根戸は、飲み残していたコーヒーに口をつけた。

――卒業研究に何をやるか、そろそろ考えなきゃならないことだ。整数論でいくことは決まってるにしても、さて、何をとりあげるか。

真沼の首が、突然ぴくりと顫える。何か夢でも見ているのだろうか。一瞬戸惑ったような寝息が、しばらくすると、再び安らかさをとり戻す。

――どうせなら、友愛数が非実用的でいいんじゃないかな。いくつかのストックのなかから適当に見つくろって、もう少し掘り下げるとするか。……それはそうと、遅いな、影山《かげやま》の奴。おかげで真沼がいい気持ちになっちまってる。これじゃ、まるで俺は眠り番じゃないか。

赤黒い煉瓦《れんが》の仕切りを避けて扉の方を眺めても、影山敏郎《としろう》の訪れる気配はない。

——美少年を眼の前に眠らせておくというのは、どうもいかん。擽《くすぐ》ったい気持ちで眺める店内には殆ど客もなく、そんななかで根戸はふと、まだ小学生くらいのカップルに気がついた。

こんな喫茶店で、デートと洒落《しやれ》こんでいるのだろうか。ぼんやりとその方を眺めていると、男の子が、頬杖《ほおづえ》していた手をテーブルの上におろして、口を開いた。

「君はどこにいるの」

「どこにもいないわ」

「じゃ、行こうか」

ふたりは、つと席を立った。

と、殆ど同時に、真沼が突然とび起きた。根戸はびっくりして、扉の方へ立ち去る子供達と、真沼の表情とを、迭《かわるがわ》る見返した。真沼の顔からは、全く血の気が失せていた。半開きになった脣《くちびる》から、今にも洩《も》れるかと思われた言葉は、そのまま彼の咽《のど》の奥に呑みこまれ、それにつれて深い憂鬱の色が表情を覆いつくしていった。

「どうしたんだ」

根戸が、やっとそう訊いた時、真沼は沈みこんだように頭を垂れていた。一体、何がこのように真沼を揆《う》ちのめしたのか、見当もつかなかった。

しばらく躊《ため》らって、真沼の呟いた声は、老人のもののように嗄《しわが》れていた。

「……さっきの子供の話、聞いてたか」

「ああ、それがどうした」

「よく判《わか》らなかったんだが、ひょっとしてこうじゃなかったのか。……『君はどこにいるの』『どこにもいないわ』『じゃ、行こうか』……と」

「そう、その通りだ」

真沼はゆっくり顔をあげた。ようやく頬に紅味が戻ってきていたが、幽愁の翳は依然重く被《かぶ》された睫毛の上に落ちている。もしかすると、それは笑いだったのだろうか。

「おかしいんだよ。最近、どうも……ここがね」

真沼はこつこつと自分の額《ひたい》を叩いた。

「頭のなかで考えていることが、盗まれてゆくみたいなんだ。それだけじゃない。ある期間の記憶が、抜け落ちたりもするんだよ。僕の頭、どうにかなっちまったんじゃないんだろうか」

「ちょ、ちょっと待ってくれよ。そいつは曳間の方の専門だ」

「いいさ、聞いてくれ。……そうだな。僕は詩を書いてるだろう。だから時どき、ある言葉がふっと頭のなかに浮かんでくることがあるんだよ。その言葉は、すぐに詩となって書かれることもあるけど、まれに、詩にもならず頭のなかを宙ぶらりんになって、そのまま漂い続けることもある。で、さっきの、あの会話もそうなんだ」

「偶然じゃないのか」

「だといいけど。……いや、多分、偶然なんだろうね。だけど、最近、こんなことがしょっちゅうなんだ」

「で、その言葉を思いついたのはいつ？」

「うん。もう、一年くらい前になるかな」

「そんなに？」

砂埃《すなぼこり》が硝子にぶつかって、ざあっ、という音をたてた。空は黒く濁って、今にも雨を降らせそうに澱《よど》んでいた。根戸が腕時計を瞋《ぬすみみ》ると、影山はもう二時間も遅れている。

「この間もそうだ。道を歩きながら、ぼんやり考えごとをしてた時、何気なく想い浮かべた言葉そのままを、すれ違った男が喋《しゃべ》ったり。それも一度や二度じゃないんだよ」

「馬鹿馬鹿しい。気のせいさ。仮にそれがもし偶然でなかったとしても、それはそれで別に気に病むことなんかないよ。予知能力があるってのは、ちょいと悪くないぜ」

「……ひとごとだと思って」

「いやいや、本当だよ。超能力ってのは、絶対、あるにこしたことはないさ」

「参ったな」

真沼は苦笑して、砂埃の舞う窓の外を見やった。それでも人に話をしたことで、幾分心が軽くなったのだろう。あるいは、根戸に混ぜっ返されて、自分自身馬鹿馬鹿しくなったのかも知れない。

街は、急速に宵闇《よいやみ》を迎えようとしていた。そしてこの日、とうとう影山は現われなかったのである。

3　三劫

「曳間？　知らないよ」

盤面を見据えたまま、倉野《くらの》貴訓《たかよむ》は答えた。倉野も雛子《ひなこ》も、暑くはないのかしら。甲《か》斐良惟《いよしただ》は、そんなことを考えながら振り返った。窓から眺めていた太陽の残像が、黒い影となって甲斐の視界を追いかけた。

碁笥《ごけ》のなかで石を鳴らしているのは久藤《くどう》雛子の方だろう。ふとその音がやんで、黒石を抓《つま》みあげると、器用に石と石を滑らせて音をたてる。向かいあう倉野は、胡坐《あぐら》の足を組み直し、頬杖をついて再び考えこんだ。傾いた日差しが碁盤の足元近くまでのびて、畳の照り返しでさえ、相当に眩《まぶ》しい筈である。何よりも、この茹《うだ》るような暑さ。しかし、倉野は殆ど一分間、身動きひとつ見せなかった。

「どうしたんだ。今日はいやに真剣じゃないか」

甲斐の声に、倉野は初めて気がついたように笑ってみせた。

「目碁《めご》を打ってるんだよ」

「何だい、それ」

「賭碁のひとつさ。一目《いちもく》百円賭けてるんだよ。十目差で千円。百目ぽっくりいくと、一万円という仕掛けさ」

「へへえ、面白いな、それは。で、どうだい、形勢は」

「何しろ四子《よんし》置かせてるからね、楽じゃないよ。雛ちゃんは力が強いしね」

雛子は、ちょっと舌を出してみせた。十五歳らしく、まだ幼さの残った仕種《しぐさ》や容姿は、愛くるしい人形を連想させる。

「これでいくか」

独語めいて呟くと、倉野は白石を取りあげた。鋭い石音と共に打ち据えると、ほっと溜息をついて、なまぬるくなったお茶に手をやる。

「雛ちゃん、倉野なんかに負けるなよ。ホラ、そこの白石を殺してしまえ」

「ああん、プレッシャーかけないで。そんなこと言われると、よけい判んなくなっちゃう」

弄《もてあそ》んでいた石を碁笥に戻し、頬に手をあてたまま時どき首を振るのは、いくつかある着手の選択に迷っているのだろう。甲斐の見たところ、局面は中盤戦にさしかかるあたりらしかった。甲斐自身は囲碁を打たないのだが、倉野とのつきあいで、簡単なルールくらいは覚えている。

「倉野、そういえばお前、何段だっけ」

「五段くらい、じゃないかな」

「すると、雛ちゃんは初段くらいあるってことか」

「そうだろうね」

「へへえ、俺はまた、せいぜい四、五級くらいのものだろうと思ってたけど、こりゃあとんだ見込み違いだったな。いやあ、お見逸《みそ》れしました」

膝を正して仰々しく頭を下げてみせたが、雛子の方はそれどころではないらしい。再び真剣な表情になって石の帰趨《きすう》を読み耽《ふけ》ると、首を傾げながら着点を選んだ。

その黒の着手に対して、今度の白の応手は殆どノー・タイムだった。雛子はちょっと意外そうな顔をしたが、どうやら予想もしていなかった手を打たれたと見えて、ぽつりと、困ったわ、と呟いた。

倉野はゆっくり甲斐の方を振り返ると、拇指《おやゆび》を立てて眴《ウインク》してみせる。

「何だい、起死回生の妙手でも放ったか」

甲斐が言うと、倉野は皓《しろ》い歯を覗《のぞ》かせた。そして取り出した煙草に火をつけると、一服煙を細ながく吐き出して、

「そういえば、さっき曳間のことを訊いてたけど」

「あ、そうそう。それなんだけど、奴さん、最近全然姿を見せないんだ。昨日もあいつの下宿へ行ってみたけど留守だったし、ほかの奴に聞いても見かけないっていうし、どうしてるのかと思ってね」

「へえ、そうか。それでみんなが曳間を見かけなくなって、どれくらいになるの」

「もう二ヵ月になるんじゃないのかな」

「二ヵ月か。……今日は、と、七月一日になったんだから、五月からか。……五月……五月と……。あれは、いつのことだったのかなあ」

甲斐が迦楼羅《かるら》の面さながらに口を窄《すぼ》めると、倉野は、

「いや、最後に曳間を見かけた時のことさ。確かに、二ヵ月も前じゃなかったような気がするんだけど」

「へえ。で、それは」

「いや、本当のところ、ただ見かけただけなんだ。そうだ、確かに五月の終わり頃の

ことだよ。ナイルズの古本屋巡りにつきあわされた時のことだから」

「というと、神保町《じんぼうちょう》かい」

「そう。靖国《やすくに》通りの向かいで、ちらっと見ただけなんだけど、何だか深刻そうな様子だったから、声もかけずに通り過ぎたんだ」

「ふうん。とすると、行方不明の期間は、一ヵ月ちょっとに短縮された訳だな。それにしても、どうして姿を見せないのかなあ」

「ひょっとして、金沢へ帰ったんじゃないの」

そう言うと、倉野は想い出したように二服目を吸った。

その時、雛子が石を打ちおろした。再び倉野の眼は盤上に戻され、そのままふたりは無言のうちに、一段落つくまで石の応酬を繰り返した。戦いは見る間に拡大され、結局白は隅の何目かを捨てて、厚い外勢《がいせい》を築くこととなった。

「さすがに巧いものねえ。だいぶ追いつかれちゃった」

大きな瞳をぱちくりさせながら言って、大袈裟《おおげさ》に肩を竦《すく》める。その仕種はルイ・ド・フュネスさながらで、倉野は思わず吹き出してしまった。

「あはは、何せ、現金《なま》がかかってるからねえ」

「まあ、このか弱い乙女《おとめ》から、飽くまで賞金を奪い取ろうっていうの。ほんとにくったらしいんだから。いいわよ。そっちがその気なら、あたしも黙っちゃいないわ。

ギュウの目にあわせてやるんだから」

「あはは、甲斐、助けてくれ。雛ちゃんの剛力に捩伏《ねじふ》せられそうだ」

「勝手にしろよ」

盤外の戦いは冗談まじりだが、石の争いの方はのっぴきならぬ様相を呈していた。厚みにものをいわせた白の打ち込みから、斬った張ったの乱戦が続き、石の帰結は渾沌としてきた。

「何だか訳が判らなくなってしまったな」

倉野でさえそう洩らすくらいだから雛子の苦吟《くぎん》はたいへんなもので、しきりに、困った、とか、どう打てばいいのかしら、とか、果ては、だから目碁なんか打つんじゃなかった、誘った倉野さんが悪いのよ、などとぼやき始める。何しろ大石《たいせき》どうしの攻めあいになる可能性が大きくなり、もしもどちらかがぼっこりと頓死《とんし》することにでもなれば、まさに何千円かの勝負になってしまうらしいというくらいは、甲斐にも見当がつくのである。

専ら盤外の戦いを楽しんでいる甲斐は、少しでも雛子の肩をもつために、倉野の手番の時を狙って話しかけた。

「そういやナイルズ、その時、何買ったんだ」

「さて、よく憶えてないな」

「何だか知らんが、探偵小説に限らず、いろんな分野の本を恐ろしい勢いで読破してるそうだな――」

その言葉に倉野は額に手をやって、

「そうか、想い出した。お目当ては花言葉の本だったらしい。結局それは見つからずじまいで、別の本をいろいろ買ってたけど」

「花言葉？　……そりゃまた風雅なこった」

下唇をつき出してみせて、窓枠に腰かける。灼《や》けた窓のレールを尻の下に感じて、甲斐は再び七月を意識していた。太陽神ボイボスの荒れ狂う季節は、既に始まっているのだ。

甲斐は右肩ごしに振り返ってみる。向かいの二階屋の瓦《かわら》が白光を反射して、一瞬鋭い稜線《りょうせん》だけに見える。甲斐は思わず眼を細めた。

同時に、甲斐は思いがけなく、雛子の年若い叔母である杏子《きょうこ》の顔を想い浮かべていた。

――夏は、嫌いだ。

それはしかし言葉にならずに、甲斐の奥に棒のように呑みこまれた。どうせならこの街を消る描線《かたど》までをも灼きつくし、かき消してしまえばいい。それもできぬ夏なんて、まっぴら御免だ。

「変だな」

ぽつりと呟かれた倉野の言葉に、甲斐は弾《はじ》かれたように向き直った。なぜか、微かな羞恥《しゅうち》が甲斐の胸に残った。

「読み違ったのかな」

眉根に皺《しわ》を寄せ、首を傾げている様は、けれども読み違えたことだけを訝《いぶか》しんでいるのではなさそうだった。

「どうかしたの」

「いや、何だか変なんだ。……雛ちゃんの番だね。うん、そう。その一手だよね。で、僕はこれが最善だろ。あとはもう一本道だ。……伸びて、当てて、取って、取って、取り返した時に、また当てて、こっちを取ると……やっぱりそうだ。雛ちゃん。これは三劫《さんこう》だよ」

「まあ、本当!?　話には聞いたことはあるけど、これがそうなの」

一瞬、盤を中心にして、すべてがしんとなったようだった。心底驚いた様子の雛子は、じっと軀を堅くしたまま、不可思議な感動を確かめているのだろう。頰が次第に紅潮してくるのが判る。倉野は腕時計に眼をやった。

「何だい、さっぱり訳が判んないよ。勝負を途中で抛《ほう》り出してさ。一体そのサン、コウ、ってのは何だよ」

「つまり、将棋でいえば千日手みたいなものさ。このまま勝負を続けると、同じことの繰り返しになってしまうんだ」

「へえ、じゃ、勝敗は」

「無勝負になる」

倉野の眼は、何か厳粛なものを瞶《みつ》めるかのように、複雑に絡みあった盤上の黒白に注がれていた。

「ふむ、つまり麻雀でいやあ、流局ってことか」

「というよりも、純正の九連宝灯《チユウレンパオトウ》みたいなもんだろうなあ。何しろ三劫って奴は、プロの碁打ちでさえ、一生経験なく終わるのが殆どなんだ。何しろ、ほんとに、これは物凄《ものすご》いことだよ」

昂奮を抑えきれない倉野の声につられて、甲斐は自分のことのように、妙に胸が昂《たか》まるのを覚えた。

「ちゅ、九連宝灯だって。そりゃ凄い。いや、これは何かお祝いでもしなくっちゃいけないな。ね。雛ちゃん」

呼びかけられた雛子は、まだぽーっとしている様子で、脣の端をきゅっとつりあげ、やたらにこにこしている。

「もう、これから一生できることはないだろうって思うと、さすがに何とも言えない気持ちね」

　甲斐はもう一度碁盤の上を見直した。白と黒の無作為な模様のように見えるこの形象が、それほど稀有《けう》で、意味深いものなのか。甲斐はふと、何の脈絡もなく、魔法陣に向かっているような気持ちになった。

　その時、甲斐は倉野の表情に、皮肉めいた微笑《ほほえ》みを読みとった。

「喜んでばかりもいられないよ」

「え。それはどういうこと」

「今、想い出したんだ。三劫ってのは、昔から凶兆だと言われているんだよ」

　雛子も思いあたったように、はっとした。

「どういう訳だい、そりゃあ」

「ちょっと待った」

　倉野は伸びあがって、後ろにある机の上に、文庫本やら万華鏡《まんげきょう》やらフラスコやらが雑然と置かれているなかから、緑色の小冊子を取り出した。最初の方のページを急いで捲《めく》ると、忽《たちま》ち目的の箇所を見つけたらしく、ふたりに差し示した。

「ほら、ここにある。歴史に残った最初の三劫局は、織田信長が碁を師事した本因坊《ほんいんぼう》算砂《さんさ》が打っているんだ。信長は対局の観戦も好んだらしく、算砂のほかに、彼に次ぐ打ち手の鹿塩《かしお》利玄《りげん》もよく伺候《しこう》したそうだ。そしてある時、このふたりの対局に三劫が現われて、その夜半、本能寺は明智光秀に襲われることになるんだよ。それ以来、三劫は不吉なものとされることになるんだが……。ここに、後の林元美《げんび》の『爛柯《らんか》堂棋話』からの抜粋がある。いいかい。『京都本能寺に御前より、六月朔日《ついたち》、本因坊と利玄坊との囲碁を御覧あるに、其の碁に三劫といふもの出来て止む。拝見の衆奇異のことに思ひける。子《ね》の刻過ぐる頃、両僧辞して半里許《ばか》り行くに金鼓の響起こるを聞き驚く、これ光秀が謀反して本能寺を囲むにぞありける。後に囲碁のことを思ひ出し、前兆といふこともあるものかなと皆いひあへりとぞ』……とね。なお、この時、算砂は二十四歳。利玄は十八歳だったそうだ。天正十年、つまり、一五八二年のことだね」

「迷信にしても、気持ち悪い」

さっきまでのにこやかな表情もどこへやら、雛子も割合こういうことを気にする質《たち》とみえて、梅雨あけの蒸し暑さのなかで、小柄な軀をぶるっと揺すらせた。

4　いかにして密室はつくられたか

闇のなかにぼーっと赤い光が浮かびあがり、しばらく瞬いていたかと思うと、不意に輝きを増した。照らし出されたその周囲の影達は、船底を匍《は》いまわる如く揺らぎ始める。それは見る者の平衡感覚を狂わせるために踊られる、影達の舞踊のようでもあった。そして赤い光のなかで、次第に影達はそのかたちを現わしていった。

そして今、影達のなかのひとつが大きく揺らぎ出し、その灯《ひ》をさし出す恰好《かっこう》で輪郭を宙に結んだ。

「少し暗すぎるかな。もうふたつくらいつけてくれる？」

そう呼びかけたのは羽仁《はに》和久《かずひさ》だった。

しばらくして再び赤い灯が点《とも》り、そしてそれに遅れて、もうひとつの光が加わった。それによって、ようやく闇を鎖していた部屋の内部が、朧《おぼろ》げながら見てとれるまでになった。

人影は全部で四つあった。

「さて、いよいよ四人委員会の始まりか」

そう言ったのは、ふたつ目の蠟燭《ろうそく》をつけた布瀬《ふせ》呈二《ていじ》である。

鼻の下に蓄えた髭《ひげ》を軽く撫でつけながら、眼鏡ごしに冷笑的《シニカル》な笑みを向けているその素振りには、少々気障《きざ》ったらしいところがないでもない。

それに続いて、三番目の蠟燭を持った人物――これは今までの者より五つは年下と思われる、まだ十五くらいの少年だった――が、この部屋の主である布瀬に応酬した。

「どうせなら、気違いお茶会とでも言って貰いたいねえ。まあ、今日は偶然四人になったんだけどさ」

　薄明かりに照らされて、その頬は殊更《ことさら》薔薇《ばら》色に上気して見える。少年の名は片城《かたじょう》成《なる》。尤も、普段は皆から、ナイルズというニックネームで呼ばれている。同じ仲間《ファミリー》うちの真沼を、繊細で、透明な美しさの所有者というなら、こちらは犇《ひしめ》きあう渾沌が、一瞬の結晶を見せたような、もっと輝き煌《きらめ》くそれと言えるだろう。

　そして最後に、大きな背凭《せもた》れの肘掛け椅子に深ぶかと沈みこんで、燭台の置かれた黒檀《こくたん》の事務机の上にしなやかな脚を抛り出しているのは、片城成にまるで瓜《うり》ふたつの、ひと目で一卵性双生児と知れる少年だった。その名は片城蘭《らん》。そしてこちらにはホランドというニックネームが与えられている。

「四人か。僕ならすぐ麻雀を連想するけど」

　羽仁が言うと、ホランドが鼻白むように、

「それもどうせなら、コントラクト・ブリッジあたりを連想してほしいな。そういえば、トランプのマークも四種類」

「四種といえば、アナクシマンドロスの四元素説というのがあったぜ」

「じゃあついでに、4の字固め《フィギュア・フォー・レッグロック》」

「何だそりゃ」

　羽仁が真先《まっさき》に吹き出すと、その場は爆笑に包まれた。

その呼気に激しく揺れ動かされた蠟燭の灯が、四方の壁に妖しい影絵を踊らせる。それは伸びあがったり縮んだり、さながら奈落《タルタロス》に巣喰う魑魅魍魎《ちみもうりょう》というふうでもある。四人の笑いは、その自分達の影にぎょっとしたように、不意にやんだ。

影達は、それでもしばらく声なき笑いを笑っていたが、やがてあたかも舞踏病の発作が治まってゆくようにおとなしくなった。

羽仁は、そっと周囲を見渡した。壁の両側を占めている七段の本棚に並ぶ魔術書に、地獄を描いたボッシュの複製画に、悪魔を肖ったらしい滑稽で悍《おぞま》しい人形に、あるいは十三日の金曜日を示している日捲《ひめく》りに、何か不吉なものが隠れてはいやしないか、とでもいうように。

「はてさて、今日はこうして、探偵小説マニアの御歴々においで願った訳だ。気違《マッド・ティー》いお茶会《パーティー》にしろ、黒弥撒《くろミサ》にしろ、乱歩の『赤い部屋』的な集《つど》いにしろ、そういう目的のためには少々道具だて不足ではあるが、それは御勘弁願うとしても、連絡不行届により予想外に欠席者が多くなったのは残念至極と言っておこう」

布瀬の、何やら口上めいた前置きに、羽仁は妙な擽《くすぐ》ったさを感じた。いい悪いは別として、この男にはひどくものごとに勿体《もったい》をつけるところがある。

「なお、曳間氏は最近行方不明とのこと。影山氏もその姿さえ留められぬくらい多忙らしい」

ナイルズはそこで何故か、意味ありげに微笑んだ。

「さて、それではこの会合の発案者であるナイルズ君に、その主旨を説明して頂くとしよう」

「やだなあ。そんなに大袈裟なものじゃないよ」

ナイルズはちらりと双子のかたわれの方に眼をやると、戸惑ったように後を続けた。

「ただ、今まではみんな適当に集まっていたけど、これから定期的な例会も設けていいんじゃない」

「確かにそうかも知れないな。なあに、どうせみんな、暇を持てあましているような奴ばかりだから。……ああ、影山は別かも知れないけど」

羽仁は気軽にそう言って、賛成した。

「ところで今日はどうするの」

ナイルズはそれを受けとって、

「今日の予定は別にないよ。だけど、発案者とやらの責任もあることだし、ここで約束しておくけど、次回までには何とか探偵小説を一本、ものにしておくから、それで推理較べというのはどう？」

「へへえ、ほんと」

疑わしそうな羽仁の言葉に、いきいきと頬を染めながら乗り出して、後を続けた。

「ほんとだよ。それもさ、ただの小説じゃあ面白味に欠けるでしょ。それで、僕の考えたのは設定も登場人物も、何もかも現実そのままの実名小説なんだ。舞台は、勿論僕達ファミリーだよ。まだ実際には書いちゃあいないけどさ、いちばん大きなトリックはできてるし、エピローグの印象的な幕切れもちゃんとあるんだ。これはホランドにも話してないんだよ」

「本当さ。ひとりでにやにやしてるんだ」

机に脚を抛り出した恰好のまま、薄眼を開けてホランドが言った。感情をそのまま表情に表わすナイルズと違って、ホランドには、何を考えているのかよく判らない、といったところがあった。

「結構。これで次回の催し物は決まった。……しかし、吾輩にゃ、ナイルズにそんな才能があったなどとは、夢にも思えなかったな」

「あっ、そりゃひどいよ。布瀬さん。……まあ、書き始めてもいないから、大きなことも言えないけど、これでも密室トリックを扱った、本格長編にするつもりなんだから」

「へえ、そりゃあ頼もしいなあ。何しろ最近、これはという探偵小説がなくて困ってたところさ。密室トリックって言ったけど、どんな奴？　隙間だらけで、人間の出入り自由ってしろものは、御免蒙《こうむ》るよ」

「あはあ。密室は羽仁さんの専門だったね。御希望にそえるかどうか。とにかくできあがりまで待ってよ。……ちょいとネタをばらすとね、今までにない趣向の《さかさまの密室》にする予定なんだ」

「《さかさま》って？」

羽仁と布瀬が同時に訊くと、ナイルズは悪戯《いたずら》っぽく笑って、

「それは読んでからのお楽しみ」

「まさか、クイーンの『チャイナ橙《だいだい》の謎』みたいなのじゃないだろうね」

そう言う羽仁に、

「ああ、あれとはちょっと違うね。まあ、しばらく待っててよ。へたすると、ここで全部説明させられかねないから。やっぱりみんなが集まった時に発表しないと、僕としても楽しみが薄れるもの」

と、出題者としての特権を十二分に満喫しているかのように、得意気に答えた。

「全く、ナイルズにゃかなわないな。こちらはそれまで、おあずけの犬か」

布瀬が肩を竦《すく》める。

「せめて、題名だけでも教えてくれんか」

「――いかにして密室はつくられたか」

一瞬、ナイルズの声が部屋のなかに共鳴して、凜《りん》と響き渡った。

「尤も、これは飽くまで仮題だけどね」

そこで羽仁が慌てて、

「ちょ、ちょっと待ってよ。実名小説っていうからには、僕も登場するんだろ」

頷《うなず》くナイルズに、

「殺されるのは誰？　何人殺されるの」

「参ったなあ。それこそ全部喋らせられそうな雲行きになってきちゃった。仕方ないからもう少しだけバラしちゃうけど、死ぬのは全部で四人だよ。最初に死ぬのは曳間さん。後はちょっと勘弁してよ。こっちにもいろいろと都合があるんだ。誰が被害者や犯人になっても、怨《うら》みっこなし。飽くまでこれはフィクションなんだからね」

「第一番に殺されるのだけはまぬがれたか。曳間も気の毒に。……そういえば、あいつ、最近行方不明なんて言ってたけど本当かい。僕もしばらく会ってないんだけど」

「本当だ。甲斐は時どき下宿に行ってみるそうだが、いつも鍵がかかっていて、誰もいる気配がないそうだ」

「いつからだい」

「甲斐の話によると、倉野が神保町で見かけて、それ以来誰も行方を知らないらしい。そういえば、ナイルズ、君と一緒に古本捜しをした時だったそうだがね」

「え、いつ？」

きょとんとした顔で、ナイルズは訊き返した。

「五月の終わり頃ということだったが……」

「ああ、あの時か。『花言葉全集』を捜しに行った時だ。だけど、気がつかなかったよ。倉野さんも、そんなこと言わなかったしね。……へえ、そうかあ。あの時に……」

半ば独語のように呟くナイルズを尻目に、羽仁は、

「それじゃ、ひと月半も行方知れずなのか。そりゃあ冗談じゃなく心配だな。どうしてるんだろう」

「故郷《くに》へ帰ってるのかも知れないぜ」

「うん。それならいいんだけど。しかし、その時には、甲斐には報《しら》せてから帰る筈だと思うんだけどなあ」

「あいつは金沢だったな」

「そう」

「専門は心理学だったな」

「うん。だからかどうか知らないけど、心理小説がお好みらしいよ」

「あいつはちょっと、毛並みの変わったところがあるからな。こうやって姿を消し

て、何を謀《たくら》んでいるのか……」

　その布瀬の言葉にホランドはくすっと笑った。そしてやっと、ながい睫毛をあげてみせるのだった。

　くっきりと見開かれたホランドの瞳は、異様な光の揺らぎを宿しているかのように、何かぞっとさせるものがあった。そしてまた逆に、それがいわば彼の魅力のようなものになっているのだろう。恐ろしいほどよく似たこの双子の兄弟の、唯一彼らが見分け得る相違点がここにあった。ナイルズが開放的な性格で、その微笑みが常に無邪気なものであるのに対し、ホランドはやや閉鎖的で、その笑みには、何かしら皮肉な、人を小馬鹿にしているところがある。

「ひとつ提案があるんだがねえ。実名の探偵小説を書くのなら、是非ともあの『黄色い部屋』を使ってほしいものだね」

「おや、布瀬さん。それは当然でしょ」

「何だね。そうすると」

　ナイルズは頭を掻《か》きながら、

「うん。……仕方ないなあ、どうも。確かにあそこを舞台のひとつにするつもりなんだよ」

　横から羽仁が、

「そうか、曳間はあそこで……」

「いや、そうじゃないんだよ。曳間さんは別のところで死ぬの。その後、舞台があそこに移るっていう訳なんだ。……というところで、もうストップ！」

何事か頷きながら歩きまわっていた布瀬は、ふと本棚の前で足を止め、思いついたかのように、書物の間に手を伸ばした。取り出されたのは、一通の封筒だった。

「すっかり失念しておった。影山からの手紙があるのだよ。ずうっと前……と言っても、そう、先月のなか頃だったかね、とにかくそれが一風変わった文面でね。詩のような文句と、奇妙な図案めいたものしか書かれてないのだがね」

真先に乗り出したのはナイルズだった。

「へえ、見せてよ」

ナイルズが取り出した便箋《びんせん》を、羽仁も興味深げに覗きこんだ。そこには、次のような謎めいた言葉が記されていた。

欲望は下《げ》か。
徳宿《やど》す誰が、
春めく百舌《もず》の、
飽きられし知る。

四波羅蜜《しはらみつ》敷き、
並《な》べて七曜、
影擬《もど》きにす。

羽仁はまだ一面識もないのだが、布瀬らの話によく出てくる、かけだし探偵小説マニアを自称している影山敏郎の手紙。達筆とは言い難いが、まるまっこい、読みやすい文字だった。途中でインクが切れてしまったのか、最後の二行だけが、少し色が変わっていた。

「絵だか図案だかってのは？」

「裏だよ」

「あ、そうか。ぶ厚い紙だから判んなかった。……へえ」

裏を返して現われたのは、羽仁もどこかで見たことのあるような図案だった。

「ねえ、布瀬さん。これ、何だか暗号くさいと思わない？」

「ああ、吾輩もそれを考えておった。殊《こと》にこの図案の方は、暗号としか思われんね。……魔物封じに使われるという、《八角円》とも違うようだし」

ナイルズはちょっと首を傾げてみて、

「しかしどういう意味かなあ。……おや、そういえば、四に関係する言葉がここにも出てきてるけど、この《四波羅蜜》って何のことなの」

そう言うと、ちらっとホランドの方を窺《うかが》った。ホランドはといえば、それでも多少興味を惹《ひ》かれたらしく、ナイルズの後ろから便箋を覗きこんでいたが、かたわれの問いに対しては、肩を竦めてみせただけだった。

「ちょっと待った」

布瀬は、今度は向かいの本棚から、厚ぼったい辞典を取り出した。

「いいかね。……四波羅蜜。……仏教用語。その一。涅槃《ねはん》の具える常・楽・我・浄の四徳。……その二。密教の金剛界曼荼羅《まんだら》で、中尊の大日如来の左右前後にある四女菩《ぼ》薩《さつ》のこと。四波羅蜜菩薩。……と、こう説明してあるがね」

「何のことだか、よけい判んないや」

降参したようにナイルズが言った。

「やけに抹香《まっこう》くさい詩だね。図案にしたってそうだし」

そう言った羽仁にしても、内容がちんぷんかんぷんなのは、ナイルズと一緒である。

「《春めく百舌》ってのが、一体何の謂《いい》なのか。《七曜を影擬きにす》るってのはどういうことなのか。いやはや、全くもって判らない。ねえ、布瀬。これはやっぱり、ただの詩なのかも知れないよ」

布瀬は、ただ曖昧《あいまい》に、うむ、と頷いただけだった。自慢の金縁の眼鏡を押しあげながら、返事に戸惑っているふうだった。

「真沼さんだと、この詩は何点くらいに評価するかな」

ナイルズの言葉に、

「さあね」

と答えながら、羽仁は、恐らく真沼なら、ひとの詩を評価することなどないだろう、と思った。

「だいたいねえ、こんなものが暗号めいて見えるなんて、まさにナイルズの探偵小説の影響だな。それでなくとも、現在のところ曳間は行方不明だろ。そこへもってきて、最初に曳間が死ぬの何のと……。こんなことを言うと笑われるけど、何だか本当にそうなるような気がして……」

「あはっ。羽仁さんて、案外こういうの、気にする方なんだね。それより、曳間さんのこと以上に、自分のことを心配した方がいいんじゃないの」

「言ったな」

羽仁がそう答えて笑いかけると、突然、ホランドの方が、それをさし止めるように口を開いた。

「いや、案外、冗談じゃないかも知れないよ。曳間さんが、こんなにながい間連絡を断ってるってことが、そもそも変なんだ」

そう言う眼は、妙に熱っぽく、不思議な説得力があった。

四人の上に、一瞬の沈黙が被《かぶ》さった。布瀬までが、どこかしら落着かない眼で三人を見まわす。さすがに少しばかり気が重くなったのだろうナイルズは、それでもぽつ

りと、

「どうせ死ぬなら、探偵小説を書きあげてからにして貰いたいなあ。事実の後を追っかけるのなんて、やだもの」

と、呟いた。

それは歪《ゆが》んだ笑いを誘った。

そうして彼らは話題を、一般的な探偵小説談義に変えた。その日は結局それで潰《つぶ》されてしまったのだが、彼らの胸の奥底に宿った微かな後ろめたさは、なぜか消えることがなかった。

そしてその翌日、彼らはそれが杞憂《きゆう》でなかったことを思い知らされるのである。現実の屍体は、まさに白昼に、降臨《こうりん》の影を落としたのだった。

一章

1　第一の屍体

やけに光の量の多い日だった。

街は見渡す限り白く、一条の影さえもなく横たわっていた。視細胞が許容するところをはるかに越えてしまった量の光線が、視界を遮り、倉野は日陰を求めて歩き続けていた。

雑沓も走り過ぎる自動車も、ただの描線としか映らず、そしてその喧噪は、氾濫《はんらん》する逆光に押し潰され、総て倉野の鼓膜に至るまでに、死に絶えてしまったようだった。

七月十四日。まだ盛夏には間がある筈なのに、この日は平年の最高気温を八度も突破したという。前日までは、どちらかと言えば平均気温を下まわっていただけに、予想もつかぬ、狂ったような猛暑だった。熱病のような午後。

――こんな日に、なぜ新宿なんかに出向く気になったんだろう。

目白駅から彼の下宿までの道は、まだ果てしもなく続いている。実際は、たかだか十分くらいのものなのだが。

舗装中のアスファルトが融け出して、倉野の靴底にいやらしく粘りつく。倉野は先程から、しきりに腕時計を気にしていた。

Tシャツが汗でべっとりと軀に密着する、何とも言えぬ厭《いや》な感触を苦々しく意識しながら、ふと見ると、彼の歩いている歩道の向こう側から、馴染《なじみ》の中華料理店のおやじが、ぶらぶらと所在なげに近づいて来る。

「暑いね」

「ええ」

彼はぼんやり、そう答えた。

この暑さのなかでは、炒飯ひとつつくるだけで、充分熱射病でまいってしまうに事足りるだろう。おやじは、さっきから店の前でぶらぶらと涼んでいるらしかった。すれ違いざま、倉野が店のなかを覗きこむと、そこには連れらしい客が二、三人いて、

「まだ七月だってのに、この暑さでしょ。先が思いやられますわなあ」

「季節の変わり目に異常気温が来ると、危ないいんだってよ」

おやじが一向に飯をつくろうとしないのを、もう諦めてしまっているのか、そんなことを取りとめもなく喋りあっている。

倉野はもう一度腕時計を見た。彼には、しょっちゅう腕時計を見て時刻を確かめるという、一風変わった癖があった。そしてこの時、時計の針は、三時五分を指していた。

目白通りから横道にはいる一角の銀行も、既にシャッターを下ろしていた。彼はそこを通り過ぎると、右に折れて進んだ。

そういえば、彼がここに下宿した頃、このあたりに新たに立体交差ができるため、周囲の住民の間に強い反対運動が起こっているという話を、小耳に挟んだことがあったが、あれはどうなったのだろう。あれからもう既に三年と四ヵ月、彼も二十一という年齢になっていた。

横断歩道を横切り、そこの角からいくつ目かの裏の横道にはいる。二十メートルほど先から、右側に二階建てのアパートが続き、そのいちばん手前の二階部屋が眼にはいる。ピッタリ鎖された窓に、褪《あ》せた黄色の、いかにも暑苦しそうなカーテンが、部屋の内部を隠して下がっていた。その部屋こそが、彼の住居なのだ。

それはアパートと言っても、かなり古い木造屋で、奇妙なことには、いちばん手前の一角だけは出入り口が別になっていて、階下はガレージになっていて、二階には彼の部屋のほか、裏にもうひと部屋あった。

建物自体は長屋風に続いているのだが、要するに、そのふたつの部屋だけが、この建物のなかで、一種隔絶された存在なのである。

倉野はジーパンのポケットから、捩込《ねじこ》み錠の鍵を取り出し、建物の横手にある表口の錠を開けると、もともとガレージと続きになっていたらしい土間の通路にはいった。途端に、ムッとした熱気が襲いかかってきて、彼はどっと疲れを感じて立ち止まった。

――部屋のなかは、もっと凄《すさま》じい熱気なのだろう。冗談じゃない。そうだ、何でもいいから本を一冊選んで、喫茶店にでも行くとしようか。

何の気なく腕時計を見ると三時十分。通路を折れて、ふと踏板《ふみいた》を見ると、その前には彼自身の靴のほかに、見慣れぬ靴が二足置かれてあった。バスケット・シューズと、グレーのデザート・ブーツ。

その瞬間、倉野は何か妙なものを感じた。

それが一体何であったのか、その時は別に深く考えることもせず、次の瞬間、ハハア、これは根戸と真沼だな、と即断して、それだけでこの暑さから救われたような気持ちになった。スリッパに履き替えるのももどかしく階段を駆けあがると、つきあたりの六畳の部屋に向かう。そちらの方が倉野の部屋であり、横手の四畳半の方は、目下のところ、空部屋《あき》だった。

倉野は駆けあがった勢いで、つきあたりの開けっぱなしにされた戸口に威勢よく跳びこんだ。

その瞬間、彼の視界に躍りこんできた光景は、その彼の勢いを押し留め、一瞬にして凍りつかせるに充分だった。

窓の方に頭を向け、仰向《あおむ》けに倒れている者。そしてそれを、倉野は全く一刹那《せつな》にして、屍体だと直観した。誰かの冗談だなどとは微塵《みじん》も思わずに、ただ、そういうふうにして確信してしまったのだ。薄暗いなかで、この時、なぜああも一瞬にして、それが屍体であると信じこめたのかと、倉野は後になって何度も回想してみたのだが、恐らくそれは、屍体だけが持つ一種のよそよそしさ、といったもののせいだったに違いない。

厚地のカーテンを閉めきっているせいで、部屋のなかは薄暗く、倒れているのが臾間だと判ったのは、その数秒後のことだった。

胸には短剣のようなものが深ぶかとつき刺さり、両手でしっかりと、その柄を握りしめていた。血は殆ど流れ飛んではいないらしいが、臾間のカントリー・シャツには毒々しい赤黒色を染みつかせ、支子《くちなし》色の絨毯《じゅうたん》にも僅《わず》かに血痕がこびりついている。

半開きになった表情のない眼は、ぼんやりと宙空の一点を瞶《みつ》め、苦痛に歪んだまま

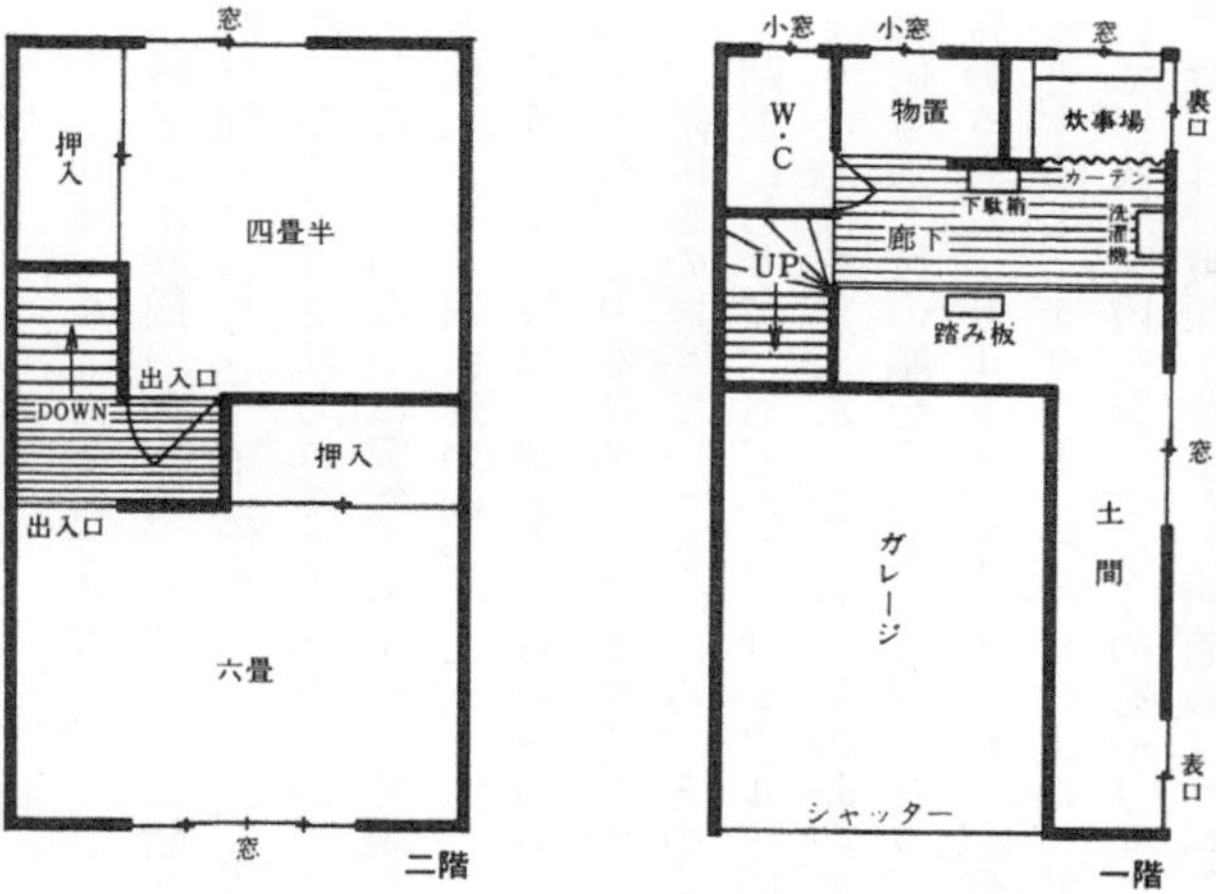

硬直した口許は、何事かを語ろうとして語り得なかった口惜しさを自嘲しているかのようだった。そして、血の気を全く失い、蒼白を通りこして土色に変色している顔に、細かく散った赤の斑点。

倉野は、急激に湧きおこった嘔吐感に、思わず顔を背《そむ》けていた。

——これが、あの曳間。この異様なまがいものが本当に曳間なのか？　今にも紫色の唇を開いて凶々《まがまが》しい囁《ささや》きを告げるかともまごう、この屍体が……。

倉野は、何が何だか訳も判らず、全く、ただただ顫《ふる》え続けねばならないほどに動転していた。あまりに動転していたために、却ってその場に佇《たたず》みつくしていた。

——間違いだ。何かのマチガイ。

薄暗い水族館のなかで、水苔《みずごけ》と藻と暗がりによって茫洋と取りとめもない巨大な水槽を眺めていると、不意にマダイとかネコザメとかいった魚が、真正面から現われて、びっくりさせられることがあるが、この時の彼の驚きと恐怖も、こういった渾沌としたもののなかに突然意表をついて現われる異形《いぎょう》のものに感ずるそれの、何層倍にも拡大された奴に違いなかった。

そうして、彼は一体どのくらいその場に立ちつくしていたのだろうか。ようやくゆっくり後ずさりを始め、そうしてその動作に加速度が加わって、階段を駆けおりるまで、階段をのぼっていった時から、どのくらいの時間がたったのだろうか。

踏板におりて、もどかしくサンダルを履こうとした時、再び倉野は、耳鳴りのするような恐怖を覚えた。むしろ、その時の恐怖は、屍体を見つけた時のそれよりも、何層倍も強く彼の軀を貫いた。先刻、そう、たった一分ほど前にはそこにあった二足の靴のうち、デザート・ブーツの方が、忽然《こつぜん》と姿を消していたのである。

とすると、デザート・ブーツの主は、彼が帰ってきた時にはまだこの家にひそんでいて、彼が階段を登ってゆくのをやりすごし、ひそかに逃げ去ったことになる。

倉野は、戦慄《せんりつ》が背中から頭蓋《ずがい》のてっぺんまで、シーンと走りぬけるのを感じた。そうだ、ひょっとして、まだ逃げ去っていないとしたら……。

倉野は、土間の曲がり角に眼をやった。角の向こう側にある窓から、白い光線がさしこみ、それが逆光となって、妙にしらじらしい空気が流れているような気がした。

倉野は、気が遠くなりそうだった。頭がクラクラして、腋《わき》の下に冷汗がどっと吹き出すのが判った。

――あの角の陰にいるかも知れない。そいつはまだ、もう一本の短剣を持っているのか……。

扉まで、たったの五メートルほどなのだ。しかし、彼はそこまで辿《たど》りつけないでいる。彼は、全身の感覚器官を研《と》ぎすまして、そこに果たして犯人がいるかどうかを探ろうとしてみた。耳を欹《そばだ》てていると、陰にひそむ者の、ハッハッという、微かだが荒い息遣《いきづか》いが聞こえてくるような気もする。

一分。

二分。

しかし、いつまでたってもひとの気配はなく、響いてくるのは大通りを走る車の騒音ばかりだった。彼は、最後の勇気をふりしぼって、恐る恐る曲がり角に近づいてみた。心臓が早鐘のように鳴って、覗きこむ時には、それが止まってしまうかとも思われたが、そこには誰もいず、ただ、先程はいってきた時にはちゃんとしめておいた筈の戸が、今は開けっぱなしになっているばかりだった。

倉野は雨に濡れた犬のように軀《からだ》を顫《ふる》わせた。そして、がらんとした通路から、弾けるように逃げ出した。脱兎《だっと》の如く戸をすりぬけ、方向転換して一目散に近くの公衆電話へと向かう。

いつもの見慣れた光景があった。電柱も、商店の看板も、屋敷の塀も、普段と何の変わるところもなく、往《い》きかう人びとの顔も、ひどくありふれたものに思われた。そこには、まごうかたなき日常があった。

妙な顔をしてこちらをじろじろ見ている会社員らしい男のそばを駆けぬけながら、倉野はふと腕時計を見た。

時に、七月十四日、午後三時十五分——

2 密室ならぬ密室

警察に通報しおえ、赤電話の受話器をおろすと、ようやくゆっくりと昂奮《こうふん》が去っていった。そしてその代わりに、倉野の頭のなかに座を占めてゆくのは、ドス黒い屈辱感だった。

一体、彼のファミリーというのは、殆《ほと》んどが無類の探偵小説狂で占められていた。いつの間にか、ひとり寄り、ふたり寄り、知らず知らずのうちに集まった連中だが、類は友を呼ぶというのか、不思議に探偵小説嗜好《しこう》は一致していた。そして倉野は、そのファミリーのなかでも、ちょっとした権威のつもりだった。読書量でも、探偵小説に関する知識でも、他の者の追随を許さない自信があった。それがどうだ。実際に屍体が眼の前に出現すると、もうはや慌てふためいて、何も手につかない有様ではないか。

先程の醜態を思うと、屈辱感はムラムラと身を焼き、そしてそれは、恐怖をどこかへ追いやった。それに、これは彼が現実の探偵となれる、滅多にないチャンスでもある。

倉野はゆっくり踵《きびす》を返し、自分の部屋へと戻っていった。

戸口の前に立つと、再び強い昂奮が蘇《よみがえ》る。しかし今度のそれは、恐怖ばかりではなかった。現実の事件の探偵役を、これから演ずる機会に恵まれたことへの、ワクワクするような気持ちさえ、確かに何割かを占めていた。

彼はゆっくり、思考力を取り戻すよう努力した。まず彼は、ここへ帰ってきた時には、表口の戸には鍵がかかっていたことを想い出した。彼は、開け放たれたままの戸口の前に立ちつくしながら、考えた。

――そうだ。確か最初にあのふたつの靴を見た時、何か妙なものを感じたっけ。それがこれだったんだ。鍵がかかっていたのに、なかへはいってみたら誰かの靴があった。この戸口の桟《さん》の上には合鍵をいつも置いているから、なかにはいるのは何でもないにしても、この戸口の外側の鍵は、内側からはしめられないのだから。

彼は敷居に足を載せて、鴨居《かもい》の上を覗いてみた。合鍵は確かに、まだそこにあった。

――ああ、するとこれはどういうことになるんだろう。犯人は確かに、僕が帰ってきた時には、この家のなかにいたのだ。それなのに、内側からはしめられない鍵がかかっていたとは。

一階の出入り口は、普段使っているこの表口と、炊事場にある裏口とがあった。窓は、土間の通路に大きいのがひとつ、炊事場、物置、便所に、小窓がひとつずつ、都合四つがある。が、後の三つは木の格子がはいっており、人間の出入りは実際上不可能である。

問題の表口は、外側からかける錠と、内側からかける錠の、ふたつが取りつけられている。だからここの戸口は、外側から鍵をかけると内側からは開けられず、内側の錠をしめると外側からは開けられないという、一風変わった仕組になっていた。

どちらも捩込《ねじこ》み式の錠前には違いなかったが、内側の錠前は普通の引戸に使われる、螺子《ねじ》が一緒に取りつけられた手のもの、外側の錠前はその螺子が取りつけられる代わりに、細い穴にさしこむ鍵を使用するものである。

そして最後の裏口だが、ここには表口に取りつけてあるうちの、内側からかける錠前と同じものが取りつけられている。従って、この戸も同様に、内側からかけると外側からは開くことができない。念のために言えば、外側からは鍵はかけられない。

——そうすると、だ。

戸口をくぐり、開けっぱなしにしたまま、倉野は考え続けた。

——犯人はまずこの表口からなかにはいり、裏口の錠をあけて外に出、表口の錠を外側から合鍵で鎖《とざ》しておいてから、再び裏口を通ってこの家に逆戻りしたのだろうか。そうして僕が帰って来るのをじっと待っていたというのだろうか。一体、何のために。

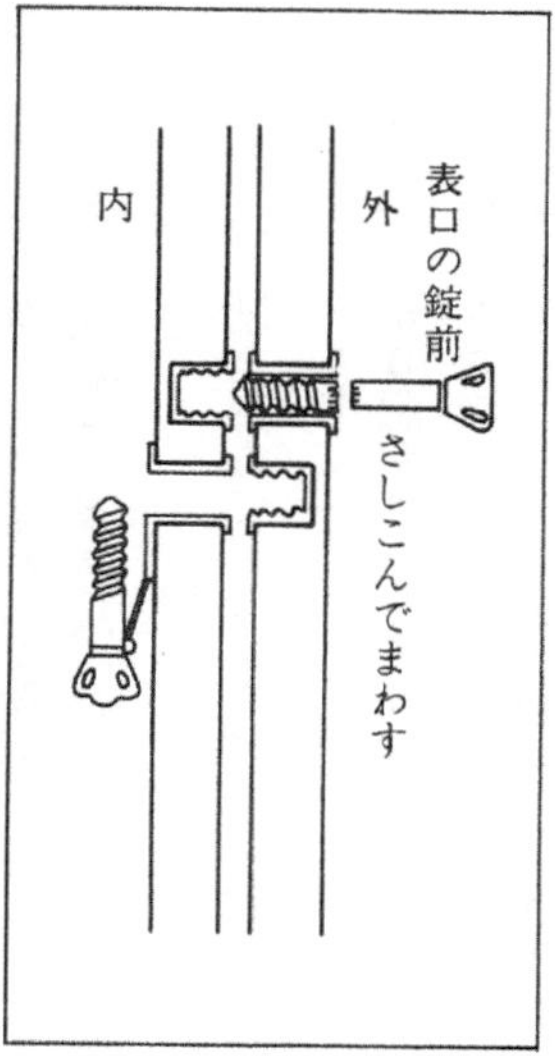

炊事場の方を見ると、淡い水色のカーテンが、その内部の様子を隠して垂れさがっていた。倉野は、ひょっとすると、犯人はまだこの家のどこかに隠れているのかも知れない、という馬鹿馬鹿しい危惧に脅かされなが

ら、恐る恐るカーテンを引いてみた。

勿論、誰もいない。ホッとして錠前を見ると、内側からしっかりと閉められている。

——表口の鍵を閉めて裏口から家のなかに逆戻りしたあと、御丁寧に錠までかけてあるのは、どういうことなんだろう。

倉野はすっかり訳が判らなくなってしまった。家のなかにひそみ、彼をやりすごした先程の情況から考えても、犯人はこの炊事場に隠れていたに違いない。しかし、この錠をかけておくことは、犯人にとって極めて危険なことだった筈だ。いざという時の逃走路を自ら断つことにほかならないのだから。しかし、それをもひきかえにして、なおかつここを閉めておいたということは、犯人にとって、どんな利益があったというのだろう。

一体、この一連の鍵と錠の小細工には、犯人側のどういう必然性があったのか。

念のために、続いて物置と便所も覗いてみたが、怪しい点は発見できなかった。このふたつの小部屋に関しては、ここを出入りするにはかなり大きな音をたてざるを得ないので——ということは、つまり戸の立てつけが悪いので——犯人がひそむには、やはりあの炊事場でなくてはならないのである。

倉野は常日頃、殺人というものは、鬱蒼《うっそう》とした森を擁《よう》し、瘴気《しょうき》を放つ沼に面して、滅びの気配に蝕《むしば》まれてゆきつつある古い館でこそ起こらねばならないと力説していたが、まさか古いとはいっても、洋館ならぬこのおんぼろアパートで起こるとは夢にも思わなかった。せめてこの物置に、甲冑《かっちゅう》か大時計でも飾られているなら話も判るが、抛りこまれているのが壊れた風呂釜やら羽目板の類《たぐ》いとあっては。

階段を登り、彼の六畳部屋に再びはいる時には、さすがにまたぞろあの恐怖感が首を擡《もた》げてきた。が、我慢しいしい、屍体のそばに跪《ひざまず》く。

屍体は、先刻と何の変化もなく横たわっていた。ただ、倉野の方の心が少しばかり落着いたせいか、その表情は前ほど壮絶なものには窺われなかった。否、顔を近づけてよく見れば見るほど、その皮膚に散った血痕の与える異様さを除けば、表情そのものは、むしろ安らかなものでさえあった。

これは少なからず、倉野にとってショックだった。

曳間の死顔。それがなぜ、このようにしあわせなものであるのか。

なぜ、こんなに安らかに、まるで心地よい眠りにつくような表情で、死なねばならなかったのか。

尖《とが》った鼻。全体に彫の深い顔立。『黒魔術師』と綽名《あだな》したのはナイルズだったが、その曳間がこうして一個の亡骸《なきがら》として横たわっている情景を、やはり倉野は、どうしても現実のものとして承認することができなかった。半開きの眼は宙空を瞶《みつ》め、歪んだ口許は、確かに微かな笑いとさえ見える。

倉野は、不意に、全く不意に、涙を落としてしまった。

苦悶でも怨恨《えんこん》でもなく、曳間はこの慈《いつく》しむような表情で死を受け容れたのだ。その彼の想いは、どんなものであったのか。誰にも語られることなく、彼の奥深い処で呟かれ、醸《かも》されて、そのまま果ても判らぬあちらへと溢《こぼ》れていった数々の想いは。しかしそれはもう永遠に、倉野の知り得ぬ処へと、解き放たれてしまっている。

倉野は、そういう曳間に対して泣いたのか、それとも取り残されてしまった自分のために泣いたのか、よく判らなかった。

ただ、彼のなかに、見知らぬ感情が、ゆっくりと萌芽《ほうが》してゆくのだけは自覚できた。そしてその感情は、彼自身に対してひとつの行為を、抑え難く要請し始めた。

——できるならば。そう、僕はたかだか少しばかり探偵小説を読み漁《あさ》っているだけで、こんな実際の事件においては恐らく手も足も出せない無力な人間の類いではあるけれども、もし、万分の一でもその可能性があるならば、この犯人を必ず僕自身の手でつきとめてやる。

そっと、短剣を握りしめている右手にさわってみる。うねるような猛暑のなかで、曳間の軀だけが現実とは拘《かかわ》りのない冷たさを保っていた。倉野は急いで涙を拭《ぬぐ》い去ると、何か変わったことがないか、あたりに眼を配ってみた。

本棚。ステレオ。横に倒したロッカー。水屋《みずや》。ファンシー・ケース。特に部屋を出る前と違った点はないようだった。机の上に並べてある試験管やフラスコ類。薬品壜《びん》の類いにも、位置が変わった様子はない。無論、現金や通帳にも全く手のつけられた形跡はなかった。

ただひとつの気づいた変化といえば、曳間の頭のすこし上に転がっている一冊の単行本だった。変則的なB5のサイズで、厚さ一センチ強の黄色の装幀のそれは、曳間が読むために取り出したものだろうか。妙なことにその本は、ずらりと並べられてある探偵小説でも、曳間の専門とする心理学系統の本でもなく、かと言って、薬学を専攻する倉野の蒐《しゅうしゅう》集する薬学書や医学書、あるいは囲碁の教本といった類いでもない。それは、戯《たわむ》れに倉野が買い求めた、『数字の謎』と題する本だった。本は、開かれたまま俯《うつぶ》せになっており、倉野はそっと人差指の爪で持ちあげて、それが一〇六ページと一〇七ページの見開きであることを確かめた。

曳間と数学。それは、まことに奇妙な取りあわせに思われた。実際倉野は、曳間が数学関係の方面に興味があるとは聞いたこともなかった。しかし、それを言えば、倉野もこの本を気まぐれに手に入れたのである。もし、これを本棚から取り出したのが曳間だったとしたら、それも曳間の気まぐれと考えていいのだろうか。倉野はもう一度、屍体となった曳間の顔を覗きこんでみた。曳間は、そんな倉野の疑問も知らぬげに、ただ死者のみの持つ慎ましやかな静謐《せいひつ》さを保っていた。倉野は、再び湧き起ってこようとする鼻腔《びこう》の奥の塩辛さを嚥《の》みくだし、ほっとひと息、溜息をついた。

――さて、これだけのことを材料にして、何が推理できるだろう。

倉野は、明智小五郎ならそうするだろうように、頭をもじゃもじゃと搔きまわしてみた。

――まず第一に、見たところ、部屋は荒されていないし、曳間の表情からしても抵抗した形跡は全くない。しかもナイフは真正面から心臓に、正確にひとつきしてある。だから恐らく、犯人は曳間の知っていた奴に違いない。いや、敢《あ》えて言えば、非常に親しい者、僕達ファミリーの一員だと考えるのが、最も妥当だろう。

――そうだ。それに、犯行現場にこの部屋を選んだ点から見ても、犯人はファミリーのひとりだという可能性が大きい。とすれば、曳間と犯人が一緒にこの部屋を訪れた可能性も、これまた大いにあると言わねばならない。……そうなのだ。犯人がもしファミリー以外の者だとして、そんな人間がこの部屋を殺人の舞台に選ぶというのもあり得ないことではないにせよ、やはり不自然だ。

――それから、例の鍵の件だ。表口の鍵を、なぜ外側からかける必要があったのか。その上、なぜ裏口の戸まで錠を閉めたのか。これに関しては、まるで判らない。

――最も不可解なのは、犯人はなぜ、僕が帰ってくるまでのんびり待っていたのか、だ。曳間を殺せばもう用もない筈だから、さっさと退散すればよさそうなものだ。……それとも僕が帰ってきたのは、犯行の直後だったのだろうか。犯人が逃げようとして一階に降りてきたその時に、鍵をまわしている音がしたので、とっさに炊事場のカーテンの向こうに隠れて、僕をやりすごしたのだろうか。

けれども、そういう仮説が成り立たないのは、倉野にははじめから判っていた。なぜならこの血潮のかたまり具合から、素人眼《しろうと》にも、犯行のあったのは一時間以上も前だと知れるからである。事実、後になって判ったことだが、解剖による所見では、死亡推定時刻は正午から十二時半の間とされたということだった。しかしそうすると、犯人は約三時間、ずっと倉野が帰ってくるのを待ち続けていたことになってしまう。

——何のために？

倉野には、その理由など、全く想像すらできなかった。犯人がじっと物陰に隠れ、この熱気のなかで、息を殺して彼の帰宅を待ち続けている、といった情況には、ひどく狂気じみたところがある。そしてそれ故に、その空想は奇妙な現実感を伴って、倉野に迫ってくるのだった。彼は何度も身顫いした。

——ああ、それに、なぜ犯人はわざわざ僕に靴を見せたのだろう。

考えてみればみるほど、判らないことだらけのように思われた。倉野が帰ってくるまで待ち続けねばならぬどんな理由があったにせよ、犯人には自分のデザート・ブーツを隠す暇などいくらでもあった筈なのだ。にも拘らず、彼はそれをしなかった。堂々と曳間のバスケット・シューズの横に並べておいたのだ。「俺はまだここにいる」——あたかも、そう言わんばかりに。

——隠せる靴を隠さなかった。それが単なる犯人の度忘れだなんて馬鹿なこととは思えない。そいつは確かに、ある理由があって、僕に靴を見せたに違いないのだ。だが、一体、その理由とは何だろう。

——まだあったぞ。犯人は、なぜ僕のこの部屋を犯行現場に選んだのか。僕が今日新宿に出かけたのは単なる気まぐれで、このことは誰にも予測できなかった筈だ。しかも犯人には、いつ僕が帰ってくるか、絶対に判らない。今日の十時頃、僕がこの家から出たところを偶然目撃していたにしても、そいつには僕がどこへ行くのか見当がつかないだろうし、ましてや一分後に戻るか、あるいは一時間後に戻るか、根戸や羽仁のところへでも行って、一晩くらい泊まって帰るかは絶対に判らない筈なのだ。

頭は混乱し、推理は錯綜《さくそう》して筋道をなさなかった。

ふと気がつくと、パトカーのサイレンがすぐ近くにまで迫ってきていた。シとソの音階を繰り返すその音は、倉野の心臓の鼓動を速めた。昨日までは何の感動もなく、夜中に時折り走り過ぎてゆくそれを、おや、何だろう、くらいの気持ちで受けとめていたのだが。

――これは密室ならぬ密室なのだ。犯人はいつでも外に逃れ去ることができたのに、彼は敢えてその権利を放棄した。そして念入りにも、裏口も錠をしめている。最終的に彼が逃亡のために使用したのは、帰宅した僕が、家にはいるために開けた表口。

表口からはいり、裏口の錠を開けて外に出、表口の鍵を外側からかけて、再び裏口からなかにはいり、裏口の錠をしめる。そして倉野が開けた表口から逃げ去る。この一連の犯人の行動を、彼は何度も想い描き、反芻した。その空想のなかで、犯人の顔の部分だけは靄《もや》がかかったようにぼんやりしていて、眼を凝らして見ようとすればするほど、顔は陰となって判らなかった。そしてそいつは、時どき思い至ったように歩みを止め、こちらを振り返ってアカンベエをするのだ。

倉野は口惜しさに脣を噛んだ。

ガレージの前あたりでサイレンはやみ、続いて車のドアの開く音。そして遽《あわただ》しく続く幾人もの靴音が、土間の通路を抜け、ドカドカと怖ろしく乱暴に踏み鳴らしながら、階段を駆けあがってきた。

何かの間違い。日常の時間のなかにふと迷いこんできて、そうして抛っておけば、いつの間にかまた、ただの幻覚であったかのように消え去ってしまう筈の架空が、今、取り返しもつかない現実へと変容してしまうのだ。――倉野はそんな想いを捨てることができなかった。

3　靴と悪戯

「へえ、で、それから」

夏の日差しが白いフランス窓を通してさしこんでくるなか、これまた純白の繻子《しゅす》を垂れさせた円卓の向こうで、屈《かが》みこむように乗り出した羽仁が尋ねた。倉野は答えようとして、眼が瞑《くら》んだ。羽仁の肩ごしに、金雀枝《えにしだ》が陽光を浴びて強い黄金色の輝きを返している。倉野は再び俯《うつむ》いて、忘れかけた言葉を捜した。

気温はあの日だけを頂点として再び急激にさがり、平年よりいくぶん下まわるまでになっていたが、日差しの強さ自体はたいして弱まっている訳ではない。一日置いた、七月十六日。盛夏はまだまだこれからだった。

倉野は、どういう順序で話していいのか躊《ため》らった。実際、羽仁が必要以上に興味を示しているのも無理ない話で、これまでの倉野の話によると、一昨日の出来事はもう絶対の他殺事件であるにも拘らず、現実には羽仁のところにも警察の事情聴取が来たもののの、その後一向にこれが殺人事件として取りあげられる気配もないままに過ぎようとしているからである。

昨日の新聞には、曳間が倉野の下宿で変屍体となって発見され、目下自殺か他殺かを調査中などという、まことにのんびりした記事が掲載されていたが、今朝の朝刊では、もうその事件についてふれていないところを見ると、自殺としてかたづけられたのか、あるいは新聞にも洩らさぬ極秘の捜査を行なっているのか、いずれにしても羽仁には腑《ふ》に落ちない点が多かったのだ。

「何ね。話しにくいことも、あるんだ」

倉野は頭を掻きながら、そう前置きした。

「ほんの悪戯《いたずら》程度のつもりだったんだけど……」


実際、当日のそれから後に続いた出来事は、あまり倉野にとって愉快なものではなかった。最初に駆けつけたのは三人の警官であり、彼らは倉野を、隣の空部屋に連れこむと、屍体発見までの簡単な事情聴取を求めた。次に踏みこんできたのは、どうやら鑑識課の連中なのだろう、倉野の部屋に何人訪れたのかはよく判らなかったが、写真を撮《と》る音がしきりにしていた。

倉野が驚いたことには、殺人現場においては、刑事達がまず最初に踏みこむことはなく、最初に鑑識課員がいくつかの調査をすませないうちは、なかにはいることを許されていないらしいことだった。そして、それが終わって、次にはいっていったのは、よくは判らないが監察医という奴なのだろう。

捜査の指揮を執《と》っているのは、くたびれた鼠色の背広を着た、四十くらいの眼つきの悪い男だった。

六畳の倉野の部屋では、依然、何やら絶え間なく物音が続いている。あのまま曳間を、そっとしておいてやれないものだろうか、東京ではもう、ひっそりと死んでゆくことなどできないのだろうか、などといった、取りとめのないことを倉野は考えていた。何か、憤りめいたものが頭を擡《もた》げ、それはゆっくり、高速度撮影のフィルムのように、倉野のなかで花開いていった。

倉野はこの時、後から考えると、全く突拍子もないことを決心していた。それは、あの靴の件だけは警察には黙っておこう、ということだった。……

「ちょっと待った。そりゃ、偽証ってことじゃないか」

羽仁は慌てて倉野の話をさし止めた。倉野は項垂《うなだ》れながら、

「ああ、まさしくそうなんだ。今から考えてみても、あの時、なぜそんな気持ちになったのか、自分でもよく判らないんだ。ただ、この事件に関して僕だけが握っているデータが欲しいという気持ちがあったのは間違いないね。それに、これは普通の所謂《いわゆる》偽証という奴ではない。僕はただ言わないだけなのだ。後でもし、警察に、僕が帰っ

てきた時には靴があった筈だということが判明してしまったにせよ、その時になれば、気がつかなかったと言えば、それでしまいじゃないか、などという考えが後押ししたのも確かだろうと思う。それで僕は、押されるままに、僕が帰ってきた時には確かにグレーのデザート・ブーツがあった、という事実を黙秘してしまったんだよ……」

倉野にとって印象に残ったのは、警察の事情聴取というものが、想像していたほど鋭く斬りこむていのものではなく、ただもう野暮ったいほどに事実のみを蒐《しゅう》集《しゅう》するという点だった。しかしそれは、とにかく徹底しており、却って倉野には好感が持てた。

何にせよ、倉野は〝靴の件は黙っている〟という後ろめたさも手伝って、それ以外のことは想い出す限り、できるだけこと細かく、かつ正確を努めて喋った。

ひと通り、屍体発見までの経緯《いきさつ》を聴きとると、刑事は倉野と曳間との関係などについて尋ねた。

「彼の名前は、曳間了。二十一歳。東京で知りあった友人で、僕と同じF＊大学に行ってて、一年の時、チェス研究会で出会ったのだから、もう三年になります」

「彼の住所は」

「東村山市萩山町一丁目、紅荘《くれない》……」

「彼には、ほかに友人が大勢いたのかね」

「彼の郷里は金沢なんですが、そこの中学からの旧い友人で、甲斐良惟ってのがいます。N＊美大に行ってるんですが。……それが特に親しい友人で、あと、まあ親しくつきあっているっていったら、僕達仲間うち、みんなですね」

「ふうむ。じゃ、そこらへんは後で聞くとして、彼は、よくこの部屋に来てたのかね」

倉野は一瞬、答に戸惑った。ふと首をあげると、黒ずんだ裸電球が天井からぶらんと垂れさがっているのが眼にはいった。それは、この空部屋に、一層の淋しさを演出しているようでもあった。

「彼が来たのはそんなに多くないです。最後に来たのは今年の冬頃でしたし、それに、僕は奴に、このひと月半ほど会っていないんです」

「ほう。忙しくて、かね」

「いえ、彼は、五月の終わり頃から、誰にも姿を見せてないんです」

刑事は、一瞬瞳を輝かせたようだった。

「ところで、君がこの部屋を出たのは、今日の午前十時くらいということだったね」

「ええ」

「その時、カーテンは閉めて出たかね」

「ええ」

「表口にも、ちゃんと鍵をかけた？」

「勿論です」

「ふうむ、そして君はいつも、裏口の錠は閉めておく習慣だったんだね」

「ええ。習慣っていうのか。とにかく、あそこの戸の錠は、閉めたままにしてあります」

「通路にある窓もだね」

「そうです。あそこは開けたことさえありません」

「ふむ。それにしても、この家の、あの表口の鍵の具合は面白いね。外側と内側と、全く別のふたつのものを使ってあるんだね」

「ええ、僕も、最初にこのアパートに来た時、変わってるなと思いました」

「しかし君、もしも君が外に出ている時にだよ、誰かが内側から錠をしめると、外側からはどうしようもないんじゃないかね。それに、今はこの家に君ひとりでいいかも知れんが、もしこの空部屋にひとがはいったりすると、いろいろ不都合なことが多いだろう」

「ええ。……それについては、実際、最初の一年間は、この四畳半の方の部屋にも住人がいて、いろいろトラブルがあったので、結局、表口の内側からの錠は使わないってことに決めたんです。で、今もその時の習慣のまま、内側の鍵は一切使ってないんですが」

「ふむふむ。そうして、君が帰ってきた時には、表口の鍵は外側からかけられてあったというんだね。ふうむ」

倉野は裸電球を見あげながら、この《ふむ》を連発している刑事が考えているだろうことを、推測していた。

——刑事はあのデザート・ブーツがなくなったことを報されていないのだから、倉野が帰宅した時に犯人がそこにいた、ということを直接的にも間接的にも知らない訳だ。とすれば、彼はまず最初に、この事件が自殺であるのか他殺であるのかから、考えなくてはならない。自殺を否定するような決め手は何もないし、むしろ抵抗の跡が少しもないことは、自殺の線を裏書きしているように見えるだろう。

——もし他殺であると考えるならば、まず彼は僕を真先に疑うに違いない。それに並行して、僕以外の犯人を仮定するならば、今の情況から、どういう推理をするのか。

——僕の喋らなかった証言から、何を考えるか。

——そうだ。最も自然に考えるなら、犯人は犯行後すぐに逃げてしまった筈だ。殺人を犯した後、ぐずぐずとその場に留まっているなどということは、およそ犯人にとって利益のないことだから。ましてや、僕が帰ってくるまで、じっと炊事場に隠れていたなどとは、夢にも思わないに違いない。

倉野はこう考えながら、ひとつのことを喋らないということが、こんなにも決定的な推理の喰い違いを招くものなのかと、空恐ろしく感じていた。よほど靴のことを言い出そうかとも思ったが、今となっては却って疑惑を招くことになりそうなので、結局思い留まった。

全くそれは、取り返しのつかない悪戯だった。そして、それを行なったのは、彼自身であることには違いなかったのだが。

「ところで、これは一応手続きとして必要だから気を悪くしないで聞いてほしいのだが、君が昼頃新宿にいたことを証明できるような人はいないだろうかね」

「というと、曳間の死亡時刻というのが、その頃なんですね」

「うむ。まあ、詳しいことはこれから調査されるだろうがね」

「ええと。……十二時頃というと、確か『アルファ』にいた時ですね。『アルファ』ってのは、紀伊國屋書店の裏側にある喫茶店です。そこで、久藤杏子というひとに偶然遇《あ》ったんですが、それが多分、十二時だったと思います」

刑事は、ふうむ、とまたも深い溜息をつくと、急に丁寧な口調になって、

「どうでしょうかね。ここでは詳しい事情も聴きにくいし、できれば署の方まで御同行願えれば倖《さいわ》いなんですが」

「いいですよ」

気軽に答えて、倉野は立ちあがった。

戸口を出ると、いつの間にか意味もなく集まった弥次馬達が、せせこましい小路いっぱいに群がり、警官達に押し返されながら犇《ひし》めきあっていた。彼らは、今出てきた倉野の顔を見ようとして、新たな蠕動《ぜんどう》を始めたようだった。倉野は一瞬の逡巡《しゅんじゅん》を感じざるを得なかった。この群衆にとって、彼はひとりの犯罪者くらいにしか映らないのだろう。

刑事に促されてパトカーに乗りこもうとした時、倉野はふと、何の脈絡もない感慨に捉われて振り返った。微かな芳香が立籠《たちこ》めているのに気づいたのである。

橘《たちばな》の花。

それは、倉野のアパートの裏に繚乱《りょうらん》の花模様を見せ、馥郁《ふくいく》たる香りを放ち続けていた。倉野は、それを初めて見る想いだった。こうして僕は、少しずつ見知らぬ世界へと運ばれているのではないか。

それはひととき、倉野の眼を奪った。……

「ちょ、ちょっと待ってよ。なかなか小説風に瑣細《ささい》な情景描写まで取りいれているのはいいけどさ、うっかり聞きいってりゃ、何だって。あんな処に橘の木なんてあったかい？」

「いや、ないけどさ」

倉野は鼻の頭を掻きながら嘯《うそぶ》いた。

「何だい、呆《あき》れたね。それじゃあ、あれだな。今までの話のなかに、ほかにも本当じゃない部分があるかも知れないってことか」

と、羽仁が疑わしそうな眼つきになるのを、

「いやいや、それ以外は全く掛値なしの真実だよ」

慌てて打ち消すと、取り出した煙草に火をつけるのだった。

「何がおかしいんだ」

「ふと、橘の香りに気づいて佇む件《くだり》なぞ、我ながら……ね」

「こいつう、完全に小説の主役にでもなりきってるな」

羽仁もつられて笑いながら、

「いやいや、冗談を言ってる場合じゃないよ。君は偽証を犯したんだからな。立派な犯罪者であることには変わりないよ。……で、警察へ行ってから、どうしたの」

「うん、まあ、おざなりのアリバイ調べ。それから僕達ファミリーの人員構成などを

ね。そうそう、その事情聴取の時ね、あの刑事、不意に、『そういえば、君の本棚には探偵小説がたくさんあったね』なんて言うもんだから、さすがにひやりとさせられたなあ」

「僕らが探偵小説に狂ってること、警察には判ってるのかな」

「さあ。一応みんなの処にも聴きこみにまわったろうから、誰かが喋ったとしたら判るだろうけど」

倉野がそう言いかけた時、

「俺、喋ったよ」

待ち構えていたように言って、円卓の横にまわりこんできたのは根戸だった。

倉野が新宿区の若葉町にある羽仁の自宅を尋ねてきたのは、先にも記した通り、十六日の昼下がりのことだった。父親が某大手商事会社の専務取締役とかで、ちょっとした林を擁して建てられたその邸宅は、さすがに豪奢《ごうしゃ》なものだった。羽仁の母親というのはそういう上流階級の夫人によくある世話好きで、倉野や甲斐ら息子の友人達の訪問を喜んだ。それをいいことに、羽仁の屋敷は彼らのいくつかある集会所のひとつになっていた。

倉野が訪れた時、そこには既に根戸がやって来ており、この事件についての勝手な憶測を羽仁と共に語りあっていたところだった。倉野の下宿を訪ねるのも何となく憚《はばか》られていたふたりは、早速に倉野を出迎えたのだが、『白い部屋』に連れこんだ倉野に、まず羽仁が十三日の会合のことを語って聞かせた。ナイルズが曳間の死を予言していたという話は倉野にとっていささかショックだったが、間を置かず、羽仁は彼に事情の説明を迫ったのである。

　乱歩の『赤い部屋』に准《なぞら》えた訳ではないのだが、この羽仁の部屋は『白い部屋』と呼ばれていた。対して、布瀬の部屋を『黒い部屋』と呼び、そしてそれ以外に、彼らの集会所としての喫茶店があった。赤坂にあるその目立たぬ店は、甲斐の兄の経営する、様ざまな人形に飾られたアンティークな感じのスナックであり、そしてその名は、こちらははっきりとガストン・ルルーの名作から取って、『黄色い部屋』とつけられていた。

　三つの『部屋』のなかで、倉野の最もよく訪れたのは、この『白い部屋』だっただろう。彼と羽仁は、羽仁家が東京から離れていた期間、神戸の同じ小学校から高校に通っていた、言わば幼馴染の関係だった。

　倉野はその『白い部屋』の中央にある円卓で、羽仁と向かいになって屍体発見の顚《てん》末《まつ》を語ったのだが、その間じゅう彼の後ろのこれまた白いソファーに腰かけて、ひとことも口を出さずに話を聞いていた根戸が、今、ようやく口を開いたのだった。

「俺、喋ったよ」

そう前置きして、根戸は後を続けた。

「なあに、構うもんか。どうせ警察なんて、探偵小説趣味の者なんか相手にしないに決まってら。こういう事件は、俺達自身の手で解決しなきゃな。それがほかならぬ、曳間への供養であるなら尚更《なおさら》だよ」

「へえ、自信ありげなこと言ってるが、何かピンと来るものがあったのかい」

「まだ事件解決に必要充分なデータが出揃ってないのに、迂闊《うかつ》なことは口にできないね」

「うん。確かに、犯人を僕らのファミリー内に限定するにしても、各人のアリバイがどうなのか判らなくちゃ、話にならない」

羽仁が同意すると、根戸は低い声で、

「じゃあ明日にでも緊急総会を開いて、各人のアリバイを提供して貰おうか。そして勿論、それから時間を置いて、推理較べをするんだ」

「探偵競技か、それはいいね」

「決まりだな。探偵のなかに犯人がいるかも知れないってのは、小説の上では陳腐になっちまった題材かも知れないが、こうやって実際の話になると、いちばんスリルのある設定じゃないかな」

根戸は憮然《むっつり》した面持ちながらも、昂奮を隠しきれない口調で言った。

すこし不謹慎かも知れないが、と思いながら、倉野自身、やはり何か抑えきれない昂奮を感じていた。それと同時に、彼は新たな決意を自らに言い聞かせるのだった。そうだ。犯人はつきとめねばならない。たとえ、それが誰であったとしても。

4　理想的な殺人

浅瀬に潜り、揺らめく水面を透かして空を見あげたような、その時の色がそのまま虹彩《こうさい》に凍りついてしまったような、そんな眼だった。頭部はつやつやとした磁器で肖《かたど》り、華やかな、その頃の流行であったろう衣裳を着飾った、それは一体のフランス人形である。

テーブルの上に、飾り棚の上に、処狭しと並べ置かれた彼らのなかで、一際眼立って他の者を圧しているように倉野には思われるのだった。

――こういう眼を通して見る光景とは、どんなものなんだろう。

倉野はふと、そんなことを考えてみる。それは恐らく、茫洋《ぼうよう》ととりとめもない不吉な予感に充たされた、水底のような光景なのだろう。そういえば、倉野には想い出される記憶があった。高校時代、羽仁と訪れた山陰の海で、彼は深く脳裡に刻みこまれるひとつの光景を見てしまったのだった。

それはかなりの沖であったろう。ボートは横波を喰らって、喘《あえ》ぐように揺れていた。海の色は沖に出てゆくうちに、一瞬にして変わるということを知ったのもその時だが、それにも増して強烈に倉野の記憶に焼きついたのは、そのボートを残し海中に潜ってみて、水中眼鏡を通して見た、その光景だった。

彼はまず、蛙のように手足をばたつかせ、水中深く潜りこんだ。錯覚なのかどうか、ずっと下に朧《おぼろ》げながら海底が見てとれる。鉛のような水色。そんな言葉があるのなら、これがまさにそうだったろう。そして彼は、彼を上へ上へと曳き戻そうとする抗《あらが》い難い力によって、もうこれ以上潜りきれない処にまで達した時、くるりと体勢を入れかえてみた。

彼は、水中に立ってみたのだ。

底の方の色よりも、さらに深くて遠い、茫漠たる世界が展《ひろ》がっていた。圧倒的な量の水というのは、これほど不気味な陰影のなかに沈みこんでいるものだったのか。見渡す限りそこには、妙に実体感を持った色そのものが横たわっており、そしてそれはずっと彼方にまで続いていて、どこからともなく闇のなかに呑みこまれてゆくように、ぼーっと霞《かす》んでいるのだ。そしてその向こうには何があるのか、透明に透明が重なり続けて、ついには鈍く不透明になってしまったあちらに、一切は包みこまれ、蹲《うずくま》っているような気もした。

もし鮫《さめ》なり鯱《しやち》なり、いやもっと凶々《まがまが》しい、未だひとには姿を見せてはいないような生物がいたとして――倉野にはなぜか、いつか幼い頃に図鑑で見たことのある三葉虫が、ひと知れず深海のなかで、とてつもなく巨大な体軀《たいく》を得た、というイメージがあったが――そいつがそのいやらしい外観を現わす時は、必ずその不透明にどんよりとした色彩の膜の重なりの向こうから、殆ど一瞬にして姿を浮かびあがらせるだろうという、確信めいたものを持った。そう考えあわせると、先刻眼の前にした海の色の豹《ひよう》変《へん》という現象も、当然そうあるべきもののようにも思われるのだった。ともあれ、そこには青い、凍りついた風景があった。一瞬彼は、ゆっくりと海底に降り立ち、そうして果てしもないこの風景のなかで歩き出してゆく自身を空想していた。

それはまさしく、不吉な予感に充たされ、そしてそれ故に凍結せざるを得なかった光景だった。

彼は不意に襲われた恐怖に、夢中で水面へと踠《もが》いていた。きららに輝く頭上のカーテンのあちら側だけに輝き亘《わた》った安全地域があるような気がし、そこを目指して必死に浮きあがろうとする。が、その時に限って、彼を抱きあげようとしていた浮力は役に立たず、却って底知れぬ晦冥《かいめい》のなかに曳きこもうとするいくつもの見えざる手を意識していた。まさにひととき、眼が瞑《くら》んだような、そんな気がした。

青い大きな眼を見開き、どういう想いを抱いてこの世界を見続けてきたのか、倉野が産まれたずっと以前からこの世界を眺めて来ただろうこのフランス人形は、そんな彼の追想を知ってか知らずか、堅牢な沈黙を守って、この『黄色い部屋』を睥睨《へいげい》し続けるのだった。

「……さてと。おや、倉野君。そんなにあの人形が気にいったのかね」

「え。いいえ、そんな訳では……」

ええ、と答えてもよかったのだが、物想いに耽《ふけ》っていた最中に突然声をかけられた倉野は、故知れぬ気羞《きはずか》しさにかられて、否定の言葉を返した。

実際の年齢は四十を越してはいないのだが、白髪の多い頭のせいで、十は老けて見える。でっぷりと恰幅のいい体軀と容貌は、いかにもひとのよさそうな感じを顕《あら》わしていて、倉野はこの甲斐良惟《よしただ》の兄、良一《よしかず》に、自分の兄のような好感を持っていた。

「これはね、フランスのジュモウ社で造られたものだよ。一八七〇年頃のものらしい。ほら、頭が磁器でできているだろう。これはビスク・ヘッドといってね、十九世紀の中頃からこういった人形が開発されたんだよ。それまでは、これもまた焼物なんだが、チャイナ・ヘッドと呼ばれる……そう、あそこにある人形がそうだよ。こちらのと較べてどうだい。肌の色がどうしても人間らしくないだろう。ああいったものを使用した、ファッション・ドールがそれまでの主流だったんだが、高温で焼いて肌色をさし、再び低温で焼くという手法によって、より自然な色艶《いろつや》を出したビスクは、それ以後の人形の流行を大きく塗り変えたんだ。

「しかも、このビスク・ドールと呼ばれる人形は、それまでの大人向けのものから、子供向けの着せ更え人形、すなわち《べべ》として造られたのであってね、僕の思うに、それ故にこの人形が人びとの心を摑《つか》むのじゃないかな。肌の色の感じがより人間らしくて健康的なだけに、あの太い眉やどぎついような大きな眼は、一層彼女達を、別の世界から迷いこんできた少女のように見せるんだろうね。可愛いと言う以前にまず、薄気味悪いところがあるからね、確かに。

「しかし、それほど時代を風靡《ふうび》した彼女達の隆盛は、ながく続かなかった。なにしろビスク・ドール造りは、ひどく手間暇かかる仕事だからね、その後擡頭《たいとう》してきたセルロイドやゴム製人形によって、きれいに量産化の方向へと切り換えられてしまったんだよ。それから以降、彼女達の姿は人形の歴史の上から、ふっつりと消え去ってしまうんだ。それは全く見事なくらいで、まあ言ってみれば、あるいはそれが彼女達に相応《ふさわ》しい宿命であったのかも知れないがね」

海泡石《メイシャム》のパイプを銜《くわ》えつつ、ひとしきり人形談義を披露すると、この『黄色い部屋』の主人《マスター》は、聞きいっていた倉野に向けて、再びひとなつこい笑みをよこすのだった。

「うん、そう言えば、真沼君もあの人形が好きらしいね。この部屋に来て、よくあの人形を眺めてるが……」

その時、扉が開き、羽仁と布瀬が訪れた。続いてナイルズとホランド、そしてさらに数分たって、根戸と真沼が年下の雛子を連れて来て、この店の、とりわけ人形の多い別室に、あらかた人員《メンバー》は揃ったのだった。

肝腎のマスターの弟である甲斐良惟が抜けているのは、金沢で行なわれる曳間の葬儀に出席するために帰郷しているからで、そのことをもう一度全員に告げると、マスターはその別室から出ていった。

――曳間が死んだ後であんな話をするなんて、もしかするとマスターは、僕達を人形に喩《たと》えて言ったのかも知れないな。

けれども倉野がそんな想いを確かめる間もなく、皆の幾分昂奮気味の眼差しは、一斉に倉野の方に向けられた。

こちらの別室の方も、その名の通り、壁から天井から床に敷かれた絨毯《じゆうたん》まで、一面黄色に塗りこめられている。倉野は一瞬自分が、人形達を陪審員とする裁判の被告でもあるかのような錯覚に陥《おちい》った。

倉野は、昨日羽仁の部屋で語った同じことを繰り返しながら、皆の顔をひとりひとり観察していった。

長方形のテーブルのまんなかに彼は席を取っていた。右側に羽仁、左側に根戸、そして向かい側の列に、右側から真沼、布瀬、ナイルズ、雛子。そしていちばん左側の、部屋の奥まった処に、テーブルからすこし離した椅子をホランドが占めている。後の者は皆、据えつけのソファーに腰かけていた。

両脇の羽仁と根戸が、幾分退屈気味に構えているのだが、昨日の倉野の話を聞いているのでこれは仕方がない。真沼はいつも蒼褪《あおざ》めたような顔を一層蒼くしながら、眼だけきらきらと輝かせて聞きいっている。布瀬は、いつもの皮肉めかした態度を崩さぬまま、それでも抑えきれない好奇心の表われか、しきりに自慢の口髭を撫で摩《さす》るのに忙しい。ナイルズと雛子は、これはもう似合いのカップルといった感じで、揃ってテーブルに両肘をつき、一心に倉野の話を聞いている。こちらは真沼とは対照的に、ぽっと頬を紅潮させていた。そして最後のホランドと言えば、椅子に半身を寄りかからせたまま、やはりいつもの狸寝入りをしているのか、ただでさえ薄暗い照明が届き難い処にいるせいで、表情はよく読み取ることができなかった。

倉野がようやく語り終えると、一同は深い溜息に包まれた。ややあって根戸が口を開くまで、人形達だけが言葉にならないひそひそ話を交わしているようで、しばらくの間、人間と人形の立場が入れ換わっていたのではないかとさえ思われた。

「でね、俺は昨日、うっかり聞き逃しちまったんだが、ひとつ、お前に尋ねなきゃならないことがあるんだ」

「何だい」

「曳間の頭の方に落ちていたっていう、『数字の謎』って本のことだよ。数字の方なら俺の専門だけど、そんな本のことは知らなかったね。開かれてたページの上には、どんなことが書かれてあったんだい」

「ああ、そうそう、そうだったね。いや、実はその本を持って来ているんだ」

傍らのジーンズ・バッグから、黄色い装幀のその本を取り出し、倉野は栞《しおり》の差し挿《はさ》まれた処を開いてみせた。そこには飾り文字で、『5の頁』と印刷されてあった。

「この本の内容は、0から9までの数の性質を分析し、それと関連して、素数や平方数、立方数、完全数などの問題について述べてあるんだ。これはそのなかの、5という数字について書いてある、冒頭の部分だよ」

「しかしだね、その本は、直接関係がないんじゃないかね」

と、そこで口を挿んだのは布瀬だった。

「というと」

「なぜならばというに、曳間は心臓をひと突きで即死だった筈だぜ。殺される前に、曳間の奴が犯人を暗示するような符牒《ふちよう》を残したというのもおかしいし、まあ、本の余白に何か書き記されていたのならともかく、ただ開かれていたページなどを相手にしてはいられんということだ」

と、髭を撫でつけながら喋る布瀬に対して、今度は根戸が、

「それは、これから皆それぞれで推理することだろ。それよりも今日は、全員のアリバイ提示が目的なんだから、まずそいつからかたづけなきゃね」

と、やり返した。ナイルズもそれに加わって、わざとらしく、くすっと笑う。布瀬は微かに口許を歪めた。

「ほかに、聞くことはないかい」

倉野はもう一度、全員の顔をぐるりと眺めまわし、総て語りつくしたことを確認した。ただひとり、ホランドだけが、暗がりのせいで表情を読み取れないのが、気がかりではあったのだが。

「ナイルズの殺人予告の件《くだり》は、一昨日、みんな集まった時に聞いているそうだから、そうだね、誰から……」

そう言いかけた矢先に、雛子が素っ頓狂な声をあげた。

「あら！　あたし知らないわ。なあに、予告って何のこと。ひとり、村八分は厭だわ」

その言葉に雛子の方を振り向いたナイルズは、

「あはっ、そうか、雛ちゃんはあの時、いなかったんだね。でも、これは事件の本質とは何の関係もないんだ」

「でも、本格探偵小説はフェア・プレイが第一条件でしょ。関係ないようでいて、後で重大な意味を持っていた、なんてことになったら、馬鹿を見ちゃうもの」

するとと布瀬も、さっきの仕返しとばかりに、

「そうともさ。なかなかいいとこを突くじゃないか。ナイルズ君も、いつものフェミニストぶりはどうしたね。ゲルダちゃんの言うことは聞いてあげるものだよ。でないと、氷の女王の虜《とりこ》になっちまうぜ。いいとも、吾輩から話してあげるから」

そう言って、ちょっと顔を顰《しか》めたナイルズを尻目に、布瀬はその時の情況を語り始めた。

倉野はその時にはもう、別のことをぼんやり考え始めていた。

相変わらず彼らだけの持つ沈黙を守り続けてやまぬ人形達。決して我々には聴き取ることのできない彼らの言葉。

——そうだ。この、僕達をもの言わぬ眼で瞰《み》おろしている人形のひとつひとつにも、じっと抱いているそれぞれの想いがある筈なのだ。

倉野は、この『黄色い部屋』の夥《おびただ》しい数の人形達に囲まれて、何かしら異なった世界に足を踏みいれてしまったような、そんな感覚を払拭することができなかった。とはいっても、彼がこの店に足を運んだのは、二度や三度のことではない。しかし、自分の部屋にあの異形の世界を垣間見てしまった倉野には、その後もずっと、自分の

いる世界が、どこか見知らぬ時空のなかへと歪められてゆくような予感が離れずにあった。

人形達の交す言葉を聞こうとする。そんなことからも、異なった世界への扉が開かれるような気がする。

実際、そこには数知れぬ人形達が押し重なるように並べ置かれていた。西洋のものではまず先程のフランス人形を筆頭に、オランダ人形、ドイツ人形等の、各国の風俗人形。蠟で造られたファッション・ドール。マイセンのものと思われる陶器人形。硝子人形。木彫人形。ギニョール。マリオネット。ワヤンゴレックと呼ばれる棒人形。ブラッティーニ。カスペル。それに混じって、可愛らしいシャーリー・テンプル人形が顔を覗かせているかと思えば、黒弥撒《くろミサ》にでも使われるような、この世ならぬ悪魔の顔かたちを肖った泥人形が、その凶々しい眼差しをこちらに向けていたりする。日本のものでは雛人形。御所人形。嵯峨人形。賀茂人形。博多人形等がずらりと勢揃いし、なかでもやはり市松人形と文楽人形の数が多い。ほかにもこけしやら和紙人形、土人形の類いがあり、そして壁のいちだん高い処に、丑《うし》の刻参りに使われるという藁《わら》人形がひとつ、黄色く輝く五寸釘に打ちこまれて懸かっているところを見ると、この店のマスターである甲斐の兄の趣味も自《おの》ずと知れる訳である。

そしてそれらの人形達が、真黄色の部屋のなかで、これまた薄暗い黄色の照明を受けて静まり返っている様は、先程想い出していた、海底のあの次第にぼやけてゆく不透明な色層の向こうから、想い煩《わずら》ったように姿を現わし、そのままくっきりと輪郭を見せ終わるでもなく、といって再び姿を消す訳でもなく、この世界とあちらの世界の中間点に、しっかとした橋頭堡《きょうとうほ》も持たぬままぶらさがっているもののようでもある。

そこにおいては、自分達こそが人形なのかも知れないという倉野の疑いもまた、自然なものなのかも知れなかった。真沼や布瀬やナイルズ達の姿までもが、眺めるうちに次第にその姿を曖昧とさせてくるような気もして、倉野は強く瞼を鎖した。

――あの曳間の死によって、不意に開かれてしまった異次元への扉。それがどんな処へと続いているのかは、まだ皆目見当もつかないが、とにかくこの今、僕は、そのなかへと足を踏みいれねばならない。曳間の死を、この現実の片隅に抛《ほ》っぽらかしにしてしまうことなど、絶対にできない。そんなことが、赦《ゆる》される訳がないのだ。そう。曳間が、ただ意味もなく死ぬなどということがある筈がない。発作的衝動的、あるいははずみで起こってしまった殺人などである訳がないのだ。ましてやどこの者とも判らぬ通り魔に殺されたなどというのは論外だ。そう、そこには選びぬかれた殺人者が要《い》る。曳間の生命、その二十一年間の彼の足どりと抱き続けてきた想いを、一切合財ひっくるめて、なおかつそれを帳消しにしてしまうに価する、深刻な動機と綿密な計画とが要る。それが適《かな》わぬのなら、曳間の死を信じることさえできないのだ。ああ、こういう考え方は、異常なのだろうか。曳間の死によって、歪《ゆが》み捩《ねじ》れてしまった、眼に映るこの現実というものの写像。そのつりあいをとるために、もう一方に差し伸ばされた天秤《てんびん》に、狡知《こうち》に長《た》けた極上の殺人者を求めようなどという決心は、ちっぽけな感傷と少なからぬ邪心からくる妄想に過ぎないのだろうか。

しかし、と、倉野は思った。

——僕にはこの道しかない。一定の動作しかできぬ機械《からくり》人形のように、僕はただ、ひたすらに、最も曳間の死に相応しい殺人のかたちを捜し求めるだろう。理想的な殺人。

——そうとも。

倉野の頬に、殆ど眼に止まらぬ微笑みの翳《かげ》が過《よ》ぎった。

——そのためにだったら、僕はこの人形達の仲間入りをしたっていい。この異形の陪審員に加わって、茫洋ととりとめもない、不吉な予感に充たされた、水底のような世界を瞶《みつ》めていたって、いいのだ。

5　白昼夢の目撃者

融けだしたアスファルトから熱気が立ち昇り、チリチリと渦を巻いて、それに包みこまれながらも布瀬は、規則的な歩調を崩さぬまま歩き続けていた。

遠くの方に、道が上り坂になってゆき、そしてその向こうに再び下り坂になろうとする、なだらかな頂上が見える。そこでは車が通るたびに、その下の地面が鏡のようにさかさまの像を映していて、布瀬はふと、あんな処に水を撒《ま》いてあるのか、という疑問ともいえぬ想いを抱いた。しかし、額に吹き出す汗をシャツの袖で拭いながらその方向へ歩いてゆくと、そこにはもう水溜りなど、影も形もない。汗が乾いて塩辛くなった唇を舐《な》めながら、布瀬は、ハハア、これが逃げ水という奴か、と思った。

腕時計を見ると、十一時十分。今からこの暑さだと、二時、三時にはどうなるのか。布瀬は忌々《いまいま》しげに舌を鳴らした。七月十四日のこの暑さは、実際、その年始まって以来の突然の猛暑だった。今年は冷夏だと言われていただけに、そして昨日もそれほど高くない気温であっただけに、この降って湧いたような猛暑は、人びとに応えたようだった。赫灼《かくしゃく》と照りつけてやまぬ太陽。燃える陽炎《かげろう》。布瀬はそのなかを、倉野のアパートを訪ねるために歩き続けていた。

同じ国電の目白駅からではあるが、布瀬の辿る道は、倉野がいつも往復に使うそれからは途中で岐《わか》れた、別の径路だった。

これにには布瀬の性格を象徴するような、ちょっとした逸話があった。多分に神経質なところのある彼は、友人の住居を訪ねる際、常に最短距離を歩かないことには気がすまず、歩行に要した時間を精密に計算し、つきとめたその径路しか歩かないという珍しい癖があるのだ。

目白駅から倉野のアパートまでのその径路も、布瀬の測定によれば、倉野がいつも歩いている道筋に較べ、僅差だが三十秒ほど短いのだそうである。そして小路の錯綜するその径路は、アパートの前の道に、恰度《ちょうど》倉野が往き来するのとは逆方向から繋がっていた。

そこに近づくと布瀬は、汗の流れ落ちる首筋を伸ばして、倉野の部屋の窓を仰ぎ見た。窓は閉じられたままだった。褪せた黄色のカーテンまでが、彼の来訪を拒むかのように閉めきられていて、彼はそれを一瞥《いちべつ》するなり、再び忌々しげに舌を鳴らした。

念のために横手にまわって、表口の鍵がかけられていることを確かめる。ウンウンと力をこめて開けようとしても、そこの引戸はやはり堅く鎖されていて、布瀬はしばしその前で、憮然《ぶぜん》と立ちつくした。

――畜生。この間の仇を討つために、とっておきのハメ手まで研究して来たのに。

彼は、碁を打つために来たのである。四、五日前の目碁で惨敗し、二千円を巻きあげられた、その復讐戦だった。ハメ手というのは、囲碁の戦法のひとつで、しかもその裏道をゆくもの、と言えば当たらずといえども遠からずだろう。相手がその応接を正確に行なうならばこちらが不利になるが、ひとたび相手が受け損《そこな》えば大利を得るというのが特徴で、彼は数多いそのハメ手のなかでも、とっておきに難解な、大斜百変《たいしゃひゃっぺん》のひとつを選び、変化を含めて数百手に亘《わた》る手順を研究して、いよいよこの日とばかりに、暑さも構うことなく出かけて来たのである。

その対戦相手が不在ときては、彼の思惑もあらばこそ、力が脱けるやら腹立たしいやらで、ひとしきり立ちつくすのみだったのも、無理からぬ話だろう。

しかしいつまでもそこにそうしている訳にもいかず、炎天はその熱気を弥増《いやま》すとあっては、さらに蒸し暑いだろう部屋のなかで、いつ帰るとも知れぬ倉野を待つ気にもなれず、彼はしぶしぶとそこを離れるしかなかった。とにかく、どこか涼しい処に行かねばならない。布瀬は、目白通りに面した喫茶店を選んだ。倉野達とよく行く店である。

それは『ルーデンス』という名の、小さな喫茶店だった。そこのマスターは、盤を使うゲームなら何でも来いという人物で、その店にもそれらしく、碁、将棋から、チエス、オセロ、チェッカー、中国象棋《しょうぎ》等々のセットが揃えられていた。無論麻雀もやるそうだが、マスターの唱える遊戯学理論によれば、『運に頼るゲームは低級である』ということになるらしく、そしてそれは倉野の以前からの主張でもあった。

布瀬はその店にとびこむと、しばらく爽やかな冷気を楽しんだ後、石を抓《つま》む恰好をしてみせて、「やりませんか」と水を向けた。

「十一時半ですか。恰度、モーニング・サービスに間にあいましたねエ。どれ、じゃあ一局、揉《も》んで頂きますか。布瀬さんって言いましたっけ、確か。今日は倉野さんはいないの？　いやあ、しかしあのひとは強いねエ。あたしも一応五段の力はあると自負していたんですが、やっぱり学生さんと違って、悲しい哉《かな》、こちとら田舎五段なんですねエ」

六十の峠を越したと思われる、このいかにもひとのよさそうなマスターを、倉野の代わりにハメ手の俎上《そじよう》に載せることに少々気の毒な想いもあったが、布瀬は敢えて実験的な意味にも使用してみるつもりになっていた。

結果は上々だった。マスターは見事に布瀬の術策に嵌《は》まり、石の姿は見るも無惨な様相に陥った。その頃からその老人は、彼の本領である長考に没頭し始めた。

その時も、相手の長考が蜿蜒《えんえん》と続いている最中だった。布瀬はふと、手持ち無沙汰に硝子越しの街の光景に眼をやった。コバルト・ブルーに彩《いろど》られた、光溢《あふ》れる街。そこには往きかう人の姿もなく、車道にさえふっつりと車も途絶えて、一瞬の無人地帯がひろびろと展がっていた。

布瀬は思わず眼を屡叩《しばたた》いた。確かに先程までは、車の流れも人の流れも絶え間なく流れていた筈なのだ。布瀬は無意識に眼鏡を押しあげた。

その時、向かい側の歩道に人影が現われた。それは窓枠の左手から不意に、人形浄瑠璃でも見ているような具合で登場したのだった。しんとした間合についと姿を見せた、それはどこかしら印象的な情景だった。ために、そのまま見過ごしていただろうその人物を、布瀬は網膜にはっきりと焼きつけた。

それは双子のかたわれだった。ナイルズなのかホランドなのかは判然としなかったが、敏捷《びんしょう》そうな軀をやや斜めにして歩き過ぎようとしているその人物が、あの片城兄弟のいずれかであることには間違いなかった。

倉野の処に行くのだろう。何の用なのか。いずれにしても、倉野は不在なのだから、連絡しあっての来訪ではないだろう。それにしても、倉野のアパートに電話がないというのは致命的である。

布瀬はぼんやり、ナイルズだかホランドだかの姿を見送った。どうせ不在と判ったら、すぐに引き返してくるに違いない。

思ううちに、再び道路には人と車が次々に姿を現わし、少年の去った後には、いつもの喧噪に戻った風景があるばかり。布瀬は、今の数十秒間の情景が、一瞬の間に垣間見た白昼夢であるかのような想いに囚《とら》われた。

その時、長考の果て、ようやく意を決した相手の打ち据える石の音が響き、布瀬ははっと現実に曳《ひ》き戻された。彼は、盤面の方に振り向きながら考えた。

——それにしても、よりによってこんな暑さのなかを。双子のどちらか知らんが、何の用にしても肝腎の相手が不在では仕方あるまい。あっは。しかし、考えてみれば、気の毒とは言っても、倉野を訪ねて肩透かしを喰らったのは、この吾輩もそうなんだからな。

　盤上に眼を戻すと、形勢容易ならずと見て打たれたのだろう、最長考を払って呻吟《しんぎん》を重ねたに相応しく、見るからに難解そうな勝負手が放たれてあった。最強の応手で咎《とが》めれば一挙に勝負が決まるだろうが、受け損うと、今まで保ってきた序盤の貯金をいっぺんに吐き出してしまうだろう。そうなると形勢不明、悪くすると、こちらが非勢になるやも知れない。布瀬はカウンターの上にある電気時計に眼をやって、十二時半であることを確かめると、その部分の応酬の読みに耽《ふけ》り始めるのだった。

　その一局が終わったのは、午後一時頃だった。最善とは言えぬまでも、相手の勝負手を躱《かわ》すことに成功した布瀬は、その部分でも少なからぬ利益をあげて、最早その形勢の差はどうにも縮まらぬものになっていた。その後少し打ち進んで、マスターは白髪の多い頭を掻きながら投了した。

「いひゃあァ、参りました。序盤で巧くやられちゃいましたねエ。あれ、どう受けたらいいんですか。大斜百変ってのは、これだから厭なんですよ。それにしても強いねエ。倉野さんにも布瀬さんにも、まるで歯がたちませんなあ」

　そんなことを言いながら、マスターは、今度は自分の方から再戦を申しこんだ。このひとのいい老人は、それでも割合に勝負に執着する質なのだ。布瀬もどうせ暇だし、碁を打ちながら涼しい店に粘り続けられるのなら、願ってもないことでもあるので、これまた快く了承した。しかし、今度は柳の下に泥鰌《どじょう》はいず、結果は布瀬の惨敗に終わった。

二局目が終了したのは、三時過ぎだった。田舎碁を自称するマスターの、猛烈な力に捩伏せられ、大石を頓死させられてしまった布瀬は、やり場のない不機嫌に捉われて、飲み残していたコーヒーを、毒杯を呷《あお》ったソクラテスのように嚥《の》みくだし、挨拶もそこそこに店を出たのだった。店を一歩出ると、街は猛だけしい怒りに灼かれるように燃え立っていた。脂《あぶら》っこい汗が、どっと吹き出すようだった。

パトカーが二台、耳障りな警笛を喚《わめ》き散らして、駅の反対方向に通り過ぎてゆく。

「面白くない」

吐き出すように呟くと、布瀬は目白駅の方向に足を向けた。苛立つような街の喧噪は、そんな彼の、駅へ向かう歩を速める。さっきのパトカーが、まさに倉野のアパートで起こった殺人事件のために駆けつけたものであることなど露知らず、ただ、自らの安住の地、『黒い部屋』に戻るために。

「それで、だね。家に着いたのは確か、五時だったたね。……さあ、これで文句はなかろう。十一時半から三時十五分までの現場不在証明は、『ルーデンス』のマスターが立証してくれるだろうよ。ほかに客も、二、三人いたしな」

布瀬が語り終わると、皆の眼は自然、ナイルズとホランドの方に向けられた。なかでもいちばん冷ややかな表情をよこしたのは、当の布瀬で、視線を等分に与えながら、既にどちらかが犯人であると決まってでもいるかのような態度を見せるのだった。きゅっ、と釣りあげられた皮肉な笑みを向けられて、ナイルズの方は戸惑ったような苦笑いを浮かべ、ちらりと後ろを 睨《ぬすみみ》る。ホランドの方は、こちらはもう相変わらず狸寝入りの最中で、暗がりのなかに表情さえ読み取りにくかった。

「僕じゃ、ないよ」

躇《ためら》うように、ナイルズが口を開くと、

「へえ。妙なことだね。僕でもない」

眼を閉じたまま、ホランドも続けた。一瞬、呆れたような沈黙が、その場に割りこんだ。

「布瀬さん、夢でも見たんじゃやない」

からかい半分のナイルズの言葉に、布瀬の癇癪《かんしゃく》が破裂した。

「夢だと!?　馬鹿にするな。確かにあれは、お前達のどちらかだった。……そうか。お前達、あの時間、あの場所にいたことを知られてはまずい理由があるんだな。見聞違いのせいにしようとしたって、そうはいかんぞ。さあ、白状したらどうだ。十二時半頃、倉野のアパートに行こうとしていたのはどっちだ！」

ぐいとナイルズの胸倉を摑みあげた時、見かねた根戸が、

「よせよせ。熱くなるなんて見っともねえな。名探偵を気取るなら、もっとそれらしくしろよ。まずナイルズ達の話も聞いてやって、嘘を暴《あば》くならそれからが筋だぜ」

痛いところをつかれて、布瀬はしぶしぶナイルズのシャツから手を離して座りこんだ。不意をつかれて、半ばきょとんとしているナイルズの方に、大きくひと息つくと、

「すまんな。つい、カッとして」

と、苦々しい口調で呟きかける。ナイルズは一瞬、ちらっとホランドの方を見ると、

「いや、いいんだよ」

と答えたものの、急に沈みこんだように黙りこくってしまった。度胆を抜かれたのは雛子もそうで、あっと言う間もない出来事に、ぽかんとした表情のまま布瀬の方を眺めている。するとその時、ホランドが、ようやく鎖されていた瞼を開いて、

「やれやれ、これでどうでも、アリバイを語る順番は、次に僕らにまわってきてしまう訳だね。で、面倒だから、早くやっつけちゃうために、僕から話すよ。布瀬さんの

ように、完璧なアリバイになっているかどうか。まあ、僕としては、布瀬さんの目撃が、単なる見誤りであったことを願うだけなんだけどね……」

一同はごくりと唾を呑みこんだ。早くもこうして、大きな喰い違いが現われてきている。そうなのだ。三人のうち、誰かが嘘をついているのか、あるいは錯覚を犯しているのか、なのだ。

それとも、果たして三人の証言のいずれもが正しいということがあるのだろうか。ひとりの場合ならば、ドッペルゲンゲル。それが双子の場合だと、一体そこから離れて歩き出した白昼夢は、何と呼ばれればいいのだろう。そしてその白昼夢は、たやすくこの世ならぬ犯罪をやりおおせることができるのだろうか。しかし、一同はともすればあちら側に滑り落ちてしまいそうな手綱《たづな》を曳きしめながら、取りあえずホランドの話に耳を傾けた。

6　通り過ぎる影

ふと頭上を振り仰ぐ。杲々《こうこう》たる蒼穹《そうきゆう》が、深い煉瓦色の時計台の後ろに展がっている。ホランドはその文字盤に、やっとのことで十二時三分前の時刻を読み取った。

割合に緑の多いそのあたりから、ほんの二、三分歩くと桜田通りに出る。港区白金にある彼の家からは十五分ほど要するこの小さな公園は、その頃の季節にはいつも、気の遠くなるような香気に包まれる。時計台の周囲には、夥《おびただ》しい数の薔薇が咲き零《こぼ》れていて、しかもその際立った特徴は、種類の豊富さにあった。ざっと見渡した処だけでも、バーガンディ、ハンドレッド・リーブド、ドッグ、チャイナ、カロライナ、カンパニオン、ダマスク、ソールネス、ムルティフローラ、ムンディ、オーストラリアン、グェルダー、クリスマス、マイデン・ブラッシュ、マスク・クルスター、ヨーク・アンド・ランカスターとまだまだあって、さらにその色種とあっては、まことに見事なくらいに限りなく取り揃えられている。

このひととき咲き零れる薔薇の花達になり変われれば。ホランドは手近の茎を、荒々しくひきちぎってみた。掌のなかで、棘《とげ》が肉に喰いこみ、羸弱《かよわ》な花弁は、その冷たい痛みを身に負うかのように、折れるほどの確かさで地に落ちた。

ヨーク・アンド・ランカスター。花言葉は《戦い》。その細く弱い細胞壁のなかでは、やはり幾千幾万の眼に見えぬ戦いが行なわれているのだろう。ホランドは、掌の掻き傷を握りこみながら、その戦いの一端を感じ取ったような気がした。

ホランドはもう一度時計台を見上げ、それからポケットから皺《しわ》苦茶になった封筒を取り出した。昨日の夕方、家の郵便受に迷いこんでいたもので、宛名が片城蘭様となっているだけで、差出人の名義も何もない。なかにはありきたりの用箋で、十四日の正午にこの時計台へ来るようにという旨《むね》だけ記されてあった。ホランドには見慣れない筆蹟だった。

――一体、誰なんだろう。

正体不明のその手紙を手に取り、左見右見《とみこうみ》しているうち、時計台の針は、きっかり十二時を示していた。どこからか正午のサイレンも鳴り響いてくる。ホランドは慌てて便箋を封筒のなかに戻すと、もう一度周囲を見渡した。小さな公園には、薔薇を巡って名も知れぬ樹木が閑散《かんさん》とした列を見せ、燃え盛る太陽が、今更のように輝いている。しかし、依然としてそれらしい人影はない。

――騙《だま》されたか。

ホランドはぼんやりと、そんな予感を感じ取っていた。

ただひとり、煉瓦の台に腰かけた浴衣《ゆかた》掛けの見窄《みすぼ》らしい老人が、薔薇の陰に僅かな涼を取りながら、聞き慣れぬ歌をうたっていた。

誰が風を見たでしょう
僕もあなたも見やしない
けれど木の葉を顫わせて
風は通りぬけてゆく

——そんなものかも知れない。

そう思った。この歌を聞くことができただけ、この手紙に誘われてここに来た価値があった。ホランドはそう考えていた。

十二時半まで待ってみたが、依然、訪れる人影もなく、ホランドはゆっくりと田町《たまち》駅の方へ歩き始めていた。妙にからっぽな、爽やかな気分だった。封筒は丸めて、駅までの途中の屑籠に捨てた。

山手線で東京駅を過ぎ、巣鴨《すがも》駅で降りて、根戸のマンションに向かう。地下鉄を使えばもっと早いのは判っていたが、わざとそういう径路を選んだのだった。文京区白《はく》山《さん》にあるそのビルは、巣鴨駅から速足で十五分ほどだった。

周囲の建物を瞰《み》下ろす恰好のそれは七階建てで、根戸の部屋は六階に位置していた。この時もホランドは、ここへ来るといつもそうするように、エレベーターに乗るために階段の奥の方にまわりこんだ。しかし、見ると昇降ランプは、今三階あたりを通過して上へ昇ってゆこうとしている。

——ま、いいさ。どうせここまで暑いなかを歩いてきたんだもの、この上どれだけ汗をかいたって、たいした違いじゃない。

そう考えて、ホランドは階段の処に戻って六階まで登り始めた。登るうち、軀じゅうから粘つくような汗が吹き出て、根戸のいる階に辿り着くと、縞のTシャツはべっとりと躯に密着しきっていた。肘から手の甲まで滴り落ちる汗を振り払いながら、エレベーターの前を通る時、ふとランプを見上げると、それは既に一階へ戻っていた。

呼び鈴《りん》を押すとすぐに根戸の返事があり、ややあって重い鉄の扉が開かれた。ホランドを見るとちょっと驚いたように、

「やあ、今来たのか」

「そうだよ」

「ひとりでか。珍しいな。まあはいれよ。ひとりでいると余計に見分けがつきにくいが、ホランドの方だな。しかしまあ、何だよ。汗びっしょりじゃないか。ホラ、これで拭けよ」

そう言って自分も上半身裸で肩にかけていたタオルを、勢いよく抛ってよこした。

小さなベランダに籐《とう》椅子が置かれ、傍らの小卓にぶ厚い書物が開かれて、風にページをそよがせていた。先刻まで根戸はそこで読書をしていたのだろう。Tシャツを脱ぎ、躯を拭いながらその籐椅子に座って、その本を起こして表紙を見ると、黒い皮の装幀に緑の文字で『加持祈禱《かじきとう》秘法』と題されてあった。

「相変わらずだね」

「ははん。お陰で本職の数学の方がお留守になってね。冗談じゃねえよなあ。そろそ

ろ卒論も書かにゃならんし、できれば大学院で研究を続けたいから、そっちの勉強もしなくちゃいかん。倉野のように囲碁でも趣味にするなら、数学の方のタメになるのかも知れんが、例えば三摩耶《さんまや》やら五相、八心、十二神将に十七清浄句と並べたって、こちらは一向よき研究課題とはなり得ない。ところがこの意味もない数字の羅列は、囲碁の方では興味のある数列に忽《たちま》ち変幻しちまうんだ。ナニ、こいつは倉野に教えられたんだが、囲碁に現われる形に中手《なかで》というのがあって、攻合《せめあ》いの時にその手《て》数《かず》が問題になるんだが、その時に出現するのが、ほかでもない、純粋に数学的なひとつの公式、つまりPを中手の手数、nをその目数と置いてだね、

$$P=1 \quad (n=1)$$

$$P=\frac{n^2-3n+6}{2} \quad (n=2,3,4,\cdots\cdots)$$

というものなのさ。三目中手の手数は三手。四目中手が五手。五目が八手に、六目が十二手、七目が十七手と、こうなるんだ。が、しかし、どうもこんなところにばかり興味を惹かれて、肝腎の定石なんか全く覚える気になれないんだよな。この本もこの間古本屋で買ってきたものなんだが、人を呪い殺す方法なんかもいろいろ載ってて、ホランドにも興味深そうなのが多いぜ。こんな呪術を使って、実際に殺人を犯せた

ら、もし見つかったとしても、法律的には不能犯として扱われるから完全犯罪なんか容易《たやす》いこったね。しかし、まあ、なかなかそう旨く呪い殺すことができないからこそ、探偵小説が成り立つんだろうが」

ホランドの捲《めく》ったページには、見るからに怪しい雰囲気を湛《たた》えた、文字やら人型やらを組み合わせた神符・呪符の類いが並んでいた。しかし、一見凶々しそうなそれらのひとつひとつの説明に眼を通すと、決して悪しきものの数が多い訳ではなく、むしろ五穀豊穣やら開運盛業などというものが殆どで、なかには走人足留法という、何のことやら意味のよく判らないものもあった。

「これ、どういう意味なの」

根戸は覗きこんで、

「ああ、それ。つまり、行方不明になっている者の消息を知る術とでもいうんだろ」

言いながら、はっと根戸も気づいたようだった。ホランドは身を乗り出すように、

「へえ。じゃ、これを使えば、曳間さんの行方も知れるかしら」

「ウム」

そう唸《うな》って、しばし腕組みをしていた根戸は、

「興味ある実験だな。やってみるか？」

長身をぴょこんと弾けあがらせると、こちらが何も答えないうちに、瞬く間に紙と

筆を用意してきて、その呪符を写し始めたのだった。全く、何か面白そうなことがあると、脇目も振らずやってのけるのが彼の特徴で、その紙を柱に釘で打ちつけ終わると、

「さあ、これで今日じゅうにも曳間の行方は判る筈だ。『必ず知れること妙である』と、ちゃんと太鼓判を捺《お》してくれてるからな」

「まあ、いいけどね」

呆気にとられたていでそう返すと、肩を竦めながら書物の方に眼を戻した。やはりいちばんホランドを魅了したのは調伏《ちょうぶく》の呪符、それによって人を殺し、あるいは狂気に陥れる法だった。

取りとめのないことを喋りあいながらそれらを見較べるうち、ふとホランドは、使われている文字に共通しているものが多いことに気がついた。殊に、『喼急如律令《きゅうきゅうじょりつれい》』という語句は頻繁に使われている。

「ねえ、この喼急如律令って言葉、どの呪符にも殆ど使われているようだけど、何か特別の意味があるのかな」

「ああ、それ。その言葉は中国の漢の時代の公文書用語なんだ。律令《りつりょう》って言葉は知ってるだろ。つまり、急いで法律の通りにせよって意味だ。それが後に転じて、呪《まじな》いの言葉になるんだな。

「そもそも中国から日本へ、初めて密教といえるものを紹介したのは、かの弘法大師空海先生なんだ。まあそれ以前にも『孔雀王呪経』などという密教的な経典が輸入されていて、役小角《えんのおづぬ》——所謂役行者《えんのぎようじや》だが——彼はそれを研究してついに神通力を得たというけど、本格的な密教を伝えたのは、やはり空海先生の功績なんですな、これが。それでもって、空海、最澄両先生が唐に留学するのが九世紀はじめの頃、漢の時代から六百年以上たっている。その『喼急如律令』という言葉が加持祈禱に使われるようになったのも、それだけの年月を考えれば、何となく頷けるんじゃないかな」

「成程ね」

と、ホランドが相槌《あいづち》を打つと、

「その呪符をいろいろ見較べていると、ほかにもいろいろと面白いことが判るよ。例えば〝おに〟っていう字だ。どうだい。調伏の符とかっていう、所謂黒魔術的な悪しきことに使われる呪符には《鬼》という普通の字が使われているけど、疫病封じとかいう白魔術的なことに使われるのには《鬼》という上の点をとった特殊な文字が割に多いだろ。これなんかも調べてみると面白いんじゃないかと思うけど、残念、そこまで詳細に解説してある資料がまだ手にはいらないんでねえ。やはりどうしても、言語学やら民俗学とかに繫がっちまうんだなあ。多少そちらにも手を伸ばしてはいるんだが」

ホランドはそれで想い出し、昨日の影山の手紙のことを説明して、

「そういえば、あの暗号のような手紙にも、図案の方に四鬼という言葉が出てきたよ。赤鬼青鬼の二種類は知ってるけど、四鬼ってのは、そういった種類のことを指すのかな」

「さあ。四鬼ってのは、よく知らないなあ。四波羅蜜《しはらみつ》のことなら、少しは判るが」

「何なの」

「うん、密教の方では専《もっぱ》ら、何百といる菩薩のうちの四人を指すんだな。金剛界曼荼《まんだ》羅《ら》のなかの、中央の大日如来の周囲に描かれている金剛波羅蜜、宝波羅蜜、法波羅蜜、業波羅蜜の総称だよ。それぞれ阿閦仏《あしゆく》、宝生仏《ほうしよう》、阿弥陀《あみだ》仏、不空成就《ふくうじようじゆ》仏の母親なんだ。そう、だから当然、四人共女性だ」

「どうもピンと来ないなあ」

言いながら何気なく腕時計を見た時、根戸もつられたように自分のそれを確かめると、

「あ、もう二時半過ぎか。悪いがちょっと人と待ち合わせでね。もう出かけなきゃ」

根戸の口調に、ホランドは何となく含みを感じ取った。

「僕も、そろそろ帰ろうと思ってたとこさ。根戸さんとこは、マンションとはいっても冷房もなし、うちに帰った方がまだしもだものね」

「ははん、地獄に堕ちろ」

一応の平穏は保っているものの、彼らのあいだにはひとつの気まずい事態が持ちあがっていた。即ちそれは、雛子の年若い叔母、久藤杏子を巡る経緯《いきさつ》だった。

甲斐が、その年美大を卒業してそのまま教授助手となった久藤杏子と知り合ったのは、昨年の春のことだった。富裕な家庭に育った杏子は、高飛車な美しさとでもいった、西洋でも北欧系に近い美貌に恵まれた女性だった。それでいてひどくどこかしら肉感的な感じのするこの二つ年上の女性に対しての甲斐の熱のあげようは相当なものだったらしい。が、杏子の方は彼に対して、ただの男友達、よくて自分の弟のようにとる態度を、いっかな崩す素振りを見せなかった。

それは羸弱《るいじゃく》な小動物をいたぶり、翻弄《ほんろう》するのが面白くてたまらないといったふうだった。

今年にはいり、杏子は甲斐を袖にしたまま、彼に紹介されたファミリーの面々のうち、根戸へ大っぴらに親しみを向けた。これが口の悪い布瀬によると、羽虫が蜘蛛の巣に擒《とら》われるのに似ているそうだが、ともあれ、根戸は忽ち杏子の虜《とりこ》となったようだった。そうしてここに、甲斐と根戸を軸とした、気まずい空気が漂い始めたのである。

しかし、杏子の齎《もたら》したものは決して悪い情況だけではなかったと言える。可愛い探偵小説狂の姪である雛子が、彼女の仲介でファミリーに加わったことである。この魅力的なアリスの介入を、一同は無条件に歓迎した。殊に、ナイルズにとっては欣快《きんかい》の至りだったろう、と、ホランドには受け取れた。

つけ加えるならば、雛子と布瀬が、十年ほど前は近所どうしのよき遊び友達だったという偶然が明らかになって、皆を驚かせた。

とまれ、そういう経緯もあり、根戸の言いまわしと素振りから、ホランドは敏感に待ち合わせの相手を察していた。

ふたりはエレベーターで一階に降り、そこでふた手に別れた。ホランドは駅の方角へ、根戸はそれと逆方向に。コンクリートは皦《しろ》く焼けつき、再び、燃え盛る日照りのなかへ。

そうして、家に着いたのが四時半頃だったという言葉でホランドの話は終わった。一同の興味は、専らホランドを時計台まで連れ出したという、呼び出し状の一点にかかっていたようだった。

「惜しかったな。呼び出し状とやらを棄てたのは。それにしても、あの時君は、そんなこと、曖気《おくび》にも出さなかったぜ」

と、根戸が妙に苦汁《にがり》っぽい口調で言うと、

「おや、それは誰かさんも同じだよ。走人足留の呪術のことなど、昨日は曖気にも出さなかった……」

すかさず羽仁がまぜっ返した。

ホランドは、

「何しろ、あの時はこんな事件が実際に起こるなんて、夢にも考えていなかったし、つまらない悪戯だと思ってね。まあ結局のところ、僕が根戸さんの部屋を訪れたのが、一時半頃として、アリバイは無きに等しいってことだね。やれやれ、これはどうも、僕が白昼夢っていうことにされちまいそうだなあ。……で、今度はナイルズ、お前の番だぞ」

その言葉に微かに軀を戦《おのの》かせると、ナイルズはようやく重い口を開いた。

「不思議だね。全くのところ、厭な話だよ。足留法で姿を現わした途端に、曳間さんは屍体となっていただなんて……」

いかにして密室はつくられたか。それが問題なのだ。

緑色の部屋のなかでナイルズは鉛筆を苛立たしく机に打ちあてた。昨日が初めての集会だか総会だかは、毎月一回、十三日に行なわれることになった。ということは、約束してしまった自称長編本格探偵小説の締切りは、あと一ヵ月になった訳である。

無論、ナイルズは今までに小説らしい小説など書いたこともなかった。今度がぶっつけ本番。しかも長編とくる。長編と銘うつからには、少なくとも三百枚は書かなければいけないのだろう。しかしナイルズには、現在想い描いている構想が果たして何枚になるものなのか、全く見当もつかなかった。まあ、仮に三百枚としても、三十日で割って、一日十枚。

——十枚。きついなあ。ほかのことを何もしないで、これにかかりっきりになったとしても、はて、書けるかどうか。

倖《さいわ》い昨日から夏休みが始まり、彼らの高校は夏休みの宿題は一切出さないという方針をとっているので時間だけはあるが、それにしてもナイルズは、この一ヵ月をまるまる潰してしまいそうな予感に多少の後悔を感じていた。それでもまず、とにかく書き始めなくてはという想いもあって、原稿用紙に向かい、鉛筆を握ったのではあったが、書き出しの一文が出てこない。

まだ細かい隅ずみの部分まで構想を練った訳ではない。しかし、いちばん大きなトリックには自信があった。どうせなら今までにない独創的なトリックを使いたい。そしてしかも——ナイルズがぼんやりと、しかも執拗に想い描いていたのは、増殖するトリック、物語全体がトリックになっているような小説だった。そしてナイルズには奇妙な自信があった。その上、設定も登場人物も、何もかも現実そのままの親しい仲間うちを舞台とした実名小説だから、いざ書き始めれば割合早く書けるような気もしていた。しかし、書き出しの一文が出てこない、というのには参った。

何時間か、真白の原稿用紙の前で呻吟《しんぎん》していると、左隣のホランドの部屋からこつこつとノックの音が聞こえ、「ちょっと出かけてくるぞ」という声がした。

「ああ」

と返事をして、ナイルズは机の上の置時計を見る。ややあってホランドの部屋の扉が鎖される音が聞こえた。十一時二十分。部屋のなかにいてさえ蒸し暑いこの日に、一体何処に出かけるというのだろう。ナイルズはそう思いながら枯草色の壁に眼を滑らせた。

——まあ、どうでもいいけどさ。

とにかく、何とか書き出しの一文を考えなければ。そうだ。最初に死ぬのは曳間さんなんだから、まずとっかかりに、曳間さんのモノローグから物語にはいることにしようか。昨日羽仁さんに妙なことを言われてから、何となく後ろめたい気分もあるし、せいぜい魅力的に描写してあげないと。しかもその独白の内容は、飽くまで曳間さん本人らしく。さてそうすると、その舞台はちょっと変わった雰囲気にしてみたいな。例えば……。

ナイルズは鉛筆を握り直すと、原稿用紙の白い枡目《ますめ》のなかに、一字一字、次のように書きこんでいった。……その時まで彼は、こんなに深い霧を経験したことがなかった。……と。

曳間には様ざまな話を聞かされていたが、殊にナイルズは、世界というものが連続してあるのかどうかという幼い頃からの妙な疑問に関する話に、ひどく心を動かされていた。だからその話を応用してひとつの小景を描くことは、割合に簡単だと言えた。書き出しの一文が出来ると、比較的楽に筆は進んだ。そうして何時間か、ナイルズは暑さも忘れて正真正銘の処女作である長編小説を書き進めていった。一日のノルマである十枚には少し足りぬ、七枚か八枚目で一段落つき、この調子なら何とかなるかも知れないといささか気をよくする。さて、ひと休みするかと鉛筆を置き、椅子から離れた矢先、階下の方で電話が鳴り始めた。

電話は甲斐からだった。母親に替わって受話器を取ると、いつもの弾むような口調が伝わってきた。

「やっ、ナイルズ。ホランドは出かけてるんだって。まあいいや。こっちへ来ないか。いいものを見せてやるからさ」

「なあに、いいものって」

「まあ、いいからさ。来てのお楽しみだ。真沼に羽仁も来てるから」

受話器の向こうで、面白そうににやにやしている甲斐の顔が、手に取るようだった。ナイルズもひどく興味を覚え、急いで柱時計を見ると、三時十分前。じゃあ、すぐ行くよ、と返事をしておいて、取るものも取りあえず家を出た。

街には、太陽の光が乱反射していた。

甲斐の部屋に着いたのは、三時二十分だった。

赤坂にある甲斐の兄の経営する『黄色い部屋』とは別に、甲斐良惟は日本橋の横山町にあるアパートに住んでいた。

一階にある甲斐の部屋の扉をノックすると、すぐになかから返事が返ってきた。

「やっ、来たか。はいって、はいって」

甲斐は四角い木椅子に座って、ニヤニヤと手を拱《こまね》いている。

「あれ、真沼さんと羽仁さんは」

「さっき、暑いからって本屋に行った。すぐ帰って来るだろ」

「そうか。本屋には冷房があるものね。で、何なの、いいものって」

「ははあ、それね」

長髪を頭の後ろで括《くく》った甲斐は、一呼吸置くと、同じようにもうひとつの木椅子に腰かけたナイルズに、大きな眼を悪戯好きな子供がするようにくりくりさせてみせたかと思うと、小卓の下から何やら取り出した。

「これなんだ」

そう言って甲斐が差し出したのは、一冊の古ぼけた小冊子だった。表紙には、『花言葉全集』という書名が銀色に燻《くす》んでいた。そしてそれを見て取るなり、ナイルズは眼をぱちくりさせて喜びとも驚きともつかぬ表情を顕《あらわ》した。

「どうしたの、これ」

「近くの古本屋にあったのさ。前からこの本がほしいって言ってたろ。案外安かったから買ってきたんだ」

「くれるの」

と、ナイルズが身を乗り出すと、

「あはあ、そんな無邪気に言われると弱いな。しかし、こちらもあまり財政状態がよくないんでね。プレゼントするのは御免蒙《こうむ》って、元金《もと》の八百円だけはお払い願いましようか」

そう言って、侏儒《こびと》でも座りそうな小さな木椅子を揺り椅子《ロッキング・チエア》のように後ろに傾けてゆらゆらさせた。

このふたつの木椅子は、何ヵ月か前のある晩、闇に紛《まぎ》れて近くの小学校に忍びこみ、失敬してきたという戦利品だった。探偵趣味が昂じて、現実のスリルを求めてのことなのだろう。とかく最近の彼らの間には、こうしたちょっとした危険な遊戯に、望んで首をつっこみたがるところがあった。

ゆらゆらと規則正しく揺れる青く塗られた木椅子を眺めながら、ナイルズはふと、微かな胸苦しさに襲われていた。それは訳の判らない、奇妙な予感のようなものだった。

この規則正しい揺れは何なのか。

「……さてと、何か飲まなくていいかい。アイスココアかなんかつくれるけど」

「あ、それがいい。咽《のど》が渇いてカラカラだよ」

甲斐が立ちあがって炊事場の方へ向かうと、何故かナイルズはほっとして、青い色調の部屋のなかを見まわした。

三時を四十分ほど過ぎた頃、真沼がひとりだけでふらりと帰ってきた。

「あれ。羽仁は？」

甲斐が訝《いぶか》しそうに尋ねるのに答えて、真沼はながい睫毛を眩しいものでも瞶《みつ》めるように閉じかけた。

「……レコード店……」

「一体どうしたんだ」

想わず甲斐が覗きこむように訊き返したのも無理ない話で、その時の真沼は何かしら、離人病患者のような、呆然とした雰囲気に包まれていた。真沼がこういった状態に陥ることはナイルズが知る限りでも一、二度あって、そういう時の真沼はいつも、今いるこの現実から何ミリか、あるいは何秒か、不意にずれてしまったとでもいうふうな印象を抱かせた。見ているこちら側でさえそうなのだから、当の本人の感覚としては恐らくミリや秒どころの躁《さわ》ぎではないのだろう。その時の真沼は確実に、この現実というものの処どころに仕掛けられているエア・ポケットに落ちこんでいるに違いない、とナイルズには思えるのだった。

この時の真沼もまた、ここならぬあちらに足を踏みしめながら、甲斐の言葉が聞こえたのかどうかもはっきりしないまま、ぽつぽつと語り始めた。

「変なんだなあ……。根戸の奴は気のせいだなんて言ってたけど、やっぱりおかしいんだ」

「だからさ、何がなんだよ。根戸と遇ったのかい」

じれったそうに急《せ》きこむ甲斐に、相も変わらず眼だけはこちらを瞶めながら、

「いや、そうじゃない。根戸にこのことを言ったのは、ずっと前のことだよ。そうだ。影山と待ち合わせをして、根戸も一緒に連れていった時だ。結局影山は来なかったっけ。あれ以来会う機会がないが……」

真沼は訥々《とつとつ》とその経緯から説明した。

「そうなんだ。あの時は根戸にはぐらかされてしまったけれども、……ふふ、根戸はああいうのが巧いからな。……だけども、断じてあれは気のせいなんかじゃない。さ

っきも同じことがあったんだ。僕は積み重ねられた単行本やら雑誌やらを眺めながら店のなかを歩きまわっていた。その時僕はふと、雑誌棚の向かいのふたり連れが、何とはなしに気になって立ち止まってしまったんだ。一瞬、ああ、それが何故なんだか判らない、ただ、僕にはそう確信できたんだ。この女の人は、こう言う。『ねえ、この本、魔法の特集ですって。買わない』と。……二、三秒あとにその女の人が喋った言葉は、まさにその通りだった」

「それ、一種の既視感現象《デジャ・ヴュ》じゃない？」

ナイルズが耳慣れぬ言葉を使うと、やっと真沼も我に還ったように、不思議なものを瞶める面持ちで、この無邪気な様子そのままの少年に首《こうべ》を向けた。

「ほら、よくあるでしょ。この光景、確かに何処かで見たことがあるってやつ。あれのことだよ。デジャ・ヴュてのは。……その時の光景を構成する幾つかの条件、それはほんのひとつかふたつの時が多いんだけど、それに共通する過去の光景を想起し、総ての構成条件まで全く同じだと錯覚してしまうんだ」

甲斐が感心したようにナイルズの背中を突いた。

「やあ、ナイルズ。よく知ってんな」

「あはあ、実をいうと、これ総て曳間さんの受け売りなんだけどね」

「何だ。そういやあいつは心理学畑の人間だったたな」

真沼もぽつりと呟くように、

「曳間だったら、この妙な感覚も納得いくように説明できるのかな」

「まあ、何にせよ、気にするほどのこともないだろう」

「僕もそうは思うさ。ただの偶然であればいい。……そうであればいい。……うん、もうよすよ。どっちみち、たいしたことじゃあないものね」

そう言って、ようやくに快活さを取り戻した真沼は、窓の框《かまち》にその華奢《きやしや》な腰をおろした。袖の大きい青いシャツの肩口が、ナイルズにはいつもより一層透けて見えるような気がした。

陽気な雰囲気をつくりながらも、ナイルズはふと、不吉なにおいをこの時嗅《か》ぎ取っていた。あるいはそれは、真沼ひとりに限ったことではなく、この仲間うち全体に関していえるところの、何かしら巨大な影のようなものであるのかも知れなかった。窓の外を瞶める真沼の、まだ少年のような軀の輪郭を、仄青い真珠色に浮かび上がらせる逆光のなかに、一秒の何分の一か、何十分の一かは知れぬが、その影は確かに通り過ぎたようでもあった。

甲斐と真沼がぽつぽつと別の話をし始めるのを待って、ナイルズはぱらぱらと手にし続けていたままの『花言葉全集』のページを捲っていた。

月下香《げつかこう》……危険な快楽

葉薊《はあざみ》……復讐
酸漿《ほおずき》……偽り
虫取撫子《なでしこ》……罠
…………

そういったものばかりが、いやにナイルズの眼についた。

裏表紙の見返しには、古本屋の価格用紙がはぎとるのも忘れられたように糊《のり》づけされたままだった。それは半分取れかけて、黒い地紙にぶらぶらと揺れている。

その揺れは、ナイルズの胸の奥の動揺めいたものと同調するように思われた。あるいはまた、先程心にひっかかって離れなかった、木椅子の規則的な揺れとも重なり合って、ナイルズの頭に執拗にこびりついた。

あの規則正しい揺れは何だったのか。

様ざまのものが絡み合い、捩れあいながら、ある時ふと糸が切れるように滝壺《たきつぼ》の底へと崩れ落ちてゆく。ナイルズには、そういった危険なヴィジョンがありありと見えるような気がした。それも、そんなに遠いことではなく。

そして、それが単なる思い過ごしであれ、僕達はこの錯雑した様ざまの想いを抱きながら、この想いが飽和状態になるまで、そしてそれを越えてしまうまで進んで行かなくてはならないのだろう。

何のために。

その問いに対しての答もないままに、ナイルズは飽くまで陽気に振舞っている自分が、ふと不思議なものに思えた。そしてそれは、奇妙にしあわせなことではあったのだが。


「そうして」

軽く息を吸いこむと、ナイルズは続けた。

「羽仁さんは帰ってこなかった。五時過ぎに僕は甲斐さんのアパートを出て、家に着いたのは六時前だったよ。ホランドはもう家にいた。以上、天地神明にかけて偽りなし」

そう結ぶと、ナイルズはちょっぴり不安そうに周囲を見まわした。それを引き取るように、待ってましたと言わんばかりに口を開いたのは布瀬だった。

「ほほう、で、十一時二十分から二時五十分までの不在証明は」

ナイルズはちょっと口籠もると、

「うーん、厳密に言われると困るなあ。階下にいた母親に立証してもらうってのは駄目なんでしょ。肉親の証言ってのは確証になりにくいものね。……うん、だからまあ、不在証明なしってことでもいいよ」

「ふん、と、まあ、こういうことだぜ。どうだい。ナイルズとホランド、ふたり仲良く不在証明なしときた。つきあいのいいことだが、これでどうやら、吾輩の目撃したものが白昼夢でも何でもないと認めて貰えるだろうな。そこで吾輩は、君達ふたりに、今、この場で忠告するものなのだよ」

そこまで来ると、布瀬は急に身を屈《こご》めるように前につき出して、内緒話でもするふうに声をひそめた。

「いいかね、どうせ君達には不在証明はない。正直に、十四日の十二時半頃、目白駅から倉野の下宿までの道を歩いていたのがどっちなのか、告白した方が得だよ。別に、あの時間にあそこにいたからといって、その人物が犯人とは限らないのだから。いっそその方が、妙な疑いをかけられたままにしておくよりもいいのではないかね。え？」

どちらからも返事がない。

布瀬の金縁眼鏡がキラリと光った。

「あっは、まあいいさ。吾輩は既に君達の証言から、ひとつの鍵を見つけ出すことができた。ふふん、まあ何にせよ、あとは推理するだけなのだからな。そうだろう」

布瀬が言い渡すと、一同は一瞬、底冷えのする沈黙を意識していた。そうだ。こうして証言をしてゆくに従い、何かが急速にほぐれだそうとしている。この今、『黄色い部屋』に集《つど》う者達のなかにひそみ、紛れこんでいた不気味な影が、朧げながらもその姿を現わしつつあるのだ。一同が黙りこくりながらも納得し合っていたのは、このことだった。尤もその影の正体は、依然、杳《よう》として摑めぬのではあるが。

「何かが見えてくるような気もするが、実際は謎が深まるばかりか。いやはや、頼もしいことだね。まあ、それはそれとして、さっきのナイルズの話で想い出したんだけど、影山は今日も来てないんだね。どうしたんだい、布瀬。影山のことは、君がいちばんよく知ってるんだろ。大体、影山が妙ちきりんな手紙を送って来たこと自体、何かそれらしい匂いがするし、彼を欠いて集会をするってのはやはり片手落ちだよ。それに僕はまだ、影山に会ってないしね」

重苦しい空気を払いのけるように羽仁が尋ねると、布瀬は、

「あいつはここのところ、ずっと忙しくてあちこちとびまわってるそうだ。ただ、昨日電話で聞いたところによると、例の物理学の研究サークルの連中と、正午から三時までは、喧々囂々《けんけんごうごう》の大議論をやっていた最中だと言っていたがね」

「一体、何がそんなに忙しいのかな。曳間が殺されたことは、さすがに奴さんも知っているんだろう」

「無論だ」

ぶっきらぼうに答える布瀬に、羽仁は肩を竦めてみせた。

「どうにも仕方がないってことか」

それに加わるように根戸も、

「さっきナイルズの話にあったけど、俺も依然、影山には会ってないよ。一体、影山に会ったのは何人いるんだ」

むっつりと何ごとかを黙考し始めた布瀬の方をちらりと見ると、ナイルズがそれに答えた。

「僕達ふたりと、真沼さん、布瀬さん、それに甲斐さんと、ああ、曳間さんも会ってるよ」

「曳間に？　それじゃあ、尚更顔を見せないというのはけしからんな。よし、今度あい謁《まみ》えたら、ひとつとっちめてやるか」

先程から、段々と情勢が険悪になってきて、おどおどしていた雛子は、そこでやっと、緊張が解けたように肩を落とした。

不意に真沼が席を立ったのはその時だった。

「僕は帰るよ。……とても、こんな集まりには居られない」

「おい、どうしたんだ」

慌てて根戸が呼び止めるのに振り返ると、垂れ落ちた髪を耳の上に掻き上げ、真沼は少し照れたように形のよい歯を覗かせた。集会が始まる時、倉野の観察したところの蒼白さは既になく、ぽっと頬に朱でもさしたように上気しているのが、何とも印象的な魅力を浮かびあがらせていた。

「僕は厭なんだ。こんなふうにして、互いに疑い合い、個人的なことまで暴《あば》き合って、そうして結局のところ意味もない啀《いが》み合いだけが残るような、そんなためだけの集会なんて。僕はそんなの、我慢出来ないよ。本当にこのなかに犯人がいるかどうかも判りゃしないのに。一体みんな、何のために集まってるの」

静かにそこまで言うと、ふと呼吸を呑みこみ、

「そうそう、念のために言っとくけど、十二時から十二時半までは、僕は甲斐と一緒だったよ。これはアリバイじゃなくて、単に僕の証言さ。じゃあね」

それっきり、蒼惶《そうこう》と部屋から立ち去ってしまった。

この時、部屋の扉が後ろ手に鎖された瞬間、雛子はふと、ナイルズの証言のなかに幾度か語られた《影》が、眼の前をちらと通り過ぎたような気がした。あるいはそれは、この部屋に飾られた夥《おびただ》しい人形達の与える錯覚かも知れなかったのだが。

7　非能率なアリバイ

「詩人は怒って帰っちまった、か」

根戸はぽつりと呟いた。

「どうしたって言うんだよ」

と、羽仁も口を尖らせながら、

「彼の言いたいことも判るけど、少なくともこのことで僕ら全員が啀《いが》み合うなんて、そりゃあちょっと人間不信じゃないのかな」

そう言って同意を求めるように周囲を見まわした時、

「いや。これはいい機会だと思うよ」

低い声で倉野が口を挿《はさ》んだ。

「いいかい。僕達は今、殺人犯の正体をつきとめようとしているんだよ。それもこのメンバーのなかにだ。真沼は言ったね。疑いあい、暴きあい、啀みあう……そうさ。それが本当なのかも知れない。そしてまた、それを恐れていては何も出来ないこともまた事実なんだ。遊び半分ならそれでもいい。実際こいつはなかなかスリリングな遊戯でもあるからね。しかし、これから僕達が行なおうとする犯人捜しには、ひとつの覚悟が必要なのも確かなんだ。……そうとも、犯人をつきとめるために、どんなことが起こるか予測されても、あるいは予期できない破局が待ち構えているにしても、僕達はどこまでもつっ走らねばならない。そのことを胆に銘じておいて、……さて、なおかつ真沼のように立ち去らず、闇の底への疾走に、それでもみんな、加わるのかい？」

当然だ、あたり前じゃないか、と一同は口ぐちに答え、そういった勇ましい有様を眺めていたホランドも、くっくっと笑い出しながら、

「なかなか面白いよ。倉野さん。何となく、あなたの探偵法がどういう類いのものなのか、一端を覗かせてもらった気がする。……ふふ、勿論、ここまで来た以上、僕としては最後までつきあわせて貰わなくっちゃ」

全員の反応を確かめ終えると、倉野は殆ど聞きとれぬくらいの溜息を吐《つ》いた。

彼らは確かに、今始まろうとしているものの、模糊《もこ》としたかたちを感じとっていた。そよとも空気を乱すことなく、静かに緩慢に巻きあげられてゆく緞帳《どんちょう》の、しかしそのほんの微かな気配のようなもの。そしてそれは恐らく悪を裁くものとしてではなく、悪を悪としてあらしめるもの、この世ならぬ毒に満ちた悪を成立させるためのものとして進められてゆくのだろう。現実世界の時間の流れとは、最早全く拘《かか》わりを失っているこの『黄色い部屋』という小宇宙のなかで、かつてない畸型《きけい》な祝祭が今、何十と知れぬ人形達の観劇のうちに幕がすっかりあがり終わるのを眺めると、一同は宙空から視線を落として互いの表情を確かめあった。

仮面《ペルソナ》を覆っている者は誰か。

俳優にもそれが判らぬ、不思議な劇。……

頭上に何かきらきらと輝くものがあった。様ざまな色彩がかちあい、弾きあって、四方の晦冥《かいめい》のなかに、いったん収束されたプラズマのように散ってゆく、その果てしない繰り返しが続けられているようだった。赤は青に、黄は紫に、緑は金に、そうしてそのなかで根戸はそこだけ無彩色《モノクローム》の囹《ひとや》に囚われているのだ。鈍色《にびいろ》に輝く見も知らぬ金属が縦に横に斜めにうち重なり、その僅かな隙間をぬって根戸は何処へ進むともなく歩き続けていた。あるいはそれは密生した孟宗竹《もうそうちく》の藪だったのかも知れない。脂汗が後から後から吹き出して、時どき根戸はそのひんやりとした柱に額を押しあてては汗を拭ったようでもあった。杳《はる》かに伸びあがった柱の向こうでは、ひっきりなしに色彩の闘争が繰り返され、あるものはしばし水面のようにきらきらに揺らめき、またあるものは虹色の軌跡を描いて迸《ほとばし》る湯玉のように墜《お》ちていった。

――これは何かの罰なのか。

根戸はふと気がついて埃と汗にまみれたズボンのポケットに注意を向けた。掌に握れるくらいの、何か堅いものの感触。

――俺はこれを盗んできたのだ。

急いでポケットから取り出してそれを見ようとした瞬間、ぐらりと金属柱の林が揺れたかと思うと、一斉に雪崩《なだ》れうつように倒れ始めた。かちあたり、押しひしゃげながら、何処まで伸びあがっているかも知れぬ幾万もの柱が、そしてその時、向こうにちらと一瞬、同じように押し潰されようとしている者の人影が眼にはいる。

圧倒的な力が肩にのしかかってきた。

叫んだと思った。同時に、根戸は弾けるように眼醒めていた。

押し潰されようとした暗いひと握りの空間から、一挙に広漠とした世界へ抛り出されたような、それは奇妙な感覚だった。根戸はしっかりと、今しがた転寝《うたたね》をしていたのだろう籐椅子の肘当てを握りしめていた。六階のベランダからすぐ眺め渡せる風景は、白く眩しい光の下でからんと静まり返っている。

ふつふつと湧いて玉を結んだ汗は、その日差しを浴びてのものか、それとも先程の悪夢のせいなのか。根戸には確かに、崩れ落ちる柱の感触がまだ抜けきれず残っている。ちらと一瞬見えた、向こう側で同じく柱の下敷きになろうとしていた人影もまた。

——杏子。

あれは一体、何だったのか。あのジャングル・ジムのような檻《おり》は、一体何だったんだろう。俺は、何を盗んで、そして、なぜあんな裁きを受けたんだろうか。根戸は部屋のなかを見渡した。クリーム色の壁と絨毯を中心に清楚《せいそ》な色調で配色された室内には、さっきの悪夢の名残りはかけらさえなく、夏の光線のせいでやけに明るく輝いて見えた。大きな碧《あお》い壜にさした、ひとかかえもあるほどの霞草《かすみそう》のドライフラワーが、白く、焔《ほむら》たつように眼に灼きつく。

——まあ、いいさ。どうせ夢なんだから。

根戸は白い小卓の上にとぐろを巻いている、長い鎖のついた懐中時計を手に取った。十二時六分前。ほぼ一時間、彼は眠っていたのだ。

読みかけの『加持祈禱秘法』を開き直すと、ぼんやりページの上に眼を落とす。しかし文字は頭のなかに一向はいろうとせず、根戸は何度も眉間を指で抓《つま》んだ。

唐突に、けたたましく電話が鳴った。

杏子だった。

根戸が受話器を取るなり、鞣皮《なめしがわ》のような耳触りの声で、お元気、マリオン、と囁《ささや》くように呼びかける。一瞬根戸は、いつも杏子のつけているサフランの香水の揺蕩《たゆた》うような香りさえ嗅いだような気がした。

「ねえ、マリオン。何してるの。また探偵小説でも読んでいるのかしら。あたし、今、何処にいると思う？　……ふふ、東京じゃあないの。旅行してるのよ。と言っても、北海道や軽井沢じゃあないわ。東京であって、東京ではない処……」

と、謎のようなことを言ってみせる。いつものお遊びだ、と根戸は思う。他愛もない、無意味な遊び。そうなのだ。ただ相手を翻弄するためだけの、とりとめもない冗談なのだ。何処かって。東京にいるに決まっている。根戸は押し黙ったまま考えていた。つきあい始めの頃は、いつもこいつに振りまわされていたのだ。何だというのだろう。この、意味も脈絡もなく放たれる、冗談とも謎々ともつかぬ言葉は。

沈黙したままの相手に、杏子はふと不安になったように、

「ね、ね。マリオンじゃないの」

「そうだけど」

「何黙ってるのよ」

怒ったように言って、

「ま、いいわよ。知りたくないんだったら。そうね。あなたは整数論と探偵術と呪符だけを食べて生きているんですものね」

「杏子さん」

根戸はふと、顫《ふる》えるような苛立ちに捉われた。思いきり受話器を壁にでも打ちつけて壊したい。そんな衝動だった。全身の体毛がざわざわとちりけだつのを意識しながら、根戸は電話というものを激しく憎んだ。尤もそれは今に始まったことではない、いつもの習慣のようなものではあったにしても。

三時に本郷の喫茶店で逢う約束を取り交すと、せわしなく打ち切られた電話を前にして、根戸はしばらく竚《たたず》みつくした。まだ微かに揺蕩《たゆた》う残り香のなかに、それはひと

つの罰のような気がした。

電話というものを嫌いぬいている彼が、部屋にそれを置いた時から、罰は予《あらかじ》め決定されていたのだろう。決して彼からは受話器を取ることはなかったが、その奇妙な居候《いそうろう》は常にこの部屋の主を見据えてやまなかった。眼に見えぬ触手はいつしか彼に絡み、纏《まと》いつき、そしてそれもがある日、不思議な悦楽として感じとられる一瞬が訪れるとしたら。

根戸はその想いを抱き、抱き続け、そして絶えず担わされる裏切りを背に、結局のところこの奇妙な共棲《きょうせい》をぬきさしならず続けているのである。

密教の神符や呪文どころではない、もっとやすやすとしかも大規模に呪法はなされている。根戸は受話器を置くと、ゆっくり籐椅子の方に戻った。クリーム色の部屋のなかに、霞草はいちだんと燃えたつように輝きを増したようだった。……

「そうして、一時頃ホランドがやって来て、後はホランドの話の通りさ。これでいいかい」

「あっはは、何だか、誰かさんの小説の一節を切り抜いてきたような話だね」

真先にホランドが言った。それにはとりあわず、羽仁は、

「その電話のあった時間ってのが微妙だな。正確には十二時何分とは判らないのか

い」

「それは杏子さんに確かめた。十二時十分から十五分の間だったそうだよ」

「そうか。その時だったのか」

ぽつりと呟くように言ったのは倉野だった。皆の視線が集まると、ちょっと手を挙げて弁解するように、

「いや、今想い出したんだ。事件当日の十二時頃、『アルファ』で杏子さんに遇ったことはさっき話したね。その時、途中で彼女が電話をかけに立ったんだけど、あの時に君の処へ電話したんだなあ」

「おかげでふたり同時にアリバイが成立したって訳か。言わば、能率的なアリバイってことかな」

しかし、羽仁の言葉尻を捕まえて布瀬が、

「いや、そうとばかりも言えないぜ。なぜならば、だいたいにおいて、電話のアリバイというのは、いちばん信用のならぬしろものだからな。こいつは決して能率的とは言えんよ。むしろ非能率なアリバイと言っていいだろうな」

「あはあ、いいさいいさ、アリバイならなしで。さあて、おあとは羽仁だけだな。手っとりばやくやってくれ。アリバイの報告会ってのは、俺が言い出したことには違いないが、実際、これほど七面倒だとは思わなかった。正直言って、さっきから

退屈気味なんだ」

「仕方がないなあ。昨日はえらく張りきっていた癖に。でもまあ、とりあえず僕のは簡単だよ。十一時から一時半までは中野のＹ＊大のチェス研のサークルに行ってたんだ。合宿のうちあわせなんかで全員集まったから、これは確かだよ。サークルの連中に訊いてみたらいい。それが終わってから甲斐の処へ行ったんだ。それが二時前後かな。真沼は前の日から来て泊まってたんだそうだ。朝にふたりして高田馬場へ出かけたんだけど、あんまり暑いので一時頃に帰ってきてたらしい。……そこで僕らはまあ、例によって探偵小説の話なんかしてね。僕が最近読んだドロシー・セイヤーズの『ナイン・テラーズ』を甲斐も読んでいて、それから暗号の話に発展したりして。……その時甲斐が、花言葉を利用した暗号小説なんかもできるんじゃないか、なんて言いながら取り出したのがナイルズの話にあった『花言葉全集』さ。甲斐はそれで想い出したように、ナイルズへ電話をかけに行くというから、僕と真沼も本屋の冷房の恩恵を蒙《こうむ》ろうと、一緒に部屋を出てね。それが二時半をだいぶ過ぎた頃かな。……そうして真沼は本屋へ行き、僕はちょいと気が変わって、レコード店にはいったんだ。そこで、例の、僕の病気が出ちゃったんだよ。──月に一回ほど、突然に来るんだ。それは皆の知っての通りだけど、まあ、そいつが急にやって来て、どうにも居たたまれなくなっちゃってね、高校の頃には、あれが羽仁の月のものだなんてよくひやかされたんだけど、本当に自分でもどうしようもないんだから仕方がない。……こう、頭のなかに煙幕みたいなものが流れこんで来る感じで、そりゃあ厭な、何とも言えない気分なんだ。それで、家に帰ったのさ。悪いとは思ったけど、……いや、正直言えばそんなことに気を使う余裕もなかったんだけどさ。そして、家に着いたのは四時ちょっと前だったように思うよ」

「何だ。そうだったの」

羽仁が語り終えると、ナイルズがそう言って微笑んだ。

「ちっとも帰ってこないから、どうしたのかと思ってたんだ」

「余計な心配かけちゃって、御免御免。全く、こいつには悩まされるんだ。倉野なんかにゃ、高校の時から相当迷惑をかけたものね」

「さあてと、これでようやく終わったか」

やれやれと言わんばかりに根戸が伸びあがった時、あら、と声をあげた雛子が、

「まだあたしがいるわよ」

根戸は半ばうんざり顔ながら、

「おっとそうか、雛ちゃんも我々と同等の資格を持つんだからな。飽くまでも平等に扱わなくっちゃ。じゃ、簡単にお願いするよ」

何となくつけ足しのような恰好になって、ちょっと不服な様子を見せたものの、根

戸にそう言われると瞼《まぶた》を栗鼠《りす》のようにぱちぱちさせながら、先生に指された生徒のように思わず腰を浮かせそうになった。その様子に二、三人の者が吹き出すと、雛子はますます不服な表情でいっぱいになる。

しかし、あるいはそれは、雛子の巧妙な計算だったのかも知れなかった。ちょっぴり拗《す》ねたように頰を膨らませながら、投げやりな口調で語られた最初の一語は、そんな皆の態度を一変させるだけの効力を充分に持っていたのだから。

「実はあたし、あの日に曳間さんに遇《あ》ったの」

8　鍵と風鈴

それは静かな恐慌状態だった。

言葉にならないどよめきが人形達の私語と重なりあい、彼らの耳の奥で谺《こだま》したようだった。そしてその反響の中心に、紛れもなく雛子がいる。彼女はそれを存分に味わいつくすと、にっこりと会心の笑みを洩らした。

「どうお。ちょっと聞き棄てならないでしょ」

そこで再びひと呼吸置くと、

「ほんとに偶然だったのよ。でもまあ、最初っから説明しないと判らないでしょうから、まあ、そうね、皆さんの頭のなかの時計を十四日の朝、九時に合わせて頂戴《ちようだい》……」

文字盤に鼠から猪までの絵模様を描いた大きな柱時計が、九時を打った。雛子はゆっくりと振り返る。応接室ふうの広間の向こうに、階段の烏賊墨《セピア》の手すりに肘をかけ、仄《ほの》明るい磨《すり》硝子を背にして杏子が立っていた。半透明のネグリジェに、杏子の肌が暈《かさ》のかかったようにぼんやりと透けている。水面《みなも》のような淡い色調に包まれた、すらりと伸びた硬質の軀を、雛子は美しいと思った。

「どうしたの、雛ちゃん。今日は早いのね」

眩しい笑みを投げかけて、杏子は口を開いた。雛子は棒のようにつっ立ちながら、これがおとなの笑みなんだわ、と考えていた。

下目黒のこの邸宅には、父親も母親も今は旅行中でいない。半ば行き渋る両親を、晶婚旅行と名付けてプレゼント代りに海外へと送り出した雛子は、その日からこの家が、唐突に杏子の所有物へと変貌する様を見たのだった。杏子は姉夫婦が旅行中のこの夏休みいっぱい、羽根を隠していた妖精《ニムベ》が大っぴらに飛びまわるように、この家を、この夏を、思いきり抱きしめて過ごすのだろう。

やや開き加減にして片脚に重心をかけた恰好の、今日もまた羽根をいっぱいに展《ひろ》げようとしている杏子を見ながら、それは雛子にとっても不思議に心地よい誇らしさとして感じられた。

「買いものをしておきたいの。お茶とお花やなんか……。今日は何だか暑くなりそうなんだもの。早いうちにと思って」

「そうなの。……ああ、それじゃあついでに頼んでもいいかしら。……高田馬場の『古成堂』さん、知ってるでしょ。古道具屋の。頼んでおいた風鈴を貰って来てほしいの。お金はもう払ってあるから。……行ってくれる。御免なさいね」

体《てい》よく追っぱらわれた恰好で、雛子はいったん紫丁香花《ライラック》の色調の自室で身支度を整え、下目黒の邸宅を出た。恐らく戻ってみれば、杏子は既に行方不明の外出中という段取りである筈だった。

お相手は甲斐さんか、根戸さんか……。

仮舗装のアスファルトが既にゆるくなって、雛子の靴の下で練ったうどん粉のようにのびていた。それは擽《くすぐ》ったいような不安定感で、雛子はふと、この世のなか総てのものを可食的なものと不可食的なものに分けるダリの論法でゆけば、夏は可食性そのものだ、などと考えたりもした。

お茶と花を後まわしにして、目黒から高田馬場まで、山手線の電車にとび乗ると、雛子は再び杏子について想像を巡らせた。

それにしても何故、杏子姉さんはあんなにふたりを手玉に取るようなことをするのだろう。小柄で気弱な芸術家と、長身で愉快な数学者。確かに組合せとしては面白いかも知れないし、杏子姉さんが、この現実というものの上に描こうとする絵画《タブロー》として考えるならば、なかなか興味ある素材と言えなくもない。あるいは彼女の薬籠《やくろう》のなかには、ひそかにまだまだ多くの人物が予定されているのかも知れないのだが。

電車のなかには、通勤通学の混雑時《ラッシュ・アワー》に遅れながらもやはり人数は多く、そんなことを考えながら、ひょいと反対側の扉の方を見ると、見慣れた背中が眼についた。赤や青や黄の鮮かなカントリーシャツに、水色に脱色したジーンズ。猫背気味の恰好で窓の外を眺めているのはほかならぬ、現在行方不明の曳間了だった。

雛子は悪戯心を起こすと、そっと曳間の後ろに近づき、軽くぽんと背中を叩いてみた。

一瞬、何やらこの世ならぬ者に呼びかけられたように身を伸ばすと、曳間はゆっくり振り返った。そんな筈はない、という言葉がありありと読み取れるような表情で、そのくせ顔色ひとつ変えず、まじまじと雛子の顔に視線を注いだ。そうして、ややあって初めて相手が雛子だと認めたらしく、

「やあ、雛ちゃん」

と譫言《うわごと》めいて呼びかけるのだった。

悪戯っぽい表情を返すべく待ち受けていた雛子は、いささか面喰らいながら、

「どうしたの、曳間さん。最近ちっとも姿を見せないっていうので、みんな心配してたのよ。何処へ行ってたの」

と尋ねると、曳間は微かな笑みを浮かべつつ、奇妙なことを口にした。

「捜しものをしてたのさ」

「何なの、捜しものって」

「不連続線さ」

噛みしめるような口調ではっきりそう言うと、

「雛ちゃんも心配してくれたのかい。悪かったね」

「ううん、それはいいの。で、その捜しものというのは見つかったの」

「うん、見つかったのか、見つからなかったのか、それはもうすぐ判ることなんだ」

半ば照れたように、再び謎のようなことを言ってみせた。

「それじゃ、逃亡の旅――じゃなかったわ、追跡の旅はまだしばらく続くの」

「いや、それはもう終わりだよ。これから倉野のところに行くんだ。もう、何年も会ってないような気がするな。それにしても、最初に遇ったのが雛ちゃんだったとはね。……どう。相変わらず探偵小説は読んでるの」

「ええ、まあ、ボチボチと」

「面白いの、あった？」

「そういえば、安部公房の『燃えつきた地図』が面白かったわ。あたし、あれを読みながら曳間さんのことを想い出しちゃった。さっきの捜しものの話を聞いても、何となく情況が似てるみたい」

「『燃えつきた地図』か。……ずいぶん前に読んだなあ。確か、探偵が行方不明になった人物を捜しているうちに、自分もその人物と重なり合ってゆくような話じゃなかったっけ。……そうだね。僕は思うんだけど、大体においてその結末で合理的に総ての謎が解決されて終わるような小説というのは面白くないよね。根本的な謎というのがついには解き明かされる術《すべ》も持たずに、エピローグのその後にまで持ちこされてしまうような、そんな小説が僕は好きだな。だから僕がずっと考えていたのは、最初、小説の冒頭に総ての謎の解決があり、そしてそこから始まってゆくような小説は可能かということだったんだ。……夢野久作の『瓶詰地獄』なんてのはそんな感じだったけど、あれをもっとトリッキィに、しかも大長編に……。あっは、まあ、機会があれば書きたいけれども」

「わあ、なかなか面白そうだわ。ね、曳間さん、絶対書いてね。ナイルズもこの間、探偵小説を一本、ものにしてみせるなんて言ってたし」

「へえ、ナイルズがね」

曳間は、これはしたり、という顔で、

「そうか。とうとう、書こうって奴が出てきたか。そうでなくっちゃいけないんだ。……で、どんなのを書くって」

「それが詳しいことは何にも教えてくれないのよ。ふれこみとしては密室を扱った本格長編。しかも登場人物は私達仲間うちそのままの実名小説ですって。題名は、『いかにして密室はつくられたか』なんて、なかなか食指を動かすでしょ」

「ふむ、実名小説か、なかなか旨いことを思いついたな。果たして、現実と架空とを巧妙にすり替えてしまうようなものが書けるかどうか。……まあそこはナイルズの才能を信じるとして……」

今まで人と話をしたことがなかったように、曳間はよく喋った。殊に探偵小説の話になると、頬を朱《あか》らめるようにして熱心に語り続けるのだった。しかしそうするうちに電車は新宿から新大久保、そうして高田馬場のプラットホームに滑りこんだ。

「ああ、高田馬場ね。あたし、ここで降りなきゃ」

「そう。それじゃ。杏子さんにもよろしく」

「ええ」

曳間がよくしていた敬礼ふうの挨拶を交わし、雛子は客車からホームに降り立った。彫の深い、温かい顔がにこやかに微笑みをよこしていて、雛子はその前面で扉が閉まる一瞬、ふと、曳間さんはこれでまた再び行方不明になってしまうんじゃないだろうか、という不安のようなものが脳裡を掠《かす》めるのを感じた。しまった、という感じでもあった。これはひとときの幻で、曳間さんという人間は、もうこれっきり戻ってこない……。

プアンという響きと共に、ゆっくり電車は動き始め、見る間に駆け抜けて走り去った。

釈然としないままに雛子はその場を離れ、そうして、まあとにかく、と胸を張り、そんな馬鹿なことってあるもんじゃないわ、と呟いてみせると、改札口への階段を一段とばしで降りていった。

「ちょっと、雛ちゃん」

雛子がそこまで語ると、倉野はいきなり手を上げて話をさし止めた。

「その時、曳間はバスケット・シューズを履いてたかい」

「ええ、確かにそうだったわ」

「曳間と別れた時刻は？」

「ええっと、家を出たのが九時半前だったから、十時前後じゃないかしら」

「十時か……。すると、それからすんなり僕の処に来れば、遅くとも十時半に着かなきゃいけないな。……しかし、布瀬の話だと、十一時二十分頃に僕の下宿に来た時は鍵は閉まっていたということだった。……これはちょっと変だな」

「大いに変だね」

布瀬もそう相槌を打って、

「まあしかし、どこかに寄り道したとも考えられるのではないかな。例えば飯を食ったとかね。……それなら解剖で判る筈なんだが、一体、警察からそういうことは聴き出さなかったのか」

そう言われて倉野は指を鳴らすと、

「想い出した。警察で事情聴取された後、ちょっと刑事と雑談みたいなふうになって、その時、死亡推定時刻のことが話題になったんだ。『死亡時刻を推定するにはいろんな方法があるが、いちばん重要なのは体温による推定でね、人間が死んだ瞬間から下がってゆく体温を測定し、それと周囲の気温を考慮に入れて、ある公式にそれぞれの温度を代入して割り出すんだ。一般に、体温の測定は直腸の内部が対象とされる。そのほかに死斑とか、死後硬直の状態とかが、推定の対象となるし、もうひとつ重要なものに、食いものの消化の状態がどうかが問題になる。尤もこいつは今度の事件の場合、君の友人の胃袋のなかはからっぽだったそうだから関係ないんだが』そう言ったよ。だから、寄り道したとしても食事のためではないな」

「ふむ」

布瀬は腕を組んだまま首を傾げたが、

「まあそのことは後で推理するとして、とりあえず雛子君に最後まで語って貰うとしようじゃないか」

「ええ、でも、これから先は簡単なの」

そう言うと傍らのエナメルのバッグから、何やら小さい黒いものを取り出した。

「『古成堂』さんからこれを受け取って、すぐ下目黒に帰ったの。勿論買いものもしてね。そうしたらやっぱり、杏子姉さん、もう出かけてたわ。それが十一時ちょっと前で、お手伝いのふみさんに訊いたら、十時半頃に家を出たんだって」

雛子の話を聞きながら、一同は彼女の差し示す風鈴を見た。青黒の、恐らく青銅で造られたそれは、四方にそれぞれ少しずつ異なった姿の鬼どもが描かれていた。奮迅《ふんじん》忿怒《ふんぬ》の形相とでもいうのだろうか、その恐ろしい表情は周囲のもの悉《ことごと》くを睨《にら》み殺さんばかりに向けられていて、眺めるうち、ふと倉野は微かな怯《おび》えを感じていた。それはこの部屋の人形達から覚えるそれとはまた違った、もっと根深いもののように思われた。この世に誕生する以前から持っていた恐怖。遺伝によって無意識の襞《ひだ》のそのまた奥に継承された虞《おそ》れ……。

「それから四時頃まで、ずっと宿題をしていたの。ナイルズ達が羨ましいわ。あたし達の学校では相変わらず宿題があるの。まあそんな具合でアリバイらしいアリバイはないわね。ただ、十一時過ぎにふみさんと昼食を摂《と》ったから、それをアリバイとして認めて貰えるなら……」

「昼食以外、一度もお手伝いさんには会わなかったの」

と不審そうに尋ねる羽仁に、

「ええ、あたし、いったん集中すると、途中で邪魔されるのって、我慢できないんだもの。……それで結局、四時からふみさんと何やかやと話をして、杏子姉さんが帰って来たのは、かれこれ十時過ぎだったと思うわ。さて御退屈様。これで本当に不在証明に関することはおしまいよ」

そう語り終えると、ちょこんと頬杖をついて皆の顔を見まわした。

「この瞬間から、我々は次の推理の段階へ移ってゆく訳だ。はてさて、最後にみんな、推理の材料として確かめておきたいことはないかな。……なかったら僕から訊くけど、一体、このなかで何人がデザート・ブーツを持ってるの。僕はあんまりそういうこと、普段から頓着してないものだから」

倉野が尋ねると、ナイルズが真先に、

「僕とホランドは持ってるよ。ホラ、今日も履いて来てるから」

と、脚を挙げてみせて、

「それから真沼さんも、さっき、履いて来てたね。あと、甲斐さんも持ってたよ。……それだけかな。……あ、そうそう、影山さんはどうだろう」

　布瀬はしばらく首を捻《ひね》っていたが、諦めたように、

「ううむ、吾輩の記憶の限りでは見たことはないが、実際どうかは判らんな。……それよりも、倉野。お前が見たデザート・ブーツの大きさでもって、大体その持ち主の見当がつくのではないかね」

「いやあ、それがお羞《はずか》しい次第なんだけど、実はさっぱり憶えてないんだよ」

「何だって⁉」

　思わず合唱のように問い返されて、頭を掻くと、

「何しろ、ほんの一瞬のことだったから、大きさのことなんかまるで注意していなかったんだ。そりゃあ、上で曳間があんな死に方をしてるなんて判っていれば、もっと注意して観察もしただろうけど……」

「そうすると結局は、ナイルズ、ホランド、真沼に甲斐か。……でも、やっぱり決め手にはならないなあ。だって靴なんて、買いもできれば誰かに借りられもするじゃない。……そうだね。僕はこの事件はそういった意味で、何かが足りないという気がするんだ。まだ表面に現われていない、決定的な鍵が」

「それはどうかなあ」

組んでいた脚を、ぴょこんと跳ねあげるようにして崩すと、ホランドはにっこりと紅い唇を綻《ほころ》ばせた。黄色い光のなかで、それは倉野にとって、極めて印象的な瞬間だった。羽仁の言葉にあった決定的な鍵を、一瞬、彼は確かに見てしまったような気もした。

「逆らう訳じゃあないけど、探偵ともあろうものが、証拠が足りないなんて泣きごと言ってても仕方がないよ。僕に言わせりゃ、むしろそんなものはあり余るくらいあるのであってさ、それらのもの悉《ことごと》くがたったひとりの人物を名差ししてるんだよ。それを皆さん方は、まだお気づきになっていないようだけども。……ありゃ、根戸さんは全然聞いてないいな」

さっきから雛子の持って来た風鈴を調べるのに夢中になっていた根戸は、そう言われて初めて我に還ったように、

「いや、その、面白いんだ、これ。これは……」

そう言いかけて、

「雛ちゃん、これは杏子さんのだろ。どうして」

「それがね、杏子姉さん、最初はちょっと気にいって買ったものの、やっぱり趣味じゃないなんて言いだして、あたしにくれたの」

「へえ、じゃあ今は雛ちゃんの所有物か。それじゃ、ちょっと貸して貰えないかな

あ。調べてみたいんだ。例えばこれ……」

そう言って根戸は、風鈴から垂れ下がった古びた短冊を示した。

唵蘇婆儞蘇婆吽蘖哩訶拏吽蘖哩訶拏
波耶吽阿那野斛婆訶梵縛日羅吽泮吒
黒く薄汚れてしまった紙に細かい文字で書かれてあるために判読しにくい処もあったが、注意してみれば確かにそう記されている。しかし、勿論読み方も意味も判らない。

「まさか暗号じゃないだろうね。僕はどうも、暗号ってやつはニガ手だ。ついでに言わせて貰えば、今日僕らがクドクドやってたようなシチメンドウなアリバイものってのは、もっと嫌いでね。やっぱり探偵小説は密室ものに限るよ。そもそも――」

「まあまあ、羽仁の探偵小説論はあとでゆっくり聞かせて貰うさ。ともかく、こいつは暗号なんかじゃない。詳しいことは言えないが、こいつは真言密教に伝わる呪文だよ」

そう言いきると、根戸は宙空へ翳《かざ》すように風鈴を掲げた。その勢いで黒ずんだ短冊が、眼に見えぬ手に巻きあげられて微かに戦《そよ》ぎ、くるくると独楽《こま》のように回転したかと思うと、チリリリンという澄んだ音をたてた。それは消された鬼の姿《かたど》とはおよそ似つかわしくない、しんと心に沁《し》みいる清冽《せいれつ》な音色だった。

一同は、故知らず、息を呑んでその風鈴を瞶《みつ》めた。それは全く、奇妙な闖入者《ちんにゅう》だった。

「――誰が風を見たでしょう――か」

その沈黙を引き取るように、ぽつりとホランドが呟いた。

9　殺人者への荊冠

「何だか妙に鬼が絡んで来るが、まあ、どうあれ、こいつは事件には関係ないだろう」

何をくだらんことをとばかりに、布瀬が口を挿んだ。

「まあ、そうだ」

何か言いたそうなのを苦笑に置きかえると、根戸は風鈴をテーブルに戻した。

「よし。それではここで、来たるべき推理較べの予定を立てようじゃないか。ホランドは今、既に解決がついているようなことを言ってたが、ふむ、吾輩もだいたいの推理はできている。何なら明日にでも集会を開催してもいい。しかし、それでは不都合な者もいるだろうから、どうだろうね、二週間の準備期間を置いて、今日が七月十七日の火曜だから、三十一日にどうかな。その時は何とか影山も連れて来る」

鼻息荒い布瀬の提案に、羽仁は答えて、

「そうして貰うよ。だいたいが、僕は君達直観的探偵法と違って、論理的探偵法を信条とするんだから。一分一厘の隙もない綿密なる推理を重ねるには、それ相応の時間が必要というものさ」

「論理的だろうと直観的だろうと、それが優れた推理であれば文句はないさ。ただ、僕にはどうしてもまだ羽仁が言ったように、隠された鍵があるような気がしてならないんだよ。……臾間は捜しものをしてたんだってね。それでは僕もそれに倣《なら》って、その鍵を捜してみる。二週間以内に見つかるかどうか、まあ乞御期待というところだね。……はてさて、こうなってくると、この事件、ある探偵小説に似てると思わないかい」

誰にともなく尋ねた倉野の問いに、自身もひそかにそう思っていたのだろう、すぐさま反応したのはナイルズだった。

「中井英夫の『虚無への供物』でしょ。判ってるんだ、倉野さんが何を言いたいか。あれと同じに、各々の推理に幾つかの戒律を課そうって言うんでしょ」

「……図星だよ。いつ読心術を習ったの」

いささか慌てた様子の倉野に、ナイルズはくすっと笑って、

「ポーの『モルグ街の殺人』だね。デュパン探偵が一緒に歩いている友人の考えごと

を次々に当ててゆくってのは。……あはは、要するに倉野さんの考えそうなことは、僕だって考えてるってことさ」

「そういえば、例の君の小説は、こうして現実に事件が起こってしまった以上、もう書けなくなってしまったね」

ナイルズはその言葉にふと笑いやむと、意味あり気な口調で宣言した。

「書くよ」

「本当かい。……でも、実名小説なんだろう」

「だからこそ、書くのさ。まあ、それはそれでいいとして、戒律の問題に移ろうよ。あまり多くても煩《わずらわ》しいだけだから、やっぱり十戒くらいが適当じゃない？」

「賛成。それがいいわ。推理較べのための十戒ね」

「よし。それなら真先に、例の戒律を適用しようじゃないか。つまり、トリックは古今東西の小説等に使用されなかった、全く新しいものであること。全く新しいもの、なんてのは難しいかもしれないけど、これは各人探偵小説通であるから、その蘊蓄《うんちく》と良心に任せよう。第二に、その解決は万人を納得させるだけの説得力のあるものにしてほしいな」

根戸が言うと、羽仁もそれに加わって、

「うん、それは言えるね。とってつけたような、あまりにこじつけくさい解決の小説なんてうんざりするものね。それに加えて、第三に、その解決にはまず、面白さがないといけない。とにもかくにも、面白さだよ」

細い髪をうるさく掻きあげて、熱っぽく面白さを強調すると、倉野も負けずに、

「それじゃ、僕からも言わせて貰うよ。犯行は、殺人者が考えに考え、練りに練ったものであること。……これが探偵小説の醍醐味《だいごみ》だからね。偶然の重なり合いでもって、その犯行現場ができあがったなんてのはまっぴらだよ。それはまさしく曳間のためでもあるんだ。曳間が、単なる偶発的な殺人などで殺されていい訳がない。殺人の計画性。これも頭に入れてほしい。……だって、そもそもこの推理較べは、探偵自身のなかに殺人者がいるというところから出発してるんだからね。いかにも善人面《づら》した……と言えば失礼になるが、少なくとも現実の殺人者たり得ようとは思いもよらないこの連中のなかに、仮面を覆《かぶ》った凶悪なる殺人者がひそんでいる。そうだよ。それがそもそもの大前提なんだ。……そういう人間が殺人を犯すのに、いい加減なトリックを使用する筈がない。雛ちゃん、例えばきみが誰かを殺そうとして……どうだろうか。やっぱり、探偵小説通を自負する者としては、かってない、練りに練ったトリックを使うんじゃない」

「そりゃ、勿論よ。どんな名探偵にだって見破れない、完全犯罪を目論むわ」

瞳の大きい二重瞼をぱちぱちさせて、愛くるしく凄んでみせるところは、さも将来

の女傑ぶりを髣髴《ほうふつ》とさせる。

「そういうことだよ。よって、偶然などを持ち出すのは厳禁。それともうひとつ、五番目に、共犯者がいるってのはなしにしよう。概して、共犯者のいる殺人は面白くないからね」

そこまで述べると、ホランドが黄色い翳のなかから屈まるように首をつき出してきて、揶揄《やゆ》するように口を挿んだ。

「偶然嫌いの倉野さんらしいね。でも、あはあ、だんだん難しいことになって来たなあ。探偵小説としては理想的な条件だけど、現実的な事件でそう何もかも旨くいくかどうか」

「それをいかせなくては。そうでないと、曳間の死が全く無意味なものになってしまうじゃないか。これらの条件が満たされないなら、こんな推理較べなんか、真沼の言った通り、最初っからやらない方がいいんだ。それともホランド、既に君の頭のなかにある推理は、これらの戒律に反してるのかい」

「いや、そういう訳じゃないよ。別に異議を唱えてる訳じゃないもの」

ホランドは手を振った。急いで打ち消すその様は、黄色い翳のなかで、催眠術師の手つきのようにも思われた。陽光の届かぬ海底のなかで手を振れば、こんなふうに見えるのではないだろうか。倉野はその時初めて、自分達のいるこの部屋が、知らず知らず海の底へと沈みこんでゆくような、不思議な幻覚に冒されていたことに気づいた。

そういえば、七つの海という言葉は、その色によって分けられる、というようなことを聞いた憶えもある。黄海というのはどこの海だったかしら。紅海と共に、海にはあり得ない筈の色を持つ海というのは、一体どんなものなんだろう。黒海というのは、本当に真黒な色をしてるのだろうか……。

――この部屋は、まさに黄色い海そのもののような気がする。

倉野はもう一度、茫洋ととりとめもない不吉な予感に充たされた、水底のような光景を虹彩に映す、例の人形に眼をやった。これら総ては、あの人形の網膜の上に投影された出来事なのかも知れない。だからこそ、海の底に沈みこんだような幻覚が、こんなにも抵抗なく受け入れられるのではないだろうか。

そうであれば。

影絵の世界の出来事ならば、まだ取り返しがつくかも知れないのだが。

けれども、そんな倉野の想いも知らぬ気に、ホランドはゆっくり次の言葉を口に出した。

「そういうことであれば、僕からもひとつつけ加えたいな。今、五つだから六つめだね。それは――」

と、言いかけて、不意に何やら奇妙な笑みをたちのぼらせると、

「いや、やめとくよ。後にする。最後の十番目の戒律として言わせて貰うよ。だってこれは、ちょいとほかの戒律とは違うんだ」

「ほほう、それは一体。……まあ最後でも何でもいいがね。それでは順番として、この吾輩にも言わせて貰うとしようか」

うずうずしていたように話の主導権を奪うと、布瀬は勢いこんで喋り出した。

「十戒、その六、煩瑣《はんさ》なアリバイトリックは不可。先程羽仁も喋っていたが、吾輩はチマチマしたアリバイものが大嫌いでね。おっと、判っているとも。お前さん達が何を言いたいか。ひとのところを訪ねる時などは、最短距離を捜してみたりして、割合時間のことに細かいくせにと、そう思っとるんだろう。しかしまあ、それは日常生活のことであってね。小説の上の好みとはまた情況を異にするさ。解決されたあとでも、すぐには、おお、そうであったか、と頷くことができぬゴチャゴチャしたアリバイものなんぞ、よく考えてある苦労は認めるが、畢竟《ひっきょう》、面白さを感じられんからね」

「大賛成だよ」

羽仁も、珍しく布瀬の意見に賛同した。

「だいぶ、嗜好《しこう》的偏向性が出てきたね。じゃあ僕からもひとこと。十戒、その七、だね。トリックだけでなく、犯行に至らしめたその動機も、今までにない新しいものでで

あること」

ナイルズがそう言えば、倉野も、

「そうそう、僕もそれを忘れてた。勿論、動機も問題になる。じゃあ、その八として、その動機には、充分な深刻さがあるということにしよう」

「何だか凄いことになって来たね。まるで解決そのものが定型詩のような観を呈してきて……それも、俳句や短歌どころじゃない、漢詩の平仄《ひょうそく》に匹敵するよ、この戒律は」

溜息まじりに羽仁が吐き出すと、それを引き取って、このままでは出番がなくなるわ、といったふうに、

「あたしもそれじゃあつけ加えるわ。ええっと、九番目になるのね。それはね、それぞれの解決が、必ずある暗示を含んでいなければならないってことなの。こんなことを言うのは、あたしの探偵小説観に由来してるんだけど、すぐれた探偵小説は、必ず不思議な暗示を含んでいて、視点を変えればその探偵小説自体がひとつの寓話になっている。……そんなふうに思うの。旨く言えないけど、だから、その暗示というものの解釈は皆さんに任せるとして、ただ、そのことを考慮に入れてほしいと思うの。ちょっと、取りとめのない意見だけど……」

ふと語尾を濁す雛子に布瀬は、

「いやいや、なかなかどうして、今までで最もユニークな意見ではないかね。それこそこの戒律自体に、ある暗示が含まれているような……。ふむ、いや吾輩は賛成だね。さて、最後の十番目はホランドの約束だったな。何でも、ほかのとはちょいと違うという話だが……」

そう言って、顎《あご》をホランドの方にしゃくりあげると、

「違うというのは、探偵に課す戒律じゃないってことなんだ。つまり、それは犯罪自体への、さらに言えば、このなかに紛れこんでるかも知れない殺人者への戒律なんだ。尤も今までの九つも、殺人者が担った戒律には違いないけどね。だけど、これだけは探偵側には課せられない、殺人者だけが担う戒律なんだ。そういう意味で、僕は殺人者に呼びかけるよ。即ち――」

ホランドはそこで大きく息を呑むと、

「犯行は、連続殺人でなければならぬ」

撲《う》ち据えるように言うと、きらきら不思議に上気した瞳を泳がせた。

皆、最初の数瞬、その意味を理解できぬまましんとしていた。そして、それが取りも直さず殺人者への連続殺人の教唆《きょうさ》であることに気づくと、その沈黙は、自《おのず》と別の意味あいを濃くしていった。

「どう。倉野さん。あなたの論法でいくと、どうしてもそういうことになるんだけ

ど。つまり、理想的な殺人者なら、必ず連続殺人を行なうだろうという……」

呼びかけられた倉野は、苦い表情で唇を窄《すぼ》めた。しかし、そういうふたりを見較べていた羽仁は、

「しかし、それは《理想的》という言葉の解釈の違いじゃないのかな。むしろ動機を重要視するなら、そう何人もぽんぽんとひとを殺すとは考えにくいだろう」

そう倉野に助け舟を出したが、ホランドは唇の端をきゅっと結んで、

「まあ、それこそ動機の種類によることだろうけど。でも、羽仁さんがそう言ったところで、実は、殺人者はひそかに次の被害者を屠《ほふ》るために牙を研いでるかも知れないよ。何しろ、まだ最初の殺人から三日しかたってないんだ。明日にでも、いや、今、この場でも、第二の殺人が起こるかも知れない。……そういう訳で、僕はその、《起こるかも知れない》ってのを、《起こさなくてはならない》とするだけなんだ。言わばこれは、犯人に課する荊冠《けいかん》なのさ。いったん殺人を犯した者は、その呪縛《じゅばく》を受けねばならない。そうさ。殺人者は走り続けねばならないんだ。……もっとも、探偵の側としては、起こるべき第二、第三の殺人が勃発する前に犯人を指摘する、という点に意義があるんだから、そういう意味では探偵側への戒律ともなり得なくはないんだけど。……あっはっは、何だか理屈っぽくなっちゃったけど、そういうことなのさ。ところでだね、ナイルズ」

え、と呟いてナイルズが振り向くと、寸分と違わぬ同じ顔が『黄色い部屋』のなかで向かい合った。

「『いかにして密室はつくられたか』のことだけど、あれを書き続けるってことは、現実にこうして事件が起こった以上、事実そのまま、曳間さんが殺されたという発端から書き進めなきゃならないってことにほかならないだろう。どうなんだい」

「勿論そうするつもりだよ」

「ふん、するとナイルズ、お前はほかの探偵達と違って、もうひとつ余分な戒律を担わなくちゃならないんだよ。判ってるんだろうね。それは、この現実を先取りした小説を書かなくちゃならないということさ！」

ホランドが言い放つと、その言葉は部屋の周囲に弾《はじ》き返されて、再び宙空の一点で、はっしとかちあったようだった。それは不思議な、美しい瞶《みつ》めあいだった。そうしてひき搾《しぼ》られた発条《ぜんまい》がゆるゆるとほぐれだすようにナイルズが口を開こうとした途端、再びホランドは厳しい口調で畳みかけた。

「それがナイルズ、お前への荊冠にほかならないんだ。あはは、これくらいの鞭《むち》のあった方が、お前も書き易いんじゃないのかな。つまりそれは、犯人の意図というものを、この現実ごとひっくるめて、予め壺のなかに封じこめてしまうことだよ。これから先に起こる筈の事件の悉《ことごと》くを含めてね」

「判ってるよ、それくらい！」

突然にナイルズは荒々しく叫んだ。

「あったりまえじゃないか。そんなことも考えないまま書こうとしてると思うの」

「そう言ってのけると、ぷいと背を向けて、ふくれっ面を組んだ腕の上に落とした。

そこで仕方なく根戸が、

「まるで拗《す》ねた小学生そのままだな。まあ兄弟喧嘩だけは遠慮して貰おうか」

「別に、喧嘩のつもりじゃあないんだけどね」

ホランドはそう言って、ほっと息を抜くと脚を組み変えた。

その一瞬、倉野は再び何かを見たような気がした。何やら黒い影のようなもの。ラメのように光沢の流れる髪、黒曜の瞳、あかい脣、ぴったりした黒いTシャツから惜し気もなく伸ばされた手、不可思議な交錯を見せるコールテンのジーンズ、そしてグレーのデザート・ブーツ。それらの何が倉野の眼を惹《ひ》いたものか、彼自身にもよく判らなかった。ブーツの底に何か染《しみ》のようなものがついていて、それが脚の動きにつれて規則的に揺れ、振り子のように倉野の眼に映る。規則的な揺れ。

誰かの話に出て来たような。

そんなことを思い続けながら、倉野はぼんやりとホランドを瞶めていた。

10　さかさまの殺人

でも、と言いかけて、ナイルズは不意に口を鎖《とざ》した。月のせいかも知れなかった。

赤い赤い月。鈍い薄墨に朱をぼとりと落としたような、唐突な月だった。憂鬱そうな暈《かさ》だけが蒼褪《あおざ》めた男の膚のように透きとおって、その向こうに朧《おぼろ》な翳がわらわらと通り過ぎてゆく。滲《にじ》み展《ひろ》がるような、
満月。

その長く暗い街の底を、ナイルズと倉野が寄りそうように歩いてゆく。『黄色い部屋』での熱気がまだ醒めやらないのか、ナイルズの頰はぽっと上気したままで、そのことが倉野の胸に、ずいぶん以前からつき刺さったままだった。それは細かな棘《とげ》のように、微かな痛みさえ感じさせる。

でも、と言いかけたまま、ナイルズはまっすぐ前を瞶《みつ》めていた。宵闇の大通りは依然人通りが多く、瞬くネオンサインやよそよそしく走り去る車のテールランプが、赤に青に、やけに鮮明に煌《きらめ》いていた。鮮やかな闇。そしてそのなかで赤い満月だけが、何かしらこの世のものとも思われぬ異様な気配を漂わせて、宙空に懸《か》かっている。

どうしても一度、殺人現場を見届けておきたい。それもなるべく早く。そういうナ

イルズを軽い気持ちで誘って、あとはアームチェアディテクティブを決めこんだ連中と『黄色い部屋』で別れ、とっくに夕暮れも過ぎてしまった街なかに出てきたのである。そしてこれは単なるふたりの気まぐれで、赤坂から倉野の下宿のある目白へと歩いて帰ることにしたのだった。

先刻の会合のことやら、来たるべき推理較べのことやらを取りとめもなく喋っていた最中に、不意に、でも、と言いかけて黙ってしまったナイルズに、倉野は不可解な胸の痛みを一層強く意識させられていた。

相変わらず、月はわらわらと暈のなかを滑ってゆき、どこまでもふたりとの鬼ごっこをやめなかった。

「──でも、何だい」

予想もしない宙空の一角で、赤い月影にふと姿を浮かびあがらせては、ありありとその模様を変化させてゆくはぐれ雲を眺めながら、倉野はぽつりと、相当の時間を置いて尋ねた。すると、今までむっつりと歩き続けていたナイルズは、ほんの僅か戸惑ったふうに首を曲げると、不安定な表情で笑ってみせた。

「……でも、今度の事件は……そう、そのことを考えていたんだよ。旨い言葉が見つからないんだけど、例えば仮に、今度の事件のことを小説として描くとするでしょう。そうすると、その小説は僕達の希望通りの純然たる本格探偵小説になるかというと……うん、どうもそうじゃないような気がするんだ。何となく、所謂《いわゆる》変格ものになってしまうような……」

「それは」

と答えて、倉野は後を続けることができなかった。細密に描かれた油絵に、そこだけ水彩で描かれた月。それとナイルズとをぼんやり見較べながら言葉を探していると、

「ということは、僕の書いてる『いかにして密室はつくられたか』も、それ相応の影響を受けなきゃいけないんじゃないかなあ。とにかく、どうなるか判んないよ。さっきの会合では言わなかったけど、どうもやっぱり、何か欠けてるという気がするんだ。事件の本質的なデータが、足りないっていうんじゃない。うん。それならどうってことはないんだ。むしろ、本質的なところとは全く無関係な地点で、しかもはっきりとした意図もなしに様ざまのトリックが仕掛けられているような気さえするんだよ。言わば、それは無意味なトリック、無目的なトリックなんだ。だいたいからして、この事件の最も奇異なところ、つまり、犯人はなぜ犯行時刻からその発覚まで、ずっと倉野さんの部屋に留まっていたのかという、そこがそもそも、犯人にとっていかなる利益もあったとは思えないでしょ。きっと、こういった余分にしか見えないものは、僕の感じる欠落の裏返しなんだ。はっきり言えば、夢遊病者が殺人を犯したと

すれば、こんな具合じゃないかしら。無目的な犯行計画――それがしかも、全く気まぐれな倉野さんの不在の時間内にすっぽり嵌《は》まりこむだなんて、辻褄《つじつま》が合わない部分と合い過ぎる部分がごっちゃになってて、やっぱり何かが狂ってるとしか思えないんだ。そうだよ、これが本当に入念に綿密に計画された殺人だとすると、その犯人の頭の構造は、どこかしら骨組みを間違えたところがあるに違いないよ。考え方の根本的な部分が一箇所欠けてて、そのほんの一部分の狂いが、事件全体の構図を歪めてしまってるんだ」

熱心に語り続けるナイルズに、倉野は何と答えていいものか迷っていた。

そうかも知れない。でも、それは一体、どういうことなのか。倉野の胸中を、言いようもない混乱が襲った。

「それでナイルズ、君には結局、今度の事件の真相が見えてるのかい」

ナイルズの言葉の意味を半ば理解できぬままに、何気なく問いかけると、ナイルズは妙な顔をして、

「だからさ、変格探偵小説的になら、一応の解釈がつけられるということなんだよ」

そう再び謎のようなことを呟いて、

「それで倉野さんはどうなの」

「それが、まだ、さっぱりさ」

倉野はそう言って、鼻の頭を掻いてみせた。

「ホランドと布瀬だったな、もう既に事件の真相を見破ったと言ってたのは。僕はびっくりしてしまったよ。本当に、僕には事件の真相どころか、一本の鍵さえも見つけ出せないでいるんだからね。いや、本当は情なかったんだ。偉そうに、この犯罪は頭脳を絞りつくした上での計画殺人でなくちゃならないなんて言っておきながら、その実、言った本人が五里霧中もいいところなんだから」

「ほんとなの。倉野さんのことだから、もうとっくの昔に見破ってるだろうと踏んでたんだけどなあ」

「いや駄目さ。探偵小説なら自信はあるけど、実際の事件となるとからっきしだよ」

「そうかあ。倉野さんもまだなのかあ」

そう言って、ナイルズはしばらくぼんやり黙想に耽っていたが、大通りからはずれて小さな路地に曲がった時、敷石も煉瓦塀も境なく塗りこめてしまっている闇に怯えるように、再び急に早口で喋り始めた。

「布瀬さんとホランドが、もう既に推理がついたと言ってるけど、僕は正直言って、あんまり信用できないんだ。布瀬さんのなんか、だいたい想像できるよ。僕かホランドのどちらかを犯人と考えてるに決まってる。僕ともホランドともつかない、真昼の幻影。……あのひとの発想の核はそこなんだよ。でも僕は僕が犯人でないことを知ってるから、残りはホランド。だけど、はっきり言って、ホランドは曳間さんを殺したりはしないよ。これは双子の僕が断言するんだから間違いない。……さて、ホランドの方の推理だけど、まだ内容の方は聞いていないからともかくとして、どうも納得いかないのは態度の方なんだ……」

何を言いだそうというのか、ナイルズはそこでほっと息をつくと、再びせっつかれるような口調で後を続けた。

「もしホランドが本当に確信を持ったとしても、あんなふうにそのことを口に出すなんて、僕にはどうしても頷けないんだよ。ホランドの性格として、自分の推理に関しては、いつもなら最後まで黙ってる筈なんだ。まして、悉くの証拠がたったひとりの人物を名指しているだなんて、みんなを挑発するような大時代的な言い方、どう考えても不自然だよ。きっと何か訳があるんだ。……僕にはそうとしか思えない。そうだ。きっとホランドの奴、何か謀んでるに違いないよ」

「謀んでる? 何を……」

振り向くと、ナイルズの髪の輪郭を仄赤《ほのあか》く浮かびあがらせて、やはり赤い満月があった。血みどろの月。わらわらと走る雲影を従えて、それは何事かの前兆のようにも思われる。とすると、本当の惨劇とは曳間の死などではなく、あれを単なる幕開けとして、これから後にまことの全貌を展開してゆくというのだろうか。倉野は、ほんの一時間ほど前、ホランドが口にした言葉を、ある種の戦慄と共に想い起こさずにいられなかった。

犯行は連続殺人でなければならぬ。

ホランドははっきりそう言ったのだ。そうして、先刻のナイルズの言葉――ホランドが何事か策略を抱いているということ――を考慮にいれるならば、そこには自と不思議な方程式が導き出されるではないか。探偵の側としては第二第三の悲劇が起こる前に殺人者を指摘することに意義がある、などというのは言い訳に過ぎず、ホランドの胸のうちにある思惑は、ただひたすらに殺人者への凶行の奨励であるとしたら。

そこまで考えると、倉野は再び強烈な戦慄を覚えねばならなかった。それは幾度も倉野の脊髄《せきずい》を駆け抜けて、彼の想いを凍りつかせた。彼自身にとっても不思議なほどの、得体の知れぬ恐怖だった。

赤い満月。それがどのような凶兆であるのか知れぬにしても、禍毒《かどく》は避けようもなく彼の身に降りかかってくるだろうことを、倉野はその一瞬に予感していた。刻一刻、こうして彼自身の住むこの現実世界には起こり得べくもない、似て非なる別世界の出来事の渦中にひきずりこまれてゆくのだろう。いやもう既に、ほんの一滴の赤を滲み展げただけの深い闇に、電柱も煉瓦塀も用水槽も生垣も呑みこまれたこの路地が、この現実とはほんの少しずれたあちらの世界だとしたら。そうだ。あの赤い赤い唐突な月こそが別世界へのひそかな案内者で、現実の世界では、ひょっとして今夜は、満月でない夜に当たるのかも知れない。そうして、この赤い月は、未来における血みどろの惨劇へと、ふたりを誘《いざ》なっているのだろう。倉野は何とも居たたまれぬ気持ちに襲われた。

しかしひょっとして——と、倉野は思った。こういうふうにも考えられるのではないだろうか。つまり、ナイルズは否定するが、それが単なる感情論でしかない以上、実はホランドが真犯人であってもいい筈だ。そうとも、連続殺人云々の発言は、自分が真犯人であることへのカムフラージュだとしたら。……

しかし、その考えはナイルズに喋る訳にいかず、倉野の胸の奥に嚥《の》み下された。

赤い月。それだけが真実を知っているのだろう。笑うように、嘲めるように、鮮明な闇のそこだけ朧なまだら雲のなかを走ってゆく。そういえば、その蒼褪めた暈《かさ》は、倉野には白内障に冒された眼球そっくりに思われた。

「みんな、それぞれ頭のいいひとばかりだけど、そのなかで、とびきりだったのは曳間さんじゃない？　その曳間さんが殺されちゃって、残った者のなかで、布瀬さんもホランドも信用できず、倉野さんも見当がつかないとなると、一体、どうすればいいの」

ナイルズは呟くように問いかける。倉野はその深い視線に、奇妙な戸惑いを感じていた。そうして、その凛冽《りんれつ》な視線をゆっくり倉野の方に向けると、ナイルズは再び謎めいた微笑を薔薇の唇に立ちのぼらせた。

「いちばんいいのは、死んだ曳間さんに推理して貰うことなんだ」

「曳間自身に？」

思いもよらぬ言葉に、倉野は慌てて訊き返した。

「そうだよ。二週間後の僕らの推理較べに、死者の推理が加わるとしたら、これは一体、どういうことになるのかな。死者の推理。――なかなか面白いと思わない？」

「ちょっと待てよ。そりゃあどういう意味だい。推理較べをやってる僕らのなかに、いつの間にか死んだ筈の曳間が紛れこんでて、生者である僕らには及びもつかない、鮮やかな解決を披露するとでもいうのかい。それとも、さっき君の言った、変格探偵小説的になら一応の解釈がつけられるというのは、そういう意味なのかな。確かに、実際死者の推理なんてことがなされるなら、ちょいと破格で面白いとは思うけど……」

「さあ、どういう意味なんだろう」

別に勿体をつけるふうでもなく、ナイルズはそう呟いたが、倉野は次第にその考えに夢中になったらしく、

「と、すれば、そうだ。もしそんなことが起こったとしたらどうなる？　推理較べの

席上に、曳間が現われるとしたら。無論、みんな驚くだろう。でも、そのなかでいちばん恐怖に打たれるのは、ほかならぬ曳間を殺害した殺人者自身なんだ。そうだ。それによって真犯人が判るとしたら、その席上に曳間が現われてしかるべきなんだな！」

「倉野さん！」

弾けるように振り返ると、ナイルズは貫くような視線を向けた。

「僕が考えてたのはそんなことじゃないけど、倉野さん、それはつまり、推理較べの最中に、曳間さんがそこに現われたように錯覚させるような、何らかの細工をするってことなの」

「おや、そういうことじゃないのかい。なあんだ、考え過ぎだったかな」

倉野は息を抜くように苦笑してみせた。

「確かに、こいつは本格ものとしての推理法からいくと、ちょっと狡《ずる》いやり方だものね。あはは、せめてあんな十戒を持ち出す前ならまだしも、なにしろ提唱者はこのふたりなんだから仕方がない。まあ、今の話は聞き流してくれ」

そうは言ったものの、再び途切れた会話は、何かしら妙なしこりを残したまま、なかなか戻ってこなかった。

オレンジ色の街灯が並ぶ通りを横切り、そのあたりで新宿区から豊島区へと移るらしかった。木造のごみごみとした感じの街筋と大きなビル街が重なりあい、そのまんなかに、中天につき刺さるようにして伸びあがったクレーンが、黒ぐろとした不気味な影を映し出している、そんな場所だった。

透き通った闇のなかで、オレンジ色の光線をぶちまけたように浴《あ》びて、総てのものがいつも見せている貌《かお》とは全く異なった、別の本性を思いがけず剝《む》き出したまま静まり返っていた。

倉野はふと、ナイルズにもそれを垣間見てしまったような気がした。

オレンジ色に濡れたナイルズは、闇のなかにぽっと浮かびあがっていて、こうして黙っている限り、ホランドとは区別しようもない一卵性双生児というものを、倉野は恐ろしいものとして再認識せずにおれなかった。

そうなのだ。寄りそうように、滑るように闇のなかを抜けてゆくこの少年は、本当にナイルズなのだろうか。

謂《いわ》れのない危惧ではあったが、いったん気にし始めると、それはなかなか頭を離れようとはしなかった。

その気になれば、ナイルズのまねをすることぐらい、ホランドにとってはさして困難ではないだろう。一人二役や人間交換といった双子のトリックは、探偵小説の世界ではまるで陳腐なしろものになってしまったが、それが身近で実際に、あちらからこちらへ、たやすく、そしてひそかに行なわれているとしたら。『黄色い部屋』を出た時にも、いくらでも機会はあっただろうし、ましてナイルズとホランドの交換が、彼らの間にひとつの遊戯として行なわれていたとすれば、最早ふたりの区別というものまで、その意味を根本的に疑ってみなくてはならないだろう。そのことを否定もできぬまま、倉野は少年を瞶めるのだった。

「——ナイルズ」

問いかけるともなく囁くと、ナイルズは、え、というようなあどけない顔を見せる。倉野は苛立たしい混乱を覚えながら、急いで次の言葉を考えねばならなかった。

「いや、ほら、つまり、肝腎なことを訊くのを忘れてたんだよ。そもそもこの事件は君の、初めに曳間が殺されるという予言から始まった訳だけど、君の『いかにして密室はつくられたか』では、最初に曳間が死ぬことには何か必然性があったのかな」

「いやあ、それが、あんまりないんだよ。はっきり言って、誰でもよかったんだ。だから全く偶然なんだよ」

「ふうん。じゃあ、構想上の曳間の殺害と実際の事件とは、やっぱりかなり違ってるのかい。君の小説では《さかさまの密室》を使うって話だったけど、今度の事件も、僕が思うに、ある意味での《さかさまの密室》にほかならないと思うんだけどね」

「うん、僕も倉野さんの話を聞いててそう思ったよ。でも、使われるトリックとか現場の設定とかは、やっぱり違ってたけどね。……そうなんだ、僕がぼんやり感じてたのは、今度の事件そのものが、何かしら《さかさま》じゃないかってことなんだ。密室の情況ばかりじゃない。だいたい小説の構想を事件が先取りしたような情況からしてそうだし、犯人が犯行現場に三時間近くもいたと思えることが、ほかでもない、犯人はその時ほかの場所にはいなかったんだという、逆の不在証明になってる訳でしょ。それから来たるべき推理較べでは、多分、犯人自身の推理が聞けることになるし、もしもその推理が見かけ上一分の隙もないってことになったら、これまたひとつの逆説じゃない。倉野さんは、殺された曳間さんのために最高の殺人者を用意しなくちゃならないって言ったけど、これも普通の考え方からいくと《さかさま》ってことになる。おまけにホランドは、犯人に向かって連続殺人を勧めるしね。もっとあるかも知れないけど、この事件はとにかく、大きな《さかさま》によって貫かれているとしか、僕には思えないんだ」

頰を紅潮させてそう言いきったナイルズの言葉は、倉野の立っているこの世界をもくるりとひっくり返してしまったように思われた。

赤い、さかしまの月のようでもあった。

二章

1　死者の講義

「ねえ、どうかなあ」

最後の一枚を読み終わった頃を見計らって、ナイルズははにかんだように声をかけた。

白木の机に原稿用紙の束をどさりとばかりに置くと、その相手は回転椅子をぎしぎし鳴らしながら振り向いた。

「まいったね、どうも」

バリトンがかったよく通る声で、これまた照れくさそうに言葉を返したのは、その小説では最初の殺人の犠牲となって冷たい骸《むくろ》を晒《さら》した筈の、曳間了そのひとだった。

『いかにして密室はつくられたか』と題されたその二五〇枚ほどの小説は、長編の第一章として「第一の屍体」から「さかさまの殺人」までの十の小見出しを添えられ、おまけに「序章に代わる四つの光景」と銘うったプロローグから始まるという、いかさま本格長編らしい体裁を備えていた。

曳間の不連続線に纏《まつ》わる回想を皮切りに、既視感《デジャ・ヴュ》、三劫、暗号と、何やら勿体をつけた導入から、曳間の死、『黄色い部屋』での不在証明提出、十戒の取り決め、そうして最後に倉野とナイルズの対話が、この事件の主導音は《さかさま》にある、となったところで枚数は尽きていた。途中でそれとなく連続殺人を仄《ほの》めかしているし、一章とあるからにはまだまだ二章、三章と書き続けられる予定なのだろう。一応の段落のところで小休止ということか、この奇妙な実名小説は、未だ登場人物達の推理らしい推理も行なわれないまま、一刻も早く謎を解かれたがっているとでもいうふうな恰好でそこにあった。

探偵小説趣味が昂じていよいよ自分でも小説を書き始めたということで、その一章まで仕あがったという作品を読ませて貰ったのだが、実名小説と聞いてはいてもまさか自分が殺される役柄にふりあてられているとは思いもよらず、ましてや冒頭からどこかしら謎めいた人物として登場しているとあっては、曳間の洩らす苦笑も無理からぬことだろう。

「しかしまあ、殺されるとはいえ、なかなか魅力ある人物として描かれている点には好感が持てますな。いやいや結構結構。探偵小説としては、現時点では批評しにくいけど、なかなかいい雰囲気じゃない。ナイルズにこんな文才があったなんて知らなかったけどね。……冷たい屍体となった僕の、その安らかな表情を見て、倉野が不意に涙を落とす件《くだり》なんぞ、我ながらホロリとさせられちゃったな」

「あはは、本当だね。そのあたりを読んでる時、曳間さん、心なしか眼をしょぼさせてたもの」

惜しみない笑顔を見せながら、ナイルズは革椅子のなかにそっくり返った。それは子供達が時折り見せる、最上級の悪戯《いたずら》が成功した時の笑顔だった。

「それはそれとしてさ、曳間さん自身は何らかの推理がついた？　ほら、小説のなかにもあったでしょ。いちばんいいのは、死んだ曳間さんに推理して貰うことなんだって。そういう点では、これは一種の挑戦状にもなってるんだからね」

「こいつはいよいよ参ったことになったな。……だけどこいつは今の時点では、これから後、どういう解決でもつけられるんじゃないか。だから、真相というものとはちょっと違った視点からだったら、いろんなことが想像できなくもないんだけどね……」

「というと、どういうことなの」

そう尋ねるナイルズに、曳間は切れ長な眼を窓の外に向けると、

「うん、いろいろとね。まあこれは言わぬが花ということにしておいて、……そうだなあ、面白いながらも、この小説にはひとつだけ不満があるから、そのことを言わせて貰おうか」

「なあに」

ぴんと脚を跳ねあげて起きあがると、ナイルズはもうはや、真剣な顔になっていた。

「いや、たいしたことじゃないけど、やっぱり個人的な趣味があるからね。つまり、この小説にはあまり小道具が出てきてないだろう。それがちょっと惜しいと思うんだよ。……せいぜい面白いのは、鬼どもを描いた風鈴って奴だね。でもあれは直接事件とは拘《かかわ》ってこないだろう。そういう点が、もうひとつだと思うよ。細かいところまで追究すれば、そりゃあいろいろあるかも知れないけど、まあ総ては完成しての話だからね。……ああ、そういえば鬼で思い出したけど、もうひとつひっかかる点があった。つまり、ホランドが根戸の部屋へ行って話をする部分があっただろう。そこで呪符に関することで、《鬼》の字が黒魔術的なことに、上に点のない《鬼》の字が白魔術的なことに使われるっていう話があるけど、知ってるの？　《鬼》は《鬼》の古字、もしくは異体字なんだよ」

「あッ、そうなの」

ナイルズは、へえ、というような顔をして、

「いや、あそこの会話は、根戸さんの実際に持ってる『加持祈禱《きとう》秘法』を読んでて、それで思いついたそのままを書いているから、詳しい裏づけは殆どないんだ」

「ふうん、そうか。でもそういう字体によって用途が異なるってことは、本当にあるかも知れないよ。だって、実際、鬼というものの概念は、時代に沿ってかなりの変遷があるからね」

「へえ、そうなの」

「そう。だって、《鬼》という字が作られたのは中国だけれども、日本人はその《鬼》という字に〝おに〟という言葉を宛てて、それを読み方とする訳なんだから、そもそもそこから、日本での語意と中国での語意の相違はあった筈だしね。……いやあ面白いんだよ、そういう関係の本を読んでるとね。〝おに〟という言葉の語源としては、源順《みなもとのしたごう》っていう人が『倭名類聚鈔《わみょうるいじゅしょう》』って本を書いているんだけど、そのなかに、『於邇者隠音之訛也』とあって、それはつまり、鬼というものは物に隠れて形を顕《あら》わすことを欲しないが故に、〝隠《おん》〟という言葉の〝ん〟が〝に〟に通じて〝おに〟となったということが書いてあるんだ。今でもその『倭名類聚鈔』に従う通説、〝隠〟あるいは〝陰〟などの転音とする考えが勢力を持ってるんだけど、その漢音語源説に異議を唱えたのが、かの折口信夫《おりくちしのぶ》先生なんだよ」

「ふうん、折口信夫って——あの、釈沼空《しゃくちょうくう》って名で短歌を書いてたひとじゃない」

朧《おぼろ》げな記憶を辿るように呟くナイルズに、

「うん、よく知ってるね。国語の授業で習ったところなんだろう」

「あッ、そりゃあひどいな。それくらいは知ってるよ。……と、いいたいけれど、実はその通り、夏休み前に覚えたところなんだ。全く、曳間さんにかかっちゃ、何でもお見通しなんだからなあ」

「どうやら僕は、かのファイロ・ヴァンスの末裔《まつえい》かも知れないな。……折口先生の話だが、彼は、〃おに〃は正確に《鬼》でなければならないという用語例がないところから、外来語説、漢音語源説に疑問符を与えて、全く新しい視点から、この〃おに〃という言葉を眺めたんだ。つまり、古代において、〃おに〃と〃かみ〃とは、非常に近しい言葉であったということを提唱するんだよ。彼の言うところによれば、〃おに〃という言葉は中国で生れた《鬼》とは全く別の、日本独自の性格を持って存在していたということになるんだ。それが後になって、彼の書いた『鬼の話』の言葉を借りれば、『おにには「鬼」といふ漢字に飜《ひるがえ》された為に、意味も固定して、人の死んだものが鬼である、と考へられる様になつて了《しま》うたのである』といった事態にまで陥るんだね。……それ以前の〃おに〃がどういうものであったかはよくは判らないけど、〃かみ〃と同じに、非常に畏《おそ》ろしいものであったことは確かだろうね。それは民間伝承としての様ざまな鬼のなかへと投影されてるんだけど、面白いのは、それらの鬼は蓑《みの》や笠を被《かぶ》っている、というひとつのイメージがあることなんだ」

「蓑笠だって」

一体何か故あってのお喋りなのか、果てしもなく発展しそうな《鬼》の話が、ここに初めて行き当たった鬼の具体的なイメージに、ナイルズは思わずそう反覆して、

「頭に角をはやし、虎の褌《ふんどし》をしている鬼の姿が、鬼門——つまり丑寅《うしとら》の方角——の連想から発生したってことは僕でも知ってたけど、そのイメージよりは、蓑笠に隠れた鬼っていう方が、よっぽどいいんじゃない。本当の姿を決して見せないってところがいいよ。そういう鬼ならば、この探偵小説に現われてもいいな。……ねえ、『隠れ蓑願望』って言葉を使いだしたのは乱歩だったけど、このなかの真犯人が、まさに探偵という隠れ蓑を被って、堂々と推理較べの席上のなかに紛《まぎ》れこんでいるってのは、ちょっと使えそうじゃないかしら」

常に自作の探偵小説のことが頭から離れぬらしいナイルズは夢中になってそう言い、しばらく何やら熱心に考えごとをしていたが、ふと、

「ああ、そういえば、なまはげってのがやっぱり蓑を纏《まと》ってたよね」

「そうだね。『日本書紀』にも、やはりそういう記述があって、斉明天皇の喪の儀《よそおい》を、朝倉山の上から大笠を着た鬼が臨《のぞ》み視《み》ていた、というんだ。また現在まで残って

いる唄として、土佐の『ぜぜがこう』というのがあって、

向河原《むかいかわら》で　土器《かわらけ》焼けば
いつさら　むさら　ななさら　やさら
やさら目に遅れて　づでんどつさり
其こそ　鬼よ
簑着て　笠着て来るものが鬼よ

これなんかはその典型だろ。それにしても、童謡ってのは意味がよく判らないだけに、何かしら不気味な魅力を持ってるよね。最近流行《はやり》のマザー＝グースにしたってそうだし。

「まあとにかく、そういった訳で、鬼という概念も、既にここから変化し始めるんだ。蓑笠を纏った鬼は、ほかの文献の上にもいろいろ現われ、『枕草子』では『蓑虫は鬼の子にて』という面白い一文が見られるし、『堤中納言物語』中の『虫めづる姫君』では、『鬼と女は人に見えぬぞよき』ということが書かれてあるが、これも蓑笠を纏った鬼のイメージがあってのことだろう。それから『躬恒《みつね》集』にも、

鬼すらも都の内と蓑笠をぬぎてや今宵人にみゆらん

という一首があるし、さらに——」

「ちょ、ちょっと待ってよ」

抛っておくとどこまでも続きそうな傍証を遮《さえぎ》っておいて、

「そのことは判ったけど、それじゃあ、死者やその魂を意味する《鬼》字を得たその鬼は、どうやって今の姿になってゆくの」

「うん、つまり凶悪な形相を鬼が持ち始めるのは、仏教の影響なんだよ。仏教には邏《ら》卒《そつ》という概念があって、こいつはまた地獄卒とも呼ばれる、非常に恐ろしい族《やから》なんだ。確か、小栗虫太郎の『失楽園殺人事件』のなかにも登場して来たね。とにかく、牛頭馬頭《ごずめず》といったそういう地獄の獄卒どもと混合されて、鬼のイメージは次第にその恐怖の面を増していったんだよ。……さっき君が言った、角と虎皮を鬼門、つまり艮《うしとら》からの連想とするっていうのは、実は俗説なんだけど、確かに説得力はあるようだね。鬼門というのは仏教ではなくて、陰陽道から来る考え方だけど、そういった、仏教とか陰陽道の影響を受けながら、鬼は見るも凶悪な外観を獲得していくんだ。……どうだい、鬼の概念にも、こういった変遷があるんだ。だから《鬼》と《鬼》にも、概念的な差があってもおかしくないと思うんだよ。うん、まあ、結局これが言いたかったんだけどね」

「ふうん。曳間さん、詳しいんだなあ。そのぶんだと、ほかにもいろいろ文句をつけたいところがあるんでしょう。……それにしても、この小説においては死者である筈の曳間さんが、こうやって小説の内容に関することを話している、それも鬼の話をするってのは、何となく奇妙で、面白いよね。いわば、死者の講義ってことになるのかな」

いつの間にか部屋のなかにじりじりと伸びていった日差しに、白く顔を輝かせながら、ナイルズはのんびりと受け答えた。

緑色の毛氈《カーペット》にくっきりと影を落とし、このナイルズの部屋にも、めくるめく夏の日の傾きは差しこんで来る。枯草色の壁が、ぱっと一瞬、焔《ほむら》たつように明るくなったと思われたが、よく眼を凝らして見れば、その何かの兆《きざ》しででもありそうな乱反射も、すーっと壁紙のあちらに吸いこまれでもするかのように溶けてなくなるのだった。そういえば、隣の部屋に居る筈のホランドは昼寝でもしているのだろうか、最前から物音ひとつなく、ひっそり閑《かん》と静まり返っている。聞こえて来るのは、窓の外のずっと遠くからの、微かな微かな、小学生達らしい一団の、遠雷のようなどよめきだけだった。

それはナイルズがひそかに《逢魔《おうま》ケ刻《とき》》と名づけている、静謐《せいひつ》なひとときだった。

大気の上層と下層の、その温度や湿度の具合によるのだろう、驚くほど離れたところにある小学校からの喚声が、その時間には街の上の見知らぬ空間をひととびに越えて、引き潮のような気配として降り伝わって来るのだった。昼から夕方へと移りゆく、その街が一瞬息をひそめる時間に、言葉が言葉と重なりあい、最早言葉でなくなってしまったもやもやとしたさざめきを聞くのが、ナイルズは好きだった。それはひどく牧歌的なひとときでもあった。

「まあ、それはそれとしておいてだね、この小説のなかにも現実と架空との関係式のようなことが暗示されていたけど、僕の興味は常に現実にあって、一体、こういった小説が描かれたからには、この現実にも何らかの影響があってしかるべきじゃあないのかな」

「と、いうと？」

「それはこの小説のなかでいみじくも君自身が予言していることさ。つまり、この現実の世界においても、殺人が起こるという……」

「あれえ、それは曳間さんの言葉とも思えないな。僕がこの小説を書いた、本当の意味が判んないかなあ」

眼を丸くして、栗鼠《りす》のように体を屈めると、ナイルズは素っ頓狂な声を上げた。曳間はこの言葉にちょっとたじろいで、こちらは浣熊《あらいぐま》のように口を窄《すぼ》める。

「そうすると、きみは実際、現実の殺人を封じこめることを考えていたのかい」

「勿論だよ。やだなあ。それ以外に、僕がこの小説を書く動機なんて何があるっていうの。総て、この僕らのファミリーのうちに蟠《わだかま》る、何かしら黒ぐろとした空気のせいなんだ。そうだよ。殺人とまでは言わないにせよ、このままいけば近い将来、必ず不吉な事件が突発するに違いないんだ。僕にはその、得体の知れない影のようなものが見えるのさ。……この『いかにして密室はつくられたか』は、全くのフィクションには違いないけど、実際にあったことも処《ところ》どころ使ってるんだよ。無論、多少の調味料は加え、組立て直して、フィクションのなかに織りまぜてはいるけどね。そうやっていろいろ仄めかしてるけど、心理学者――いや、小説で使ってるように、黒魔術師と呼ばれている曳間さんの眼には、そんなことはお見通しじゃないかと思ってたんだけど」

後半の調子はやや告発めいて曳間に向けられた。刺し貫くような白光を背中に意識しながら、こちらはほっと溜息を吐くと、

「いや、これはどうも失言だったな」

頭を搔きながらそう言って、

「正体までは判らないけど、その存在だけは僕も感じてはいたよ。それで、だけれども、この小説がそういった未来の殺人の封じこめの役割を果たすものとして作られた

にせよ、それは完成しないことには意味がないだろう」

「どういうこと」

ナイルズはぴくりと体を顫《ふる》わせた。成程そうした一瞬、ナイルズはホランドとの見分けがつかなくなる。炯々《けいけい》と瞳を輝かせる少年は、一種蠱惑《こわく》的な夢魔《スクブス》のようで、その時曳間は、そもそも双子というもの自体、この世に在り得べくもない、何か奇妙な存在なのだと考えていた。何から何まで、全く同一の遺伝子から成長したふたつの個体。……そっくり同じの分身どうし。

「つまりだ。……その殺人は、君のこの小説が完成する以前に起こるかも知れないってことだよ。一体、その影の正体は判らないけど、もしもそいつが、今すぐにでも犠牲者を欲しがるほど強大なものになりおおせているとしたら……」

「すると」

間髪を容れず口を挿《はさ》んだナイルズは、何故かそう言い澱《よど》んだまま席を立つと、ついと窓の方に足を運んだ。折りしも西陽は、何処からともなく滾《たぎ》り昇った暗雲に鎖《とざ》され、窓外は不意の薄闇に包まれた。乱歩ふうにいえば、オドロオドロとした魔物のような雲とでもいうのだろうか、それは框《かまち》に手をつっかけたナイルズの上半身を主題とした、一枚のテンペラ画のようにも見てとれた。

「今日が七月二十四日だね。……本当にいつ完成するのかなあ」

そうやって黒雲が蒼穹《そうきゅう》を埋めつくしてゆくにつれて、ナイルズの胸にも不安の色が塗りこめられてゆくのだろう。存外に早く惨劇は起こると踏んでいるらしい曳間の言葉は、小説中のナイルズのお株を奪って、確とした予言とも取れるのではないか。

その時、階下で電話が鳴り出した。すぐに誰かが出たらしく、ややあって聞こえてきたのはナイルズの母親の声だった。

「いい、なある。お電話よ」

とんとんと階段を登りながら呼びかける。

「誰からあ？」

「甲斐さんからよ。急用ですって」

ナイルズが扉を開けると、曳間の眼に、ぽっと青い色が燃え立った。

「成程、こういうふうにして、甲斐から電話がかかって来たんだね」

「そうだよ」

「まあ、何のお話」

ナイルズを見送りながら、母親は溢れるような微笑みを見せた。三十五をふたつみっつ越してはいる筈だが、はっとするほど若く美しい婦人だった。曳間はこれほど美しい家族を、ほかに見たことがなかった。久藤杏子が北欧的な美女というのなら、彼女の方はギリシャ的なそれとでもいうのだろうか。今、白い薄絹でも纏《まと》えば、そのままスパルタの王妃レダあたりにいともたやすく変貌してしまうだろうとも思われた。

ナイルズ達に受け嗣《つ》がれた、日本人にしてはやや灰色に近い瞳を扉の方に送り、再びその乾いた視線をこちらに向けて、

「曳間さん、いつも蘭や成のお相手をして貰ってすみませんね」

「いえ、とんでもない。お相手をして貰っているのは案外僕の方かも知れないし……。あはは、それよりも、成君はたいした小説家ですよ。先程、今までの部分を読ませて貰ったんですが」

「まあ、このところずっと部屋に閉じ籠《こ》もっていると思ったら……。それじゃあ、あの子達のことだから、きっと探偵小説に違いないわ。そうでしょう」

「その通りです。……あはは、お母さんもなかなかの探偵なんですね」

「あら、いやだわ」

彼女は涼しい声で笑った。

しばらくして戻って来たナイルズは、どうしたのか妙にうわの空な様子で、訝《いぶか》しげに向けられた曳間の視線も一向に意に介さないふうだった。

「どうしたんだ」

曳間が訊いて、ようやくぼんやり顔を上げたナイルズは、何かがゆるゆると崩れ出してゆくように見えた。嗄《しわが》れた声だった。

「曳間さんのいう不連続線ってのは、こんなふうに訪れるのかしら」

「どういうことだい」

「小説が無駄になっちゃったんだ。殺人が起こったんだよ。……真沼さんが、殺されたって……」

2　ブラック・ホールのなかで

「青天の霹靂《へきれき》とはこのことだね。一体何がどうなってこうなったのか、とにかく最初から説明して貰わなくっちゃあ。だいたい、殺人者も死者もいない殺人って、そんな馬鹿なことがあるもんじゃないよ」

羽仁がそう尋ねたのも無理ない話で、情勢はまことに奇妙なものだった。緊急の集合令で、その場に居なかった曳間、ナイルズ、ホランド、羽仁が駆けつけ、ここ、目黒区は緑ケ丘の布瀬邸にファミリーの全員が揃った訳ではあるが、現場に居た者達が口ぐちに事情を説明しようとするその内容が、密室殺人が起こった、殺されたのは真沼だ、だがしかしその屍体はない、と、要領を得ないこと夥《おびただ》しい。ついに業を煮やした羽仁がそう尋ね返したのだが、すると布瀬が勿体《もったい》ぶった咳ばらいをひとつしてみせて、

「それでは不肖、この吾輩が御説明致しますかな」

部屋履きに愛用している白のモカシンをちらつかせるといった、いつもの気障《きざ》ったらしさを隠しもしないまま、そう前置きして語り出した事の顚末は、次のようなものだった。……

七月二十四日、火曜。夏休みも一週、二週と日がたつと、皆それぞれに暇を持て余し始め、毎日のように誰かの部屋に集まって他愛もない会話を交わすというのが彼らの習慣となっていた。この日もその例に洩れず、布瀬の『黒い部屋』を借りて集会が持たれた訳である。

といっても、集まりの時刻も決めぬまま寄り合うのがいつものことで、最初の客である真沼が布瀬邸を訪れたのが午後一時、最後の訪問者である根戸より三時間前だった。

布瀬邸は羽仁のお屋敷ほどの豪邸ではなかったが、布瀬の部屋が本棟からは五メートルばかりの板敷の通路に隔てられた離れになっているので、友人達が集まるのには都合がいいのである。そこには部屋がふた間あり、一方が壁から絨毯から一面黒で塗り潰された、所謂『黒い部屋』で、そこを通り抜けると、寝室を兼ねた書斎があった。どちらの部屋の本棚にも、ずらりと夥しい量の書物が並んでいて、事実、布瀬はこのファミリーのなかでもいちばんの蔵書家だった。

ほかの者がまだまだ訪れる気配もなく、真沼はつと立ち上がると、所在なげに本棚の一角に向かった。

「ねえ、ここには何か、ホフマンのものがある？」

「ホフマン？　……さあてと、本はないが、書斎の方には昔の『新青年』が並んでいるから、そのなかから捜すなら遠慮せずにやって貰いたいね。ちょいと読みづらいとは思うが……」

「そう。それじゃあひと捜しするか。……それにしても『新青年』が揃ってるってのは凄いね。僕はそれほど探偵小説マニアではないからいいけど、ほかの奴はさぞ羨ましいことだろうな」

「そのようではあるな。死んだ祖父《じい》さんが我々に負けぬ好き者であったのは、全くの僥倖《ぎょうこう》というほかないね。吾輩はどうもその祖父さんの血をいちばん強く受け嗣《つ》いだらしいのだよ。……あっは、尤《もっと》も、おかげで彼の狷介固陋《けんかいころう》な気性をもバトンタッチしちまったらしいんだがね」

「あっははは、言えてるね」

笑いながら奥の書斎へ逃げこむようにはいると、真沼はばたんと扉を閉じた。何秒もたたぬうちに、ベッドのそばのステレオをつけたのだろう、微かなバロックの調べが布瀬の耳を擽《くすぐ》った。バッハの『小フーガ』だった。パイプオルガンの壮麗な旋律を自分でも口ずさんで、布瀬はこちらも本棚から一冊の本を取り出した。昨日から読みかけの魔法書が、あと数十ページの処まで来ているのだ。

占星術、錬金術、黒魔術、サバト、グノーシス、新《ネオ》プラトン主義、隠秘哲学、悪魔学、薔薇十字、フリーメーソン等々、西洋の秘教的な系譜のなかで、布瀬が殊に興味をそそられるのは、カバラと呼ばれる不思議な術だった。それはユダヤ教の聖典の研究より端を発した、記述の裏側に隠された真理を読み取ろうとする、恣《し》意《い》と教条に充《み》ちた学問である。語句の綴り変えや文字と数字の置き換え、その数字の操作等といった様ざまな方式を駆使したあげくに、彼らは全世界の組織や神の名、天使の名を発見し、天使軍の総勢を三億百六十五万五千百七十二名とまで弾《はじ》き出している。布瀬は、この言葉と数字の操作に費された夥しい量のエネルギーを思う時、何か啻《ただ》ならぬものを覚えて戦慄しなければならなかった。それはまさしく、晦冥《かいめい》に捧《ささ》げられた、狂おしくそして静謐《せいひつ》な祝祭と言えなくもない。

布瀬はそうして本を膝の上に開いたまま、何ページも読み進まぬうちに、自分達ファミリーのことを考えていた。そうだ、静謐な祝祭。それは『いかにして密室はつくられたか』を読む以前から、布瀬の脳裡にもつき纏《まと》っていたイメージだった。それにしても、あのナイルズの小説は、我々ファミリーの未来に投げかけられた黒い影と、どのような関係を持つというのだろうか。ナイルズに先を越されて、後から彼の提出した謎を解かねばならぬ立場は、布瀬の自尊心にとってはあまり好ましくないものだったが、とまれ、彼としてはその解き難い謎を解かねばならないのだ。そうだ。それこそカバラ的にであれ何であれ、とにかく解き明かさなくてはならない。

──あの小説のなかで、いちばん確固とした不在証明を持たされていたのは、ほかならぬこの吾輩だったようだが、まさかそのことが何かを暗示しているのではなかろうな。

そういった、妙な虞《おそ》れのようなものを感じる一方、布瀬には、何を馬鹿な、と冷笑したい衝動もやはりもう一方にあって、どだいナイルズのような若僧に、未だ起こらざる犯罪の真相を先取りするようなまねができる筈もなし、さすればあれはやっぱりただのフィクションでしかないのかも知れないと、ひそかに頷いてもみるのだった。だいたい先日のあの小説を読んだ時には差し控えたのだが、幾つかの不満もやはりあって、さかさまの密室などと偉そうに能書《のうがき》だけはたれているが、結局のところ、犯人にとってはやすやすと出入りのできる情況であれば、最早密室でも何でもないではないかという点もそうである。しかもそれ以前の、肝腎要《かなめ》の、登場人物も設定も現実そのままの実名小説であるというふれこみからして不審な点が多く、布瀬には納得できなかった。だいいち、自分がいかにもぎすぎすとした小悪人ふうに描かれていること自体気にくわない。メフィストフェレス並みの風格で描けとまでは言わぬにしても。「ふむ。その点、甲斐などは随分現実よりよく描かれていたな。あの小説では杏子が根戸に寝返ったかの如く書かれていたように思うが、はなっから相手にされてないに決まっているものを。ナイルズの奴、さすがにありていに書くのは憚《はばか》られたのか。……それとも、何か理由があっての脚色でもあるまいに」

そうこう考えを巡らすうちに、第二の訪問客が到来した。不意に、微かな扉の軋《きし》みが聞こえて、うっそりとはいってきたのは倉野だった。

「おや、今日は僕がトップ・バッターなのかな」

「いやいや、とっくの昔に真沼が来とるよ。あちらの部屋にいる」

「なあんだ。やっぱりね。……おや、チューナーからプレイヤーに切り換えたようだな」

いかにもその時まで流れていた人の声がぷっつりと途切れ、ややあって聞こえてきたのは、パッヘルベルの『カノン』だった。

それから十分もたたぬうち、雛子と杏子が、さらにしばらくして四時前には影山もやって来て、都合六人が集まった。そのうちの最後に訪れた影山は脇に大きな紙包みを携えていて、はいってくるなり、その太い黒縁眼鏡を押し上げながら、

「皆さん皆さん、手にはいったんですよ。これ。日本で手にはいる恐らく最も詳細な

数表」

「スウヒョウ？　何だいそりゃあ」

「何だいそりゃあじゃないでしょう。数表と言ったら数表ですよ。ホラ、たとえばその、対数表とか乱数表とか円周率の数値とか、あるでしょう」

小さい体を急がしく動かして、いとも焦れったそうにことの重大さを説明しようとするのだが、いかんせん、特殊な人間には宝石よりも価値のある本としても、ほかの者が興味を持たねばならぬ道理もなく、反応は影山にとって甚《はなは》だ不本意なものだった。

「数表は判ったけど、一体それがどうしたというんだね」

訝《いぶか》しげに尋ねる布瀬に、

「ああ、何てこったい、この面々とはお話もできませんなあ」

と、地団駄を踏んで、

「そういえば、数学者の根戸氏はまだ来られてないんですか」

そうやって尋ね返すさまは、どう贔屓眼《ひいきめ》に見ても未来の大物理学者と言うよりは喜劇役者の風貌が強い。

「ああ、まだだよ。残念だったねえ、興味をわかちあう者がいなくって」

「あら、それは失礼よ。あたしだって見てみたいわ。……ねえ、影山さん、それどういうの」

「ウム、さすがは雛子さん、布瀬氏や倉野氏とはひと味違う。まあひとめ御覧あれ」

そう言って紙包みを解き、なかから厚ぼったい紙綴りを取り出した。

「これはさっきも言った通り、日本で手にはいる最も詳細な数表……の複写なんですよ。しかも抜粋ではありますけども、小生にとって興味深い処は洩らさずに集めてありますからして……そう、こいつは小生にとって、それこそウィチグス呪法典よりも貴重な稀覯《きこう》本なんですよ。なかでも圧巻は、円周率の百万桁数値でしてね。ホーラ、見てくださいな、この数字の行列。小生はもう、こいつを見ているだけでゾクゾクしちゃうんですよ。それからこちらは自然対数の底eの百万桁。それから……これが小生の最も興味ある部分なんですが、完全数の表、そして根戸氏が知りたがっていた友愛数の表。……いやあ、たまりませんなあ」

そう言いながら、さもいとおしそうに数字の上を撫でまわす様は、どうもほかの者の理解を越えていて、雛子でさえもがこれでは話にならぬとでもいったふうに、ちょっと呆れた顔をしてみせた。その時、

「何だ、あの音は」

真先にそれに気づいたのは倉野だった。漆黒に封じこめられた匣《はこ》とも見える『黒い部屋』のなかに、その奇妙な音は微かに響いていた。何千何万という白蟻が一斉に木

材を食《は》むような、あるいは同じくらいの羽虫の大群が蜚《と》びかうような、わーんという、高い、絶え間のない唸《うな》りだった。それは隣から流れている『悪魔のトリル』のバイオリンの音に混じって、確かにはっきりと聞こえて来る。

「書斎からじゃないの」

ことなげに言う杏子に、布瀬は、

「どうもそうらしいな。しかし、何の音だろう」

半ば呟くように言って、首を傾げながら扉の方に近づいた。

「おい、真沼、だいぶ集まったから、そろそろ顔を見せてもいいだろう。――オヤ、鍵までかけてやがる。オイ、真沼、真沼！」
二、三度扉を叩いて返事がないのを確かめると、
「変だな。ほんの十分前にレコードをかけ換えたんだから、眠っちまった訳でもあるまいに。しかし、それにしても鍵までかけるとは……」

ぼんやりこちらを振り返ると倉野も、

「ぼくもさっきノブをまわしてみたんだ。やっぱり鍵がかかっていたよ」

「あら、あたしの時はかかってなかったわ」

意外なことを言い出したのは雛子だった。

「何。雛ちゃん、向こうの部屋にはいったのかい」

「ううん、覗いてみただけ。真沼さん、雑誌を読んでたわ。ほんのついさっき、影山さんがはいって来た時よ」

「何だって。僕がまわして開かなかったのは十五分ほど前だよ。そうすると、真沼の奴、いったん鍵をかけておいて、はずし、またかけたってことかな。妙だね。そんなことってあるのかなあ。……おや、そういえば、さっきの変な音も、もうやんだみたいだね」

いかにも『悪魔のトリル』だけは、依然その妖しい調べを伝えてはいるが、虫の唸りのような高い音は、いつの間にかなりをひそめていた。奇妙な音が聞こえていたのは、ほんの一分くらいのものだろう。

「変だ。変だぞ。あんな音を立てるものなぞ、吾輩の部屋にはない筈なのだが。どうも厭な予感がする」

「鍵はないんですか、布瀬さん」

影山もそろそろ不吉な空気を感じ取ったのか、オドオドと声をかける。

「家の方に合鍵がある。よし、では取って来るか」

そう言って蒼惶《そうこう》と立ち去ろうとした布瀬の鼻先に、その時甲斐が扉を開いて現われた。不意の睨み合いに面喰らった甲斐は、その醜悪な面貌をさらにくしゃくしゃにして、ぶつぶつと訳の判らぬことを呟いた。

「どうしたというんだ」

布瀬が姿を消した後、ようやくそう尋ねる甲斐に、自分だけ椅子に腰かけたままの杏子が、

「甲斐クン、あなた達の大好きな殺人事件が起こったのよ。それもどうやら密室殺人とやらしいわ。今からその現場検証なの。運が良かったわよ、あなた」

「サ、サ、殺人だって。冗談だろ。誰が殺されたっていうんだ」

倉野は手短かに事情を語って聞かせた。説明し終わった頃に布瀬も戻ってきて、一同はざっと扉の方に集まった。

杏子が殺人という言葉を口に上《のぼ》らせたために、皆、不思議な昂奮に包まれていた。布瀬が鍵を鍵穴にさしこみ、ガチリとまわすその一瞬一瞬に、金属と金属が嚙み合い、牽引し、互いに滑走する、そのひとつひとつの動きが手に取るばかりに伝わった。

ピンと掛金がはずれ、急いで開け放たれた扉の先は、聖書に描かれるゲヘナの炎に映し出されたような圧倒的な光に包まれていた。

無論それは、『黒い部屋』に慣らされていたために起こった錯覚だった。その明るい輝きのなかに踏みこんだ布瀬達は、最初、ことの事情がよく呑みこめずにしばらくぼんやりしていたが、彼らが想像していたよりもはるかに不可解なその事態に気がつくと、驟《にわ》かに異様などよめきに包まれた。

部屋のなかには、誰もいなかったのである。

誰もいない部屋。

ただそれだけのことが、こうまで恐ろしい意味を持つとは、布瀬は思ってもみなかった。部屋の西方に据え置かれたベッドの上に、ほんの今の今まで読まれていたかのように開かれている『新青年』。扉の真向かいに配置されたステレオで、たった今演奏を成しとげ、静かに自動装置によって空を滑ってゆくトーン・アーム。ベッドの先にある窓は嵌《は》めこみ式で壁にしっかりと固定されており、斜めに開く空間も、決して人間の出入りできる余裕がなく、おまけに内側からぴったりとかけられたロックは、到底外側から細工ができるようなしろものではない。もう一方は本棚のある東側だが、こちらに至っては窓とも言えないようなもので、ぶ厚い硝子がそのまま漆喰《しっくい》に埋めこまれているだけの明かり取りだった。そんな文字通りの密室のなかで、真沼は忽《こつ》然《ぜん》と消え去ったのである。

「おい。血だ！」

倉野がいち迅《はや》くその異常を発見して叫んだ。全員が振り返って倉野の指差す先を見ると、そこには大きな方形の鏡が立てかけられてあり、その鏡面には真赤な血《ち》飛沫《しぶき》が美しい模様を描いて流れていた。

無惨な、しかし魅惑的な血模様。

これら総てが悪戯な牧神《パン》の仕業としても、それはあまりに静かな恐慌だった。

そうこうするうちに根戸も遅れて訪れ、事情を説明した後、これからどうするか話し合い、取りあえずファミリー全員を緊急集合させることになった。そうして甲斐が書斎にある電話で、ナイルズ達と羽仁の処に集合令をかけたのだが、説明の仕方がまずかったらしく、後は呼び出された四人達の知る通りだった。……

「ふうむ、すると、真沼は消えたんだね」

あたり前のことを言って、羽仁は腕を拱《こまね》いた。それをひきとって倉野は、

「そうなんだ。確かに、殺人があったかどうかは判らない。しかしいずれにせよ、まさに眼の前で、こんなにも鮮やかにやられるとは……。全く、あまりにも鮮やかすぎて、本当のところ、まだ信じられない。夢を見ているような、いや、眼醒めたくせにさっきまで見ていた夢をまだ信じてるような、変な気分だよ」

そう言いながら、しきりに額に手をやったり眼を押さえたり、落着かない様子である。

「倉野までがその有様か。ふうむ。真沼の奴、ホフマンを読んでいて自分でもちょいと何か――風のようなものに変身したくなった訳でもあるまいに。僕は心理学は心理学でも超心理学という奴の専門じゃあないんだよ。……ふうむ」

曳間はそう言って、もう一度書斎のなかを見まわした。縦一・五メートル、横一メートルほどの大きな鏡に付着した血糊は、既に赤黒く変色している。

「布瀬。この血痕のほかには、何か異常はなかったのかい。何かなくなっているとか。……僕達が来るまでにたっぷり時間はあったんだから、当然調べ終わってるんだろう」

本棚の前を歩きながら尋ねると、布瀬は苛々《いらいら》と髭を撫でながら、

「ああ、なるたけ細かく調べてみたよ。別に異常はない。真沼と一緒に消えちまったものもないし、どこからか突然に降って湧いたものもなしだ」

「真沼は鞄《かばん》か何か持っていなかったかい」

「特に何もね」

ふうむ、と再び唸ってみせて本棚の方から戻って来ると、

「勿論、そのベッドの下も……」

「どれ」

曳間が床まで垂れた毛布を捲《めく》ってみせると、ナイルズと羽仁も一緒に覗きこんだ。青緑の毛氈《カーペット》が木製の寝台に遮られた薄暗がりのなかにのびて、充分に人ひとりがはいれるだけの空間があることは判ったが、勿論真沼の姿などどこにもない。

「秘密の抜け穴なんてのがある訳もなし、全く完璧な密室だね。ああ、何だか寒気が

してきちゃった」

『黒の部屋』の方に戻りながらそう言ったナイルズ、ホランドの方を振り返ると、実際にぶるっと体を顫わせた。その日は、ナイルズとホランドは色違いの同じサマー・セーターを着こんでいて、ナイルズが赤茶、ホランドが青緑という対照になっていた。薄暗い『黒い部屋』のなかでは、どちらかといえば、今、視線を返されたホランドの方がより目立った。

曳間は今度は現場に居た者達をひとりひとり見まわした。皆どことなく夢見心地で、ぼんやり立ちつくしたまま、あるいは『黒い部屋』の方で椅子に沈みこんだまま、じっと一様に押し黙っていた。倉野は前述の通り、根戸もどことなく落着かず、杏子に至っては、自分が口にした密室殺人がどうやら冗談ではすまされなくなった恰好なので、やはり相当のショックを与えられたのだろう、椅子に凭《もた》れこんだまま俯《うつむ》き、時どき気弱そうに根戸の方を見上げるだけだった。面白くなさそうにその杏子と根戸を見較べる甲斐は、しきりにぶつぶつと呪文のような独語を呟いて、うろうろと歩きまわっている。そんななかでいちばん平静を保っているのは意外にも影山と雛子で、椅子を向かい合わせて、ぶ厚い数表を抱えこんだまま、ぽつぽつと事件のことを話し合っていた。曳間の眼には、この眼鏡猿のような影山と、アリスのような雛子とのコンビも極めて捨て難い味があった。

「どうだい、根戸。心理学からは解釈のしようもないが、数学者先生としては、この1=0の数式をどう説明するね」

曳間に呼びかけられて、根戸は短い髪をばりばりと掻き毟《むし》ると、

「1=0か。ううむ、参ったなあ。……数式に限って言えば、1−1=0の後の方の1が我々には見えないのだ、と、そんなことしか言えねえな。……それよりも影山に訊いてみろよ。現実世界を扱うのは数学よりも物理学者の領分だろ」

お鉢を向けられてぴょこんと顔を上げた影山は、もじもじと困ったように、

「とんでもないですよ。小生は飽くまで見習い探偵ですからね。名探偵方をさし置いて、そんな。……そうですねえ、物理学的見地から見れば強引に解釈づけられなくもないですけど、どうしてもSF的にしかなりませんよ。例えばさっき雛子さんと話していた、ちょっと面白い見立てなんか……」

「見立てだって」

「ええ、つまり、この『黒い部屋』をひとつのブラック・ホールに見立ててみるとすんなり解釈できるでしょう。いったんそこにはいると二度と出てこれないという、あのブラック・ホールにですね……」

3 第四の扉

その時『黒い部屋』のなかで、ゆるゆると時間はその歩みを留め始めたようだった。この世界を内側から動かし続けている時計仕掛けが毀《こわ》れ、発条《ぜんまい》が、歯車が、リンクが、テンプルが、わらわらとほぐれてゆく、そんなイメージだった。強い重力場のもとでは、弱いそれに較べて時のたつのは遅くなるということだが、この部屋がブラック・ホールそのものであるならば、そして彼らはそのことを知らされぬままに、この不可侵領域に踏みこんでしまったのだとするならば、それもあながち幻想とばかりも言えないだろう。尤もそういう効果が観察できるのはこの部屋の外にいる第三者の眼から見た場合に限られるのであって、その場に居あわせている曳間達自身が時間の遅れを感じることなどあり得ないにしても。

「ブラック・ホールってのは終末論なんかと結びつけられて、妙に誇張されて流布されたおかげで、今や一般常識にまでなってるようですから、小生がここで殊更に講義することもないと思いますが、念のため簡単に説明させて頂きますと、要するに物質が極端な高密度に圧縮された場合、あまりに強い重力のためにそこからなにものも――光さえもが抜け出られなくなってしまうんですが、そんな、総てのものを呑みこみ続けて、しかも決してそこから外に出られないような面妖な空間をブラック・ホールと呼ぶんですね。こいつは理論的には、アインシュタインが一般相対性理論を発表した直後に、シュヴァルツシルトという学者がその重力方程式の厳密解というのを発見し、その解によって予想されたんですが、いやはや、この重力方程式を解くことがまた大変なのでしてね。よくある二次方程式の解法なんてのと訳が違う。このなかでは根戸氏のほかにはちょっと理解できるひとがいないと思うんですが、重力方程式ってのは数式で書けば、

$$R_{ij}-\frac{1}{2}g_{ij}R=-\frac{8\pi G}{c^4}T_{ij}$$

というんですが、この10個の独立成分を持つ関数 gij に対する連立偏微分方程式は非線型の方程式なので一般的な解法はできないのですよ。シュヴァルツシルトはそこで、《真空中での場の方程式》を《時空が球対称でかつ時間的に変化しない》という特別な場合を条件として解いたんですね。結局その厳密解は、

$$ds^2=\left(1-\frac{2\,GM}{rc^2}\right)c^2\,dt^2-\left(1-\frac{2\,GM}{rc^2}\right)^{-1}dr^2$$

$-r^2(d\theta^2+\sin^2\theta d\varphi^2)$

……なんだか解を求めると言って、わざわざ数式をややこしくしているだけのようですけどもね。そうして厳密解はこのシュヴァルツシルトのもののほかにも、与える条件によってワイル解とかカー解とかいうものがありまして、それに応じて当然ブラック・ホールにもいろいろ種類があるとされているんですが、――あは、こいつはどうもちょっと専門的に過ぎたかしらん。閑話休題、この妙ちきりんなブラック・ホールというのが、理論ではともかく、それでは実際に存在するのかどうかという点ですが、現代の天文学の強力な武器である電波望遠鏡等の発達によって、どうやらそれらしいのが見つかったんでしてね。それは白鳥座の方向にあるCygX-1と呼ばれるX線星で、別のBO星HDE 226868という太陽の二〇倍ほどの質量の青い星と連星をしているんですが、はあ、どうもこいつが質量の関係とかX線の反射の変動のぐあいから、ブラック・ホールに違いないだろうと考えられているんです。勿論、光さえ離さないブラック・ホールのことですから、眼には見えませんよ。……はてさて、この『黒い部屋』が一時的にそういったブラック・ホールのような状態になったとするならば、真沼氏は光さえ戻ってこられない領域のあちら側に踏みこんでしまって、もう二度と姿を見せることはないと考えられるんですが。どうでしょうかね」

ながながと――しかし影山にとっては、まだまだ語り足りぬ皮相的な解説なのだろうけれども――続けられた講義がひと段落つくと、布瀬はすかさずいちゃもんをつけ出した。

「『黒い部屋《ブラック・ルーム》』をブラック・ホールに喩《たと》えたのはなかなか面白い発想だが、しかし、それにしてもちょいと不都合な点があるぜ。お前の言によれば、真沼はこちら側の部屋で消えねばならんが、実際に蒸発しちまったのはあちらの書斎の方だったではないか。向こうは決して『黒い部屋』ではないのだがね」

「あっはは。こりゃあいけません。そう言われると一言もない。……うーん、じゃあ逆に考えたらどうかしら。ブラック・ホールに呑みこまれたのは真沼氏ではなく我々のほうだったと……」

「ふふん。まあ、喩え話はそれくらいでいいではないか。問題は常に、現実のほうにあるのだからな」

影山の話をいともあっさりと一蹴しておいて、布瀬は次のように言葉を続けた。

「とにかく、真沼があれだけ見事に消え去ったのならば、犯人が出はいりしたと考えてもおかしくない。あたり前に考えれば、総てが真沼の悪戯だったと解すべきなんだろうが、しかしあの真沼がそんなことをするとも思えんし、だいいちあいつはそれほど探偵小説狂でもなかったからな。吾輩はそもそも『一人二役』とか『首なし屍体』

とか、それから今度の『消えた屍体』とかは、類型的になるからあまり感心しないのであってね。……が、まあ既に起こってしまった事件に文句をつけても詮《せん》なきことか」

「ちょ、ちょっと」

再び口を出したのは影山だった。相変わらずぶ厚い数表を抱きこんだまま、えへえ、と笑って、

「ブラック・ホールじゃあないですけれど、犯人の出入りに関しても、現代物理学からの解釈が成り立つんですよ」

「ほほう、というと」

「出入りできる筈のない密室のなかに、ちゃんと形も重みもある肉体の具《そな》わった人間がやすやすと侵入する。これは我々の眼に見えぬ素粒子の世界では、似たことはしょっちゅう起こってるんですね。物質のなかに封じこめられているべき電子がその表面にぽろぽろ溢れ出たりするのはその一例で、これは素粒子ほどの小さいものはその位置と速度とを同時に測定し得ない、言い換えれば素粒子の振舞いは確率的にしか記述できないという《不確定性原理》に由来するんです。つまり、Aの点に居るかと思えばBの点にも居るという不確定性をそもそも素粒子はその性格として持っているということなんですね。ですから当然、その素粒子によってつくられたもっと大きな物質

も、ごく眼立たぬほどながらも不確定性を具えている訳なんですよ。はい」

「おいおい、何だと思えば、また喩え話かね。それでは先刻のブラック・ホールとたいして変わらんではないか」

そう布瀬に攻撃されてひるむかと思えば、影山は眼鏡を押しあげて照れ笑いを見せながらも、意外な反論を展開した。

「いやあ、でも、これは比喩でも寓話でもないんですよ。ちゃんとした量子力学というものに裏付けされた話でしてね。さっき言った電子が物質の表面を通り抜けるような現象をトンネル効果というんですが、勿論、人間がそういうトンネル効果でもって壁を通り抜けるという場合には、その確率はほとんど零《ゼロ》に近いほどの小さなものになるとしても、やはり確率的に起こり得ることなんですよ。あの部屋くらいの壁なら、まあ小生程度の体の持ち主がどれほどの確率で通り抜けられるかというと、数字で表わせば$\frac{1}{10^{10^{24}}}$、つまり1のあとに0が10の24乗個くっついた数字だけの回数壁にぶつかってゆけば、そのうちの一回だけは通りぬけられるということなんですよね。これは全くたいへんな数字で、この数字は普通の十進法で表わそうとすると、今までに世界中で発行された本という本総ての活字を0に直したとしても到底追いつかないというとてつもないものなんですよ。ですからしてこの文字通り桁はずれの数字が表わす数というのも当然べらぼうなもので、それはこの全宇宙をあの小さな電子でぴっちり埋め尽くしたとしても、その場合の電子の個数など、もう全く比較にならないほど莫《ばく》大《だい》なものなんです。……あっははは、宇宙論的スケールからも大きくはみ出してしまったこういう話もなかなか面白いでしょう？ $\frac{1}{10^{10^{24}}}$というたったこれだけの数字が、こんなにも、宇宙にも納まりきれぬ数を表わす——ってところが、小生の覚える、何とも言えぬスリルである訳ですよ。そうしてこれだけの回数壁にぶつかってゆけば、そのうちのたった一回だけはするりと壁を通り抜けられるだろう、というのが現代物理学の結論なんです。……尤もそれだけの回数ぶつかるうちに、宇宙は忽ち滅亡しちゃいますけどもね。しかし、そのたった一回が、さっきのあの書斎で起こったとしても不思議でない……。これは数学的に許されることなんですよ。ねえ、根戸氏」

「ああ、そういうことだね」

根戸の返事を待ってぐるりと周囲を眺めまわした影山は、既に眼鏡猿どころではなく、科学的な思考法でそれまでの錬金術の流れを変えたというパラケルススの風貌さえ窺われた。

「しかしだね、そのことは逆に言えば、密室に人間が出入りできる可能性がいかに少ないかという反証にほかならないとも取れるだろう」

と、すかさず曳間が返した言葉にも、

「あはは、その通りですよ。勿論小生も、実際に犯人がトンネル効果によって、するりとコンクリートの壁をすり抜けたのだ、なんてことは信じてませんから。これは飽《あ》くまで可能性だけの問題です。はい」

こともなくそう言ってのけると、影山は深ぶかと滑らかな革貼り椅子に体を沈めこんだ。彼はそうやって話の主導権をすっかり預け渡し、これからは皆の会話を聞く側にまわるのだというふうに、眼鏡の奥で眼を細めた。

物理学を栖に執った眼眩《めくら》ましに幻惑され、皆、一瞬言葉を失っていた。影山がこのように自らの造詣《ぞうけい》の一部を披露するのは初めてだったが、それも眼の前に黒ぐろと影を落とした不可解な事態からくる昂奮の成せる業《わざ》なのだろう。

「影山さんのトンネル効果は別にしても、あの部屋に何か信じられないようなことが起こったことは確かだろうね。この『黒い部屋』との間の扉と、ふたつの窓のいずれでもない、言わば《第四の扉》が、あの部屋のどこかにぽっかりと口を開いたんだよ。みんなが聞いたっていう奇妙な音が、それとどんな関係があるのかは判らないけど、少なくとも全く無関係じゃあないだろうし」

そう言い出して、とにかく、と言葉を続けたナイルズは、

「影山さんの話でようやく僕にも、何でもないところに不意に陥穽《おとしあな》が開くという、この宇宙の横顔が見えてきたような気がするよ。さて、問題はその《第四の扉》が、

いつ、どのようにして開いたかだけど……」

勿体ぶってそう言葉を切った時、堪えきれぬように胴間声を張りあげたのは甲斐だった。

「オイオイ、お前達！　どうにも気に喰わんなあ。ブラック・ホールはまだいいにしても、重力方程式だの、トンネル効果だの、あげくの果てに《第四の扉》だと。……ヘッ、お前達、何か勘違いしてやしないかね。近頃流行のオカルティズムの研究でもあるまいし、非合理な発端とやらも結構だが、あんまり度が過ぎるとゲップが出る。探偵小説狂も間違った方向に赴《おもむ》くと現実を無視して勝手な妄想に耽《ふけ》りがちだという、こいつはいい見本だぜ。だいたいからして俺は、ナイルズの書いた小説から気に喰わないんだ。ありゃあ何だい。アリバイ較べの場に俺が登場してないのはまだしもだったが、登場人物達の交す会話の勿体ぶったことといったらないね。《さかさまの密室》とやらも至って貧弱なものだし、おまけに現実を封じこめる小説などと大層なことをおっしゃる割には、どうだい、現にこうやって事件が起こっちまってるじゃあないか。そういうことはドストエフスキーかバルザックくらいの文才を身につけてから言って貰いたいね。……それなのにさっきの話でも、みんな、まるでナイルズの小説の口振りをそっくり猿真似してるようだぜ。探偵小説狂が十人も揃っていて何てこった。あッというまに立ちどころに解決して見せようという気が、まるでないんだからな」

気に喰わないのはそれだけの理由ではないのだろう。ナイルズの小説にまで手ひどい罵詈雑言《ばりぞうごん》を浴びせておいて、甲斐は苛々と肩を揺すらせた。布瀬は、そんな甲斐を瞶《みつ》める杏子の冷やかな視線に気づくと、ひそかに肩を竦めずにいられなかった。ナイルズの小説と現実との最も大きな相違点というのが、ほかならぬこういった甲斐の人格なのである。

「解決する気がない訳じゃあないわ。そのためにはもう一度、事件の時間関係をはっきりさせなくっちゃあ。あたし、表にしてみたの。これで間違いないかしら」

先程から何やら紙に書いていた雛子は、そう言って表を彼らの前に差し出した。

午後1：00『黒い部屋』に真沼来る
2：00　真沼書斎へ　チューナー（『小フーガ』）
3：30　倉野来る　プレイヤー（『カノン』）
3：35　倉野扉のノブ回す　鍵がかかっている
3：40　杏子・雛子来る
3：50　影山来る　雛子書斎を覗く　鍵はかかっていない
3：55　書斎から奇妙な音　プレイヤー（『悪魔のトリル』）鍵がかかってい

る　甲斐来る　布瀬合鍵を取りに出る

4：00　書斎にはいる　真沼消失　鏡に血模様

4：05　根戸来る　曳間・羽仁・ナイルズ・ホランドに集合令

5：00　四人来る

…………

「だいたいこんなものだと思うんだけど」

「ふむ。いや、なかなかよくできてるじゃない。うん、これで非常に推理がしやすくなる」

曳間が言うと、甲斐もそれにひっかぶせるように、

「そうそう、これこそ探偵的態度というべきだよ。ひとつひとつ解決に向かって進む。意味もない物理学談義などとは大違いだぜ」

完膚《かんぷ》なきまでに貶《けな》しつけられた影山は、ウェーブのかかった頭を掻きながら、

「あっはは、こりゃあどうもいけませんなあ。ついつい調子に乗って余計なことを喋りすぎちゃって……。それでは名誉回復のために、ちょっとは建設的なことでも述べておきますか。……雛子さんのこの表には不完全なところがあると思うんですよ。この表の午後一時以前のことも、なかなか重要だという気がしてならないんですが。

はい」

「ふむ、とりたてて怪しいことは何もなかったが、お望みとあらば……」

布瀬が説明し始めたのは、次のようなことだった。

八時頃眼を醒ました布瀬は、十一時近くまで書斎にいて読書に耽っていた。窓を僅かに開いて、その秋霜《しゅうそう》たる外気を楽しみながら——とは布瀬の弁であるが、確かにその頃の平均気温を大きく下まわったその日の空気はすがすがしいもので、そのために読書も捗《はかど》り、十一時までに一冊読み上げて、さて、昨夜からの読みかけの、手強《てごわ》い魔法書の方にとりかかるかというところに、母親からの昼食の報せがあった。

中庭の石持草《いしもちそう》がなかなか見事だということで、母親が鉢に植え換えたのを持って帰ったのが十二時半、その時も書斎にも『黒い部屋』にも別に異常はなく、一時頃に入口の脇のトイレに用をたしに出て、戻った時にはもう既に真沼が『黒い部屋』の革貼り椅子のひとつに座を占めていた、ということだった。それからそのまま『黒い部屋』でふたりは話を続け、一時間ほどして真沼が書斎にはいっていったのだが——。

「へえ、あの妙な草、イシモチソウっていうの。ひょろひょろっとした、面白い花だとは思ってたけど、なかなか見事だからって鉢に植えるほどとは、さすがに布瀬さんのお母さんだね」

「おっ、そりゃあ、どういう意味だい」

眼を剝《む》いてみせる布瀬をまあまあと宥《なだ》めておいて、羽仁は思い至ったように、

「そうそう、表を見ていて想い出したんだけど、あの扉の普段使っている鍵はどこにあったの」

そう言うと、相手もはっとしたように、

「おう、そうじゃ、肝腎なことを説明するのを忘れとったわい。……鍵はいつもベッドの上の抽斗《ひきだし》にしまってある。合鍵で我々がはいっていった後にも、やはりそこにあった」

「合鍵はほかにないの」

「この鍵はそこいらのものとちょいとできが違うんでね、合鍵を造るといっても簡単にはいかないぜ。人に貸した憶えもなし、まあないといっていいね」

そう言いながらポケットから取り出した黄金色のそれは成程複雑なもので、直線の上に重ねてアール・ヌーヴォー風の曲線がいり乱れるという、いかにも迷宮めいた装飾が施されていた。まさしくこの鍵自体が、今度の事件の謎の深さを象徴しているのではないかとさえ思わせた。

その時、不意に今まで黙りこくっていたホランドが、

「それ、ちょっと貸して」

と言いだした。何気なく布瀬が鍵を手渡すと、皆の怪訝な視線のなかで、さっと隣

の書斎の方に走っていったかと思うと、瞬く間に扉の陰に隠れ、ピンと錠をおろしてしまった。

「おい、ホランド？」

全くそれはあっという間の出来事で、一同は呆気にとられたまま、どうすることもできずに鎖された扉を眺めた。

何を演じてみせるというのか。またもや眼の前で、現実に起こり得べくもないことが起こるとでもいうのか。そんな不吉な戦慄が背中を走り抜け、甲斐さえもが、ナイルズのいう《第四の扉》が部屋の向こうにありありとその姿を現わす様を見たような気がして、ぞくっと体を顫わせた。そうして、

「あの音よ！」

杏子が叫んだ時、既にその羽虫の唸りのような高い音は、はっきりと皆の耳にも聞きとれた。

無言のうちに布瀬と根戸が扉の方に駆け寄り、恐ろしいばかりに押し黙ったまま、合鍵を鍵穴にさしこんだ。それは布瀬以下六人の者にしてみれば、ほんの二時間ほど前の出来事の繰り返しだった。時間がそっくりそのまま、何かの故障で果てない空まわりを始めたのではないか。そんな刹那の想いは、扉が開け放たれた次の瞬間、一層皆の頭を撲《う》ちのめした。

部屋のなかにはまたしても、誰の姿もなかったのである。もとより、どこかしらに開いた筈の《第四の扉》も、今は既にその姿を留めてはいない——。

4　羽虫の正体

それでも今度は真沼の時と違い、合鍵も用意されていたこともあって、扉を開いた時にも羽虫の唸りはやんでいなかったために、皆の頭には今にもその姿を消しつつある《第四の扉》のイメージが離れずにあった。

床か？　壁か？　天井か？

愚かしく眺め渡す一同に、三度目の鞭は背後から襲った。

「あ——ははははは、あはは——ははは……」

牧神の笑い。あるいはそれは、彼ら自身の自嘲の変現だったのだろうか。書斎から慌てて『黒い部屋』に彼らが戻った時、心地よいほどの哄笑《こうしょう》をあげてもう一方の扉からはいってきたのは、ほんの三十秒ほど前に書斎に消えた筈のホランドだった。ナイルズは赤茶、ホランドは青緑のサマー・セーターを着ており、先程書斎に消えた方は、確かに青緑のそれを皆の眼の前に閃《ひらめ》かせたのだが、未だ刺すような笑いを留めることができずにいるこの少年のセーターもまた、間違いなく鮮やかな青緑に染められていた。

「あっははは、どうだいナイルズ、僕にだってこれくらいの魔術はできるんだよ」

布瀬のうしろでポカンとしているナイルズにそう声をかけると、ホランドは再びくっくっと忍び笑いを洩らす。その異様な顚末は、確かにお誂《あつら》え向きの黒ずくめの舞台で繰り展げられた魔術以外の何物でもなかっただろう。呆気にとられてただ竚《たたず》みつくす一同に、やはり小悪魔のような婀娜《あだ》な一瞥をくれると、少年はその紅い脣を、まだ判らないのかい、とでもいったふうにきゅっと曲げてみせた。

そういえば——と倉野は思った。そもそもナイルズとホランドという、この双生児達に与えられたニックネームは、トマス・トライオンの『悪を呼ぶ少年』という恐怖小説に由来するのだが、あの小説のなかにも、今のこの場と同じような場面があったような気がする。そうだ、あの小説のなかの双子も奇術を演じると言っていた。カーニヴァルで見た中国奇術をそっくりまねて、大きな倉庫のなかで奇術を。あの時にはい、い、い、い、抜け穴があったのだ。……

「やれやれ、どうやら皆さん、さっぱり判らないという顔だね。教えてあげようか？《第四の扉》が開いたのは、ほかでもない。あのベッドの下なのさ」

とすると、布瀬さえ知らないうちに、あのベッドの下の薄暗い空間には、何者かの細工が施されてあったのだろうか。

「そんなバカな」

しかし、そう叫ぶ布瀬の声にも力はなく、部屋のなかは故知れぬ膚寒さに包まれた。

――そうだ。そんなことではない。あの小説とこの場とは違うのだ。どこが違う？と、すると。

「判ったわ」

一瞬早く声をあげたのは杏子だった。その時まで見せていた気弱なそぶりは既にもう彼女の奥深くに押しやられていて、表にあるのはいつもの驕慢《きょうまん》な美しさだった。

「探偵小説狂でないところが却ってよかったのかしら、最初のうちはびっくりしてしまって、何のことか判らなかったけれど、落着いて考えれば何でもないことだわ。……ふふ、あなた達も、なかなかの役者さんなのねえ」

そう言いながらつかつかとホランドの方に歩み寄ると、ついと嫋《たお》やかな手を少年の腹に伸ばした。そうしてくるりと青緑のセーターを裏返すと――

「あっはははは、いやあ、意外だったなあ。杏子さんに真先にトリックを見破られるなんて、みんな駄目じゃない」

青緑の裏側には紛れもない赤茶があり、さっきまでのホランドの口調もすっかり消えて、そこには無邪気な笑みを湛えた、ナイルズ以外の何者でもない少年が居た。

あッと言って振り返ると、布瀬のうしろで先程までぼんやりとしていたナイルズも、もう既に不思議な光を瞳に宿すホランドに変っていて、彼もゆっくりと、嘲《あざ》けるように自らの服を捲ってみせる。赤茶の裏にはやはり青緑があった。

「じゃあ、あの音は？」

気がつくと未だに、あの羽虫の唸りは続いていて、布瀬達が再び書斎を覗きこむと、最前はあり得る筈もない《第四の扉》に気を取られて気づかなかったのだが、それは確かにステレオのスピーカーから流れ出ていた。

「そうか。これは発振《ハウリング》の音だな」

倉野が叫ぶと、

「さすが倉野さん、薬学部」

訳の判らないことを言いながらステレオのスイッチを切り、ナイルズはもう一度全員を『黒い部屋』の方に押し戻した。

「これはホランドの思いついた手品なんだ」

皆を椅子に腰かけさせ、余った者には立たせると、えへんとばかりに咳をひとつくれてから、ナイルズはホランドと共に説明をし始めた。

「手順はもうみんな判ったでしょう。……まず、ホランドが書斎のなかにはいって扉に施錠する。急いでこのサマー・セーターを裏返しに着て……あはは、実は僕とホランドが赤と青を別々に着て来たのは全くの偶然だけど、それにしても効果的だったよね。——それから例の音を出すようにステレオに細工する。何、簡単なことなんだ。マイクをアンプに接続して、音量とマイクの位置さえ適当に調節すれば、スピーカーからの音がマイクにはいり、それが増幅されて再びスピーカーから出、それが再びマイクに……というハウリングが起こって、しーん、という音が出る。布瀬さんの形容によれば、羽虫の蜚《と》びかうような、白蟻が木材を喰い荒すような高い音、というのはこれだったんだよ。

「はてさて、そういう具合にステレオをセットしておいて、ベッドの下にもぐりこむ。こっちの僕としては、わざと目立つようにオロオロしておいてから、例の羽虫の騒めきが聞こえてきて、みんなの注意が完全にそちらに向けられたあと、鍵をあけようとする時を見計らって、反対側の扉から外に出るんだ。みんなが扉を開いて書斎に雪崩れこみ、ホランドがいなくなってびっくりしてるあいだに、僕は急いでセーターを裏返しに着ておく。そしてさっきの《第四の扉》に惑わされて、咄嗟《とっさ》に何もできずオタオタしているみんなが、ベッドの下まで調べようとする前に、僕が消えた筈のホランドとなって登場するという訳なんだ。……ひとしきり笑ってみせて、今度は僕が皆の注意をひいているその隙に、ホランドの方はベッドから芋虫の如く匍い出して、そっと布瀬さんの背後に寄りそったのさ。勿論、ここで必要なのは互いの演技力と呼吸だけど、そこは僕達、双子だものね。——あっはは、見事に皆さん騙されて、不思議な魔術の完成だよ。……どう？　説明してみりゃ、馬鹿馬鹿しいトリックでしょ。こんなのを探偵小説もロクに読んだことのないっていう杏子さんに真先に見破られるなんて、本当にどうかしてるよ。尤も曳間さんだけは、僕らがここに来る前に着更えするところを見てるから、最初っからみんな判ってて見物してたようだけど」

そう説明し終わると、またぞろ納まりきれずに文句をつけ始めたのは、果たして甲斐だった。

「それで一体、どうしたというんだ。真沼にもそっくりの双子がいたとでもいうのか。それとも真沼はやっぱりベッドの下にひそんでいて、我々の気づかぬうちに、こっそり抜け出したとでもいうつもりか。……フフン、現場に居なかった者はこれだから恐い。まるで子供騙しだ！　我々をペテンにかけて喜んでるのは可愛いが、事件の真相ってのはそんなものじゃないぜ」

自尊心を傷つけられることを極端に嫌う攻撃的な性格によってか、全体の均衡を欠いた醜い貌をさらに醜く歪めさせるだけでその恐ろしさは充分だが、乱杭歯《らんぐいば》を剝き出し、唾を飛ばしながら喚《わめ》くさまは、全く壮絶と言うほかなかった。

しかし、その甲斐の剣幕に多少怯《ひる》みはしたものの、ナイルズの方も決して負けてはいない。

「そうは言っても、さっきの手品に何の意味もなかった訳じゃないことは、甲斐さんだって認めるでしょう。少なくとも羽虫の正体は明らかにされたんだから」

「そう」

と、ホランドもつけ加えて、

「ハウリングって、一般に耳障りなキンキンする音のイメージだけど、あのアンプはマイクの方も別個に音域調節ができるからね。しかも音量も音調も変化なく、微かな音で長時間流され、その上扉ごしに聞かされるものだから、摩訶《まか》不思議な正体不明の音になってしまったんだ」

「そういうことだよ。そりゃあ後はちょっとした悪戯だったけど、まさかペテンにかけるなんて……」

「ふふん、全くそうだぜ、甲斐。ナイルズ達の演じてみせた籠《かご》抜けのトリックは、そのままでは実際の事件の方には応用できそうもないが、何らかの示唆を含んでいるような気もするではないか。おまけにこのトリックは、『続・幻影城』の『類別トリック集成』にもはいってなかったと記憶するんだがね」

布瀬は双子組にそう荷担すると、

「ふむ、そうするとさっきの魔術ショウもなかなかだったと思わんかね。いや、実は吾輩もあれによってひとつの天啓を得たのであってね、むしろ感謝したいくらいのものだよ」

そう言って人差指で気障な鼻髭の下をそっと撫でると、急に想い出したように倉野が、

「天啓――? あっはは、どこかで見たような、聞いたような、と思ったけど、ナイルズの『いかにして密室はつくられたか』にそっくりじゃないか。あのなかでも布瀬、君が真先に真相を見抜いたなんて騒ぎまわるんだったね。ナイルズもなかなか先取りの才能があるんだね」

「騒ぎまわる、はないぜ。何だね、そうすると吾輩の推理力を信じてないとでも?」

「いや、そういう訳じゃないよ。ただ残念なのは、僕自身がやっぱりあの小説と同じにまるで見当がついてないってことなんだ。どう考えても判らない。……人間が部屋のなかから完全に消失してしまうなんて、僕には今もって信じられないんだよ。……しかしまあ、いつまでそう言ってても仕方ないから、とにかく一歩一歩考えていかなくてはね。――さて、僕の記憶によれば、合鍵であの部屋にはいっていった時には、確かにアンプにはマイクなど接続されてなかったんだが」

「そう」

「だとすると少なくともあの音が聞こえていた時までは、あの書斎に何者かがいたのは確実だろう。それより以前に脱出してしまうと、マイクのコードを片づけることが

できないからね」

「ふん、まあ、そういうことになるか」

「それでは、雛ちゃん、あの音がやんでから、僕達があの部屋にはいるまで、何分くらいかかったかな」

今日は紺のトレーナーに鶯《うぐいす》色のサロペットと、いっそう子供っぽい服装の雛子は、倉野にそう問いかけられると、大きな眼をくるりとまわして、

「布瀬さんが合鍵を取って来る間だから。ほんの二分くらいのものだったと思うわ」

「うん、僕もそんなものだったと思う。問題はその二分間なんだが。——はて、僕は考え違いをしていたんだよ。僕はあの羽虫の音は、犯人が密室を脱け出す時に必要な、何か、例えば器具のようなものがたてた音だろうと思ってたんだ。つまり、あの音は、犯人が密室を抜け出す時に必要な副次的なものだったと。——うん、しかしそれは間違いだった。あれがただの、ステレオのハウリングだとしたら、しかもその音がやんだ後も、犯人はマイクのコードを片づけるためにその場に居る必要があるとしたら、少なくともあの音の意味は密室脱出のためにあったのではない。甲斐には気にいらないようだが敢えてその言葉を使うなら、あの音は《第四の扉》をつくることとは直接的な関係はなかったんだよ。

「はて、そうすると一体何だったんだろうね、あの音の持つ意味は。まさか、全く意

味もなしにあんな音をたててみせるなんて、そんな馬鹿なこともあるまいし。僕にはそれがどうしても判らないんだ。……こんなことを言うとこじつけになるかも知れないけど、あの『いかにして密室はつくられたか』にも同じような設定があって、あのなかでいちばん不可解な点は、なぜ靴を発見者――つまり僕に見せたかってところだろうけど、一見犯人側にとってさえ意味のなさそうな小細工が施されているという点では、全くよく似てるよ。尤も、あの小説で言われている《さかさま》という点が今度の事件では見当たらないけど、それも僕には、架空の小説でのさかさまが、今度の現実の事件ではもういっぺん裏返されてるんじゃないかとさえ思えるんだ。まあ、作者であるナイルズには、小説の思惑は訊かないことにしておくけど、どうだい、現実の事件の方に関しては、あの音の意味という問題にどういう答を出す？」

「うーん、倉野さんはあの音の意味がよく判らないっていうけど、脱出トリックに必要だっていう以外に、僕はいろいろ例をあげられるよ」

「へえ、こりゃあ意外だ。例えば？」

「例えば、何かの合図……」

「合図？　こちら側の『黒い部屋』に居る誰かに対して……？」

あの時、『黒い部屋』に居たのは、布瀬、倉野、杏子、雛子、影山。そのなかに、書斎からの合図を待っていた共犯者が居るというのだろうか。五人は互いに顔を見合わせた。

「それから、例えば、別の何かの音のカムフラージュ……」

低く、懶《ものう》い調子でナイルズの言葉は続いた。

別の音。しかしそれならば、その隠されるべき音には、いかなる意味があったのか。あるいはそうして堂々巡りのまま、《意味》というものはいつも、ついに不可知の海のなかへと投げこまれてしまうものだとすれば。

「そして、例えば、犯人の脱出のためじゃなく、真沼さんの屍体を消すためにこそ、あの音が必要だった……」

そうすると、やはりあの音は、《第四の扉》がぽっかりと姿を現わすために必要な何かだったのだろうか。突如として部屋は祈禱壇に変じ、羽虫の音は鬼神を呼び出す呪文として流されたのであって、凶刃に斃《たお》れた真沼の亡骸《なきがら》は、ブラック・ホールならぬ大暗夜叉の青黒の掌によって、何処とも知れぬ地へと運び去られてしまったのだろうか。倉野がその時微かに顫えたのは、そうした妄想のせいだけではなかったのだ。

「もうひとつあるよ。これはちょっと妙に聞こえるかも知れないけど、例えば、その音のために総ての惨劇は起こった……」

「何だって？」

一同はそのあまりに突飛な意見に、呆れたようにナイルズの顔を覗きこんだ。殊に

癇《かん》に触ったのが甲斐で、大きな頭をぐいとつき出すなり、

「またか！　そうすると、あの音が出るようにステレオをセットしたのはほかならぬ真沼で、そのいやらしい音を鳴らしたために犯人の怒りを買って、殺されたあげくにその屍体まで消されちまったという訳か。ふん、あの音が流れていたという時間もあわせて五分。……五分間のうちに殺人の動機がつくられ、犯人が凶器を携えて現われ、真沼は殺され、その血は鏡のうえに投げかけられ、そうして真沼の屍体を小脇に抱えると、あッという間に姿を消したというんだな。いやはや、そんなものは小説的面白味はあるか知らんが、ただそれだけのことだ」

「あら！」

と、いきなり叫び声をあげたのは雛子で、

「そんなにあり得ない話じゃないわ。問題は動機の点だけで、あとはほかの考えを採った時と、その不可能度——というのかしら、とにかく条件はそんなに変わらないもの」

「何だって。そりゃあ、どういうことだい」

癇の強い甲斐ではあるが、その彼も、杏子と雛子にだけは弱いらしい。急に悄然《しょうぜん》と声を落として、顳顬《こめかみ》を太い指で掻きながら尋ね返すと、

「だって、犯人が最初からあの書斎に居たとして、その人物が殺害の意志を持ってい

たにせよいなかったにせよ、時間内に真沼さんを殺害し、血をぶちまけ、部屋を抜け出る、それだけのことはやらなくちゃならないでしょ。だとしたら、準備というものの必要性を別にすれば、条件はおんなじよ。……犯人が最初からあの書斎に居たという点は、布瀬さんがさっき言ってた、トイレから戻ってくると既に真沼さんが来ていたという一時頃、真沼さんの寸前か、あるいはひょっとしたら真沼さんと一緒に犯人は訪れていたのかも知れないんですもの、大いに公算ありどころか、殆ど間違いないと思うわ」

雛子は自信たっぷりにまだ膨らみの足りない胸を張った。そうするとナイルズの最後の説に従えば、犯人は殺意などまるでないまま、何らかの理由で姿を隠していたということになるのだろう。

ただの人間。

それがあの羽虫の唸りを聞いた瞬間、突如として殺人者の相貌《そうぼう》を帯びるとすれば、そこに剝き出しにされた現実の貌《かお》というのも、ひどく歪められたものであったに違いない。

倉野は慄然としてナイルズを眺めた。

5　二者択一の問題

「どうもいけないな」

しばらく口を開いていなかった根戸が、雛子の腰かける椅子の背凭れに両手をかけ、上から顔を覗きこむようにして言った。

「なあに、何がいけないの」

こちらも顎をあげて下から見上げる恰好になると、雛子はぷっと自分から吹き出した。

「いや、犯人があの部屋に潜りこんだ方法を指摘したのはさすがだよ。いけないというのは、話題の焦点がちょいと余計な方に行っちまってることだ。犯人はどうやって密室を抜け出したか。及び、果たして犯人は誰であったか。これがまず先決問題なんだよ」

すると羽仁も椅子のなかで首を斜めにして、

「そりゃそうだ。すると、君には見当がついたってことかい。え、根戸ホームズ」

「からかっちゃあいけない。ナイルズの小説では羽仁と一緒にされて、頭の鈍い探偵に成りさがっていたが、現実はそうでない。……と言いたいが、まあ聞いてくれ。俺がいちばん不思議に思うのは、この事件には、実際のところ犯人なんている筈がないということなんだ。それはみんなもそうだろう。もしも犯人がいるとすれば、それは当然、我々ファミリーのうちのひとりということになる。でなけりゃこんな手のこんだ密室トリックなんて思いつかないだろうしね。——すると妙なんだ。まず犯人の可能性を持つ者から除外されるのは、羽仁、曳間、ナイルズ、ホランドの四人だね。なぜかというに、甲斐が電話で連絡した四時過ぎには、ここから一時間かかるところに居たからね。それから布瀬、倉野、杏子さん、雛ちゃん、影山の五人は、ずっとこの『黒い部屋』に居たんだし、誰も書斎の方にはいらなかったことはお互いに証言できるっていうんだから、あとは甲斐と俺が残る……」

根戸はふとまじめな顔になって一同を見渡した。皆もうすうす根戸の言いたいことは判っているのか、沈鬱な表情で彼の次の言葉を待っていた。

「さて、そこで考えてほしいんだが、『黒い部屋』に足を踏み入れさえしなかった甲斐と俺が、果たして犯人だと考えられるのかどうか。……そりゃあ勿論、雛ちゃんの言うように、真沼の前かあるいは一緒に、あの部屋に忍びこむことはできるだろうよ。しかし、壁を通り抜けでもする以外、この部屋にいた五人の眼に触れずに密室を出ることは絶対に不可能だ。……もう一度はっきりさせておくけど、布瀬。真沼が来てからは、一度でもトイレに行くか何かで『黒い部屋』を出たことはなかったんだろうね」

「おお、それは絶対にない」

「ふむ、それでこの二人も除外される。……さて、そうすると除外されたのは合計十一人。で、ファミリーの総数は十二人。これは簡単な引き算じゃないか。十二ひく十一は一。犯人の可能性を持ってる者は、あと真沼しかいないんだ。……勿論、みんなもこれくらい最初っから判っていた筈なんだ。でも、殺人事件があってほしいという心理も心の奥底に蠢《うごめ》いてて、それが密室に出入りした殺人者という存在を頭の隅に植えつけちまったんだな。しかし実際、考えれば考えるほど、この事件には犯人がいる訳がない。……いや、待ってくれ。言いたいことは判る。続きを聞いてくれよ。ここまでが俺の推理——と言えるほどのものじゃないが——その第一段階で、これからが第二段階なんだ。……はてさて、この事件には犯人がいないとする。そうすると結局、今度のは総て真沼の悪戯だということになるが、そういう仮定に立って推理を押し進めるとどうなるだろう。……考えなきゃいけないのはそこなんだ。そもそもあの部屋から、真沼であれ誰であれ出入りすることなんてできるだろうか。俺は考えたよ。しかし、いくら考えても駄目なんだ。あの密室は単純すぎるんだよ。単純ゆえに不可能なんだ。ただひとつ可能性があると思えるのは、《単純には単純を》で、例の、発見者が部屋のなかにはいって来る時に扉の陰に隠れてやりすごすっていう、あれだね。しかし今度の場合、発見者は五人もいた。——いや、その時は甲斐もいて六人か。六人なんて多人数を、扉の陰に隠れてやりすごすことなど、ちょっとできそうにもないから、必然、これの変形になる。そうするとあとは隠れるところはベッドしかない。ということになると、どうもさっきのナイルズとホランドの演じてみせた魔術と似てくるね。だからあれを例にとって考えてみよう。あの場合、どこが最も重要かといえば、ナイルズがホランドのまねをして大声で笑うってところだ。あれによって皆の注意を集めておくからこそ、本物のホランドの方がベッドから抜け出ることができる。ミス・ディレクションという奴さ。さて、それでは本番の時にそれにあたるものは何だったかというと——もう言うまでもない、あの鏡だ。……鏡」

ふと微かな不安に襲われたように、急に呟くような口調で繰り返すと、殆ど眼に見えないくらい首を振って、それを打ち消すかのように後を続けるのだった。

「ふふん、あの見事な血模様に彩られた鏡。それは皆の気持ちをひきつけてしまうに充分だった。その心理的効果を充分に計算してあんな小細工をしたのなら、真沼もたいした心理学者だよ。いや、本当は、曳間に確固とした不在証明がなけりゃ、こいつは絶対お前の仕業なんだが、と俺は思ったね。——まあとにかく、これでミス・ディレクションとやらも揃った訳で、それでひとりふたりならともかく、五人も六人ものの眼を誤魔化せるかどうかという疑問も残るが、そこは余程巧妙にやったのだと認めちまうことにしよう。……問題はその後にあって、鉄よりも堅牢な壁は、その六人の位置だったんだ」

静かに言いきって、根戸は一同を見まわした。殊に緊張していたのは杏子で、彼女は曳間達四人が来るまでの間に、根戸にしつこく問い質《ただ》されたことがあったのだが、それがどういう意味を持っていたのか、ようやくにして判ってきたのである。それを耳にしていた者もやはり心当たりがあるらしく、そんななかで根戸の声は、黒い、この深い闇に鎖されたような空間のなかに、ぼおんと谺《こだま》するようにも思われた。根戸はあたかもその反響に耳を欹《そばだ》てるように、低く息を吐くと、再び静かに語り出した。

「位置。ああ、俺はこれに気がついて訊いてみたんだ。果たして、合鍵で扉をあけてあの書斎にはいったのは本当に全員だったのかどうか……。答はノンで、幸か不幸か、だいぶ後、布瀬達がベッドを調べ、鍵の存在も点検したその後まで、ずっと書斎の方にははいらなかった人がいた。それが杏子さんだったんだ。彼女は自分から密室殺人なんて言葉を口に出しはしたが、まるでそれを信じちゃいなかった。そうしてひとり、今腰かけているその椅子に凭《もた》れかかって、あの書斎の方を見てたんだよ。ふむ、恰度《ちょうど》真正面だ。扉から出てくる者があれば見逃す筈がない。で、果たしてそんな人物がいたのかどうか……。これも答はノンだった。あんまり皆の様子がただごとではないので不安になって、自分も書斎の方にはいるまで、彼女はそこから出てゆく者の姿など、誰ひとりとして目撃しなかったそうだ。——よく考えてくれ、この脱出方法は、俺が考えに考えて、もうこれしかないと結論した方法なんだ。どうだい、ほかに考えられるなら言ってくれ。布瀬はさっき、天啓を得たって言ってたが、それはこの方法とはまた別の、全く違った推理なのか」

「ふうむ。いやあ。こいつはどうも恐れいった。全く一言もない、吾輩が得た結論もそこだったんだが、ふむ。久藤女史はあちらには行かなかったのか。そいつを聞いとらんものだから、てっきり真相だろうと思いこんじまっておった。いやはや、それにしても曳間達が到着する以前に既になされていた推理を今頃になって、天の恵みもないもんだ。うむ、さすが根戸ホームズだと言っておくよ」

半ば口惜しげな苦笑いで布瀬が答えると、根戸も少し鼻白んだように笑って、

「そういうことだ。どう考えてもほかに方法はない。で、その唯一の方法がこうやって否定されちまうと、一体どういうことになるんだろう。犯人もいない。と言って真沼自身の仕業でもない。……ここで再び役に立つのは簡単な引き算なんだ。即ち、十二ひく十二は零《ゼロ》。そうさ。つまり最初っから犯人どころでない、真沼すらあの部屋にはいなかった、と、どうしてもそういうことになる」

苦笑の名残りが消え、布瀬の表情は凍りついた。それを敢えて黙殺するかのように、根戸は言葉を切らず喋り続けた。

「そうだ、それはどうしてもそうなっちまうんだよ。とすると、当然齟齬《くいちがい》が起こる。……真沼を見たというのは、布瀬と雛ちゃんのふたり。いいかい、既に推理は第三段階にはいってるんだぜ。――そこで俺はある実験をしてみたんだ。ほんのちょっとした実験。俺は、布瀬と雛ちゃんに、それぞれあることを尋ねてみたのさ。それは、真沼の着てた服についてなんだが。……答はまことに奇妙なものだった。ふたりはそれぞれ全く別に、全く異なった色を指摘したんだよ。さっき俺がナイルズ達の演じてみせた魔術にいちばん驚いたのは、それをさらに裏返したかのようなことが眼前に起こったという点なんだが、――ふむ。俺の問いに答えて、布瀬は真沼のシャツの色は青っぽい感じだと言った。それで俺は雛ちゃんも当然同じ答を返すだろうと思ったんだ。が、しかし、実際の雛ちゃんの答は、なんと、真沼のシャツの色は青色とは正反対の鮮やかな赤だったと――」

その時羽仁は、闇のなかにさらに闇が、半ば煌《きらめ》くように吹きあげるのを見ていた。一秒一秒がそのまた一瞬一瞬に寸断され、その切れぎれの断片が色とりどりの光を反射しながら、ただ深い闇に鎖された宙空に舞いあがっていた。身近な、しかし決して慣れ親しむことのできない症状だった。

その想いは、布瀬と雛子にしても同じだったのかも知れない。言葉にならないどよめきが呼び交わされ、ひどい罵声さえ飛ぶような気がするなかで、影山の、

「赤方偏移《せきほうへんい》だ！」

という鋭い呟きだけは本物のような気がした。

「どうした、羽仁⁉」

自身さえ支えきれぬようになると、声という声が、糸の切れた風船のように、自分と拘《かかわ》りのないところに逃げ去ってゆく。羽仁にはその声が誰のものかすら確かめることができなかった。

声は果てしもない遠方から聞こえて来るようで、それは永遠に続くようでもあった。

そうだ。真沼の想いもやはりまた、そこにあった筈なのだ。ナイルズだかの小説に書かれていた真沼の奇妙な既視感《デジャ・ヴュ》も現実のものだったが、あいつもその時、同じように自分自身と重なることができなくなり、そうして姿と形が互いに手を切り放すように、一度跳びあがった軀が同じ地に戻るタイミングを失ってしまったように、あいつの軀に捺《お》された見知らぬ手形の主によって連れ去られてしまったというならば、その一瞬でも前に、ほかならぬこの僕こそが、手をさし出してやらねばならなかったのに。

ふつふつと湧きたつようにさえ思われた軀じゅうの血液が、見る間に蒼褪め、冷えきって、そのまま引潮のように奥深いところへと吸いこまれてゆく様が、羽仁にはありありと感じられた。その気の遠くなるような感覚を罰のように受け止めながら、やはり声は果てしもない遠方から伝わって来るのだろう、しかしそれはほんの一瞬のことで、

「どうした、羽仁⁉」

と曳間が叫んだ時には、蒼白な顔で腰を浮かしかけていた羽仁は、その叫び声が終わらぬうちに、眠りにつくかのようにうっとりと崩れ落ちていった。

「大丈夫だ。大丈夫」

いち迅く駆け寄った倉野が力強い声で言って、羽仁をもとの椅子に凭れかけさせると、

「僕はいちばんよく知ってるからね。そりゃあ突然こいつが起こると、この僕でもぞっとするんだが、なあに、別に心配することはないんだよ。……どれ」

と言って羽仁の表情を覗きこんでいたが、

「ほら、もう赤みがさしてきた。症状の割には時間は短いみたいだな。とにかく心配いらないから、根戸、続きを喋ってくれ」

皆の心配を追い払うような倉野の口調に、立ち上がりかけていた者もようやく腰をおろした。心配ないことは最初から判ってはいるし、それにやはり、布瀬と雛子の証言の喰い違いという思いもよらぬ事態が明るみに出た惑乱で、羽仁のことは気になり

つつも、皆は順ぐりに、根戸と布瀬、雛子の三人を眺め渡した。

「しかし、……そんな馬鹿な！」

真先に口を開いたのは布瀬だった。普段の青白い顔を気味の悪いほど赤く膨れあがらせながらの剣幕に、雛子はそれでも、

「だって本当よ。あたしがちょっと扉を開いて覗いた時は、確かに、真沼さん、赤いシャツを着てたわ。ベッドの上に胡座《あぐら》をかいて、あっちを向いていたから、シャツの背中がまともに見えたの。絶対に間違いないわ」

と、こちらも負けてはいない。

布瀬はぶるぶる軀を顫わせながら、雛子と根戸を交互に睨みつけていたが、ふとその表情が、にんまりと恐ろしい笑みに変わると、

「ははあ。判った、判った。お前の言いたいことが。根戸、つまりこうなのだな。……久藤女史の証言が真実のものとすれば、お前の言った通り、真沼は最初からあの部屋にいなかったと看做《みな》さなければ説明がつかない。よって、真沼を目撃したという吾輩と雛子君が、嘘をついていると、こう言うのだな。総ては吾輩と雛子君で仕組んだ狂言だと。……ふむ、そしてお前は考えたんだ。架空の殺人の演出を受け持った我らふたりは、しかしどこかしらそのうちあわせに手抜かりをやらかしているかも知れん。そうしてちょいと探りを入れると、たちどころに服の色の相違というボロが出

た。これでいよいよふたりが共謀して殺人劇を仕組んだに間違いない。そうなんだな。……ふむ、まあ一応、鋭い推察だとは言っておこうか。吾輩にしても、まさか真沼の服の色が変わっていようなどとは思いもよらなかったしね。その不可解な事実を結果的にせよ発見したというのは、やはりお前の殊勲打だろう。ふん、しかし間違えて貰っちゃ困るぜ。お前の推理は飽くまでも、書斎から出てゆくものはひとりも見なかったという久藤女史の証言の上に成り立っている。お前が久藤女史を贔屓《ひいき》するのは判らないでもないが、――ははあ、その久藤女史の方が嘘の証言をしているとすればどうだ。ふん、そうすると吾輩がナイルズ達の幕間劇《インテルメッツォ》から得た天啓というのも、間違いなくそこを指すことになるのだが」

厳しい眼差しの杏子を見返すと、ふたりの間に板挟みになった恰好の雛子も何かを言おうとしたが、その前に根戸が布瀬の言葉に答えて、

「その通りさ」

と、はっきり言いきった。

「俺の言うところはそれにつきる。つまり、これは二者択一の問題なんだよ。一方の解決では、総て真沼の狂言であり、杏子さんは見誤りをしたのか、それとも何らかの理由で虚偽の証言をしている。そしてもう一方の解決では、総て布瀬と雛ちゃんの仕組んだ狂言である。……俺はどっちが真相であるなんて言わないさ。ふたつにひと

つ。俺の能力では、これ以外の解決を見つけることができない。……さて、そこで皆の頭に入れてほしいんだが、このふたつのいずれを採るにしても、この事件は狂言であるということになるんだよ。結局、殺人なんてことは起こらなかったんだ。だから俺は、このふたつの解決のどちらが真相にしろ、それ以上敢えて追究する気持ちにもなれないね。どちらでもいい。それが正直なところさ。……ここで影山のお株を奪うのも何だけど、ひとつ俺にも純粋物理学的な喩《たと》え話をさせて貰おうか。いいかい、ここに一枚の板があるとするんだ」

途中までの沈鬱な口調をふっきって、再び明るい表情を取り戻すと、根戸は何もない宙空に、四角い板を描いてみせた。それは十人の見守るなかで、確かな実在性を伴って出現したように思われた。

「そこにはふたつの穴があいている。こう、僅かな間隔をおいて平行に穿《うが》たれた、縦に細長い穴。そう、ふたつの細隙《スリット》だね。さて、一方に小さな光源を用意して、この板に向かって光をあてるとしよう。そして光源の反対側にもう一枚の板を持って来ると、そこにはどんな光の像が浮かびあがるかな。……常識的には、ふたつの、やはり細長い光の像が映る筈だが、はて、実際にはそうはならないんだ。それぞれのスリットが充分に細く、スリット同士がある程度近ければ、もう一枚の板に映る像はきれいな縞模様になる。こう、縦の縞模様にね。これはふたつ以上の波がぶつかり合う時に観察される干渉という現象と同じなんだが、この実験は、光には粒子の性質以外に波としての性質もあるということが提唱されるもととなるもので、実際、これらの実験を重ねた上で、光は粒子性と波動性を兼ね具えたものであるということが実証されるんだ。そればかりじゃない。光にそういう二重性があるなら、ほかの粒子はどうなんだ、ってんで験《ため》してみたら、電子や陽子や中性子や、そしてついにはそれらで構成された原子や分子までもが、はっきりと波としての性質を持っていることが観察されたんだね。この物質が本来持っている粒子と波動の二重性は、さっき影山の話に出てきた、《不確定性原理》にそのまま繋がってゆくんだが。

「……いやあ、これはちょっと横道に逸れたかな。そこで板の問題に立ち還るとだね、ここに奇妙な逆説が持ちあがるんだ。光は波の性質を持っている。――これはいい。だけども、光はやはり飽くまで光子という素粒子であることにも間違いないんだ。さて、では一個の光子がどういう振舞いをするのかという観点にたつと、これはどう説明をつければいいのか。スリットのある板をA、光源の反対側に置いた板をBとすると、Bの板に到達した光子は、Aの板にあいた穴のどちらかを通ってやってきたのだとすると、そこに来る筈のない処にやってきた光子は、一体どちらを通ってやってきたのだろう。これは、一個の光子はどちらかの穴を通ってやって来たのだという常識的な見方をすると、どうしても解決できない問題なんだ。……結論を言ってしまえば、一個の光子は、どちらかの穴を通過するのではない、同時に両方の穴を通過するのさ。そう考えなければ、どうしても説明がつかず、しかもそう考えて初めて総てが合理的に解釈できるんだ。詳しい説明は影山にでも任せるが、このことは、現代物理学が認めている事実なんだぜ。一個の光子は、同時に両方の穴を通過する。そうして、Bの板に到達した処で、初めてもとの一個の光子に戻る。つまり〝どちらか〟ではない、〝どちらも〟なんだよ。奇妙に聞こえるけど、そうなんだ。

「ここで当然、ある反論が起こるだろう。一個の光子が、どちらの穴も通るなんて、そんな馬鹿な。それではスリットに光子を捕える装置でも備えつけておけば、それぞれ半分ずつの光子を検出することができるというのか。素粒子とは、それ以上分割できないものという意味ではなかったのか、とね。うん、これは全くの正論なんだ。実際そうやって験してみると、半分ずつの光子なんて検出されることはない。光子はいつも、どちらかのスリットで捕えられるんであってね、結局そうやって調べる限りは、やはり光子はどちらかの穴を通って来るとしか見えない。——しかしだよ、そういう具合に穴の処で光子を捕える場合は、そうでない場合とは条件が違ってるとも考えられるだろ。つまり、本当は途中で光子を捕えない限り、それは一度に両方の穴を通るのだけれども、光子はどこかで捕えられると、ぱっと一瞬のうちに一個の光子に戻ってしまうという性質を本来持っているがために、そういう装置を施す以上、光子はどちらかの穴で見つかってしまわざるを得ない、と言うこともできる。そんな屁理屈を、と言われるかも知れないけど、実際、それが本当のところなんだ。光子、というより総ての素粒子は、いったん解き放たれると、次にそれがどこかで捕獲されるまでは、その位置というのは常に確率的にしか表わされないものなのさ。この光子の奇妙な振舞いに関しては、かの朝永《ともなが》振一郎博士が『光子の裁判』という法廷ものの様な面白い短編を著しているから、是非一読を勧めるよ。——さて、ここでもう一度さっきの板の問題に立ち還ると、現代物理学が認める限り、光子はふたつの穴を同時に通り抜けるというのは掛値なしの事実なんだよ。〝どちらか〟ではないんだ。……」

身振り手振り豊かに熱心に語っていた根戸は、そこでしばらく息を切って、反応を確かめるように十人の顔色を窺った。それらが果たして根戸にとって満足のゆく類いのものであるのかは、もとより彼らの知るところではなかったのだが。

「うん、〝どちらか〟ではない。……あはは、もうみんな、どうして俺がながながとこんな喩え話をしたのか判ってるだろうな。つまり、この事件の真相そのものが、この光子の奇妙な振舞いによく似ている——俺にはそう思えて仕方がないんだ。杏子さんの証言が虚偽のものなのか、それとも雛ちゃんと布瀬のふたりの証言が虚偽だったのか、まあ、常識的に言えばふたつにひとつ、つまり〝どちらか〟の問題だ。しかし、それがどちらであれ、殺人なんて起こっていない以上、そんなものはどちらでもいい、敢えていうなら、どちらも半々の確率を持っているということで、ひとつの終結を見てもいいじゃないかという、これは俺からの提言だよ。うん、それは勿論、いずれどちらかはっきりするだろうさ。それならそれで結構なことだ。いずれにしても、目角《めくじら》立てて総てを暴き出すような問題じゃないね」

ようやくそう言葉を結んだ根戸の長話に今ひとつ割り切れないものを感じながら、一同は反論の言葉を持てなかった。そしてそのしばらくの沈黙をさらに深めるかのように、

「雛ちゃん、本当なの」

と、ぽつりと杏子は呟いた。

6　プルキニエ現象

それから一日たち、二日たち、そうして三日という日が過ぎ去っても、真沼は依然、杳《よう》として姿を現わさなかった。

七月二十八日、土曜。関東から中部にかけての上空は、異常透明という現象に覆われた。大気の透明度が並はずれて大きくなるという、この一見目立たぬ奇現象は、こ

の日、数十年に一度のものであったが、あるいは真沼までもが、その透明な大気もろともに澄みきった夏の上空へと溶けこんでしまったというのだろうか。赤坂にある真沼のアパートにも、二十四日の朝以来、彼の戻った形跡はなく、仙台の実家の方に問い合わせてみてもその行方は虚しかった。

再び、この事件は考え直さなければならない。

やきもきする十一人は、しかし自分達の頭の上でそんな不思議な現象が起こっているのも知らぬまま、その日の夜を迎えた。

「だいたい俺は最初っから納得できなかったんだ。影山の眼鏡猿がいらぬことを言いだすものだから、みんな寄って集《たか》って物理談義なんぞに現《うつつ》をぬかして、その挙句がこれだぜ。なっちゃないったら」

癇癪《かんしゃく》持ちの甲斐が三日の間我慢していたというのも珍しいことだったが、とうとう業を煮やしたように声をはりあげたのが、夜の八時。白山の根戸のマンションに甲斐、布瀬、倉野、羽仁、雛子の五人が集まった時のことだった。

「まあまあ、そういきり立つなって。で、どうだったんだ、倉野。結果の方は」

羽仁が宥《なだ》めると、甲斐は急に疲れたように椅子のなかに沈みこんだ。

呼びかけられた倉野は、これまたうっそりと寝呆けたような瞼をあげると、

「ああ、意外と時間がかかってしまった。血液学関係の奴に頼んだんだが、そいつが

また極めつきの怠け者でね。仕事まで徹夜で手伝わされて、おかげで睡くて睡くて。……事件の真相が根戸、君の言った通りだとすると、鏡にぶちまけられていたのは、犬か猫の血ということになるけど、間違いない、あれは正真正銘、人間の血液だった。血液型はAB型でね、うん、これも真沼のものと一致しているが……」

「人間の⁉　……すると、倉野。あれは本当に真沼の血で、行なわれたのはやっぱり殺人だったっていうのか。……しかし、そんな……」

少し蹌踉《よろめ》いて、根戸は途切れ途切れに呻《うめ》いた。自分の言い出したことで総てを滞らせてしまったのだから、それも当然なのだろう。額に脂汗を滲ませながらも顔色は蒼く、普段の陽気さはあとかたもなく消えうせて、彼の表情を色濃く占めているのは後悔のふた文字だった。

その様子をじっと瞶《みつ》めていた雛子は、

「これではっきり情勢が変わったと言っていいのね。……あの時言いかけてやめちゃったんだけど、だいたいあたしの証言がまるで嘘だったとしても、現にあの部屋ではちゃんと誰かがレコードをかけ換えたりしてるんですもの。少なくとも布瀬さんとあたしの証言くらいは信用して貰わなくっちゃ。……でも、そうなると真沼さんと杏子姉さんがうちあわせてやったことになるけど、ベッドの下に隠れててみんなをやり過ごすというトリック自体が、どう考えてもあの時に可能だったとは思えないの。ううん、そればかりじゃないわ。あの日に集まる人数やら、その人達がとる行動だって、誰にも予想できない筈でしょ。あの時書斎に雪崩れこんだのが九人も十人も居たとしたらどうかしら。あるいは数は少なくても、杏子姉さんと同じように書斎の方に行かない人がいたとしたら」

ほう、という顔をした羽仁の方をちらりと見て、

「でしょ。そんな危険性の高い、たまたま都合のいい情況になるのを狙ったトリックなんて、誰が実行に移すかしら。それにあの時の情況を振り返ってみても、杏子姉さんが『黒い部屋』に残らなくちゃならない理由そのものがないのよ。そうなると、真沼さんが籠抜けを演じてみせるのに、ふたりがぐるである必要性がまるで見あたらないわ。まして、ふたりはそれほど探偵小説狂じゃないでしょ。探偵小説など読んでなくっても、マニアの眼の前で密室からの脱出を演じてみせて、あッとひと泡吹かせることができるんだゾ、っていう趣向にしては、ちょっとねえ。……どうなの、羽仁さん。密室の専門家としては」

「うーん、専門家は参ったね。ナイルズの奴が小説のなかでそんなことを書くものだから、どうもやりにくいな」

そんなことを呟きながら、時間繋ぎのようにゆっくり煙草に火をつけると、

「だいたいからして密室なんてものは綿密に、虱潰《しらみつぶ》しに検討してゆけば、たいがいの

ものは解けることになってるんだ。《前提要求の問題》って言葉を知ってる？」

四日前の『黒い部屋』での席上で突然に襲われた発作も、今はすっかり影をひそめ、更紗《さらさ》のテーブル・クロスをかけた小卓に片肘をついて、羽仁は声をかけた。

その質問をぼんやりした顔で受けとめた根戸は、

「ああ。推論を行なう前に、まず正しい前提が要求されるという……」

「そうそう、それなんだ。つまり君の推理の土台となるいくつかの前提。そこにこそ問題があったんだよ。根戸ホームズの、所謂《いわゆる》算術的推理法の前提は、この事件には我々ファミリーの一員以外の犯人は存在しないということだった。果たしてそうか？……いやいや、馬鹿にしちゃいけないよ。これで案外、この虱潰し法も馬鹿にできないんだ。……次には、僕と曳間、ナイルズ、ホランドの四人が犯人である筈はない。……これも、果たしてそうなのだろうか？　……現場に居た五人の者は犯人ではない。……果たしてそうか？　……おまけに君の推理では、君自身と甲斐を、五人の眼に触れずに密室から出られる訳がないという理由で犯人の可能性を零《ゼロ》と看做《みな》しているけど、これまた果たしてそうなのだろうか……？」

椅子のなかに凭れこんで、もうそんなことはどうでもいいといったていの根戸に、

「あまり気を悪くしないでほしいな。別に君の推理のあら捜しをしてる訳じゃないんだ。ただもっと厳密な態度が必要だという喩《たと》えに過ぎないんだから。……さてこのあ

たりで、そろそろ僕自身の推理法を披露しなくちゃならないんだろうけど、それにはまず、事件の真相を、あらゆる仮定の場合に分類してみなくっちゃね。今度の事件の場合だと、大きく分けて、

A　殺人は起こっていない

B　殺人は起こった

この二つの場合が仮定されるよね。まず、このAの方を検討すると、さらに次の、

(1)　真沼の狂言

(2)　真沼以外の者の狂言

のふたつに分類される。根戸の提唱した〝両方の成分を含んだ解答〟のうちの、『杏子さんの証言が虚偽』というのが(1)、『布瀬と雛ちゃんの証言が虚偽』というのが(2)に該当するようだね。(2)の方は簡単なんだけど、(1)の真沼の狂言っていう奴は、根戸の考えた、『発見者が部屋のなかに闖入《ちんにゅう》して来る時に、扉の陰に隠れておいてやりすごす』という方法のほかにも再考の余地があるようだね。これは密室トリックというより、密室脱出トリックと、限定されて呼ばれなくちゃならないものだろうけど、——だけどとにかく、これらのもの全部ひっくるめて、Aの『殺人は起こっていない』というのをとりあえず除外してしまおう。この今急務なのは、最悪の場合——つまり殺人事件である場合の、その真相の解明なんだから、うん、この前提なら、たと

え間違っていたとしても、少なくともばちはあたらないよね。どう、僕は何かおかしいことを言ってるかい」

「いやいや、全く御立派なものだあね」

ふてくされたような根戸の返事に羽仁は、

「それでは一応安心して先を続けるよ。……さて、さっき言ったBの項目、つまり『殺人は起こった』は、さらに次のように分けられる。つまり、
① 真沼は雛ちゃんが書斎を覗いた後で殺された
② 真沼は雛ちゃんが書斎を覗く前に殺された
というふうに……」

「ちょ、ちょっと待って」

慌てて口を挿んだのは雛子だった。

「あたしが部屋を覗く前に、ですって。それじゃ、あたしの言うこと、やっぱり半分信用されてないの？　ちょっとひどいんじゃないかしら。そりゃあ、真沼さんの服の色が変わっていたなんて、自分でも不思議で仕方がないけど、でも、本当。絶対の本当なのよ」

それだけは譲歩できないとばかりに言いつのる彼女に羽仁は飽くまでも微かな笑みを浮かべながら、

「いや、別に信用しない訳じゃないよ。ただ、僕にはひとつの疑問があって」

「疑問があって？」

鸚鵡《おうむ》返しに聞き返す雛子に、羽仁は意外な質問を向けた。

「ほら、雛ちゃん自身がはっきりと証言したじゃないか。真沼はあっ、あっ、ちを向いて、向いて、雑誌を読んでたって。そいつは果たして、本当に真沼だったの？」

「あ」

ぽかんとした顔つきになって、雛子はその小さな首を斜めにつき出した。前方の空間に眼に見えない扉があって、そこからさらに向こう側を覗きこむとでもいったふうに。

人間の脳のある部分を、針のような電極で、ほんの僅か刺激を与えると、過去に体験した事柄がそのまま——といって、忘れ去られていた記憶が呼び醒まされるといったものでもなく——その時の視覚、聴覚、匂いからその手触りが、ありありと眼の前に繰り展げられる、つまり、過去の出来事が再体験されるというけれども、この時の彼女もまた、そこにありありと姿を現わした扉から例の部屋を垣間見ているらしく、何もない宙空のそのまた何もない一点に向けられた視線を、じっと凝らしていて不意に、

「判んない」

と呟いた。

羽仁はしたり顔に、

「ね。人間の証言なんて、あてにはできないんだ。そりゃあ、シャツの色に関しては間違いないだろう。だけど、人間ってのは一方のことに気を取られると、もう一方のことはお留守になってしまうものだからね。甲斐、きみは油絵専門の方だから、色彩学についても詳しいんだろう。《プルキニエ現象》って言葉を知ってるかい」

その時、なぜか布瀬が、ほう、と呟いた。

羽仁によって、渾沌としていた事実の全貌が、少しずつ真相に近い方向へと整理されてゆくらしいのに興味を覚えたのだろう。眼をぎらぎら輝かせながら甲斐も頷いて、

「そうすると、ははあん、あの時の情況が、まさにそうだったというんだな」

「そう。……説明しておくと、《プルキニエ現象》ってのは、明るい処では赤や黄、暗い処では逆に青や緑の方がめだって見えるということをいうんだけど、これは一体どういうしくみに由来するのか……。そもそも我々の視覚細胞には、細い桿状《かんじょう》体と太い錐状《すいじょう》体の二種類があって、人間の場合、前者は一億二千万個、後者は七百万個ほどあるといわれてる。そうしてその役柄は、数の多い桿状体が薄明視《スコトピック・ヴイジョン》、つまり薄暗がりのなかで活躍し、数の少ない錐状体が昼間視《フオトピック・ヴイジョン》、つまり明るい処で活躍す

るんだ。色彩を司《つかさど》るのは錐状体の方なんだけど、あまり暗くなるとこの錐状体は働かなくなってしまうので、そうすると色彩は判別つかず、桿状体による〝ものの明暗〟しか判らなくなってしまう。しかも桿状体の方は網膜全体にまんべんなく拡がっているのに対し、錐状体の方は中央部ほど多くなっていて、殊に瞳孔の対称点にある黄斑部という最も敏感な部分には、錐状体だけが密集してるんだよ。ところが人間以外の動物にはもっと極端なのがいて、鳥類の殆どは人間が一メートルくらいでやっと見分けのつくほど小さな餌を百メートルも離れた処で確認できるすぐれた眼をもっているんだけど、錐状体だけしか持っていないので暗くなると盲目になってしまう。それと逆なのが梟《ふくろう》や木菟《みみずく》、蝙蝠《こうもり》といった類いで、こちらは桿状体だけしか持っていないので、昼間は眩しすぎて駄目だけど、夜になると眼が見え始めるんだね……。

「錐状体と桿状体からはそれぞれ、視紫《アイオドプシン》と視紅《ロドプシン》という物質が抽出されるんだけど、これらは光をあてると退色する性質を持っている。つまり、これこそが光を視覚細胞の昂奮に換える引き金、視物質《ヴィジュアル・ピグメント》なんだ。さて、この視物質の構造を調べてみると、レチナールとオプシンという部分とに分けられることが判った。つまり、アイオドプシンはレチナールと錐状体オプシン、ロドプシンはレチナールと桿状体オプシンが、それぞれ結合したものなんだ。レチナールというのはビタミンAにそっくりの物質で、ちなみにその構造式を示せば、

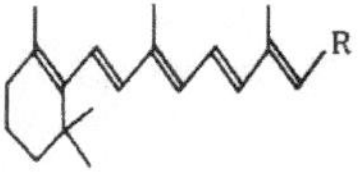

で、このRの部分がCH_2OHならビタミンA、そしてCHOならレチナールになる。このことから考えても、ビタミンAがいかに眼と深い繋がりがあるか判るよね。これが不足すると、まず桿状体が働かなくなって、夜盲症に罹《かか》る。もっとひどければ失明してしまう。一方、オプシンというのはヘモグロビンに似た蛋白質で、分子量は約四万。何百個というアミノ酸によって構成されてるんだよ。ともあれ、色覚を司るのは錐状体だから、色覚の秘密はアイオドプシンにある筈だね。

「ここで敢えて、やや脇道に逸れるけど、色覚機構の研究の指導的学説には、大雑把に言ってふたつのものがあったんだ。ひとつはヤングとヘルムホルツの三原色説、もうひとつはヘリングの二元補色説だよ。前者は色覚の単位として、赤・青・緑にそれぞれ感応する三種のものが存在するという説。後者は赤と緑を司るものと、青と黄を司るものの二種が存在するという説さ。研究が進むにつれて、基本的には三原色説の正しさが立証されたんだけど、ヘリングの説の理念にも否定しきれない部分があって、現在では、光化学的段階で三原色説、その後の情報処理段階で二原補色説的な機構が働くという、段階説が考えられているというんだ。いずれにせよ、光化学的な段階ですら、その過程の完全な解明は、ひと筋縄でいくものじゃないらしいからね。

「さて、問題のプルキニエ現象だけど、これの正確な説明も、まだつけられないのが現状のようだね。ただ、赤を感じる錐状体は黄斑部に集中しているのに対し、青を感じる錐状体は網膜全体に拡がっているのは確からしい。つまり、赤い光は網膜の中心で、青い光は網膜の周辺部でよく感じるという具合になってるんだ。プルキニエ現象を、もう少し専門的に言い換えると、視感度の極大な部分が、視界の明度の増大につれて、短波長から長波長の方向に移動することなんだけど、さっきも言った通り、色覚の単位細胞が分化していて、しかも網膜での位置的な差異まであることを考えれば、その原因の見当くらいはつくよね。薄暗がりで働く桿状体の作用が関係しているかどうかは言えないにしても、青を感じる錐状体の方が、赤を感じる錐状体よりも、光が少なくても感度が高くなるようになっていると考えられる。

「で、雛ちゃんがあの書斎を覗いた時のことを言えば、今まで『黒い部屋』のなかで暗さに慣らされていた眼に、明るい書斎のなかを覗きこむことによって、一瞬、そこに居た真沼か、あるいはほかの何者かの着ていた鮮やかな赤が、ぱっと燃えるように焼きつくことになった。……そうしてまた、陥穽《かんせい》もそこにあったんだよ。おかげで、その人物が本当に真沼かどうかという点は、はっきりとした考察もなされずにすんでしまったんだね。これは巧妙な色彩のトリックだともとれるけど、——まあしかし、実際には、雛ちゃんの目撃した人物が真沼であったのか、それとも真沼ではない誰か他の人間だったのかは、まだどちらとも決定できないのだから、やはりそこは両方の場合について考えなきゃならない……」

羽仁はそう言って、取り出した煙草に火をつけた。

しばらく、ぼんやりとした顔で羽仁の話を聞いていた根戸は、はっと気づいたように、

「ちょ、ちょっと待てよ。最後のそのひとことを言うために、そうやってながながと訳の判らんことをひきあいに出したのか？」

そう叫ぶと、組んでいた腕を抛り出して、背凭れにぐったりと軀《からだ》を倒してみせた。

ただひとり、薬学専攻の倉野だけが、睡そうな眼を擦りながらも、半ば感心したように興味深げな笑みを浮かべていた。

7　仲のよくない共犯者

「どいつもこいつもまあ、よくもこれだけ余計なお喋りをしたがるもんだ。俺は眼科医のところへ来てるんじゃないぜ、全く」

根戸の不平に重ねて、またしても甲斐がそう口を出して、

「ビタミンAもヘモグロビンも、今度の犯人にゃ何の関係もない。雛ちゃんの証言に疑問があることは認めてやるから、早く先を続けろ」

「ああ、そうするよ」

一服吸っただけの煙草を、惜しげもなく揉み消しながら、羽仁は、彼のいう《虱潰し法》の推理を続けた。

「ええと、結局どうなったのかな。……そうだ。つまり、考察すべき、

B　殺人は起こった

の項目は、真沼が殺されたのは雛ちゃんが書斎を覗いた、

①　後である

②　前である

の、ふたつに分けられる、というところだね。順序として、まず①から考えてゆこ

う。雛ちゃんの見たのが、やはり真沼だった場合だ。この場合、困難なことはいろいろある。……十分間という限られた時間内に真沼を殺し、その屍体を消失させなければならないという、大仕事がね。そして、常に密室殺人の場合考えなくてはならない、

I　犯人は現場に出入りした
II　犯人は現場に出入りしていない

のふたつを考えると、IIの、つまり遠隔殺人では、どうしても説明がつかないことが判るだろう。《第四の扉》などといってみたって、結局少しでもあの部屋と外界との出入りが可能な部分は、扉と、そして斜めに開く窓しかないんだから。……扉を隔てて、つまり、『黒い部屋』から遠隔的に真沼を殺し、そしてその屍体を消し去るなんて、超能力者でもない限り不可能だし、窓を使うにしても、あの二十センチそこその隙間から、一体どんな奇術が可能だろうか。たったひとつの可能性といえば、もう、ひどく腕の長いマジックハンドを使うしかないね。殺すのは弓矢でも槍でも鉄鎚でもいい。そのあと軀をバラバラに切り離し、その肉の塊りになった真沼をひとつひとつ、そう、まるで刺身をつまむように運び出したとでも考えるしかないよ。……むしろ、そう考えた方が辻褄《つじつま》が合う点もあって、あの羽虫の音、あれはステレオのハウリングでなんかなく、回転式の電気鋸《のこ》を使ったとすれば、その振動音こそが……」

「電気鋸の⁉」

怯えたように雛子が叫んだ。布瀬や根戸もぴくりと眉をあげたが、こちらはひとことも口をきかず、ただ睨むように羽仁の話を聞き続けている。そんななかで羽仁は、少し間を置いたのち、

「そうなんだ。殺人といっても、これくらい非人間的な方法はちょっとないよ。そのバラバラの肉の塊りは、大きな袋にでも無雑作につめこまれて持ち去られることになるんだろうけど、いやはや、このような犯行を十分以内に無事にやりおおせる精神ってのは、一体どんなものなんだろう。……僕は最初、布瀬の話のなかで、例の羽虫の唸りという件《くだり》を聞いた時は、何万何億という虫が、瞬く間に真沼の軀を喰い潰してゆく様を想像して、ぞっとしたんだけど、さて、こういう具合に、真沼の軀をバラバラの肉塊にして持ち去る殺人者というものを仮定すると、一体どちらが、より現実的にあるべきなのか、僕には何とも判断つかないんだ。……といって、しかし、幸か不幸か、この考え方では不都合な点はある。それはほかでもない、窓はしっかりと、内側から閂《かんぬき》――というのか、掛金というのか――アルミ・サッシに普通使われる頑丈な回転式のロックがかけられていたという点だ。無論隙間は一ミリとてなく、回転に使う力も糸なんかで操作できる生半可なものではないからには、これだけは窓の外側からはどうにもできない筈なんだ。――という訳で、我々はこのあまりにも非人間的な

犯行方法を除去できる。だけどまあ、万が一、我々の考えつかない閂トリックがあるかも知れないという点も考慮して、ひとつの可能性として残しておいてもいいだろう。……さて、今度はIの、犯人が現場に出入りした場合だけど、こちらはもっと話が難しい。なぜなら、真沼だけでなく、犯人自身が消え去らなければならないからだけど、これは一体、どのようにして可能だろう。……犯人だけが部屋を脱け出すなら、根戸の言うように、ベッドに隠れていてやりすごすという方法を使って、何とか旨くいくかも知れないね。だけど、屍体はどうしたのかな。まさか皆が鏡の凶々しい血模様に気を取られている隙に、屍体を担いでエッチラオッチラ逃げ出した訳でもなさそうだ。自分ひとりだけでも、かなりの冒険なんだからね。……え？　さっきの方法を応用すればいいって。あはあ、そうすると、やはり犯人は屍体を細切れにして、あの窓から外に出したっていうの。……どうもみんな、酸鼻《さんび》を極めた殺人というのをお好みらしいね。だけどその場合、窓の外で肉塊を受け取る共犯者が要るよ。そんなことをたやすくやってのけるような畸型《きけい》な精神の持ち主がふたりも存在してるなんて、考えただけでもぞっとする」

「しかし、例えば、ナイルズとホランドなら……」

急ににやにや顔になって布瀬が呟くと、

「ああ、それなら一理あるかも知れない。……でも」

と、屈んだ羽仁は布瀬の耳許でわざと囁くように、

「これは最初に言っとかなくちゃいけなかったかも知れないけど、真沼が殺されたのが雛ちゃんが書斎を覗いた時刻、つまり三時五十分より後だとすると、僕と曳間、それにナイルズとホランドの四人には、完全なアリバイがあることになるんだよ」

「あっはっはあ。馬鹿にするなよ。それくらいは判っておる。こと犯行時間をその十分間に限定すると、犯人を我がファミリー内に求める以上、そこには甲斐と根戸だけしか残されておらん。ここにはそのふたりが、ちゃあんと揃っとるが」

そう言って意地悪くふたりを眺め渡すと、いち迅く癇癪玉を破裂させた甲斐が、

「俺が!? 馬鹿野郎。窓からの遠隔操作なんてのは話にもならんが、ましてや俺が根戸と組む訳がないだろう。俺が殺人を犯す場合は、はん、間違いなく俺ひとりでやってのけてみせるぜ」

青筋さえ浮かびあがらせてそう大見得を切ると、布瀬の方は依然、にやにや笑いを崩そうともしないで、

「ふふん、まあ、そりゃそうかも知れんな。少なくとも、お前と根戸が共犯者であるとは、吾輩にもちょいと考えられんことではある。……言わばこいつは、仲のよくない共犯者というところだな」

この言葉に、またぞろ口を出しそうな甲斐をさし止めて、羽仁は慌てて推理の続き

を喋り始めた。

「根戸が屍体を切り離し、甲斐がそれを受け取って持ち去る、……あるいはその逆か。《仲のよくない共犯者》って言葉は面白いけど、まあ、結論を急がないことにしよう。犯人が我々ファミリーの十二人以外にいることだって考えられるんだからね。仮に十三番目に因《ちな》んで、《ユダ》と名づけようか。ナイルズの小説のおかげで、何となく同じように、犯人が我々の間にいるような先入観を植えつけられているかも知れないけど、《ユダ》のいる可能性は決して否定できないんだ。……本題に戻るけど、犯人があの書斎に出入りして、しかも共犯者などいないとしたら、さて、どういう方法が可能だろう。……そういえば雛ちゃんはパズルがお得意だそうだけど、ここまで来ると、あとはパズルとして解けないかな」

「ええ？」

と眼を丸くして首を傾げた雛子は、

「……そうねえ、共犯者がいないんだから、窓からは駄目。……屍体を担いでみんなをやりすごすのも駄目だとしたら、どうしても屍体だけが残ってしまうわね。……まさかあの部屋のなかで、硫酸か何かを使って、真沼さんの軀を溶かしてしまったなんてこともできないでしょうし、だいいちその時間もない。……とすると、どうしてもあとに残る方法といったら、どこかに隠してしまうしかないいんじゃないかしら」

「ふむふむ、いやなかなか面白い。……で、隠すとすれば、一体どこだろう。あの部屋で寝起きしている布瀬自身が、隈なく部屋のなかを調べたんだよ。彼にさえ気づかれないような、そうしてしかも人間ひとりを隠せるような旨い場所が、果たしてあの部屋のなかにあったろうか……」

「ちょっと待って。想い出すわ」

そう言って頬杖をつくと、雛子はたいした意味もなく、右手の指をひとつひとつ折り始めた。

「あの部屋にあったのは、ベッド、ステレオ、キャビネット、机、それくらいのものだわ。あたしだって、あれから何度も吟味してみたのよ。……ベッドの下は何もなかったし、あれは板金の上にマットレスを置いてあるだけのものだから、よく探偵小説にある、スプリングの部分に人ひとりはいれるだけの隙間があるという訳でもなし。ステレオのスピーカーも、あたし、ちょっと持ちあげてみたんだけど、人間がはいってるだけの重さはなかったわ。キャビネットも、抽斗をひっぱり出してなかを覗いてみたけど駄目。机の抽斗なんて、人間がはいる余裕さえないわ。……それともやっぱり、どこか見逃してるのかしら」

独り言のようにそう言うと、布瀬までが、ふと不安げな顔つきになったが、

「そうだわ！」

いきなりそう叫んで、まじまじと羽仁の顔を瞶《みつ》めるように雛子は、

「そうだわ……そうよ、あの部屋には、勿論、本棚があったのよ。でも、本の後ろに隠せる筈がない。……その筈だったの。……だけど、本の後ろじゃない。本のなかだったら……」

「旨い！　雛ちゃん」

羽仁は指を鳴らして、息ごんであとを続けた。

「唯一考えられる隠し場所。そうなんだ。本のなか。……つまり、あの本棚はかなりの横幅があったから、人間ひとり横たえても充分だったんだよ。といって、勿論普通の単行本程度の大きさじゃ駄目だね。しかし、あそこにある四つの本棚のひとつには、ちゃんと百科事典というものが揃えてあった。あれはいちばん下の段だったね。しかもお誂え向きに、百科事典という奴は、立派な箱にはいってるものなんだよ。……この意味が判るかい。箱を束ねてなかを刳《く》り抜けば……どうだい。立派過ぎるくらい立派な棺桶になるじゃないか。そうして雛ちゃん。君は今、机の抽斗の奥には人間がはいるだけの余裕もないと言ったけど、箱を取った事典なら、ぎっちり詰めこめばかなりの量がはいると思うんだけどね」

静寂は不意に来るものだ、と、根戸はその時考えていた。何故か、ひどく懶《ものう》い気分だった。

——そうなのか？　でも、そんなこと、どうでもいいじゃないか。

ひそかに心の底で呟くと、根戸はそっと窓の外に眼をやった。疲労がマリン・スノウのように降り積もってゆく。根戸はそんな深海での光景を夢見たのだったが、窓の外に展がっているのは、やはり濃密な闇ばかりだった。俺は、どうしてこんなに疲れてしまっているのか。瞼の奥が熱っぽく、微かに血の匂いさえ感じられた。

根戸には時どき、現実の出来事がどうでもよく思える時間があった。何気なく訪れるその時間帯を、根戸はナイルズとはまた別に、ひそかに《逢魔ケ刻》と名づけていた。

恐らく、そのような瞬間は、多かれ少なかれ、この世に住む人間なら誰でも持っているのだろう。真沼の既視感《デジャ・ヴュ》や羽仁の発作などは、その甚だしいものといえるだろうか。

例えば、中学や高校の休み時間、あちこち勝手に分かれて、てんでにわいわい騒いでいる最中に、全く不意に全員の会話が途切れてしまうことがある。そんな時は決まってクラスじゅうが、雁首《がんくび》揃えて、教師でもやって来たのかと扉の方を振り返るのが常なのだが、それが何でもない、ただの偶然の静寂だと判ると、どっと全員の照れたような笑い声が洩れる。それは根戸にとって、何とも擽《くすぐ》ったい瞬間だったが、あのような現象がたびたび起こるくらいなら、それぞれの人が持つ《逢魔ケ刻》が偶然に重なって、全く予想もされない奇妙な事件が勃発するくらいのことは、ある意味で必然的な成行きなのかも知れない。

そのようなかたちで起こった事件は、人間の推理によって解決され得るものなのだろうか。この世のなかには、決して解決されない事件というのもまた存在する筈だという確信が、根戸には以前から強く根づいており、だから、ある意味で事件当日に彼の提唱した解決は、そういった理念の実践と言えなくもなかった。

それは、歪んだ論理なのかも知れない。例の推理も量子力学にこじつけて話を進めただけで、その論法はやはり純粋に合理的なものではない。しかし根戸にとって合理性だけに支配される世界などというものは、殆ど現実とは無縁にしか思えなかった。恐らく、この現実という見知らぬ世界においては、事実でしかないものは必要とされないのではないか。――根戸には確かにそんな気がした。

根戸が、だから安心して合理性にひたれるのは数学の世界だけだった。いったん現実の世界に立ち戻る時、彼はそれを支配している原理がどういうものか判らずに、ただ戸惑うばかりの自分を発見する。あるいはそれはうすうす根戸が気づいているように、ただそれがそうあるようにある、ということでしかないとすれば。

――そうなんだ。ただ、それだけのことなんだ。

根戸はふと、チェス研究会に入部した当時のことを想い返していた。その頃はまだ曳間は入部前だったが、何人かいた新入会員のなかには倉野がいた。根戸の方は中学の頃からやっていたので相当の腕前だったが、倉野の方は全くの初心者だったために、ふたりの対戦は最初のうちは勝負にならなかった。殊に最初の対戦で、倉野が二手の馬鹿詰み《フールズ・メイト》で敗退したのは、今でも彼らの間の語り種となっている。倉野が最初の一勝を入れるまでの成績は、恐らく破竹の百連敗くらいになるだろう。さすがに初白星の喜びは大きかったらしく、倉野は今でもその対局の内容をはっきりと憶えている。

それ以来、倉野の勝率は徐々にあがって、今では三七の割合にまでなっていた。もともと囲碁の方では五段格の腕前を誇っているだけにゲームに対する感覚は抜群で、殊に終盤の読みに関しては、根戸にもひけを取らないものを持っている。

遅れて入部してきた曳間の方は、ほんの少しやったことがある程度だった。三人は互いによく対戦したものだったが、最近の成績は根戸に対して四六くらいの割合だろう。こちらは倉野の逆で、序盤の感覚に卓抜したものを持っていた。

曳間とのいちばん最近の対戦は、ふた月ほど前で、確か、根戸の負け戦《いくさ》となった筈である。

——そうだ。はっきり想い出したぞ。あの時は、試みにニムゾ・インディアン・ディフェンスのルビンシュタイン・バリエーションを採《と》ったのが間違いだったな。曳間の奴、かなり研究していたに違いない。やはり俺には、ルイ・ロペスやカロ・カン・

ディフェンスなんかがいちばん性に合う。最近流行のシシリアン・ディフェンスも悪くはないが。

根戸の脳裡を、幾つかの定跡が横切った。

だいたい彼も、倉野や『ルーデンス』のマスターほどの確固とした主張ではないが、偶然性のはいりこむ種類のゲームは好きになれなかった。原理的にはただ実力だけに左右されるゲーム。つまり、チェス、将棋、囲碁などの方が性に合っている。

そのように片方に合理性への嗜好を持ちながら、もう片方では非合理なものに傾倒し続けているのはどういうことなのだろうか。根戸は、自分でもよく判らなかった。多分、彼自身がそれほど合理的な人間ではないからなのだろう。根戸は諦めたようにそんな理由を思い浮かべるしかなかった。

──それにしても。

と、根戸は思った。ほんの、短い時間。

──ナイルズのやつ。妙なことを書いたな。孟宗竹の檻《おり》だって……？

脈絡もない、そんな小さな疑問だった。

8　見えない棺桶

闇は、さらに深い闇のなかに呑みこまれ、そうして時間とともに、夜は静かにその変容を続けてゆくのだろう。五人の集まる部屋はそんななかで、ぽつんとひとつ点った誘蛾灯のように、総ての思考が留まってしまったこの世界の宙空に、ひっそりと懸かっているのかも知れなかった。咳《しわぶき》のひとつもあれば、もうあとは一切合財、何もかもが悠久の沈黙のなかに沈みこんでしまうようにも思われた。

時刻は既に九時になろうとしていたが、雛子を迎えに来る筈だった杏子は一向に訪れる様子もない。しかし、羽仁の話はまだまだ先まで続く気配だった。

「これがひとつの結論だよ」

落着いた口調に戻って、再び煙草に火をつけると、

「反論は少し待って貰うことにして、話を続けるよ。虱潰し法によれば、まだ②の『真沼が殺されたのは雛ちゃんが書斎を覗く前である』が残されている。つまり、雛ちゃんの見た人物が真沼でなかった場合だね。そうするとほかでもない。この人物こそが犯人だということになるようだけど……いや、その前にもう一度雛ちゃんに確かめておこう。君の話では、真沼——らしき人物——は雑誌を読んでいたということだ

ったけど、顔が見えなかったからには、何を読んでいたかも判らなかった筈だよね。恐らく布瀬から聞いた話によって、それが『新青年』だと考えたんだろうけど、それにしても本を読んでいたのだと思わせるからには、その人物は多分、身動きもせずに俯いたままだったんじゃないのかな」

「確かに、そうよ」

「うん、では、こういうことも考えられやしないかな。つまり、雛ちゃんの見たのは真沼や犯人どころか、そもそも人間ですらなかったんじゃないかとね。小栗虫太郎の『黒死館殺人事件』のなかには、ほかの登場人物よりよっぽど生き生きして見えるテレーズ人形が出て来るけど、今度の密室殺人事件――ナイルズの思惑によれば『さかさまの密室』だけど――とにかくそのなかにも、不意に人間そっくりの人形が登場して悪い訳がない」

「駄目だぜ、そりゃあ」

苦虫を嚙み潰したような顔をして、甲斐が話をさし止めた。

「それは俺も考えてみた。お前さんが《緋色の研究》を披露している間にね。しかし、考えてもみろ。三時半から三時五十五分までは、確かに誰かがレコードをかけ換えていなくちゃならないんだぜ。おまえの言いたいのは、殺人から屍体消失はずっと前に行なわれ、犯人もとっくの昔に逃げ出していたということだろうが、はん、レコードをかけ換えるくらい朝飯前なほどの精巧な機械人形ででもない限り、そんなことは不可能だ。しかも百歩譲ってそんな人形が存在したとしても、それくらい精巧なものなら、風船玉のように空気を抜いて折り畳むこともできやしない。……ノコノコ歩きまわったあげく、人形自ら密室脱出トリックを講じてみせるなんてことだけは、こりゃどうしたって承服できないね。……結局犯人は、少なくとも『悪魔のトリル』がかかり、羽虫の音ってのが聞こえ終わるまではあの部屋に居たんだ。ふん、しかしそういうことになると、殺人の起こったのが雛ちゃんが書斎を覗いた前だろうが後だろうが、たいした問題ではなくなるぜ。それこそ屍体を細切れにでもしない限り、『黒い部屋』に居る者の眼を盗んで屍体を運び去ることなんかできっこないし、それに犯人自身がその時まで書斎に居たのなら、それは結局、犯人にとってもその時まで屍体を運び去るのが不可能だったからとしか考えられん。とすれば、単に時間的余裕という点以外、雛ちゃんの覗く前だろうが後だろうが、条件は同じだということだぜ。……そもそも俺は、雛ちゃんの見た人物が真沼ではないかも知れないという仮定から、納得できないね。……いいか。その仮定に従えばこういうことになる。犯人はわざと自分の後ろ姿を雛ちゃんに見せて、真沼だと思わせるようにした。何故なら倉野がノブに手をかけた時には鍵がかかっていた癖に、雛ちゃんの場合はそうではなかったというのだからな。しかしだ、一体犯人は、何故そんなことをしなくちゃならなかったんだね？」

指を立て、薄気味悪く笑いながらそう問いかけたが、誰も答えようとしないのを確かめて、甲斐は満足そうに後を続けた。

「ふむ！　殺人の起こったのが、それより後だと思いこませるために？　それが違ってるのは、もうみんな判ったらしいな。そう、まさに間違っている。何故ならそう思いこませることに意味がないからだ。誰かが部屋を覗きこんだ時間より後で殺人が起こったと思いこませたとしても、その時以前に犯人が脱出していなければ、思いこませること自体に意味がない。……それだけじゃないぜ。犯人が真沼を装ったという仮定の決定的な弱点は、鍵を開けっ放しにしておいたところで、覗く者が必ずいるという確証がないこと、及び、鍵を開けておけば覗くだけでなく、部屋のなかまではいって来る者がいるかも知れないということ、このふたつだ。いいかね、部屋のなかにズカズカ踏みこんでくる者がいれば、それで総てがおじゃんなんだぜ。人を殺しておいて、なおかつ犯人がそんな危険性の高い手段を選ぶと思うか。……よって、人形どころじゃない、雛ちゃんの見たのは犯人でも何でもなく、やはり真沼だったと言わねばならないんだぜ」

意気揚々と羽仁の方を見返すと、こちらは擽《くすぐ》ったいような笑みを洩らしながら、

「うん、見事。……僕も結局はそこを言いたかったんだけど、なかなか要領よく纏め

てくれたね。それなら話は早い。尤も僕の虱潰し法では、飽くまでその可能性というものを否定はしないけど、結局のところ、雛ちゃんの見たのが真沼であろうとなかろうと、屍体消失のトリックと密室脱出のトリックは変わらないということなんだ。……では、もう一度纏めてみようか。今度の事件を場合場合に細かく分類すると次のようになる。即ち、

A　殺人は起こっていない
　(1)　真沼の狂言
　(2)　真沼以外の者の狂言
B　殺人は起こった
　①　真沼は雛ちゃんが書斎を覗いた後で殺された
　②　真沼は雛ちゃんが書斎を覗く前に殺された
　　i　雛ちゃんの見たのは犯人
　　ii　雛ちゃんの見たのは人形の類い

で、それとは別に、
I　犯人は現場に出入りした
II　犯人は現場に出入りしていない

のふたつがあって、Aは除外するとしてBの方は、①にはI、II、両方の考え方があ

り、②にはＩだけがあてはまる。②の方は甲斐の言った理由で可能性は薄い。……そうして犯人は真沼の軀をバラバラに斬り刻んだのだという、いかにも非現実的、非人間的方法を考えたくないのなら、あとにはたったひとつの方法しか残されていないんだ。……それがさっきも言った、百科事典の箱を隠れ蓑にする方法だよ。……どうも迂遠冗長《うえんじょうちょう》になって、まだるっこしかっただろうけど、結論はこれさ。ではこの、名づけて《見えない棺桶》方式の犯行という線を、もっと詳しく説明しよう。犯人の正体も、そのうち明らかになって来るだろうから。

「……さてと、それではこれからみんなの頭のなかの時間の目盛を戻して、四日前の二十四日の昼に合わせて貰おうかな。犯人が書斎に侵入したのは、この間雛ちゃんが指摘した通り、この頃だったのは間違いないだろうけど、可能性としてはふた通りが考えられるんだ。第一は、布瀬が食事に出た十一時から十二時半までの間に忍びこむ。そしてもうひとつはトイレに出た一時頃に、真沼と一緒に訪れる。今の時点ではどちらとも言えないけど、とにかくこの頃に犯人が侵入して、書斎のベッドの下に潜りこんだ訳だ。……そして二時頃に真沼が書斎にはいり、すぐチューナーをかける。さて、問題はその後、倉野がノブに手をかけた時には、鍵がかかっていたという点だ。犯人が鍵をかけたのなら、真沼と犯人は顔を合わせたことになる。真沼がかけたのなら、これは犯人が見つからないようにという意味にとれるね。……どちらにしろ、真沼は犯人が書斎に隠れていたことをよく知っていたと考えた方が自然のようだ。多分、誰もいない筈の書斎から突然別の人物が出現するという悪戯を、ふたりの間でうちあわせてあったんだろうね。だけど犯人の方には、その裏にもうひとつの謀《たくら》みがあった訳で、それがほかならぬ真沼の殺害だったんだ。可哀想な真沼はその犯人の計画表通り、『新青年』を読むという口実のもとに書斎にはいる。そうして鍵をかけ、皆が集まるのを待ち続ける。……その間に犯人には大きな仕事があった。百科事典を取り出して箱をはずし、人間ひとりがはいれるだけの大きさに並べて、内側をホチキスで綴じ合わせる。そうしておいてなかをカッターででも刳《く》り抜いて、ひとつの棺桶をつくるんだ。恐らく、ふたりで謀んだ悪戯に棺桶を使う予定だったんだろう。自分の屍体がそのなかにはいることも知らず、真沼は面白がってその作業を眺め、事典のなかみは全部机の抽斗の奥に詰めこんで、そうして時刻は三時四十分頃になった。犯人はドアの鍵をあけ、ベッドの下に潜りこむ。……雛ちゃんが部屋にはいって来ても、それはそれでよかったんだろうね。どちらの方がより都合がよかったのかは判らないけど、ともかく雛ちゃんは部屋を覗いただけだった。さて、そこで再び部屋の鍵をかけ、犯人は真沼を殺害する。これには刺殺なんかより、鉄棒か何かで撲殺する方がいいだろう。いや、それとも速効性の毒物かな。なるたけ血を流さず、一瞬に命を奪うのが理想だね。血は注射器ででも抜き取って、鏡の上にぶちまけておく。

……さあて、問題はここからなんだ。この棺桶には、どうしたってひとりの人間がはいるのがせいいっぱいだよね。つまり、犯人が屍体と一緒にその棺桶にはいることができない以上、ここで再び問題になるのが、例の籠抜けトリックだ。ハウリングで羽虫の音を出し、『黒い部屋』にいる者の注意を集めておいて、犯人はもう一度ベッドの下に潜りこむ。鍵をあけて何人かがなかに雪崩れこんできて、鏡の血模様に気を取られた隙に逃げ出すんだけど、どうしてもこの方法の障壁になるのが、『黒い部屋』に残っていた杏子さんの証言だね。……そこで、ちょっとこの問題をお預けにしておいて、先に犯人の正体をはっきりさせておこうか。この密室殺人を完璧にするには、真沼の屍体を運び出さなければならないから、犯人はできるだけ早く布瀬の家に戻って来なければいけないんだ。……そこで、布瀬。翌日に『黒い部屋』を訪れたのは誰だった？」

そう問いかけられて布瀬は、ふと奇妙な表情を浮かべて、それに答えようとした。その矢先、吐き出すような口調で喋り出したのは根戸だった。

「俺だ。俺だよ」

倉野はもう眠りこんでしまったのか、椅子のなかに沈みこんだままだったが、甲斐と雛子がはっと振り返ると、根戸は疲れきったような表情で顔を上げた。

「判ってるさ、羽仁の言いたいことは。犯人はお前の推理によれば、電話で呼び出された四人は駄目。『黒い部屋』にいた五人も駄目。甲斐も書斎に雪崩れこんだ時点で『黒い部屋』にいたんだから駄目。そうすると我々ファミリーのなかで可能性があるのは俺しかいない。……といって、十三人目の《ユダ》とやらを持ち出せば、杏子さんの証言が問題になる。しかし俺が犯人だということになれば、それも旨く説明がつく。杏子さんは俺が抜け出して来るのを見たが、あとでそのことを黙っていた。――そういや、最初っから俺と杏子さんが共犯だったとしたら、尚更都合がいいな。――そうとも、そうすれば例の羽虫の音にしたって、この間ナイルズが言ったように《準備完了》の合図だと看做《みな》せるし、そもそも彼女が書斎の方に行かなかったというのも俺の口から出たことで、その実みんなに気づかれないよう積極的に犯人の隠れ蓑の役割を果たしたとすれば、籠抜けのトリックももっと実現可能なものになるだろうしね。――しかも俺は、翌日の午前中に布瀬の処を訪ねてる。とくれば、もう犯人はほかの誰でもない、この俺に間違いないことになる。……しかし、俺は……」

根戸がそこまで喋って言い澱んだ時、いきなり布瀬が笑い始めた。それがあまりにも唐突で、またあまりにも愉快そうな高笑いなので、皆、一瞬呆気に取られてしまった。

「いや、失敬失敬。しかし、あっははは、全くもっておかしいのだから仕方がない。ながながと説明をして貰ったが、羽仁よ、肝腎の推理よりは、眼球譚の方が余程面白かったぜ。あっは、根戸、心配しなくてもいい。《見えない棺桶》は見えないどころじゃない、最初っから存在などしていないんだからな」

「……というと」

羽仁が少しばかり不安そうな表情で訊くと、布瀬はますます喜色満面といったていで、

「お前の推理を覆すには、たったひとつの事実でもって足りる。吾輩はあの夜、あの百科事典で調べものをしたんだ。何という言葉を調べたか判るかね。……ふふ、この言葉がお前の口から出た時には吾輩もびっくりしたが、《プルキニエ現象》――まさにこれだったのだよ」

あっ、という小さな叫びが一斉に洩れた。それに続けて布瀬は、

「さて、吾輩は記憶を辿ってみた。《プルキニエ現象》という言葉はあの百科事典の何冊目にはいっていたかをね。そして吾輩は自分でもちょいと驚いたのだが、日頃使い慣れてる事典は、案外無意識のうちに何という言葉から何という言葉までかを憶えているものだね。吾輩のあの事典の場合、あ＝あら、あり＝いた、いち＝うむ、と続いて、全二十五巻。《プルキニエ現象》が収録されているのはそのうちの十九巻目だ。で、一巻から十八巻までの箱だけを使って、そのなかに人間がはいれるかというと、真沼が普通よりちょいと小柄だということを考慮に入れても、これは不可能だ

ね。恐らく、二十五巻全部を使って、やっとというところだろうよ」

そうとどめを刺して、布瀬は再びクックックッと笑ってみせた。こうして再び事件の全貌は、外の世界と同じ、深い闇のなかに鎖されてしまったようだった。闇はひとつの匣《はこ》のなかに封じこめられ、匣は決して暴かれることなく、ますます堅く口を鎖してそこにあった。

総ての解決は、裏切られ、覆されるためにのみ生産されているようでもあった。

「惜しい。全く惜しいよ。あんな調べものなどしていなければ、恐らくお前の推理を信じてしまって、屍体と共にひと晩過ごしていたのかと、ぞっとさせられるところだったな。……あっは、全く申し分のない推理だが、肝腎要の、事実との齟齬《そご》があるという点で、残念ながらその推理にもお蔵入りして頂くしかなかろう。……はてさて、ではどうするね。仕方なく、残りの遠隔殺人説でも蒸し返すかね。一体どんな装置を使用したのかという点は不問に付すとしても、あの隙間も何もない頑丈な窓の掛金を、いかにして外側から締めたかという疑問は残っとるだろう。それともその点に関しても、やはりちゃんとした推理を用意しておるのかな？」

意地の悪い問いに、羽仁が、

「参った！　降参だよ」

両掌を頭上にさし挙げるのを確認すると、布瀬は悠々と椅子に凭れこんだ。

「誰かさんの小説には、《さかさまの密室》とか称して、何のことはない、密室にも何にもなっていない、出はいり自由の建物で殺人が起こるというような内容が書かれてあったと記憶するのだが、あっは、全く『事実は小説より奇なり』という諺《ことわざ》そのままだね。せめてもの話、架空の小説なのだから、今度の事件と同じ程度に不思議なものを書いておいてほしかったな。……しかしまあ、本人のいない処で文句を言っても仕方がないか。いやはや、何も吾輩はあの小説に対して不満がある訳ではないのだ。むしろ、それだけ今度の事件が不可思議な謎に包まれているということだね。正直言って、吾輩も全く途方に暮れているのが現状だ。しかしながら、根戸や羽仁の推理のおかげで、徐々に闇の部分が切り捨てられてゆく予感だけはするね」

布瀬はそこで言葉を切ると、ゆっくりジャケットのポケットから、琥珀《こはく》色のパイプを取り出した。気が向くとパイプに替えるために、いつも持ち歩いているのだ。自家製のブレンドという葉を詰めこみ、パイプ用のライターで火をつけると、忽ち甘い薫りが漂い始める。

「吾輩のブレンドの秘密はね、ほんのすこうしコカの葉を混ぜることにあるのだよ」

嘘か本当か判らないことを言ってみせて、布瀬はいかにも美味《うま》そうに煙を燻《くゆ》らせるのだった。

根戸はその時ふと、布瀬を見上げる雛子の表情に、微かな翳がさすのを見逃さなかった。

——パイプの薫りは嫌いじゃないって言ってたのにな。

根戸は考えるともなく、そんなことを頭の片隅にのぼらせていた。

9　犯罪の構造式

——ずっとあたしが小さかった頃

と、雛子は考えていた。

そう、もっとずっと小さかった頃、あたしがパパとママの間で、よちよち歩く愛玩動物だった頃、いつも日差しが深く斜めにはいって来る薄闇のなかで遊んでいた。それはいちばん古い記憶からそうであって、眩しい輝きはいつもあちら側に追いやられていて、あれはミシンの下だったのか、あるいは今はもうないパパの机の片隅だったのか、縦の影と横の影が竹細工のように組合わされた檻のなかで、あたしは仄暗い闇に浮かぶ可愛らしい光のスポットを相手に遊んでいた。だけど、それはとても不安な遊戯だったわ。そう。

あたしは黒ずんだ床板の上に落ちた光の玉をつかまえようと懸命だった。それはゆらゆらと不思議な揺らめきを繰り返していて、きっと裏庭の金木犀《きんもくせい》からの木洩れ日だったに違いない。けれども決して手のなかに留まることなく、するりするりと逃げてゆくのだった。幼いあたしを小馬鹿にするみたいに、するり、するりと。

あたしにはその時の記憶しか残っていない。憤《むずか》って泣き出したのか、それともあっさり諦めてしまったのか、とにかくあの遊びをやめたという部分は、あたしの記憶からすっぽりと抜け落ちてしまっている。とすれば、あたしは今だって、あの光の玉をつかまえようとし続けているのかも知れない。それをやめた憶えがない以上、あの時のあたしであるちっちゃな女の子は、今でもずっと、実体のない光の像を手のなかにつかまえようとして、虚しい努力を繰り返しているのかも知れないわ。

そうだとしたら、これがまさにそうなのかしら。

雛子はふと倉野の方に頭を向けた。さっきからひとことも口をきかずにいた倉野は、呆れたことにすっかりいい気持ちで眠りについてしまっている。自分の推理を覆されて、渋い顔の羽仁がその肩を揺するのだが、一向に反応もなく、楽しい夢路を彷徨《さまよ》い続けているらしい。

「ちぇっ、僕の話なんて、最初っから聞いてないんだから」

「あっはは、その方がよかったのかも知れないぜ」

そう憎まれ口をきいて布瀬は、

「さて、それにしても、闇の部分が切り捨てられてゆくほど、事件の真相の方はますます深い謎に包まれてゆくね。結局は真相を言いあてることは出来なかったが、羽仁の《虱潰し法》はかなり正統なやり方だとは吾輩も思う。しかし、それでいてなおかつ駄目だということは、よほど我々の盲点をついたトリックが仕組まれたと言わねばなるまい。……おや、甲斐、何か言うことがあるのかね」

背の低い軀にちょこんと乗っかった大きな頭を気忙《きぜわ》しそうに動かしていた甲斐は、そう呼ばれてぴたりと頭を据えると、

「ふむ。トリックという奴に関しては、まだちょいと発言権を後の方までとっておくが。……俺の考えているのは動機のことさ」

「ふむ、動機ね」

「そうとも。何にせよ、俺にはこの我々ファミリー以外の人間の仕業だとは考えられん。つまり、羽仁のいう十三番目の《ユダ》など存在する筈がないってことだ。……しかし、犯人を我々のなかに求めるとなると、却って殺害の動機というものが不透明になっちまう。となると、俺達ゃ、最初っから振り返って考えなくちゃならないんだぜ。このファミリーの内部の人間関係をな」

「ふむ。そりゃあ一理あるね。よろしい。それでは我々の歴史を再検討してみるかな。確かに、今のファミリーの上っ面の現状だけを見ていたのでは、到底真沼を殺害するだけの深刻な動機は見つかりそうにないからな。……尤も、ひとつだけ、ちょい

としたいざこざはあるが」

と、甲斐と根戸を等分に見較べると、こちらは即座に百も承知という口調で、

「へん、判ってるさ。だが、こいつは生憎《あいにく》真沼の殺害とは関係ないぜ。……さてと、まず十二人全部を郷里別に分けてみると、だいたい六ヵ所になるな。俺と曳間が金沢。倉野と羽仁が神戸。真沼が仙台。根戸が札幌。影山が宮崎で、残りの五人、つまり布瀬、ナイルズ、ホランド、それに杏子さんと雛ちゃんが東京という訳だ。……はてさて、三年前の春の時点で、既に互いに知り合ってたのは、ナイルズとホランド、杏子さんと雛ちゃんは勿論として、幼馴染だという倉野と羽仁、中学の時からのつきあいの俺と曳間だな。……それから倉野が根戸と、次に曳間と、同じF＊大のチェス研究会で知り合い、羽仁と布瀬がK＊大の探偵小説研究会で知り合った。それが三年前の春から夏にかけての間だ。……夏から秋にかけて、羽仁とナイルズ。根戸は確か、東北の方へ旅行した時に真沼と知り合ったんだっけ。どちらから話しかけたんだ？」

「真沼の方からだ。東北へ行くなら恐山《おそれざん》にも行かなきゃと思ってね。麓《ふもと》の店の婆さんに聞いたら、変な方向に行くと道に迷って、二度と降りて来られないなんて嚇《おど》かすもんだから、心細いままたらたら登ってゆくと、やっぱり同じようにうろうろしていたやつに声をかけられて、それが真沼だったのさ。聞けばあいつも同じ婆さんに嚇かさ

れたんだって、笑っちまったよ」

根戸は懐かしむようにそう言った。

「話を続けるが、これからまたまた時がたち、去年の春に俺がN＊美大で杏子さんと知り合った。雛ちゃんもこのファミリーに加わるようになり、驚いたことには、雛ちゃんとこの布瀬が、十年近く前には隣どうしの遊び友達だったんだから世の中判らん。そうして最後の影山だが、布瀬。あいつとはいつ頃だ」

「影山か？　確か去年の秋だったな。同好会どうしの交流で、S＊大の影山と知り合ったんだよ。あの時吾輩は『シャーロック・ホームズの探偵法は果たして演繹法であったのか』という話をしたんだが、どういう訳か、あいつはそれを非常に気に入ったらしいんだな。それからだ」

それでも得意らしく布瀬は言って、甲斐の方に視線を返した。

「ふむ。これでファミリーの骨格ができあがったな。図に書いて見ると……」

そこまで甲斐が喋った時、今まで深い眠りのなかにいた筈の倉野が、突如として軀を跳ねあげて叫んだ。

「エクゴニン！」

あまりに突然のことだったので、四人が眼をぱちくりさせていると、倉野は本当に今、眼を醒ましたところらしく、しきりに瞼を擦りながら、少し照れたように弁解し始めた。

「いやあ、御免御免。ちょっと夢を見てたんだよ。……妙な夢。……僕達ファミリーのみんながいてね。僕を交えてお互いに手を繋ぎ、不思議な円陣のようなものをつくって、ぐるぐるまわってるんだ。僕はそれをまた空の上から瞰《み》おろしてもいるんだけど。……その陣形を、僕はどこかで見たような気がして仕方がなかった。いや、どうやらかなり見慣れたものらしいんだ。……耳許では『はて、これは何でしょう』と、底意地の悪い声さえ聞こえてくる。僕は苛々しながら、その魅惑的な模様を眺めていた。みんなこちらを見あげながら、薄笑いを浮かべているんだよ。……どうしてこんな夢を見たのかな」

倉野が首を傾げると、羽仁がくすりと笑って説明した。

「驚いたね。君の夢には、今僕達が喋っていたことがそのまま反映されてる。僕の推理がコテンパンにやっつけられちゃったので、今度は動機の面から探ることにして、僕達ファミリーの歴史を洗い直してたところなんだよ」

「……そうだったのか。僕って、もう少し自主性があると思ってたんだけど」

「あはあ自主性はよかったね。――で、さっきの言葉は何なの」

「ああ、あれね。いや、判ったんだよ。今考えればあの模様は、僕らが知り合った関係そのままを表わしていたんだけど、それがエクゴニンの構造式に極めてよく似ていることに気がついたんだ」

「何だね、そのエクゴニンってのは」

甲斐が訝しそうに尋ねるのに答えて、

「ふふ。羽仁が視物質の話を始めて、アイオドプシンやロドプシンを持ち出してきたのにはびっくりさせられたけど、その影響もあったのかな。エクゴニンというのはアルカロイドの一種なんだ。アルカロイドという名称は知ってるだろう。天然には植物の体内でのみ生産される、窒素を含む塩基性化合物の総称で、カフェインやニコチン、モルヒネ、コカインなどがこれに含まれる。……こう言えば判りやすいかな。麻薬法によれば、コカイン族の麻薬はエクゴニン、及びその塩、エステル、エステルの塩と明記されている。つまり、コカイン族の最も基本的な物質なんだ。ちなみに構造式を示せば、

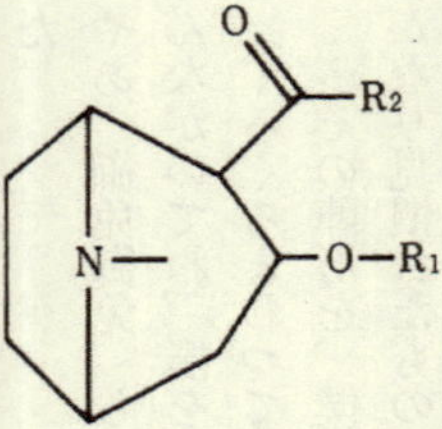

で、この R_1, R_2 の部分がそれぞれ H と OH ならエクゴニン、COC_6H_5 と OCH_3 ならコカイン、さらにまた、$COCHOHC_6H_5$ と OCH_3 ならシナミールコカインになる。ほかにもこの誘導体として、トロパコカイン、トルクシリン、ヒグニン、クスコヒグニンなどがあり、これらはいずれもコカインの葉に含まれる、昂奮性及び麻痺性の強い物質だけど、そのチャンピオンは何といってもコカインだね。かのシャーロック・ホームズも愛飲したというコカインは非常に強烈な麻薬で、幻覚性が強く、慢性中毒症状はアヘンのそれより劇《はげ》しいと言われる。極めて微量で特殊な薬理作用を発揮するアルカロイドは、薬理学のなかでもまた、非常に興味ある対象でね。僕は今、その研究をやってるからエクゴニンの構造式などは、しょっちゅうお目にかかっていたという訳だ。……さて、エクゴニンが僕達の関係とよく似てるというのは、図に示せば一目瞭然だよ」

そう言いながら倉野は、先程甲斐が描こうとしていた人物の関係図を、エクゴニンの構造式の横に書いてみせた。

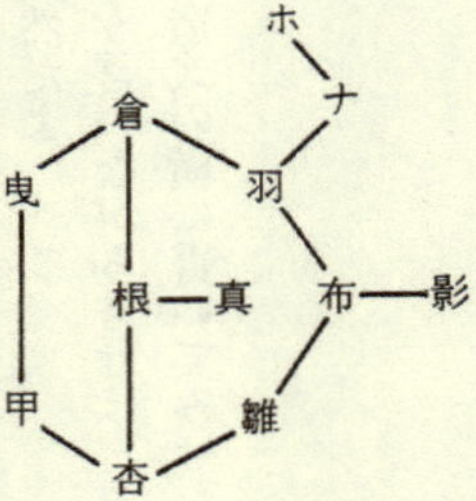

あッという小さな叫びが、一斉に皆の口からついて出た。

「なあるほど。これは妙だね。するとさしずめ我々は、〝アルカロイドの一族〟ってことになるのかな」

　自分の推理が否定されてしまったことなどもうどうでもいいらしく、羽仁は愉快そうに言って、

「……それにしても不思議だね。さっきコカの葉の話題も出たんだよ。そうして、このなかに今度の犯罪の秘密が残さず録《しる》されているというのなら最高なんだけど。……全くもって面白いのは、この構造式には十年も前の布瀬と雛ちゃんの関係までがはっきりと示されてるっていう点だね。因果は巡るっていうのか、杏子さんを通じて雛ち

ゃんがファミリーに加わって、そうして布瀬と雛ちゃんが十年前には一緒に遊んでいた近所どうしの遊び友達だったと判った時には、僕も全く世間は狭いと痛感したものだったけど。……あはあ。その頃は布瀬もさぞ可愛らしい少年だったんだろうね。想像がつくよ……」

雛子はふと、胸の奥にひっそりと飼い馴らしてきた蜜蜂のような小さな虫が、急に脅かされたように騒ぎたてるのを感じていた。

そうだ。その頃のことは、今でもはっきりと憶えている。今はもうすっかり変わってしまったけれど、布瀬さん——ではない、あの頃のテイちゃんという名の少年は、確かにあたしのお兄さんでもあり、また王子様でもあったのだから。

その時既に、この世界のかたちは異様に捩《ねじ》れ、時間と空間はたやすく分離し、その繋がりを逆転させてゆこうとしていたのだろうか。雛子の眼の前で、時間はからからと十年前にまで逆行してゆくように思われた。それは後ろから髪の毛をひっぱるようにして、否応《いやおう》もなく雛子を呑みこんでいった。きっとあの蜜蜂のせいだわ、と雛子は考えた。

それはほんの、半年足らずの間だった。後から考えあわせてみれば、それは年若い叔母の杏子が下目黒に来ることになった、ほんの少し前の頃だった。引越して来て半年間だけ隣に住んでいた家の子供。それが布瀬呈二だった。

その頃、彼は色の白い、背の高い少年だった。雛子がまだ小学校の一年の時だったから、特に背が高く思われたのかも知れなかったが、確かにそのテイちゃんと呼ばれる少年は、雛子にとって、高い処から手をさしのべてくれる存在だった。半ズボンから伸びる硬さと敏捷さの融けあわされた不思議な曲線も、決して雛子の周囲にいるほかの者にはないものだったし、あどけないようでいて、やはりどこかしらおとなびた匂いのするその笑顔も、それまでの雛子の世界には見出だすことができぬものであり、ましてそのまねなど、幼い少女には到底できる筈がなかったのである。少年は、そういう不思議な、新しい、手に届かないものをいっぱい身につけていて、少女の眼の前で惜しげもなくそれらを振り撒いてみせるのだった。少年がその頃から興味を持っていて、いろいろひとりで調べていた《魔法》という言葉を、少女はしょっちゅう聞かされていたが、少女にとっては少年の存在そのものこそが、ほかならぬ《魔法》だったのかも知れなかった。

　少年は様ざまのことを教えてくれた。虫はその足で音を聞いているのだということ。世界じゅうどこを捜しても緑色の花だけはないのだということ。ダイヤモンドと石炭は、実は同じものでできているのだということ。犬は人間の耳に聞こえないくらい高い音でもちゃんと聞こえ、蜜蜂は人間の眼に見えない光でもちゃんと見えるのだということ。悪魔はもともと天使の仲間だったということ。深い海のなかでも地上と同じように雪が降るのだということ。舞踏病という、一日じゅう踊り狂う病気があるのだということ。その昔、ムウと呼ばれた大きな国が海の底に沈んでいったということ。月からの光は地球まで一秒と少しかかってやって来るのだということ。太陽からは八分と十九秒、北極星は千年前の光を我々に見せているのだということ。望遠鏡で見られる星のなかには、それどころでない、何万年、何百万年、何億年の昔の姿しか見せないものがあるということ。

そうして、その数限りない星ぼしのうちには、必ず地球と同じように人びとが住んでいるものがあるのだということ。

少年の話はどれもこれも、少女の胸をときめかせるに充分の魅力を持っていた。そして少女に探偵小説の魅力を教えたのもまた、少年だった。ふたりがよくした《探偵ごっこ》という遊びは一種の隠れんぼで、この時も少年は、瞬く間に魅惑的な探偵に、そして犯人になりおおせてみせた。

少女はいつも少年を追いかけていた。黄楊《つげ》の生籬《いけがき》を抜け、枹《こなら》の林のなかへ。そのあたりはふたりの秘密の場所で、少年の星図表も様ざまな色のまるい硝子の破片も、ちゃんとある処に隠してあった。欅《けやき》から楓《かえで》、そうして公孫樹《いちょう》の下。少女は少年を追いかけていた。しかしやはり少年は、やさしく手をさしのべることも忘れなかった。めくるめく夏の光のなかで、給水塔から倉庫の裏、そうして材木の山を通り越して、ふたりはどこまでも走ってゆき、駆けてゆき。

そうして夏も終わろうとしていたある日、突然に少年はいなくなった。

それはやはり、ひとつの《魔法》のように思われた。あれほど目映《まばゆ》く繰り展げられた《魔法》はそこで終わりを告げ、入れ違いに年若い叔母が下目黒の家にやって来ることになった。雛子の母の妹である杏子は、富山の方にある実家で両親を亡くし、姉の家に引きとられることになったのだった。そうして雛子にとって、叔母というより姉に近い存在の杏子の出現によって、もうひとつの新しい季節が始まることになる。

時間はゆっくりと十年の昼と夜を刻み、そうして雛子は、ひょんなことから布瀬に再会したのだった。布瀬はすっかり変わっていた。面影はどこかしら残ってはいるものの、気障っぽい髭や気取った口調は、決してテイちゃんと呼ばれる少年からは想像できるものではなかったし、あのまねのできなかった不思議な笑みは、神経質で皮肉なそれに、見事に置き換えられてしまっていた。魔法に関する知識はあの時とは較べものにならないほど蓄えられたことは判っているが、雛子にはどうしても布瀬の軀から、あの頃の少年の持っていた芳《かぐわ》しい香りを感じ取ることができなかった。

しかしこの見事な変身を、雛子は決して《魔法》だとは思わなかった。

雛子にとっての《魔法》は、やはり既にあの晩夏の一日を境として、終わりを告げてしまっていたのである。

10　牙を剝く悪意

「しかし一体、そのエクゴニンとやらと、今度の犯罪とは、どういう関係があるんだ」

溜息さえつくようにして、甲斐が切り出した。

「ナイルズの小説に倣《なら》って、今度の事件もやはり連続殺人で、第二の殺人は、そのエクゴニンを使った毒殺という趣向で行なわれる訳でもあるまい。俺達にゃ、到底そんな薬品は手にはいらないし、もし手にはいるとすれば薬学部にいるお前くらいのもんだぜ。あまり意味もないこじつけはよして、人物関係だけに視点を絞らんとな。問題は真沼を巡っての、裏の人間関係なんだから」

これには倉野も反論の余地などなく、

「そう言われれば全くその通りさ。夢のなかでの大発見も、結局意味のない暗合にしか過ぎなかったか。……しかし、真沼が殺される理由なんて、僕にはたったひとつしか考えられないよ。……おや、意外そうな顔をしたね。判ってるんだろう。真沼が殺されるとすれば、それは真沼自身の美貌と拘《かか》わってこない筈がないじゃないか」

倉野が言うと、羽仁もそれに加わって、

「それは僕もそう思うな。だいたいからして、金銭関係のいざこざなんてのがある訳がないんだから、動機はやはり精神的、あるいは形而上的なものでなくっちゃいけない。倉野が考えてるのは《美少年ゆえの悲劇》ということなんだろうけど、それは確かにあり得ないことじゃないよ。……犯人はひそかに真沼に恋焦がれていた。ある日ぷっつりと糸が切れたように、犯人は逆に真沼の殺害という方向に熱情を傾けるようになる。真沼を自らのものにするために。……舞台は密室。しかし真沼の醜い骸《むくろ》を皆の眼の前に晒《さら》したくはない。そうするといっそのこと、犯人自身だけでなく、真沼の軀も現場に残さない方がいい。……真沼を完全に自分のものとする儀式として、それは行なわれた。……そうだよ。これならまさにぴったり説明がつく。真沼の屍体を何故持ち去らなければならなかったかもね」

そうひと息置いて、

「しかし、持ち去った軀をどうしたのかという点になると、これはどう考えればいいのかな。……まさか乱歩の『虫』のように、なんて考えると、ちょいとぞっとさせられるけど」

「しかしそう考えても、やはり何も判らないね。犯人が男であるか女であるかさえ判らない」

妖しい空想を振っきるように倉野は言って、

「ただ動機や犯行方法が何であるにせよ、雛ちゃんが犯人だとはまず考えられないね。……どうしたの、雛ちゃん。さっきからいやに黙りこくってるけど」

　雛子は慌てて、

「別にどうって。……面白く聞いてるわ」

　そう言って、愛くるしい微笑みを浮かべてみせた。そういえば、少しふさぎこんでいるように見られたのかしらと、何故かひやりとさせられたのだが、意外に自分でも陽気らしい言葉がするすると口からついて出、それは雛子をほっと安堵させた。

「でも、それによって犯人が判らないんじゃ仕方がないわ。それより、みんなの血液型を調べた方が、推理のたしになるんじゃないかしら。……あの鏡についてた血が、本当に真沼さんのものかどうかは判らないんでしょ。屍体も一緒に消え去っていれば、みんな今度の事件を警察に知らせる筈がない。犯人にその計算があったのなら、そうして殺人方法の都合であれが真沼さんの血液じゃないとしたら、犯人は自分の血液をあそこに振り撒いたのかも知れなくってよ。……実際に倉野さんが血液型を調べるなんて、犯人側の盲点にはいってたってことも、充分に考えられると思うんだけど」

「ふうむ。それにもまた一理あるね。……それでは御参考までに。僕はO型だよ」

　倉野が言うと、次に羽仁が、

「僕はB型だ。根戸もそうだったね」

「ふむ。吾輩はＡＢ型だ。ＡＢ型がひとりくらいいないと面白くないだろう」

皮肉っぽく布瀬が言うと、

「ふむ。俺は残念ながらO型だ」

甲斐がやり返して、

「おっと、忘れちゃいけない。雛ちゃん、『鏡の国のアリス』にもあっただろう。『わたし達のほうから始めるのは礼儀じゃない』と、薔薇の花に言われた筈だぜ」

言われて雛子は、

「あら、御免なさい。あたしもＡＢ型なの」

「よしよし、それではほかの者だが、俺が知ってるのは曳間がA型というだけだがね」

「血液型の話をした時、みんなに訊いてみたことがある。杏子さんもO型だった。あと、ナイルズとホランドはA型。影山は知らないが……」

倉野が言い澱むと、布瀬がそれに代わって、

「B型だ」

と、ぶっきらぼうに答えた。そうすると甲斐が、

「よろしい。これで全員だな。結局、ＡＢ型は布瀬と雛ちゃんだけか。……ふむ。し

かし血液型の話はこれくらいで打ちきろうぜ。そのうち倉野が、血液学の知識を披露し始めるに決まってるからな。全く、衒学《げんがく》趣味のやつはこれだから始末におえん。推理の筋道を辿ることもせず、ただその周りを賑やかに飾りたてるだけなんだからな」

背中をぐいと伸ばし、部屋のなかを歩きまわりながら、鷹揚《おうよう》な口調で言い続けようとするのを、その時布瀬は、吸い終わったパイプの灰をぽんと灰皿に落としながらさし止めた。

「ははん。しかし、実際のところ、偉そうな口を叩く割には、お前がいちばん何の推理も口に出しとらんだろう」

甲斐はぴたりと足を止めると、布瀬の方を振り返って、

「ふん。俺は軽がるしく推理を口に出さないのさ。俺の灰色の脳細胞では、着々と事件の謎が解剖されつつある」

そこで布瀬は、怺《こら》えきれぬように小さく吹き出した。

「本当かね」

そのひとことは、見事に甲斐の表情を一変させた。見る間に顔が紅潮し、逆に青筋がくっきりと浮かびあがる。

「どういう意味だ」

痰《たん》を咽《のど》にひっかけたような、低い声だった。雛子は一瞬、いけない、と思った。し

かし布瀬は皮肉っぽいにやにや笑いを浮かべたまま、飽くまで甲斐の自尊心を逆撫でするように言葉を続けた。

「どういう意味もこういう意味も。一体お前さんには何らかの推理がついとるのかね。言っちゃ悪いが、どうもその糸口さえ見つからんのが本音ではないかな。……あっはっは、ホラホラ、いかんいかん。それそのように怒るのが、まさにそのことを証明しているぜ。推理ができてるなら、何もそれほど怒らずともよかろう。……ふふん。別に正直に言ったっていいだろうよ。そのくせ、他人の推理にいちゃもんばかりつけるのは、ちょいとお門《かど》違いではないかね」

皺の多い額に、さらに深い皺がいくつも刻みこまれた。眼をいっぱいに見開いて、甲斐は微かに顫えている。ほかの者は呆れた顔で、この突如の展開を眺めるばかりだった。雛子は甲斐のぎらぎら血走った眼のなかで、理性が急速に失なわれてゆく様を見たような気がした。

「な、な、何だと」

「あっは。聞こえなかったかね。……いいかね。お前さんは気に喰わないらしいが、今度の犯罪は卑しくも探偵小説狂揃いのまっただなかで行なわれたものなんだぜ。結論を急いで五里霧中になるよりは、じっくり腰をおろして、事件の外貌に表われた暗合でもひとつひとつ検討してゆく方が、よっぽど得策だとは思わんかね。……お前さんは違うのだろうが、犯人が洒落好き、暗合好きだという可能性の方が、余程大きいのだぜ。……まあ、尤もお前さんが犯人ならば、何もこんなに七面倒な推理較べなどすることもないんだがね。ふふ、そう言えばさっき、犯罪の原因は真沼の美貌だったという話が出たが、その線で行けば、お前さんが犯人である可能性も、これまた大きいと言わねばなるまいな」

「何を！　お、俺にはそんな趣味はないッ」

唾を散らして喚《わめ》く甲斐に、しかし布瀬は笑いながらとどめを刺した。

「そんな趣味はなくともね、逆のことが考えられるのだよ。つまり、犯人は真沼の美貌を妬《ねた》んでいたんだとね。類い稀《まれ》な美をその身に生まれながらにして持つ者を、彼は赦すことができなかったんだな。だとすると、その場合、犯人に該当するのは、甲斐、まさにお前さん以上にぴったりした人物はほかに存在しないのではないかね」

甲斐の青筋は恐ろしいほどにムクムクと膨れあがった。軀全体が宙空に伸びあがったかと思うと、何度も細かい震顫《しんせん》が走り抜ける。なす術もなく瞶めていた残りの四人にも、はっきりと甲斐の歯を嚙み鳴らす音が聞こえた。

空気が微かに揺らめくほどの数瞬の後、甲斐は突然、びんと弾けとんだかと思うと、あっという間に扉の方に突進した。ガーンという凄まじい音をたてて扉が鎖されると、もうそこに甲斐の姿はなかった。

「どうしたっていうんだい。言い過ぎだよ。あれは」

ややあってようやく根戸がそう口を開くと、布瀬は一向に構わない様子で、

「いいんだ、いいんだ。あいつにはあれくらい言っておいても」

「ねえ布瀬」

遮るように倉野が口を出した。

「君は何かを知ってるんじゃないか」

布瀬はここに至って初めて、大きく眼を見開くと、

「へえ！　知ってるって、何をだね。吾輩は何も知らないんだぜ」

「しかし、それにしても妙だな。……例えばあのナイルズの小説にしたってそうだけど、あのなかの甲斐の描写がどうも解せないんだよ」

「ああ、それは吾輩もそう思うね。なぜあいつに関してだけ、まるで違った人格のように描いているのか」

「うん。それから描写も勿論だけど、僕がいちばん気になるのは、ナイルズが甲斐から『花言葉全集』を受け取るという場面だね。あそこはどうもひっかかって仕方がないんだ。あの小説には現実の出来事も、ちょこちょこ使用されてて、あの本を甲斐が見つけてナイルズに買ってやったのも実際のことだと聞いたんだけど、あのあたりの描写の何か……こう、奥歯にものの挟まったような言いまわしは、何かを仄めかして

いるとしか思えないんだけどね」

「ああ、あれか」

意味ありげに頷いた布瀬は、

「あそこの暗示は、だいたい見当がつく。……ふむ。ごくつまらないことだがね。そうか。お前は気がついてなかったのか」

倉野は、これにはやや驚かされた様子で、

「何だい。それは一体」

「実は甲斐の奴、万引の常習犯なんだぜ」

こう言うと布瀬はぐいと軀を乗り出して、

「吾輩も一度目撃したよ。恐らく曳間は昔から知ってると思うね。……あの小説のなかにあっただろう。裏表紙の見返しに、古本屋の価格用紙がはぎとるのも忘れられたように糊づけされたままだったと。吾輩は現場を見ておったから、すぐにピンと来たね。ナイルズも判って書いたに違いないのだよ。あっは、とすると、あいつもなかなかに眼敏《めざと》いところがあると言わねばならんだろうな。……つまりナイルズとしては、古本屋で買ってきた本に、価格用紙がついている筈がない。つまり、店の者が見ていない隙に、ちょいと拝借仕《つかまつ》ったものである、ということを仄めかすつもりで、あんな描写の仕方をした訳だ。その前にも、甲斐の部屋にあるふたつの木椅子は、近くの小学校から失敬してきた戦利品だと書かれてあったが、要するにあの件《くだり》は、ナイルズから甲斐への、一種の忠告文の役割も果たしていたのだよ。……ふふん、何とも奥床しく、心優しい忠告だが、いかんせん、相手があの甲斐ときた日には、そんなものが通用する筈がないと言って間違いなかろう。尤も、あいつにとってこのことは、さほど不幸なこととは言えんだろうな。だいたい、こそこそと万引などで適当にスリルを味わっとる奴に、今度のように玄妙不可思議な犯罪を計画し遂行することなんぞ、できる筈がないのだからね。……あっは。奴さん、えらく激怒して帰っちまったが、むしろ今度の事件に関する嫌疑が晴れたことについては、喜ばなくてはならんのだがな」

布瀬は愉快そうに言って、二服目のパイプに火をつけた。

「はあ、そういうことだったのか。まるで気がつかなかったな」

面目なさそうに倉野は頭を掻いた。

「そうすると、あの『いかにして密室はつくられたか』には、そんな感じで、各人へひそかなメッセージが織りこまれてるのかも知れないね。……あはは、これはどうも心配になってきた。あの最後の一節のなかで、ナイルズが僕に、倉野さんのことだから、もうとっくの昔に真相を見破っていただろうと語りかけるシーンがあったけど、僕は勝手に、僕の探偵としての能力を高く買ってくれてるんだろうと、自分に都合よく考えてたんだ。あれもひょっとすると、お前さんは小説を読んだ上で犯人を当てるのはお得意のようだが、いざ現実の事件となると、まるで手も足も出ない人間だという皮肉だったのかな。だとすると、僕はナイルズの炯眼《けいがん》に感心せざるを得ないね。実際にこの今、僕はやっぱり五里霧中もいいところだから」

倉野が言うと、根戸も鼻の頭を指で掻いて、

「あはあ、そう言うなよ。こっちが厭になる。なあ、羽仁」

「全く」

羽仁は苦笑を浮かべながら、

「とにかく、こうなったらただひたすら、今度のことが総て、真沼の狂言であってくれることを願うだけだよ」

「本当ね。でも……」

雛子がようやくそう言いかけた時、突然扉の方でカチャリとノブをまわす音が聞こえた。

五人は同時に、それが真沼であってくれればという想いを抱いたようだった。それとも、さっき席を蹴った甲斐が、再び戻って来たのかとも思われたのだが、案に違《たが》って扉から現われたのは杏子だった。

「やあ、杏子さん。遅かったねえ、もう十時に近いじゃないか」

根戸はそう呼びかけて、手を挙げようとした。

しかし、杏子はにこりともせず、じっとこちらに視線を送るだけだった。

「どうしたの。ああ、そこで甲斐に遇わなかった？」

その言葉にも無言のうちに首を振っただけで、杏子はゆっくり雛子の方に近づいてゆく。

杏子のただならぬ様子は、今や誰の眼にも明らかだった。頬も蒼褪め、風に乱されたのだろうながい髪にも気を遣わず、杏子はゆっくり雛子の前に立った。ほんの二、三秒の間だったが、一同は訳の判らない不安にかられて、そっと互いの顔を見合わせた。

「雛ちゃん」

「なあに」

恐る恐る雛子が尋ねると、

「いいわね。気を鎮《しず》めて、落着いて聞いて頂戴。……姉さん達……いえ、あなたのお父さんとお母さんが、今日、あちらで亡くなったという連絡がはいったのよ」

不意に、死んだような沈黙が降りた。

おとなしさを装いながら機を窺っていた現実が、いきなり牙を剝いて襲いかかってきた。彼らは確かに、そのヴィジョンをありありと見た。白っぽい部屋が、瞬く間に赤黒く変色し、軟体動物のような悍《おぞま》しい形状を露わにして、ゆるゆると雪崩れ落ちてくる。彼らはしかし、それを眼の前にして、ただ凍りつくしかなかった。現実の血を見るよりも、それは彼らの前に、鮮やかな殺人劇として映ったのである。

果てしない沈黙。

そしてそれは、決して回復されないもののように思われた。微かな耳鳴りの続く、ながいながい沈黙。

しかし実際は、雛子が、嘘！　と叫んで激しく泣き出すには、それほどの時間はかからなかった。

杏子の足元にしゃがみこむようにして、いつまでも泣き続ける雛子は、最早アリスでも何でもない、ただの十五歳の少女としか映らなかった。

＊　＊

そして再び、瞬く間に一週間の時が流れた。依然として真沼は姿を現わさず、悪意はまたぞろ静謐《せいひつ》さを取り戻した世界の片隅に滑りこんでしまい、一向にその正体を見せないでいる。事故で亡くなったという雛子の両親の葬儀も滞りなく終わり、今は残されたふたりして喪に服しているということだった。謎は謎として残されたまま、そのような情況を噛みしめるほかない彼らの上には、笑うように、蔑《さげす》むように、ぽっかりと歯の抜けたような時間が流れていた。
ながい、さかしまの時間のようでもあった。

三章

1　扉の影の魔

「しかし、まさかなあ」

　溜息まじりに呟く倉野の方に首を曲げると、ただそれだけでその言葉の意味を察知したらしく、ナイルズは少し眉根を寄せた。

「まさか、あれが起こるべくして起こった事件だとは思えないし。とすると、ただただ単純に、あれはマックスウェルの悪魔の成せる業《わざ》だったというのかな」

　走り過ぎる街並を、結晶とイオンの拉《ひさ》ぎ合いのように眺めながら、ナイルズは答える言葉を持てなかった。小さな雛子の背中が、ちらりと脳裡に浮かんだが、それも瞬く間に、外の景色と同じ速度で流れ去った。

　そんな馬鹿な。

ただそれだけの言葉すら、もう口にのぼらせる気もしない。効力を失った呪文と言えば聞こえはいいが、しかしなおかつ、それに縋《すが》らずにはいられない自分が情なかった。今はただ、座席の温もりが有難い。いや、それは温もりという程度を越えたものだったが、ナイルズはまだ微かに顫《ふる》えてさえいた。

真沼があれっきり姿を見せないことは、まあいいだろう。しかし、雛子の両親の悲報は、どうあっても、偶然のひとことではすませられない。そういえば、この事件は最初から暗合のようなものが多すぎた。そしてその疑いは、ナイルズの隣に力なく腰かけている倉野にしても同じ筈である。まして、当の本人でない立場からすれば。

「君の小説が書きあげられた日は別としても、僕が読んだのは、確かに、報せのあった前の日だったものね。これは一体何だろう。デルポイの神託だね。何だか僕には、今度の事件のいちばん奥底にある部分は、永久に解決されないで終わってしまうのではないかと……」

「それは」

と、反射的に答えて、ナイルズは片頰を擦った。

「僕にしても同じだよ。時どき変な強迫観念に襲われちゃうんだ。今度のことは、総て僕、いや、僕の分身《ドッペル・ゲンゲル》の仕業じゃないかって。僕の頭のなかには、もの凄い殺人狂的な部分があって、そいつが突然、ひょいと抜け出して、曳間さんを殪《たお》し、今度はひとびにヨーロッパまで赴《おもむ》いて、雛ちゃんの両親の乗る車に、事故を起こさせた……」

「いや。そんなふうに考えるのも無理ないかも知れないね。確かに、不幸な偶然が重なり過ぎたよ。まあ、あまり気に病まないことだね。今度のことで、筆を折ったりしないように。期待してるんだから」

「うん。それは勿論だけど」

ぽっと明るい表情に還ると、ナイルズは細い髪を掻きまわして、視線を車内に泳がせた。それでも、微かな膚寒さは、まだナイルズに纏《まと》わりついていたのだが。

「それで、倉野さんはどうなの。事件の解決はまだつかない？」

「うん、推理較べはいよいよ明日だね。どうも自信はないけど、一応、考えつくした結果の、ひとつの説は持つことができたよ。同時に、犯人の頭のよさにもほとほと感心している。全くのところ、今度の殺人に使われたトリックは、ほかの情況では殆ど意味をなさないものだけど、これが探偵小説狂である我々の眼の前で行なわれた途端、恐ろしい威力を発揮する仕組みになってたんだ。……おっと、いけない。詳細は明日だ。……尤も、推理較べは多分、延期になるだろうけど」

ひとり頷いた倉野は、

「そういえば、『黄色い部屋』にも、新しく鬼の人形が仲間いりすることになったそうだね。事件そのものには関係がないくせに、どうもやけに最近鬼づいているのはどういう訳なんだろうな。……あはは、いっそ、総て鬼の仕業だった、なんてことにした方が面白いかも知れないね。易術の方では、百鬼夜行日などというのがあるらしいけど、ひょっとして、調べてみたら、あの七月十四日がまさにそうだったかも知れないよ。今度根戸に確かめさせておこうか」

「百鬼夜行ねえ。……でも、あれは白昼の凶行だったじゃない。真昼間にのこのこ地上に姿を現わす鬼なんているかなあ」

「それもそうか」

半分気の抜けた笑いを笑うと、倉野は再び黙りこんだ。

沈黙がくると、ナイルズの脳裡にはまたぞろ雛子の背中が浮かんだ。遺体は送られて来るのだろうか。葬儀は一体いつになるのだろう。いや、それよりも先に、雛子はこれからどうなってしまうのだろうか。様ざまな疑問が不安と一体になって、ナイルズの頭のなかを駆け過ぎてゆく。悼《いた》みの言葉も満足にかけてやれなかったのは、あの背中のせいだったのだろうか。静かな、ながい溜息を吐くと、ナイルズは少し、脣《くちびる》の端を嚙んだ。

「でも、……そうだね。この事件は、鬼とは言わなくても、何か人間ではない魔性のものの仕業かも知れないな。そうだよ。勿論、今度のことは曳間さんが殺された事件とは関係ないことは判ってるけど。……とにかく、たったひとりの人間のために、総てがなし崩しになるなんて、僕は我慢できないよ。今頃になって、真沼さんの言った言葉の重さが身に沁みるなんて、全く迂闊な話だけどさ。本当に、この上連続殺人なんかが起こっちゃたまらないな。真沼さんもあれ以来、二週間近く姿を見せていないけど、一体どうしてるんだろう。……もし真沼さんが、どこかで屍体となって発見されでもしたら、僕はどうすればいいのかな。そのときは本当に、小説なんて、もう書けないよ」

「ナイルズ」

倉野は少年の首の後ろに手をまわして、頭を自分の方に抱き寄せた。顔は正面を向いたまま、そうやって頭に腕を巻きつけていると、微かに軀の顫えが伝わってくる。

「ナイルズ。お前、泣いてるのか」

囁くように言うと、

「ばか、泣いてなんか、いないよ」

ただ寒いだけなんだ、と、それだけは言葉にならず、ナイルズは倉野に凭《もた》れかかったまま眼を閉じた。

　乗客は停まる駅ごとに少しずつい入れ換わり、そして彼らの眼には、ただでさえ暑い夏の昼日中に、電車のなかで肩を寄せあっているこの青年と少年が、幾分奇異な存在に映ったかも知れない。

時間はゆっくりと、糸車のまわるように流れていった。その向こう側で、牙を剝《む》き始めた何物かが、息を殺してこちらの気配を窺っているのだろう。その想いは、既に皆の間に共通のものとなっている筈だった。

悲報は、二十八日の午後にはいった。ギリシャのとある街道で、その交通事故は起こったのだった。

運転手は即死。雛子の母親は打撲傷と擦り傷ですんだのだが、父親の方は重体のまま病院に運びこまれた。早急に手術がとり行なわれ、その輸血には夫人の血液も使われるなど、できる限りの手はつくしたということだったが、何せ内臓破裂の上に、砕けた骨盤の破片が大動脈をつき破るという事態が重なり、血管結紮《けっさつ》が万全に施せないままの何時間かの手術中に、甲斐虚しく息をひきとったのだった。夫人の方はさらにその数時間後、病院のバルコニーから墜落死するという、事故だか自殺だか不明のままの最期を迎え、そうして結局ふたりは、文字通り不帰の客となったのである。

何物かが牙を剝き始めたことは知れても、遠い海の向こうの出来事とあっては、その正体をひとりの人間に託すこともならず、彼らのなし得ることは、ただ泣きじゃくる雛子を宥《なだ》めることでしかなかった。着実に襲いかかってくる姿なき怪物の前では、彼らはあまりに無力なのだ。だから、その悲報の伝わる前に、既にナイルズの『いかにして密室はつくられたか』の二章の末尾までを読みあげていた者にとって、今度の事故は、ナイルズがあの小説を書いたせいで起こったとする方が、余程納得がいっただろう。いや、実際彼らの心情は、ややもするとそちらに傾きそうになる。荒唐無稽なこじつけだとは判ってはいても、突然に降って湧いたこの悲惨な出来事は、そのこじつけ以上に非現実的なこととしか思えないのだ。まして、曳間の死の場合と違って、それにただひとつの《理由》もつけることが適《かな》わぬ類いの死であるからには。

――そうだ。何かに似てると思ってたけど、真沼さんのあれなんだ。他人に思考を盗まれるという妄想にそっくりじゃないか。

しかも、とナイルズは考えていた。

――あれは、何の本で読んだんだっけ。精神分裂病者の典型的な妄想のひとつが、まさに他人に思考を盗まれるというものだった。そうすると、これは一体、どういうことになるのだろう。真沼さんは少しずつ分裂病に冒されていて、時どきあやって、その徴候が現われているとでもいうのだろうか。羽仁さんの発作も癲癇《てんかん》の一種かヒステリー性のものだろうし、そもそも探偵小説狂であれ何であれ、マニアと名付けられるものは、文字通り狂気の現われに違いない。あるいはひょっとすると、雛ちゃんの両親が亡くなったこと自体、僕の妄想だったとしたら。ああ、そうだ。何もかも一切合財、僕の妄想に過ぎないとしたら。――そんなふうに考えてゆくと、僕らファミリー自体が、精神病患者の集まりのようにも思えてくる。そしてそのなかの、たったひとりの正常者を、僕達は追い求めているのだとすれば。

ふと何かが判りかけたような気がした途端、忽《たちま》ちもとの不可解な渾沌《こんとん》が、頭のなかを覆いつくしてゆく。そのもどかしい繰り返しを、ナイルズは忌々《いまいま》しく意識していた。

倉野は、眼を瞑《つむ》ったままそんなことを考えているナイルズの顔を覗きこむと、再び窓の外に視線を戻した。電車は、目白駅のプラットホームに滑りこみつつあった。

もうここ一ヵ月近く、雨は一滴も降ったことがない。そしてこの先も当分降雨の気配のない晴天が、雲ひとつなく、どこまでもからんと展がっていた。空だけを眺めていると、そのなかへまっさかさまに落ちこんでゆきそうな、あの青空だった。しかし、その晴天の続き具合からして、それほどの猛暑でもないのが奇妙といえば奇妙だった。気温はあの事件の起こった七月十四日に突発的にあがり、それ以降はまた、気象庁の長期予報通りの冷夏が続いている。とすれば尚更、あの大きく逸脱した十四日の猛暑は何だったのか。ナイルズは倉野の住居までの道のりを歩きながら、そんなことを考えていた。

「ねえ、倉野さん。あれは何の話だったっけ。気温がどんどんあがっていって、ある温度に達した時、人間は最も殺人を犯し易くなる。だけど、その温度を越えると、今度は逆にその気力も失《う》せてしまうという……」

半歩ほど前を歩いている倉野に呼びかけると、彼は首も動かさず、歩道の先を瞶《みつ》めたまま答えた。

「ブラッドベリだろう」

「ああ、そうか」

頷いてナイルズは、もう一度、墜落しそうな蒼穹に眼をやった。焦点距離をどこにとっていいのか判らない、深い青が展がるばかりだった。

「何か大きな錯覚があるに違いないんだ」

「え？」

今度は倉野は、怪訝な表情を隠さず振り返った。

「錯覚って」

「だってそうだよ」

ナイルズは、ひっかかりそうになる息を呑みこみながら、

「そうでなくちゃ、こんなに様ざまのさかさまが浮かびあがって来る筈がないもの。きっと僕達は、大きな錯覚に捉えられてしまってるに違いないんだ。そうだよ。でも、機械的に推理を押し進めていけば、犯人の名前を差すことはできるかもしれない。でも、曳間さんを殺さなきゃならなかったような動機までは、どうしても指摘できるとは思

えないんだ」

「急に何を言い出すのかと思えば、君の頭を悩ませているのは、要するに動機捜しかい」

「そうだよ。あの小説の第二章も、結局のところ、それがテーマなんだもの」

「ちょっと待て」

急に歩を留めた倉野に、ナイルズは思わずぶつかりそうになった。人差指を脣にあてて、大きく眼を剝くと、

「そうか、あれは動機づくりのために書かれたのか」

「ああ、そうだよ」

「ははあ、こいつは驚いた。これもひとつのさかさまなんだね。何。現実にはなかった動機を、架空の小説の上でつくりあげてしまおうというのかい。ははあ、僕は、もうひとつのことだけは判ってたんだけど」

「え、なあに」

はっとして倉野の顔を瞶めると、

「ワトソン捜しだよ」

こともなく言われて、ナイルズは、

「あれえ。そこまで判ったの。倉野さん、凄いや。ああ、これは僕の完敗だなあ」

「とんでもない。凄いのは君の方じゃないか。……君はそのうち、大天使ミカエルのように、僕達総てを小脇に抱えこんで、どこかの王国にでも連れていってくれるんじゃないかな。いや、冗談じゃなく、僕は本当にそれを願ってるよ」

「ああ。何ていう言われようだろ。再起不能だよ」

仮舗装の終わったらしいアスファルトの道路をかんと蹴って、ナイルズは先を急いだ。恰度《ちょうど》そのあたりが『ルーデンス』の向かい側。つまり、布瀬の目撃した白昼夢の現われた地点だった。

今は、車も人も緩慢ながら絶え間なく流れ続けているのだが、これがはたとやんだ時に、どこからともなくあちらの世界の住人が姿を現わすというのだろうか。

「そういえば、『いかにして密室はつくられたか』の二章の殺人劇には、血塗られた方形の鏡が登場するけど、ひょっとして、犯人は、鏡を通してこちらの世界とあちらの世界を往き来したんじゃないだろうね、あはは、問題はその不思議な能力が、物理学によるものなのか、心理学によるものなのか、それともやはり悪魔学《デモノロギー》的なものによるものなのか、といった点にあるのかな。とにかく、どんな分野から見ても、鏡というのは、一種不可思議な存在だからね。

「実を言うと、僕もずっと小さい頃、鏡の不思議さに取り憑《つ》かれた頃があったんだよ。まず判らなかったのは、鏡の像は右と左が反対に映るけれども、なぜ上下が反対には映らないのだろうという、素朴な疑問だったね。もう少し大きくなった時に抱いた疑問というのは、ほら、鏡をこう、二枚向かいあわせに並べると、鏡自身の像がずうっと無限に続いて見えるだろう。僕にはあれが不思議でねえ。あれほど簡単な方法で〝限りないもの〟をつくり出せるというのが、どうしても納得できなかったんだ。さて、僕が幼い頭をひねくりまわしていたのは、あの無限に続く像は、鏡を向かいあわせた瞬間に、ぱっと一瞬のうちに現われるのかという疑問だったんだ。だって、小さい小さい像になると、それは二枚の鏡の間を、光が何度も往復して、初めて結ばれる筈だよね。しかし、その頃僕は、光の速度は有限だってことを何かで読んで知ってたから、どうしても、大きい像よりも小さい像の方が、時間的に後に現われなくちゃならない。

「そうすると、こうなんだね。鏡を二枚、ぱっと向かいあわせる。そうすると、まず最初に、互いに相手の鏡の像が映る。次の段階でそれが再び互いに映し出され、相手の鏡の像のなかに、自分自身の像が映る。そしてそれが繰り返されて、次々に鏡の像の数が増えてゆくんだ。僕が顫えるような昂奮を覚えたのは、極めて精密なスロー・モーションで見れば、そうやって鏡の像が増えてゆく様が見られる筈だということだった。いや、何もスロー・モーション・カメラなど持ち出さなくてもいい。鏡を向かいあわせて、こう、じっとそれに見入っている、その瞬間にも、ずうっと奥深く、何億何兆という鏡の向こうで、新しい鏡の像が次々とつくられている、そのヴィジョンが、何とも形容できない昂奮をかりたてるんだ。それだけで僕は、その無限の鏡像の重なりのなかを彷徨《さまよ》ってでもいるような気持ちになったものだよ。言わば、僕にとって、鏡はひとつの別世界への扉だった訳だね。そうやっておかしな悦楽を貪《むさぼ》っていた僕は、この今、現実のさかさまと架空のさかさまの向かいあった狭間に立って、そこに映し出される錯綜した謎に、ただ戸惑い、面喰らっているばかりなんだけど」

故意にそんなふうに話題を変えたものか、喋り続けながら倉野は車道を横切り、銀行の角を折れて小路にはいった。

「ふうん。すると倉野さんも案外、多感な少年時代を過ごしてたんだね」

「案外はないだろう。どうして、今でも多感な青年時代を過ごしてるよ」

笑いながら言って、ふたりは倉野の住む建物に近づいていった。十四日の事件当時と全く変わりのない、褪せた黄色のカーテンが窓の向こうに垂れさがっている。時刻も恰度、今と同じくらいだろう。ナイルズはふと、時間の流れが空まわりを始めたような気がした。

――今度もまた、誰かの屍体が、あの部屋のなかに転がっているとしたら。

そんな想いが、ちらりと脳裡を掠めはしたが、ナイルズはすぐにそれを打ち消した。牛頭馬頭《ごずめず》だろうが、ベールゼブブだろうが、そんなにしょっちゅうこの世に姿を現わす筈がない。

ナイルズは、僅かに歩調を緩めた。倉野の背後を追う恰好で表口に近づいてゆくと、逆に倉野の方は、少し足速になって、ズボンのポケットから鍵を取り出した。こちらは足を止め、ポケットに手をつっこむと、地面を靴の先でとんとんと蹴って、その足元に視線を落とした。

今日、ナイルズが履いて来たのも、グレーのデザート・ブーツだった。靴だけがひとりで歩いてきたのでない限り、ほんの十数秒間だけ倉野の眼に触れたという靴が、これでないことだけは確かだろう。しかしナイルズは、その靴から生え出ているような自分の脚を眺めているうちに、奇妙な違和感に捉われ始めた。

——いけない、いけない。どうも妙な被害妄想に陥りかけてるみたいだぞ。

ガラッと引戸の開く音がして、ナイルズは頭のなかのもやもやを振り払うかのように首を挙げた。しかし次の瞬間、ナイルズの見たものは、もっと異様な現実の光景だった。

とはいいながら、ナイルズにはその異様さが何なのか、はっきり自覚できなかった。ただ眼の前にあるのは、開かれた戸と、それを前にして立ち竦んでいる倉野の背中。けれども倉野の背中は、どういう訳か、凍りついたように動かなかった。何とも言い表わすことのできない、複雑な感情だけは読み取れたが、倉野の軀は戸口の前で、壁のように凝結したまま、ぴくりとも動こうとしないのだ。メドゥーサの睨視《げいし》を受けて化石になった人間というのが、恰度《ちょうど》こんな具合だろうか。とにかくも、そのただならぬ空気にぞっとちりけだったナイルズは、慌てて倉野の顔を覗きこんだ。

倉野の膚は血の気を全く失い、微かに静脈さえ浮かびあがらせていた。顎を心持ち挙げ気味にし、いっぱいに見開かれた眼球の焦点は、見るべからざるものを見てしまったとでもいうふうに、戸口の奥の薄暗がりの、そのまた何もない宙空に注がれていた。脣を半開きにして、彼の軀のなかで、唯一そこだけが、ほとんどそれと認められないくらいに顫えている。ほんの二、三秒、ナイルズが眼を離した隙に、倉野は表情も言葉も失ってしまうほどの〝何か〟を見たのだ。名状し難い恐怖そのものの〝何か〟を。

ナイルズはその恐怖が伝染したように、ぶるっと軀を顫わせると、急いで奥の暗がりのなかを見返した。

しかし、それは実際には、ほんの数秒にも満たない出来事だった。ナイルズはさらに次の瞬間、戸口のなかに首をつっこんだが、そこには通路を占める薄闇以外に、全くのところ、何ひとつ見出すことができなかった。

勿論、何かが戸の陰にひそんでいたとしても、倉野が戸を開けてからナイルズが覗きこむまでの間に、どんなに敏速に身を翻《ひるがえ》そうと、跫音《あしおと》ひとつ立てずにすむ筈がないのだ。戸の陰には、まさしく不在だけがあったとしか言いようもない。あるいは、人間の度を越えた身軽さを持つ何者かとすれば、話は別だが。

「倉野さん！」

ナイルズは倉野のシャツを摑んだ。途端に、彼の握りしめていた戸の枠木から指が離れて、磨硝子《すりがらす》に爪のひっかかる厭な音がした。

「どうしたの。ねえ。倉野さん！」

思わず声が大きくなる。軀を揺すぶる腕にも力がはいったが、倉野はまだ悪夢から醒めやらぬ表情を残したまま、ゆっくりナイルズの上に焦点をあわせた。

ナイルズは倉野が狂ってしまったのではないかと思った。精神病患者の集まりという先程の夢想が、今こうやって、またしても事実へと変貌してゆくのだろうか。

しかし、倉野はそれでもようやく我に還ったらしく、ああ、と呟くと、ナイルズの肩を握り返した。

「何でもないよ」

「何でもないって、そんなこと」

「いや、本当だよ」

そう言って、構わずに表戸からなかへはいってゆく。慌ててナイルズも後に従った。

一応、ぐるりと周囲を見まわしたのだが、誰かが隠れている気配もない。いっそ、何者かがひそんでいる方が、余程救われるような気がした。炊事場のカーテンも開けっぱなしになっているし、便所もちらりと覗いたところ、何の怪しい点もない。

黄色のカーテンを開け放すと、薄暗い部屋のなかに、白く濁った光が充ちた。ただ机の上に並べられた薬品壜だけが、そのなかで、深い紺青やら茶褐色に輝いている。ふたりは血痕の拭い取れない支子《くちなし》色の絨毯に胡坐《あぐら》をかくと、倉野の方から、弁解めいたことを言い出した。

「ちょっと気分が悪くなっただけなんだ。もう何ともないよ。あはは、まさか、誰かを見たんだなんて思ってるんじゃないだろうね。君も見た通り、誰もいないだろう」

「だって、まだ顔が真青だ」

「そうかい」

倉野は大きな掌で、ごしごしと顔を擦った。ナイルズはそんな倉野を瞶めながら、わざわざ『誰かを見たんだなんて思ってるんじゃないだろうね』などと持ち出したことに、ひっかかりを感じていた。いったん躓《つまず》くと、その疑惑は果てしなく展がってゆく。

しかし、どう考えても、そこに人間がいた訳はないのだ。もしも人間がいたとするなら、その人物は、文字通り煙のようにその場で消え去ってしまったのでなければならない。そうしてその人物が、曳間を殺害した犯人だとすると、彼は瞬間移動の能力でも具えていることになってしまう。

この事件を解決するには、変格探偵小説的な解釈を下すほかないだろうと予告したのものほかならぬナイルズだったが、実際にこんなふうに非現実的な方向へと、現実そのものが潰れこんでいるとしたら。

戸口の陰で、今にもその姿を消さんとする瞬間の、胸のあたりまでぼおっと透明に霞んでしまった人物が、微かに笑みさえ湛えながら宙空に漂っている。そんなイメージを抱きながら、ナイルズはしかし、そんなものでも目撃しない限り、あの倉野の驚きようの説明はつかないだろうと考えていた。

2　推理競技の夕べ

「と、いうものなんだけど」

「へえ？　そうね」

『黄色い部屋』のなかに集まっているのはナイルズ、ホランドのほかに、倉野、布瀬、甲斐、根戸の、総勢六人。根戸の朗読で、今、『いかにして密室はつくられたか』の二章までが公表されたのだが、ナイルズがそう尋ねたのに対し、反応の方はどうも芳《かんば》しいものではなかった。

密室を扱った本格長編。その、ほんの数枚を書きかけたところで曳間が殺され、それによって構想の大幅な建て直しを余儀なくされたのは確かだろうが、それにしても彼らにしてみれば、この小説の真意がどこにあるのか、どうにも合点がいかないのも、また確かだった。序章と一章は、この一ヵ月間に現実に起こったことをそのまま描いてある。枚数と日数の関係からして、当然彼らの期待したのは、まだ行なわれていない推理較べの模様が描かれ、そこで犯人の像がありありと浮かびあがってくるという、まさに小説のなかでの現実の解体だった筈なのだが、予想に反して二章は全く曳間の死とは拘りのない劇中劇として終始している。

恐らくその部分こそが、ナイルズのいう『いかにして密室はつくられたか』の核心部には違いないにしても、それが全くの絵空事として描かれ、剰《あまつさ》えその冒頭で、一章、つまり現実通りの部分こそが、その劇中劇のなかでは畢竟《ひっきょう》小説にすぎないという設定で話が進められているとあっては、ナイルズの関心が現実の殺人にあるのか、それとも飽くまで小説部分にあるのか、甚だ要領を得ないのだ。しかも奇妙なのは、劇中劇の方ではちゃんと曳間が生きていることになっている点で、さらに輪をかけて訳が判らないのは甲斐の描写だった。

「何で俺だけこうなんだよ？」

朗読の最中にしきりに不平を洩らしていた甲斐の言い分ももっともなもので、やれ醜い貌《かお》だの癇癪持ちだの、果てには万引常習者だと決めつけられた日には、さすがに気弱で人のいい甲斐も、ふくれっ面をせずにはいられなかっただろう。

しかし卑しくもひとつの小説として書かれているからには、やはりこの架空の部分も、現実の事件と全く無関係な存在として扱われている訳でもあるまい。彼らはナイルズの真意がどこにあるのか計りかねていた。そうしてなおかつ、この風変わりな小説に対する彼らの間の評価は、好もしいものとは言えなかった。

「ねえ、ナイルズ。この小説の意味が、俺にはどうもよく判らないんだがなあ」

根戸が口火をきると、ほかの者も不審な表情で頷いた。

「これは、やっぱりまだ途中までの作品なんだろう」

「さあ……恐らくね」

当の本人のナイルズすらが、何故か頼りない返事をよこし、さらに面喰らったていの根戸は、

「というと、どういうことになるのかな。……現実に殺人がこれ以上起こらないなら、この二章までで総てこと足りるという訳かい……。ううん、四百五十枚かあ。あれだけの短時間によくこれだけの枚数が書けたなとは思うし、いろいろと出てくるペダンティックな会話の部分なんかにも感心はするけど、しかし、この小説のなかでは

現実の出来事が小説になっちまってて、しかもそっちの方の推理は全くといっていいほど行なわれていないだろう。……何か、肩賺《すか》しを喰らったというのか、やっぱり俺としてはもの足りないねえ。……この先、三章、四章と話が続けられる上で犯人が明るみに出るというのなら判るけど、何だかやけに架空の――というのか、この小説のなかでは現実のこととして描かれているところの、小説のなかの小説の部分での事件に、力が注がれているものね」

「そう、一体この小説の目的がどこにあるかがはっきりしないのだ。単に我々ファミリーを舞台にした架空の殺人を主題《テーマ》にするのだったら、何も第一章とやらで実際の殺人事件なんぞを持ち出さなくともよかろうし、そうではなくて曳間を殺した犯人をつきとめることこそが目的だとしたら、どうしてありもしない真沼の殺害なんぞを持ちこまねばならないのか、吾輩にはそこが疑問だね」

根戸に加わって布瀬もそう言うと、ナイルズは飲みかけのウィンナ・コーヒーを僅《わず》かばかり啜《すす》って、

「不評だねえ」

と息を吐いた。

「どうやらやっぱり、僕には文才のかけらもないらしいや。いやはや、この十日間というもの後悔のしっぱなしだったけど、ここにおいて決定的に釘を刺されちゃった。

致命的だよ。これは」

「何だか心細いんだなあ。そんな弱気にならないで、頑張って最後まで書いて貰わなきゃ。……二章の冒頭で曳間自身も言っているじゃないか。批評は、物語が完結してからの話だってね」

「ふむ。根戸もなかなか旨いことを言うじゃないか。……だけど、我々があまり手放しで褒めることができないのは、ほかにも理由があるんだな」

甲斐が言うと、ナイルズも眉を顰《ひそ》めて、

「やっぱり、あれなの？」

「そう、あれだよ」

いったんそれが口に出されると、六人の表情には、再び疎ましい翳が灰汁《あく》のように浮かび澱んだ。しかしなおかつ、ナイルズはその執拗につき纏う空気を打ち払うように、真剣な口調で宣言した。

「そう言われると打ち明けなくちゃならないなあ。……こんなことを言っても、今となっては信じて貰えないかも知れないけれど、実は僕がこの原稿を書き上げたのは、二十六日の夜なんだよ。これは倉野さんも証言してくれるけどね」

一瞬その言葉の意味が判らずにいた一同は、一拍置いて、

「何だって？」

と叫んだ。

それは推理較べに予定されていた七月三十一日のことだった。

この日に予定されていた推理較べは、二十八日の久藤夫妻の死去の煽りを喰らって頓挫《とんざ》の恰好になった。雛子と杏子は目黒の邸宅にひき籠もり、こんな日に推理較べでもないだろうというので、ただの集会として声をかけあったためもあって、真沼と羽仁と影山は欠席し、『黄色い部屋』に集まったのは前にも述べた通り六人。そのうち、遅れて到着したのはナイルズとホランドで、ほかの者がとりとめのない話題を語りあっているところへやって来るなり、ナイルズは約束の『いかにして密室はつくられたか』が一応完成したと告げ、方形のテーブルの上に、どさりと原稿用紙の綴りを投げ出したのだった。

その小説がどんなものだったかは、前にも述べた通りだが、その末尾の部分——雛子の悲報を杏子が雛子に伝える場面に、彼らは納得できないものを感じていた。根戸もまたそのひとりで、彼はその小説を朗読しながら、取ってつけたように久藤夫妻の死を最後に持って来ていることに、妙な蟠《わだかま》りを感じていた。そのようなことは、一章の最後に書かれているのならともかく、架空の部分である二章で扱われるべきではない。純粋にナイルズの小説には興味を抱いてはいたが、現実の人間の死を、逆に小説に仕立てるということに関しては、彼はどうしても賛同できなかったのだ。

しかし、それが、現実の悲劇が起こる以前に書かれたのだというのなら、総ての話が変わる。ほかの者と一緒に、彼が、

「何だって？」

と叫んだのも、無理からぬ話だった。

「うん、それは確かだよ。嘘じゃない。僕が読んだのは二十七日だった。だからあの報せを聞いた時には、本当にびっくりしたよ」

倉野も蒼褪めた顔でそう証言し、それにホランドまでが加わると、

「しかし、とすると、またしても予言かい。曳間に続いて雛ちゃんの両親の死も、ナイルズはずばり予告したってことか」

狼狽した声で甲斐が尋ね返した。

ナイルズは困惑した顔で、

「そういうことになるのかなあ。でも、これは偶然だよ」

「偶然が二度重なったのか。……いやいや、二度あることは三度ある。今度殺されるのは、もしかして真沼かも知れないぞ。……あっはは、しかし、それは冗談として、倉野、お前も人が悪いな。ホランド達と一緒になって、俺達をかつごうとしてるんだろう。本当のことを言えよ」

無理に笑って根戸が打ち消そうとしたが、

「本当なんだよ」

押し殺すような倉野の声は真剣だった。ナイルズも少しむきになって、

「こんなことで嘘をついても仕方ないでしょ。本当に僕がこの部分を書きあげたのは、五日前の夜のことなんだ。それだけは信じてよ。僕だって、ひとの死をおもちゃにしているなんて思われるのはやだもの」

そう言われると、彼らには返す言葉がなかった。それに、今度の事故は曳間が殺されたこととは何の関係もない筈だとすれば、ナイルズがそのような嘘をつく理由もないのである。

布瀬は脣をへの字に曲げながら、

「それはそれでいい。では問題をもとに戻してだね、一体、この小説には解決篇というものがあるのかね」

「ああ、それはあると思うよ」

「あると思うよ、かね。いやはや、頼りないものだね。……しかし、まあ、それもそれでいい。お前さんの思惑通りなのかどうかは知らんが、我々が推理せねばならんのは、とりあえず一章の殺人なのだからな。こちらは現実の出来事に忠実に書かれているから、あっは、推理するには都合がいい。そういう点からすると、この小説にも充分、それなりの意味があるということかな」

それは、小馬鹿にした言葉以外の何物でもなかっただろう。しかしナイルズは布瀬のその言葉にも、とりたてた反応は見せず、

「とにかく、疲れちゃった。本当は、僕もここでみんなの推理較べに加わらなきゃいけないんだろうけど、それはもう勘弁して貰うことにするよ。僕の推理の代わりが、この小説ということでさ」

「ほほう。いやに自信があるんだね」

と、そこで口を出したのは甲斐で、

「ふむ……そうすると、君の思惑とやらも、おおかたの察しがついてくるな。つまり、二章で真沼を殺した人物は、論理的な推理によると、ただひとりにだけ収束される筈である。そして、そのたったひとりの、ほかに動かすことのできない人物こそが、一章の犯人にほかならないという仕掛けだろう。ナイルズの考えそうなことさ」

するど根戸も、ナイルズの返事を待たずして、

「ああ、成程。それなら辻褄が合うな。……しかし、そうすると、どうなっちまうんだ。俺達の立場としては、勿論、曳間を殺した奴を推理しなきゃならんが、それとは別に、この小説の二章の殺人のからくりをも解決しなきゃいけないのか」

「いやあ、それに関してはね」

と、ナイルズも慌てて口を挿むと、

「僕の小説の解決は、勿論、後まわしにして貰っていいんだよ。僕としては、とりあえず現実の方の推理を早く聞かせて貰いたいのが正直なところだもの」

そうすると、倉野もそろそろ自分の出番とばかりに、

「どうだろうね。こうなってくると、やはり、どうでも推理較べを始めないとおさまらないんじゃないかな。本当はみんなも早く自分の推理を披露したくて、ウズウズしているんだろう。僕としてはむしろ、このような時だからこそ、早く犯人をつきとめなくてはならないと思うしね」

「それは俺だってそうだよ。実は、誰かそう言い出さないかと待ってたのさ」

甲斐も遅れじと賛成すると、ほかの者もにやりと笑って、どうやら異議もないらしく、ナイルズの小説のせいで、集会の雰囲気は、推理較べの開催に向かって再び転がり始めた。

「ようし。それじゃ、各自の推理をもう一度整理するのに、十分間の猶予を与えることにして、推理比べを始めるとするか」

根戸が言うと、倉野はすかさず腕時計を見て、

「今が、午後四時五十分だから、五時きっかりからだね。遅くなるかもしれないから、自宅の者は、電話を入れておいた方がいいだろう」

「それもそうだな」

と、立ちあがりかけた布瀬は、ふと思いついたように、

「ふむ。それにしても、倉野の時報は天下一品だな。全く、へたなサイレンよりは余程正確だ。まあ、そのおかげで、第一の殺人は時刻的にえらく正確なものになったんだがね」

「そりゃあ、布瀬さん。倉野さんの腕時計は原子時計だもの」

「ふふん、原子時計はよかったな。そういえば、こんな時に影山がいれば、そもそも時間とは、などとまた、物理談義を始めるのだろうが、それがないのはちょいと淋しい気もするね。しかし、そういう点に関しては、一章で《ブラック・ホール》だの《トンネル効果》だのをそれらしく持ち出してるあたり、なかなか影山の特徴を捉えているのには、吾輩も感銘したと言っておこうか」

「これはどうも」

影山のまねをしたらしく、ナイルズが剽軽《ひょうきん》な仕種で答えると、布瀬は声高く笑って膝を打ち鳴らした。

「ちぇっ。気楽なことを言ってないで、手伝ってくれよ」

別室の奥にある物置きから、長いソファーを運び出すらしく、倉野と甲斐が鍵をガチャガチャ鳴らしている。布瀬は、

「いや、吾輩は電話でね」

と、そそくさと店の方に出ていった。

その日は前々からの予定で、店の休日を選んでの貸切になっているため、全員、専ら気儘《きまま》に振舞っていた。勝手知ったる甲斐が臨時の飲物係ということで、得意のサイフォン・コーヒーを皆に披露し、ウイスキーやワインもあけられて、『黄色い部屋』は既にホロ酔いの気分で充たされている。

硝子のテーブルに、長い、やはり黄色の布張りのソファーをふたつ向かいあわせて、部屋の準備が整うと、銘々グラスを傾けるなり、部屋に飾られた人形を眺めるなりして、思い思いに時を待つのだった。

3　愚者の指摘

薄暗い黄色の照明のなか、様ざまな人形達に見据えられた『黄色い部屋』の別室の中央で、コーヒーも淹《い》れたてのものが新たに用意されて、推理較べはきっかり、七月晦日《みそか》の午後五時に始まった。

「さあて、問題は、推理を披露する順番だけど、どうすりゃいい。籤《くじ》引きにするかな」

「それじゃ、トランプで決めようよ。ここにはトランプはないの」

「ああ、あるある。但し、タロット・カードだけどね」

甲斐が答えると、布瀬は、

「おお、それなら、なおのことだ」

「よし、俺が取ってくるよ」

倉野は言って、店の方に出て行った。しばらくすると、カードを切り混ぜながら戻って来て、

「さて。では、こうしよう。このなかから、小アルカナのぶんだけ抜き取る。そうして残りの大アルカナの方で決めよう。数字の小さいものからだよ。……さて、どうぞ、誰からでも」

倉野のさし出すカードに、真先に手を出し、そしてこともあろうに0の『愚者』のカードをひきあてたのは、甲斐だった。

「ありゃあ、こりゃいかん。真先に『愚者』とは！」

「しかし、甲斐。『愚者』は、タロットのなかで、最高のカードだぜ」

横から根戸が口を出したが、

「いや、いいよいいよ。慰めてくれなくっても。それに、俺はあまり自信がないんだ。しょっぱなで結構だよ」

「そうやけになるものでもないさ。それじゃあ、お次に俺がひくとするか」

そう言って抜き取ると、これがXXの『審判』。ますます不貞腐《ふてくさ》れる甲斐を尻目に、次々にカードが行き渡って、順番の方は、甲斐をトップ・バッターに、Xの『運命の輪』の倉野、XIIの『吊し人』のホランド、XVIの『塔』の布瀬、そして、殿《しんがり》に根戸ということになった。見物客を決めこんでいるナイルズは、至って気楽な調子で、

「なかなか面白いね。殊に、最後が『審判』で締め括《くく》られるなんてどうして、ドラマチックで素敵だな」

などと、勝手なことを口にしている。

甲斐は、半ば諦めたように、小柄な軀を揺すらせながら、

「仕方ない。『愚者』は早々に切りあげて、退散と行くか」

そう前置きすると、それでもごくりと咽《のど》を潤して、

「さて、どういうふうに始めたらいいのかな。トップを切るんだから、そうだな。事件のおさらいをしてみるか。表面に現われた謎はそのつど摘出するとして、だね。

……はてさて。

「時は七月十四日。土曜。……その前日は、奇しくも十三日の金曜日。この日に、そこに鎮座ましますナイルズ殿が、『黒い部屋』において、曳間の死を予言されたのであります。曳間の死は、既にこの日に、運命の書の一行として決定的に刻印されてしまったに違いないよ。俺にははっきりとある図が見えるんだ。それはね、レオナル

ド・ダ・ビンチの『最後の晩餐』。——とすれば、当然倉野が見たのは、『ピエタ』に違いなかろうし、ナイルズの小説の二章は『復活』、この会合の最後を飾るのは、『最後の審判』ということで、全く旨く符合するんだが、まあ、それはさておき、時は一日たった、七月十四日。土曜。十七日前のことだ。

「曳間の死亡推定時刻は、正午から十二時半の間。発見されたのが三時過ぎで、両者の間隔が短いことから、この推定時刻は信用してもいいだろう。とにかく、この三十分のうちに、曳間はある人物の凶刃に殪《たお》された。これは確実なことだ。

「さて、問題の屍体発見の経緯だが、様ざまな謎は、ここにおいて集中的に顕現してくる。その顚末自体は簡単なもので、倉野が帰宅すると、表口の外側の錠に鍵がかかっていた。なかにはいると、踏板の前に、曳間のバスケット・シューズ以外に、デザート・ブーツが置かれていた。屍体を発見し、下に降りてくると、既にその靴はなかった。表口へ行くと、さっきしめた引戸があけっぱなしになっていた。……と、これだけだったな。もうひとつ注意すべき点は、後で調べると裏口の錠はかけられたままだったということ。それに、曳間の頭の方に落ちていた『数字の謎』と称する一冊の本だね。ここに浮かびあがってきた謎のいくつかは、既に倉野自身が列挙していたし、都合のいいことに、ナイルズのこの『いかにして密室はつくられたか』のなかにも書き並べられてあったから、こいつから引用することにしようか。……ええと、順番はこちらで適当に変えるけれど、まず第一に、『犯人はなぜ倉野が戻って来るまで待っていたのか』……第二に、『犯人はなぜ倉野に靴を見せたのか』……第三に、『どのくらい不在にしているか判らぬ倉野の部屋をなぜ犯行現場に選んだのか』……まだまだあってね、倉野が推理した、犯人の鍵と錠の小細工は、次の通りになる。即ち、犯人は曳間と一緒にか、あるいは前後してか、表口から建物のなかにはいる。そして裏口の錠を開け、外に出る。表口の鍵を外側からかける。合鍵は鴨居の上に戻しておいて、再び裏口から建物のなかに戻る。最後に裏口の錠をしめて、そのまま倉野の帰りを待つ、とね。……ここにおける鍵と錠の小細工の謎は、さらに、ふたつの疑問に分けられるんだね。つまり、第四の、『なぜ表口は、外側から鍵をかけなければならなかったのか』と、第五の、『なぜ、犯人の非常逃走口である裏口の錠までしめなければならなかったのか』……。

「こうなると、まるで謎だらけだね。このうえに、『曳間の屍体の傍に転がっていた本に意味はあるのか』という、謎というより疑問のようなものがつけ加えられる。そうして、これらの謎をすべてひっくるめたものが、殺人事件に常について まわるふたつの大きな謎、即ち、『動機は何か』『犯人は一体誰なのか』に収束するんだけど、まあ、結論は急がずに、ひとつひとつ結着をつけようじゃないか。

「今度の事件で最も不可解な点は、御承知のとおり、あの建物が密室ならぬ密室、つまり、《反密室《アンチロックドルーム》》になっていたことだね。全くのところ、その点で今度の事件は、通常の密室殺人とは全然違った視点から眺めなければならないんだ。普通の密室だと、表口の戸は、内側から錠がかかってなきゃいけない。表口の戸も裏口の戸も内側から鍵がかけられている。そして犯人はなかにいない。さて、犯人はどうやって外に抜け出したか。と、これが通常の密室だ。だが、内側からかけられるべき鍵が、外側からかけられていたという、これだけのことで、事件は全く奇妙な表情を帯びてしまうのさ。全く、内側から鍵がかけられていた方が、どれだけ簡単か知れやしない。西洋式のガッチリした鍵とは違って、あの日本式の捩込み式の錠は、犯罪者にとってはまことに扱いやすいしろものなんだ。空巣狙いのプロの間では、ちゃんと、それ用の道具がつくられていてね。目の細かな鋸をふたつ、戸と戸の隙間にさしこみ、螺子《ねじ》を上と下から挟んでせっせと動かせばいい。そんなふうな道具を使えば、密室はすんなりと完成できるだろう。しかし、今度の事件の場合、そういった物理的な考えは、一切関係がなくなってしまうんだね。物理的な考えが無関係ということは、つまりどういうことかと言うと、この事件における謎は、総て心理的な面から考察しなければならないということさ。

「まず第一の謎、『犯人はなぜ倉野が戻ってくるまで待っていたのか』……これは複雑に考えてはいけない。最も素直に考えるべきなんだ。最も素直な解釈とは、即ち、そうまでした犯人がしてみせた行為——靴を見せるためというこった」

へえ、という声が、一同から洩れた。無論、そこにこめられた意味合いは、感嘆とも嘲りともつかぬものではあったが、ひとまず甲斐はそれを無視して、

「これでまず、第一の疑問は、第二の疑問に還元される訳だ。『なぜ倉野に靴を見せたのか』……さて、靴を見せることによって、犯人にはどんな利益があるのかという問いの答として、俺が頭をこねくりまわして考えた結果、ふたつが挙げられる。まず第一に、犯人はその靴の持ち主であるという印象を与えることができる。これは、大きい利点だね。幸か不幸か、靴のことを喋らなかったことによって、警察はあっさりと自殺と断定してしまったけど、もしも警察が介入することになれば、真先に疑われるのはデザート・ブーツの持ち主である、俺、真沼、それにナイルズ、ホランドの四人だからな。これは誰でも考えることだろう。俺の考えたもうひとつの理由ってのは、靴がひとつの合図であるという場合だね」

「合図だって」

ナイルズが思わずそう訊き返した。

「でも、誰への、何の合図だというの」

「さあ、そこだよ。俺もいろいろ考えてみたんだけど、共犯者への合図という場合は、どうしても旨い説明がつかなかった。それに共犯というのは、今回決められた十

戒では否定されてたようだから、除外しよう。さて、そうすると一体、これは、誰への合図だと考えればいいのか。……さて、ここでわたくし、曳間のお株を奪って心理的探偵甲斐良惟は、犯人が靴を見せることによって、疑いを他人にそらしたことからみて、その合図の相手は、犯人が疑いを向けようとしていた人物その者にほかならないと断定する。……ちょいと飛躍に聞こえるかも知れないな。でも、今度の事件のように、心理的な要素ばかりで構成されている事件は、実に、その犯人の辿った心理を追いかけてこそ、その真相が明らかにされる筈なんだ。人間がある行動を選ぶ場合、その行動によって、最も合理的に大きな利益を得るのが望ましい。だから犯人が予定していた特定の人物に対して疑いをかけさせ、しかもある合図を送るというのが理想的になる。しかも共犯者というものを除外した場合、そうとしか残された考え方は見つからないんだ。では、そんな場合、その疑いをかけられるべき人物に対する合図、つまりある意味での通信は、どういったものであるのか。俺は、これは脅迫以外には考えられないとするんだよ」

「ほほう、脅迫とね」

皮肉たらしく布瀬が言うのに、

「そうとも。つまり、情況を組立てると、こういうことになる。犯人は、ある人物に対して非常な弱点を握っていた。しかも、それは靴に関係したことだった」

「あっは、これはまた、恐れ入った論理だね。というと、何だね。その人物は、靴泥棒をやらかしたところでも見つかったのかい」

　布瀬が言うと、甲斐は大真面目で、

「おや、さすがだね。まさにその通りなんだ」

　その返事に呆れてしまったのは布瀬の方で、

「何だって。おいおい、正気かね」

「いやどう致しまして、頭は極めて正常な方だと自負しておりますよ。靴泥棒。まさにそれだ。その人物は、ある別の人物から、例のデザート・ブーツをチョロまかしたことがあったんだよ。さて、それでは順番に言おうか。靴を盗まれたのは誰か。それはほかでもない、この俺自身なのさ。七夕《たなばた》の日のことだ」

「へえ」

　声を挙げたのは根戸だった。

「それは……しかし、フェアじゃないな」

「それは俺もそう思ったけど、あんまり皆の推理が偏《かたよ》るのも何だしね。この間のアリバイ提出の集会は、俺のいない間にやってしまったから、そのことを言う機会もなかったし。まあ、あまりそう目角《めくじら》立てないでくれよ。それとも何か。お前の推理は、これだけの新事実で崩れ去ってしまうものなのか」

「おっとまた、こいつは妙な居直りをしてくるもんだね。判ったから、とにかくその続きを聞かせてくれ」

「そうするさ。……さてと、次の問題は、誰が靴を盗んだのかということだけど、これはちょいと推理すれば、簡単に判るんだ。犯人は靴泥棒の事実を知っていて、その人物に当の靴を示した。さて、そのことによって、その人物を無闇に怯えさせるだけでは意味がない。その人物は当然、犯人にとって有利な、ある行動を迫られなければならない。その行動とは、実際に犯人のために、身を挺《てい》して何かをするということではなく、単に、あることを偽証することかも知れない。……判るかな。我々十一人のうち、はっきりと偽証をした者がいるんだよ。推理の必要もないほどに、はっきりと。しかもその偽証は靴に関することで……」

「ちょ、ちょっと待て。それは」

根戸は大きく眼を剝くと、ちらりと倉野の方を振り返った。倉野はこれといった表情を見せないまま、甲斐の足元を凝視していた。

4　歩き出す仮説

「そう。それはほかでもない。倉野。お前だよ」

声高く甲斐が名指すと、『黄色い部屋』のなかに、人形達の微かな身じろぎが伝わったようだった。五人の眼が一斉に倉野の方に向けられたが、倉野の方で先まわりして、一個の人形に変容してしまったかのように、眉根さえ動かさず、じっと甲斐の言葉に耳を傾けている。根戸はこの時初めて、倉野の瞳の色が仄暗い代赭色《バーントシエナー》であることを知った。

「最初から言おうか。俺があの靴を盗まれたのは、事件のあった十四日の一週間前。……そう、このナイルズの小説にある、『序章に代わる四つの光景』のうちの、三番目と四番目の挿話。この恰度まんなかの日のことだったんだよ。お前は俺のデザート・ブーツを盗んだ。そして、そのちょっとした犯罪は、不幸にも、曳間を殺害しようと目論んでいたある人物に目撃されたんだ。……今度の事件のいちばん怖ろしい点は、その、殆ど意味もないような小さな事件の利用の仕方にあったんだよ。十四日当日、犯人は曳間を殺害した後、どこかに隠されてあったデザート・ブーツを捜し出し、それを、曳間のバスケット・シューズの横に並べておいた。そうして彼は、じっと執念深く、倉野の帰りを待ったのさ。

「この小説には、倉野、こう書かれてあるじゃないか。お前が二足の靴を見た時、その瞬間、妙なものを感じた、とね。それについては、後でお前自身がこう説明している。戸口の鍵がかかっていたのに、なかにはいってみると靴があった。これは変だ。

あの時の妙なもの、とはこれだったんだとね。うん、勿論、そういうこともあっただろうさ。だけどその半分は、自分が盗んだデザート・ブーツと同じものが、バスケット・シューズの横に並べられてあったことに対する、微かな不安だったんじゃないのかな。そうさ。それはまさしく、お前が盗んだ靴だったんだ。警察に通報し終えた後で、お前は慌てて盗んだ靴を隠していた場所を調べただろう。そしてその不安が、まさしく適中していたことを知った時、お前がどういう決意を迫られたのか、俺には手に取るように想像できるよ。そうとも。お前は、靴を盗んだことは絶対に隠し通さなければならなかった。そしてそのためには、どこからともなく土足で踏みあがって来て、洗いざらい根掘り葉掘り秘密を嗅ぎまわる警察というものに対して、デザート・ブーツの存在に関しては黙秘の道を辿るしかない。そうだったんだ。犯人の意図もまさにそこにあったのであって、靴を見せたのは、靴のことを喋らせないため……というと、全く奇妙な逆説にしか聞こえないけど、それがどんな結果を導くかについては、犯人はちゃんとふたつのケースを予想していた。威嚇を通してなおかつお前が、靴のことを警察に喋った場合、警察は、まさにこれを殺人事件として調査し始めるだろう。そうすると何しろ警察のことだ。瞬く間に、その靴はお前が盗んだものだとつきとめる。そうすると疑いがかかるのは、とりもなおさず、倉野、お前だということになる。さて、それでは犯人の予定通りお前が靴のことを喋らなかった時には、この事件は自殺として片づけられる可能性が大きい。その場合、犯人は全く安全圏内にいることができる。つまり、犯人にとってはどちらに転んでも一応都合がよかったのさ。うん、結局事実は後者の通りになった。無論のこと、警察が介入して来る可能性に関しては、そんな靴の小細工を施そうが施すまいが、全く変わりないには違いないさ。しかし、犯人がなおかつ、敢えてそんなことをやってのけたのは、探偵小説狂である我々への挑戦状だったに違いないんだ。

「そうだよ。曳間のお株を奪って言えば、心理学的に見れば、こいつは全く、呆れるほどの探偵小説狂が仕組んだ殺人に違いないんだ。残された第四の謎、つまり、『なぜ表の戸を外側からかけたのか』に関しては、これはとにかく、犯人の、逆説嗜好にほかならないし、第五の、『なぜ裏口の鍵までかけていたのか』に関しては、これはひとつの、犯罪者の自尊心としか言いようがない。そして肝腎の第三の謎、『犯人はいつ帰って来るか判らない倉野の部屋をなぜ犯行現場に選んだのか』からは、重大な推理が導き出される。つまり論理的に言って、犯人は、倉野の姿を新宿で見かけたに違いないということだね。さて、そこで犯人は直観を働かす。何時間かは目白に帰らないだろうが、しかも、その日の間には帰宅するであろうことを、その雰囲気から見てとるんだ。これは、俺の思うに、我々仲間うちでは決して難しいことじゃない。しかも、これは偶然か予定内か判らないけど、犯人は、久びさに倉野の処に顔を見せようとしていた曳間にも出会うんだ。多分、それは、新宿から目白への電車のなかだろう。犯人にとって、これにまさる絶好の機会はない。犯人は、まんまと曳間を倉野の部屋に誘いこみ、そこで、惨劇は行なわれてしまったんだよ。

「さて、ここまで事件を解剖すると、そこから犯人の性格が明らかになって来る。まず、犯人は無類の探偵小説狂であること。さて、ここで、俺は十一人の容疑者のうちから、真沼と杏子さんを除いていいと思うんだ。探偵小説狂にあらざる者、殺人者にあらず。これは、最初の前提だよ。……次に、犯人の持つさかさま嗜好。この点で俺は、羽仁だけは除外してもいいと思う。なぜなら、羽仁がこの殺人を実行する場合なら、間違いなくまっとうな密室をつくろうとするに違いないからだ。それから、勿論のことだけど、倉野は犯人に利用されただけなんだから、殺人者である訳がない。……残ったのは七人だな。布瀬、根戸、ナイルズ、ホランド、雛ちゃん、影山、それに俺か。このうち、可能性の少ない方から除去してゆくとまず雛ちゃんだが、彼女は何というか、探偵小説狂としての自尊心ゆえに、自分の方から容疑者の仲間にはいりたがっていると思われるふしがあるけど、まあ、まずこの犯罪は、十五の小娘に実行できるしろものではないだろう。ナイルズやホランドにしたって、この点に関しては同じようなものであってね。だいたい、人の心臓にナイフをぐさりと柄までつきさす芸当など、十五やそこらの少年少女のなし得る業じゃない。まして、どれほど油断していたにせよ、全く無抵抗のうちに一瞬にして絶命させるのは、並大抵の力じゃできないさ。

「さて、そこで消去法により残ったのは、根戸、布瀬、影山、それに俺ということになるか。ははん、まあちょいと、俺の推理法に奇異の念を抱く方がたも多いだろうけど、かのファイロ・ヴァンスがいみじくも断言した言葉――心理的証拠と物質的証拠が互いに矛盾している場合、物質的証拠の方が間違っている――という奴は、どうして、端倪《たんげい》すべからざるものだよ。俺は最初から、アリバイなんぞというものは信用していないんだ。ちょいと仲間の間でうちあわせて作れるやわなアリバイなどというものを調査するよりは、犯罪者の心理を研究した方が、余程ためになるというものだよ。

「さて、犯罪者の心理の解剖を続けると、情況に現われた、偏執狂的性格が浮かびあがってくるね。いくらアリバイに自信があるにせよ、靴を見せるために何時間後に帰って来るかもしれない倉野を待ち続けるなど、やはりちょっと異常としか言いようがないからな。それから次には、まさにその自信が挙げられるべきだろう。全くのところ、この殺人者が自らの殺人計画に抱いている絶対の自信。これは、特筆に価するものだよ。そのことを最もよく象徴しているのが、例の裏口の錠をしめている点だね。もしかすると、犯人は、半分スリルを楽しんでいたのではないかと覚しい点が多い。

そういった児戯めいたものを好むという性癖も、例のさかさま嗜好と相まって、彼の精神を大きく支配しているに違いないんだ。……これらの点から言って、俺は疑惑の圏内からまぬがれさせて頂きたいものだね。偏執狂的性格は、俺の場合、探偵小説にだけ向けられているに留まるし、志向する絵の方も、偏執狂的理性批判を振りまわすサルバドール・ダリといった手合ならともかく、こちらは極めてまっとうな写実派――それも、ベノッツオ・ゴッツオリやチントレットを至高とする古典主義《クラシシズム》とあっては、嫌疑も晴らしてさしつかえないのではなかろうか？　いや、本音を言えば、とにかく俺が犯人でないことは、俺自身がいちばんよく知ってるのだからいいだろう、ということ。

「はてさて、後に残ったのは、布瀬に、根戸に、影山の三人だな。魔術に、数学に、物理学と、こちらは充分偏執狂的性格を備えた者ばかりだね。

「しかしながら、この三人のうちの影山は、残念ながら、白としか言いようがない。なぜかというと、性格的には問題はないのだが、やはり、我々とのつきあいが浅すぎるという点だね。実際、影山が曳間と会ったことがあるのは、せいぜい二、三回だろう。そんな二度や三度の対面で、殺人に至るまでの動機が育《はぐく》まれてゆくことなど、どう考えてもありそうもない。物理学的人生観にとりつかれたあげくに、生と死の意味を眼の前で確かめるために曳間を殺したというのなら、またそれはそれなりに面白い動機だけど、犯人は倉野の部屋にも詳しい人間でなければならないし、その意味でも彼はリストからはずさなければならない。そうすると、残るのは根戸と布瀬、ふたりにひとりということになる」

甲斐は、ふたりの反応を験《ため》すように、そこでしばらく呼吸を整えた。見ると、根戸の方は氷を浮かべたグラスを、弱い照明にかざすようにして、じっとその黄色い煌《きらめ》きに見入っている。布瀬は布瀬で、人形達にまじって立っている、抱えるほどの大きさの鬼に顔を向けながらも、ニヤニヤと不敵な笑みを洩らしていた。その鬼は榧《かや》か何かの一刀彫りらしく、彩色も施されぬままながら、荒々しく猿臂《えんぴ》を宙空につりあげ、口は半月形に開いて、眼に見えぬ何者かに怒りを吐きつけているようだった。

「さて、この二者択一の問題で重要な鍵となるのは、一体何だと思う」

甲斐はナイルズに向かって尋ねた。ナイルズは艶やかな脣を僅かに曲げると、

「さあ……最後にはやはり、物的証拠が決め手になるのかな」

「ところがどっこい、最後の鍵とは、そいつの裏返しなんだ」

「裏返しって？」

ナイルズは相手の言葉の意味が判らずに、思わずそう訊き返していた。

「ははあ、つまり、犯人の側の心理に、大きなさかさま嗜好があるとなると、こちらの探偵としても、その方法を応用しなくちゃならない。どういうことかというと、と

にかく、犯人にあれだけ大胆な振舞いが可能だったのは、とりも直さず犯人には、一見、金城鉄壁としか思えぬアリバイがあったからだと考えられるじゃないか。そうなんだよ。繰り返して言えば、犯人は、一見、鉄壁のアリバイを保有している者にほかならない。それに該当するのはふたりのうちでは、布瀬、お前だよ」

「お見事」

真先に叫んだのは、驚いたことに、当の本人である布瀬で、

「成程、成程。要するにお前の推理法では、最初から物的証拠やら現場不在証明やらを、一切頭のなかから排除してゆくのだな」

「そうとも。だいたいからして、大概のアリバイなんぞ、つきつめて考えれば崩れてしまうものだからね。心理的にみれば、この犯罪の犯人であるべき人物は、布瀬、お前しかいないことは明らかなんだ。尊大な自信と、偏執狂的性格。この世ならぬ世界を覗きこもうとする魔術への嗜好は、即ち、そのままさかさまへの嗜好と言い換えてもさしつかえないんじゃないかな。……十一時から三時二十分まで『ルーデンス』にいたというアリバイも、考えてみれば極めてやわなもので、それを立証するのは、いくらほかに客がいたとしても、実質、対戦相手だったというマスターしかいない。だからふたりがぐるになっていれば……」

「お見事、お見事」

どういう訳か、布瀬はもう有頂天になって、手さえ叩き鳴らしながら、

「それで動機は」

「ほかに考えられるものか。それほどお前が執着している魔術というものがあり、剰《あまつさ》え『黒い部屋』という象徴的な部屋の持ち主であるお前が、曳間に『黒魔術師』というニックネームを横取りされていることへの逆恨みさ。一体、俺が思うに、確かにお前は魔術に関する造詣という点では誰にも負けないものを持っているよ。ただお前は、魔術のよき研究家ではあったけど、結局魔術師ではあり得なかった。……そうだよ。しかし曳間の方は、生まれながらにして、既に魔術師だったのさ。お前にはない、天賦《てんぷ》の資質だね。お前はそれを赦《ゆる》せなかったんだ。何度も言う通り、この犯罪には、犯人の歪んだ自尊心と偏執狂的性格が露わになっているのであって……」

一瞬、ぴくりと頬を硬張らせたが、布瀬はやはり笑顔を崩そうとしなかった。

「そうとも、そしてその歪んだ自尊心は、曳間の息の根を止めようとする、馬鹿げた狂気にまで膨らみあがっていたんだ。ふふん、お前が到底魔術師になり得ないのは、このナイルズの小説にも書かれてある通りじゃないか。それを誰よりも感じ取っていたのは、あの雛ちゃんだったんだ。そうだよ。魔法の季節は、既に終わりを告げていたのさ。お前はそれを認めたくない気持ちに踊らされて、曳間を殺してしまったんだ」

その甲斐の最後の言葉は、沈鬱とも感じられるほどの低い声で投げ出された。なぜかその告発は、根戸の胸にも微かな痛みを残した。

しかし布瀬はひきさがらなかった。甲斐の話が総て終わったと見ると、いよいよ悦にいったていで、

「あっは、全くもって愉快なことこの上ない。誤てる地点から誤てる論理を構築させれば、ついには一見事実らしい奇妙な体系ができるという、素晴しい見本だよ。しかし、飽くまでもそれは空中楼閣にすぎないのだぜ。悲しい哉《かな》、その理論は、最後の肝腎な部分になって、自己矛盾に陥っている。いいかね。口裏をあわせるだけにせよ、それは共犯にほかならんだろう。それに実際のところ、そんな姑息《こそく》な手段でこしらえたアリバイに、吾輩がそれほどまでに自信が持てるとお思いかね」

「その通りだ」

布瀬に続いて、今まで沈黙を続けていた倉野が、重々しい声で言葉を返した。

「僕は自分の足で、皆のアリバイが確かなものか、ずっと調べてまわったんだ。甲斐の推理は残念ながら、そういう現実と照らしあわせる部分をすっとばかしている。……布瀬のアリバイは完璧なものだったよ。マスターだけじゃない。ほかの客にも二、三人当たってみたんだ。……ついでに言えば、杏子さんと僕も警察の調査通り、ウエイトレスやボーイの証言もあるから、アリバイに関しては絶対なんだ。……それ

からこれは根拠を示せないけど、僕は、君達だけには正直なことを、述べていることを判ってくれるかしら。僕は靴泥棒なんかしちゃいない。敢えて反論しなかったのは、そんな甲斐の推理から、ただ一分の真実が導き出される可能性を考えてのことだったけど、信じてほしい。僕は、靴を盗んだりなんかしないよ」

「判ってるさ。倉野」

先刻から傾けていたホワイト・ホースのおかげで、既にとろんとした眼つきになっている根戸が宥《なだ》めた。そうして短い髪の頭を掻くと、

「靴泥棒というのは、これまた妙な犯罪だけど、しかし、そいつは今度の事件と何の関係もないだろうよ。とにかく、甲斐の推理は残念ながら話にもならないものだから、早々にNGを出しておいて、次にとっかかって貰いたいねえ」

「そういうことらしいね」

少し蒼褪めた顔でホランドも言って、

「そうすると次は、倉野さんの番だよ」

「ああ」

倉野が力なく答えて、しばらく最初の言葉を捜している間、ナイルズは、ふと、棘《とげ》がひっかかるような予感を覚えていた。

その予感は、似たようなかたちで、その部屋に集う六人全員のものだったのだろ

う。ナイルズは二週間前の真沼の言葉を、改めて苦々しく嚙みしめた。

甲斐は、ソファーに深ぶかと身を埋めて黙りこくっている。その態度は、何と言われようと、自分の推理が正しいのだという意思表示のようにも思われた。

ナイルズがふと恐れたのは、そのようなかたちで、合理的な解決だろうと不合理な解決だろうと、それがもう一切関係なくなってしまい、ただいずれが真実であるのかも判らぬいくつかの仮説が、不意にむくむくと生命を得たように起きあがり、ぴょんぴょんと跳梁《ちようりよう》し始める、そんな事態だった。そうなると、もう取り返しがつかない。自らの正しさを主張してやまないいくつかの仮説は、勝手に歩きまわり、跋扈《ばつこ》して、それぞれの現実のなかにはみ出てゆくだろう。ナイルズは、「構造は自らを守ろうとする」ものだということをいつか耳にしたことがあったが、さて、そんな事態に陥ってまでも、僕達はこのファミリーを存続できるのだろうか。あるいは、今度の事件によって始まった惨劇の本当のかたちは、存外そんなところにあるのかも知れない。ナイルズはそんなことを考えて、いたたまれぬ想いに捉われた。

5 扉の向こうには

「さて、僕の推理だけど、とにかく最初に僕の頭にあったのは、今度の事件の真相は、曳間が行方を晦《くら》ましていたことと深い繋がりがある筈だという点だった。そうだよ。僕達はまず、曳間が失踪した理由から探ってゆかなければならないんだ。二週間やそこいらでは、なかなかだったけど、彼の足取りを辿りながら、僕はようやく奇妙なかたちの扉の前に行き当たることができたんだ」

何を言い出そうとするのか、倉野はそう言葉を切ると、疲れたようにほっと息をついた。

「僕は正直なところ、今度の事件の真相なんて皆目見当もつかなかったんだ。『いかにして密室はつくられたか』の一章の最後に描かれた通り、全くの五里霧中だったんだよ。ただ、あの時ナイルズが呟いた、『変格探偵小説的にならば、一応の解釈がつけられる』という言葉だけは、妙に頭にこびりついていたんだけど。それが、あの扉の前に立った時、僕は全く予想もしなかった方向からの解決をつきつけられたんだよ。その扉は白く、冷たく、表情さえなかった。……」

その時なぜか、甲斐の表情に痙攣《けいれん》のようなものが走った。

「僕はまず、あいつと同じ教室の連中から、かたっぱしにあたってみた。消息自体はどうしてもつきとめられなかったけど、彼らの話を聞くうち、面白いことが浮かびあがってきたんだ。彼らが口を揃えて言うのは、曳間が常日頃からかなりの数の精神病院とコンタクトを取っているに違いない、ということだった。というのは、そういう話題になった時、曳間は夥《おびただ》しい患者の症例を、驚くほど詳細な部分まで示すことができたからなんだよ。勿論、素人の僕から見ても、その方面の才能は眼を瞠《みは》るばかりで、『記憶におけるくりこみ原則』という最近の論文には教授達も言葉をなくしたほどらしいけど、……でも、そういった才能と臨床的な病例の知識とは別ものだからね。結局、彼らの推測を纏《まと》めると、曳間が訪れた病院の数は、五指や十指におさまるものではなかったらしい。

「さて、そのことに関して、彼らのうちのひとりが興味あることを教えてくれたんだ。妄想症《パラノイア》が独立した単位的疾患か、それとも分裂症のパラフレニー型の特殊なものであるのかという問題から、果たして純粋なパラノイア患者というものが存在するかという話になったというんだね。その時曳間は、即座に、その純粋なパラノイア患者の例をひき出してきたんだそうだ。その描写が、やはり非常に詳細なものだったので、彼はちょっとびっくりしたそうだが、それと同時に想い出したことがあったそうだ。それはほかでもない、富山のB＊病院で、ある患者に純粋な妄想症の診断がくだされたという小さなニュースで、恐らく、曳間の持ち出したのは、そこの患者に違いないだろうということだった。そこで僕は、そのB＊病院を、試しに訪ねてみたのさ。そしてそこに曳間という珍しい姓の患者がいることを知った時は、頭を後ろからガンと殴られた感じだったね」

「え？」

思わず根戸は身を乗り出した。

「同じ姓の――」

「そう。これは曳間の秘密だったんだ。曳間には、本当はお姉さんがいたんだよ。病院に入院してたのは、そのお姉さんだった」

微かなどよめきが部屋の空気を顫わせた。ホランドまでが凍りついたように眼を見開き、何かを口に出そうとして顎《あご》を挙げた。しかし、それより迅《はや》くナイルズが、

「じゃあ、曳間さんはずっと、その病院にいたってこと？」

「いや、そういう訳ではない」

倉野はいったんそう否定しておいて、後を続けた。

「確かに曳間はその病院を訪ねて来ているものの、そのペースは今までどおり、月二回の割合、つまり曳間の消えた一ヵ月半に三回だけだった。ただ、そこの医師の話からも、曳間がいろんな精神病院や大学の研究室を訪ねまわっていたらしいことが判った。『あの人は本当に学生さんですかね。専門家である私の研究不足をつかれるような質問をなされるものですから』などと言わせるくらいだから、そちらへの打ちこみようも知れるというものだね。それで僕は、もう一度曳間のアパートに戻って、隣の住人からも話を聴いてみたんだ。ところが何と、驚いたことに、一ヵ月半は不在だっ

たとばかり信じていたけど、実はちゃんと在宅していたらしいんだね。ただ、夜遅く帰宅し、朝早くから出かけていたから、顔を合わせる機会はなかったというんだよ。

「こうなってくると、曳間の活動は、隠遁《いんとん》生活にしては極めて精力的なものだったことが判る。警察ではもう、こんなこと調べつくしているのかも知れないけど、僕の捜査能力ではこれが限度だった。そこで、仕方がないから、僕はここから専ら推理だけで進むんだよ。

「さっきも言った心理学科のひとりは、こんな感想を洩らしてたよ。曳間の興味は、畢竟《ひっきょう》、記憶というもの、及び、時間空間意識というものの、二点につきたのではないかとね。僕はその言葉を反芻《はんすう》していて、ふと想い出したんだ。今まで何回か聞かされた……そうだよ、ナイルズの小説にも書かれてあるし、事件当日、雛ちゃんが曳間に遇った時も話に出たという『不連続線』という言葉だ。記憶と時間空間意識、これはまさに、連続と不連続への興味、と言葉を置き換えてもさしつかえない。そうすると、曳間の歩いていたところは、やはりあの『霧の迷宮』だったのかも知れない。……ナイルズの先見の明もたいしたものだけど、驚嘆すべきは、やはり曳間の、幼い頃から抱き続けてきた《想い》にほかならないね。……しかし、その点はまあいいだろう。僕は何も、曳間の精神分析をしようとしている訳ではないからね。……だけど、これだけは言えると思うんだけど、雛ちゃんの聞いた不連続線という言葉は、今度の事件に重要な関係を持っている筈なんだ。ということはつまり、その言葉は犯人にとっても、重要な意味を持たなければならない。

「そうすると、そこに自《おのず》と不思議な関係式が描かれる。犯人と曳間は『不連続線』という言葉を挿んで、互いに対立する位置にいた訳だ。つまり曳間が捜していた『不連続線』は、犯人にとって、ひどく忌わしいものだったんじゃないだろうか。そうだよ。犯人側の眼から見れば、曳間が『不連続線』を捜すことが、致命的な災厄と映ったに違いないんだ。どういう意味かは、もう判るだろう。曳間にとっての『不連続線』が、常に人間の精神そのものに拘《かかわ》るものであり、なおかつ彼のお姉さんが精神病で入院しているとなると、犯人が怖れていたのも、まさにその精神病と拘る類いのものじゃないかということだよ。さて、そうすると、犯人にとって、精神病とは何だったんだろうか」

倉野はぐるりと、ソファーに腰かけた五人に視線を巡らせた。その途端にナイルズが、あっと小さく叫んで身を浮かせた。

「すると、倉野さん。例えば、犯人の身内にも精神病の人がいて、それを隠すために……」

薄暗い黄色の光線を浴びて、ナイルズの顔は粘土細工のように干涸《ひから》びて見えた。焦点をナイルズにあわせると、もうほかの者は、どんよりと濁った汚泥の底の、半分実体のない海坊主のように感じられる。それも総て、この色彩のせいなのだろう。根戸は強く眼頭を押さえつけた。

「ナイルズ。だけど、それは違うんだ」

倉野はぽつりと言葉を返した。

「動機はそんなものではない。そうだよ。それは僕には判っていたんだ。あの時から。……曳間のお姉さんという人をひとめ見た時から、それは判っていたんだ」

倉野は憂鬱な表情を露わにして、ほっと溜息を吐いた。

——これは一種のはったりではないのか。

根戸はふと、そんなことを考えていた。ナイルズの小説の一章の末尾に書かれていたのは、推理較べの席上において、生きている曳間を登場させ、犯人の度肝を抜くという、ナイルズの言葉からの連想による倉野の思いつきだったが、彼はその方法を応用して、犯人を心理的に追いつめ、その反応を窺って、真相をつきとめようとしているのではないのか。そう考えると、根戸自身、故知れぬ恐怖に襲われて、ぶるっと軀を顫わせた。

黄色い光のおかげで、布瀬も甲斐も、そして双子の兄弟も、その顔色の変化は極めて判別がつきにくい。それどころか、その表情さえ読み取り難いとあっては、もしも倉野の目論見が根戸の推察通りの心理的脅迫だとすれば、この『黄色い部屋』は、それを遂行する場としてはいささか不都合だと言わざるを得なかった。そうすると、やはり根戸の疑問は、単なる邪推に過ぎないのだろうか。

――そうだ。だいたい、今日のこの会合自体、こうして推理較べをする筈ではなかったんだから、倉野にそんな奸計《かんけい》があったなら、やはり推理較べは全員が集まった時に、それも場所はどこか別の処で改めて、などと、もっと都合のいい条件に持っていこうとするに違いない。実際はそうでなかったんだから、こいつは俺の思い過ごしだな。

しかし、なおかつ根戸が気になったのは、先程から甲斐の様子がどことなく落着かないことだった。ナイルズはいつもの、まるで邪心などなさそうな顔で、倉野の言葉に頷いたり、首を傾げたりしている。ホランドはソファーのなかに沈みこみ、布瀬は相変わらず尊大な様相を崩すことなく構えている。そんななかで甲斐だけが、その素振りに居心地悪さのようなものを窺わせているのだ。

しかし倉野は、そんな根戸の考えを無視するかのように、首を垂れたまま、ぽつりと呟いた。

「そうなんだ。そして、彼女を見た瞬間、僕は、誰が犯人なのかも、判ってしまったんだよ」

「そんなことって」

捲《めく》れあがってゆく何かを押さえつけるように、ナイルズが呟いた。

「そんなことってないよ。それとも倉野さん。曳間さんのお姉さんが神がかりになって、犯人の名前を指摘したとでもいうの」

次々に開示される奇妙な現実への戸惑いからか、ナイルズは思わずそんな揶揄《やゆ》をとばしていた。しかし倉野は懶《もの》うげな表情で、

「ふふ。あるいは、それに近いものだったのかも知れないんだよ」

力なく笑うと、バック・スキンのジャケットから、煙草を取り出した。

根戸は奇妙な惑乱を覚えていた。いかにもナイルズの疑問の通り、気の狂った曳間の姉を見た瞬間、犯人が誰であるか判ってしまったなどという、どんな古今の名探偵にも及びもつかぬ芸当をやってのけることが、果たして現実に可能なものかどうか。しかも、その動機まで見当がついたというなら、それこそナイルズの言葉のように、神がかり的なものでしかあり得ないだろう。

「彼女の名前は理代子《りよこ》というんだそうだ。とても美しい人だったよ」

ひとすじ、細ながい煙を曳いてみせると、倉野は想い出すように語り始めた。死人の皮膚の色に染め変えられ、唇などは紫色に黒ずんで見える。そのせいか、倉野の声も、どことなく人間のものではない、ひどく無機質な響きに思われた。

「曳間に病気のお姉さんがいるということを知った時、僕はひとりの人間の持ってい

る、隠された悲惨な面を覗きこむ気分だった。血を分けた兄弟が精神病院にはいっている。しかも女だとくれば、ほかの者には秘密にしておきたくなるのも無理はない。僕はそう考えていたんだよ。惨めで酷《むご》たらしい匂いを嗅いで、僕は全く気が滅入ってしまった。……でも、それは間違いだった。灰色の扉を開いて、その大部屋のなかにはいってゆくと、正面に大きな窓があり、白い大きな円卓の斜め向こうに、やはり白いドレスを纏って、その人は座っていた。ながい睫毛《まつげ》が深く被さって、窓から差しこむ柔かな光がそこに細かく反射していて、まるで色の玉を弾いているようなんだ。網目模様の細かい革を貼った椅子に、見事なくらいきちんと腰かけていて、はいってきた僕を、不思議なものでも見るように、ちょっと小首を傾げて迎えてくれた。僕は、果たしてこの人が狂ってるんだろうかと、眼を何度も擦《こす》っては見直したよ。何か問いたげな顔で、視線を僕の眼に合わせて離さないんだ。本当に美しい、一点の曇りもない瞳だった。そんな瞳でじっと瞶《みつ》められるものだから、僕は居たたまれなくなってしまったよ。医師が紹介してくれて、僕が曳間の友人だと聞くと、それが不意に、ぱあっと笑顔に変わったんだけど、あんなに素晴しい笑顔は見たことがない。そうなんだ。まるで彼女の軀全体から、やさしい風が吹きあげる感じなんだね。どういう訳かな、僕はその時、思わず涙が出そうになってしまった。

「そうなんだ。その時僕は、恐らく曳間とは異なった意味で、不連続線をまのあたりにしたような気がしたよ。僕と彼女との間には、絶対に跨《また》ぎ越せない壁がある。そしてそれは、これからもずっと、永久にそうなんだよ。どこでどう、そんなふうに分けられてしまったのかは判らないけど、とにかくそこには眼に見えない壁があり、僕はそれを踏み越えることはできないんだ。僕は曳間に、少なからず嫉妬を覚えたくらいだよ。そうして事件のことを抜きにして言えば、僕は彼女に会うべきじゃなかったと痛いほどに思い知らされたんだ。

「分裂病の破瓜妄想型だとか聞いたけど、でも、そんなことはどうでもいい。一体、彼女の気が狂っているとしたら、何が異常で、何が正常なのか。僕は言葉を出せないまま、ただそんなことだけを考えていた。そうとも、恐らく、あの人が何の病にも冒されていなかったとしたら、あそこまでの顫えるような美しさは感じられなかっただろう。彼女の、本当に人間離れした輝きが、まさにその彼女を冒している病に支えられていることを知って、僕は、自分自身が情なくなってしまったんだ。そして、曳間がなぜこのことを秘密にしていたのか、その本当の理由も、僕には判るような気がした。そうだよ。却って、彼女は曳間にとっての、かけがえのない宝石だったんだ。僕だって、あんな人が身近にいれば、誰の眼にも触れさせず、ひとりで静かに、遥かな瞑想に耽《ふけ》らせておいてやりたいという想いにかられるだろう。結局、あの森に囲まれた静かな病院は、曳間の帰ってゆく楽園のようなものだったんだね」

「オイオイ、倉野」

薄い鼻を軽く抓《つま》みながら、そこで口を挿んだのは布瀬だった。

「そこいらの説明は、もういい。それで肝腎の犯人の方はどうなってるのかね。お前がその人をひとめ見ただけで、犯人が誰だか判ったというのなら、もしかすると、ほかならぬ彼女が曳間を殺害した犯人だとでもいうつもりかね。あっは。誰よりも自らを愛してくれる実の弟を、その愛ゆえに殺してしまうというなら、なかなかロマンティックで面白いけれども、だね、富山の病院を抜け出して、お前の部屋まで出かけたというのは、少し現実離れのした話ではないか」

「いや、そこは安心して貰っていい」

布瀬の皮肉にもとりあわず、倉野は再び顔を曇らせた。

「犯人は彼女ではない。僕がひとめ見て、犯人が誰か想像がついたというのは、それ相応の理由があったからなんだ」

「いやにじらせるね。一体何だよ、そりゃあ」

根戸が尋ねると、倉野は微かに笑ってみせた。

「全く思いがけないことだったけど、曳間のお姉さんは、ナイルズとホランドほどではないにしても、ある人物にそっくりだったんだよ。誰だと思う？　それは杏子さんなんだ」

あっ、という言葉が一同から洩れた。

根戸は思わず、甲斐の方を振り返った。それは一瞬の錯覚に過ぎなかったのだろうか。甲斐はこれまで一度も見せたことのない凶悪な形相で、倉野の方を睨み据えていた。黄色い翳に充たされた部屋のなかで、甲斐の眼だけが、ぼおっと青白い光を放っているようでもあった。

6　カタストロフィーの罠

鬼が、心なしか笑ったようだった。黄色い光のなかで、それは不意に軀を揺るがせそうな気配さえ湛《たた》えている。

——違う違う。

それにしても、一体誰が真実を知悉《ちしつ》しているというのだろう。ひょっとすると、曳間を殪《たお》した者さえも、総ての真相を見通している訳ではないとしたら。

「僕の頭のなかに、わんわんと谺《こだま》していたのは、『そうだったのか』という想いだった。判るだろう、甲斐。僕が何を言いたいのか。全く、あそこまで見事な相似関係をつきつけられると、君が単に理代子さんの存在を知っていただけですまされないのは明らかだね。君が杏子さんに夢中になったのも、彼女のなかに、理代子さんを見てのことだったに違いないんだ。そう、君は理代子さんに恋をしていたんだよ。

「しかし、それは虚しい恋だった。相手は何しろ、この世界の住人ではなかったんだから。君は彼女をただ、現実という名の奇妙な場所から眺めるしかなかったんだ。そうとも。彼女は誰もはいりこめない、自分だけの世界にいて、君はそれを見上げていることだけしかできなかった。

「聞いたところ、彼女が発病したのは十五の時だそうだね。尤も、その徴候はもっと以前からあったと見るのが正確だろうから、実際は君が彼女を知った頃から、既に君の恋は酬《むく》われぬものに定められていたのかも知れない。さらにその二年後、彼女はあの病院に入院してしまって、君はいよいよ苦しい立場に追いこまれた訳だ。

「実は僕は、金沢の曳間の家にも訪ねて行ったんだよ。親爺さんは曳間が高校の時に亡くなったのは聞いていたけど、あの家にお母さんひとりで住んでいるのは、いかにもぽつんととり残された感じだった。もうひどく喜んで迎え入れてくれてね。そうそう、君が曳間の葬式に出席したことをとても感謝していたよ。遽《あわただ》しくてろくに話もできなかったのですが、よくお礼を言っておいて下さいなんて言われてね。僕は何とも複雑な気持ちで、それを承知してきたんだけど。

「君はよく知っているだろう。紫苑《しおん》の植えられた庭に面する、あの縁側を。秋になれば、あそこも淡い紫色に包まれて、すぐ向こうの深い藍の沼を背景に見事だろうと、つい空想に惹きこまれたけど、あそこで僕はいろんな話を聞かせて貰ったんだ。無論、理代子さんのこともね。彼女のことになると、さすがにお母さんも眼を屢叩《しばたた》かせてね。それでも曳間の想い出と共に、様ざまなことを語って聞かせてくれた。そのお母さんが忘れられないというのは、何でもいい、尖ったもの、例えば、千枚通しの先でも傘の先でも万年筆の先でも、とにかく尖ったものを上向きにして、そこにビー玉やらピンポン玉を乗せようとする、不思議な行為なんだね。勿論、そんなところに丸いものが乗せられる訳がない。だけど、いくら落っこちても、何回何十回何百回と、それを飽くことなく続けていたというんだよ。それがどんなに思い通りにいかなくとも、決して苛立った様子も見せずに、果てしなくその行為を繰り返しているんだ。何のためにそんなことをしているのかと尋ねても、ただ、これがこの上に乗っかって落ちようとしなくなった時に、世界が救われるのだと答えるだけなんだね。その表情はとても真剣で、親の眼にも神々しくさえ見えたというんだ。あはは、現代版の『シジフォスの神話』だね。でも、冗談じゃないのかも知れない。そんな虚しい行為を続ける人間がいるというだけで、この世界は少しでも救われているのかも知れないよ。僕はそう思う。

「話が逸《そ》れたけれど、甲斐。お母さんの話だと、君はその頃に曳間の家をよく訪れていて、彼女と一緒になって、その奇妙な行為のお手伝いをしていたそうじゃないか。

酬われぬ恋というのは、そんなものだろうか。いや、あるいは君は、そんな時が、最高に幸せだったのかも知れないね。恐らく、彼女は君にとって、ひとりの天使以外の何者でもなかったのだから……」

根戸は倉野の言葉を聞きながら、強烈な怯えを背筋に感じていた。甲斐の表情は、錯覚などではなく、確かにかつて見たこともないほどに歪められ、その眼は邪悪な光を宿している。根戸はその眼を、何かの記憶と照らしあわせるために急いで頭のなかのページを捲ったが、思いあたったのは、ブラム・ストーカーの『判事の家』に登場する、なにものとも判らぬいやらしい生き物の眼光だった。気弱な甲斐の隠された部分に、ひっそりと飼われるようにしてこのような凶悪な形相がひそんでいたのだとしたら、一体人間の本性というのは何だろう。曳間の姉という女性ばかりではない。今、こうして眠っていた狂暴性の一端を見せた甲斐も、そしてその狂暴性を眼醒めさせた倉野も、みんな狂っているのではないか。

根戸は顫えだそうとする奥歯を噛みしめながら、そっと甲斐の方に視線を移した。甲斐は強いて感情を押し殺すように、グラスの方にゆっくり氷を運びながら、低い声で倉野の話に答えた。

「面白いな。面白いよ。倉野。たいしたものさ。……それで、お前の言いたいのは、俺が曳間を殺した犯人だということなんだろ。今までの話の最中にも言いたいことはいろいろあったけど、まあそこまでは認めるとして、さて、俺は何故《なにゆえ》に、そしていかにして曳間を殺害したというんだ」

根戸のグラスのなかで、ゆっくりと氷が融けていった。恐ろしい睨みあい。きりきりと曳き絞られてゆくように、部屋全体がふたりの対話に耳を欹《そばだ》てた。

誰かが微かに、ひとつ咳をした。その機を狙ってか、倉野はほっと息を吐《つ》くと、眉を押さえるようにして再び語り出した。

「その前に、まず頭に止めておいて貰いたいのは、君が理代子さんに恋していたことを、たったひとり、知っていた人間がいたということだ。言うまでもない、それは曳間だよ。ずっと以前から気づいていただろうし、それでなくとも、自分の姉にそっくりの女性を紹介されて、これが最近、親しくつきあっている人だなどと言われれば、どんな鈍感な人物だって、ピンと来ない筈はない。そうだよ。君の気持ちは曳間には判っていたということ。これがひとつの前提なんだ。

「さて、君は、理代子さんの身代りとしての杏子さんとつきあった。そちらの方の結果はどうだっただろう。これは皆も承知の通りだ。事態は君にとって、あまり芳しいものではなかったようだ。僕達の眼には、杏子さんの方が君を適当にあしらったと映ったけど、そこのところの真相は僕には判らない。とにかく、いずれにせよ、君の想いは受け容れられるべき場所を失ってしまった。それは随分苦しいことだっただろう。……勿論君は、こんな言葉を望んではいないに違いないけど。

「しかし、人間なんて面白いものだね。最初から諦めなければならないことが判っている時は、どんなことでも存外堪えられるものなんだ。けれどもそれがいったん、違った方向から適えられる兆《きざ》しを見せられると、もう駄目なんだね。全く、杏子さんと出会った時の君の気持ちが、僕には痛いほど判るようだよ。君がずっと胸の奥底に強く抑えつけて、今ではすっかりその痕跡さえ留めていないかと思われていたものが、その止金を失い、みるみるうちに弾《はじ》け展がって、君の胸のなかを、薔薇色に埋めつくしてゆく様が。……何も僕が説明するまでもない。この時の君の気持ちは、そのまま君の描く油絵に投影されているものね。彼女と知りあうまでの君の絵は、写実主義的なところを模索していて、しかも概してバロック趣味の強いものが多かったね。ところが恰度去年の夏あたりから、君のタブローには抽象画的要素が横溢《おういつ》し始めるんだ。パレットには、より原色に近い色が用意されたし、そのタッチは、以前の〝塗る〟感じから、〝滑る〟〝迸《ほとばし》る〟感じになったじゃないか。……尤も最近は再び元に戻っているようだけど。

「全く、人間の抑制心なんて、少し異なった方向からの作用には、まるで脆《もろ》いものなんだね。君は忽ち有頂天になってしまった。曳間がそれをどんな眼で見ていたのかはもう判らないけど、もしかすると杏子さんを紹介された時から、彼は何らかの破局を感じとっていたのかも知れないね。そうなんだよ。無論、曳間がいくら優れた心理学者だろうと、その形がどんなものになるのかまでは予測がつかなかっただろう。しかし結局、その破局は思いがけず早く来たんだ。……」

根戸はぴくりと肩を揺らせた。

推理較べという催しが予定された時から、いずれこの三角関係が俎上《そじょう》に載せられずにおかないことは、ある程度予測がついていた。しかし根戸は、それがこんなにも苦々しいものだとは、結局のところ、考えてもみなかったのだ。

「結局、そのカタストロフィーが起こったのは俺のせいなんだな」

ソファーの黄色い毛玉を捲《むし》りながら根戸は言い、

「……しかしな、倉野。お前の今述べているそのことが、現代数学では、あ、あ、ありきたりなモデルで表わされるとしたらどうだい」

「どういうことだ」

倉野が眉を顰《ひそ》めると、根戸はテーブルをコンと叩いて、

「ふむ。それでは少しばかり、数学的な話をさせて貰ってもいいかな。ほかでもない。俺の言ってるのは、かの有名な『カタストロフィー理論』のことさ」

そう前置きすると、布瀬もアルコールのために少し蒼褪めた顔をこちらに向けて、

「ふふん。そういえば、聞いたこともあるな」

呑気そうにそう呟いた。

「その程度とは情ないな。カタストロフィー理論ってのは、この世に起こる総ての現象を解明するために生まれた、現代数学の鬼っ子なんだぜ。隠秘哲学やカバラの話なんかでない、最も合理主義的な学問である数学から生み出されたところに、この理論の値打があるのさ。よく聞いてくれ。まず、この理論の柱となる定理は、こういうものなんだ。つまり、『四次元時空連続体における、総ての現象に現われる不連続的な激変の型は、七種類のタイプのいずれかに該当する』とね。判りやすく言えば、自然界の総ての現象は、七種類の型しか持ち得ないということだ。念のために言っとくが、この理論で使われるカタストロフィーという言葉は、その不連続的な激変を差している。だから、それは何でもいい。膨らませていた風船が破裂する。繁栄していた経済が、突然恐慌に陥る。地震が起こる。勉強のできる奴が、急に成績がさがり、数学を専攻している者が、密教に狂い出す。赤ん坊が火のついたように泣き始め、どこかで戦争が勃発する……と、考えてみれば、この世は全くのところ、限りないカタストロフィーの繰り返しだね。そうしてそのなかには、勿論、今までおとなしかった者が突然殺人を犯す、という項目も含まれてるんだぜ。

「これらの総てが、たった七種類の型しか持たないというのは、ちょっと聞いただけでは嘘みたいな話だろ。しかし、数学の上ではそういうことになっちまうんだな。詳しい説明は避けて端的に言えば、その七つの型とは、折り目、楔《くさび》、燕《つばめ》の尾、蝶、双曲的臍《へそ》、楕円的臍、放物的臍と、それぞれこんな名称を与えられたものなんだが。いや、これは出鱈目なんかじゃない。正真正銘、本物の専門用語さ。

「はてさて、そんな前口上をいくら述べたって納得して貰えそうもないから、さっきの倉野の話で思いついた図を示すとするかな。いいかい、こいつは七つのカタストロフィーの型のなかでも二番目に単純な、楔の曲面によって表わされるものなんだが……」

そんなことを言いながら、根戸は取り出した手帳を開いて、そこに奇妙な図を描き始めるのだった。

甲斐以外の者は、好奇心に惹かれるままに、その図を覗きこもうと、身を乗り出して頭を集めた。

「その図が、殺人事件の真相を表わしていると言うのかね」

布瀬が皮肉っぽく口を出すのに続いて、ナイルズが、

「下手糞な図だね」

「ちぇっ、勝手なことを言ってるな。さあ、いいかね。この図には、三本の軸がある」

「なあに、座標の問題なの。僕、これだけはついて行けないよ。降参だあ」

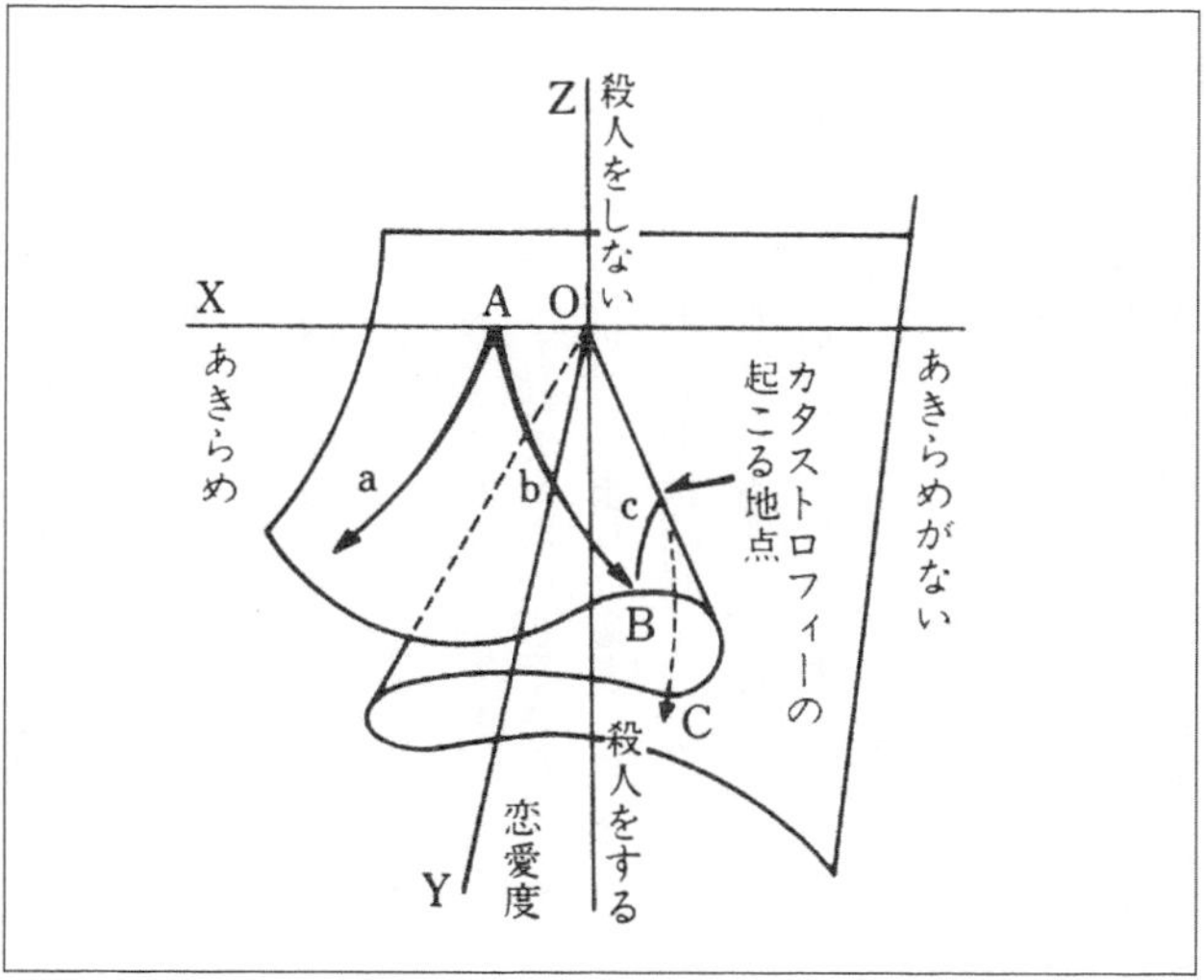

「まあ待て、ナイルズ。早まっちゃいけない。この軸はそれぞれ、このように、恋愛傾向、諦念傾向、殺人傾向を表わしてるんだよ。こちら側に来るほど愛情の大きい状態。この横の軸は、左側はあきらめている状態、右側は抑制心のない状態だ。そして、この面妖な曲面と垂直に交わっているのが肝腎の殺人傾向軸で、上側は殺人を犯さない。下側になると、殺人を犯す傾向が強くなる」

「あはあ、そういうことなら話は面白そうだ。で、どうなるの」

眼を輝かせて、ナイルズが頭を近づけると、根戸は万年筆をテーブルに打ちつけながら、

「これがつまり、甲斐の心理の、楔型曲面《カスプ》モデルさ。ほら、甲斐が杏子さんと知り合う前は、つまり、理代子さんとやらに恋をしていた時には、この平面上の、あきらめの強い状態、仮に言えば、この点Aから出発しているんだ。だから、理代子さんに対する愛情がいくら大きくなろうとも、この図で言えば手前の方向にひっぱられるだけだから、この太線aを辿るだけで、結局殺人を犯す心理状態には至ることがない。

「はてさて、それが、杏子さんの出現によって、事態がどう変わるか。それはこうだ。最初はあきらめの強い点Aにいるんだが、理代子さんにそっくりで、しかも彼女のように病気でも何でもない杏子さんとの交際は、甲斐の心理を、この手前の方向と共に、X軸の右側、つまり、あきらめなくてもいい方向へと牽引《けんいん》してゆくんだな。そうすると、甲斐の心理は結局、二方向の力によって、太線bの上を辿ることになるんだよ。これは誰の眼にも明らかだろう。

「しかし、これがこの状態のまま、ずっと続いたとしても、やはりこの線bは、決して殺人を犯す状態には行きつかない。ふむ。しかし、突如、甲斐と杏子さんの関係に、原因は何でもいい、ある障碍《しょうがい》がはいったとしたら、一体どうなるか。つまり、今まで蓄えられていた恋愛度が、一挙に御破算になった場合だな。

「勿論、その時の条件として、線bが、Y軸の上を横切った充分あと、つまり、甲斐の抑制心が、すっかり解放されてしまった後とする。例えば、この点Bの処まで来た時に、その情況が突発したとするなら、甲斐の心理状態は、再び線bを後戻りして、点Aにまで還ってゆくのだろうか。いや、実は、そんなふうにはならないんだぜ。そこがつまり、倉野がさっきも言った通り、人間の心理の面白いところさ。どういうことかというと、恋愛度の方は否応なく原点Oにまで引き戻されるんだが、諦念度というか、抑制度の方は、そんなに急激に変動できない。それでどうなるかというと、結局、恋愛度の方だけが急速に冷めてゆく結果、点Bからの心理軌跡は、Y軸にほぼ平行な、太線cを辿ってゆくんだ。さて、御立会い。

「注意すべきは、線cをずっと辿ってゆくと、ついには平面の折れ曲がった縁にまで到達してしまうことだ。さて、そこで一体、どういうことが起こると思うね。縁《へり》へ来ても、飽くまでX軸の方向へひっぱる力は否応もない。そこで、一同御期待の、例のカタストロフィーが起こる。つまり、何のことはない。縁からはみ出した甲斐の心理状態は、つんのめって、下側に待ち受けている面まで、まっさかさまに墜落しちまうんだな。そこでみんなも気がつくと思うんだが、その落っこちた処の点CをZ軸に照らしあわせてみると、まさしく殺人を犯す状態に陥っていることが一目瞭然だろう。そうなんだよ。甲斐の墜ちた処はまさしく奈落の底であってさ。ここに突如、普段はおとなしい甲斐が、曳間を殺害するというカタストロフィーが成立する訳なんだ。

……判ったかい」

言い終わって唇を舐めながらテーブルの周囲を見渡す根戸に、最初に口を開いたのはナイルズで、

「でもさ、根戸さん。その移動する点が、重力に牽《ひ》かれるのでもないだろうに、下へ落っこちるというところが、どうもクサイね」

「あはあ、ナイルズ。お前、ひょっとしてこいつを、パラドックスの問題か何かと勘違いしてるんじゃないのか。この図は単に、その考え方を示しているだけなんだぜ。まさか俺だって、甲斐の頭のなかに、こんな妙な恰好の紙っぺらみたいなものがあって、その上を心理状態が彷いまわったり墜落したりしているんだなどとは思っちゃいないさ。ただ、人間の感情の変化もカタストロフィーの七種類のモデルのうちのひとつに、ぴったり重なってしまうということを述べてるに過ぎないんだ。納得できないのなら、この面をさらに、真上から見たところのコントロール平面として……」

「だけど、根戸さん」

さらにその図の下に、何かを描こうとする根戸を差し止めて、しばらく沈黙を守っていたホランドが口を出した。青のナイルズとは別に、黄色のシャツを着ているホランドは、黄色い照明のなかで、色の存在を感じさせなかった。

「根戸さんの言ってるそれは、単に、倉野さんの仮説のモデル化に過ぎないじゃない。そうだよ。いろんな具体例をもとにそれぞれの数値や関数を決定して、そこから

そのモデルの操作によって、甲斐さんが殺人を犯さずにはおれない状態にいたことを、のっぴきならないまでに証明してしまうのならともかく、今の話からは、何物も生まれてこないと思うんだけど」

「あはあ、それはまさしくそうだよ。何、俺は全くのところ、倉野の仮説を、純粋に数学的な立場から言い換えるつもりで、こんな話を持ち出しただけさ。だから、茶々はもうこれでやめて、俺はすぐさまひっこむんだ。さあ、倉野。勝手に後を続けてくれ」

言い終えて後ろにふんぞり返ると、ナイルズは狐に抓まれたような顔をして、何か言いたそうな視線を倉野の方に戻した。倉野は依然、懶《ものう》げな表情を変えぬまま、ふと微かな笑みをのぼらせると、

「ははあ、全く、根戸。君らしい牽制だね」

それには応えようとしない根戸から、黙りこくっている甲斐の方に再び顔を向けた。

「話の段取りが少々狂ってしまったけど、結局のところ、破局は起こるべくして起こったのだということ。そうだよ。君は、杏子さんとの関係が旨くいかないことを悟った時、どうしてももう一度、理代子さんとの問題にぶつからねばならなかったんだ」

「だけど少し変だと思わない。それなら甲斐さんは根戸さんをこそ殺すべきじゃない

の。殺されたのは曳間さんなんだよ」

「いや、そうじゃないんだ。もしも殺害の対象に根戸を選べば、甲斐は理代子さんを裏切ることになってしまう。なぜならそうした時、問題は杏子さんの方に完全に移ってしまったことになるからね」

その言葉に甲斐は、堪えきれなくなったように声を絞り出した。

「それで……それで、俺は一体、なぜ曳間を殺さなければならなかったんだ。……ほかの誰でもない、曳間を殺さなきゃ……」

「さあ、それだよ。殺人を実行する心理状態にまで陥ってはいても、その対象に曳間を選んだからには、それ相応の決定的な要因がなければならない。理代子さんの幻影である杏子さんが、やはり幻影に過ぎないと気がついた君は、そして再びのっぴきならぬ恰好で理代子さんへの思慕と直面せざるを得なかった君は、そこでどんな種類の扉をくぐり抜けたのか。……それはこうなんだ。既に抑制心を失っている君は、是が非でも、とにかく理代子さんへの想いを結実させなければならなかった。そうしなければ、君の精神はもう均衡を取ることさえできない状態下にあったんだ。心のバランスを失ったあげく、そのまま発狂してしまうのか、それとも手綱から解き放たれてしまった巨大な欲求を貫き通すのか。これは無意識・前意識領域からの、絶対命令だったんだよ。

「しかし勿論、その欲求を真正直に遂行できないことは、これも絶対条件として君の前に立ち塞がっている。はてさて、こんな時、一体どうすればいいんだろう。ふたつの絶対に挟まれて、ただ静かに精神の崩壊を待つしかないのだろうか。いやいや、そうではない。真正直に欲求を貫くことはできなくとも、問題は常に、その欲求の満足という点にかかってるんだ。従ってそこで、理代子さんへの想いには、ある操作が加えられることになる。代償というのか置換というのか、とにかく、その操作によって歪められた衝動を解放することによって、最初の欲求の肩代りを果たさせる訳だね。

「さて、その場合問題になるのは、甲斐の性格にほかならない。心理学においては、個体が何らかの障碍《しょうがい》によって欲求の満足を阻止されている状態をフラストレーションと呼ぶけど、そのフラストレーションに対する反応によって人間を大別すると、自罰的反応及び外罰的反応という型になるそうだ。このうち、自罰的反応型の人間の場合、最初の欲求はどういう具合に歪められるのかというと、罪と自責の感情を伴って攻撃衝動が自分自身に向けられる。それが大きければ、自殺衝動となって表われる訳だ。ところで甲斐の場合はどうだったのかというと、その歪曲的操作は外罰的反応の方向に誘導されたことに間違いない。

「ローゼンツワイクによると、フラストレーションに対する外罰的反応というのは攻撃が環境などに向けられるもので、怒りや憎悪を伴うとある。さて、この場合、理代子さんへの想いに、一体どういう歪曲が加えられるのか。……僕の出した結論とはこうだった。理代子さんへの思慕に抑制がきかなくなり、しかもその想いの報われることが、全くあり得ない状態があって、君がそのどうしようもない感情を、自分自身以外のものに憎悪としてぶつける場合、曳間をその対象にする以外、ないのだと。そうだよ。これは大きなさかさまなんだ。その時、理代子さんへの愛は、理代子さんを最も愛している者への憎悪へと歪められてしまったんだよ。ああ、君はあるいは、そんなことさえ自覚していなかったのかも知れない。自分の頭のなかで、どんなメカニズムによって葛藤が歪められていったかも知らず、ただただそのことを実行するほかなかったのかも知れない。……そうなんだよ。君はとにかく、自らの精神のバランスを保つために、曳間を殺さなくてはならなかったんだ。

「恐らく、曳間自身、君と杏子さんとの間を見ていて、そのことに気がついたんだろう。だからこそ、彼は行方を晦《くら》ましたんだよ。そうしてその間に、君の解き放たれた攻撃的な衝動が抑制されるよう、時間的な猶予を持たせようとしたんだ。あるいはひょっとすれば、そんな甲斐の精神状態そのものが、曳間にとっては興味深い対象だったのかも知れない。殊に、人間が殺人に赴《おもむ》こうとする状態から、そうでない状態に移る、その一瞬はどこにあるのかという問題には、非常な興味があったに違いないだろうね。

「言い換えれば、それもひとつの『不連続線』にほかならないだろう。曳間が雛ちゃんに喋った言葉の意味は、そんなところにあったのだろうと僕は想像している。何、あの《黒魔術師》と仇名された曳間のことだ。カタストロフィー理論の応用かどうかは知らないけど、実際にその時期がいつ頃なのか、見当をつけていたに違いない。そして、それがまた、彼にとっての大きな陥穽《かんせい》でもあったのは、何とも皮肉な話としか言いようがない。

「そうなんだね。曳間は大きな誤算を犯していたんだよ。そうでなくて、どうしてあんなにたやすく、心臓をひと突きでやられてしまうものか。自分の推測を信じきっていたからこそ、彼は僕の部屋にしろ、甲斐と対峙《たいじ》する機会を持ったに違いないんだ。ねえ、甲斐。君と曳間の間に、いつ僕の部屋で落ち合うような連絡が交されたのか、そしてそれはどちら側の提案だったのか、それは僕には判らない。だけども、君の殺人衝動は曳間の予測を越えるほどに根強く、生半可な抑制力ではきかないものに膨れあがっていたんだね。僕に判るのはそれだけだ。君がいかに理代子さんを愛していたのか。……そうしてそれゆえに、君はついに曳間を殺さなければならなかった……」

　そう呼びかける倉野の声には、いたわりさえ感じとれた。そしてそれを受けとめる甲斐は、相変わらず面を伏せ、小刻みに肩さえ顫わせていた。少なくとも、根戸にはそう思われた。が、顫える肩は次第に不自然な動きにまで昂まっていった。宙空に釣りあげられるように、二、三度痙攣を見せる。

「おい、甲斐？」

またしても根戸はあちら側を覗きこんだような気がした。甲斐は、おかしさを必死に押し殺していたのだ。声にならない笑いを怺《こら》えつつ、そして今、ついに怺えきれなくなったように、微かな声が洩れたかと思うと、それは忽ち爆笑へと変わっていた。

7　殺人狂想曲

甲斐の笑いに度肝を抜かれたのは、根戸だけではなかっただろう。しかしそのなかで、全く平静を保っているのが倉野だけだったこと自体、どこかしらつくりものめいたところがあった。

そのとき根戸は、ホランドの様子がおかしいのに気がついた。想いつめたように脣を嚙み、膝の上で組んだ掌のなかで、両手の拇指《おやゆび》の爪を突きあわせ、ぷつぷつと神経症的な音を立て続けているのが、向かいの布瀬には耳障りらしく、ホランドと甲斐を見較べていたかと思う間に、

「おい。いい加減にしろ！」

そう怒鳴った。

アルコールがはいればはいるほどに蒼褪めてゆく体質というのは、傍目にはあまり気持ちのよいものではないが、殊に布瀬の場合、細いひと重の瞼のまわりが次第に青黒く沈んでゆき、それに反して三白眼の瞳だけが妙に潤んでゆくとあっては尚更である。そんな布瀬の怒鳴り声を、甲斐は自分に向けられたものと思ったのだろう、哄笑を押し留めて、

「あはは、いや、倉野。大したもんだよ。たったひとつのきっかけから、これだけ見事な大作が描かれてゆく様など、ちょいと拝めるものじゃないからねえ。いやほんと、お前は俺なんか及びもつかない心理学的探偵さ。脱帽する。……で、勿論、犯行方法の話がこれから始まるんだろうね」

挑発ともとれるその言葉に、眉根ひとつ動かさず、倉野はゆっくり言葉を返した。

しかし、その意外さに、今度は確かに他の四人全員が呆気にとられた。

「物理的な犯行方法に関しては、僕は何も判らない」

これには、甲斐も返す言葉がなかった。

一拍遅れて布瀬が、

「何だって」

そう叫んで腰を浮かしかけた。

「どういうこったね。それでは事件の解決にも何もなっておらんぞ。合理的な犯行方

法を指摘してこそ、その推理は初めて意味をなすのだぜ」

しかしそんな非難の言葉にも、倉野は疲れたような笑みを浮かべたまま、

「だけど、実際そうなんだ。甲斐のアリバイを証明するのは真沼・羽仁・ナイルズと、三人もいる。尤も、死亡推定時刻あたりのアリバイは、ただ真沼と一緒に高田馬場をうろついていたとだけしか聞いてないから、つきつめて調べれば真沼の偽証を仮定せずに穴をあけられるかも知れない。しかし三時過ぎの方に関しては、どうしても三人の偽証が必要になってしまうんだ。それは勿論、第三者に殺人を依頼したのなら話は簡単だけど、どちらにしても共犯者がいない限り、甲斐の犯行は不可能と言うほかない。……判ってるよ。推理の戒律に、共犯者の排除を提案したのは僕自身だ。そして僕は今でも、それを撤回するつもりはない」

「ハハア、すると、お前は一体、何が言いたいのだね。お前自身、ありもしないと判っていることを、今までさも現実らしく説明してきたのかな」

じりじりしているふうに布瀬が問いかけても、

「うん。まあ、そう言ってもいいのかも知れない」

と、至って手応えのない返事しか返ってこない。そこでついに堪忍袋の緒を切らしたらしく、布瀬は青筋さえ浮きあがらせて、

「倉野！　貴様、吾輩達を馬鹿にしているのか。結局合理的な解決を思いつかなかっ

ただけだろう。それならそうと、潔く言うことができんのか」

そう激しく喚きたてた。しかし、根戸にはむしろ、倉野がそんなふうに自分でも信じていない仮説をでっちあげたにせよ、それを指してこれほど激昂するという方が不思議な気がした。しかし、飽くまで布瀬の瞳は、思考を読みとることを拒むかのように潤んでいる。何なのだろう。一瞬そういった疑問が脳裡を掠めたが、しかしそれも次の倉野の言葉にかき消されてしまった。

「本当のことを言えば、ただひとつ、辻褄のあう説明がないでもないんだ」

「それは」

逃げてしまいそうな艫綱《ともづな》に手を伸ばすように、間髪をいれずナイルズが言葉を挿むと、倉野は唇を奇妙に捩《ねじ》曲げてみせた。

「つまり、僕があのアパートに帰ってきた時点で、あの建物のなかには誰もいなかったのではないかと、ね」

「すると、靴がなくなったのも、閉めた筈の戸口が開いていたのも、機械的なトリックに過ぎなかったと――そういうことなの」

「しかし」

と、布瀬もナイルズに続いて声を絞り出して、

「吾輩もそれに関しては、さんざん頭をひねくってみたものさ。しかし靴だけは、瞬

間的に灼きつくしてしまうか、それともかなり巨大な風船で空に飛ばしでもしない限り、消し去ることはできん。第一、そんな装置を仕掛けたとしても、どうしたってその痕跡は残らざるを得ないだろうが」

「そうなんだ。機械的トリックも、恐らく不可能なんだよ」

これもあっさりと手応えもなく肯定してしまう。再び頭に血をのぼらせた布瀬は、

「はっきり言え。何が言いたいのだ！」

そう叫んでテーブルを思いきり叩きつけた。その途端、グラスが一斉に躍りあがり、そのうちのホランドのものが、彼の掌を滑り抜けて床に落ちた。

「あっ」

小さな叫びはホランドのものだった。それにうち重なるようにパーンと音がして、黄色い床にジュースが飛び散った。まるで卵を落としたようだった。

――変だ。

何がその変な部分なのか、自分でもよく判らない。しかし、確かに根戸にはそんな予感がした。その予感に、倉野の言葉が割りこんだ。

「はっきり言うと、こうなんだ。あの時、あの踏板の前には、グレーのデザート・ブーツなどなかったんじゃないか、とね」

頭のなかを走り抜けたその言葉に、しかし今度は根戸が、思わず奇声を発してい

た。

「何だって。倉野。お前」

「いや、待ってくれ。僕は、決して君達を馬鹿にしている訳じゃない。僕はただ、こういうことを述べてるだけなんだよ。つまり、甲斐が犯人だという僕の直観と、それを支える動機に関する推理が正しいとするなら、あそこに靴があったという僕の目撃した現実の方が間違っているということにならざるを得ない。……ふふ。『心理的証拠と物理的証拠が互いに矛盾する場合、物理的証拠のほうが間違っている』というテーゼを持ち出したのは甲斐だったけど、これはその極端な例とでも考えて貰おうか」

「だって、それは無茶苦茶だぜ。お前、今更靴は存在してなかったなんて、前言を翻《ひるがえ》すつもりかよ。そりゃないぜ。一体俺達は、何を信用して推理を組立てりゃいいんだよ」

必死に喰いつく根戸達に、

「いや、そこは誤解しないで貰いたいんだけど、僕は確かにデザート・ブーツを眼にしたし、戸口もちゃんと閉めた筈だ。それは、今でも確かにそう証言できる。ただ僕の言っているのは、それらが幻覚に過ぎなかったのではないかという、ひとつの仮説の提唱なんだよ」

「ホホウ、これは妙だ。お前自身の言葉で言えば、曳間の令姉に倣《なら》った訳でもあるまいに、あっは、針の先に丸い玉でも乗っけようとしてるようだぜ。するとお前は、自らが体験し、そう確信してもいることを、全く否定しようともいうのだな」

右眼の下あたりを歪ませながらの、そんな布瀬の皮肉にも、

「そういうことだね」

「しかし、倉野さん。やっぱりそれは無茶苦茶だよ。だって、事実を否定してもいいのだったら、僕達、やっぱり推理較べなんて続けられないじゃない」

「そうだろうね」

取りつく島もない倉野の返事に、さすがのナイルズも頭にきたらしく、

「ねえ。一体、どういうことなの。全くいつもの倉野さんらしくないや」

責めるように言うと、倉野は憂鬱な表情にさらに翳を落として、これまた意外な、しかし聞きようによっては負け惜しみともとれる答をよこした。

「ナイルズ、君からそんなことを言われるのは心外だね。僕は、君ならこの意味を汲み取ってくれると思っていたんだけど。……よく考えてほしいな。僕がなぜ、こんなことを言うのか。ほかならぬあの小説を書いた君には、判る筈なんだよ」

ナイルズが眉を顰《ひそ》めるのも無理はなく、一同は狐に抓まれた想いで、倉野を瞶めるばかりだった。犯人として名指された当の甲斐ですら、事態が妙な方向に向かうのをどう受けとめてよいものか判らぬらしく、結局ふてくされたように、再びソファーの

なかに凭れこんだ。しかし、それに反して黙っていられないのが布瀬で、「ハハア、私は牡蠣《かき》のように口を鎖す、か。まあ、それもいいだろうよ。心理の動きに関する展開部《ドウルヒヒユールンク》はなかなか見事なものだったが、残念ながらその結尾が話にならない。もう一度だけ確認しておくが、お前は確かに靴を目撃したのだな」

「ああ」

頷く倉野に、布瀬はとどめを刺すように、

「では、お前の説は、甲斐のものと同様、取るに足りぬものと看做《みな》さねばならん。さて、それではお次の番は、ホランドだったな」

溢《あふ》れたジュースをダスターで拭っていたホランドは、そう呼びかけられて、はっと布瀬の顔を見あげる恰好になった。

それはホランドの失策だったのかも知れなかった。

根戸に確かにそう思われたのは、ホランドの表情には、困惑の色がありありと窺えたからである。いつものホランドには似つかわしくないことだった。恐らく布瀬の喋った言葉の内容は聞いていなくて、自分の名前だけに反応して顔をあげたのだろう。開き加減の唇からは、しかし決して声が洩れ出る様子もなく、かと言って凍結される訳でもなく、ゆっくりと漂うふうにさえ見えた。

微かに軀を顫わせながら、そうしてしばらく躊《ため》っていたが、

「僕は……」

「オヤ、どうしたね。遠慮しなくていいのだぜ。勿体ぶらずに早く御披露願いたいね」

布瀬がそう畳みかけるのに対して、ホランドはようやく、半ば諦めたように答えた。

「僕は、棄権する」

いちばん驚いたのはナイルズだっただろう。

「ホランド？」

そう呼びかけて、思わず腰をあげたが、相手の反応がないのを見てとると、慌てて傍《かたわら》に駆け寄った。

「ホランド、どうしたの」

そう耳許で呼びかけられ、肩を揺すられても、ホランドはここならぬものを瞶めながら、必死で思考回路を働かせているように見えた。波打ち際で砂の城をつくっている子供。――そうして見ているうちに、何回か少年のなかで、組立てているものが崩されてゆく様が判るような気さえした。

「気分が悪いんだね。向こうの部屋に行く？」

心配そうに覗きこむナイルズに、やっと小さく頷くと、ホランドはふと現実に戻っ

たらしく、こちらにちょっと唇を綻《ほころ》ばせてみせて、殆ど聞きとれぬくらいに、

「……どういうつもり」

そう呟いた。

「え、何だって」

横にいた甲斐が訊き返したのだが、もうそれには答えず、ホランドはナイルズに連れられて、別室から外に出て行った。

布瀬が肩を竦めながら、

「次から次に、一体どうしたというのだね。てんでに狂想曲《カプリッチオ》でも始めたのかな。あるいは諧謔曲《スケルツオ》という方が似合ってるか。いやはや、全く、この場になってどぎまぎしているようでは話にならん。総ての証拠がたったひとりの人物を名指しているなどと大見得を切ったのは、どこのどなただったかな。まあ、文句を並べても仕方ない。どうやら我がファミリーの御歴々は、とんだ名探偵揃いらしいということだな。……それではいよいよ、吾輩が登場しなくてはなるまいね。甲斐にしろ倉野にしろ、その着眼点は決して悪くはなかった。ふふん、つまり、今度の殺人事件においては、心理的証拠を重視せねばならん。その点に気づいたところは、さすがと言っておこう。あっは。しかし、そのふたりがふたりともに、見当違いの過ちを犯してしまったのはなぜか。それは、心理学的推理法という奴は、ともすれば独善的な、と言って悪ければ、

どうしても演繹的な推論の過程《プロセス》を踏みやすいためなのだぜ。それであるからして、その危険性を肝に銘じておかなければ、今のようなトンデモナイ結論が引き出される結果を生んでしまうのだな。言わば、陥穽は、頼って進んだ羅針盤そのものに、黒ぐろと展《ひら》かれていたという訳だ。

「はっきり言ってやろうか。甲斐。お前さんの発想は、最初から最後までこじつけに過ぎん。考え方にも一貫性がなく、真実すら無視した、全く取るに足りん解決だ。倉野の発想について言えば、勿論、曳間が秘密にしていた、精神病の姉の存在というところからで、こちらは幾分見どころがあったが、いかんせん、甲斐を犯人と看做した時点で、やはり物理的な事実の方に論理のしわよせが来ることが決定されてしまった……」

話を聞きながら、根戸は甲斐の反応を窺った。しかし既にその表情は、単なる邪気のないふくれっ面でしかなかった。それでは、先程の邪悪な眼は何だったのか。根戸は、ひょっとしてあれは、自分の幻視だったのかとさえ訝しんだ。頭の歯車が少し狂っているのは、ほかならぬこの俺ではないのか。そんな想いが、じくじくした虞《おそ》れと共に脳裡を掠め過ぎた。

――冗談じゃない。あの久作の『ドグラ・マグラ』のように、この現実のように見えている今度のこと総てが、いつか知らず、狂気の世界に足を踏み入れてしまった俺の、ほんの一瞬に頭に描いた、妄想か夢の類いに過ぎないとしたら。

そうとでも考えなければ、この場の全員が悉《ことごと》く狂ったように見えてくるこの情況を、どうしても説明できないように思われる。そして、そう考えあわせると、ナイルズの書いた『いかにして密室はつくられたか』の一章の末尾に示された、「今度の事件は、変格探偵小説的にならなら、一応の解釈がつけられる」という言葉も、極めてぴったりと符合するではないか。根戸は脣を噛みながら、黄色い空気に充たされた部屋のなかに視線を泳がせた。

――この部屋のせいさ。

根戸はそう思い直した。夥しい異形の住人達に埋めつくされたこの『黄色い部屋』は、確かにそのなかにいる人間の精神を、一時的におかしくさせる力を持っているのかも知れない。ただ根戸は、この今、自らの推理に従って進むしか、ほかに頼れるものを持たなかった。

根戸は馬鹿げたほどの大きなシャンデリアを見あげた。微弱な黄色の光はほぼおっと拡散していて、部屋の隅ずみに至るまでに、闇のなかに呑みこまれてしまうふうでもあった。

8　もうひとつの空席

「いいかね。ふたりと同様な過ちを犯さぬためには、一体どうすればよいか。……それは全く簡単なことであってね。要するに、まず現実に浮かびあがった矛盾点から、推理を出発させねばならないということなのだ。ハハン、つまり、靴の盗難やら曳間の令姉などという、それ自体何の矛盾も含んでいない事柄からでは駄目なのだぜ。はっきり言って、お前達がまるで拒絶反応でも起こしているようにその傍をするりと避けて通り過ぎてしまったところの、ありありと姿を現わした矛盾をこそ、発想の核にしなければ……。あっは、どうせお前達は、吾輩が何を差しているのか、とっくに気づいているだろうよ。その通り、それは吾輩の目撃した白昼夢にほかならない。

「よく考えてもみろ。各人の証言と、現実との間に齟齬《そご》が現われているのは、吾輩の見たところ、これが唯一のものだ。しかも、吾輩がそいつを目撃したのは、全く偶然の出来事であるからして、この現実に浮かびあがった齟齬は、殆ど無条件に信用してよいのだ。あっは、齟齬を信用するというのも妙な表現だが、実際のところそうなのだよ。つまり、『偶然ゆえに吾信ず』という訳だ。影山の言いまわしを拝借するならば、吾輩は犯人の組立てようとしていた、架空の四次元連続体の断面を垣間見てしまったということかな。……ふふん、しかし、まだ肝腎のふたりは戻って来ないが、一体何をやっとるのかね」

そんなことを言いながら、布瀬は黄色い扉の方に視線を向けた。彼の疑問通り、扉はいっかな開かれる気配もなく、半ば薄闇のなかに呑みこまれるかのように、静かに立ち塞がっていた。ふと、彼らのいる別室に、微かな不安が空気の揺らぎに乗って、音もなく展がり伝わったような気がした。根戸は、もしかするとこの夥しい人形達の私語は、そんな一瞬を狙ってなされるのではないかとも考えていた。雰囲気という言葉では遠く、気配という言葉ともどこか異なった、人間の感覚機能からほんの一歩踏み出した部分でなされる人形達の交信。しかしそれは、やはり根戸のヴィジョンのなかでは、ぽとりと落とした一滴の油が、油膜となって水面をぱあっと走ってゆくふうに伝播《でんぱ》した。

その展がってゆくさざ波のようなものがこの眼に見えたなら。というより、視覚を越えた部分で、ありありとその様を捉えることができたなら、彼もこのもどかしい謎を踏み越えて、ぽっこりと白い輝きに充ちた場所へ抜け出られるに違いない。

尤も、そこはこの現実から顚落《てんらく》してしまって初めて行き着ける、戻り道のない失楽園なのかも知れないのだが。

「まあ、あのふたりがいないのは、それはそれで好都合かも知れん」

根戸の思惑などまるで知らぬげに、布瀬は例の潤んだ眼を戻して、彼の推理を続けた。

「とにかく、現われる筈のない処に、現われる筈のない人物が現われたという点を、我々はもっとよく瞶めなくてはならないのだ。さて、吾輩は、ナイルズの書いた小説の第一章にもある通り、十七日の不在証明提出の会合の席上において、ふたりの証言からひとつの鍵を見つけ出したと述べたが……」

そこまで布瀬が喋った時、根戸は無表情な声で、

「勿体ぶるなよ。要するにふたりのうちのどちらかが犯人だってんだろう」

と横から口を出した。

ところが意外なことに、布瀬の方ではちゃんとその反応は計算にはいっていたらしく、まんまと獲物がとびこんできたと言わんばかりの笑みを浮かべて、

「あっは。そんなあたり前のことを、吾輩が殊更に勿体をつけて喋るとお思いかね。いや、情ない」

「何だって」

少々面喰らったていで甲斐が問い返すと、布瀬はますますしたり顔になって、

「うっふふ。まあ仕方あるまい。あの時点では、さすがにこの吾輩にも、単なる直観でしかなかったのだからな。……しかし、吾輩はついに確信することができたのだ

よ。それはほかでもない、このナイルズの小説によってなのだ」

「えっ？」

思わず根戸も、そう訊き返していた。布瀬の舌勢では、解決の鍵が、総てこの『いかにして密室はつくられたか』と題する小説の文中に隠されているということらしいが、果たしてそんな一節があったものかどうか。

根戸は急いで記憶のページを捲《めく》ってみたが、どうもすぐには、それらしい文章も思い当たらない。

「あっは。どうしたね。急に元気がなくなったようだが、皆目見当もつかないというところか。やれやれ、御立派な探偵揃いだな。……いいかね、ヒントを与えてやろう。勿論それは、小説のなかの小説の部分、つまり、後半の第二章に現われて来るのだが。……と、こう言ってもピンと来ないか。殊に倉野、お前がボヤボヤしているのはいかんな。ほかの者が気づかなかったのは、まあ許されるとしても、薬学部在籍のお前が見過ごしたとすれば、こいつはもう破門ものだぜ」

「何だって」

情況は二転三転して、今や完全に、その場の空気は布瀬の支配下にあった。

そのなかでひとり自分だけの想いにひたっていた倉野までも、ぽかんと呆れ顔を向け、布瀬の得意さは頂点に達したようだった。

「判らんかね。血の循《めぐ》りの悪いことだ。吾輩がこう言うからには、その鍵と言うのは薬学に関係した事柄に違いないと、ピンと来てほしいものだがね」

「薬学？　とすると、視物質とかいう奴かい」

根戸が首をつき出すと、布瀬はゆっくり頭を振って、

「残念ながら、答はノンだ」

「そうすると……エクゴニンとかいう、アルカロイドの件かね」

「あっは、ようやくそこに辿り着いたか。しかし、客観的に見て、あの部分にいかにもとってつけたような印象を受けないものかね。……ふふん。まあ厭味はこれくらいにしておくが、あそこに籠められた意味あいはというと……」

そう言いかけて、ニヤリと北叟笑《ほくそえ》むと、

「いやいや、やはりここのところは、クイズ仕立てでいきたいね。ここまでヒントを与えたのだから、後は自分達で考えて頂くことにしよう」

布瀬はテーブルの上にあったナイルズの小説を取りあげ、ぱらぱらと紙を捲っていたかと思うと、

「9の『犯罪の構造式』だったかな。……よし、これだ」

指差したのは、先程も皆が確かに眼にしたところの、エクゴニンなる物質の構造式だった。

甲斐と倉野と根戸の三人が、頭をつき合わせるようにして覗きこむ。

「はあ、これが、今度の事件の真相を表わしてるって」

そんなことを呟いてはみたが、根戸は殆ど考える気さえおこらなかった。倉野の方を窺い見ると、そちらは眉根に深い縦皺を刻みこんで、じっとその図を凝視している。やはり、薬学を専攻する者としてのプライドなのだろうか、と、考えている間に、倉野はふと一層眉を曇らせたような素振りを見せて、うん、と大きく頷いた。

「おお、さすがに早いな。何に気づいたね」

水を向ける布瀬に、

「うん、この図には、少しおかしい点があるね」

「何だって」

思わず叫んだのは甲斐と根戸で、

「そんなの、俺達に判らないのはあたり前じゃないか。ちぇっ、考えただけ損をしたな」

口を尖らせる甲斐に、倉野は、いや、と言い返して、

「そうでもないよ。この図のおかしい点は、素人でも指摘できる類いのものなんだ。つまり、この R_2 の部分……」

そう説明し始めた時、すかさず布瀬が割りこんで、話の続きを語り出した。

「そうとも。この R_2 の部分の列として、エクゴニンなら OH、コカインなら OHC_3、シナミールコカインも同様に OHC_3 とあるのだが、……おやおや、これはどうだね。いずれもが R_2 の根元に酸素原子がくっついているではないか。これは妙だね。元来構造式とか分子式というものは、なるべく簡略に書くべきものであるから、この図はこう表わすのが本当ではないかね」

そう言って布瀬がその図の下に書き並べたのは、前の図と一部分だけ異なったものだった。

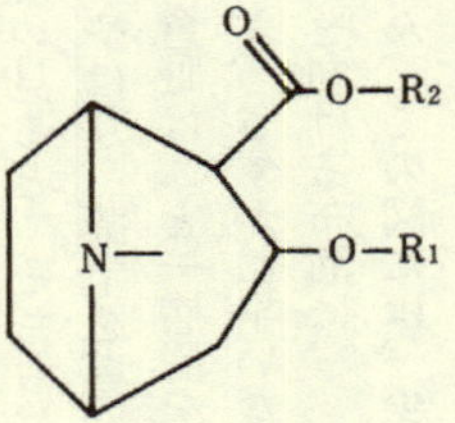

「こうしておいて、R_2 のところの例を、それぞれ H、CH_3、同じく CH_3 とするのが正解だぜ。判るかね。吾輩の言いたいことが」

根戸は、成程、と納得しつつも、咄嗟のことで、布瀬の言葉の真意が判らず、

「で、それが一体、どういうことになるんだ」

と尋ね返した。

そしてまた、この言葉も布瀬にとっての絶好の合の手だったらしく、彼は大袈裟に絶望の素振りを見せて、

「オイオイ。これほどのぼんやり揃いとは、吾輩も情なくなるな。しっかりしてくれよ。いいかね。吾輩が今喋っているのは、このナイルズの書いた小説に、事件解明への鍵が隠されているということなのだぜ。この構造式が、どういう必然性を持ってここに書き記されていたのか、もう一度よく冷静になって想い出してみるのだな。……つまり、この前の方のページで、我々ファミリーのなりたちを再検討する場面があって、それを図にしてみるとこのエクゴニンとやらの構造式にそっくりになる、と、だいたいそんな感じで話が進んでいた筈だがね。ハハン、つまり、この構造式は、我々ファミリーの、ひとつの象徴のようなものとして登場する訳なのだよ。ところが奇妙なことに、その構造式が一部分ではあるけれども故意に歪められたしろものであることが、今こうして明るみに出た訳だ。とすると、これはどういうことになるのか。……まあいい。我々ファミリーの構成図とやらを見れば、一目瞭然だろう。これだ」

布瀬の指差す先の、

「ここだ！ この、ナイルズとホランドの処に、もうひとつの空席がこなければならないのだ」

鋭く言いきって、布瀬はぐるりと三人の表情を見渡した。

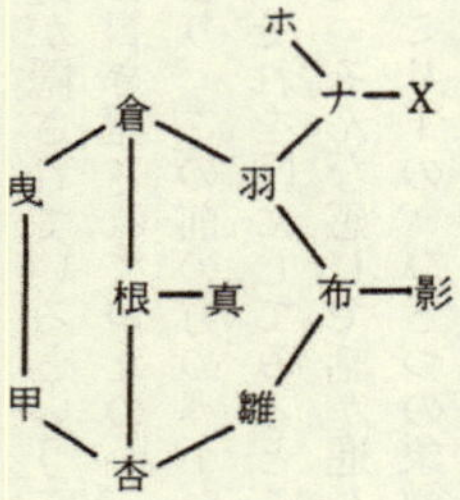

「すると、君は――」

「その通り。奴らは双子ではない。三つ子の兄弟だったのさ」

その言葉は今までとはうって変わって、低く囁かれるように布瀬の口から洩れた。

もうひとつの空席。

根戸は自分の傍を瞶《ぬすみみ》た。どこかしらとんでもない場所に、そんなおかしな空間が、ぽっこりと座を占めているような気がした。人ひとりぶんのその見知らぬ空間は、あるいは彼らのうちの誰かに、そっと寄りそうようにして存在しているのだろうか。

「ここまで言えば、吾輩の目撃したものが、その三つ子の兄弟の今ひとりであるということは察することができるだろうよ。そうなのだぜ。七月十四日の十二時半頃、倉野の部屋の近くをうろうろしていたのは、ナイルズとホランドにそっくりな、第三の少年だったという訳なのだ」

「しかし、そんな突飛なことって」

「そうだよ。そんな話、これっぽっちも聞いたことがない。だいたい、その三番目の少年というのはどこに住んでるんだ。それともあの美しい母親ともども、僕達をペテンにかけていたとでもいうつもりなのかい」

「それについては、まず吾輩の話を聞いて貰わねばならん。まず、吾輩がいかにして、このような推理に至ったかということなのだが、それは常日頃からのある疑問から端を発したのであってね。ふふん。今回の推理較べの主旋律は、どうやら心理学的探偵法ということらしいが、吾輩もそれに倣ってみることにしようか。どういうことかというと、吾輩の見るところ、双子というものは一般的に言って、各人はそれほど対等な立場にいるものではないということなのだよ。つまり、双子といえどもおのおのの間の関係には、やはり兄と弟の意識というものが、どうしても強く働きかけてしまうものだということだね。むしろ一卵性双生児の場合には、自分達が互いに分身どうしであることを意識することにより、却って上下関係というものが厳格に構成されてしまうのかも知れないのだぜ。そうなのだとも。しかし、ナイルズとホランドの場合はどうだね。これが全く逆で、このふたりの間には、そんな上下関係やら主従関係というものが殆ど見られないではないか。どちらが兄貴でどちらが弟であるか、そんなことなど全く意識なく暮らしているように見えるではないか。

「ふん。しかしまあ、このふたりは双子達のなかの、例外組にはいるだけなのかも知れん。とにかく、吾輩はそんな疑問を持っていたのだよ。ところがそこに、今度の事件だ。そして、吾輩はナイルズとホランドともつかぬ少年を、現場の近くで目撃したのだ。しかも、不在証明提出の集いでは、そのどちらもが頑強に吾輩の目撃を否定する。そこに至って吾輩は、かつての疑問が、再びある意味を伴ってムラムラと湧きあがってくるのを感じたのだよ。そうなのだぜ。もしもここに、第三の兄弟というものを仮定すればどうか。吾輩が偶然に目撃したのは、ほかならぬそいつだとすればいい。しかも、そいつはふたりにとっていちばん上の兄貴なのだ。そうすれば、ふたりの間に兄と弟の意識があまり感じられないことも旨く説明できるではないか。彼らにとっての兄貴はちゃんといたのだよ。ふふん、お判りかね。十七日の不在証明提出の席上で、ひとつの鍵を見つけ出したと述べた時、既に吾輩はそこまで推理を働かせていたのだよ。尤もナイルズの小説では、吾輩の推理は犯人をナイルズかホランドのどちらかだとする内容に過ぎんだろうと予想してあったのだが、それはちっと人を見縊《みくび》っているというものだぜ。ハハン、勿論それはナイルズの、吾輩に対する一種の心理的な牽制であったに違いないのだがね。ナイルズの心理など、手に取るように判る。半ば小馬鹿にしたふうにそんなことを仄《ほの》めかしておけば、ふたりに対する疑いは心理的にかけづらくなる。少なくとも、それ以上つっこんで、自分達が三つ子の兄弟だなどという考えは起こされずにすむと考えたのだ。あっは。しかしそれは、時既に遅かったということなのさ。

「オヤ、まだ何か言いたそうな顔をしているな。ふふん、判っているとも。そんなことは、単なる根拠もない空想に過ぎないと思っているのだろう。吾輩の目撃した白昼夢を現実化するための、虚しいこじつけだと。……しかし、吾輩が単にそれだけの空想をもとに、こんな推理を喋っているに過ぎないと思われては、いささか面映《おもはゆ》いのだ。絵空事ではない証拠は、ちゃんと確かめてある。それはつまり、一枚の紙きれ……と言えば判るだろう。そうとも。戸籍謄本には、片城家の嫡子《ちゃくし》として、成、蘭のふたりの上に、森《しん》という名の同じ一卵性三生児の長男がいたことが、はっきりと録《しる》されていたのだぜ」

あっという声が、微かに皆の口から洩れた。

もうひとつの空席は、確かにそこに存在していたのだ。しかもそこにはちゃんと、座るべき人物が座っていたのである。

それは動くことのない現実だった。根戸は少しばかりの眩暈《めまい》を感じていた。黄色い溶液を浴びせかけられたような部屋のなかで、夥しい数の人形達が、確かにくすりと忍び笑いを洩らしたような気もした。

そうするとやはり、異常な熱気に包まれたあの日の白昼に曳間を殪《たお》したのは、ナイルズとホランドに瓜ふたつの、第三の少年だったというのだろうか。根戸は、この現実というものの正体が、さっぱり判らなくなってしまっていた。あり得る筈もない魑《ち》魅魍魎《みもうりょう》を繋ぎ留めておくこともできず、今こうやって、勝手気儘な跳梁跋扈《ちょうりょうばっこ》を許してしまった場所が、果たして現実と呼ばれる世界であっていいのだろうか。根戸には、どうにもその解答が見つからなかった。

「あっは、尤もだね、その書類によると、森という少年は産まれて間もなく死亡したことになっているのであって、法律上ではやはり吾輩の目撃したものは白昼夢ということになってしまうのだろうね。しかし、こうなると、その三つ子のひとりが実は死んでなどいなくて、どういう事情があったのかは知れぬにせよ、とにかく今日まで影も形もある人間としての生活を送ってきたことだけは確かだろう。恐らくはどこか別の家に里子にでも出されたものか——などというと時代がかってくるかね。恐らくそこいらあたりの事情というのは、不幸な類いのものに違いないのだぜ。いやはや、ともあれ少年は十五年という歳月を生き、そしていつしか、ナイルズとホランドとも再会していたのだと考えねばならん。奴らはそうして、母親にもその再会を明かさぬまま、不思議な密会を続けていたのだろうよ。ふん。人物の交換が行なわれ、傍目《はため》には常にふたりの存在だけしか映らぬように演出されたその密会が、いつしか奴らにとって、奇妙な悦楽を伴ったものとして意識されるようになったことは想像に難《かた》くない。そうなのだぜ。微かな後ろめたさが裏返しになったその遊戯は、彼らの間に、ひとつの娯《たの》しみにさえなっていたのだよ。

「今度の事件に関して言えば、そのトリックの常ならぬ点は、事件の起こるずっと以前から仕組まれていたということなのだ。三人二役を自由に装えるまでになっていた奴らは、それによって、存在する筈のない分身を自在に扱うことができたのだな。ふむ。まさにそれは、一種の魔術と言えなくもないだろうよ。吾輩が感心したのは、ナイルズのこの小説には、そのトリックの鍵となる事柄が幾つか仄めかされてあることでね。勿論、あのエクゴニンの構造式の一件もそうだし、ナイルズとホランドがそれぞれ互いの人格を装うという幕間劇が挿入されてあるが、あれこそまさしく今度の事件のヒント以外の何物でもないのだ。むしろ吾輩は、ナイルズのこの小説は、そういったヒントを提示するために書かれたと見るのが正しいだろうと考えている。真沼が吾輩の部屋で消えたという設定もそのためのでっちあげで、とにかくナイルズとしては、トリックを前々から講じていたという後ろめたさからか、それとも優越感に浸りたかったためか、解決への鍵を暗示する目的であの小説に取り組んだことに間違いはなかろう。はてさて、しかも今度の事件の場合、大きなトリックはその三人二役だけでなく、もうひとつ別の心理的なトリックもが絡み合ったものだったのだ。それがつまり、今度の事件の通奏低音である《さかさま》の発端なのだぜ。通常の殺人犯がとるべき行為と全く逆の、第一発見者が現場にやって来るまで三時間近くその場に留まっていたという情況。これが一般概念としての現場不在証明の裏返しで、犯人は、そ、の、場、以、外、の、ど、こ、に、も、い、な、か、っ、た、筈だということを意味しているのだが、全くの話、どうやら甲斐にしろ倉野にしろ、この点には悩まされたようだ。しかしながらこの摩訶不思議な逆説も、いったんもうひとりの少年の存在を考えるならば、ごくあたりまえの行動になってしまうのだぜ。ふむ。なぜならば、彼がその場に留まっていればいるだけ、ナイルズとホランドのふたりの不在証明は成立しやすくなるのだからな。しかもそいつの頭のいいところは、それだけに飽き足りず、他人が一見して受けるであろう《さかさま》という印象をもっと前面に押し出すために、わざわざあんな鍵と錠の小細工を施したという点にある。あっは、そうしてできあがったのが、世にも不思議な《さかさまの密室》だったという訳なのだ」

布瀬は酔ったように、言葉の最後をぽーんと宙空にはねとばした。そしてやはり黄色に染められた三白眼を、今度は不意にぐいとテーブルに近づけたかと思うと、声を低く落として、囁くように後を続けた。

「吾輩は、この森という少年がどこにいるのかは知らん。あのふたりを詰問すれば、それは判るだろう。総ての事情と、少年の正体が。いや、あるいは今日のホランドの方が、実はその森という少年なのかも知れないとさえ、吾輩は疑っていたのだがね」

いつか見たことのある奇術小屋の道化師のような素振りで布瀬が呟くと、残りの三人は、思いあたるような顔つきで、そっと表の部屋に続く扉の方へ眼を向けた。布瀬の指摘を待つまでもなく、今日のホランドの様子はどこかしらおかしかった。しかし、まさかそれが――。

それは恐ろしい一瞬だった。

――ナイルズ達。それにしても少し遅過ぎる。一体何をやっているのだろう。

根戸は急に、心臓の鼓動が早まるのを感じていた。夢のなかで誰かに追いつかれそうな時のハラハラドキドキとしたあの不安に似ていた。取り返しのつかないことが起こってしまいそうな予感でもあった。

「吾輩は、恐らく曳間を殺害したのは、森という少年ひとりの計画によるものだろうと推測している。あっは、勿論この前の会合で締結した十戒をも考慮に入れてのことだが、それでなくとも奴が頑張って逆の不在証明をつくろうとしていた割には、ナイルズにせよホランドにせよ、その不在証明はお世辞にも十全とは言えない。それはつまり、後のふたりはその時間に殺人が起こることを知らなかったからだ。ハハン。さて、そうなると最後に残ってくるのが、例によって動機の問題なのだが。これについては、どうもやはり、本人の口から聞いた方がいいのではないかと思う次第でありまして……」

根戸の不安をよそにそんなことを喋り続ける布瀬に、甲斐は、

「じゃあ、靴もわざと見せたのか」

半ば独語のように呟いた。

その時、ようやく扉の方でノブがまわる音がして、はっと四人は振り返った。見ると、別室に戻ってきたのはナイルズひとりだった。この部屋ほどに徹底されてはいないものの、表の部屋も『黄色い部屋』の名称通り黄色を主とした色調に装飾されていて、それ故に扉を開けても向こう側に黄色の世界が展がっている様は、一種異様な恐ろしさがあった。根戸はいつだったか、黄色い部屋に長時間いると、なかにいる人間は気が狂ってしまうという話を聞いたことがあるが、そういった狂った世界から決して逃れられないのだという、強迫観念めいたものでもあった。そういえば根戸は先程から、僅かな頭痛をさえ覚えていた。

——やはり、黄色は恐ろしいのだ。

根戸は額に手をやりながら、そんなことを考えた。

「ナイルズ」

最初に口を開いたのは甲斐だった。

根戸の視界のなかで、ナイルズは微かに軀を揺らめかせた。その場の空気を敏感に感じとったのだろうか、急に眉をひそめて、それと判らぬくらいに背中を屈めた様は、まるで何かに対して身構えるふうだった。

「ナイルズ。——本当に、君達には三つ子の兄さんがいるのかい」

甲斐のその言葉で、ナイルズは自分達のいない間に交された総ての会話を理解したようだった。下から上へ、わらわらとした翳りのようなものが、すーっとナイルズの表情に立ちのぼっていった。それはナイルズの小説の序章にも描かれてあった通り、あの時眠っていた真沼の、首筋に匍《は》っていた翳に似ていた。

「いたよ」

ナイルズはそっと答えた。

「でも、死んでしまったんだよ。本当だ。産まれてすぐに、死んでしまったんだよ」

そうやって、上眼遣いにこちらを瞶《みつ》めると、もう既にホランドとの区別がつかなくなってしまう。根戸は、先程の不安が再び咽元にこみあげてくるのを意識していた。

二重三重の疑惑が、苛立たしい痛みを伴って黄色い闇の底から軀のなかへ忍びこみ、そしてそれは根戸のうちのもっと深いどこかへ嚥《の》み下されてゆくようだった。

「しかしそれは」

「甲斐さん」

ナイルズは厳しい声で言葉をさし止めた。黄色に染まった脣に、ちらりと蠢《うごめ》く舌が見えた。

「僕は嘘はつかないよ。僕達には確かに森という名の兄さんがいた。でも、本当に産まれてすぐに死んでしまったんだよ。どういう推理が語られていたのか――話してたのは多分布瀬さんだね――その内容のおおよそは判るような気がするけど、兄さんが実はまだ生きているなんてことは絶対にないんだ。実在しない人間をチェスの駒のように勝手に動きまわらせるのも結構だけど、ただそうであった方が都合がいいという理由だけで、死んだ者に罪を被せるのはやめて貰いたいな」

張りつめた口調でナイルズが言うと、布瀬もそれで黙ってはおらず、

「ははあ、するとナイルズ。どうしてお前はそのことを今まで黙っていたのだね。そんなことぐらい、皆に喋っていてもよさそうなものではないかね。ふふん。つまりは黙っていた方がいい理由が、そこになければならんのだがな」

と、脣を片側につりあげながら訊き返した。

「別に、喋らなくてもいいことだからさ。いや、本当のことを言えば、母さんのためなんだ」

そこでナイルズはふと息をついで、

「兄さんの死んだことを、母さんは自分の罪のように思ってるんだ。詳しいことは知らないけど、もともと軀の弱かった母さんはお産の時もひどくって、一時は母体の方の生命も危ぶまれたほどなんだって。大出血のなかで取り出されて、しかも僕達はひどい未熟児でね、そのお産がもとで、今でも母さんは貧血症が続いているほどなんだ。それに、母さんはもう子供を産めなくなってしまったんだよ。そんな母さんが、何日か後に死んだ兄さんのことを思って悲しんでいるのを僕達は見ていられなかったんだ。そうだよ。母さんはよく僕達の頭に手をやって、あの子も生きていればあなた達にそっくりで、やっぱりこれくらいの大きさになっているのに、なんて言うんだ。母さんは僕達の向こう側に、いつでももうひとりの兄さんを見ているんだよ。そんな母さんに、兄さんの話題が他人から持ち出されるのは我慢できなかったのさ。だから、僕達はいつでも、誰に対しても、双子で通して来たんだ。兄さんがいたなんてことは曖気《おくび》にも出さず。そうなんだよ。僕達はいつでも双子でなくてはならなかったんだ。それは僕達の間の、ひとつの黙約でもあったのさ。……僕達に、トマス・トライオンの『悪を呼ぶ少年』に因《ちな》んでナイルズとホランドという綽名《あだな》をつけたのは羽仁さんだったけど、僕達はだからそれが有難かったんだ。僕達はどこでもその綽名で通してたけど、そうやってその名で呼びあっている限り、僕達は常に双子以外の何者でもなかったんだからね」

――つまり、あの小説の逆だった訳だ。

根戸は口にすべき言葉が見つからなかった。今度のことがなければ、恐らくずっと知ることもなかっただろう隠された秘密が、今、こうして明るみにひきずり出されてしまった。それは曳間の姉という人物も同様で、そしてそれに手を貸した者のなかに、やはり彼自身も加わっているのだ。

何秒かの間割りこんできた黄色い沈黙のなかで、根戸は再び人形達の笑いを聞いたような気がした。

9　五黄殺殺人事件

「そうだな。考えてみれば、布瀬の推理も何ら物的証拠を持たない、言わば空想の域に留まったものでしかない。まあしかし、その空想の一部は確かに穿《うが》ったもので、ナイルズ達が実は三つ子だったと看破したのはさすがだけど、だいたいそんな戸籍上死んだことになっているような人間がひょこひょこ登場し始めてくるのはあんまりだからね。とにかく、俺はナイルズの話を信用することにするよ」

抛《ほう》っておけばいつまでも続きそうな沈黙を許すことができず、根戸は言葉を挿んだ。

「僕もそう考えたいね」

倉野もぽつりとそれに賛意を示すと、

「ほかならないナイルズ自身がそう言っているんだから、それを信じてあげてもいいんじゃないかな。だいいち殺人者というものは、反面潔さを持たなければいけないと僕は常づね思っているんだ。もしも自分の犯行が完膚なきまでに暴きたてられた場合、彼はそれを謙虚に認めなければならない。だから僕としてはナイルズの言葉は信用したいな」

それには甲斐も加わって、

「人間を信用できなくなるとおしまいだ」

などと妙なことを言ってのける。根戸はほっと力を抜くと、

「そういえばホランドはどうなんだ。まだ気分が悪いのか」

それでやっとナイルズも肩の力を抜いたらしく、

「ああ」

と小首を傾げて見せて、

「どうなのかなあ。気分は悪くないようなんだけど、今度はじっと押し黙っちゃって、取りつく島もないからこっちへ帰ってきたんだよ。……僕には判らないことだらけだ。ホランドの奴、何かを恐がってるんじゃないかしら」

「恐がってるって？」

訝《いぶか》しげな面持ちで尋ね返したのは甲斐だった。

「そうだよ。……でも、おかしいなあ」

ナイルズが呟くと、再び布瀬がしたり顔で、

「あっは、誑《たぶらか》されちゃいかん。吾輩の推理の通り、あいつはホランドなどではない、当の森という名の少年なのだ。虚栄心と好奇心から推理較べの席に顔を出してみたものの、そこはどうしてもまだ十五の少年だ。自分が犯人だとつきつけられるやも知れぬ緊張感に堪えられなくなってだね……」

はっきり相手の心理を逆撫でするように喋り続ける布瀬に、

「そうか。……布瀬さんには、どうしても信用して貰えないんだね」

ナイルズは悲しみというより、むしろ一種の憐れみの表情で呟いた。

そうすると布瀬も大きく眉をつりあげて、

「おっと。別にいいのだぜ。吾輩の推理が間違いというなら、それはそれで。ただ、思想の自由はちゃんと憲法によっても保証されていることだし、吾輩は吾輩で好き勝

手なことを考えさせて貰うさ」

そう言いきると、もう後の者など無視したという様子で、ソファーにふんぞり返り、金縁眼鏡をはずしてそのレンズを磨き始めさえするのだった。

「ふむ。それではまあ……一応ナイルズの言葉を信用したとして、はて、それではいよいよ真打ちが最後に神輿《みこし》をあげなきゃならないようだね。カードの通りだな。〝最後の審判〟は、まさに今、下らんとす、というところかな」

そう前置きして、根戸は気を取り直すために間を置いた。しかし最初の言葉が見つかるまでには、意外に時間がかかった。

「あはは、こんなふうに今でこそ偉そうに言えるけど、全く最初の頃にゃ、事件の真相なんか、五里霧中もいいところだったんだ。ところがある時、ふと奇妙な暗合に気がついた時から、今度の事件の謎が徐々に解け始めたんだよ。いや、考えれば考えるほど、今度の事件は一見滑稽にさえ思われるくらいの奇妙な暗合に満ちていた。俺は今度の殺人は、総て悪どい冗談だったんじゃないかと疑わずにいられなかった。ははあ、その暗合とは一体何だったと思う。ほかの者はどうあれ、ナイルズには判ってる筈だぜ。それは数字だったんだよ」

「ほほう。数字ねえ。……数字というと」

何より数学が苦手という甲斐が、硬張った声を出した。

「それはつまり、この『いかにして密室はつくられたか』を見れば一層はっきりする。俺の場合、最初にひっかかったのは、倉野、お前と雛ちゃんの囲碁の対局中にできたという、例の三劫《さんこう》って奴からなんだ。俺はあいにくチェスしかやらないし、後は将棋が人並に指せる程度だから、三劫というものがどれほどたいそうなものかは未だにピンとこないんだが、とにかくお前の言葉通り、三劫は凶兆であるという言い伝えが的中し、曳間は不幸にもああやって殺人者の凶刃に斃《たお》れた訳だ。……さて、俺が次にひっかかったこと。それは何だったと思う？　俺は今度の推理較べで、皆が皆、これについての話題を口にのぼらせないものだから不思議に思ってたんだ。あはは、まるでうち合わせでもしたように、敏感に話の内容をそこから遠ざけてでもいる具合だったぜ。……といって、ようやく想い出したかな。勿論それは、あの影山から来たという暗号さ。ふふ、判ってるよ、みんながあの手紙を黙殺したがる理由は、ひとえにあの暗号を解くことができなかったからなんだ。しかし判らないからといってあの暗号文を今度の事件とは直接関係ないものと看做《みな》してしまうのは、あまりの独善と言うべきだな。少なくとも、あの手紙も考察の一対象とし続けようとする、謙虚な態度が必要だぜ。その点、我らが根戸ホームズは数学者としての面目躍如。と、あっはは、こんな言い方をすると、謙虚どころかいよいよ傲慢に聞こえるかな。まあ、そこはしばらく、御静聴頂くとしよう。

「俺のひっかかりを頭に止めておいて、もう一度『いかにして密室はつくられたか』の序章を眺め返してみようか。するとそこには不思議な暗合が浮かびあがってくるんだぜ。いいか。不連続線に関して想いを巡らせる場面には一人。友愛数というペアになった特殊な数が出てくる場面には二人。三劫が現われた場に居合わせたのは三人。そして四波羅蜜と四鬼の言葉が登場する場には四人。……どうだね。一、二、三、四だ。とすると、次には当然、五が来る筈じゃないか。そして、考えてみれば、その数字はちゃんと曳間の屍体のそばに姿を現わしていたのさ。それは、例の『数字の謎』と題された黄色い本だ。ほら、あの時開かれていた本のページには、黒ぐろと大きな活字で〝5〟と印刷されてたじゃないか。あはは、その時俺は想い出したんだ。この五という数字の持つ意味を。……といっても、それは俺の専門の数論で扱う範疇《はんちゅう》から大きくかけ離れた話なんだぜ。つまりそれは今を去ること三千年余、古代中国は夏《か》の禹《う》王の世より始まる、九星術と呼ばれる摩訶不思議な占術のことなのさ。

「九星術については、旧暦の暦にはたいがいその方位表やなんかが併せて掲げてあるから、知ってる奴もいるだろう。そうさ。早い話が、あの影山からの手紙にあった図案の方ね、あれが九星術に使われる方位表という奴なんだ。あそこには何だか奇妙な文字が配置されてあったけど、本当はあの九つに区分けされた部分に、それぞれ一から九までの数字が特別な順序でふりあてられるんだ。その最も基本的な配列は、中央に五がはいり、そしてその周囲は上から左回りに、九・四・三・八・一・六・七・二で、この配置になったものを特に、定位盤という。方位表にはこれを含めて全部で九種類あり、まんなかの数字が、一から九まで順々に変わるにつれて、周囲の数字も移り変わる仕組になってるんだよ。さて、それではその図の九つに区分けされた部分は一体何を表わしているのかというと、その名の通り、方角なんだな。しかし、そこで注意しなくちゃならないのは、その方角の向きは、一般に俺達が使っている方角の表示の仕方とはまるで逆になってるってことさ。あはは、ここでもまたひとつの《さかさま》が出て来る訳だが、九星術の方位表、つまり九星盤での方角は、上が南で下が北ということになってるんだ。これは昔からの慣わしだから仕方がない。

「はてさて、それではこの九星術は、そんな方位表を使って何をするのかというと、要するにこれは方角の良し悪しを知るためのものなんだな。話を進めるためにはその原理を説明しなけりゃならないんだが、まあ御安心あれ。これが案外、実に簡単なんだよ。その根本の思想は、天には九つの宮があり、そのなかを九つの星が循環するために、その作用が地に住む人間達の生活に影響を及ぼして吉凶禍福を齎《もたら》すというものだ。その九つの宮は、九星盤でいえば中央が中宮、そして北、つまり定位盤での一から左回りにそれぞれ、坎《かん》宮、乾《けん》宮、兌《だ》宮、坤《こん》宮、離《り》宮、巽《そん》宮、震《しん》宮、艮《こん》宮と呼ばれる。この九宮を巡る九つの星、これも九星術では特別の名称が与えられてて、それは一白《いっぱく》水星、二黒《じこく》土星、三碧《さんぺき》木星、四緑《しろく》土星、五黄《ごおう》土星、六白《ろっぱく》金星、七赤《しちせき》金星、八白《はっぱく》土星、九紫《きゅうし》火星というんだよ。これらは時々刻々、あるいは毎日、あるいは毎月、あるいは毎年、九つの宮を巡り続けていて、その変遷は過去から未来までかっちりと定まってるんだ。

「そしてそれとは別に、人間ひとりひとりが各々持って生まれた星というものがあって、それはつまり、一白の年に誕生した人間は、生涯一白水星という運命の星に支配されることになる。九星術では中宮にはいる星を本命星と呼ぶんだが、ひとりひとりを支配する星も、その人が生まれた年の本命星だから、そういう意味で九星術では、日時の本命星と個々人の持っている本命星との相性の良し悪しによって、運命が決定されると言っていい。だから例えば二黒の日なら、中宮に二がはいった方位表を見て、自分の本命星と照らし合わせるなどしながら、それぞれの方向の吉凶を判断するというシステムなんだ。だいたいのあらましはそういうところだが、さて、これから話は興味ある部分にはいってゆくんだよ。

「つまり、実は九星術というものは恐ろしいことに、吉という概念など殆ど重要視しちゃいないんだ。重きを置くのは常に凶という概念でね。吉とは凶でない方向くらいにしか考えられていない傾向にある。では九星術の主役たる凶方にはいかなるものがあるかというと、さすがにこれが様ざまなものがあって、本命殺、的殺、五黄殺、暗剣殺、受剋殺、交剣殺、都天殺、劫殺、災殺、歳破、月破、日破、死符、病符、白虎、それに八将神や金神による神殺、八門吉凶等々、全くもってこんなに凶方がたくさんあるんじゃ、吉方の残る余地がないんじゃないかと心配になってしまうくらいなんだが、まあ、そのなかで最も一般的で、凶の作用も強いと言われるのは最初の四つだろうね。本命殺と的殺、及び五黄殺と暗剣殺とがペアになっていて、それぞれお互いに正反対の方向に現われることになっている。本命殺は滅明殺ともいって、その日や月の方位表のうち、その人の本命星がはいっている宮の方角なんだ。的殺は穿心殺《せんしん》ともいうんだが、常に本命殺の逆方向にある。それにしても面白いのは、その人自身を支配している本命星のある方角が凶として働くというところだね。考えてみれば、ちょっと恐い話じゃないか。あはは、しかし、俺がさっきから本当に話をしたかったのは次の、五黄殺と暗剣殺の組なんだよ」

蜿蜒《えんえん》と続く根戸の話を、四人は押し黙ったまま聞いていた。甲斐は呆れ顔、布瀬はポーカー・フェイスを保ち、倉野とナイルズはそれぞれ興味深げな表情を見せている。そのなかで根戸は、身振り手振りよろしく宙空に八角形の図を描き出していた。

「いいかい。九星術において五という数字は、特別な——ジョーカー的な存在なんだぜ。九星盤において五の来る宮の方位は五黄殺、そしてその反対側の方位は暗剣殺といって、このふたつが共に九星術中の凶のなかでも最悪のものとされてるんだ。しかもこのふたつの凶方には異なった性格があって、五黄殺には、自らの過失によって起こる必然的な災いを招く性質があり、その不幸は真綿で首を締められるような、慢性病的なものを意味する。対して暗剣殺は、運が悪いとしか言いようのない思いがけぬ突発的な災いを招き、その不幸はその名の通り、闇のなかで不意の凶刃に殪《たお》されるといった、急性病的なものを意味する。面白いのは、このふたつの最悪の凶方が他の凶方とは異なり、五という数字によって、難しい理由づけや理論など一切なく、ただ自動的に決定されていることとなんだよ。それに、さっきも言った通り、九星術においては、九つの数字には七つの色が組合わされてるが、その組合わせがただひと通りだけで、一には必ず白、二には必ず黒といったふうにしか結びつけられていない。しかも他の色は一色ずつなのに、白だけは一白・六白・八白と、三つもあるのはどう考えても不合理だし、どうせなら紺とか茶とか灰色なんてものを持って来た方がよさそうなものなんだが、そんなふうにもされていないのは、不思議な気がして仕方がないんだ。しかし俺は、理論も何もなくただそんなふうに運命的に定められているという貌《かお》をしたものがそんな嫌いな方じゃないので、却ってそんな不合理な部分を信用しちまうんだが、はて、それでいくと五という数字は、黄色という色彩と、まさに運命的な同価性を持っている。とすると、七月十四日のあの倉野の部屋のなかで、曳間の屍体の傍《そば》に転がっていた黄色い装幀の本に、黒ぐろと浮かびあがっていた五という数字は、そこに影を落とした五黄殺という奇妙なミステリー・ゾーンの象徴だったんじゃないだろうか。その上、あの部屋はここほど徹底してないにせよ、支子色《くちなし》の絨毯に褪せた黄色のカーテン、加えて本棚やファンシー・ケースも黄色といっていい色彩だから、もしもこの店がなければ羽仁の『白い部屋』や布瀬の『黒い部屋』と同等に、倉野の部屋をして『黄色い部屋』と呼んでもいいほどなんだぜ。しかも、ここが肝腎なところだが、今年の七月十四日というのがまさに七赤金星の日に当たり、九星盤で見れば東の方向に五黄殺が現われているのが判る。つまり、曳間は知らず知らず不思議な力によって、最悪の凶方へと導かれたんだ。

「萩山町から目白への道を辿り、黄色に包まれた部屋のなかで、五という数字の傍に曳間が冷たい骸《むくろ》となっていたという事実は、全く意味もない事柄の集まりに過ぎないようだが、三千年の歴史を持つという九星術の眼から見ると、全く恐ろしいほどの暗示に満ちてるじゃないか。……とすると、曳間を殪《たお》した者は、布瀬の言う白昼夢どころじゃない、この世界に不意に影を落とす五黄殺というミステリー・ゾーンそのものなんだぜ。そう考えてゆけば、曳間の死は、三千年の昔から既に決定されていたとも言えなくはない。

「いや本当は、俺自身も黄色という色彩には不思議な力が具わってるんじゃないかと思ってたんだ。早い話がこの部屋だけど、俺はいつか、黄色に塗り潰された部屋のなかに閉じこめられると、そのなかにいる人間はついには気が狂ってしまうという話を聞いたことがあるんだが、実際のところ、俺はこの部屋にずっといると、段々変な気分になってくるんだ。今も少し頭痛がするくらいだよ。全く、見るもの総てが黄色というのは、一種たまらない情況だとは思わないか。ひょっとすると、甲斐の兄貴は客の回転率をあげるために、この店の色調をこんなふうにしたのかも知れないな。まあ、それは冗談だが、黄色というやつは、色彩学の方からいっても、変わった特徴がある。例えば美術の時間に習っただろうマンセルの色立体を見ると、黄色はその模型の上方、つまり白に近づいたところで、最も中心の軸から離れたところへとつき出ている。つまり、明るいほど彩度が高くなるんだな。他の色は、明度が増すほどに彩度の方は後退するんだが、黄色だけは、ますます燃え立つほどに鮮やかさを増す。心理色彩学的にいえば、黄色は最も癇の強い色であり、前進する色であり、大きく見える色であり、遠くからよく眼立つ色なのさ。要するに、黄色というのは、人間の眼に、というよりそれを知覚する精神に、最も強く焼きつく性質を持つんだ。しかもこの強い作用は、精神を苛立たせ、不安にさせるという面にその効力を著しく発揮する。……俺は車を運転するから時どき思うんだけど、あの信号機という奴ね。既に赤に変わっている時に信号待ちする時はそれほどでもないんだが、眼の前の信号が突然青から黄色に変わった時は、ついついムカッとしちまうんだ。もしかすると、これなんかも、もう何秒か後だったらという口惜しさのほかに、黄色という色自体の性質が大きく拘《かかわ》っているのかも知れないね。もしもそうだとすれば、注意を呼び起こすための黄色が、却って車を運転する者の精神を不安定にしているという皮肉なことになるが、案外ミステリー・ゾーンは、そんな具合に至る処に口を開いているのかも知れないぜ。とにかく、そのような不吉な性格を持つ黄色が、五という数字と重なって凶暴な作用を人間に及ぼすとすれば、曳間はその不思議な力の犠牲になってしまったとしても、あながち奇異なこととばかりも言えないだろう。あはは、気をつけてくれよ。そういえば、この部屋はまさしく『黄色い部屋』……しかも今ここにいるのは、ホランドを除いて五人——」

「根戸」

黙って聞いているのが堪えられなくなったように、甲斐が小柄な軀を揺すらせた。

「何だい、一体それは。結局今度の殺人は、人間の仕業じゃないっていうつもりかよ。短剣がひとりでに曳間の胸に突き刺さったのか、それとも五黄殺とやらの不思議な作用に曳間は気が狂って、我と我が胸に短剣を？」

「あはは、お前がそう言うのも無理ないさ。俺もまさか、曳間の死の理由が、五黄殺の条件が重なり合ったせいだなどとは思っちゃいないよ。やはり犯人はいる筈なんだ。ただ、今まで俺の指摘した事実が、重要な示唆を含んでるのは間違いない。さてその上で、まず第一に眼を向けなければならないのは、何度も言う通り、影山からの暗号さ。あそこに九星術の盤が描かれてるからには、それが今度の事件に無関係の筈がないじゃないか。……いや、実は、俺はあの暗号を既に解いてしまったんだよ」

今度は四人の口から、一斉にへえと言う言葉が洩れた。ナイルズなどは、眼を丸くして根戸の方に近づくと、

「本当？　すごいや根戸さん。僕はあの後、さんざんっぱら頭を悩ましたけど解けなかったんだ」

人間の優越感というものは、こういう場合に頂点に達するものなのだろう。根戸はソファーのなかにそっくり返ると、

「いやあ、解いてしまえば大したことのない暗号なんだがね」

と言ったきり、ぐるりと一同を眺め渡して、さあどうだという表情を露わにした。情景は三転四転し、今や完全にその場の主導権は根戸のものだった。

すると案の定、それに我慢できぬように、布瀬は神経質に眼鏡をずりあげながら口を挿んだ。

「ホホウ。とすると、あの詩にもまた、御都合主義の注釈を加えることに成功したという訳かね」

恐らくは誘導訊問の意味もあったのだろうが、根戸はそれには取りあわず、ゆっく

りと煙草に火をつけると、

「それでは念のために、もう一度影山の手紙の文面を示しておこうかな。……この小説の原稿の一枚を見せればそれでいい訳か。ええっと、……これだこれ。

欲望は下《げ》か。
徳宿《やど》す誰《た》が、
春めく百舌《もず》の、
飽きられし知る。
四波羅蜜《しはらみつ》敷き、
並《な》べて七曜、
影擬《もど》きにす。

さてと、これは一体、どういう意味なのか。ハイ、判った人は手を挙げて」

調子に乗って女の声色で言うと、布瀬は挑みかかるような勢いでグラスの底をテーブルに撲《う》ち据《す》えた。

「馬鹿にするなよ。お前の考えつきそうな解釈くらい、この場で指摘できる。言ってやろうか。……まず、この詩らしきものをざっと見たところ、《春めく百舌》というのが犯人を意味しているらしいことが判る。百舌という奴は食料の蛙や何かを木の枝に突き刺しておくという妙な習性のある鳥だからな。動機はその彼が、《飽きられし》ことにあるのだろう。そのことを、人徳豊かな皆々様は気づいておられるのかという、これは一種の皮肉だな。《欲望は下か》と最初に問うているのは、そうすると反語の意味合いが強くなってくるだろう。いやいや、欲望とはそんなにくだらぬものではないとね。ふふん。つまり、犯人は周囲の人間に《飽きられし》立場から抜け出したい欲望にかられて、殺人を実行するに至ったというのだろうよ。とすると、《四波羅蜜敷き》というのも、お前がべらべらと喋っていた九星術のことから考え合わせると、その解釈も想像がつくのだぜ。四波羅蜜とは確か、お前の専門の密教の方では、金剛界曼荼羅《まんだら》で大日如来の四方に描かれる四女菩薩を意味するんだったな。ハハン。四方と言えば東西南北、つまり方角を示しているに違いない。裏に描かれた図案を考えれば、これこそ九星術そのものを表わしているのだろうということになる。そうすると最後の二行も自《おのず》から意味を持って来るのであって、《並べて七曜、影擬きにす》とは、この現実を、何か得体の知れぬものに変現せしめてしまおうという意味に受け取れる。それはワンダー・ランドでもいいしミステリー・ゾーンと呼んでもいい。とにかく犯人はこの現実という奴さえ捩《ねじま》曲げてしまえば、それで満足するような奴なのだぞという、忠告の文なのだ。あっは、どうだね。お前の言いたかったのは、概《おお》ねこんなところなのだろうが」

意気揚々と布瀬は言い切って、唇をにやりとつりあげた。

飽きられたための殺人計画。

それは背筋をぞくりとさせる、どこかしら異様な精神を連想させる観念だった。

しかし根戸が返した言葉は、そんな布瀬の解釈を脆《もろ》くも撲ち崩してしまった。

「ははあ、呆れたよ。そんなに簡単に、ただ解釈をあてはめれば解けるようなものも、暗号と呼んでいいとはね。とんでもない話だぜ、布瀬。この暗号の真の内容は、外面とは全く違ったものだ。……どうやらこの場で判る奴はいないらしいからバラしちまうと、こいつを解く鍵は、この詩の最後の二行にある。殊に、この七曜という言葉にね」

「ああ、最後の二行だけがインクの色が違ってたけど、それには絶対意味があるだろうとは思ってたんだ。つまり、キー・ワードになってるんでしょう」

「そうとも、ナイルズ。この文面は、七句ずつ七行の構成になっている。つまり、この暗号を解くためには、何かしら七という数に拘るものが必要になるに違いないんだ。そこで《並《な》べて七曜、影擬《もど》きにす》という意味をまず、解かなければならない。影擬きにす。影擬きにす……。俺は何十回、何百回となく唱えたものだった。そしてとうとう、七曜を影擬きにする方法を発見したのさ。意味にこだわっては駄目なんだ。《影擬きにす》は仮名に直して、かげもどきにす。このなかに、七曜のアナグラムが折りこまれているというと、奇異に聞こえるかな。いいかい。俺の発見とは、かげもどきにすは、火月木土金日水に通ずるということなんだよ。火月木土金日水《かげもどきにす》……だ。とすれば、キー・ワードの意味も自と了解できるだろう。七曜、つまり日月火水木金土を、火月木土金日水の順序に並べ換える。この法則を最初の五行にあて嵌めれば……」

「すごいや、根戸さん！」

「こりゃどうも有難う。はてさて、そうして最初の一行のよくぼうはげかをその法則で並べ換えると、ぼくはかげようとなる。その要領で最後までやると、

ぼくはかげよう
やくすがたとど
めるものずはく
らきしるしあれ
らはつきししみ

と、まあ、こんな具合になる。読み下せば、

僕は影
漸く姿留める者
図は暗き印
あれらは着きしい、しみ

こんなふうにでもなるのだろう。《僕は影》というのは、言うまでもなく影山自身を差しているに違いない。《図は暗き印》というのは、この手紙の裏にある図案のことだ。さて、ここで話は急に変わるが、俺にはどうしてもひっかかって仕方のない事柄があった。それはナイルズ、お前自身の言葉と、この小説に関してのことなんだがな」

「僕の？」

意味ありげに覗きこむ根戸の顔をまともに見返して、ナイルズは眉をあげた。色の薄い瞳に、黄色い光線がくっきりと反射していた。

「なあに、それは」

「この事件は、変格探偵小説的になら解釈がつけられるという言葉さ。その言葉を考慮に入れてこの小説を読むと、お前の言いたいことがどうやら朧げに浮かびあがってくるような気がする。小説のなかの真沼消失事件は、今のところ未解決のままで描かれてたが、結局あの設定だと、どうしたって物理的に不可能だ。そうすると、変格探偵小説云々という奴が、ここで意味を持って来るんじゃないか。……そうさ。この小説は、今までになかった変則的な趣向が隠されてるんだ。言ってやろうか。それはワトソン捜しとでもいうべき趣向さ……」

その言葉に、倉野が真先にびっくりした顔を挙げた。

「ワトソン捜しだって」

「その通りだ。犯人捜しでもない。探偵捜しでもない。被害者捜しでもない。……それはつまり、騙《だま》されているのは誰かということを問う小説だな。そしてこの小説同様、今度の〝黒魔術師殺人事件〟もワトソン捜しの事件だと解釈すれば、総てが旨く説明できるんじゃないのか？　……勿論、曳間が現実の屍体となったのだけは確かだが、事件そのものが、巨大なつくりものに過ぎなかったとすればどうなんだ」

根戸は次第に声を落として、ゆっくりと脣を湿した。次の言葉を口にする前に、この部屋の人形達が息吹きを始め、ざわざわと歩み始めるならばそれで救われるだろうと思われるほど、短い一瞬だった。

「ここにおいて、俺達ははっきりと二分されなきゃならん。騙す者と、騙される者にだ。端的に言って、俺の推測では、前者に含まれるのはナイルズ、ホランド、布瀬、真沼、甲斐、倉野の六人、後者に含まれるのは俺は勿論として、羽仁、雛ちゃん、杏子さんの四人だ。つまり、真沼を除いては、何とこの部屋には事件の演出家兼俳優が勢揃いしてるじゃないか」

その時、不意に根戸の表情に激しい苛立ちがたちのぼった。脣を捩曲げ、荒々しい声で、吐き棄てるように決めつけた。

「はん。お互い、猿芝居はやめにしようぜ。道化の役どころも悪かないが、もういい加減うんざりだ」

布瀬が何事か言い返そうとしたが、それより早く倉野が腕をひっぱり、布瀬の言葉を止めさせていた。布瀬は無言のまま倉野の方を振り返ったが、再びソファーに凭れこんで、仄暗い黄光を降らせるシャンデリアをおもむろに見上げた。

「騙す側のメンバーを推測する最も重要な決め手は、影山に関することだった。ははん、俺は、影山などという人物は実はこの世に存在しないのだというところに気がついたんだよ。布瀬が、サークルの交流で知り合った？忙しくて、なかなか姿を見せられないって？　暗号を送って来ただ？　嘘だ、嘘だよ。小説の二章ではえらく個性的な人間として描かれてるが、架空の人物をいかにも実在するように見せかけるための反動に違いないね。お前達の努力は今から考えるとたいへんなもので、おかげで俺はすっかり影山という人物の実在を信じこんでしまった。そうさ。《僕は影、漸く姿留める者》とは、影山なんて人物は、周囲の人間によってつくりだされた影のような存在でしかないことを物語ってたんだ。つまり、影山に会った奴は総て、嘘をついてることになる。それはこの小説にもはっきり書かれてある通り、ナイルズ、ホランド、布瀬、真沼、甲斐。そしてそれに加えて、警察に靴の件を喋らなかったという倉野。そうとも、お前が靴のことをありていに証言すれば、必然、警察は今度の事件を殺人事件として本格的に調査することになり、影山の正体が架空のものだと判ってしまう。だから、そうしなかったお前はやはり、影山の正体を承知してた筈だ。いや、さらに言えば、そんな靴の存在そのものが、最初から出鱈目な、俺達を徒《いたず》らに煙に巻くためのものだった。

「結局今度の殺人事件は、嘘と偽りで構築された空中楼閣に過ぎなかったんだ。とにかく事実は、お前達が結託して曳間を殺害したことだけさ。倉野が雛ちゃんとの囲碁の対戦で相手を誘導して、三劫なるものをつくり出す。次には四人委員会を開いて、影山からの手紙とやらを提出する。倉野の部屋には警察の眼も通されるので、あの『数字の謎』と題する本だけしか残せなかったが、お前達の頭にあったのは、やはり例の五黄殺という主導音に違いない。曳間に対する供養の意味か何か知らんが、お前達はせいぜい今度の事件を神秘的で厳かな祝祭にまつりあげるために、様ざまな装飾を施したんだよ。それは、曳間に捧げるための花束だった。その最たるものが、このナイルズの小説だったという訳さ。ほかの者が誰ひとりその意味を悟らなくっていい。ただそれは、曳間と、自分達だけのために行なわれたんだ。……そして今、俺が怖れているのは、ひょっとすると、羽仁や雛ちゃん、そして杏子さんまでもが、騙す側にいたんじゃないかということだが……」

「根戸」

不意に倉野が、殆どそれと見えないほどの笑みを湛えて呟いた。

「ひとこと言っておくけど、三劫ってしろものは、片方がいくらそれをつくろうと頑張ったとしても、おいそれとできるような類いのものじゃないんだよ」

布瀬の微かな忍び笑いが洩れた。

「それじゃ、蚊帳《かや》の外に置かれてたのは俺ひとりだったのか。……一から十まで総てのことが、嘘と偽りに塗り固められていたのか。……俺には何が何だか判らない。何が一体、どうなってるんだ。お前達は、どうして曳間を殺さなきゃならなかったんだよ！」

軀じゅうが自分のものでないように顫え、声は掠れて言葉にならなかった。部屋のなかはその一瞬、しんと鳴りをひそめたようだった。

「そうだ。この部屋はまさしく『黄色い部屋』……しかも今ここにいるのは、ホランドを除いて五人。……ホランドはそのために出ていったのか？　再び五黄殺を形あるものにするために……？」

捨鉢な笑いを浮かべようとしたが、不意に溢れた涙が、ぼろぼろと零《こぼ》れ落ちるのを留めることができなかった。

「根戸」

再び倉野が呼びかけた時、突然表の部屋の方から甲高い人声が聞こえてきた。何やら遽《あわただ》しい応答があった後、その声の主はこちらに近づいてきたらしく、不意に浮きあがるように跫音《あしおと》が聞こえたかと思うと、勢いよく扉が開かれた。

「いやあ、どうもすみません。遅れちゃいまして。この間のアリバイ提出会にも顔を出さないで、ホントに悪かったです。あ、そちらがひょっとすると倉野氏に根戸氏ですか。それとも羽仁氏かな？　小生が影山と申す者ですが、はい。……あれ、どうなさったんですか」

ナイルズの小説に描かれていた風貌に寸分違わない男がそこにいた。背の低い、大きな黒縁眼鏡をかけた、いかにも剽軽《ひょうきん》そうな人物。

布瀬はたまらず、背凭《もた》れの後ろにそっくり返るように爆笑していた。つき刺すような笑いだった。根戸は凍りついたように動けなかった。謎は再び闇のなかへと嚥み下され、事件の真相は到底彼らの見出し得ない処へ逃げ去ってしまったのである。四人が四人とも異なった解釈を指摘し、そしてそれらは悉《ことごと》く誤ったものだったのだが、結局彼らがなし得たことは、個人の秘密の幾つかを暴き出し、影山の暗号を解いたことだけなのだろうか。あるいは四人はそれぞれ、爪の間に土をこびり取るように、少しずつでも真実の壁をひっ掻くことができたのだろうか。

根戸は黄色い闇のなかに沈んでゆく自身を意識していた。黄色い闇は、ずっと以前、彼が胎児だった頃に漂っていた羊水のようだった。

10　正反対の密室

「ははあ、そういう訳だったんですか。へえ、小生が、布瀬氏達によってつくり出された架空の人物で……。はあ、それなら驚かれたのも無理ないですねえ。いや、変な時に登場しちゃって、申し訳ないです」

影山は何度も頭をさげたが、根戸は短い髪を掻きながら、

「いや、いいんだよ。俺の推理が間違ってただけなんだから。それに正直言って、こんな推理、間違ってた方が有難いんだ。全く、見当違いもいいところだったな。……タロット・カードで順番まで決めたっていうのに、ひどいもんだ。何が『審判』だと自分で言いたくなるね」

「いやいや、やはり小生がずっと顔を出さなかったのが悪いのですよ。それで結局、

今回の推理較べは正解者なしということなんですか」

「いや、俺の場合はともかく、ほかの三人は、まだ自分の推理に未練があるのかも知れないね」

根戸はそう言って、照れくさそうに壁の方に眼をやった。

真沼が気に入っているというビスク・ドールが眼にはいった。浅瀬に潜り、揺らめく水面を透かして空を見あげたような、その時の色がそのまま虹彩に凍りついてしまったような、そんな眼だった。人形達は総て、こちらを瞰《み》おろす恰好で押し並んでいた。

根戸はふと、幼い頃読んだ少年雑誌か何かに載っていた、怪奇実話ふうの小さな記事を想い出した。

ある村に、その頃不思議な出来事が次々と起こっていた。昨日まで元気にしていた者が、急に原因不明の高熱に倒れ、あっという間に死んでしまったり、行方不明の者が相継いだり、一夜にして家が蔓草《つるくさ》に覆われたり、果ては墓の下の屍体が不気味な穴だけ残して消失してしまったりした。原因を探るために調査隊がその村に派遣されたのだが、その夜のうちに隊が宿泊した館は、やはり原因不明の火事のために焼けてしまい、彼らの殆どは死んでしまった。結局、生き残った者のひとりが、ある館の地下室に黄金色に輝く羊の頭をした人形を発見し、恐ろしくなってそれを叩き壊して以来、不思議な出来事はぱったりとやんでしまったというのである。

どこにでもあるような話だったが、幼い根戸にとってショックだったのは、結局その人形の正体が何だったのかという説明などは、一切省かれていた点だった。理由も何もなく、ただ恐ろしい禍《わざわ》いを及ぼすだけの存在。

同じものが、ここに犇《ひし》めく人形達のなかに混じっているならば。取るに足りない妄想ではあったが、根戸はそんなふうに望んでもいた。

「そういえば、ホランドの奴、何してるんだよ」

心配そうに甲斐が尋ねた。

倉野と何やら喋りあっていた影山が、その言葉にぴんと背を伸ばして、

「あっ。はあ、それで想い出した。ホランド氏はどうしたんですか。向こうの部屋で、ひとりぼんやりしていましたけれど、はい」

「まだかい、一体どうしたっていうんだよ」

甲斐は立ちあがって、表側の部屋の方に歩きかけた。

その時、不意に全くの闇が襲った。

仄暗いながらも部屋を照らしていたシャンデリアが、ふっつりと消えてしまったのだ。そしてそれに重なって、わっというどよめきが起こった。誰かがテーブルの上に倒れたらしく、ガチャンという物凄い音がして、グラスが幾つか砕け散るのが判っ

た。

「何だ何だ、停電か」

布瀬の声。

「危ない。硝子が飛んでいる」

そう続けたのは倉野だった。

根戸も不意の盲《めしい》になっていた。不安で胸倉をぎゅっとしめつけられてしまったように、心臓が瞬く間に喘《あえ》ぎ始めた。『黄色い部屋』の底が抜けて、突然別の世界に墜落したような闇のなかで、根戸は二、三度よろけかかった。

「ちょっと待て、蠟燭があった筈なんだ。今捜して来る」

甲斐の声。と、いきなり根戸の背中に、誰かの手が押しつけられた。

「何だ」

そう言おうとして、言葉にならなかった。誰のものとも知れない手は彼の軀を押し、よろけるままに誘導されて、全くの闇のなかをぐんぐん歩かされた。それは、ほんの一、二秒にも満たない時間だった。

「蠟燭を捜すなら――」

そう言いかけた途端、手の力の勢いが勝《まさ》って、根戸は大きく闇のなかにつんのめっていた。同時に、皆のどよめきが、すうっと遠くなったような気がしたかと思うと、次の瞬間、ガンという衝撃を顔の左半分に受け、根戸はその場に倒れ臥《ふ》していた。何か堅いものに、もろにぶちあたったらしかった。一瞬だけ眼の前が真赤になったが、躯を起こすと、周囲にあるのはやはり全くの漆黒だけだった。

根戸は顔をぶつけたものに見当をつけて手をさし伸ばしたが、それは虚しく宙空を摑んだだけだった。もう一度、さらに手を伸ばすと、金属性の細長いものが掌のなかにすっぽりとはいった。パイプのようなものらしかった。

――ここは、奥の倉庫じゃないか。

そう気がつくと、根戸の背筋に冷たいものが走り抜けた。いかにもそこは、先程ソファーを運び出した小さな倉庫に違いない。それでは、さっき有無を言わせぬ勢いで背中を押した人物は、何のために彼をこの部屋に連れこんだのだろう。根戸は恐ろしい勢いで背後を振り返った。一切のものは闇に呑みこまれていて、ただ照明が消える前の残像らしいものが、形もない不思議な色彩として、もやもやと漂っているばかりである。

そうだ、誰が、何のために。

冷汗がゆっくり、腋の下を流れるのが判った。

根戸はじっと身構えたまま、闇のなかで眼を細めてみた。向こう側で確かに皆の声が聞こえていて、それに混じって自分の鼓動が耳の奥に響いている。必死で息遣いを押し殺しながら、根戸は闇に紛れてそこにひそんでいるかも知れない人物のために、全身の感覚器官を集中した。

（あったか。蠟燭は）

（まだ見つからないんだ）

倉野と甲斐のやりとりが聞こえた。妙に遠い、口籠《くぐも》った声だった。

――誰だ。

強い耳鳴りが彼を襲っていた。そうしてほぼ二、三分、ずっと息を殺していたようだった。

（見つからないな）

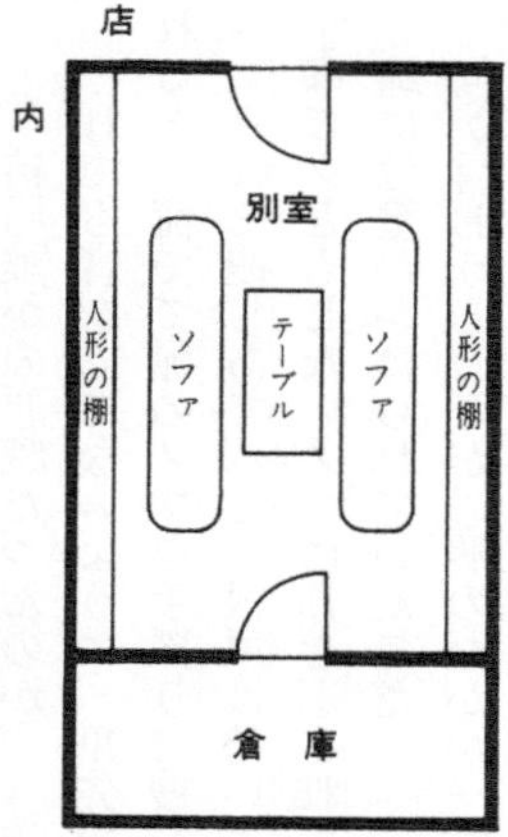

（おい、君達も手伝ってくれ）

再び甲斐と倉野の声がすると、それに続いて、

（何だね一体。仕方がないな）

布瀬のそんな声が聞こえて、二、三人の跫音が表の部屋に遠ざかっていった。

根戸はそれでようやく、そっと軀を起こした。

——結局誰かの悪戯だったのか。

それでも音を立てないように、爪先で闇のなかを滑ってゆき、伸ばした腕に壁が触れると、慌てて扉のノブを手探りで捜した。激しいあせりを背中に感じながら、ようやくそれを捜しあてると、根戸は勢いよく押し開けようとした。が、次の瞬間、彼の掌はビクともしないノブに弾き返されていた。彼は心臓が止まりそうになった。

扉には鍵がかけられていたのだ。

何か言おうとしたが、咽《のど》のなかが一瞬に干あがったように、どうしても声が出なかった。

——閉じ籠められた！

そのことが、頭のなかに、わーんと谺《こだま》しあった。頭のなかは闇と見分けもつかず、黒一色に溶けあってしまったようで、自分の考えていることが何なのかも判らなかった。軀じゅうの体毛が残らず逆立ってしまい、そのなかを小動物ほどの確かさを伴って、戦慄が幾度も駆け抜けた。

——なぜだ。なぜだ。

もう一切の物音は、さらに遠い処からしか響いてこない。扉を叩いて大声で皆を呼べば、何とか開けて貰えるかも知れないのだが、声を立てること自体が恐ろしく、根戸は扉にぴったりと背中を押しつけたまま、凍りついたように身動きできなかった。

脂汗が腋や掌や顳顬《こめかみ》にふつふつと湧いてくるのは、呆れるほど鮮明に実感できたが、思考力や判断力の方は全く麻痺している。電気が消えてからの時間も、全部ひっくるめて五、六分だったのか、それとも十分以上も経っていたのか、そのあたりがぼんやりとしていて、あたかも夢のなかの出来事のようでもある。

悪い夢。

根戸はそんな気がしてならなかった。粘り着くような闇はすっぽりと部屋を覆いつくしていて、あるいは何者とも知れぬ刺客は根戸のすぐ近くに、やはり息をひそめて蹲《うずくま》っているのかも知れないのだ。眼を凝らして見ていると、闇のなかにさらに深い闇が現われ、大きな影となって、不意に鎌首を擡《もた》げるような気配が襲う。そんな妄想が繰り返し彼を脅した。彼はもう一度ゆっくりと、後ろ手でノブをまわしてみたが、やはりそれはビクともしない。

――いけない。

自分でも思いがけず、根戸は扉の方に向き直ると、ありったけの力を籠めて叩き始めた。

「おおい、開けてくれえ！」

いったん声を挙げると、恐怖のために、それは止まらなくなった。彼は、気が狂ったように扉を叩き続けた。

《何だ、あれは》
《根戸さんの声だよ》
怯えたような声が、遥か遠くの方で聞こえた。
《変だな。……あいつ、どこで、あれっ》
甲斐の素っ頓狂な叫びが、はっきりと根戸の耳に伝わった。それは根戸の心臓をも縮みあがらせた。
《おい。いつの間にか、鍵がかかってるぞ》
《何だって、そんな馬鹿な。……どれどれ。……おや、本当だね》
《おかしいな》
布瀬と倉野の声も聞こえる。どうやら表の部屋と別室の間の扉にも鍵がかけられているらしい。そうすると、根戸は二重の密室に閉じ籠められたことになってしまう。根戸の恐怖は頂点に達した。
《おい、影山はこっちにいるのか》
《は、はい。小生はここにおりますが……》
《ははあん。これは妙だね。根戸ひとりがあちらにいるのか。おおい、どうした！》
「誰かに閉じ籠められちまったんだ！」
《声が遠いな。そこは倉庫か》

「そうだ。そっちの扉にも鍵がかかってるのか」
《うむ。どうも妙な具合だな。誰があいつをあんな処に閉じ籠めたんだろう》
《根戸さん、ちょっと待っててね》
《甲斐。ここと向こうの鍵は、どこにあるんだ》
《鍵なら、フロントの抽斗に戻した筈だけど。……待ってくれ》
　根戸の胸の底に、再び強い不信が蘇った。あれは総て、芝居なのかも知れない。影山と称する人物は現実にはいたが、それによって彼の辿り着いた推理が否定されてしまった訳では決してないのだ。いかにも彼らはああやって取り乱しているふうを装ってはいるが、その実、総て予定通りの筋書きではないのか。ホランドが途中で抜け出したのも、安全器の蓋を開くためだとすれば。
　根戸は扉を叩く手を止めた。
――俺はこの妄想の正否を、どうやって判定すればいいのだろう。何が真実であるかは、どうすれば確かめられるのだろうか。
　根戸はその自問に答えることができなかった。もしかして、常に真実というのは、身軽に、ずる賢く、人びとの眼に触れぬように立ちまわっているものだとしたら。そうなのだ。虚偽と真実はいつも背中合わせで、こちらからあちらへ、たやすくその貌を交換できるものなのかも知れない。いや、今一歩踏みこんでこの現実というものは、一から十まで、仮面の群そのものなのだと呟いてみたとして、誰にその言葉を否定することができるだろう。

不意に、微かな光を感じた。鍵穴だった。根戸は反射的に軀を屈めて、その鍵穴から部屋のなかを覗きこんでいた。

仄暗い照明だったが、闇に馴らされた眼には眩しいくらいだった。乱れたテーブルのあたりから向こうが、その鍵穴からの視界である。戸棚や壁に並べられた人形達に見守られて、部屋のなかはしんと人気がない。

向こうでも、中央の部屋で照明が点《つ》いたのに気づいたらしく、

《おい、あちらは電気が点いたらしいぞ。こちらはどうして点かんのだ》

《誰かがスイッチをいじったな》

《おい。変だな。あそこにあるのは鍵じゃないか》

いちばん近い声が、そんなことを叫んだ。倉野の声だった。根戸は不意にぞっとした。彼の処からもそれが見える。乱雑に散らかったテーブルの上にふたつ、黄色の光を反射しているのは、確かにそれぞれの扉の鍵だった。

《本当だ。これはますますもってただごとならん。どうするね》

《どうすると言っても。……おおい、根戸》

倉野の呼ぶ声が聞こえたが、根戸の舌は痺《しび》れたままだった。

《変だよ。あっ、点いたか。……七時十分だね。……甲斐、合鍵は》
どうやら向こうの部屋でも、誰かがスイッチをいれたらしかった。
《ないよ》
《どうしよう》
《ああ、えらいこった。えらいこった。またまた密室じゃないですか》
周章狼狽のていらしい影山の声も聞こえる。
《ぶち破ろうか？》
真剣らしい倉野の声に重なって、いきなりナイルズの切羽詰まった叫びが聞こえた。
《ね、ねえ。おかしいよ。ホランドの姿が見えないんだ》
《何だって。一体どうなってるんだい。まさかトイレじゃなかろうし、どうも厭な予感がするなあ。ようし、構わないからぶち破ってくれ》
《ようし、じゃあ、布瀬》
《やれやれ、吾輩もかね》
そんな会話が聞こえてきた時、
《わあッ！》
鍵穴の向こうで突然『黄色い部屋』の照明が消え、再び総てが闇に包まれた。

《また停電だ》

《とにかく、つき破るぞ》

闇の奥深くで、恐ろしい音が響き始めた。二度、三度、数人がかりで扉に軀をぶち当てているのだろう。六度目あたりでメリメリと何かが引き裂ける音がしたかと思うと、そのすぐ後で、とうとう扉は弾き飛ばされたようだった。

誰かが、二、三度つんのめって倒れたらしい音が聞こえた。

(たっはは、弁償はいくらかかるかな)

(倉庫の方も開けてやらなくちゃな)

甲斐の声がして、ガサガサとテーブルの上を捜しまわっていたらしいが、急に、

(な、何だ。こいつは)

その声の調子がただごとではなかったので、根戸も驚いて鍵穴を覗きこんだ。しかし、依然その先も、全くの闇に包まれている。

(ギャッ! な、な、何だ。誰かが)

再びテーブルの上からグラスが落ちたらしい音がした。

(ど、どうした。……うわッ!)

(誰かが倒れてる)

扉一枚隔てた向こうでは、突然の恐慌状態《パニック》が起こっていた。恐ろしいどよめき。誰

かが転倒する音。グラスが踏み砕かれる音。戸棚にぶつかって、人形達がガラガラと雪崩落ちる。しばらくして、

（こ、これはホランドじゃないのか）

痙攣《ひきつ》ったような布瀬の声が響き渡ると、その騒ぎは不意に静まった。慌てて誰かが近づいてゆく。

縮みあがるような沈黙が何秒か何十秒か続いた後、

（ホランド！）

狂ったように泣き出したのはナイルズだった。根戸はゆっくり、扉に凭れたまま頽《くずお》れていった。倉庫の方からは、ただ声と物音からしか事情を察するほかはないのだが、どうやらホランドは何者かに殺され、しかもその屍体が突然、鎖された部屋のなかに出現したということらしい。

根戸は朧げながら、犯人の意図を感じ取っていた。この密室は、ナイルズの小説に描かれていたものと、全く正反対の趣向になっていることを。いつ泣きやむとも知れぬナイルズの声を聞きながら、根戸はその闇を、決して回復できないものとして意識していた。

深い、さかしまの闇のようでもあった。

四章

1　現実と架空の間

「そして、その後はこう続くんだよ」

ナイルズは、七百枚以上にもなる自分の小説を読み終えた七人の前で、心なしか頬をほてらせながら言葉を挿《はさ》んだ。

「ええっとね。……『何分か後、再び部屋の照明が戻ってそこに姿を現わした屍体は、まさしく双子の片割れであるホランドにほかならなかった。瓜ふたつの少年達が、片方は既にもの言わぬ物体と化し、もう片方がそれに取り縋《すが》って泣きじゃくっている。その光景を、彼らはどうにも説明できないでいた。死因はひと眼でそれと判る。首の周りにきつく喰いこみ、後ろで結《ゆ》わえられたままの梱包用の麻紐。ややあって、慌てて甲斐は倉庫の鍵をあけ、扉に寄りかかりながら膝を落としている根戸を連れ出したのだった。半ば囈言《うわごと》めいて繰り返される根戸の言葉から、彼もやはり鍵穴を覗いており、そして二回目の停電の前には、間に挟まれた別部屋のなかには殺人者どころかホランドの姿すら認められなかったことを確認すると、さすがに彼らの黯然《あんぜん》たる想いも深い自虐の色を濃くしてゆくのだった』……ここで一行あけて、こう締め括《くく》るんだ。……『今度は曳間の場合とは違って、最初から殺人事件として取り扱われた。当然前回の事件との関連にも不審を抱かれることとなり、総てが蒸し返され、掘り返されて、結局事件の捜査権は、彼らの手から永久に奪われてしまったように思われた。そうして、苛酷で遽《あわただ》しい期間が何週間か続いた後、彼らの上に訪れたのは、縺《もつ》れた糸屑がほぐれ出してゆくような緩慢さと、眠りに落ちてしまうような寡黙さに支配された、ながいながい、果てしもない時間だった』と、ね。……どんなものかなあ」

悪戯っぽく眴《ウインク》してみせながら、ナイルズは最後にそう尋ねて寄こした。

八月十六日。ついにその夏は、小説にもあった通り七月十四日の突発的な猛暑を例外として、何者かに頭を叩かれたとでもいうように気温は横匍《よこば》いを続けたまま、盆を過ぎてしまっていた。

あのめくるめく季節は、一体どこに行ってしまったのだろう。いつもは夏の暑さを厭《いと》う者でさえ首を捻《ひね》った。マスコミではその異常低温を、何度目かの氷河期の先触れであるとして、まことしやかに特集を組んだりもした。またある者は、いや、これは大地震の前兆である、と反論し、かと思うとまたある者は、その現象を確率論の立場から〝何でもないこと〟と看做《みな》す見解を採ったりもした。一般的に言って、地球自体が狂い始めているのだという終末論的な考えが大勢《たいせい》を占めたようである。しかし不思議なことに、その割には、やはり世間というものはその平穏さを一向崩そうとはしなかった。

いずれにせよ、そんなことが囁き交されていた八月中旬のある日、ナイルズは彼らの前に、小説の続きと称してぶ厚い原稿用紙の束を差し出した。布瀬の『黒い部屋』で姿を消した七月二十四日からほぼ三週間、依然杳《よう》として行方の掴めない真沼のことを気に揉んでいた彼らは、早速それを機会に集合することにした。涼しいのだから屋外でいいだろうということで、場所は羽仁の提案により、新宿御苑《ぎょえん》の芝生の上となった。

甲斐と倉野が私用で抜け、雛子と杏子の方は、やはりまだ外に出る気にはなれないということで、集まったのは七人。木陰になった人気のない一角を選んで腰をおろすと、彼らは取りあえず羽仁の朗読によって、『いかにして密室はつくられたか』の鑑賞を行なうことにしたのだった。

「今度は僕かあ。参ったね」

擽《くすぐ》ったげに脚を投げ出すホランドに、羽仁は同情まじりの笑いを寄こして、

「あはあ、第二の犠牲者だね。しかし、これはむしろ喜ぶべきことじゃないのかな。なぜって、この小説の方では、ナイルズの予感が次々と的中してゆくことになってるけど、実際にはこうして曳間もピンピンしていることだし、却って命を保証されたようなものじゃない」

「だって羽仁さん」

既に紅を濃くしてゆく楓《かえで》の樹に寄りかかっていたナイルズは、その場にぴょこんと蹲《うずくま》ったかと思うと、

「現実にそんな予言めいたことなんて、そう簡単に行なわれる筈がないよ。せめて、三章の最初の部分を七月二十八日以前に書いていればねえ。でもさ、やっぱり自分の書いたことが現実に起こるとなると、気持ちが悪いと思うよ」

「ああ、雛ちゃんの御両親のことだね。……しかし、面白いね。逆に言えば、この小説のフィクションの部分の側から見ると、まさに、事実は小説より奇なりってことになってしまうんだなあ。……ナイルズのこの小説が何章まで続くのかは知らないけど、やっぱりこんなふうに、現実の出来事と架空の出来事とが互い違いに進行してゆく趣向なんだろう？　そうするとだよ、仮に、小説が完成したとして、僕らのことを全く知らない第三者がこれを読む場合、一体どちらを現実のことだと思うんだろう

か」

「さあねえ」

布瀬が青く抜ける空めがけてパイプ煙草の煙を吐き出しながら嘯《うそぶ》いた。

「まあ、第三者のことなど、どうでもいいだろうよ。実際には実名小説なぞ、所詮現実の後を追いかける存在でしかないということではないかね」

するとと曳間が、そんな言葉も聞かぬげに、

「あはは。もしもその見知らぬ読者が、一章と三章の方を現実のことだと看做《みな》すなら、その人にとっては、この僕という人間は存在しないことになるんだろうね。むしろ、そちら側の事件の方が、はっきりした殺人事件として描かれてるし、おまけに僕に気の狂ったお姉さんがいるなんて、全く僕自身にとっても意外この上ない事実が公表されているものね。ただ部屋のなかでひとりの人間が姿を消してしまっただけの、正体不明の事件よりは、いかにも凶々《まがまが》しい悪意のもとに行なわれたものの方を、現実であってほしいと望むのが人情じゃないかな。単に今度の事件を見た場合でも、密室のなかでひとりの人間が蒸発してしまうなんて、こう言っては変だけど、現実感《リアリティー》に欠けるよ」

「ははあ、現実の方がリアリティーがない、ですか。これは面白いですねえ」

曳間の言葉に驚いたように影山がそっくり返ると、先程から芝を指で引きちぎって

いた根戸が、

「俺達の推理を客観的なものにするためには、いっそ、何も知らない読者として、この小説の謎解きをするくらいのつもりでなきゃね。そうすりゃ自分自身も第三者の眼から眺められるってもんだ」

「ハハン、しかし、実際には何も知らない読者としてこの小説を読むなら、それこそこの小説に描かれたふたつのストーリーのどちらが現実か、という点から考えねばならんことになるぜ」

すかさず布瀬がまぜっかえすと、思わず羽仁もつられたように、

「だけど、布瀬。実際のことを何も知らない読者なら、片方が現実に忠実に描かれていることも知らない訳だから、どっちが現実の出来事か、なんてことは考える筈がないよ」

「いやいや、そんなふうに誤解して貰うと困るな。吾輩の今言った現実とは、飽くまで小説上の現実ということだぜ。考えてみれば判ることだ。見知らぬ読者がこの小説を読んだ場合、一体どちらのストーリーが現実だろうと考えるのは、ごくごく自然な気持ちではないかね」

「ああ、そうか」

羽仁は頭を仰反《のけぞ》らすように答えて、ナイルズに、

「いかんいかん、これはどうも、僕こそがワトソンにほかならないみたいだ。……と、こういうと、またまた誤解が起こるか」

「何だか話がややこしくなって来たね」

愉快そうにナイルズが言うと、根戸が、

「なあに呑気なことを言ってやがる。だいたいからして、お前がこんなややこしい小説を書くからいけないいんじゃないか」

「あれ」

頓狂な叫び声を挙げたのは羽仁で、

「いいのかねえ、そんな弱音みたいなことを吐いて。……そういえば、僕達が今こうしていることも、ナイルズが次の章で書くかも知れないんだよ。くれぐれも言葉には注意した方がいいね」

そう言われると根戸も眼を丸くして、

「おっと。それはいかんな。ナイルズ、本当かい。この場の会話も小説になるのか」

「さあねえ。……まあ、後になってみなくちゃ判んないなあ」

空惚《そらとぼ》けてみせるナイルズに、

「ちぇっ、どうもやりにくいことになってきたなあ。暮しにくい世のなかだ」

そう言って、毟《むし》っていた芝の葉を眼の前に振り撒いた。

ずっと続いている芝生の広場には、やはり結構入苑客が多く、友人どうしやら家族連れやら、あるいは男女のカップルやらが、あちらこちらに固まっていた。なかには五、六人で縄跳びをしている女の子、フリスビーを飛ばしあっているグループなどもいて、それらの人びとの服装が色とりどりに、日差しだけは明るい緑のなかで、万華鏡のように輝いて見える。

いくら気温が低いとはいえ、それはやはり夏の光景以外の何物でもない。

「ねえ、雲の輪郭が、やけにはっきりしている」

いきなりホランドが、手をあげて言った。

「やあ、本当だねえ」

曳間も思わず大きく頷いた。いかにもつき抜けるような蒼穹に、翳ひとつない綿雲が幾つも浮かんでいて、青と白との鮮やかなコントラストを見せている。

「ははあ、こいつは見事だね。まるで、そう、もともと純白のところに青い絵具を塗ったふうにも見えるじゃないか。雲の形に塗り残して、ね」

そう言いかけて、根戸は気がついたらしく、

「おや、そう言えば、この小説の構成に似てるね」

「ふふ。二重構造だね」

羽仁も空を仰ぎ見ながら、

「見方によって二種類の絵柄に見える絵があるよね。見たことがある筈だよ。中央に黒のシルエットで、花差しのような燭台のようなものがある。かと思えば、黒いバックに白抜きで、ふたりの横顔が今まさにキスをするかのように向かいあっているようにも見える。『いかにして密室はつくられたか』は、この二重構造によく似てるんだ」

「ああ。有名なやつだね」

曳間は、人差指をつと額にやると、

「ああいった瞞し絵《トロンプ・ルイユ》というのは、実に面白いよね。心理学の講義では随分実例を見せられたけど、ああいった類いの絵には、鑑賞者が向きあっているのは自分自身にほかならないという、不思議な構造をつくり出す作用があるんだ。だから、超現実主義《シュール・レアリズム》の絵画には、そんな作用を見こまれて、瞞し絵の技法がふんだんにとりいれられているだろう。ダリとかマグリットはその筆頭だし、もっと幾何学的に徹底するとエッシャーになる。……心理学的に見ても、瞞し絵というのは実に興味ある対象で、燭台と人の横顔とが白黒逆で重なりあっていても、それを見る者は決して、そのふたつのイメージを同時に描くことはできないんだよ。つまり、その絵を見ている人間は、ある瞬間には燭台なら燭台、横顔なら横顔の、どちらか一方のイメージしか想い浮かべることができないんだ。浮かびあがって来るイメージを図柄《ずがら》、そのむこうに追いやられるのを地面《じづら》と呼ぶ時、白い部分と黒い部分はお互いに図と地の立場を交換するだけで、両方一度に図柄としての立場を主張することはない。このことは、ある意味で人間の想像力の限界を示していると僕は思うんだ。こんなところにも、こうしてちゃんと不連続線が顔を見せているんだよ……」

ふと言葉尻を濁らせる曳間にひき次いで、根戸は指を勢いよく鳴らすと、

「ははあ、するとこの小説の場合はどうなるのかな。同じ二重構造には違いないから、第三者がこれを読む場合、やはり絵と同じように、現実と架空の両極を結ぶ軸は、ある瞬間には常にどちらかに傾いてなけりゃならないんだろうか。……いや、自分で喋ってることの意味がよく判らなくなってきたな。つまりそれは、どちらもが現実で、同時にどちらもが架空であるというようなイメージは、決して描くことができないということなのかな。しかし、現実で、同時に架空である、というような状態が想像できないのはあたり前だし……」

「要するにややこしいんだろ」

と、羽仁。

「こんにゃろうめ。地獄へ堕ちろ」

根戸は笑って、もう一度毟《むし》った芝の葉を投げつけた。その多くは羽仁の胸あたりにぱっと散ったが、なかの団子になったひとつかみは、その隣に腰をおろしていた影山の顔のまんなかで弾けた。身動きする暇もないまま、気持ちよいくらい見事に命中し

たので、みんな一斉に吹き出してしまった。

「わはっ、御免。悪かった」

「いえ、いいですけども」

口をつき出し、眼をしょぼしょぼさせながら、影山は丸い黒縁眼鏡をはずした。

「しかしながら……ですねえ」

ゆっくりぶ厚いレンズの汚れを拭き取りながら、そんな言葉を口に出すと、

「ナイルズ氏のこの小説では、繰り返し《さかさま》という言葉が使われていて、今度の真沼氏の消失事件までが、三章の最後の殺人事件と組合わせることで強引に……いえ、無理矢理に……でもありません、ええ、巧みにさかさまの性質を付与させられたりもしている訳なんですけれど、そのいろいろある《さかさま》のなかで、最も大きなものがこの二重構造にほかならないんじゃないでしょうか。小生と致しましては、ひどくそんな気がしてならないのですが。はい」

「ああ、それは勿論、そのつもりだよ」

得意そうに答えるナイルズに続けて根戸は、

「……俺もその点はそう思ってたけど、しかし全く、この小説の通り、現実と架空なんて紙一重のものかも知れないな。小さい頃によく思ったことなんだが、この宇宙はひょっとして大きな舞台であって、俺達はみんな、ある筋書によって動かされている

人形のようなものかも知れない。あっはは。誰でも一度は通り過ぎるこの素朴な疑問を、しかし誰もが決して否定し去る根拠も持てないまま終わっているからにゃ、もしかして今こうしている俺達は、この『いかにして密室はつくられたか』という小説の登場人物なのかも知れないぜ。つまり、この世界そのものが実はこの小説の架空の側の世界である、と言ってもおかしくないんだな」

根戸はそう言って、六人の顔を見較べた。

原色に彩られた、平穏そのものを絵に描いたような、広びろと続く芝生の一角だった。

2　觔斗雲に乗って

甲斐は豆粒ほどの筆先を二ミリほど下に滑らせた。

――まだ少し暗いか。

画架《イーゼル》に立てかけられたキャンバスに描かれようとしているのは、久藤杏子の肖像である。ただそこに描かれている杏子は、中世のもののような古めかしい法服《ローブ》を頭からすっぽりと纏《まと》い、金糸や銀糸の織りこまれた豪華なソファーにぐったりと身を凭《もた》れさせていた。燭台からしいぼおっとした薄明かりのそのまた向こうの暗闇から、静かに瞼を鎖《とざ》した杏子の表情を窺い見るように顔を覗かせているのは、五匹の異様な姿形をした小悪魔で、しかもひっそりと眠っているかとも思われる彼女の胸元には、あろうことか細長い鍔《つば》の、いかにも鋭利らしい短剣が深ぶかとつき刺さり、赤黒い血潮が衣服の下で夥《おびただ》しく流されているのが判る。見たところ、死後二、三時間を想定して描かれたらしい。要するに甲斐は、屍体となった杏子を描いているのだ。

しかもそのタブローの著しい特徴は、その凄《すさま》じいまでの克明さにあった。紫檀造りらしい書斎風の部屋の隅ずみから、死者の睫《まつげ》毛の一本一本まで、全く呆れるしかないくらい執拗に描写されてあって、殆《ほとん》どそれは一枚の写真と言ってもよいほどだった。ソファーの向こうに、蜘蛛の巣めいた絡《から》みあいを見せる地球儀や羽根箒《ぼうき》や望遠鏡などといったがらくたが積み置かれ、その隙間から見える窓の外の不思議な星空まで、まるで本当にそこにあるとしか思われない。

甲斐は細い筆をおろすと、二、三歩後ろへ軀を引いた。額に浮き出た汗を白い上っ張りの袖で拭うと、満足とも苛立ちともつかぬ溜息を吐いて、筆を筆洗《ひっせん》のなかに抛《ほう》りこむ。そのまままじまじと、殆ど完成の域に達した自分の作品に見入っていたかと思うと、甲斐は顔を皺だらけにしてにやりと笑みを浮かべた。

「後は髪の毛と、更紗《さらさ》だな」

そんなことを呟きながら、傍の丸い木椅子の上から煙草の箱を取り、残り少ない一本を口に銜《くわ》えたまま、こちらは発条《ばね》の馬鹿になりかけた古い肘掛け椅子にどさりとばかりに腰をおろした。椅子はギイギイと気味の悪い音をたてて鳴った。

弾力のない背凭れに軀を埋めるようにしてそっくり返ると、甲斐は美味《うま》そうに煙を吐き出した。そして上っ張りの胸ポケットから一枚の写真を取り出すと、それと自分の描いている油絵とをつくづくと見較べた。

写真には絵と同じ姿勢でソファーに凭れかかっている杏子が写されていた。といっても、身につけている服は普通のワンピースで、ソファーも絵に描かれているような豪華なものではさらさらなく、その場所もどこかのありきたりな部屋のようだった。甲斐は、この写真をもとにして油絵を描いたのだろう。ひと通りの比較が終わると、甲斐は再び満足そうに煙を細ながく吐き出した。

甲斐がその写真を撮ったのは、もう半年近く前のことだった。話を持ち出したのは杏子の方で、写真のモデルになってあげるから、その代わりそれをもとにして一枚の油絵を描く。それも、屍体と化した状態として描くこと。そんな条件をつけ加えて、ゲームは始まったのである。杏子にはひとときの、そして俺にとってはながいながいゲーム。甲斐はそんな想いを嚙みしめた。

その時、甲斐を呼ぶ声が聞こえてきた。甲斐は快い眠りを醒まされたように、眉を顰《ひそ》めて首を伸ばした。

「おーい、甲斐。いるんだろう」

曳間の声だった。

「おお、ちょいと待ってくれ」

こちらも怒鳴り返して、甲斐は板張りのアトリエから、畳敷きの部屋へ戻った。その扉に鍵をかけておいて、跳ねるように玄関へと向かう。

「何だ」

言いながら鍵を開けて曳間を招きいれると、

「何だはないだろう。扉に鍵までかけて。どうもお前の秘密主義も一向に変わらないな。また秘密のアトリエで油絵でも描いてたんだろう」

「ほっほう。その通りさ」

自分は例の戦利品である木椅子に腰をおろすと、机の上のラジオに手を伸ばし、スイッチを入れた。流れてきたのはパイプ・オルガンの絢爛《けんらん》たる演奏だった。

曳間は畳の上に胡坐《あぐら》をかくと、

「この間は、どうして来なかったんだ」

「ふふん、例のピクニックか。どうも気乗りがしなくってね。それだけだ」

「そうかな」

曳間は青いジャケットから何かを取り出そうとした。不意にそれの発した音は、壮麗なバロックの調べには似《そぐ》わない涼しさで鳴り響いた。

「あっ、それは」

「そうだよ。雛ちゃんの風鈴さ。あんなことがあって、根戸が借りっぱなしになっていたのを、ちょっと又借りしてきたんだ。……ナイルズの小説にはそこらあたりの事情を旨くこじつけて書かれてあったけどね」

「はあ、またナイルズの小説か。お前ともあろう者が、どうしてあんなものに拘泥《こだわ》るのかね。まるでお前達を見てると――あの小説を中心に行動しているようだぜ。俺はそういうのが、全くのところ我慢ならんのだがな」

「あっはは、そんなふうに言われると、面目ないね。……しかし、あれのなかに、この呪文の正体がまだ書かれていないのはどうしてかな。根戸が調べたところ、密教の降三世《ごうざんぜ》明王三大秘法に用いられる特殊な真言だそうだけど、それがまさしく調伏《ちょうぶく》のためのものだったのは、偶然にしても面白いね。しかも、その四体の明王と呪文を風鈴仕立てにするなど、なかなか風変わりじゃないか。一体どういう目的でこんなものが作られたのかは判らないけど、誰かを呪い殺そうという悪意を他人に悟られないよう、擬装のためにこんなものに形を借りたのだとすれば、これの作者もなかなか風変わりな頭脳の持ち主と言わなければならないだろうね。そうは思わないかい。いや僕は、風鈴という、いかにも日本的な情緒のあるものに、密教の呪文を絡ませたところに感心しているんだよ。それにもともと、眼にも見えず、どこからともなく吹き過ぎてゆく風は、禍いを運ぶものの象徴なんだから。……勿論、僕はそんな呪法自体に効力があるとは思っていないさ。ただ見過ごせないのは、呪文に託される悪意の存在なんだ。僕の興味は常にそこにあってね。全く人間の悪意というのは、総てのことをやってのける力を持ちあわせているからねえ」

「ははあ。それについちゃ、俺も全く異議はないね」

甲斐はふと先程の油絵のことを想い出しながら言った。

「この世は全くのところ、悪意と悪意との、果てしない戦いだ」

「あっはは、甲斐。そういうお前の視線が、ちらりとあのアトリエの方に向けられたね。お前のその言葉に関連する何かがあの部屋にあるんだろうが、誰にも見せたことのない《開かずの部屋》に隠されていては、覗いて確かめる訳にもいかないな」

「ははん。そんな詮索好きらしいことを訊くのもお前らしくないな。『黒魔術師』と呼ばれるくらいなら、透視術かなんぞでピタリと言い当てるのが本当じゃないか」

甲斐はラジオから流れるパイプ・オルガンの旋律にあわせて、ゆっくり軀で拍子を取りながら、そう挑発してみせた。

「それは困ったな」

曳間は風鈴をポケットに戻しながら唸って、

「僕は透視術なんて能力は持っていないものね。せいぜい読心術がいいところさ。で、それを使って答えてみるけど、それは一枚の油絵じゃないかな」

あたり前のように指摘されて、甲斐はほんの僅《わず》か、唇を歪めた。

「へえ。当たってるよ。ふふん。しかしそこまでは、俺が油絵専攻で、しかもあれがアトリエであるというところから推理される、ごく一般的な結論でしかないな」

「それには杏子さんが描かれているね」

甲斐の言葉が終わるか終わらないかのうちに、曳間はまたも平然と言ってのけた。木椅子に腰かけず、立ったままだったとしたら、甲斐は少し蹌踉《よろめ》いたかも知れなかった。

「ふん。……これは驚いたな。しかし、それもある程度想像できるが」

「それは、杏子さんの屍体だね」

甲斐の表情から、はっきりと血の気がひいていった。思考が頭のなかで手綱を失い、空まわりを始めたようだった。

「死んだ杏子さんが寝ているのは、大きな寝台か、ソファーのようなものだね。従って、そこは部屋のなかだ。……暗い部屋。いろんなものが迷宮めいて積み重ねられていて、多分そこには窓も描かれている筈だけど」

「曳間」

甲斐はごつごつと節くれだった指で顔をぐるりと撫でまわすと、

「全くお前は、恐ろしい奴だな」

血走った眼で相手を睨みつけた。

「冗談が冗談にならない……」

すると曳間の方も面映《おもはゆ》そうな表情になって、

「いや、これは単なる応用心理学さ。どうも悉《ことごと》く的中してしまったようだけど、こう旨くいくとは思っていなかったよ」

そう弁解すると、皓《しろ》い歯を覗かせて笑った。しかし、甲斐の方はまだ苦い表情を崩さずに、

「ということは、お前にとっちゃ、少しばかりの秘密主義なんてものは、あたかも硝子の壁の如しっていう訳か。お前が探偵にでもなれば、およそこの世に起こる犯罪など、犯人が智恵を絞れば絞るほど、その外側から手に取るように真相が見えてしまうんだろうな」

「待ってくれよ。それとこれとを一緒にしちゃいけない。だいいちさっきのも、言わば大道易者と同じことで、当たるも八卦《はっけ》、当たらぬも八卦という奴なんだ。たまたま正解だったに過ぎないさ」

「ふん。それでは今度の、真沼の事件に関してはどうなんだ」

「あれか……」

曳間はふと顔を窓の外に向けた。太陽にからんと照らし出された街は、生気なく横たわっていた。

「あれについては、僕は口を鎖《とざ》すほかないらしいよ。僕にはあの事件が何故起こったのかが判らないんだ。……そう。僕には動機が見つからない。事件の外観とぴったり辻褄の合う動機を、見出すことができないんだ。倉野の指摘した、『真沼が殺されるとすれば、それは真沼自身の美貌と拘《かかわ》ってこない筈がない』という言葉は確かに鋭くて、僕もその路線であれこれ推理を進めたんだけど、愛情にせよ嫉妬にせよ、どんな感情を中継させても、あの事件の外貌と、各人のパーソナリティーとが旨く結びついてくれなくてね。ナイルズの小説では、僕が殺された事件のせいか、みんなが寄って集《たか》って、やたらに心理学的探偵法とやらを振りまわしていたけど、どうもあのあたりが心理学の限界なのかな。あっはは。だけど、もともと僕には、日常の会話だけで皆の深層心理の隅ずみまでずばりと見抜いてしまうような洞察力なんて、持ちあわせがないからね」

「ははっ、そうであってくれれば、全く有難いこった」

甲斐がそう吐き出すと、曳間は冗談めかして、

「おや。そうなのかい。……ははあん。判った。真沼を殺したのは、甲斐、お前だろ

う。そうして『黒い部屋』から運び去った真沼の屍体は、そこの秘密の部屋に安置してあるんだ。乱歩の『白昼夢』のように屍蠟《しろう》にしてね。あっはは、そうすると動機も愛憎以外に、新たな種類が加えられるな。つまり、屍体となった真沼を、純粋に美術品的な観点から自分の部屋に陳列してみたいという」

「ふふん。するとむしろ、『黒蜥蜴《くろとかげ》』か」

甲斐は面白くもなさそうに言い返した。

「ともかく、お前は今度の事件の真相に関して、何の見当もついてないのか」

「そうだよ。まあ、心理的なものを総て無視して言えば、ある仮説を提出することはできるけれども……」

「何だ。いやに奥歯にものの挟まった言い方をするじゃないか。構わんよ。今度の事件を純粋にひとつの探偵小説だと割りきって考えても」

「心理的なものを無視して……」

「そうとも。実際、お前も探偵小説を読む時にまで、登場人物のひとりひとりのパーソナリティーを悉《ことごと》く把握してから、それに見合った解決を導き出そう、なんてことは考えん筈だがね」

「うん。そこなんだよ。僕がどうしてもひっかかりを覚えるのは」

曳間は胡坐をかいた背筋を前に傾けた。

「君はさっき、僕達を見ているとナイルズの小説を中心に行動しているように見えると言ったけど、僕も賑《にぎ》やかしにあの小説の音頭を取っている訳じゃないんだ。なおかつ僕が奇妙に思い、拘泥《こうでい》せずにいられないのは、今度の事件が『いかにして密室はつくられたか』という小説のために行なわれたのであれば、全くそれが自然にすんなり受け取れるという点なんだよ。君が今言った言葉もまた、そのことを裏打ちしている。今度の事件に心理学的な推理法を持ちこむとどうしても藪不知《やぶしらず》に迷いこむから、ひとつの架空の探偵小説と看做して考える——それはつまり、今我々のいるこの世界を架空にすることであって、畢竟《ひっきょう》『いかにして密室はつくられたか』の架空の部分と現実の部分をいれ換えることにほかならないじゃないか。そう考えると、君の今の言葉も、ナイルズの小説の現実性を補強しようとしていることになるんだよ」

「へへえ。何だか妙なことを言い始めたぞ。『あなたが関係ないと言っても神はあなたを見守っておいでです』なんぞと宣《のたも》うて寄って来る新興宗教の族《やから》と同じ口調じゃないか。お前が『いかにして密室はつくられたか』教を興《おこ》すのは勝手だが、俺は飽くまで知ったことじゃないからな」

甲斐が煙草の煙を吐きながら切り返すと、曳間は覗きこむような姿勢を崩さぬまま頭を掻いて、

「あっはは、これは一本取られたな。でも、僕は別に、それほどあの小説に肩入れし

ているつもりはないよ。それどころか、あの小説には不吉なものが感じられて仕方がないくらいだ。あの小説の意図のひとつは、勿論、この現実と自分のつくりあげた人工の世界とを、くるりとすり換えてしまおうというところに違いないんだけど、その仕組がなかなか巧妙に、しかも強靭につくられているものだから、みんないちいちつっかかってしまうんだよ。いったんそうなるともう駄目さ。みんなの行動があの小説を中心に、小説を成り立たせるためになされているように思えてくる。透視図風に、そう見えてくるんだ。本当のところを言うと、僕はそんな構図に組み入れられることに反撥して、それで心理的なものを無視した単なる機械的な仮説を提出することは控えようとしているんだよ」

「ほほう。するとお前もあの小説にはあまりいい感情を抱いてないのか」

組んだ脚を崩して甲斐が訊くと、

「いや、そうでもない。僕はどちらかというと、ナイルズの小説に含まれている、そういった種類の毒が大好きな質だからね。それは多分、みんなもそうさ。そこがまた奇妙な矛盾で、ナイルズの小説の毒は、みんなの心の底にある毒を吸収して、よりその猛毒性を発揮する仕組になっているんだよ。ナイルズ自身、気がついているかどうか判らないけど、あの小説には確かにそういった図悪な部分があるんだ」

曳間が熱っぽくそう語ると、甲斐は、

「ふむ。美しく咲き乱れる桜の木の下には土に埋もれた屍骸があるっていう、例の幻想かね。とどのつまり、俺達はナイルズの仕掛けた罠から抜け出せないってことなんだな。こいつは面妖だ。とすると、真沼を殺して屍体を運び去った犯人は、ナイルズの小説の呪縛のもとに、そんなことをしでかしたのかも知れん訳か。……まあ何でもいいさ。とにかく喋ってみろよ。その仮説とやらを」

「うん。まあこうなったらナイルズの掌のなかで、孫悟空のように、觔斗雲《きんとうん》に乗ってどこまでもつき進んでゆくことにしようか。……そういえば、君はナイルズの小説の新しい部分を知らないんだったね。そのなかでワトソン捜しっていうものが提唱されていて、それはつまり犯人捜しと違って、誰が騙されているのかということを主題とした探偵小説のことらしいけど、今度の事件がまさにそれだったんじゃないかということなんだ」

「つまりみんなの共犯ということかね」

すかさず甲斐が尋ね返すと、曳間はにやりと微笑んで、

「そういうことらしいよ」

「しかし、とすると、どういうことかね。あれは事件そのものが架空だったという訳か。……オイ、曳間。お前もまさかその連中に加わって、俺を騙してるんじゃないだろうな」

「まさか」

曳間は首を振った。

「僕はそんな考え方を採るつもりはないんだ。狂言ならばそれでいい。僕は、現実に殺人が起こったと仮定した上での解決を追求することにしか興味を惹かれないんだよ。だから、この間の羽仁の《虱潰し法》で言えば……」

その時、唐突に部屋のなかから光が遠のいていった。

甲斐は曳間の催眠術にでもかかったかと訝しんだが、窓の外を振り返ると、それは突如として湧き起こった黒雲のせいだった。西の空から津波のように押し寄せ、見ている間にも恐ろしい速度で天蓋《てんがい》を埋めつくしてゆく。雲の下は深藍《インディゴ》に翳り、泡だつように朧《おぼろ》に見えた。そして空を喰い潰《つぶ》してゆくにつれて、雲はその厚さをも、間断なく増しつつあるのが判った。

じきに雨がくる。

そう思う間もなく、大粒の雨滴が窓硝子を激しく打ち鳴らし、続いて一瞬のうちに窓の外は、天地をひっくり返したような豪雨に包まれていた。あっと言う間の急変だった。しばし呆れて見とれていた甲斐は、跳ねたつ水飛沫《しぶき》に忽ち濡れてゆく窓枠に気がつくと、

「畜生。スコールでもあるまいに」

唸るように呟いて、窓を閉めに立ちあがった。窓を鎖した部屋のなかに、突然の宵闇が訪れていた。微かに、遠雷が轟《とどろ》いたようでもあった。

3　おもちゃ箱の坂で

「そう。もうすこし」

杏子は知らず知らず、そんな言葉を洩らしていた。

まだ線香の薫りが微かに残っている。畳に、壁に、柱に、梁《はり》に——彼女が感じたそれは、諦めだったのだろうか。口惜しさだったのだろうか。

杏子はそっと窓の外に、初めて見るもののように視線を移した。栴檀《せんだん》の鋭い照り返しの向こうに、背の低い籬《まがき》が隠れるように横切っていて、そこには既に、あの日の面影はかけらさえ残っていない。それが杏子には不思議だった。それともこれは、決して納得してはならないものなのだろうか。見るうちに光景は、眩しい光に満たされ、窓の外は、そこだけの乱反射の場所のようにも思えてくる。

晶婚旅行と名づけて両親を送り出し、その結果、ふたりを果てしもない闇の底に追い落とすことになってしまった雛子は、今も二階の自分の部屋に閉じ籠もっているのだろう。杏子はひとつ溜息を吐いた。雛子は自分の責任でもないことを、自分の罪として身に引き受けてしまっているのだ。

梅檀の木の輪郭は、白い、複雑な線の集まりに見えた。そのなかに処どころ、ひとつひとつの葉が、鋭いナイフのように輝いている。それは杏子の苛立ちを、ますます抑えようのないものにした。なぜなら杏子の眼には、その時、その梅檀の木から、夥しい血が滴り落ちていたからだった。

彼女自身の血か、姉夫婦の血か、それとももっと意外な人物の血なのか、杏子には判らなかった。ただそれは、それがそうあるように、八月も下旬にさしかかろうとする日の白昼、ほんの数瞬ではあったが、確かに杏子の眼にはありありと像を結んだのである。

あるいはそれは、ひとつの罰の形であるのかも知れなかった。

——あの子は、恐ろしい子だわ。

杏子は自分の膝元に眼を落とした。畳に窓からの日差しが落ちて、白い影をつくっている。杏子は昨日のナイルズの背中を想い浮かべていた。

白い背中。

杏子は、いつものように車を走りまわらせたい衝動にかられた。悪意をぶつける対象さえあれば、彼女はどこまでも失楽のただなかに沈みこんでゆけるような気がした。

いつものように、杏子は車を走らせ、ナイルズを連れてモーテルにつける。葬儀の後ですら、やすやすとそれをやってのける自分に、杏子は少しばかり驚いていた。服を剝《む》かれた少年は、白い、嫋《たお》やかな裸体を露わにする。まるで、皮を剝いたアーモンドのよう、と杏子は思った。いつまでも消えることのない羞《はじ》らいは、本来は彼女が持つべき後ろめたさのせいなのだろう。それは彼女が優しく愛撫してやるほどに膨れあがってゆく。怺《こら》えようとして思わず洩らしてしまう微かな声。しゃにむにしがみついてくる感触。杏子はそのひとつひとつが、面白くてたまらないのだ。羞《はずか》しがらせること。

杏子は自らの悦びよりも、むしろそれだけに熱中していた。そのためにこの少年には、根戸の時などよりも一層、思いきり猥雑《わいざつ》なことに浸れるのだ。

その後に、ぐったりと背中を見せる少年を眺めることで、その儀式は終わりを告げる。そして昨日もその筈だった。

ところが、その日は違っていた。ナイルズは服を着終わると、黙って悪戯っぽい笑みを返した。杏子はよく判らないままに、はっと胸を突かれた。

何だというのだろう。ただの、子供っぽいしっぺ返しのつもりならいいのだけれど。そうでなければ、あの白い背中とあの表情との落差が理解できない。

それはどちらかというと謂《いわ》れのない不安のようなものだったが、いったん膨れあがり始めたそれは留めきれない切迫感と共に押し寄せてきた。どこまでも追いかけられる夢。

そう。悪い夢ではないのかしら。

その時不意に、杏子の眼の前から色彩が消えた。

驚いて窓の外に眼を向けると、それは日が翳ったせいだった。暗い視界に、まだしばらく眩しい残像がちらちらと残っていて、二、三度瞬きをしてみたが、それはなかなか消え去ろうとしなかった。

——雨が来るわね。

そう直観していた。

立ちあがって窓際から見あげると、空は滾《たぎ》りたつような不吉な黒雲に、みるみる覆いつくされようとしていた。

——洗濯ものを入れておいた方がいいわね。ふみさんは上かしら。

杏子が立ちあがろうとした時、廊下の方で電話が鳴り始めた。杏子は少し蹌踉《よろめ》きながら部屋を出た。

受話器を取ると、口籠《くぐも》った男の声が聞こえてきた。聞き憶えのない声だった。

「もしもし、よく聞いて下さい」

「……ええ……」

「今日の十一時、中目黒駅まで来て下さい。東横線の中目黒です。いいですか、今夜の十一時ですよ」

「あの――」

訊き返す暇もなかった。それだけを伝えると、相手は電話を切っていた。

不安がゆっくり彼女を支配したのは、受話器をおろしたしばらく後だった。頭のなかの機械が、忙しく回転し始める。誰だろう。何のために。

間違い電話だろうという考えがそれを打ち消そうとしたが、なおかつ彼女の不安は、時とともに弥増《いやま》すばかりだった。

どこかでバラバラと激しい音が鳴り始めたかと思うと、それは忽ち恐ろしいばかりの轟音となって周囲を包んだ。家自体が咆哮《ほうこう》しているかと思われるような雨音だった。ほどなくお手伝いのふみ子が、部屋ひとつ隔てた階段の方で、遽《あわただ》しく駆けおりるらしい跫音が聞こえた。そしてそれも遠ざかると、後はいよいよその勢いを増す雨音だけが、その電話機の置かれてあるとっつきから、ずうっと反対側まで、廊下をすっぽりと包みこんでしまったように鳴り響いているだけだった。

それはまるで何か強大な力が、総ての空間を音で埋め尽くそうとしているようだった。実際、その廊下には、屋根や外庭、あるいはもっと遠く、杳《はる》か地の果てからの唸りのような音が重なりあい、幾重にも犇《ひしめ》きあって、何十層もの谺《こだま》のようにわーんと反響していた。その全体として単調な響きは、杏子の不安を掻きたてるとともに、うっとりとした眠気のなかに誘いこもうともするのだった。

照明を点けていない廊下は夜のように暗く、杏子はそのなかにぼんやりと竚《たたず》んだまま、次の時を待った。杳か彼方のどこか一点から、ずーんと重い遠雷の響きが走り抜け、そしてそれは、杏子が耳を欹《そばだ》てているにも拘らず、二度と聞こえてはこなかった。果てしもなく続くかと思われる雨音のなかで、総ての気配は死んだように静まり返っている。

この驟雨《しゅうう》は、そのまま淫《みだ》らな霖《ながあめ》となって続くだろうことを、杏子は予感していた。訪れる時間は気の遠くなるほどながく、杏子は再び僅かに蹌踉いた。

その雨は杏子の予想通り、夜になってもいっかなやむ気配を見せなかった。杏子は電話のことを雛子にも語らず、頃合を見て下目黒の久藤邸を抜け出した。

雨に毳立《けばだ》つ山手通りに沿って二十分も歩くと、中目黒の駅は黒ぐろと懸かる高架橋の下にその姿を現わす。時刻は杏子の腕時計で十一時七分前。杏子は注意深く人びとの顔を眺めまわした。

恰度電車が出たところらしく、改札口からはぞろぞろと乗客の列が流れでていて、杏子はそのひとりひとりの顔まで決して見逃すことのないように、忙しく視線を移し続けた。杏子の頭のなかでは、目紛《めまぐる》しく記憶カードが捲《めく》り返されていたが、該当するような人物はその流れが一段落するまで、ついにひとりも見出すことができなかった。

杏子は道路の反対側に目をやった。広い横断歩道の向こうには、六、七人の人影がぼんやりと青信号を待っている。しかし、いずれも見憶えのない顔だった。もしも呼び出した主がいるとすれば、喫茶店のなかからでも見張っているに違いない。

恐らく、こちらから先にその人物を見つけるのは無理だろうが、杏子は窄《すぼ》めた真珠色の傘の先を、敷石の継目に苛立たしく刺しこみながら、四方への注意を怠らなかった。けれどもそうやって精神を集中させる後から自失が追いかけ、気がつくと彼女は深い物想いのなかに沈みこんでいるのだ。杏子は何度も、はっと自分を取り戻した。

十分たち、二十分過ぎても、声をかけようとする者さえ現われない。

やはりあれは単なる間違い電話だったのだろうか。杏子は軀から力が脱けるのを感じた。考えてみればそれは、虚脱感であってはならないのかも知れない。しかし杏子は、自分の気持ちが決して安堵などではなく、やはり虚しさとしか言いようのないものだと認めるほかなかった。これ以上、何もかもが曖昧とした無言の闇のなかに鎖されている状態が続くのは、我慢できない。そのためになら、何でもいい、新しい出来事が必要だった。たとえ、それがより深い錯綜を呼ぶものにせよ、杏子はこの寡黙《かもく》な現実のなかでじっと時を待つことに、これ以上堪えられなくなっていた。

雨は依然、その勢いを弱める気配もなく降り続けていた。ネオン・サインは赤に青に黄に緑に滲み、濡れたコンクリートに反射して、そのなかを蹲《うずくま》るように黒い影が幾つも走り抜けてゆく。杏子はもう一度腕時計を見た。

十一時二十六分。

後、四分だけ待とうかしら。

——それにしても。

杏子は考えていた。あれは本当に間違い電話だったのかしら。でも、あんな相手の名前も確かめない電話なんてあるのかしら。そんな筈はない。あれはやはり、計画的な呼び出しとしか思えない。それにしても、名前を確かめなかったということは、私と雛ちゃんのどちらに聞かれてもよかったことになる。

——真沼クンを殪《たお》し、その屍体さえも消し去った姿なき殺人者が、今度は私や雛ちゃんに狙いを定めたというのかしら。それならそれで、私も相手になってあげるわ。でも、それにしてもあんまり遅すぎる。ひょっとして、そいつは私をある一定時間、どこかに牽《ひ》き止めておくだけのために、ここに呼び出したのかしら。それとも、もしかして……。

杏子ははっと気がついた。今までいた眼立たぬ柱の陰から飛び出ると、そのまま駅の改札の方に近づいて、くるりと振り返った。

伝言板。

杏子はそこに書かれた幾つものメッセージの上に、忙しく視線を泳がせた。今まで押し殺していた昂奮が堰《せき》を切ったようにこみあげ、心臓が見知らぬ生き物のように、勝手に喘《あえ》ぎ始めていた。

関係なさそうな文のなかにひとつ、杏子は奇妙な一文を見つけた。Miss Kへ、という前置きの後に、簡単な地図が描いてあり、そこの通りをどこまでも歩き続けよとだけ指示している。

――これだわ。

直観だけではなかった。Miss Kならば、杏子にも雛子にも通用する。それに、この道をどこまでも歩き続けよなどという奇妙な表現は、ある場所への道順を教える文にせよ、一般的なものとは思えない。

ほんの少し迷った後、杏子はこの文に従ってみようと決意した。地図を頭のなかに刻みこむと、杏子はゆっくり足を運び始めた。

山手通りからはずれると、忽ち人通りは疎《まば》らになった。街灯は道の両側に、ぽつん、ぽつんと点っていて、その間には幕が垂れ落ちるように闇があった。道沿いに並ぶ建物もすぐに木造のものに移ってゆき、その窓から洩れる僅かな光線のなかでのみ、雨は眼に映った。

それは横ざまのスポット・ライトだった。風に嬲《なぶ》られるように雨の軌跡は方向をゆらめかせ、ともすればこちらの方にわっと襲いかかりでもするように、闇から現われ、闇に消え続けていた。

微かに浮かびあがる道路も塀も建物の屋根も、一様に毛を逆立てている。怒っているのかしら。怯えているのかしら。そう杏子は考えていた。後ろから彼女にあわせて跫音がついてくるような気もする。頭のなかを様ざまな想いが駆け巡っていて、自分でもそれを制禦《せいぎょ》できなかった。

街筋はいよいよ淋しくなり、遠くの方にやけに巨大なビルの影が林立していた。傾きかけたような古い木造の建物があるかと思えば、ぽっかりと歯の抜けたような空地に材木が積み重ねられており、生垣に囲まれた大きな邸宅があるかと思えば、高校か中学らしい校庭が金網の向こうで徒《いたず》らに雨に濡れ続けていたりする。そのあたりからいつの間にか人影も全くなくなり、杏子はそれに気づいて、初めて後を振り返ってみた。

小径《こみち》は次弟に登り坂になった。葛折《つづらお》りのその坂は、辿るにつれて勾配を増してゆく。呼吸は肺の奥で滞《とどこお》りたがってでもいるのか、熱く、苦しかった。しかも、その闇のなかのもっと深い暗がりから、いつ、何が飛び出してくるか判らないのだ。杏子は一匹の猫のように、その闇の向こうを覗きこんだ。

ふたつ目の角を曲がると、鬱蒼《うっそう》とのしかかる木立ちの合間から、唐突に巨大な影が姿を現わした。杏子はぞっとして、思わず立ち竦《すく》んだ。とてつもなく大きな積木細工、そう思われたものは、遠くに聳《そび》える異形なビルだった。何の規則性もなく突起をぐしゃぐしゃと突き出し、あるいはあちこち醜く刳《えぐ》り取られたように見えるそれは、のしかかるようにじっと息を殺している。杏子はふと、巨人の国に迷いこんだような錯覚に陥った。

――なぜあんな恰好をしているのかしら。

そこは急な坂道だった。東京にもこんな坂があったのかしら、と杏子は思った。富山にいた頃にはこんな坂がたくさんあったけれども、東京に来てからは、ずっと平坦な道ばかり歩いていたような気がする。うねうねと曲りくねり、登り続けるうちに、どこか見知らぬ世界へと連れてゆかれてしまう不思議な期待めいた気持ちを、幼い頃は確かにたびたび味わった。それはどこかしら甘酸っぱい、胸のときめくような悦びだった筈で、杏子は、もしかするとここそが、その不思議な場所だったのかしらと考えていた。

雨は一層勢いを増した。地上に降り注ぐ雨の音は、遠くの方から何重にも重なりあい、ずーんという振動となって杏子の膚を顫《ふる》わせた。坂は白く泡立ち、きらきらと輝きながら流れをつくって、見あげる坂のそのまた向こうまで、果てしなく続いている。もしかするとこの坂は、あの奇妙な積木細工のビルまで続いているのだろう。

杏子は息を切らしながら登り続けた。坂道の気流は滑り落ちるように吹きおろし、もう彼女は軀じゅうぐっしょりと濡れてしまっている。登っても登っても、坂道は尽きることなく続いていた。

この坂の最後には。そう杏子は考えていた。こちらとは違った世界があるに違いない。あの子の小説にもたびたび出てきたあちらの世界が、ふっつりとこの闇から抜け出るようにして存在しているに違いないわ。だからそう、この角を曲れば、……いえ、違ったわ。そう、次のあの角を折れた時に……。

顔も、髪も、手も、シャワーを浴びたようにびしょ濡れだった。杏子は吹きつける雨に逆らうように登り続けた。次第に頭のなかがからっぽになってゆくのが、自分でも鮮明に感じ取れた。そんな杏子を嘲笑うかのように、闇のなかに一瞬、霧となった水飛沫《しぶき》が、眼の前を渦巻いて通り過ぎた。

「そう。もうすこし」

杏子はそんな言葉を洩らしていた。

4　予定された不在

部屋のなかに吊された風鈴が、先程からずっと清冽な音色で鳴り続けている。雨だけではなく、風もかなりの強さで吹き荒れているのだろう。時折り底冷えのするような戦慄《せんりつ》が背中を駆け抜けてゆくのを、影山は意識していた。

「飛車を横に……」

「ポーンを前に……」

想い出したようにぽつぽつと、念仏でも唱えるかのような呟きが交わされる。

「桂馬が跳ぶ……」

「クイーンが出る……」

再び、しばらくの間沈黙が横たわった。

「ううん。なかなか、ハード・ボイルド・タッチでやって来るなあ。僕はどうも、ハード・ボイルドは駄目なんだよ」

緊張を解くように背筋を伸ばしたのは羽仁だった。

「あの……」

影山は眼鏡を押しあげながら恐る恐る言葉をさし挿《はさ》んだ。

「窓をしめませんか」

「ああ、そうだね。悪い悪い」

ぼんやりと市松模様の盤を眺めていた曳間は、そう頷いて立ちあがろうとしたが、それよりも迅く影山は、

「いや！　いいです。小生がやりますから。はい」

そう叫ぶなり、窓の方にすっとんでいった。

根戸は、対戦中のチェス盤から眼を離さずに笑い出した。

「会う度に面白いね」

と、対戦相手の羽仁。

「これはどうも」

ぺこりとお辞儀を返すと、影山は正座に戻って、

「どうですか。どちらが勝ってるんですか」

「どっちが勝ってるように見える」

根戸が訊き返すと、影山は首を捻って、

「取っている駒はお互いに同じようなものですねえ。……しかし、そんなことを訊いてくるところからして、根戸氏の方が優勢なんでしょう」

「そうでもないよ」

羽仁は言うと、ビショップを動かして相手のキングにチェックをかけた。根戸の方はそれでも悠然たるもので、指を踊らせるようにしてビショップの効《き》き筋にナイトを跳ねあげた。

「あれえ。いかんいかん。これを角で取っても、もう一度桂馬の只捨てで明き王手

だ。王様が逃げるしかないな」

　少考してキングを横に動かすと、根戸の方はノータイムで自分のキングの斜め上にルークを持って来てチェック。

「あっ。角道を塞《ふさ》がれちゃったな。困ったなあ」

　腐った羽仁はよく考えもせずに再びキングを斜めに逃がしたのだが、そこですかさずナイトが空を飛んだ。

「わあっ。しまった。女王様を取られた」

「何だかやけに騒々しいんだね」

　曳間が声をかけると、根戸は笑い声を噛み殺して、

「筋がビシビシ決まるものだから面白くってね」

「羽仁さん。将棋は一級の腕前だと聞いてましたけど、やっぱりチェスでは勝手が違いますか」

「違う違う。大違いだよ。こりゃ駄目だ」

　そう言うと、羽仁は取った相手の駒を摑んで盤の上に崩した。

「あっはは。よろしい。……と、俺が優越感を感じられるのはこれだけだな」

　自分の駒も崩しながら根戸が言うと、影山は、

「そんなことはないでしょう。……この間聞かせて頂いた群論の研究を発表すれば、

数学史に名前が残る筈ですし、今進めておられるワリングの問題の研究も、完成すれば凄いですよ」

「あっはは、そっちは殆ど諦めてるんだけどね。……しかし影山だって、いろいろ凄そうな理論を温めてるじゃないか」

「そういえば曳間氏も、何でしたか、『記憶におけるくりこみ原則』ですね。あれもようやく話題を呼び始めたそうですねえ。小生は物理学畑なものですから、どうも朝永博士の『くりこみ理論』をついつい連想してしまうんですが」

そう鋒先《ほこさき》を変えると、曳間は微かな苦笑をその唇に漂わせながら、

「ほんのでっちあげだよ。その前書いた論文が『記憶における超多時間原則』だったから……」

「まさか」

影山は思わず吹き出したが、

「いや、本当さ。前ので触れていた記憶錯誤《パラムネジー》に関して掘りさげたものが、その論文なんだ」

羽仁はこの会話にしばらく呆気に取られていたが、

「あはあ、全く皆々様方、たいしたもんだね。僕なんか、文学部にいる癖に、ナイルズのような創造的才能もまるでないからね。情ないったら」

そう言って、傍の机に置いてあった腕時計を取り直した。

「五時半だね。そろそろみんな来る頃だけど。……それとも雨で億劫《おっくう》になったのかな」

八月十九日から降り始めた雨は、この二十一日になってもいっかなやむ気配を見せず、今はその上に強い風も交えて、再び勢いを増している。かてて加えて気温はますます下りゆく一方とあっては、外に出るのが面倒になるのも当然だった。

「そうかもね……」

しかし、根戸がそう言い終わらないうちにコンクリートの廊下に幾つか靴音が重なり、独特のリズムで扉をノックする者があった。

「判ってる。あれは布瀬だよ」

最初に入室してきたのは果たして布瀬で、その後にナイルズとホランドが続いた。

「あれ。お三人方、一体どうなさったんですか」

いち迅くそれに気づいたのは影山で、三人の表情にはどこか沈んだような色があった。

「どうってね」

布瀬は口を尖らせてどっかりと腰をおろす。その後でナイルズが睫毛に細かく付着した雨粒を拭いながら膝をついて、

「雛ちゃん達が引越しちゃうかも知れないんだよ」

情ない声を出した。

「何だって。本当かい」

羽仁は思わずそう叫び返して、根戸の方をちらりと横眼で見やる。その根戸はというと、こちらはその話を知っていたのか今初めて聞いたものか判然としない、無表情な顔でナイルズを瞶《みつ》めていた。それは暗黙のうちに話を促しているようでもあって、慌てて羽仁はナイルズの方に視線を戻した。

しかし、それに答えて口を開いたのは今度はホランドの方で、

「いや、まだはっきりと決まった訳じゃないそうだよ。何せ、あの目黒の邸宅に女ふたり、それも片方はまだ子供でしょ。杏子さんはあそこに留まるつもりでいるらしいけど、親戚のひとが反対して、いろいろ煩《うるさ》いらしいんだよ。でも決定した訳じゃない。あはっ、ナイルズの奴、そのことを聞かされただけで、もう動転しちゃって駄目なんだ。詳しいことは雛ちゃん自身に訊いてよ。飲み物を買いに寄ってるから、後からすぐ来る筈さ」

当然考えられることだった。ひととき牙を剝いた現実は、今このような形で、彼らの上に影を落としているのだ。影山は思わず、

「それにしても――」

そう言いかけて口を鎖した。

ややあって、雛子は顔が隠れるほどの大きな紙包みを抱えながらやって来た。

「ねえ、助けてよ」

そう悲鳴を挙げながら足場を捜している彼女は、既にいつもの屈託のない雛子に戻っていて、その場にいた者達をほっと明るい気持ちにさせた。

早速羽仁が問い質《ただ》したが、雛子の返した返事はやはり、彼女自身にもよく判らないという言葉でしかなかった。女ふたり——とは雛子が使った言葉だが、杏子と雛子が下目黒の邸宅に残ることに最も反対しているのは青森の方にいる親戚で、それは杏子の母方の叔父だそうである。もしもその意見が強力で、ふたりが居を変えることになれば、そちらにひきとられることになるだろう。雛子の見たところ、その確率は半々、昨日も、雛子にとっては祖母の弟にあたるその人が訪ねて来て、杏子と話し合っているという。

「まあ、しかし、いくら反対したって、ふたりが頑として動かなきゃ、どうしようもないだろ」

「それはそうなんだけど……」

「だけど……何だい」

羽仁が促すと、雛子は少し困ったように、

「うん。……初めは杏子姉さんも梃《てこ》でも動かない様子だったんだけど、二、三日前からどうもおかしいの。急に、青森は寒いものねえ、なんて、半分もうあちらに行くつもりのようなことを言ったりするのよ。昨日も変に素直になっちゃって、叔父さんの言うことに頷いてばかり」

「変だねえ」

ナイルズが首を捻ると、それに続いて曳間が、

「君達が東京を離れると、急に淋しくなってしまうからね」

「真沼のことだけど」

根戸は殊更話題を変えるように言って、

「いろいろあって随分延び延びになってるけど、いい加減はっきりさせようぜ。これだけ待って、姿を現わさないってことは、やはり真沼の身に何かあったと考えていいんじゃないか。……尤も、あの日に狂言説を唱えて、こういう事態を招いちまったのはほかならぬ俺なんだけどさ。あれは全面的に取り消すから、彼の親に行方不明だと連絡するか、何なら警察に通報するか、そこのところをはっきりさせないと寝醒めが悪くてね」

「ふふん。根戸ホームズも、案外責任感が強いと見えるね」

布瀬はそう口を出すと、

「その前に、新しい説に耳を貸すことも無益ではないと思うぜ。昨日甲斐から聞いたのだが、曳間が新たな解答を提出したそうだ。みんな、もう聞いたのかね。……聞いておらんのなら、今、伺おうじゃないか。吾輩はもう知っているのだが、ナイルズ達にはわざと話してないのだよ。楽しみにしていただろうからね」

「あれえ。それは本当ですか。曖気《おくび》にも出さないものですから」

影山は言って、曳間の方に軀を捩った。

「すると、やっぱり例の、ワトソン捜しというやつかな」

興味津々の羽仁の言葉に曖昧な返事をして、

「……どうも、そんなに期待されても困るんだ。僕の説は、現実的でないことこの上ない珍奇なものなんだから。まあ、半分冗談のつもりで聞いてくれ。……さて、そうだね。僕はまず、この事件を、いつかの羽仁のように、殺人事件だと看做すことにした」

曳間は喋りながら、傍の本棚からノートを取り出すと、それに万年筆で何やら箇条書きに並べ始めた。

「これが羽仁の《虱潰し法》による分類を整理したものだ」

そう言って全員に示して見せたのは、次のような表だった。

A 殺人は起こっていない

(1) 真沼の狂言

(2) 真沼以外の者の狂言

B 殺人は起こった

① 真沼は雛ちゃんが書斎を覗いた後で殺された

I 犯人は現場に出入りした

II 犯人は現場に出入りしていない

② 真沼は雛ちゃんが書斎を覗く前に殺された

i 雛ちゃんの見たのは犯人

ii 雛ちゃんの見たのは人形の類い

「この間の羽仁の推理によれば、②は雛ちゃんの見たのが犯人であろうとなかろうと、誰かに部屋を覗かせるという危険この上もない手段を犯人が採る筈はないということで否定された。それから①のIではふた通りの解釈があって、ひとつは真沼の屍体を細切れにして窓から外に出す。もうひとつは屍体を百科事典の箱のなかに隠す。①のIIは遠隔殺人で、マジック・ハンドのようなもので真沼を殺し、屍体を斬り刻んで窓から外に出す。まあ、こういったことになるんだけど、屍体を細切れにするというのはいかにも非現実的だし、屍体を百科事典の箱に隠すというのは布瀬の証言で否定されてしまったね。そこで総ての場合に〝否〟という結論が出されて、事件は再び渾沌《こんとん》とした謎に包まれてゆくように見えたんだけど。……

「しかし、そこには陥穽《かんせい》があったんだよ。それは何かというと、羽仁が与えた、《虱潰し法》という名称だね。……つまり、この分類はいかにも虱潰し的なそれに見えるけれど、実質的にはそうではないんだ。そもそも殺人が起こったという場合、それが場所的に限定されたものかどうかが曖昧になっている。瑣末《さまつ》な事柄として片づけることはできないよ。あの書斎に限定された問題なら、Aを一律に狂言だと看做することはできなくなる筈だし、仮にそこを黙認したとしても、Aの単純な分け方にも首を捻《ひね》らざるを得ないんだ。……まあそこまでは十歩ほど譲ってもいい。肝腎のBは雛ちゃんの証言を中心に分類されているけど、それが全くの嘘だとすればどうなのかな。判るだろう。〝虱潰し〟なんてことを言い出すと、こんな分類など殆ど意味がなくなってしまうんだ。こんなことを言うと羽仁に叱られそうだけど、あの推理によってなされたことは、『虱潰しに考えても謎は解けなかった』という諦念を皆の心の奥に植えつけてしまったことでしかなかったんだよ。いや、その分類が先入観となって、ほかの者の推理を妨げさえしたんだ」

「へえへえ。こちとら、間違った推理をご披露したものですから、何にも申せませんせんよ」

羽仁は肩を竦めてみせた。

「あはは。そんなに卑屈になることはないんだよ。……はてさて、とにかく僕は、犯人が現場に出入りしていなくては話にならないと思う。そうするとどうしても、これはひとりの犯罪ではあり得ないというのが僕の結論なんだ」

「そうすると、やはり共犯説なんだな。誰と誰が共謀してたんだい」

根戸が口を挿《はさ》むと、曳間は少し鼻白んだ様子で、

「まあ、そう話を急がせないでくれよ。……まず、例えば書斎の合鍵を取りに行こうとした時点に『黒い部屋』に居合わせた、布瀬、倉野、杏子さん、雛ちゃん、影山の全員が共犯だとすると、少なくともあの部屋での出来事自体が存在しないことになってしまうし、そんなふうな全くの架空の消失事件を演出してみせて、ほかの場所でちゃんと真沼は殺害しているのかも知れないという疑いは残るにしても、そこまでいくとちょっとこちらの手に負えなくなってしまうから、この五人のうちには共犯者側でない人間がいるのは確かだろう。さて、もうひとつの前提として、はっきり言ってしまえば、羽仁の方法で謎を解けなかったのは雛ちゃんの証言を信用したためなんだ。つまり、雛ちゃんは共犯者側にいなければならないんだよ」

雛子はその言葉に、眼をぱちくりさせた。影山はそっとその顔を覗きこんだが、き

ょとんとしたその表情は、どう見ても身に憶えのないことを指摘された当惑としか受け取れなかった。もしもそれが演技だとすれば、彼女は相当したたかな女優だと言わねばならないだろう。影山は、どうもこれは曳間氏の見当違いではなかろうか、と思わざるを得なかった。

しかし、曳間の方は一向そんな雛子の反応にはお構いなく、先程羽仁と根戸の崩したチェスの駒を弄《もてあそ》びながら、自分の推理を語り続けた。

「次に問題となるのが布瀬なんだよ。で、ここでは簡単な背理法を使ってみることにしよう。まず布瀬も共犯者側の人間だと仮定してみる。つまり、少なくとも布瀬と雛ちゃんのふたりは、共犯者側の人間だとするんだね。……そうするとどうなるかな。実際に真沼の姿を目撃したというのは布瀬と雛ちゃんのふたりだけなんだから、そのふたりが共犯者側の人間だとなると、あの書斎に真沼がいたかどうかという点からして怪しくなってしまうだろう。いや、はっきり言ってしまえば、ほかの誰も真沼の姿を眼にしていないからには、真沼を殺害するのにあの書斎で行なう必要はなくなってしまうんだよ。まるでその必要もないのに、わざわざ危険な場所で人を殺す訳がない。ということは、少なくともあの書斎では殺人は起こらなかったと言ってもいいだろう。よって、最初の仮定は誤り――とは言えないが、除外して考えてよいことになる。つまり、布瀬は騙される側の人間だということだね。

「するとどうなるか。真沼は布瀬の証言通り、あの書斎にはいったのは間違いないところだ。そして、布瀬は『黒い部屋』をずっと離れなかったのだから、真沼の姿を消すチャンスはといえば、布瀬が合鍵を母屋に取りに出た時しかない。そうすると、布瀬が『黒い部屋』を離れた時には、倉野、雛ちゃん、杏子さん、影山、甲斐の五人がその場に残っていた訳だし、その間にしか真沼の屍体を書斎から外に出すチャンスがなかったとすれば、その五人全員が共犯者側でなければならないことになる。

「さて、その時まで真沼がまだ生きていて、布瀬がいつ戻ってくるか判らない僅かな時間に殺害が行なわれたと考えるのは、いくら五人がかりでもちょっと無理だから、予《あらかじ》め真沼より一歩早く書斎に忍びこむ人物がいなければならない。……順に言えば、『黒い部屋』に倉野や雛ちゃん、杏子さんがやって来る間に、その人物は書斎の方で真沼を殺し、例の鏡の小細工をすませておく。そして影山が来てしばらくしてから、異変を悟らせるためにステレオを利用してあの羽音を聞かせる。皆、口ぐちに変だと唱える。布瀬は扉に鍵がかかっているので、これはいかんとばかりに合鍵を取りに母屋の方に行く。それが皆のつけめだった。予定された不在とでも言おうかな。布瀬が出てゆくのは計画の上だったたんだ。入れ違いにやってきた甲斐も加わって、都合六人は真沼の屍体を外に運び出し、最初の謎の人物の手によって運び去られる。そうして残りの五人は何喰わぬ顔――ではない、いかにも心配そうな顔をして布瀬が戻って来るのを待つ。帰って来た布瀬が、慌てて合鍵で扉をあけて書斎のなかにはいってみると、そこは既に誰もいない無人の部屋。……という段取りなんだ。はて、そこまで言えば、実際に手を下したところの謎の人物が誰かも察しがつくだろう。そのすぐ後で根戸が訪れたことを考えれば、彼こそがその謎の人物であることはほぼ間違いない。尤も、呼び出された時、羽仁は僕らと違ってひとりだけでいたのだから、謎の人物は羽仁だとしてもおかしくはないけど」

「しかし……ちょっと待ってくれよ」

曳間の話を遮《さえぎ》って、そう言葉を挿んだのは羽仁で、

「なかなか君の話は理路整然としていて面白いんだけど、こんなふうにも考えられるんじゃないかな。謎の人物なんて者はいない。……つまり、布瀬が『黒い部屋』を離れていた間に書斎から抜け出したのは屍体なんかじゃない。生きた真沼だったと。だから、鏡の血模様もステレオのハウリングも真沼自身がやってみせた小細工で……」

そこまで喋った時、曳間は開いた掌を振って羽仁の言葉を留めさせると、

「いや、羽仁。僕は最初に前置きしただろう。僕はこの事件を殺人事件と看做し、た、上、で推理を進めているんだって。無論、真沼が死んでいないのならそれに越したことはないけど、事態がここまで来ている今、とにかく僕は殺人以外の可能性には、敢えて眼を向けないでいる訳なんだよ」

曳間の反論の途中で羽仁は、あっ、そうか、と叫ぶと頭を抱えた。曳間はにっこり笑うとこちらも顳顬《こめかみ》のあたりを指で搔きながら、

「いや、しかし、実は今述べた推理は、多分間違っている筈なんだ。……その点をもう一度確かめるために、布瀬。僕は君にひとつ質問したいことがあるんだけど」

「おお、何だね」

布瀬は突如としてお鉢がまわってきたことに眼を丸くしながらも、面白そうににやにやと笑いながら答えた。

「合鍵で扉をあけて、いちばん最初に書斎に足を踏み入れたのは君だったね」

「おお、その通り。この吾輩だよ」

「元鍵は、確かベッドの上の棚の抽斗《ひきだし》にはいっていたんだったね」

「そう。それも吾輩が言った通りだ」

「それを確認したのは君だね」

「他の五人に証明して貰ってもいいぜ。……あっは。尤もほかの者が共犯者側の人間だとすれば、その証言もあてにならんがね」

布瀬は愉快そうに続けた。

「それではここが肝腎なところなんだけど、君が書斎にはいってから元鍵を見つけるまでの間、誰もその抽斗に近づかなかったと君は断言できるかい」

曳間の言葉に力が加わった。布瀬はその質問が出ると、したりというふうに眼を細めて、

「ふふん。つまり、五人のうちの誰かがあの抽斗のなかにそっと鍵を戻さなかったかということだな。そうでなければ、鍵のかかった無人の部屋のなかに鍵がある、という不可能情況が依然残されてしまう訳だ。……鏡の血模様にはさすがにこの吾輩も度《ど》肝《ぎも》を抜かれたが、しかし」

と布瀬はひと呼吸置いて、

「あの抽斗は御存知かどうか、あけしめする時にガタガタ音がする。いくらボンヤリしてても気がつきそうなものだね。いや、これは断言してもいい。部屋のなかを調べる時も、鍵はいつもあそこに入れておいたから、真先にあの抽斗に向かったくらいだぜ」

ということは、布瀬が『黒い部屋』から離れていた間に、ほかの者が協力して真沼の屍体を運び出したのだとしても、書斎の扉に鍵がかかっていたという点が説明できなくなる。すると、謎の人物とやらは、その時『黒い部屋』から逃げ去った訳ではなく、なおかつ書斎に留まって内側から再び鍵をかけ、それを抽斗に戻しておいて、例のベッドの下にひそんでいたということになるのだろうか。そうして布瀬が鏡の血模様に気を取られている一瞬に、風のようにその方形の闇のなかから滑り出たのだと。

影山は勿論自分がそのような犯罪に荷担していないことを知ってはいたが、どうかすると、その光景をひどく現実性を伴った映像として想い描いた。まるで、その場に居合わせていた自分自身までをも他人事のように。

そんな妙ちきりんな妄想だった。

5　屍体のある殺人

曳間が笑っていた。胡坐をかいたまま猫背気味の上体を揺すらせて、曳間が笑っていた。雨の音が鼓膜に染《し》みついたように鳴り続けていて、影山は困惑の表情をつくろうとしたが、その努力はどこか知れないところに窃《ぬす》み去られてゆくらしかった。

いつの間にか、濃密な闇が周囲に被さっていた。影山はその闇のなかに、ふと邪悪な気配が犇《ひし》めきあっているのを感じた。

――いけない。

そう、反射的に思った。軀を動かそうとしたが、その前に眼の前の光景は予想もつかぬ変容をなし始めていた。

笑っていた曳間の口が、さらにその笑いを大きくした。それはそのまま留まることなく、いっぱいに開かれたかと思うと、メリメリと横に裂け始めた。影山は軀じゅうの毛がいっぺんに逆立つのを感じた。眩暈《めまい》のするほどの恐怖。石のように凍りついた影山の眼の前で、曳間はバックリと耳まで裂けた口で笑っている。それは最早曳間に似たあちらのものなのかも知れなかった。膚の色がみるみる青に変わり、闇は内出血のような紫に膨れあがって、真赤な曳間の笑いと共に影山に襲いかかって来た。

何処かに抛り出されるような感覚で影山は眼を醒ました。

脂汗をびっしょりかいたまま、殆ど三十度ほど上体を浮きあがらせていた。痺れるほど堅く握りしめていた毛布を払いのけるように起きあがると、周囲はやはり闇に包まれていた。雨の音に混じって、微かに、しかし絶え間なく澄んだ風鈴の音が聞こえている。実際、夢のせいだけではなく、部屋のなかはかなり蒸し暑かった。

影山は額の汗を拭いながら隣を見た。殆ど聞き取れぬくらいの寝息をたてて眠っているのは羽仁だった。曳間のアパートは二間あり、こちらの部屋には羽仁のほかに根戸、布瀬、ホランドが眠っている。皆てんでに毛布をひっかぶり、奪い合っての雑魚《ざこ》寝《ね》だった。

闇を透かして眼を凝らすと、開け放した襖の陰から隣の部屋の様子が見て取れる。雛子にだけ与えられた蒲団の端が、そこだけぼおっと青白く闇のなかに浮かびあがっていた。その向こうの毛布からはみ出しているのは曳間の脚だろう。

——ひやあ。変な夢を見た。

影山はもう一度、首のまわりの汗を拭った。ほっと安堵の息を吐いたものの、先程の恐怖は依然背筋のあたりに逃げそこなったように纏わりついている。

——曳間氏がおかしな推理をして下さるものだから。……全く。

頭を掻きながら躯を捩って煙草を捜す。苛立ったように一服つけると、それでも次第に自分の躯がまわりの闇に馴染んでゆくのが判った。カーテンだけが開かれた、ピッタリ鎖された窓硝子の向こうでは、仄暗い街灯に映し出される雨の軌跡が鋭い。皆が寝たのが十二時近くだったことを考えあわせても、どうやら相当な深夜らしかった。

影山が二度目に灰皿へぽんぽんと灰を落とすと、思いがけず足を向けあって寝ていた根戸が、うーむと声を洩らした。

「おやぁ」

不機嫌そうに語尾をあげると、根戸はそのままむっくりと起きあがって恰度《ちょうど》影山と向かいあった。彼らの間には布瀬が転がっていた。

「何だよ。まだ起きてるのかあ」

窓を背にしている根戸は、半分寝呆けた様子だった。影山は、

「いえ。ちょっと眼が醒めちゃいましたもので」

そう答えて眼鏡を押しあげた。

「そうかい。俺は寝るよ」

これはもう半分以上独語のように呟いて、根戸はくたくたと再び軀を寝そべらせた。

「ああ、あの、今何刻《なんどき》でしょうか」

「……何時だって、ちょいと待て」

ここまでゆくともう九割がた眠りのなかに漂っているらしく、それでも根戸は軀を横たえたまま、霞む眼球を精いっぱい凝らして、隣の部屋の影山からは見えない位置にある柱時計の針を読んでいた。そうして、

「四時十分だよ」

怒ったように吐き棄てると頭をがっくりと反らせて、それっきり、もうひとことの言葉も返ってこなかった。その時ふと影山は、部屋の境のすぐ傍に、鏡が壁に吊されているのに気がついた。そこには恰度曳間自慢の八角時計の、振り子の部分だけが写っている。ゆらゆら揺れているそれを眺めた影山は、

――ほんとかな？

首を捩曲げ、下の方から覗きこむようにして、鏡にちらりと七時五十分を示している文字盤を見てとるなり、自分もそのまま後ろに軀を倒した。

――七時五十分を左右逆にすると、四時十分。……正解じゃないですか。根戸氏も

寝呆けているようで、あの態勢からよくちゃんと読み取れたものですなあ。

変なところに感心しながら、影山は煙を高く天井に吹きあげた。寝転んだまま、白い煙が吸いこまれてゆく闇を瞶《みつ》めていると、頭のなかに様ざまな考えが忍びこんでくる。

それにしても曳間のあの推理は何を物語っているのだろう。念のためにというのも妙な話だが、影山は布瀬が合鍵を取りに母屋の方へ出ていた間の記憶を何度も反芻《はんすう》してみた。ひょっとすると、何度目かの繰り返しのなかで一回くらいは、あの書斎への扉が内側から開かれるかも知れないという、人に言えば笑われそうな虞《おそ》れもあってのことだったが、さすがにその気配もない。とすればそれは曳間の推理が誤りだということにほかならず、影山はその先をどう解釈していいのか判らなかった。

ワトソン捜しとは、そのようなものだったのだろうか。影山はナイルズにそこのところを尋ねてみたかったのだが、少年はただ、単なる思いつきだよ、と笑って誤魔化した。

——曳間氏の説も間違っているとなると、ひょっとして、真沼氏であれ殺人者であれ、本当にトンネル効果で抜け出したのかも知れませんなあ。

影山は二本目の煙草に火をつけた。青インクを水に溶かしたような闇のなかで、煙を吸うたびにその火はぽおっと眩しいくらいに光を放つ。そのまますぐに首を捻って空間その片隅の宙空に、横を向くと、その残像は殆ど仄明かりさえ届いていない部屋の片隅の宙空に、空間そのものに付着した焼焦げのように彷徨《さまよ》った。こうやって首を動かせば、残像によって文字が描けるかしらと影山は思ったが、よくよく考えてみると像が残っているのは網膜自体なのだから、いくら首を振ろうが眼球を動かそうが、それが動いて見える筈がない。影山は、あ、そうか、とひとり頷いてみたが、しかしそう納得しても、今度は却ってそのことに対しての不思議な気持ちが募ってくる。そしてそれは、どこかしら今度の事件と共通点があるような気がしてならなかった。

――今度の事件はやっぱり狂言に過ぎないのかしらん。それとも我々の頭脳で推し量り得る限界を逸脱してしまったような、途方もない奸計《かんけい》によって動かされているんでしょうかね。まるでナイルズ氏の小説に書かれてあったあの五黄殺が、知らず知らず我々の頭上に留まり、腰を据えて、邪悪なエネルギーを落とし続けているようではありませんか。

影山の脳裡に、ふとナイルズの小説の一節が蘇った。

犯行は連続殺人でなければならぬ。

影山は慌てて煙草を揉み消した。恐るべきはナイルズではないのか。『いかにして密室はつくられたか』と称するあの探偵小説が面妖な二重構造の隠れ蓑となって、ほかの者からは見えなくなったナイルズの表情は、実は笑いを押し殺そうと努力している小悪魔のそれではないのだろうか。

鬼は蓑を被ってやって来る。小説には確かにそんな言葉も書かれてあった。例の風鈴はまだ鳴り続けている。

影山は何とか眠りに就いてしまおうと眼をとじた。が、その途端に軀の重心を失った。寝る直前のアルカロイドの効果は覿面《てきめん》だった。横たわっている筈の軀が、硬直したその恰好のまま、奈落の底にもんどりうって失墜してゆく。それも頭の先から後方へと、何度も何度も繰り返し曳きこまれてゆくのだ。同時に、軽い嘔吐感。

ほんの二、三分の我慢なのだが、やはりたまらない時間だった。影山は後悔に責められていた。しかし、これは全くいつものことで、影山自身よく承知していることなのだ。何度後悔しても、寝る直前の一服はやめられない。

――あはっ、小生はマゾヒストなんでしょうかね。

それでもしばらくすると、墜落感は眠りのなかへのそれと見分け難くすり換わり、影山は再び深い晦冥《かいめい》のなかへと墜ちていった。ただその一瞬前に、ちらりと眼の前を掠めて、事件の構造が見えたような気がしたのだが。

自分自身が事件のただなかにいるために真相が見えないとすれば。

そこから先は真の眠りだった。

眼醒めてみると世界が変わっていたという喩《たと》え話はよくあるが、影山達の場合もそうだった。但し、彼の場合はそれを、眼醒めさせられてみると、と訂正しなければならないのだが。

＊　＊

ともあれ、彼らの眠りを破ったのは、扉を叩く音だった。影山をはじめ、寝呆けた眼を擦りながら皆が起きかけた時、いち迅く曳間が毛布を弾ねとばし、布瀬の軀を跳び越して扉の方に駆けつけた。電話の呼び出しだった。

残った者は欠伸《あくび》を嚙み殺しながら、意識が覚醒の状態に戻るのをぼんやりと待っていた。根戸や雛子はその戻る時間が遅い方の筆頭らしく、横たわったまま満足に瞼《まぶた》さえ開いていないが、影山は勢いをつけてえいとばかりに飛び起きると、小柄な軀を反らしたり捩曲げたり、軽い体操のような運動をしてみせる。

「まだ七時か。元気だなあ、影山は」

羽仁が、影山と一緒にかけていた毛布をひとりじめするかのように巻きつけた。

「何ですか、いい若い者が。素晴しい朝じゃありませんか」

「素晴しい？　鬱陶《うっとう》しいの間違いじゃないの」

ナイルズも隣の部屋から匍うようにして出て来ると、

「曳間さん、電話？」

「ああ、そうらしいね」

と、布瀬。

「誰からかな」

「さあてね。精神病院の姉貴からじゃないのか」

「あはっ。本当の本当にそんなことがあると面白いんだけどね。僕の小説もいよいよ架空の部分がこの現実に作用を及ぼし始めたということになって……」

探偵小説の方に話が移ると、急に眼も冴えてきたらしく、ナイルズは勢いこんでそう言った。影山は感心したように、

「ううむ。さすがは探偵小説の……」

そう言いかけて急に言葉を切ったのは、跫音《あしおと》が戻ってきたからだった。しかもその勢いには、普段の曳間に似合わぬ遽《あわただ》しさがあった。忽《たちま》ち耳を聾《ろう》するほどの音をたてて扉があけられ、視線を集めた彼らは、血の気のひいた曳間の表情を認めて、思わずはっと顔を堅くした。その瞬間に彼らは、またしても凶々しい影が翼を展《ひろ》げたことを悟ったのだった。

「誰が……？」

ようやく軀を起こしかけていた根戸が、半ば冗談めかして尋ねかけると、

「倉野が……」

「倉野が？」

鸚鵡返《おうむがえ》しに根戸は叫んで、そのまま凍りついた。

「殺されたっていうの」

ナイルズの言葉に曳間は頷いて、

「そうらしい。詳しい話は聞けなかったが、すぐ警察が来るだろう」

「何とまあ……」

羽仁はそう呟いたまま、まだその報せが本当のものかどうか疑わしそうな顔をしていたが、やがてそれは、次第に悲痛なものへと移っていった。

いつの間にか雛子も隣の部屋から姿を現わして、腰をおろしたまま、怯えた様子で曳間の表情を窺っている。しかし曳間の表情は石のように硬張ったままで、逆に雛子の方が泣きそうな顔になった。

「いいかい。こうやって警察が介入してきた今、妙な隠しだてはしない方がいい。僕達にとってはかなり不愉快なことになるだろうけど、真沼のことは正直に言ってしまった方がいいよ。……そうすべきだ」

「ふむ。まあ、否が応でもそういうことになりそうだね。こちらとしても一刻も早く警察の方に出向いて、詳しい事情を伺いたいくらいのものだぜ」

「そう慌てなくてもよさそうだよ」

窓際にいた根戸がぽつりと呟いた。ほどなく、雨の音に混じって自動車の止まる音が聞こえ、折り重なるように、ドアの開く音が続いた。

「成程。早いですなあ」

影山は再び、感心したように呟いた。

小さく風鈴が鳴った。はっとして首を挙げると、窓の内側に吊されたそれを、指で弄んでいるのはホランドだった。舌《ぜつ》や短冊を人差指でつつきながら、窓の外を睨み据えるように瞶めている。その硬い表情になぜか影山は居たたまれなくなって、視線を奥の部屋に移した。

小説や心理学関係の書物をぎっしり詰めこんだ棚が大小あわせて四つ。机の上には納まりきれない本が積みあげられ、その陰に古い十字架と黄金色の燭台が覗いていた。机の脇には黒い四枚羽根の扇風機。そしてその横の壁に、例の八角時計が懸かっていた。

古色蒼然たるその時計は、二時二十分を指して止まっていた。

影山の眼は、その文字盤の上に向けられたまま凍りついた。

曳間のこの部屋から抜け出した者があったとすれば。影山はようやくにしてひしひしと迫り来る恐怖を味わっていた。それでなくて、どうして時間が戻っているのか。

咄嗟にはうまい理由づけは思い浮かばなかったが、そこには何らかの意味がなくてはならない。

しかし影山がそんなふうに思ったのはほんの一瞬に過ぎなかった。曳間が扉を開いて迎え入れた刑事は、影山がそんな疑問について深く考える暇もなく彼らに同行を促したのである。

真沼の消失事件の話は、当然の如く事情聴取に当たった刑事達を驚かせ、面喰らわせた。何しろ密室のなかでの消失という非現実的な出来事とあって、初めは頭から疑ってかかったが、彼らの証言があまりに細かな部分まで一致しているため、次第に当惑を覚えながらも、それが事実であることを認めざるを得なくなった。

ともあれ、向こうにしてみれば予想外の証言もあり、一応の事情聴取が終わるにはかなりの時間を要した。その間に彼らが聞いた説明によると、案の定予想に違わず、今回の事件にも密室が絡んでいたのである。事件は日本橋横山町の甲斐のアパートで起こり、そして屍体となった倉野の第一発見者も甲斐ということだった。

その日の夕刻、彼らは殺人現場となった部屋を訪れた。甲斐は憔悴《しょうすい》しきったように蒼褪めながら、

「まるでさかさまだぜ」

醜い顔をさらに皺だらけに顰め、隠し事をうち明けるかのように声をひそめるのだ

った。

屍体のある殺人。

影山は、甲斐の話を聞く前に、そのこと自体が奇妙な逆説に思われてならなかった。

6　死の手触り

街灯に照らし出されたアスファルトの上に、幾重もの波紋が一面に展がり、果てしない光と闇との踊りを見せていた。それらは互いにうち重なり、干渉し合い、切れぎれの波の上にまた新たな輪がうまれる繰り返しを際限もなく続けていて、ただそれだけのことなのだが、甲斐はその輪舞に魅せられたように眼を離すことができなかった。

「全くよく降るものだね」

後ろから倉野が声をかける。

「ああ、全くな」

甲斐は窓枠に凭れかかったまま独語のように答えていた。ひとつの波紋ともうひとつの波紋の間に数限りもない波紋が割りこみ、そしてそれゆえに雨の踊りは連続的なものとしか見えないが、空から降ってくる雨粒の数に限りがあるからには、実際にはそれは不連続なものなのだろう。甲斐はそのからくりを見極めようとするかのように、雨に打たれるアスファルトに視線を注ぎ続けていた。あるいは結果として、その美しさに見とれているのかも知れなかった。

「今、十時ジャストか。……君ははいらないのかい」

「何に……」

「勿論、風呂だよ。風呂」

「俺はいい」

そう答えながら、甲斐はようやく倉野の方を振り返った。倉野は濡れた髪から湯気を立ち昇らせながら、湯上がりの一服に火をつけるところだった。

「ああ、この一本は最高だね」

上半身裸の肩にタオルをひっかけて、白い煙を吐き出しながら倉野は呟いた。

「ふふん。何ならワインもあけようか。シャトウ・ド・レイネ・ヴィニョーだっけな。こないだ田舎に帰った時に、親爺からせしめて来たんだが……」

「いいのか、そんなのをあけて」

「ははん、まあいいさ。酒は呑まれるためにあるんだろう」

「あはは、そういうことなら大賛成だよ。お許しが出たのなら、早速あけようか。デキャンタはあったかな」

途端にいそいそと戸棚の方に向かう。甲斐も立ちあがって、冷蔵庫から壜《びん》を取り出しながら、

「しかしつまみは何もないぞ」

「ああ、いいよいいよ」

「栓を抜くのはお前の方が巧かったろう。任せるぜ」

「よしきた」

倉野はオープナーを器用に指先で回転させながら、壜を受け取った。

「この黄金色を見てると、僕も無性にボルドーに行ってみたくなるよ」

「ふむ。ボルドーか。俺ならフィレンツェだな。行くとすれば」

と、珍しく甲斐も上機嫌で応答する。

「あはは。そうするとさしずめナイルズとホランドはバビロンに行くんだろうな」

そう言って、倉野はコルクを引き抜いた。

「なあ甲斐」

いつもはあまり酔った様子を面に表わさない倉野だったが、この時は体調のせいだろうか、二杯目でやや眼尻のあたりをぽっと紅く染めながら問いかけた。

「さっき聞いた曳間の推理のことだけど、あれは一体何だろうね。……そうだよ。も

しも僕がこの事件の関係者でなく、ましてや真沼が消えたあの時に、あそこの部屋でうろうろしていたひとりでなかったなら、僕は曳間の推理にいちいち頷いて、うん、そうだ、そうに違いない、と膝を打ったに違いない。全く、曳間の説はその点でこの上なく説得力がある。だけど、残念ながら僕は僕自身がそんな犯罪に加わっていなかったことを、誰よりもよく知ってるんだ。……とすると、これは一体どういうことになるんだろうね。『黒い部屋』では殺人は起こらなかったという逆証明なんだろうか。あれは全然架空の事件だったのか、それとも真沼はどこか別の場所で殺されて、何らかの理由であそこで殺されたと思わせるために演出された茶番劇に過ぎなかったのか。……もしもそうなると、布瀬と雛ちゃんが共謀していることになるけど」

「ふふん。いずれにせよ、野となれ山となれ。……さて、どうかな。気分もよくなったところで、ひとつ、特別にあの開かずの部屋をご披露しようと思うんだが」

甲斐はいきなり意外なことを言いだした。

「ええ？　それはまた、どういう風の吹きまわしだい。珍しいこともあるもんだね」

倉野はグラスを片手に肩を竦めてみせた。

「いいからいいから」

甲斐は発条《ばね》仕掛けのように立ちあがると、扉に向かった。

「ははあ。これが聞きしにまさる開かずの部屋の全貌か」

少し小さめの八畳といったところの、窓もない薄暗い板張りの部屋。大小、およそ三十枚ものキャンバスがそこらじゅうに立てかけられ、部屋の中央の大きなイーゼルには、最も新しいらしい作品が架けられてあった。

「ああ、これは杏子さんじゃないか」

「その通り。どうかね。まだ描き加えたいところはあるんだが」

甲斐はそう問いかけてにやりと笑った。

「いや、これは凄いよ。僕は絵の方はよく判らないけど、素人眼にもこの絵は絶品だと思う。全く、よくこれだけ緻密《ちみつ》な絵が描けるもんだね。そういえばナイルズの小説では、この僕が君の絵のことを云々する件《くだり》が書かれてあったけど、実際君の作品らしい作品を見るのは初めてだよ。しかし正直言って、これほどだとは思わなかったな。僕の好みにもピッタリだし。……殊に、この迷路めいた画面の構成がいいね。しかし、杏子さんがローブを纏った屍体になっているのはどういう暗喩かな」

「さあねえ」

甲斐も満足そうに腕を拱《こまね》くと、

「サディスティックな願望かねえ」

「ふふ。君の口からそういう言葉が出るというのも、ますます意外だね。何だか妙な雲行きだな」

倉野は危ない危ないなどと呟きながらも、眼の方は油絵に釘づけになっていた。

「この絵は発表しないのかい。個展でもやるとかさ。……ほかの絵も、みんな実にいいじゃないか。だいたい今の油絵っていうのは、画面が不鮮明で妙なデフォルメを施したようなものが多いだろう。かといって、スーパー・リアリズムと呼ばれるのは、きらきら安っぽい、想像力の感じられないものばかりだし。僕はこういう作品が少ないことに、ずっと不満を抱いていたんだよ。どうだい。このあたりで作品を世に出して、ほかの奴らを驚かせてみては」

倉野は熱心にそう勧めたが、甲斐は嬉しそうに軀を揺すりながらも、

「あはあ。それよりお前が美術評論家になった方がいいんじゃないのか」

そう煙にまいておいて、ブリキ人形のような足取りでアトリエから外に向かった。

倉野が睡気を訴え始めたのは、夜も十二時をまわろうとする頃だった。

「毛布でも貸してくれないか。僕はもう睡《ねむ》くって。……実は昨日もよく寝ていないんだ」

「お前はいつもそうだな。酒は関係なく、とにかく一定時刻が来ると睡たくなるというのも珍しいぜ」

「あはは。まあ勘弁してくれよ」

笑いながらも、椅子に凭れかかる倉野の眼はとろんと膜がはったように澱《よど》んでい

る。甲斐は押入れからタオルケットを取り出すと相手に抛り投げた。

「サンクス」

倉野はそれを摑んだ手で敬礼を示してみせると、窓際の方に歩いて、ごろりと横になった。

「おやすみ」

呟くようにそれだけ言うと、忽ち寝息が聞こえ始める。甲斐は赤黒くなった顔に苦笑めいた皺を寄せ、空になった壜を振りながら、どっかりと木椅子に腰を下ろした。そのまま所在なげに部屋のなかを見渡す。六畳の部屋からは先程までの酩酊《めいてい》した雰囲気が徐々に拭い去られ、甲斐はただ、今更ながらに耳につく淫らな雨音に聞くとはなしに聞きいっていた。

アトリエへの扉に、鍵がさしこんだままになって、銀色に照明を反射している。もういい加減あれもそろそろ必要ではなくなってきたかも知れない、と甲斐は考えていた。

「甲斐さん。甲斐さん」

はっと気がつくと、誰かが扉をノックしている。甲斐はよろけがちの足取りでそちらに向かった。

「ああ、甲斐さん。電話がかかってきてますよ」

甲斐を呼びに来たのは、隣の部屋に住む五つほど年上の青年だった。

「へえ。今頃誰からかな」

急いで部屋を後にする。受話器を取って、もしもし、と呼びかけたが、返ってきたのは聞いたこともない男の声だった。

「甲斐良惟さんですね。……」

低い、抑揚のない声。

「どなたですか」

甲斐は胡散臭《うさんくさ》そうに尋ね返したが、その声はそれに取りあわぬまま、

「お宅の近くに、『ギョーム』という二十四時間営業のスナックがあったでしょう。今からそこに来て下さい。なるべくすぐに伺いますが、遅くなっても五時くらいまでは待っていて下さい」

と、それだけのことを伝えると、返答も聞かぬうちに送信は途切れていた。

「何だ、何だ」

甲斐は忌々しそうに舌打ちしながら、しぶしぶと受話器をおろした。そのまま礼もそこそこに自分の部屋に戻ると、すっかり深い眠りのなかに沈みこんでいる倉野を横眼に、しばらくじっと考えごとをしていたが、結局雨のなかに出てゆく決心をしたらしく、いそいそと身仕度を整え始めた。

決心すると、もう心は正体の判らぬあせりにつき動かされるように、甲斐の歩みを

急がせた。雨は周囲を鐘型に包み、虹色を縫いこんだ銀灰色の光の膜として眼に映った。

彼のアパートから五分ほどのそのスナックに着いたのが、十二時半だった。さすがに客は少なく、カウンターの止まり木に若い男女のふたり連れ、それにテーブルの方に舟を漕いでいる中年の男、それ以外に誰もいない。甲斐はカウンターの片隅に席を選ぶと、そこに小さく軀を丸めた。

「まるぼうろ？」

「そうよ。……やだ、勘違いしてるんじゃない。煙草じゃないわよ。お菓子の名前。丸芳露っていう、佐賀の名産よ」

二十歳《はたち》より下かも知れない、若いふたり連れの会話だけが、やけに低くおとした音量の曲に混じって、虚しく響いていた。甲斐は水割りを注文すると、傍に置かれてあった新聞を取って、注意の方は硝子を嵌めこんだマホガニーの扉に払いながら、それに眼を通していった。

化粧漆喰の壁に埋められた時計の針が一時を示すまでに、四人の客が訪れたが、それらはいずれも、甲斐を呼び出した男ではなさそうだった。黒い皮ジャンパーのやたら騒がしい若い男ふたり、髯ぼうぼうの三十くらいの男、でっぷりと太った労務者風の男、いずれも扉をあけてはいってきた時には、甲斐の方にもちらりと視線を投げかけたが、そのままそ知らぬげに通り過ぎていった。

緩慢に時は流れ過ぎていった。それからも何人かの客が出入りしたが、彼らのうちのひとりとして、甲斐のじりじりとした苛立ちを救おうとはしなかった。二時をまわろうとする頃には、甲斐の脳裡を占める考えは次第に、あれがただの悪戯電話で、自分はそれにまんまとひっかかってしまったのだという方向に大きく傾いていた。しかし、頭ではそう考えていたものの、胸の奥底ではやはり何がしかの未練めいたものが燻《くすぶ》り続けていて、甲斐はそこを離れる決心がつかぬまま、徒《いたず》らに煙草をふかし続けた。

そうするうち、半ば気の弛《ゆる》んだところに酔いもまわってきて、重い瞼を擦る回数が増えてくる。いけないいけないと自らを叱咤《しった》する念にも力がなくなり、甲斐はいつの間にか、うつらうつらと微睡《まどろみ》のなかに落ちていった。

誰かに呼ばれたような気がして、甲斐ははっと眠りから醒めた。呼び出しの相手がついにやってきたのかと、慌てて振り向いたが、眼の前にいたのは若いボーイで、示されるままに例の時計を見あげると、時刻は既に五時半を過ぎようとしている。眠りながら握りしめていた新聞を傍らに押しやり、冷えきったお絞りで寝呆け眼《まなこ》を醒ますと、甲斐はもう一度店内を見渡した。

客は既にふたりしか残っていなかった。若い工員風の男と、見窄《みすぼ》らしい白髪頭の五十男。このふたりも電話の主とは縁がなさそうなのを確かめておいて、甲斐はふらつく足で重心をとりながら立ちあがった。

——全く馬鹿馬鹿しい。それにしても、一体どこのどいつがあんな質《たち》の悪い悪戯を謀《たく》みやがったんだろう。

それきり、甲斐はもうそのことを考えるまいと決心した。

寝心地のよかったスナックの重い扉を後にして、甲斐は横殴りに降りつける雨のなかに出た。ぶ厚く垂れこめた雨雲の覆う空は、まだ少しも明るさを取り戻してはいない。街はその稠密《ちゅうみつ》な闇に包まれ、激しい雨のせいか、斜めに歪んで見えた。

歩道の脇の渠《みぞ》には、濁った緑灰色の光がごうごうと音をたてながら渦巻いている。激しい雨のつくる流れを集め、迸《ほとばし》り、行き場を失ったそれが渠から溢れ出すのは時間の問題のように思われた。甲斐はもと来た径を戻る間、ずっとその濁った奔流を眺めながら、早く部屋に帰って寝てしまおうとだけ考えていた。

傘はその時の雨の勢いには殆ど役に立たなかった。びしょ濡れになった上着を砕《はた》きながらアパートにとびこむと、甲斐は肩越しに唾を吐いた。

——倉野め。早いうちに寝ちまいやがって、得をしたな。

甲斐は上着のポケットから鍵を取り出しかけたが、すぐに扉には鍵をかけずに出たことを想い出してひっこめた。

廊下は、古くなった蛍光灯の薄明かりに照らされて、からんと死んだように伸びていた。自分の跫音以外に、何の物音もない。まるで深夜の病院だな、と思った。よろける足を踏みしめながら、甲斐は自分の部屋の前に立った。

鍵をかけずに出たという記憶は確かで、扉はノブをまわすと抵抗なく開いた。しかし、その途端、明らかに記憶と異なっている点にも気がついた。

――妙だな。電気も点けたままで出た筈だが。

部屋のなかは、墨を流したような闇に鎖されていたのだ。廊下からの薄明かりを背にしながら、甲斐はこの情勢を説明できぬまま竚《たたず》んだ。そうしてふと、倉野が途中で眼を醒まして電気を消したのだろうと思いつくと、再び舌を鳴らしながら靴を脱いだ。

見通しのまるできかない闇のなかを、テーブルと戸棚を避けながら、全くの手探りでスイッチの方に向かう。だいたいの見当で垂れ下がった紐を捜そうとしたが、それはまるで闇のなかに溶けこんでしまったかのように、一向に手に触れる気配もない。ひょっとしてまるで見当違いのところを捜しているのかも知れないと、甲斐はあちこちに手を伸ばしてみたが、足元がふらついていたために二、三度大きく重心を失って、そのまま仰向けにひっくり返ってしまった。

掌の下で、ぐにゃりと厭な感触があった。甲斐は反射的に弾け起きていた。倉野の躯らしかった。躯を起こした後で、変だと思ったのは、あれほど激しく倒れたにも拘らず倉野の反応がまるでないことだった。せめて寝返りのひとつ、寝言のひとつでも返ってくるべきではないか。甲斐はしばし、闇のなかの倉野が横たわっているあたりの、もっと深い闇を瞶《みつ》めていた。

甲斐はいきなり心臓を握りしめられたように、その場にとびあがった。今しがたぐにゃりとしたものに触った掌が、自分の躯から垂れる雨雫とは別のもので濡れているのに気づいたからだ。それは水ではなかった。そういえば甲斐は、先程から自分の鼻腔を刺戟《しげき》しているある種のにおいが、部屋じゅうに微かに立ち籠めていることにも気がついた。

甲斐は訳の判らぬ悲鳴を挙げそうになった。そして両手を差しあげると、夢中で蛍光灯の紐を捜し始めた。探りあてるまでの時間は、間が抜けたようにながく、恐怖に顫えながらの、それは闇のなかの気違い踊りだった。

7　不必要な密室

「倉野は頸動脈を斬られて死んでいた」

甲斐は指でそっと自分の首をなぞった。それがいかにも傷口を労《いたわ》るような素振りに見えたので、他の者は思わず痛々しげに眼を細めた。それから部屋の隅に視線を滑らせる。

　倉野が眠っていたという窓の傍《そば》の一角には、今は黒褐色に変色した血溜りが、青い絨毯に魔界の地図のような模様となって染みついていた。

「凶器は倉野の傍——そう、その机の前あたりに転がっていた。俺のペインティング・ナイフだったよ」

「それは、あの開かずのアトリエにあったものなの」

　ナイルズが、そちらの扉を指差しながら訊くと、

「いや、あれは前からこちらの部屋にあった」

　そう答えて甲斐は、

「ではいよいよ、その密室に関してだが」

　前置きしながら、集まった九人の表情を等分に眺め渡した。

　いつもは堅く鎖された件《くだん》の扉は、今はぽっかりと洞穴のように開いていた。その近くに立って甲斐の話を聞いていた影山は、初めて見るその部屋の、白じらとした光に照らし出された光景を覗きこんだ。

「俺が変な電話によってここを出た時点で、そこの扉には鍵をさしこんだままにしておいたことはさっきも言った通りだが、俺が倉野の屍体を発見し、転がっている血塗

られたペインティング・ナイフを見つけた後、アトリエを覗こうとすると、扉には鍵がかかっていた。恐らく犯人がかけたに違いない。俺はそう思って、鍵を置いて行ってないか、そこらじゅう捜しまわったが見つからなかった。

「ともかく俺は隣の男を呼びつけて、すぐに一一〇番に電話して貰った。しかもその時、俺の頭にすぐに浮かんだのは真沼の事件で、もしかすると今度の事件でもやはりあのアトリエに誰かが隠れていて、俺が警察への通報のために部屋を出た隙をついて、外へ逃げ去ろうとしてるんじゃないかという疑問が湧いたから、隣の男に電話をかけさせている間、俺はその部屋の扉の前に立って、常に注意を廊下の方に払っていた。警察の連中が来るまで、ここからは誰も外に出なかった。従って、俺がここに戻って来た時点で、犯人はこの部屋から既に逃げ去っていたことになる。

「さて、俺はこちらに戻って警察を待った。ほかに変わったことはないかと気をつけてみたが、別にこれといってない。ただ、犯人が何の目的でアトリエに鍵をかけたのかという点は、どうしても俺には判らなかった。眼を剝いた恐ろしい形相で宙空を瞶めている倉野を見ながら、俺はそのことばかり考えていた。そうするうちに警察の連中がやってきて、奴らの手であの部屋は開かれた。その結果、……あろうことか、鍵はあの部屋のなかで発見された。つまり、そのアトリエは密室になってやがったんだ」

最後の言葉を言い放つと、甲斐は忌々しそうに顔を顰《しか》めた。

「全く、変だ」

羽仁も呆れたように呟いた。

「そのアトリエには窓はない。見たところ、扉の上にも下にも、鍵を外から入れることのできるような隙間もない。全く、完璧な密室だよ。……だけど、肝腎の屍体がその外側にあるなんて、一体これは何のための密室なんだろう」

「不必要な密室、という訳だね」

羽仁の言葉を受け取って、ホランドが言った。すると根戸も、

「だいたい探偵小説のなかでも、密室を扱ったものは、それが必然性もなく組みこまれることが多いという点で批判されることがあるけど、この事件なんて、それ以上だぜ。ただ、殺人事件に密室という要素を付与したいというだけのために講じられたとしか思えないじゃないか。ああ、全くもって判らん。どうして倉野をあの部屋のなかで殺さなかったんだろう」

「もうひとつつけ足すべきことは」

と、そこで甲斐は、忘れないうちに言っておこうとでもいうふうに口を開いた。

「開かれた密室のなかで、もうひとつ変わったことがあったのさ。俺の使っていた油絵用の筆が、悉く、へし折られるか先の毛をひき抜かれるかして、部屋じゅうにばら

撒かれてあった。全くひどいことをしやあがる。結局、無事なのは絵だけだったな」

「ふうむ。それもまた、妙だね」

「推定死亡時刻は二時から五時までの間だったね。こう幅があっては、あまり意味もないようだけど」

曳間がぽつりと呟いた。

今度は曳間達が説明をする番だった。彼らは迭《かわるがわ》る、昨夜から今朝までの行動を語った。その次は杏子だったが、彼女の方は、叔父と四時半過ぎまで話をしていたということで、一応のアリバイは認められたらしかった。

「その叔父さんっていう人、まだ東京にいるの」

ナイルズが尋ねると杏子は頷いて、

「家で心配しているでしょうから、なるべく早く帰らなくちゃ。その代わり、いいことを教えてさしあげるわ。甲斐クン、あなたを呼び出した電話の声を、わたしも聞いたことがあるの」

「ナ、ナ、何だって。ほ、本当かい」

杏子は三日前の不思議な電話のことを詳しく語った。甲斐は眼を丸くしてその話に聞きいっていたが、杏子の話が終わった途端、

「あの、雨の降り始めた日か……」

そう、独語のように呟いた。

「ふむ。それにしても、そのことも全く不必要な小細工だな」

今まで黙っていた布瀬も口を開いて、

「誰が犯人なのかは判らんが、表面に浮かんでくる彼の行為は、まるで無意味無目的としか映らない。……いやはや、まるでその姿なき殺人者は、自らの探偵趣味だけのために倉野を殺害したようにさえ思われるではないかね。『探偵小説狂のための殺人』……」

「それにしても、ちょっと異常だよ」

叫ぶようにナイルズは言って、

「しかもやっぱり、犯人はここに集まった十人のなかに居なくちゃならないんでしょ。いくら探偵小説狂が昂じたとしても、まさか現実に殺人を実行するなんて、そんな人物が僕らの間に、何気ない顔を装《よそお》って紛れこんでいるかと思うと、こっちの頭までおかしくなりそうだよ」

「あたしの考えでは」

唇を堅く結んでいた雛子も、ナイルズの言葉に重ねるように、

「犯人はやはり気が狂っているとしか思えないわ。探偵小説マニアのあたしがこんなことを言うのはどこか矛盾しているかも知れないけど、でも、やっぱり、気が狂って

るとしか思えないわ」

雨が再び、少しずつ、殆ど気のつかないほどに強まってきているようだった。その長大なクレシェンドのなかで、雛子の声はかんとはね返るように響き渡った。その思わず沈黙に還りそうなその一瞬に、影山は囁くような質問を口にした。

「あのう、根戸氏は、夜中のことを憶えておいでですか」

そのタイミングは成功したようだった。一同は、はっと影山の方を振り返った。

「憶えて……？　とすると、あれはどうやら俺の見た夢ではなかったらしいね」

「ははあ、どうもそうらしいです」

「オイオイ、一体何の話だね。隠し事はこの際、御法度《ごはっと》だぜ」

すかさず布瀬が口を挿むと、影山は少しはにかんだように肩を竦めて、

「いえ。大したことじゃないかも知れないんです。ただ、昨日――というより今朝方になるんですか、小生は悪い夢を見て、それで一回眼を醒ましたのですが、はい」

そう前置きして、影山はその時の模様を逐一話し始めた。途中から根戸もうんうんと頷き、時刻が四時十分だったことは確かに今でも憶えていると証言した。

「ふふん。とすると、その頃の不在証明にも関係してくるな」

そう促されて影山は、

「はい。……で、妙なのはその後なんです。というのは、例の電話で倉野氏が殺され

たことを知り、しばらくしてから警察の車がやってきたでしょう。その時小生は、あの八角時計をもう一度見たんです。ところが、時計の針は二時二十分に戻っていて、そしてそこで止まっていたのですよ。はい」

その時初めて、曳間の表情は激しい惑乱に攫《さら》われた。

「そんな馬鹿な！」

そう叫んで額を掻き始める。それは考え事に耽《ふけ》る場合の、曳間のいつもの癖だった。あまりの急な変化に、これは何かあると踏んだのだろう布瀬が、

「オイ。お前も何か知っているんだろう。ひとりで思索に耽っていないで、吾輩達にも喋って頂きたいものだがね」

そう言われて曳間は顔を挙げると、意外なことを告げた。

「あの時計は、ずっと前から止まったままなんだよ。時間は割合正確に刻むんだけど、一日一回螺子《ねじ》を巻かないと止まってしまうから、面倒でずっと飾りものとしてだけ置いてあるんだ。何時何分で止まっていたかは憶えてないけど、最初は、影山と根戸が見たのがその止まったままの時刻に違いないと思った。振り子の揺れも、ちゃんと鏡を通して目撃したそうだけど、それも時計が動いている筈だという先入観からの錯覚だろうと思ってね。だけど、今朝になって時刻が変わっていたとなると、まるで話が違ってくる。……しかも、時刻が逆戻りしていたなんて……」

「そうですよ。あれは確かに錯覚でも何でもありません。振り子はちゃんと揺れてましたから」

影山も語調を強める。と、そこに口を挿んだのはナイルズだった。

「その点に関しては、影山さんの言ってることは正しいと思うよ。だって、僕はあの時計の螺子《ねじ》を寝る前に巻いておいたんだもの。ちゃんと時間も合わせて、ね」

曳間はうーんと唸って、

「何だ。止まっていた筈の時計が動き出した魔法の正体は、ナイルズ、君だったのか。全く、年寄りを恐がらせないでくれよ」

「あはっ、御免ね。何しろそんな一日くらいしかもたない代物とは知らないものだから、ほかの人が寝ちゃってから、ふと気になって巻いておいたんだ。そんなにいっぱいには巻かなかったから、すぐに止まっちゃったんだね。……でも変だねえ。一体誰が、時計の針を逆戻りさせたのかしら。もしかすると、これも犯人が得意の、『さかさま嗜好』という奴の表われなのかな」

「ふむ。それが犯人の作為だとしても、やはりその意味が量り知れん。つまりは不必要な小細工というほかないではないかね」

布瀬は三白眼の眸《ひとみ》で、じろりと一同の表情を値踏みするように見渡した。すると甲斐が、その視線をはね返すように、

「しかし、気が狂ってるにせよ、『さかさま嗜好』のゆえにせよ、曳間。お前の専門の方では、人間の行動には必ず何らかの理由がなければならん筈だろうが」

「それはまあそうだけど。……まさか現時点で、その説明を僕に求めているんじゃないだろうね。何度も言うようだけど、僕は超心理学の専門じゃないんだよ。と、いうところで根戸。君が眼を醒まして僕の部屋のなかを見た限りで、君がアリバイを証明できるのは何人いるんだ」

「おやおや、これは責任重大なことになってきたね。影山の証言では奥の部屋にいた三人のアリバイが不確かだからな。それでちょっと心配になったのか。ナイルズも雛ちゃんも襖の陰だし、曳間は足の先だけの目撃だときた日には……。しかし御安心あれ。俺の位置からは奥の部屋はよく見えたよ。多少寝呆けていたかも知れないが、三人ともいたことだけは確かだな。それ以外のことには責任がもてないがね」

「ああ、よかった」

ナイルズはほっと肩を落として、

「折角時間が判ったっていうのに、部屋のなかに居るところを見られてないんじゃ割を喰っちゃうものね」

「本当だわ」

雛子も力を得たように言って、

「そうなると、萩山町から日本橋のこの部屋まで、車で来るとどのくらいかかるかが問題になってくるわね」

「ほぼ、三十キロというところかな」

根戸は尖った顎を摩《さす》りながら、自問するように呟いた。

「時速六十キロで走れば三十分で着いちまう計算だけど、道は直線じゃないし、信号待ちやら何やらで、そうはいかない。さあて、日中なら一時間半近くかかるのかなあ」

すると羽仁が、

「じゃあ、最低一時間と見て、四時十分の前後一時間のあいだは、甲斐と杏子さんは勿論、ここにいる全員アリバイがあることになるね。死亡推定時刻は二時から五時。で、三時十分から五時十分までの間は、誰もこの部屋には存在することができなかったんだから、曳間のところに泊まった者のなかに犯人がいるとすれば、犯行は二時から三時十分までの間に行なわれたということになるんだろうね。……それにしても、犯人はなぜ時計の針を二時二十分まで戻さなければならなかったのかなあ」

「ナイルズ。最後に寝たのは君だということだったけど、それは何時頃だった？　本当にみんな眠っていたのかい」

曳間の質問に、

「十二時頃にみんなが寝ちゃってから、僕はしばらく本を読んでたでしょ。だけど、やっぱりすぐに睡たくなっちゃってね。時計が止まっているのに気がついて、傍に置いてあった曳間さんの腕時計で時間を合わせたのが十二時四十分。僕が寝たのは、その五分くらい後かな。……その時、本当にみんなが眠っていたかどうかとなると、ちょっと判んないなあ。狸寝入りされてちゃお手あげだよ」

「あっはは。それはごもっとも。……さて、それでは今までの材料から組立てられることはというと、まず、影山が眼を醒ましたというのは偶然の出来事だし、根戸にしてもそうなのだから、ふたりが共謀して嘘の証言をしているのでない限り、その時の時刻は信用していいことになる」

「ふふん。つまり犯人は、夜中に影山と根戸のふたりが起き出して、あの八角時計で時刻を確かめることなど予測できない筈だから、予め時間を狂わせておくようなアリバイ・トリックは意味がなくなる。ハハン、ましてや時計というものは、どんどん進むものだからね」

「そうだよ、布瀬」

曳間はパチンと指を鳴らした。奇術師が舞台で見せる所作。そんなふうにも思われた。

「けれども、なおかつ犯人は時計を狂わせた。恐らく、時計が止まった後だろう。その意味は今のところ不明だね。それでは次に、その部屋で使われた密室トリックについては、誰か推理のつく者はいないかな」

「最も簡単な解釈は、合鍵だろうね」

腕組みをしながら、根戸は甲斐を横眼で見た。

「ハン。しかし俺は、誰にもこの鍵を貸した憶えがないぜ。いや、見せたこともない筈だ。だから合鍵なんぞは造れる訳がない」

「そうなると、俺には想像もつかないね。どうだい。密室は羽仁の専門だろう。何とか見事な推理を見せては頂けないものかな」

羽仁は鉾先《ほこさき》を向けられて、あからさまに苦い表情を浮かばせた。

「そんな、都合の悪い時だけ人を専門家呼ばわりしないでくれよ。……うーん。甲斐。鍵はあのアトリエのどこで発見されたの」

「あの絵を架けたイーゼルの下。つまり、部屋の中央より、少し奥あたりだな」

甲斐はそう言いながら、ちらりと杏子の方を睨《ぬすみみ》た。純白の香りたつようなワンピースを身につけた杏子は、僅かに脚を崩した姿勢で、悪戯の見つかった子供のような笑みを脣に浮かべた。

「そうか。そんなに離れているのか。……うーん。判らん！　判らん！」

羽仁は手を振りながら叫ぶ。と、根戸がそれを引き取るように、

「まあ、これが現状だね」

そう結んだ。

すると杏子は、急に想い出したように立ちあがって、

「じゃあ、そういうところでわたしは帰るわ。これ以上、叔父さんを待たせては悪いから」

「そうね。あたしも帰る。ひとりでゆっくり、推理することにするわ」

雛子も慌てて杏子に続く。

「本当はこの血溜りから逃げ出したいんだろう」

ナイルズが指で差しながら揶揄すると、雛子は振り向きざまに舌を出してみせた。

「あっと、そうだ。杏子さん」

突然、羽仁が手を挙げてふたりを呼び止めた。

「そういえば、その叔父さんとの話はどうなったの。もう決着はついたのかな」

杏子は繊《しな》やかに踵《きびす》を巡らせると、ふっきれたような微笑みさえ浮かべて、羽仁の質問に答えたのだった。

「わたし、青森の方に移ることにしたわ」

8　用意されていた方法

それからしばらく、時は急な坂を駆け転げるように過ぎ去った。事件は新聞などで取り上げられ、テレビの番組でも興味本位の潤色《じゅんしょく》が加えられた報道が一、二回なされたようだった。彼らは何度か刑事達の訪問を受けた。その合間を縫うようにして倉野の葬儀が郷里で行なわれ、羽仁は神戸から再び東京へと蜻蛉《とんぼ》返りした。今度のことから明るみに出てしまった真沼の消失で、彼の両親も事情を知るために東京を訪ね、そしてなす術もなく還っていった。ほかの者も互い違いに田舎に呼び戻され、ナイルズとホランドは新学期への準備もしなければならず、そんななかで杏子の表明通り、ふたりが下目黒の久藤邸をひき払う準備だけが滞りなく進んでいた。十五歳の雛子にとっては、事態は否が応もないものだっただろう。そしてほかの者がただバタバタと何も手につかないでいる最中《さなか》、八月の終わりとともに、ふたりの美神は東京を離れてしまったのである。

彼らの眼には、それはさながらひとときの魔法のようでもあり振り返ってみれば、悉《ことごと》くがそうだったように思われた。

そうした遽《あわただ》しい夏から秋への季《とき》を転がりながら、しかし彼らの焦躁と懊悩《おうのう》に反比例して、事件の真相はいっかな明らかにされる気配も見せなかった。今、彼らの眼の前にあるのは、さかさまになった現実以外のなにものでもなかった。

九月二日、日曜。事件から十日という日が過ぎ去って、ようやく彼らは集会を持つことになった。『黄色い部屋』の別室に、その時顔を見せたのはナイルズと羽仁のふたり。

「ようやく雨があがったねえ」

「うん。でもやっぱり曇ってて、変な空模様だよ」

「まあ、贅沢言ってても仕方がないさ」

羽仁はそう言って、人形達に混じった鬼に眼をやった。忿怒《ふんぬ》の形相を虚空に向けて、その一体の鬼は形なき何者かを睨み続けていた。

「もう五時前でしょ。ほかのひとはまだかなあ」

「甲斐と根戸は来るかな」

羽仁はナイルズに背を向けたまま呟いた。ナイルズには、その言葉の意味がすぐに理解できた。

「来るでしょ。僕が来てるくらいだから」

ここはいつ来ても同じ。ここだけは現実の時間が歩みを留めている。ナイルズは水底の眼を持つフランス人形を見あげてみた。夥《おびただ》しい人形達の視線はこの部屋の隅ずみを射止め、固定し、それによって揺るぎのない空間をつくり出しているかのようだった。そのような場所においては、時はじりじりと、漆喰を腐蝕し、風化させてゆくほどの微かさで降り積もるほかないのだろう。視線による呪縛。

そういえば、以前、布瀬から聞いたことがある。聖域とされる場所の周辺に獣の像を描《かた》いたり肖《ど》ったりするのは、洋の東西を問わず、古代からの普遍的な風習で、それは獣の強烈な視線に、悪霊を退散させる力があると考えられたからなのだと。

ナイルズは今になって、初めて深い寂寥《せきりよう》を感じることができた。ここは一種の地下牢のようなものなのだろう。外では時がブリザードのように吹き荒れている。倉野の死も雛子達の都落ちも、そこではただ荒れ狂う時の嵐に混じって眼の前を通り過ぎるだけだった。そしてそれは、羽仁にしても同じに違いない。当初は死との対峙からくる昂奮のせいか、むしろ快活にさえ見て取れたが、攪拌《かくはん》され続けた濁水がその手を止められたように、今は謐《しず》かに沈澱しつつある悲しみが、傍にいるだけでひしひしと伝わって来る。

「そうだね」

羽仁は片眉をあげながら振り向いて、テーブルの上のアメリカン・コーヒーに手を伸ばした。

「それじゃあ、時間繋ぎにひとつ、僕の推理を聞いて貰うことにしようかな。推理とも言えない、馬鹿馬鹿しい指摘だけど」

「おやあ、羽仁さん。とうとう密室を開くことに成功したの」

「いや」

羽仁はコーヒーをちょっと啜って、

「それは後の話として、まずはもうひとつの部分から。犯人にとって、期せずして起こってしまったアリバイ・トリック。……つまり影山と根戸が確認した時刻のことなんだ」

「へへえ。期せずして起こったっていうと、判った。ふたりが見たのは、やっぱり夢のなかの光景だったとでも言うんでしょう」

ナイルズはそう言って、おかしそうに笑った。

「いやいや。茶々を入れてはいけないよ。これは重大なことなんだから」

急に囁き声になって首をつき出すと、

「実はふたりは、時計の針を読み間違えたんだ」

ナイルズはそれを聞くなり、ぷっと吹き出して、

「あはあ、やっぱりそんなことだろうと思った。なあるほど。ふたり揃って読み間違えたの」

「無理もないよ。根戸は少々寝呆けていたんだものね。それは自分でも言ってたじゃ

ないか」

と、こちらは飽くまでも真剣な顔で、

「だからそれは責められることじゃないんだよ、……時計の長針と短針をあべこべにしてしまっても」

「えっ？」

ナイルズはさっと眉をひきしめた。

「ねえ。四時十分を差している長針と短針とをいれ換えると、その時刻は何時何分になると思う」

ナイルズはしばらく、視線を羽仁の顔から離した。

「二時二十分……」

「その通り」

羽仁は眼の上に垂れそうになる髪の毛を掻きあげながら、

「最初は根戸が間違えたんだ。そうして影山は、その根戸の言葉が先入観になって、ついつい同じ間違いをやらかしてしまった。まして、影山は鏡を通してちらっと眺めただけだろう。これが真相だよ。時計の針が戻った謎も、こう考えれば呆気なく解けてしまう。実際の時刻は二時二十分だったんだ。だから、あの時計は影山達が見たあと、すぐに止まったんだろうね」

「そうか。……ああ、何て単純なことなんだろ」

ナイルズは自分の額をこづいた。

「そうすると、僕達のアリバイもがらりと変わってくるよね。二時二十分を中心に置き換えなくちゃならないんだから、一時間ずつの幅と見ても、一時二十分から三時二十分までになる。……だけど、僕が寝たのが十二時四十五分で、一時二十分までには三十五分しかないから、二時二十分以前に曳間さんのところと甲斐さんのところを往復はできない。ということは、倉野さんが殺されたのは、三時二十分から五時までの間ということになるんだね」

「うん。ナイルズもなかなか頭の回転が迅いな」

羽仁は相手の肩を叩き返した。

「問題は密室の方だけど、何、これも一応の推理はできあがってはいるんだ。こっちはみんなが来てから披露しようと思っているんだけど、まだなのかな」

その言葉が終わるか終わらないうちに、扉のノブをまわす音に続いて、まずは根戸が姿を現わし、それから一時間とたたぬうちに、甲斐を除く全員が集まった。

羽仁の指摘は、彼らの間に、肺の底から吐き出されるような溜息を呼び起こした。

「何て馬鹿馬鹿しい盲点だ」

根戸は刈り揃えた短い髪をガリガリと掻きまわした。

「……そうだったんですかあ。いや、そうだったかも知れませんです。はい」

申し訳なさそうに首を縮める影山に、根戸は押し重ねて、

「もともと俺の錯覚からきたことだ。お前が謝ることはない」

そうあっさりと自分の非を認めた。

「まあ、よかろう。無意味な謎が排除されたのは倖いだった。その問題はこれでうち切りにして、肝腎の密室に話を移そうではないか」

「おや、布瀬。君にも纏《まと》まった意見がありそうだね」

羽仁は静かに瞳をあげた。

ナイルズはふと、不思議な気持ちに陥った。勿論、深い幽愁が皆の間に浸透していることは言うまでもない。それはナイルズの皮膚を通して、微かな波紋のように伝播してくる。しかし、この慈《いつくし》むような穏やかさは、一体どうしたことなのだろう。それはいつまでも続くのだろうか。この今、この部屋だけの、ひとときのものに過ぎないのだろうか。ナイルズは、そしてそのどちらである方が《よい》と言えるのか、答を見つけられないでいた。

「しかし、あれからずっと考えてたんだけど、密室の外に屍体があるなんて、考えれば考えるほど妙だね」

曳間が溜息を吐くように言う。

「どうして密室のなかで殺さなかったのだろう」

「ふふ。さすがの曳間さんも、今度ばかりはお手あげかな」

黄色い光を眉に湛えながら、ホランドは少し首を曲げてみせた。

「とりあえず、その理由なら四つの場合が考えられると思うんだけどな」

「おやおや。これは面白い。それぞれ一家言《いっかげん》を持つらしいね。さすがだよ。無能者は聴き役にまわるから、まずホランドからその四つの場合というのを聞かせて貰おうか」

根戸が催促すると、ホランドは意味ありげな微笑みをよこして、

「最初のひとつは、これはもうずばりそのもの。犯人がそういう謎めいた殺人現場をつくってみたかった、という場合。つまりナイルズの小説に准《なぞら》えて、《さかさまの密室》のひとつのパターンを提示してやろうという、純粋に探偵小説狂的な遊びの精神から出たものに過ぎない場合……」

「ふむ。それは存外、有力な説だね」

「二番目は、そのような情況が犯人自身にある利益を齎《もたら》すことを狙った、という場合。例えば、あの不必要としか見えない密室が、別の何らかのトリックを兼ねているといったような……」

「ああ、成程」

羽仁はそう頷きはしたものの、

「しかし実際、密室の外に屍体を置くことによって、どういう別のトリックが可能なのかな」

するとホランドはキュッと眴《ウインク》してみせ、

「そこまでは知らないよ。……さて三番目は、少し意外な意見かも知れないけど、密室を構成した者と倉野さんを殺害した者とが別にいた場合。……つまり、ふたりの人間の思惑が、全く別個に、あのひとつの部屋に重なったという場合だね」

「うむうむ。これはいよいよ興味津々だな。偶然に起こった、ふたつの犯罪が錯綜しているという訳か」

「最後の四番目は、随分奇異に聞こえるだろうけど、犯人はちゃんとした密室を構成したにも拘らず、誰かが倉野さんの屍体を密室の外に出してしまった……」

「素敵素敵」

根戸は手を叩かんばかりに悦にいって叫んだ。しかし、そこに口を挿んだのは布瀬で、

「ハハン。しかし、その最後のはちょいとあり得べからざるものだろうよ。最初はあのアトリエの方に屍体があったのならば、血溜りもアトリエの方にある筈だし、よしんば暇にまかせて血を拭い取ったり新しい血溜りをつくるなどの細工を施したのだと

しても、ルミノール反応検査ですぐに見破られてしまうのだからね。面白いことは最も面白いが、まあ、あり得ない解釈だろうねえ」

「うん、それならそれでもいいんだよ。とにかく考えられるのはこの四通りだけで、ほかにあるとしても、このうちのひとつのパターンの変型に過ぎないだろうというのが、僕の言いたかったことさ」

ホランドはそう言いきると、ぐっしょりと汗をかいているアイス・コーヒーを飲み干した。

「よし、それではいよいよ、密室の謎解きだ。では、布瀬からひとつ、お願いしたいね」

「うむ。それでは吾輩もホランドに倣《なら》って、少しばかり場合分けをしてみるが、あの密室を構成するには、およそ三通りの方法がある。ひとつは、内側から鍵をかけておいて自分自身が外へ抜け出るという方法。ふたつ目は、外側から鍵をかけておいて、その鍵を部屋のなかに戻すという方法。三つ目が、外側から鍵を使わないで錠をおろしてしまうという方法だな。こうして考えてみれば、まず最初のは抜け穴でもない限り不可能。二番目のは、最初の奴よりも幾分可能性が大きいだろうが、窓もなく、扉に隙間さえないあの部屋では、やはり無理だとしか言えんだろうな。ふむ。すると残るのが三番目の方法ということになる。

「ひと口に外側から錠をおろすといっても、これにもいろいろ方法があるのだがね。ハハン。つまり、扉の錠前仕掛の部分だけをはずしておいて、それを鍵のかかった状態にセットしておき、後で外側から取りつけ直すという方法も、その範疇に含まれる訳だからな。もっと大がかりにやるのなら、扉そのものを取りはずす方法もある。が、まさかこんな方法では痕跡が残ってしまうから駄目だろう。とすれば、必要になってくるのは、〝一種の合鍵〟ということになるのだぜ。

「最も簡単なのは、空巣狙いがよく使用する方法で、例の釘かなんぞを鍵穴にさしこんでいじくりまわすというやつだが、これにしても痕跡が残ってしまうだろうことは予想される。となると、どうしても、〝一種の〟という言葉抜きの合鍵がいるのだ。合鍵が……」

眼鏡のレンズを黄色に反射させて、布瀬は不意にそこで口を鎖した。羽仁は訝しそうに眉根をあげて、

「なあんだい。それじゃあ推理にもなっていないじゃないか。結局、甲斐を含めた共犯だっていうのかい」

「ふふん。それは早とちりというものだぜ」

「だったら、犯人は犯行以前に甲斐の部屋に忍びこみ、鍵を拝借して合鍵を造っておいたと――」

「ふむ。それは、合鍵が以前から用意されていたという考えに基く結論だぜ。判るかね。犯人は、あの時、あの場で合鍵を造ったのだよ」

布瀬は部屋のなかを見渡し、時がゆっくりと収束してゆくその場所を捜すように、少し眼を眇《すが》めてみせた。その動作はナイルズ達にも、黄色い波動を湛えるエーテルが、揺らめきながら部屋の一点に呑みこまれてゆくイメージを抱かせた。

「あの部屋で、合鍵を拵《こしら》えたのだって」

「そうとも。お前は部屋の合鍵を造って貰ったことはないのかね。吾輩の部屋のものとは違って、あんなもの、僅か三分かそこいらでできあがるのだぜ。それに較べれば、今度の殺人など、犯人にとって時間はあり余るほどあったではないか。……ふふん。と言って、別に特殊な器具など必要もない。ひょっとしてちょいと手先が器用ならば、ありあわせの木か竹の棒のようなものを削って代用させることも充分可能だと考えられるのだがな。さて、そう考えてゆけば、先程ホランドが提案した四つの分類には、もうひとつの場合を加えてもいいのではないかと想うのだがね。曰く、倉野を殺害した後で密室を作成することを思いついた場合。……つまり、後からあのアトリエが開けられたままだと気づいて、そこを密室にする気になったのだが、今更屍体をそのなかに移動させるとなると夥しい流血で軀が汚れてしまう。しかし、〝そこに密室をつくる〟といういかにも魅力的な誘惑には抗しきれず、できあがったのがあの情況だったのだとね」

「即興の密室だね。……それはいいけど」

羽仁は額に掌をやると大袈裟に唸って、

「ねえ、布瀬。僕はそんな解決なら御免蒙《こうむ》るよ。たとえそれが事実だったとしても、そんな面白味もない、機智というものが感じられないトリックなんか、僕は納得できないな」

「おやおや。言って下さるじゃないか。まるで、イワン・カラマーゾフの言い種《ぐさ》にそっくりだぜ。事実だったとしても納得しない、か。ふうむ。それならば、お前さんの密室美学に即した具体例を、ひとつ、訊かせて頂こうではないか」

布瀬は皮肉な笑みを湛えたまま、挑戦するかの如く顎を突き出した。すると根戸もそれに加わる恰好で、

「そうだよ。今度は羽仁。お前の番だ」

「そう言われると弱いなあ」

そこでいったん言葉を切ると、羽仁はグラスの底に残っていたカクテルを呷《あお》った。

「じゃあ僕も一応、布瀬に敬意だけは表する意味で、一部分だけちょっぴり真似させて貰うよ。君はホランドの分類に、ひとつの場合をつけ加えて、合計五つだと訂正したね。で、僕もそれに倣って、今度は君の、密室作成法の分類に、ひとつの方法をつ

け加えようと思うんだよ。それは、部屋の内側に鍵をさしこんでおき、外側から何らかの手段でその鍵をまわして錠をおろした後、また何らかの手段でその鍵を扉から離れたところに移動させるという方法で……」

羽仁がそこまで語った時、

「紐と針とピンセットの問題かね。古い、古い」

布瀬は髭を撫でながら手を振った。

「それこそ現在の探偵作家さえ使わなくなった、陳腐この上ないトリックだぜ。鍵の手元の輪になった穴に棒なりピンセットなりをさしこんでおいて、その器具の先に結わえつけた紐を扉の下にくぐらせ、それを引っぱることによって鍵を回転させる。……ふふん。今度の事件の場合には、それに加えてもうひとつの小細工も施されてあったと言いたいのだろう。例えばまち針のようなものを、鍵の発見された場所に突き立てておき、それに糸をひっかけて、鍵穴からそこへ移動させるように仕掛けておいたのだとね。そうして、後から紐を引けば、総ての道具がたぐり寄せられて、扉の下の隙間を通してこちらの手に戻ってくる。……ふむ。しかしながら、残念なことに、あの扉には隙間というものが全くなかった。従って、そのような細工を施すことは不可能だったと言わざるを得ないのだぜ。いくらお前が吾輩の説を、事実であったとしても認めたくないなどと力説しようが、そのお前の説自体、実行不可能なものだとすれば、どうしようもないのではなかろうかね」

布瀬はいよいよ挑戦的に応酬したが、羽仁はそれを聞き終わると、こちらもまた何とも言えない笑みを浮かべて、

「ところが、布瀬、あの部屋にはたったひとつ、開かれた空間があったんだよ。どこだと思う」

そう言って、布瀬だけでなく、『黄色い部屋』のその別室に集まった全員の顔を、ひとつひとつ吟味するように見まわした。

「そんな馬鹿な」

布瀬はあからさまに表情を一変させて、頭のなかに想い描いた甲斐の部屋を急がしく探索していたようだったが、もう一度、

「そんな馬鹿な」

と繰り返して、羽仁の顔を瞶《みつ》め直した。ほかの者の反応も概して布瀬に同意する気配を匂わせるものだったが、ひとり影山は、丸い黒縁眼鏡を小指で押しあげながら、

「ひょっとすると、隙間と言いますと、鍵穴のことを指している訳でしょうか」

「さすが、影山。物理学科」

羽仁は『いかにして密室はつくられたか』にあった言いまわしを借りると、

「僕が言おうとしているのは、紐やピンセットを使うものじゃないんだ。どうも不思

議なことに、機械的な密室トリックといえば紐とピンセットというふうに相場が決まっているようだけど、そこに妙な盲点が生まれてしまっているみたいだね。唯一の開かれた空間が鍵穴以外にあり得ないとしたら、直接鍵穴を通して鍵を操作する方法に眼を向けて然《しか》るべきだと思うんだけど」

「想い出した！」

羽仁がそこまで喋った時、根戸が大声で叫んで、他の者を驚かせた。

「鍵穴の外側から鍵の先端を抓み、それを回転させて錠をおろす……外国ではそのための道具が犯罪者達の間で知れ渡っていて、確か、《ウースティーティー》とかいう名称まで与えられているということだったな。だけど、それにしてもやっぱり、ピンセット状のものは要るし、鍵をイーゼルの近くに移動させるには紐のようなものが要るんじゃないか」

「そうでもないんだよ」

こともなげに羽仁は言って、

「とにかく、犯人はあの鍵穴を通して錠をおろしたことには間違いないんだ。……こんなことを言えば、そのウースティーティーという道具のようなものを予め犯人は持っていたことになる。だけど、あの部屋が開かれた状態だったなんて犯人には判らなかった筈だから、そこがいかにも御都合的だと思われるかも知れないね。でも、その点は大丈夫なんだよ。なぜかといえば、犯人が倉野を殺した後で密室を構成することを思いついたという点では、布瀬の意見に異論はないんだ。実はそのウースティーティーは、甲斐の部屋のなかに用意されていたんだよ」

「何だって」

今度の驚きの言葉は、はっきりと一同の口から洩れた。そうすると、やはり甲斐は犯人と結託していて、密室を作らせるためにあの開かずのアトリエを開けておいたというのだろうか。しかし、それならば何もそういった器具でなしに、初めから合鍵を使えばすむことで、甲斐を共犯者と看做す以上、密室というもの自体に意味がなくなってしまう。

羽仁は、皆の脳裡に掠め過ぎたそんな疑問をすぐに読み取ったらしく、ナイルズが何か言おうとする先に言葉を続けた。

「そうかといって、甲斐が共犯者だという訳でもないんだよ。今度の事件でウースティーティー代わりに犯人が使ったのは、油絵用の筆だったんだ。何本もの筆が折られたり、毛を抜かれたりしてばら撒かれてあったことは、勿論憶えているだろう。あれはウースティーティー代わりに使った一本のためのカムフラージュで、毛の抜かれたもののうちのひとつ、鍵の先端にぴったりと輪っかが嵌まる奴だけ本当の意味を持っていたんだ。……最初から言うと、犯人は鍵の先に嵌まりそうなものを選んで毛を捲り、鍵穴の内側からは鍵、外側からは禿《はげ》になった筆をさしこんで、なかでぴったりと嵌めこんでおく。そうして扉を閉めておいて、外側から筆の軸を回転させ、錠をおろす。それから筆をグッと引き抜いて、今度はそれをさかさまに、お尻の先を鍵穴にあてるんだよ。そうしておいて、威勢よくもう一方の手で筆の頭をぽーんと突いてやる。鍵は弾け飛んで、扉から離れた処に落ちることになるんだ。……同時に、密室は完成する。判ったろう」

彼らに尋ねたのか、自分自身に呼びかけたのか、それとももっと遠い、ここならぬ何者かへの問いかけとしてなされたのか。とにかく羽仁はそう言葉を切ると、黄色い光線のせいで抵抗を増しているかとも覚しい空気をさざめかせながら、ゆっくりと首を巡らせた。吐息は彼らの口から一斉に洩れ、憧れるように、諦めるように、宙空のただなかへと解き放たれていった。

ナイルズにはその瞬間こそが、倉野への本当の追悼式のように思えた。なおかつ、数知れず立ち並ぶ人形達の笑いは微かにその部屋に充ちていたが、あるいはそれは、その部屋自体が彼らの内耳に発生させる耳鳴りのようなものなのかも知れなかった。

9 闇の傀儡師

深い澱みに沈んでゆくような彼らの想いとは拘《かかわ》りなく、時の嵐はいよいよその猛威を増してゆくらしかった。まずもって彼らの胸を刺し貫いたのは、二日の集会にとうとう姿を見せずじまいだった甲斐が、その次の日には、倉野の死を追いかけるようにしてこの世を去ったという報せである。しかもそれは、どう考えてみても事故による落命としか受け取れぬものであって、彼らの捜し求めている凶悪な殺人者とは何らの繋がりもない出来事だとは、彼ら自身、胆に銘じざるを得なかった。

詳しく言えば、九月三日の二時十五分頃、青梅街道が環八通りと交差する四面道《しめんどう》付近で、甲斐の乗車していたタクシーにトラックが正面衝突。後続の車が追突を重ね、歩行者も巻添えにして、四重衝突とも五重衝突とも報道された悲惨な大事故で命を落としたのだった。即死の者は、甲斐を含めて五名。原因は、信号機が急に黄色に変わったのに腹を立て、思わずアクセルを踏んでしまったという供述が新聞にも載っていた通り、つっこんできたトラック側の飲酒運転以外の何物でもなかった。

その頃から警察の調査も、ますます急追の度を昂《たか》め、それに加えて各週刊誌が、彼らの間の密室殺人事件と、それに纏《まつ》わる一連の死の持つ記事的な面白さに眼を向け直したことなどもあって、周囲の空気は俄然、遽《あわただ》しい喧噪に充ち始めた。事件とは何の関係もなさそうな、変に些細な部分が暴き出され、穿《ほじく》り返されて、かつまたそこには、適当な怪奇ムードまでが演出されていた。突拍子もない臆測、牽強付会《けんきょうふかい》は留まるところを知らず、どこで伝わったものか、ナイルズの小説の公開を勧める記者さえいた。

まさしくそれは、彼らを吹き飛ばそうと荒れ狂う嵐だったのだろう。そんななかで、彼らは全員が集うような機会も持てず、その日もホランドは影山とだけ逢うことができた。

「変ですよ。変ですよ」

え、と訊き返そうとして、ホランドは大きく身を仰反《のけぞ》らせていた。大地が弓なりに傾き、凄じい轟音とともに軀ごと落下してゆく。車はいったん緩やかな勾配につんのめって、彼らをそのまま、のしかかる蒼穹のなかに抛り出そうとしたが、そこから再び断崖を駆け落ちるように、恐ろしい勢いで風を切った。地上にごちゃごちゃとぶちまけられた赤や黄や青や緑の点が、画面を四方から引き延ばしたようにわーっと展がったかと思うと、そのままあっという間に深い闇が彼らを呑みこんだ。甲斐の事故の時もそうであったろうと思われる金属性の軋《きし》りと、魂《たまぎ》消るような悲鳴が反響し、続けて硬い壁に撲《う》ちつけられる衝撃が襲った。

そうしてガラガラと車は闇のなかを備い、ひょっこり抜け出ると、そこはもとの光に充ちた地上の世界だった。

「ひゃあ。恐い恐い。ジェット・コースターは恐い」

影山は瞼をぱちぱちと屢叩《しばたた》かせながら、息の仕方も忘れてしまったかのように咽をつまらせた。

「変って、何が変なの」

ゆっくりとホームに滑りこんだ車から立ちあがりながら、ホランドは先程聞き咎めた言葉の意味を尋ね返した。

「あ。そうそう。それなんですけれども」

影山は、ホランドとたいして差のない小柄な軀を伸ばすと、丸い眼鏡を押し挙げつつ、

「正直言って、小生はジェット・コースターというものに乗るのは生まれて初めてなんですが、全くこれは、惚《ぼ》けた頭にイッパツ喰らわせるという点では、たいした効き目があるようですね。以前から小生は、最近起こった一連の事柄のなかに、何かしら不自然な部分があるような気がしてならなかったのですよ。そうしたところが先程の、登り坂をガタンガタンとあがってゆく時になって、その不自然な部分が何か、いきなり頭のなかに閃《ひらめ》いたんです。それは……」

そこまで急《せ》きこんで喋った影山は、ふと、眼鏡越しにホランドの顔をまじまじと覗きこみながら、

「風鈴なんですよ」

そっと毀《こわ》れものでも置くように、影山は囁いた。ホランドはなぜかしら、ぶるっと軀を顫わせた。

「あの風鈴は、風もないのに鳴っていたのですよ。風もない筈なのに、ひとりで音をたてていたのですよ。判りますか。倉野氏が殺されたあの夜、変な夢に起こされて、それで時間を知ることになったあの夜。——小生がひっかかっていたのは、そして先程想い出した不自然な点というのは、その時鳴っていた風鈴なんですよ。ホランド氏も憶えておられる筈です。あの風鈴は部屋のなかにあったことを。そして窓はしまっていたのです」

遊園地は、赤や黄や青や緑の色彩に充ちていた。近くから遠くから、幾重にも重なって聞こえてくる賑やかな音楽に淆《ま》ざって、それらは赤から青へ、黄から緑へと、煌《きら》びやかな渦をつくっていた。ホランドはその映像のなかで、確かに自分がそれを憶えていることを確認していた。彼はその次の朝、壁に吊された風鈴を弄んでいたのだ。

「全くだね」

ホランドは、あまり意味もない相槌を打った。

「変ですよ。変ですよ。ああ、もしかすると、やっぱりあれは悉《ことごと》く小生の夢の続きだったのでしょうか。……いっそのこと、今度のこと全部、今ここにいて、こうして喋っていることまで全部、夢のなかの出来事であってくれればいいと思うのですけれど。はい」

「風鈴の音だけが、気のせいだったんじゃないの」

曖昧な笑みを唇に浮かべて、ホランドはひとつの解釈を口にしたが、影山ははっきりと首を横に振ってみせた。

「いいえ。そんなことはありません。記憶は確かにあります。雨が降ってて、蒸し暑くて、やはり風鈴は鳴っていました。はい。もしもそれが間違いだというのなら、あの時のこと総てが夢だったというほかありません。そして、根戸氏も同じ夢を見たということがあり得ないとおっしゃられるんでしたら、あれはまさしく現実の出来事で、そうして風鈴は鳴っていたのですよ。はい」

それはいっそ、潔いくらいだった。ホランドは気取られないほどの溜息を吐くと、

「『誰が風を見たでしょう』――だね」

「そうなんですよ。ああ。小生は何となくそんな気がしてきたのですけれども、今度の一連の事件は、何と言いますか、人間の理解力を越えた何者かの手によって操作されているのではないでしょうか。……小生がこんなことを言うのはおかしいですか。

でも、雛子女史の御両親が亡くなられたことといい、今度の甲斐氏の事故死といい、とても偶然とは思われないような事件が、なおかつ偶然でしかないとすれば、それはもう人間の手には負えない真黒な影のようなものの仕業としか思われないじゃありませんか。確かに傀儡師《くぐつし》は居るのですよ。ナイルズ氏が小説に出してきたところの、あの偶然を自在に支配できるというマックスウェルの悪魔のようなものの手によってですね……」

影山は、憑《つ》かれたようにそんなことを喋りながら歩いていたが、不意にきゃっという情ない悲鳴を挙げた。一瞬凍りついたように立ち止まったのはホランドも同じで、彼らの眼の前にいきなり姿を現わした、だんだら帽に水玉模様の服を身に纏ったピエロが、白塗りに赤く化粧した顔でニタニタ笑いながら、そのままひとことも口をきかずに、ふたりを傍の奇妙な建物に押しやったのだった。

虚を衝《つ》かれたまま、それは否応もなかった。幾許《いくばく》かの抵抗は試みたのかも知れなかったが、奇妙なピエロの力は存外に強引で、ふたりをアッと言う間もなく、その建物小屋のなかに押し籠めた。同時に背中の方でバタンとドアの閉じる音がして、彼らは白日のもとから、一挙に薄暗い闇のなかへと抛りこまれていた。

最初は何が何だか判らなかった。しばらくの間眼が瞑《くら》んだまま、薄暗いくせにやけに眼を射る強い光線がギラギラと輝いていることだけは不審な想いと共に感じてはいたが、眼が慣れるに従って、そこに数限りなく反射しあっているアーク灯の苛立たしい連なりが、曲折した空間を照らし出していることに気がついた。それと共に、彼らはそこに、面喰らった表情で周囲を窺い見ている、何千何万の自分自身を発見したのだった。

そこはミラー・ハウスだった。

ふたりはそのことが判ると、却ってぞっと立ち竦んでいた。自分達が林立する奇妙な光景の向こう側では、やはりそちらほど遠くなる訳なのだろうか、強い照明も次第に薄暗く、彼方の闇のなかに呑みこまれている。しかも怖ろしいことには、巡らされた鏡面の僅かな歪みが、何十回何百回となく反射を重ねてゆくに従って少しずつ増幅を加えられ、こちらを向いているその後ろで横を向き、そのまた後ろで背中を見せているといった夥しいふたりの影は、遠くなるにつれて姿も形も畸型な色を濃くしていた。

ホランドははっと気がつくと、まだ茫然と立ちつくしている影山の脇をすり抜けて、背後の鏡面を叩いていた。しかしそれは既にピッタリと枠に嵌まりこんでビクともしない。恐らく扉は悉く、進行方向に向かって押さなければ開かない仕組になっているらしかった。

「あ。こちらが開きますよ」

ようやく影山が、一方の鏡を押し開きながらそう言って、ホランドも仕方なく彼の後に続いた。

行けども行けども鏡だった。開く扉もひとつとは限らず、ふたつ開く部屋もあれば三方開く場所もあった。影達はふたりが向いている側とは関係なく、てんでばらばらに勝手な方向へと進んでゆき、ややもすると彼らは、互いに異なった扉を目指しているような錯覚に陥った。ぴったりくっついているにも拘らず、鏡に映った像だけを見ていると、離ればなれになっているとしか思えないのだ。次から次へ、部屋は幾つ過ぎても限りがなく、ひょっとすると、彼らは同じ経路を何度も堂々巡りしているのかも知れなかった。

「雛子女史なら鏡の国のアリスということで平仄《ひょうそく》が合いますが、どうして我々がこんな目にあわなくちゃならないんでしょうねえ。……ひょっとして、先程のピエロは……」

「まさか」

ホランドは、影山の言いたいことをいち迅く察して、そう答えていた。しかし、笑うことはできなかった。いっそのこと眼隠しでもすれば、案外簡単に抜け出られるのかも知れない。ホランドは波打つように蠢《うごめ》く自分達の歪んだ像を眺めながら、むかつくような嘔吐感をさえ覚えていた。

ふと気がつくと、鏡の向こうに影山がいた。ホランドは冷たいものを腋に覚えながら振り返った。が、そこには蒼褪めた顔をした自分の像が鏡に映っているだけで、影山の姿はそのまた向こうの鏡面に封じ籠められたまま、キョロキョロとこちらの居処を求めている。ホランドは再び前方を振り返った。

「影山さん」

アーク灯の強い光線が度のきつい眼鏡に反射して、影山の表情はよく読み取れなかった。ホランドはその壁をバンバンと叩いて、ようやく悟った。

――そうか、これはただの硝子なんだ！

ホランドは横の壁を押してみた。そこは難なく開いて、覗きこむと、その部屋の四方にもホランドと影山の姿が入り乱れて映っていた。

――よし。じゃあ、もう一度こちらを開けば。……

ホランドは影山のいる部屋の方向へと、鏡を次々に開いていった。写像は眼紛《めまぐる》しく移り変わり、影山の姿も近づいたり遠のいたりしながら、どうやら向こうでもこちらに気づいた様子で、戸惑ったふうに首をキョトキョトと振っていたが、最後の鏡がくるりと回転すると、そこには最早影山の姿は跡形も残っていなかった。

「影山さん？」

どうやら見当違いの方向へ進んできたらしく、ホランドは凝然《ぎようぜん》とその場に竚《たたず》みつくした。今度はただひとり、自分の姿だけが限りなく曠《ひろ》がる鏡の世界を埋めつくしている。何千何万の自分に囲まれて、ホランドはその分の孤独を総て背負わされたような気がした。

ホランドは、仕方なく再び進むことにした。前進とも後退とも判別のつかぬ彷徨《ほうこう》。それはいかにも象徴的で、ホランドはこの時、初めて微かに笑みを浮かべた。進めども進めども、ただ蒼褪めた何千何万の孤独があるばかりで、それは吹き荒れては降り積もる時の刻みのなかで、果てしもなく続くようにも思われた。……

「そういう訳でね。ひどい目にあっちゃった。影山さんとはそれっきりさ」

「それはそれは」

羽仁はそう言って慰めたが、果たしてそこで笑っていいものかどうか迷っていた。

「どうしたんだよ、ナイルズは。一緒に行かなかったのか」

根戸が尋ねると、こちらは鉛筆を鼻の下に挟んで、

「だって僕は用事があったんだもの」

「それで、影山はどうしたんだろう」

何か言いかけた根戸を遮るようにして、呟いた羽仁の表情は真剣だった。

「布瀬。君も会ってないのか」

「羽仁さん。まさか——」

ナイルズは弄《もてあそ》んでいた鉛筆を机の上に置くと、眼を丸くして訊き返した。

「まさか、影山さんまでどうにかなっちゃったって言うんじゃないでしょうね。あの日が七日で今日が九日だから、まだそんなふうに決めちゃうのは」

「僕は決めてなんかいないよ。そんなことを言うのは、ナイルズ、君だって頭のどこかに、そんな疑問を抱いてたからじゃないの」

ナイルズは言葉に詰まった。根戸や布瀬は微かに笑い声を洩らしたが、その表情は俯いたり掌で頰を擦るなどして巧妙に隠されたので、本当に笑ったのかどうか判らなかった。

その日は日曜だったが、甲斐の死のために『黄色い部屋』はしばらく休店となり、彼らは羽仁の『白い部屋』に集まった。小さな森さえそのフランス窓から眺められる豪邸の一室は、床・壁・天井からひとつひとつの調度品まで、白一色に塗り潰されていて、ここ一連の陰鬱な事件とは見事に截《き》り離された世界のように思われた。しかしその時、彼らはやはりこの部屋でさえ、黒ぐろと頭上にのしかかる影にすっぽりと包みこまれていることを知ったのだ。

「たまらないよ」

「ああ。会ってない」

呻《うめ》くようにナイルズが言った。

「ああ、まっぴらだよ。こんなことばっかり考えなきゃならないなんて、ほんとに気が変になりそうだ」

「もう狂ってるのかも知れないよ」

ある程度大っぴらに微笑みを浮かべているのは、そうナイルズを揶揄したホランドただひとりだった。柔かい革椅子の肘掛けの上に、首筋と組んだ脚とを渡した行儀の悪い恰好で寝そべっている少年は、ミルクのように粘っこい光線に包まれて、侵し難い空間を保っている。棘々《とげとげ》しい植物というよりも、荒々しい獣。その荒々しさをひとときとき秘めて、ホランドは静かに牙を研いでいるふうだった。

「ひとりでに鳴る風鈴か。言われてみれば、俺も確かに聞いた気がする。……確かにどこか狂ってるな。風鈴に封じ籠められた呪いの一端を垣間見てしまったために、鏡のあちら側へと連れ去られた訳でもあるまいが。……しかし、ともあれ今は、真相の解明を続けなきゃな」

振り払うように根戸が言った。

「闇の傀儡師《くぐつし》の正体は何なのか。そのためには、例の《ワトソン捜し》を、もう一度考え直さなくちゃならないことになるかも知れないな」

「ふふん。《ワトソン捜し》ね……」

布瀬は根戸の言葉を受け取って、

「こいつもまた、ある意味でさかさまなのかね。あっは。これが既に書かれた小説かなんぞの話ならば、騙されていたのは読者ひとりだったということで落ちをつけることもできるか知れんが、どうも当事者となってしまうと勝手が違う。……いっそのこと面倒な推理などやめて、ここで白魔術の会でも開いて犯人の正体のお伺いでも立てる方が、余程利口かも知れないぜ」

「へえ、そういうのも白魔術っていうの」

と、ナイルズ。

「そういえば『黒魔術師』はどうした」

根戸が背凭《せもた》れに乗せていた首をひょいと挙げて尋ねると、羽仁は、

「さあね。あそこも普段は電話の取り継ぎをしてくれないから困るんだよ」

続いてナイルズが、

「ねえ。もしかすると、曳間さん、やっぱり自分の説を頑《かたく》なに信じていて、それで寄りつかないんじゃないかなあ」

「あっはは。それはあり得るかも知れないな。降三世《ごうざんぜ》の呪いの方がまだしもという訳か」

根戸はそう笑いながら、

「しかし面白いね。曳間の推理によれば、共犯者側に居る者は次々と姿を消すか命を落とすかしている。倉野に甲斐。杏子さんに雛ちゃんも。影山だって……」

言葉が途切れた。

根戸の笑い顔が、その時不意に醜く歪んだ。

10　架空に至る終結

どこか近くに鐘楼《しょうろう》でもあるのだろうか。ながい陰鬱な響きが膚寒い大気を顫《ふる》わせ、耳の奥に谺《こだま》するように降り伝わって来る。尤も、羽仁がそれに気づいたのは、鐘の音が鳴りやんでからだったのだが。

「影山さんは、まだ見つからないんでしょう。どうも厭だなあ」

「いよいよ今度の事件は、影山の言葉通り、人智を越えた魔物の仕業という線が強くなって来たね」

言い返した羽仁も、到底笑う気は起こらなかった。四日前の集会では、根戸は根戸なりの扉を開いたらしく、あの後急に物想いに沈んだきり、十三日の今日になっても一向口を開こうとはしない。四人は歩きながら、胸の底に蟠《わだかま》るそれぞれの想いを噛みしめている。

緑の多い住宅街を抜けると、曲がりくねった細い小径が竹藪の下をくぐるように続いていて、片側の岩膚の見える低い崖に、顔の剞《えぐ》れた地蔵が祀《まつ》られている。複雑な路地の網目から、駅と曳間のアパートとの最短径路を発見した布瀬によれば、その地蔵がほぼ中間点に位置するらしかった。その布瀬は既に曳間の部屋を訪れていることだろう。

「影山さんが本当に行方不明になってしまったとすると、残ったのはここにいる僕とホランド、羽仁さん、根戸さんに、それから曳間さん、布瀬さんの、僅か六人になってしまったことになるんだね」

「半分か」

呟くように答えてから、羽仁は、

「雛ちゃんからは手紙なんか、来ないのかな」

「昨日来たよ」

そう答える声にも弾んだようなところはなく、

「向こうの家にもだいぶ慣れてきたって……。事件のことに関しては、あれは恐らく迷宮入りになってしまうだろう、なんてことを書いてあったよ。冗談じゃない。自分が判らないからって。いつもあんな具合なんだから」

「あはあ。いやしかし、それが本当かも知れないよ。……根戸はどうなのかな。そうやって黙りこくっているのは君らしくないよ。何か考えついたことがあるなら、そろそろ教えてくれてもよさそうなものじゃないか」

羽仁がそうやって水を向けると、根戸は初めて首筋を伸ばして、うん、と頷いた。

「また間違った推理をして馬鹿にされるのも適《かな》わないから、これは一応、俺の空想の産物に過ぎないという前提で聞いて貰うことにしようか。従って、根拠と言えるようなものは殆どない。いいかな……？」

「死者が出てからは、やけに慎重になるんだね。僕は何でもいいよ」

いつの間に引き抜いてきたものか、鋭い力草《ちからぐさ》の茎を口に銜《くわ》えながらホランドが促すと、

「それじゃ始めるけど、まず、今度の事件は真沼の消失から考えていかなければならない」

根戸はそう前置きすると、依然、苦虫を噛み潰したような表情で後を続けた。

「あの事件当時、真沼が『黒い部屋』の書斎に居たという前提のもとに、俺達はさんざん頭を捻《ひね》り、様ざまな推理を提案して来た訳だ。まともな解決のやり方ではどうしても説明がつかず、ついにナイルズの提案による《ワトソン捜し》なる考え方にまで踏みこんで、それでもなおかつ、曳間の推理が否定されたことが示すように、総ての試みは失敗してしまった――ように見える。……しかし、俺はそこにひとつの、みん

ながが見落としたと思われる、空白な処女地を見出だしたんだ。

「曳間は、原則的に《ワトソン捜し》の方法でもって、布瀬を騙される側の人物と看做した場合の推理を展開した。……うん。曳間の考え方は、実に正当なものだよ。何故と言って、真沼の姿をその眼でしかと目撃したっていうのは、布瀬と雛ちゃんだけなんだから、このふたりのどちらもが騙す側の人間だったとしたら、真沼があの部屋にいなければならない必然性そのものがなくなっちまうからな。……しかし結局、曳間の推理は間違っていた。それを否定する証言を述べたのが当の布瀬本人だったことは、何とも皮肉な話だけど。しかし、まあ、それもいいとしておこう。妙なことは、曳間の推理がそこでピタリと歩みを止めてしまったことなのさ。そうだよ。

「曳間の推理を想い返してみると、訝《いぶか》しい点があることに気がつく。それは殆ど無条件に、雛ちゃんは騙す側の人間でなければならないと決めつけてしまっていることだ。その論拠は至って薄弱なもので、羽仁、お前の《虱潰し法》が失敗してしまったのは、雛ちゃんの証言を中心に推論を組立てていったことに起因しているということからだったな。……ふん、同様な考え方でゆくなら、その結論は決して不当なものではなかったろう。しかし、いったんそこに《ワトソン捜し》なる全く新しい考え方を持ちこんできたからには、それまでの推理が間違っていたからと言って、その拠り処としていたものまで無条件に否定してしまうというのは、ちょいとどころか大いに早計な話だぜ。そうさ。結局この場合、曳間としては、最初の推理が誤りだと判った時点で、次の段階に進まなきゃならなかった筈だ。つまり、雛ちゃんが騙される側の人間だったという場合にね。……ここまでは判ってくれるかな」

「うん。なかなかさすがに数学的だね。……というより論理学的と言った方がいいのかな」

「とにかく、そういう場合も考えられていけない道理はない。で、実際、旨く辻褄は合うのだろうか。俺はそれをずっと考え、確かめてきたんだ。そうして、これがなかなか棄てたものでないことを結論できるまでに至ったのさ。では、以下その考え方に従った手順で、実際の事件を再現してみることにしようか。それはまあ、こういった具合になるんだよ。

「書斎の方には、真沼ともうひとりの人物――これは今のところ誰とも判らない。仮にXとしておこうか。ともあれ、そのふたりがいる。『黒い部屋』の方には布瀬と倉野。そんなところへ、杏子さんと一緒に、あの事件での主人公でありワトソン役でもある哀れな雛ちゃんが訪れる訳だね。注意すべきは、影山はすぐその後にやって来て、部屋のなかの様子を戸口の陰からじっと窺い、登場の期を虎視眈々《こしたんたん》と狙っているという点にある。さて、雛ちゃんは、誰も書斎の方に行こうとはしないその場の雰囲気に最初のうちは従っているものの、持ち前の好奇心から、何気なく書斎の方を覗いてみる。いや、実際にそちらの部屋にはいろうとしていたのかも知れない。しかし、まさにその瞬間、影山がいつもの調子でタイミングよく部屋のなかに闖入《ちんにゅう》する。しかもその脇に大きな紙包みを携え、数表数表と訳の判らないことを喚き散らしての登場だ。雛ちゃんでなくとも、一体何事かと興味を惹かれて、真沼の姿を眼に留めたきり扉から曳き戻されてしまうのも、全く無理ない話と言えるんじゃないかな。

「さて、その後書斎の方では大事業が行なわれる。謎の人物Xがベッドの下から匍い出して、真沼を殺害する訳だ。屍体はどうしたかという点だけど、俺はこいつに関しては、羽仁、お前の《見えない棺桶》説を採っていいんじゃないかと思う。百科事典の箱を刳《く》り抜いておき、そのなかに隠し、それから例の羽虫の音。『黒い部屋』の布瀬達は、何が起こったのかと色めき立つふりをする。そこで合鍵を取りに行く騒ぎがあり、入れ違いに甲斐も姿を現わす。そしていよいよ扉が開かれることになるんだが、そこでほかの者は雛ちゃんの視界を遮らなきゃならない。つまり彼らは、謎の人物Xがベッドの下から匍い出して『黒い部屋』に逃れ出るための、楯の役割を果たすんだ。真沼の屍体は、事件の後でゆっくり始末することにしてね。……これがおおまかな内容なんだが、どんなものだろう。充分可能性はありそうじゃないか」

言葉は穏やかだったが、その調子には半ば挑むようなところもあった。

「そうだね。僕の説が取りいれられてる点でも評価できるけど。……で、肝腎の謎の人物Xは誰かな。今の推理によれば、当然、後で訪れることになった、根戸、曳間、ナイルズ、ホランド、そしてこの僕のなかに居ることになるんだろうけど」

「面白いね」

羽仁の言葉を横取りするように、急にナイルズが悪戯な眼つきになり、

「可能性としては根戸さんがいちばん大きいよ。曳間さんの推理のときと同じで、何せ、事件のすぐ後に姿を現わすなんて、いかにも怪しいじゃない」

そう言ってのけると、からかうように根戸の顔を見上げた。

しかし驚いたことに、根戸は依然として懶《ものう》げな表情を動かさず、抵抗なくナイルズの言葉を受け容れた。

「それならそれでいいさ。謎の人物Xは俺でもいい」

「何だって」

三人は呆れたように根戸の顔を見直した。細い眉の下に据えられた切れ長な眼。逞《たくま》しい鼻筋からくっきりした唇までつくづくと瞶め返したが、彼の思惑は硬い表情の奥深くに了《しま》いこまれて、読み取ることはできなかった。

「俺が言いたいのは、果たしてそれが真相だったかなんてことじゃない。そんなこと、二の次、三の次だ。問題は、こんな推理も成り立つんじゃないかということなんだ」

最後は殆ど叫ぶように言いきった。羽仁はそんな根戸の様子に戸惑って、

「君の言わんとしていることが、僕には理解できないよ。もしかすると君のお得意の《不確定性原理に基く解決》なのかい」

「違う！」

根戸の語気は、三人の歩みを思わず止めさせるほど鋭いものだった。羽仁は一瞬、訳の判らぬ眩暈《めまい》をさえ感じていた。

「言い換えれば、俺の疑問は、このような推理がなぜなされなかったのかという点にあった。曳間は布瀬が騙される側の人物だった場合の推理を展開した。そして、それは布瀬本人の口で否定された。しかし、そこまではそれでいいんだ。問題はその後だよ。曳間はその仮定が否定された後で、今度は雛ちゃんが騙される側の人物だった場合の推理を展開しなきゃならなかった。第一のケースが誤りだったから、当然、次の段階に足を踏み入れるべきだったんだ。……しかし、実際はどうだった？　曳間の推理の展開は、そこでストップしてしまった。あれほど、実際に殺人が起こった場合に拘泥《こだわ》っていた曳間が、それこそ二者択一的な問題のもう片方を、どういう訳か、いともあっさりと見逃してしまったんだ。……どうだ。これは妙だと思わないか。そこに不自然な空気を感じないか。俺は納得できなかったよ。いいや、納得できなかっただけじゃない。俺はそこから一歩進んで、実は曳間は、その場合のことも充分に考えて

たんじゃないかと疑った。いや、最初から曳間の頭のなかにあったのは後の方の推理だけで、あいつはそれを確かめるために、わざわざもう一方の推理をみんなに喋ってみせたんだ。布瀬が彼の推理を否定した時点で、いよいよ後の方の推理の正しさを確信したに違いない。考えれば考えるほど、それは確信になっていった。

「はっきり言っちまおう。曳間がなぜ、さっきのような推理を頭に描いていたにも拘らず、誰にもその内容を公言しなかったのか。それは、彼が自分の推理に基いて行なおうとした行動に支障を来《きた》すからさ。ふふん。ではその行動とは、一体何だったのか」

根戸は鞭《むち》を振り挙げるかのように、激しく言葉を截《たちき》った。しかし、その答は根戸の口からは洩らされず、鞭は今まさに撲ち据えられようとしたまま、宙空にぴたりと凍りついた。蕭々《しょうしょう》と流れていた膚寒い大気が突如として息を殺したような、しんとした瞬間だった。

「……君は、曳間が……」

「そう」

やっと羽仁が絞り出すような声で呟くと、根戸は思いがけず力のない返事を寄こした。

長い沈黙があった。遡《さかのぼ》るように流れる時間。四人はそのなかで、待つことさえも

時、忘れてしまったようだった。そしてそれが、再び眼の前でわらわらと収束しかかった

「僕が真沼の復讐を果たそうとしている——という訳だね」

曳間の口から、ぽつりとそんな言葉が洩れた。

曳間の部屋は、あの事件の起こった時から少しも変わっていない。根戸の推理によれば、倉野を殺害したのは曳間であり、彼は自らの解釈に従って今も本人がそう語った通り、真沼の復讐を果たすために、最初の殺人に荷担した者を次々と闇に葬ろうとしていることになる。杏子は別にして、残された者はあと、布瀬と、それに根戸の言うところの謎の人物X。その点で根戸は、先に曳間の部屋を訪れている筈の布瀬の身を心配していたのだが、四人が曳間の部屋に到着した時には、布瀬は何故か怯えたような表情で彼らの方を振り返りはしたものの、ともあれ無事なままだった。

何も変わっていない。羽仁は確かにそう思った。例の風鈴も部屋のなかの同じ位置に吊されたままで、開け放たれた窓からの微風に、時折り清冽な音色を奏《かな》でていた。

それは既に凶兆ではない。妖氛《ようふん》ではない。

「どうなんだ。曳間」

根戸は拳に力をこめて詰め寄った。再び、微かに風鈴が鳴る。羽仁がそっと眼をあげると、窓際に腰を降ろしている曳間は、あわあわしい光の移ろいを見せている薄手

のカーテンを肩や背に纏わりつかせながら、揺蕩《たゆた》うほどの微笑みを浮かべていた。

「何の根拠もない。……まさに君の言った通りだね」

「つまり、否定するんだな」

根戸は声を落とした。囁くようではあったが、硬い声だった。

「そりゃあそうさ。そんなにあっさりと自分の罪を認めてしまう殺人者なんて、いる筈ないもの」

ナイルズが冗談めかして言ったが、心なしかその言葉は顫えているようだった。その隣に坐っているホランドは、猛禽《もうきん》のような眸だけは動かしながら、じっと皆の応答を観察している。その向こうで布瀬は、依然故知れぬ恐怖に脅かされているとでもいったふうに、静脈が透けるほど蒼褪めていた。いつもの布瀬には似つかわしくないことだった。

——僕らが来る前に、何かあったんだろうか。

羽仁は胸の奥に冷たいものが落下してゆくのを感じていた。

布瀬は曳間が倉野を殺したことを知ったのだろうか。そうして、次に殺されるのは自分ではないかという怯えに苦しめられているのだろうか。

そんな疑惑が暗雲のように湧き起ってきた時、曳間が深く息を吸いこむそぶりを見せて、口を開いた。

「それじゃ、僕にもひとつの推理を、少し喋らせて貰えないかな。根戸くらいの推理なら、僕にだってでっちあげられるという見本を示しておきたいんだ。――いや、つまり、僕の推理にも全く根拠がないという意味なんだけど」

そう言って、眉間を指の先でこつこつと叩くと、

「……さて、最初に、僕の発想の契機となったある事実を提示しておくよ。これは、この間来た刑事から聞き出したことなんだけど、みんな知ってるのかな。つい何日か前、倉野の殺害の犯行時刻に関する新しい証人が現われたそうだ。それは刑事の話によれば、甲斐のあのアパートの近くに住む受験生で、彼は専ら夜中を勉強時間に充てていた。そして彼の部屋の窓からは、甲斐の部屋の窓がよく見えた。その彼が主張してやまないことには、甲斐の部屋の灯が消えた時刻は二時半頃で、あとは五時過ぎまでずっとそのままだったというんだ。……これは変だね。事件当日に僕のこの部屋に来てた者のうちに犯人がいたとすれば、犯行時刻は三時二十分から五時までの間の筈で、二時半頃には全員にアリバイがあるというのが羽仁の指摘だった。そうすると、犯人はここに集まった者のなかにはいなかったことになってしまう。……現実問題としては、その方がいいに決まってるよ。だけど僕は、いいいい、そんな筈はないと、そう思ったんだ。

「とすれば、羽仁の指摘はやはり間違っていたんだろうか。彼の推理によると、根戸

がまず時計を見た時に長針と短針をあべこべに読んでしまい、影山がそれにつられて同じ過ちを犯したという径路を踏んで、実際の時刻の二時二十分が四時十分という誤った時刻として証言されることになった訳だ。しかし犯行時刻が二時半頃だとなると、やはり影山達の証言通り、四時十分の方が正しいのではないかという疑問が起こってくるだろう。いや、むしろ、二時半というのは犯人が総てをなし終えた時刻と考えるべきだね。あはは、まさか真暗闇のなかで、殺人と密室構成という作業をやってのけたなんてことは考えられないものね。で僕は、羽仁の指摘のどこがおかしいか、考えてみた……」

曳間がそこまで語った時、羽仁は軀を仰反《のけぞ》らすように、

「今度は僕の番か。何とも辛い話だなあ。しかし、そんな証人が出てきたとは知らなかったよ。それさえもっと早く聞いてたら。……だけど」

そう言葉を続けようとした時、

「いや待ってくれ。君の言いたいことは判るんだ。それなら、時計の針が戻っていたことをどう説明するのかと言うんだろう。しかしそれは後まわしにしておいて、まず君の指摘はどこが間違っていたのか、それから話を進めなきゃ。うん。現に見過しはあったんだよ。そしてそれは簡単なものだった」

曳間は早口に捲《ま》くしたて、そこで少し間を置いた。

「根戸が、あの時計の長針と短針とをあべこべにして時刻を読んだ。——それはいいよ。それは充分にあり得ることだ。寝呆けていた状態では無理ないことかも知れない。しかし、その次の、影山が根戸の言葉につられて同じ取り違えをやらかしてしまったという解釈。——これは駄目なんだ。殆ど絶対に、駄目なんだよ」

「どうして……」

しかしそれは、全くと言っていいほど声にはならなかった。

「もしも影山が、あたり前にあの時計を見たのなら、そういうことが起こったかも知れないよ。根戸の言葉が先入観となって、時刻を見誤る。しかし、影山は鏡を通して時計を見たんだ。まず鏡に映った時計の時刻を七時五十分と認め、次にその像を頭のなかで左右逆に反転して、そうして初めてそれを四時十分と確認する訳なんだよ。どうだい。そんな過程を踏む認識に、果たして他の者の言葉による先入観が働く余地があるだろうか。……そうなんだ。鏡を通して時計を見たというたったそれだけのことで、その可能性は全く排除されてしまうんだよ。この上になお、影山の証言が間違いだと言うのなら、それは全く純粋に、ふたつの偶然が重なってしまったのだと主張することにほかならない。それがいかに無理な考え方かは、納得して貰えると思うんだけど。そうなんだ。さっき、殆ど絶対に駄目だと言ったのは、こういう訳なんだよ」

羽仁は天を仰いだ。曳間の指摘は全く正しかった。

「それでは先程の疑問にたち返るよ。なぜ時計の針が戻ったか。……ここまで来れば、もうくどくどしく説明するまでもないね。犯人は、実際の犯行時刻である二時半頃には、僕のこの部屋に居たというアリバイを作りたかったんだよ。恐らくその時点では犯人は、推定死亡時刻が二時から五時までなどと幅のあるものになるとは思わなかっただろう。だから、犯人がそうするには充分な心理的必然性があった訳だ。しかも、その小細工は、羽仁のような解釈を下す者が現われることを期待した上でのものだった点に、彼の狡猾《こうかつ》さが窺《うかが》われるじゃないか。……うん。全く頭が斬れる。……しかしまた同時に、それは犯人にとっての命取りだったんだ。

「いいかい。僕は心理学を専攻している関係から、催眠術も少しばかりは習ってるんだよ。で、僕はあの後、ある疑問を確かめるために、自分自身に催眠術をかけてみたんだ。つまり、自己催眠をだね。そうして僕は、僕自身忘れてしまっている――想起できないでいる記憶を蘇らせようとしたんだよ。……ねえ、ナイルズ」

思いがけない呼びかけに、ナイルズはぴくりと躯を揺すらせた。

「あの晩、君があの時計の螺子《ねじ》を巻いた時ね、時刻を合わせる以前は何時何分で止まっていたか、憶えていないかな」

曳間は不思議な、夢見るような抑揚で問いかけた。それは、彼がなぜ誰からともなく『黒魔術師』と呼ばれるようになったかという、その理由の一端を垣間見せたような瞬間だった。

「さあ。——どうも……憶えてないなあ……」

躓《つまず》くように答えるナイルズは布瀬と同じくらいに蒼褪めている。根戸は困惑したように頭を掻きながら、そのナイルズと布瀬を見較べた。言葉にならない言葉が見えない火花を散らしているふうだった。

「ふむ。それは残念だね。不思議だねえ。……ところで僕は、自己催眠によって、それを想い出すことができたんだよ。……それは四時十分だったんだ。あの旧い八角時計は、あの夜が訪れる前から、ずっと四時十分を指したまま止まっていたんだよ」

「馬鹿な！」

最初は曳間の言葉の意味が判らずにぽかんとしていた根戸が、いきなり苛立ちを支えきれなくなったように大声を挙げた。

「馬鹿な……？　うん。そうだね。そうかも知れない。考えてみれば、この上なく馬鹿馬鹿しいことかも知れないよ。だけど、それが事実なんだ」

曳間は静かに言って、根戸の視線を受け止めた。

「しかも僕は、さらに馬鹿馬鹿しい話を続けなければならないんだよ。……つまり、この間ホランドから伝え聞いたところの、影山が掲げた奇妙な設問——なぜ風もないのに風鈴が鳴っていたのか——の謎解きをしなくてはならないんだ」

「謎解きって……。あれは影山さんの幻覚でしょ。根戸さんだって、寝呆けてたんだもの」

ナイルズはようやく力を振り搾るようにそう言ったが、根戸は黙ったまま軀を揺すり、ちらりと今も鳴り続けている風鈴の方を眄《ぬすみみ》た。しかし、曳間は猫背気味の姿勢を崩さずに、

「うん。そこが面白いところなんだよ。君は寝呆けていた。……そうして君は、時計の針が四時十分を指していたことと、この隣の部屋には僕とナイルズと雛ちゃんの三人が確かに居たことを証言した。そしてそれ以外のことに関してはまるで責任を負えないという」

「それがどうした」

「いや、それだけのことさ。……そうして風鈴の問題に戻れば、やはりあれは影山が眼醒めた時にも鳴ってたんだと、僕は思う。それでは、なぜ風鈴は風もないのに鳴っていたのか。——あはは、不気味な設問だね。ひとりでに鳴る風鈴。恐らくこの問いは、こうした言葉で問いかけられる限り、永遠に解かれることはないだろう。だけど実は、この問いかけには少しおかしい処がある。それは影山自身が巧《たく》まずして付与してしまったところの不可能趣味。それによって歪められたおかしさなんだ。本当は、この質問はこう言い換えられなければならない。つまり、風鈴が鳴っていたからには

風が吹いていた筈である。では、その風は何によるものだったのか、とね。うん。こう言い換えると、問題は随分単純になる」

「あッ」

曳間の言葉が終わるか終わらないうちに、羽仁は電撃でも受けたような叫びを洩らした。その指が、ピンと真直に伸びた。

「扇風機！」

根戸の顔色からも血の気が失せていった。

「うん、その通り。扇風機はあの時計と同じく、僕の寝ていた部屋の方にあったんだけど、影山が眼醒めた時、それがつけたままになっていた――らしいんだね。風鈴はそのために鳴っていたんだ。そして同時に、いいかい、ここが肝腎なところなんだけど――その風は、誰も予想しなかったある事態までをも惹き起こしてしまった。風は、風鈴を鳴らしただけじゃない。〝あるもの〟にもその作用を及ぼしてしまったのさ。考えてみれば馬鹿馬鹿しいことだよ。その〝あるもの〟とは、影山の見た鏡だった。

「……」

「――だけど梢を顫わせて」

ホランドがぽつりと呟いた。羽仁はなぜか、怯えるようにそちらを振り返った。

「――風は通り過ぎてゆく」

曳間は、しかし、その声が耳にはいらないかのように、熱っぽい口調で話を続けた。それから後は、まるでほかの者が言葉をさし挿むのを拒んでいるようだった。

「はっきり言ってしまうよ。影山が眼醒めた時には、あの時計は止まってたんだ。影山が鏡を通して振り子が揺れていたのを目撃したというのは、それは振り子が揺れていたからではない。揺れていたのは、実は鏡の方だったんだよ。時計は止まっていた。そしてそれは、四時十分を指していた。いいかい。それはこんな具合なんだ。

「犯人はあの晩、皆が寝鎮まるのを待ってこの部屋を抜け出し、日本橋の甲斐のアパートまで車をすっ飛ばした。そしてそこで倉野を殺害する。その時の経緯は、この前羽仁が推理をしてみせた通りだろう。総てをなし終えたのが二時半頃。彼は取って返して、大急ぎでこの部屋に戻って来る。もと居た場所にそっと横たわると、安堵の溜息を洩らす訳だね。それが恐らく、三時半頃かな。

「それからどのくらいたったかは判らない。彼は人を殺《あや》めたという昂奮のせいで、ずっと眠ることができないでいた。さて、そんな時に影山が悪夢に魘《うな》されて眼を醒ます。続いて根戸が寝呆けたまま起きあがる。そこで彼は、自分が部屋を抜け出していた時に眼を醒まされなくて倖いだったと胸を撫でおろしつつ、狸寝入りを続けながらふたりの会話《やりとり》に耳を傾けた。

「彼はふたりともまた眠りに戻った後で、こう考えた。『はてさて、ふたりはこの止まった時計を見て、今が四時十分だと思いこんだようだ。これはあまり面白くない。どうせなら二時半頃だと思いこんでくれれば、こちとらにとってのアリバイにもなるんだが』と、そんなことを思いながら怨めしく時計の文字盤を眺めていると、突如として彼の脳裡に素晴しい考えが閃いた。四時十分の長針と短針を入れ換えると、二時二十分になってしまう。……うん。彼はそこで思い留まっていればよかったんだよ。しかし、その興味深い発見は彼を執着させずにはおかなかった。彼はその食指を動かす偶然を黙って見逃がすには、あまりに遊戯的人間であり過ぎたんだよ。その結果、彼はその発想を現実のものとする決意を固めた。そしてそのためには、時計が動いていたことにしなければならない……」

「曳間。それは」

根戸は短い髪の毛を掻き毟りながら、ナイルズの顔を覗きこんだ。ナイルズは無惨なくらいに蒼褪め、間歇《かんけつ》的に、殆ど眼に止まらないほど肩を顫わせていた。

誰かが、根戸の中途半端な言葉の後を続けようとした。が、そこで曳間は再び口を開いた。先程までの熱っぽい口調は既にどこかになりをひそめてしまっていて、依然柔らかな光の移ろいを見せながら靡《なび》いているカーテンと共に、その声は不思議な明るさに充ちていた。

「と、まあ、こんな推理を述べ立ててはみたけど、やっぱりこれにも根拠はない。

くらでも──」

……だけど、根戸の推理への反論にはなってるんじゃないかな。……いや、やっぱりなってはいないか。まあ、それはどうでもいいとして、こういった類いの推理ならいくらでも──」

その言葉が不意に遠のいた。明るい初秋の日差しに浮かびあがった部屋が、その時一斉に毳立《けばだ》ち、ざわざわと編隊を組み直すように蠢《うごめ》き始める。自身の内と外とがたった一枚の薄い膜だけによって遮られ、細切れにされた針のような光がその両方を埋めつくそうと、噴水の如く次から次へと吹きあげてくるなかで、最早内と外とは見分けもつかなかった。羽仁は、来た、と思った。

湧き立った泡の群が、忽ち罅《は》ぜ割れて消えてゆくような喧噪があったようでもあり、総ては森閑《しんかん》としたなかで押し進められてゆくような気もした。羽仁は叫ぼうとしたが、それは豊饒《ほうじょう》な闇の底に嚥《の》み下されて、声になったものかどうか判らなかった。倉野。──そうして悉《ことごと》くの想い、溜息、呟き、眼差しは、ひとつ残らず深い虚無の中へと運び去られてしまうのだろう。腕を差し伸べても手応えさえない。何もかも遅すぎるのだ。そう。僕達は常に、手遅れのなかにいる。

「大丈夫だ。軽い」

誰に向かって呟いたのか判らない。何を喋ったのかさえ、そうだった。総てのあり得るもの、あり得ないものが、羽仁の理解を拒絶している。そうして彼は、ただ渺茫《びょうぼう》たる不可知の海だけが眼の前に横たわっているのを感じていた。
海は、数限りない泣き声に充ちているようにも思われた。

＊　　　＊

その日は結局、空中分解の様相を呈したままの散会となった。不思議なことに、曳間が刑事から聞いたという目撃者の存在は、その後幾日たっても報道機関の手によって明らかにされず、そしてまた、真沼も影山も、ついにその姿を彼らの前に現わすことはなかった。

それでも現実は、何ひとつ変わっていないのかも知れない。ただ徒《いたず》らに時の流れは潮騒《しおさい》を轟《とどろ》かせ、そうしてそのただなかで、彼らは本当の解決というものがつけられるとするならば、それはここならぬ架空の側に任せなければならないことを悟っていた。現実と架空の関係式は、常にそういうものでしかないのだろう。果てしなく展がる不可知の海の前で、彼らにはただ、待つことだけが赦《ゆる》された行為なのかも知れなかった。

碧《あお》い、さかしまの海のようでもあった。

五章

1　降三世の秘法

——何ひとつ変わっていないって？　冗談じゃない。全くものの見事に変わってしまったじゃないか。

それが根戸の偽らざる感想だった。その想いはほかの者にとっても同様だろう。部屋は透明な疑惑と不審に充たされて、ただ彼らには不可知の海という心象風景だけがやけになまなましく眼に焼きついていたが、この『白い部屋』もまた、波頭を砕かせ、牙を剝きながら荒れ狂うそれにすっぽりと呑みこまれてしまっているに違いない。光は刃の閃きのように乱反射し、殆ど眼障りなほどだったが、それもこの日までの雪崩落ちる瀑布《ばくふ》の如き時間が舞いあげた、ひと時の靄《もや》のように思えてならなかった。

「開かずのアトリエか……。いや、参ったね。面白半分に、壁にただ扉の大きさの合板とノブを取りつけただけの、あの見せかけの扉がこんなふうに利用されるとは。無理矢理ぶち破ってでもはいれば、そのまま隣の住人の部屋へつき抜けちまうよ。しかもそこで怪しげな絵を描いてるなんてね。……で、これで架空の部分は終わりなのか」

甲斐が片膝を抱えながら尋ねると、ナイルズはやっと焦点をこちらの世界に戻したというように、

「そう」

と短く答えた。かつての屈託のない微笑みも今はまるで姿をひそめてしまっている。あるいは彼らのなかでいちばん変わってしまったのは、このナイルズなのかも知れない。なぜなら七月三十一日の推理較べの会合の最中に、もうひとりの自分といってもいい双子の片割れ——否、三つ子のうちのふたりまでも——を奪われてしまったナイルズは、その日以降、無邪気な朗《ほが》らかさというものを決して見せることはなかったのだから。

彼らはその当時の光景を、今でもありありと脳裡に描くことができる。ナイルズは涙で乱れた顔を挙げて、こう宣言したのだった。今まではいろんな思惑を籠めて小説を書いていた。でもこれからは復讐のためにだけ小説を書く。ホランドを殺した者に

復讐するためにだけ、あの『いかにして密室はつくられたか』を書き続けるのだ、と。

そしてその苛酷な決意はナイルズのうちで陰鬱な葉を茂らせ、凶悪な花を開き、今ようやくにして畸型な果実を結んだのだろう。羽仁が朗読し終えたそのぶ厚い原稿用紙の束は、白い大理石の円卓の上に乗せられて、ひとしきり民衆達に論説を繰り述べていた殉教者が今はもう既に深い冥想に沈んでいるといったふうに、堅牢な沈黙をその場に保っていた。

八月二十五日。

ホランドの死から、既に一ヵ月近くの日びが過ぎていた。

羽仁のその部屋は、悉《ことごと》くものが白く塗り籠められていて、それは事務机や革貼りの肘掛け椅子や大理石の円卓は勿論のこと、本箱代わりに使っている薬品棚、ステレオ、ベッド、エアー・コンディショナーからこまごまとした電話機、ブックエンド、レコードラック、眼醒まし時計の類いに至るまで徹底されており、その上に白磁の花瓶には鮮やかな純白の百日草が活《い》けられているという具合だった。

神経質というよりはむしろ厳格といっていいその《白》への固執ぶりは、しかしまだその対象がひとつの《もの》でないだけ救われているのだろう。あるいはそう考えることが既に、色彩の投げかける罠に嵌《は》まりこんでしまっているのかも知れないが、そこまで歩を譲ったとしても、少なくとも布瀬や甲斐の兄のように、黒や黄色でないだけましとは言えるだろう。

「でも……」

その部屋に集まった六人のうち、ふとそんな言葉を洩らしたのは甲斐だったが、ナイルズもその疑問は予想していたらしく、唇の端を少しつりあげてみせると、万事承知だとでもいうふうに頷いた。

「一体何だ、この小説は、って言いたそうな顔だね。あんなことを言っておきながら、結局現実の事件には何も触れずに、ただフィクションの部分だけの思索に終始しているのはどういう訳だ――とね。そうでしょう」

すると根戸も少しいきり立ったように、

「だって、それがあたり前だろ。これじゃ全く、小説のための小説にしかなってないじゃないか。ただ、現実を架空の世界にすり換えることによって、この小説のなかに密封してしまいたいっていう、悲願めいた心情は理解できるけど、しかしそれにしたって、これじゃまるっきりの逃避だよ」

「解釈はみんなに任せるさ。僕はただ、書きたいことを書いただけなんだ。ほかに、何も言うべきことはないよ」

根戸の浴びせかけた言葉に対して、ナイルズは間髪をいれず切り返していた。凜《りん》とした、厳しい口調だった。

正面に向かいあっていた根戸と甲斐は、少なからずたじろいだような表情を見せたが、表情にあらわれないまでも、その戸惑いは倉野や羽仁にとっても同じだったに違いない。その声は白く冷たい壁にきんと反響したように思われたが、しばらくして根戸は、ナイルズに向かっては初めて投げかけるその言葉を、苦い笑みを浮かべて呟いた。

「ほんとに変わったなあ……。ナイルズ」

そしてその言葉にぴくりと軀を揺すらせたのは、奇妙なことにナイルズではなく、そう呟いた当の本人である根戸だった。

「そうか。……ふむ」

根戸の瞳が急にいきいきと輝きを帯びだした。いかなる扉を開いたものか、たった数瞬前に見せた痛々しげな表情は、がらりと喜悦を嚙み殺すそれに一変して、

「愉快な暗合だな」

そう訳の判らないことを呟くと、今度は鼻と口を掌で蔽うようにして、ひとり夢想の糸を辿り始めたらしく、しばらく口を開く様子を見せなかった。

「おやおや、根戸ホームズ。またぞろひとり合点の思索に耽《ふけ》り始めたのかね」

例によって皮肉屋の布瀬がそんな軽口《かるくち》を飛ばしたが、既に根戸からは何の反応も返

ってはこない。その気配をいち迅《はや》く察した羽仁は、

「だけど面白いね。今度は倉野が殺害され、甲斐が事故死し、影山が行方不明になってしまった訳だね。なかなか豪華絢爛な趣向じゃない。……真沼があれ以来姿を見せないことを考え合わせるなら、この小説に描かれたエピソードは何らかの形で着々と実現されていることになるよ。曳間が殺され、真沼が蒸発し、雛ちゃんの御両親が事故で亡くなる……。ねえ。そうなると、今度は倉野と甲斐と影山あたり、寿命の秒読みにはいってしまったという覚悟を決めておいた方がいいんじゃないかな」

「おい。嚇《おど》かすなよ」

甲斐は青いビーチ・シャツの胸のあたりを撫で擦りながら眼を剝《む》いた。

「こちとら、さんざん小説のなかで醜男《ぶおとこ》扱いされてて、ようやくそれも終わりになるのかと、内心ほっとしてたところなんだ。この上、ぽっくりあの世に行っちまうなんて、冗談じゃない。俺はまだまだこの世に未練があるんだよ」

「そうは言っても」

と、口を挿《はさ》んだのは倉野で、

「考えてみれば、ナイルズがこの四章に描いた事柄のうちで、既に実際に起ころうとしているものもあるじゃないか。杏子さんと雛ちゃんが東京を離れて、青森に引き籠もってしまうという……」

それはほかの者が無意識に避けようとしていた話題だった。甲斐などは憐れなほどその動揺を露《あら》わにして、

「だけど、あれは……。勿論、ふたりが向こうに移ることになった後で書いたんだろ」

慌ててナイルズに尋ねかけたが、相手はふた呼吸ほどの間、ぴくりとも表情を動かさず唇を結んでいた。それがふと緩やかな瞬きと共に、微かな諦めめいた翳《かげ》りを含むと、

「信じるか否か、の問題だね」

そう呟いて、ぶ厚い原稿用紙の束を整えると、椅子の傍にもたせかけてあった珈琲色のバッグにしまい始めた。

甲斐は頭を抱えこみ、

「ああ、そうすると俺の寿命の蠟燭も、いよいよまさに燃えつきんとしている訳か。いかんなあ」

すると布瀬が鷹揚《おうよう》に反り返りながら、

「ふむ。勿体《もったい》ぶった言いまわしや暗喩《あんゆ》ばかり並べ立てておけば、後からどうとでも解釈をこじつけられるではないかね」

「あはは。しかし布瀬。そう言ってしまえば、ノストラダムスの四行詩であれヨハネ

の黙示録であれ、同じことじゃないか。お前の好きな黒魔術や錬金術などというものは、まさにその宝庫だろう」

そうやり返したのは倉野だった。

布瀬はむっとした顔になると、それでも小さく、ふふん、と鼻息を洩らして、ちらりとナイルズに一瞥《いちべつ》をくれた。

「まあ、それほどのものであってくれればよいのだがね」

「布瀬さん」

原稿の束を了《しま》い終えたナイルズは思いがけずそう口を開いて、

「勿体ぶった言いまわしや暗喩が多いって言ったけど、あれには気がついているのかなあ。……記憶錯誤《パラムネジー》と催眠術に関して」

と、謎のようなことを問いかけた。

「ホホウ。これはまた逆手《さかて》を取ってきたな。ふむ。一体それは何の暗号かね」

「あはっ、それじゃあ何の解答にもなっていないじゃない。質問しているのは僕の方なんだからさ」

「ふうむ。そのふたつの言葉の意味かね」

「そうだよ」

ナイルズの脣に嗜虐《しぎやく》的な色が立ちのぼった。しかし、布瀬もそれに臆することなく、気障《きざ》な髭を指で撫でつけながら、薄い脣に嘲《あざけ》るような笑みを湛《たた》えた。

「あっは。それは恐らく、聖四文字《テトラグラマトン》と木綿和布《ゆうわふ》ほどの意味だろうよ」

「何だって」

色を変えたのはナイルズの方だった。

「おいおい。そりゃあ一体、何の謎かけだよ。今は暗喩学か象徴学のお時間かね。いやはや」

たまらずに言葉を割りこませた甲斐に重ねるようにして羽仁も、

「ともあれ、僕達がそれを読み終わった時点から、『いかにして密室はつくられたか』の五章は始まったことになるんだろ。布瀬もあまり妙なことを言わない方がいいよ。ここに至ってナイルズは既に、現実さえも自由自在に操作できる立場にあるんだからね」

「ホホウ。現実さえも？　架空の出来事だけでなくて、かね」

「そうだよ。勿論、総てが終わった後に、ナイルズがそれを小説に書くとしてだけど。うん。僕にはだんだん判ってきたような気がするんだ。ナイルズの小説の、二章、三章、四章の冒頭は、総て僕達がナイルズの小説のそれまでの章を読み終えたという描写で始まっているだろう。もしかして、ナイルズの小説のトリックはそこにあるのかも知れないんだ。あのなかの言葉で言えば、四章の初めで使われていた《図地現象》ね。あれを逆利用したトリックだよ。僕は今思ってるんだけど、この小説はひょっとして、ナイルズにとっての巨大な実験場じゃないのかな……」

羽仁はそこでちょっと口籠もったが、布瀬は飽くまで笑いとばすような勢いで、

「あっは。実験場ね。とすると、そのサイクロトロンだかプラズマ発生器だかから飛び出すものは、ホムンクルスならぬ、曳間やホランドであってもいい筈だぜ。どうかね、死んだ曳間やホランドを、架空の部分だけでなく、この現実の世界にも蘇らせることはできるかな。それができれば、曳間に冠した『黒魔術師』の称号を、ナイルズに継承して貰っても異議はないのだがね」

そう言い放って、軀を大きく背凭《もた》れにのしかからせたが、羽仁は相変わらず沈黙を守ったままのナイルズの横顔を瞶《みつ》めながら、

「いや、それだって実際に不可能じゃないかも知れないよ」

「何だって。……イヤこれは驚いた。いつお前さんも、『いかにして密室はつくられたか』教に入信したのかね」

「馬鹿な……」

不意に日が翳ったようだった。《睨み眼》を持った魔女が白い壁をすり抜けて現われたような瞬間だった。羽仁は不意の当惑を覚えた。言わばそれは〝自分自身が当惑していること〟に当惑しているような瞬間でもあった。大きなフランス窓からは、鉤《かぎ》

型に突き出した隣の棟の破風《はふ》が連なって見え、その向こうに梢を弓なりに傾けている木ぎが密生している。風が出てきたらしかった。

「東京じゃないみたいだな」

甲斐が呟いた。

「森が動いているように見える」

濃い緑の葉を茂らせた木ぎの群は、音もなく揺らぎ、はためき、波のように身を捩《よじ》らせていた。

「あの風鈴は、小説では曳間が預っていたことになってたけど、まだ根戸が持っているんだろ。その後、何か判ったのか。小説に書かれていた解説は正しいのかい」

「ああ、あの通りだよ。あれは密教で使われる、阿閦《あしゆく》如来の忿怒身である降三世《ごうざんぜ》の真言だ」

答える根戸も、窓の外を眺めたままだった。

「しかもあれは、調伏、白状、除病などに使われる別真言なんだ。一体、密教における最高位の仏は大日如来といって、その東方には阿閦如来、南方には宝生如来、西方には阿弥陀如来、北方には不空成就如来がそれぞれ位置して、これを金剛界五仏と呼ぶんだけど、その五人の如来は、それぞれにまた三つの姿を持ってるんだ。それはつまり、如来としての姿、菩薩としての姿、そして明王としての姿だね。菩薩に成り変わる場合にはそれぞれ、般若菩薩、金剛薩埵《さった》、金剛蔵王菩薩、文殊菩薩、金剛牙菩薩と呼ばれ、そして明王に変身すると、不動尊、降三世、軍荼利《ぐんだり》、大威徳、金剛夜叉になる。明王にはほかにもいろいろあるんだが、この五人の明王が最も重要な位置を占めるので、総称して五大明王と呼ばれるんだ。

「降三世というのは蘇婆爾《そばに》を訳した名称で、三世の三毒、即ち貪瞋痴《とんじんち》を降《くだ》すというところからつけられたものだ。三面八臂《ぴ》で火焔髪を逆立て、通身青黒く、面上三目にして利牙を露わすその表情は、極忿怒相の物凄いもので、しかもこの明王は多く、足下に二人の男女を踏みつけている図で描かれる。それはこんな具合だよ。『左足にて大自在天を蹋《ふ》みて地に倒し、定《じょう》を彼の頂《いただき》に按じ、右足にて彼の王妃烏摩《うま》の乳房の上を踏む』……とね。イヤ全く恐ろしい図さ。一説によれば、この降三世はもともと、印度教《ヒンズー》の主神である湿婆《シヴァ》神の変化身だと言われてるんだけど、インドの神はよく魔物を踏みつけにしている像として肖《かたど》られているから、それはこの名残りと考えられる」

急に饒舌になった根戸の話を聞きながら、羽仁は感心したように口を窄《すぼ》めて、

「へえ。それはまた凄い鬼神なんだねえ。だけど一体、踏みつけにされている男と女ってのは何をしたって言うんだい」

「密教の方での説明では、この大自在天と烏摩后というのは、それぞれ煩悩障と所智障を譬《たと》えたものと解されている。いずれも人びとが涅槃《ねはん》の境地に至るのを妨げる障碍《しょうがい》

となるものでね、煩悩障というのは種々雑多な妄念を指し、これは男性に譬《たと》えて強く踏み、所智障というのは正しい教えを理解できないという無知を指し、これは女性に譬えて軽く踏むという訳だ。それに、大自在天というのは自ら三界、つまり欲界、色界、無色界の主であると称《たた》えたとあるから、かなり傲慢者だったらしいな」
「ふうん。しかし、それにしても少し可哀そうだね」
「ふふ。お前らしいや」
　根戸は額に掌をやって笑いを噛み殺した。
「何せ、降三世の修法というのは極めて強力なもので、別真言を唱える時には、三千大千世界が六種に震動し、あらゆる天魔鬼物も恐怖せざることなく、各々走りて明王の下に至り、愍念《びんねん》を乞うといわれるくらいだからな。……人を呪咀《じゅそ》して殺す場合、三角の調伏壇を造り、南を向いて蹲踞《そんきょ》し、右の足で左の足を踏みながら真言を唱えなければならない。黒月、つまり月の下十五日の、火曜宿にあたる日の夜半に行なうのが最もよく、ほかにも塗香は柏木、焼香は安悉香、灯油は芥子《けし》などという細かい決まりがある。炉のなかに相手を模した人形とその名を置き、大声で、
　唵《おん》、蘇婆儞蘇婆吽《そばにそばうん》、蘖哩訶拏吽《きやりかだうん》、蘖哩訶拏波耶吽《きやりかだはやうん》、阿那野斛婆訶梵縛曰羅《あなやこくばかばんばさら》、吽泮吒《うんはった》
　これを百八遍誦え、砂で人形を打ち、これを焼けば、怨敵即ち血を吐いて死す、とね。……どうだ、なかなか凄じいものだろう」

「雛ちゃんが居たら大変だよ」

羽仁はそう言って苦笑を寄こした。

「つまりは、あの風鈴にはそれだけの血塗られた業《ごう》が纏わり着いているということなんだね。……でも、そんな明王の姿やら呪文やらを風鈴仕立てにするような風習は昔からあったのかな」

「さあ、それが判らない。真言を紙に書いて軀に貼りつけたりするのは昔からあって、それから護符や呪符の類いが盛んになったことは確かだけど、風鈴仕立てにするというのはどうかな。やはり、あれを造った者の思いつきじゃないか」

根戸は腕を拱《こまね》きながら羽仁の方を透かし見た。白いワイシャツにスラックスの羽仁は、その部屋のなかで、保護色を装った動物のようだった。

「でも、さっきの話だと、その呪文は調伏のためにだけ使われるんじゃないんだろう。……確か、白状というのもあったね。それは何だい」

「うん。そこなんだ」

根戸は大きく指を鳴らしながら、いきなり軀を跳ね起こした。そうして五人の顔をひと通り順に眺め渡してから、

「実はあの風鈴を造った者の真意は、実はそちらにあったのかも知れないぜ。この白状というのは降三世明王三大秘法と呼ばれるもののひとつで、勿論修法によって人に

問いたいことを自白させることを言うんだけど、ただこの秘法の場合には、それが特殊な内容になってくるんだな。ある、特別な内容に関する白状。——ふん、それは恐らく、ふたりの男女を踏みつけにしているその形像からの連想に違いないんだ。あるいはその前身であるシヴァというのが、破壊神であると共に生殖器神でもあるという点も、多少の関係はあるのかも知れないな。……あはあ、こう言えば判るか。それは姦通の白状なんだぜ」

根戸の視線がナイルズの処でぴたりと止められた。しかしナイルズの方も、ぴくりとも表情を動かさぬまま、静かに根戸の視線を受け止めている。そうして六人の視線はそのまま、吸いつけられたようにそこから動かなくなった。物狂おしい時間が尾を曳いて流れたが、それはほんの、四、五秒のことだったのかも知れなかった。

「それも、雛子女史が居たら大変だ」

嘲るような、布瀬の声だった。

2　闇のなかの対話

「どうしたっていうんだよ」

羽仁の声が微かに顫えた。

鎧戸《よろいど》から射しこんでくる光は既に黄昏《たそがれ》の色を濃くしている。丸い大きな舵や羅針盤、無線機、風見鶏、水槽、蝶の標本箱に弦の切れたバイオリンといった類いが処狭しとばかりに取りとめのない羅列を見せ、その上一面に薄紅の縞模様が餇《は》い寄っていた。しかし羽仁が眼をあげた時、根戸の上半身は薄暗がりに溶けこんでいて、その表情は読み取ることができなかった。

「ナイルズのことだ」

根戸の手の先が、鎧戸からの歪《ゆが》んだ光のなかに突き出された。指の間には鋭い矢羽根が握られている。

尖端のその輝きは、殺意にも似ていた。

不意にそれが薄暗がりのなかに曳き戻された。羽仁は本能的に危険を感じ取ったが、その瞬間、鋭い輝きは恐ろしい勢いで左頬の傍を掠《かす》め飛んだ。同時に背後で、鋒《きっさき》が板につき刺さる高らかな音が響いた。

「あはあ、ダーツもうまいもんだろ」

「馬鹿。危ないじゃないか。手元が狂えば、立派な第三の殺人だぞ」

羽仁は口を尖らせながら、そっと左頬に指をやった。縮みあがった心臓を拡げるために、二、三度呼吸を整えると、

「で、ナイルズがどうしたって」

「お前は気づいちゃいないのか」

根戸の姿がゆらりと光のなかに進み出た。そのまま縞模様の下をぐるるように歩き続け、羽仁の脇を通り過ぎると、円盤の中心から矢羽根を再び引き抜いた。

「もう。危ないからやめてくれよ。ナントカに刃物なんだから」

しかし根戸はそれには取りあわずに、雪白の矢羽根を弄《もてあそ》びながら、

「今のナイルズは、誰かに似てるだろ」

謎めいた言葉を呟くと、羽仁の方に上眼遣いの視線を送った。

「似てるって……？」

羽仁は自分でも気づかないほど僅《わず》かに首を傾げた。薄暮に染め変えられてゆく光のせいだけではない、何かもっとほかの、忍び寄るような、降り立つような気配のせいだった。上腕から背中にかけて、不思議な膚寒さが走ったようだった。

しかしそれはやはり、鎧戸からの光線のせいだったのかも知れない。根戸は薄紅の光を全身に浴びて、軀じゅうに血を滲ませたように佇《たたず》んでいる。

「判らないのか」

外の風はいよいよ激しさを増しているのだろう。微かな虎落笛《もがりぶえ》が、その部屋にまで届き始めたらしかった。根戸は少し笑って、次の言葉を宙から抓《つま》み出すように囁いた。

「ホランドだよ」

建物のどのあたりか、窓がガタガタと音をたてて鳴っている。

――ママの部屋の窓かな。

羽仁はぼんやりとそんなことを考えていた。木ぎの梢が撓《たわ》み、波打つように揺らいでいる様が、その場からありありと想像できた。もう何年も前に、彼が初めて発作を起こしたのもまた、そんな風の強い森のなかだった。深い緑のなかには、彼の母親もいた。彼は母親を追いかけていた時、突然世界の色が変わるのを見たのだった。森は視界のなかでさかさまに倒れ、彼は空の底に落ちこもうとするのを必死に耐えていた。

――なぜこんなことを考えるんだろう。

羽仁には判らなかった。全く必然性のない回想だった。

「俺が何を言おうとしてるのか、もう判ってるだろ」

根戸の声が、そんな羽仁の思考を追いかけるように続いた。

「ナイルズは、実はホランドじゃないのか。……俺はそう考えてるんだ」

「つまり、推理較べの席上で殺されたのは、ホランドではなくてナイルズの方だったんじゃないかって、そう言うんだね」

「その通り」

根戸は矢羽根を、ぽいと近くの机の上に抛《ほう》り投げると、再び薄暗がりの向こうへと歩いていった。そうして部屋の奥にあった丸椅子に腰を降ろしながら、ほんの一、二時間前にナイルズの小説からヒントを得たと思われる推理を語り始めた。

羽仁の両親がひと晩不在にしているこの屋敷で、ほかの四人も今はてんでに、ちょっとした博物館なみの部屋べやを回覧していることだろう。コレクションとして意識して蒐集しているものだけで、刀剣、甲冑、銃器、時計、陶磁器などがあり、そのほかにも脈絡なく集められた、家具や彫像、扇子、筺《かご》、行灯、煙草盆、灰皿、パイプ、燭台、チェス、細密画、指環、コーヒー・ミル、スプーン、ワイングラス等々、大小取り混ぜて、その数は極めて夥《おびただ》しいものがあった。

なかでも羽仁の父親の自慢は、西洋の骨董的な楽器のコレクションだった。今ではもう使われなくなった楽器、今使われているものの原型である楽器がその殆どで、蛇のようにながいホルンだとか、バイオリンのような恰好で奏《ひ》く手持ちオルガンだとか、大正琴そっくりの自動ハープシコードだとか、バロック楽器の貴重な珍品がずらりと陳列されてあるのは、確かになかなか圧巻な光景だった。

「ナイルズ……いや、ホランドの受け継いだ小説は、別に難しい比喩を使ってる訳じゃない。〝架空の部分での犯人が即ち現実の犯人である〟。あの小説の原理は、ただそれだけのことだ。そう考えれば、これは最も簡単な等式じゃないか。あの小説での犯人がナイルズだったとすれば、こちらの側の犯人はナイルズを装っているホランドにほかならない。……な。布瀬のように、死んでしまった第三の人間を持ち出すまでもない。曳間を殺したのも、そしてそれに気づいたナイルズを殺したのも、全部ホランドの仕業だったのさ。

「俺達ゃひねくれて考え過ぎてたんだ。そもそも、曳間が殺された時、いちばんアリバイが不確かなのはホランドだったじゃないか。しかも、布瀬はナイルズかホランドの姿を近くで目撃している。あいつの場合、へたにホランド達が三つ子だったことに気づいたために、推理が妙なところに行っちまったけど、素直に考えりゃ、倉野のアパートに向かっていた白昼夢の正体はホランドじゃなかったのかと疑うのがあたり前だろ。念のために、ここでもう一度、全員のアリバイを検討しておいてもいい……。

「まず倉野と杏子さん。このふたりは十二時から十二時半までの間のアリバイは完璧だから問題はない。しかも杏子さんは三時から本郷の店で俺と逢ってたんだから尚更だ。次に布瀬だが、これも十一時半から三時十五分までのアリバイは、まず文句のつけようがない。この三人は、倉野が言った通り、最も確実なアリバイを持ってる訳だ。

「次に甲斐と真沼だが、午前中はずっと一緒にいて、十二時から十二時半は高田馬場をうろついてたんだったな。それからふたりは再び甲斐の処に帰り、二時には君もやって来たと。で、二時四十分頃に甲斐はナイルズに電話をかけに出、四十五分頃には真沼と君も外に出た。甲斐のところにナイルズが来たのが三時二十分。真沼も戻って来たのが四十分。……そうすると甲斐は勿論、一時間弱甲斐の部屋を空けていた真沼にしても、その間に日本橋から目白の間を往復することさえ難しいだろうから、倉野のアパートにひそんで靴に関する小細工を施すような芸当などできる筈がない。ついでにお前のことを言えば、十一時から一時半までは大学のチェス研に行ってたんだったな。三時十分頃の倉野のアパートの方にはぎりぎり間にあうとしても、やはり犯行当時のアリバイはある。

「雛ちゃんはどうだったかというと、こちらは確かなアリバイはないんだね。ただ、お手伝いさんの言葉を信用するなら十二時までは下目黒の家に居たことになるし、それから十二時半までの三十分の間に目白まで駆けつけることができるかどうかといえば、少し無理なような気がするね。どっちみち、曳間を殺すことなんて、雛ちゃんには到底できない相談だろう。

「影山は……。あはあ、あいつのことを架空の人物だと決めつけたのは今もって汗顔《かんがん》の至りだな。全く、笑い話にもなりゃしない。まあとにかく、やはり大学の連中と十二時から三時までは一緒にいたのは確からしいから、これもアリバイあり。

「忘れないように俺自身に関しても言っとくけど、杏子さんからの電話で十二時十分から十五分までのアリバイはある訳だ。で、白山の俺のマンションから目白の倉野のアパートまでの距離を考えれば、その前後三十分くらいのアリバイも同時に成立する。しかも、一時十五分から二時三十五分まではホランドと一緒だったし、三時からは杏子さんと一緒だったんだぜ。

「さて、そうすると残ったのがナイルズとホランド。……どうだ。別段難しい推理が必要だった訳じゃない。むしろ俺達の陥ってた盲点は、実はそんなところにあったんだな。つまり、《俺達の仲間うちのひとりが犯人だとすれば、そいつが起こした今度の事件は、さぞ入念な計画のもとに遂行された殺人に違いない》という思いこみ――それによって、《犯人は完璧に見えるアリバイを用意している》という確信がつくられ、その結果、ナイルズとホランドを疑うことを無意識的に避けるような情況が生み出されてしまったんだ。しかし、その公式を総ての場合にあて嵌《は》めるのはどうかね。もしも曳間を殺したのが本当に計画的犯行だったとすれば、犯人も練りに練ったアリバイを用意しただろうと考えることに、俺は異議をさし挿《はさ》みはしないさ。けれど、あれが突発的に起こってしまった殺人だったとすればどうか。そういうことだって充分あり得る筈だろ。犯人すら自分がそこで殺人を犯すことを予期していない場合。そうなんだ。彼が計画犯罪的人間だからといって、彼の起こす犯罪が総て計画的なものであるとは限らない。そして曳間の事件の場合もまさにそれ――言わば、犯人にとっても不本意な殺人——だったに違いないんだ。

「ナイルズのアリバイは、十二時から十二時半までの犯行当時の方は殆どないと言っていい。が、三時十分頃のアリバイの方は、三時二十分に甲斐の部屋に着いたことによって立証されている。しかるにホランドの方はどうかというと、アリバイが確かなのは俺の部屋に来ていた、一時十五分から二時三十五分までの間だけなんだぜ。犯人が十二時頃から三時十分まで、ずっと倉野のアパートにひそんでいた証拠があるならともかく、肝腎な部分のホランドのアリバイはまるでないんだ」

「だけど、根戸」

いつ果てるとも知れぬ論舌に怺《こら》えきれなくなったように、羽仁はそこで手を挙げると、

「君は、今までの僕達の推理には素直さが欠けていたと言ったけど、ひょっとすると君の推理自体、まだまだひねくれて考える癖が抜けていないのかも知れないよ。だって、あの小説の原理が《架空の部分の犯人＝現実の犯人》というものだとすれば、今ナイルズだと名乗っているのはやはり本物のナイルズにほかならなくって、架空の部分も現実の一連の事件も犯人はナイルズ、という方がより自然じゃないのかな」

「成程ね」

気がつくと鎧戸からの日差しは既に、薄紅から海老茶がかった鼠、そうして暗い褐

色へと沈みこんでゆこうとしていた。そんななかで根戸の表情は、眼が慣れたためもあるのだろう、却って朧《おぼろ》げながらも羽仁の眼に読み取れるまでになっていた。

「しかし、曳間を殺したのはホランドでなきゃならないんだ」

少し間を置いて、根戸はゆっくりと反芻《はんすう》するように言いきった。

風が強い唸りを伴って建物に吹きつけていた。その時不意に、建物のどこからとも知れず、重い、牽《ひ》きずるような震動音が鳴り響いた。鐘の音だった。床や壁や拱廊《そでろう》下《か》、階段の踊り場などといった処を駆け抜け、浸透するように響き渡ってくるそれは、低く押し殺した叫びのようにも思われた。

「あれは」

「この上の階にある、グランドファザー・クロックだよ」

「あの、馬鹿でかい時計か」

根戸はしばし、その鐘の音に聞きいっていた。そうしてその牽きずるような余韻が、全くの静寂に消え去ってしまってから、ぽつりと、

「七時か」

そう呟いた。

しかし羽仁はそんなことなどどうでもいいといったふうに、

「どうして、曳間を殺したのがホランドでなくちゃならないんだよ」

「あはあ、それはあの小説にもちゃんと録《しる》されている。実に巧妙にカムフラージュされてはいたけど、ちゃんと提示されてたんだよ。……ふふん。それは一章の9節、『殺人者への荊冠』という小見出しのつけられた部分の最後あたり……。つまり七月十七日のアリバイ提出のための会合の最中に、倉野の主観を借りてこう描いてある箇処があったのを、憶えてないかな。

「『その一瞬、倉野は再び何かを見たような気がした。何やら黒い影のようなもの。ラメのように光沢の流れる髪、黒曜の瞳、あかい脣、ぴったりした黒いTシャツから惜し気もなく伸ばされた手、不可思議な交錯を見せるコールテンのジーンズ、そしてグレーのデザート・ブーツ。それらの何が倉野の眼を惹いたものか、彼自身にもよく判らなかった。ブーツの底に何か染《しみ》のようなものがついていて、それが脚の動きにつれて規則的に揺れ、振り子のように倉野の眼に映る。規則的な揺れ』……云々」

「よく憶えてるなあ」

「変なところに感心しないでくれよ」

根戸は胸のポケットから煙草を取り出して口に銜《くわ》え、オイル・ライターの火をつけた。どこかに吸いこまれてゆくようなながい尾を曳く炎に照らされて、俯《うつむ》き加減の根戸の顔は赤く歪んで見えた。

「これはホランドでなく、ナイルズが書いた部分だという点に注意してくれ。ホランドのブーツの底に染のようなものがついてたと、ナイルズは書いてるんだ。……さて、想い出して貰いたい。曳間が殺されたあの七月十四日は、その日だけ降って湧いたような猛烈な暑さだったことを」

「暑さ……？」

羽仁は少しの間、返答に困った。

「判らないなら、話を先に進めるぜ。俺はついさっき、この部屋に来る前に、ちょいと玄関に行ってきたんだ。そして、ひとりひとりの靴を調べさせて貰った。いや、調べたなんて大袈裟なものじゃないな。ただ靴の底を、ひと通り見てまわっただけなんだ。はてさて、その結果、どんな興味深い大発見が明らかにされたかというと……何だったと思う」

最後の言葉を煙に吐き出しながら声にして、根戸はそう尋ねて寄こした。羽仁はますます怪訝《けげん》な顔で押し黙る。

「ふむ。だいたいにおいて、皆の靴の底はきれいなものだったよ。ただ、ある三人の人物の靴には、ようく見ると僅かな染のようなものがぽつぽつとついていた。今では殆ど擦れ落ちて、粒ほどの大きさでしかなかったけどね。……さて、その三足の靴とは、倉野、布瀬、そしてナイルズに化けたホランドのものだった。そしてその染のようなものの正体は、別に珍しいものではない、単なるアスファルトだったのさ」

「あッ」

羽仁は眼を醒まされたような叫び声を挙げた。故知れぬ恐怖に、彼は思わずぶるっと肩を顫わせた。

「やっと判ったか」

根戸は煙を顔の前に、エクトプラズムのようにわらわらと立ちのぼらせながら呟いた。

「あの日、目白駅から倉野のアパートへの道の途中で、アスファルトが暑さのために融け出していたことは、これまたちゃんと小説のなかに書き録されている。倉野と布瀬はそこを通った。だから彼らの靴にそれが付着してるのは、全く不自然でも何でもない。しかし、小説にはホランドの靴の裏にも染がついていたと書かれてある。恐らく倉野に訊いてみれば、あいつもそれを証言するだろう。とすると、ホランドの靴には、いつ、どこで、融けたアスファルトがついたんだろうね。……え？　布瀬が目撃した少年もまた同じ道を歩いてたじゃないか。そうして、そいつの靴にもまた同じように黒い染がついたとして、何か不自然なところがあるのかな」

「だけど……。ホランドの靴にそれがついたのは、別の日だったかも知れないじゃないか」

「いや、それは駄目なんだな」

根戸は強く首を横に振った。

「さっきも言ったけど、あの猛暑はあの日だけのものだったことを想い出してくれ。あれ以前にも以後にも、あんなに気温が高かった日はなかったんだ。つまり、アスファルトが融け出すほどにはね」

「それでは前言訂正。あの日に別の場所で」

「ふむ。しかし、それも駄目なんだ」

部屋のなかはもう殆ど真暗な闇に包まれていた。鎧戸からの明かりも絶え、ただ煙を吸いこむたびに、ぼおっとオレンジ色の光を放つ煙草の火だけが、時たま根戸の表情を微かに浮かびあがらせる。しかしふたりは灯をつけようと言い出しもしないまま、闇のなかで互いに睨みあいを続けていた。

「俺はホランドの証言した行動の道順を、ずっと頭のなかで辿ってみた。どこかにアスファルト舗装の道がなかったかどうか。……その結果、答はノンだった」

「ふん。それもまた、凄い記憶力だね」

羽仁は諦めたようにそう言って、少し脣を綻《ほころ》ばせた。しかしその笑みは、根戸の眼に届いたかどうかは判らなかった。

「そういえば君は、チェスの定跡の記憶にかけても凄いものね。それからあれにはいつも参るんだけど、一週間くらい前の対局なら、指し手の進行を全部憶えてて、実際に再現してみせるだろう。とても真似できない芸当だよ」

「いや、それくらいのことなら倉野だってできる筈だぜ。ああいった、ゲームに関する記憶ってのは全く別ものだよ。あれは一手一手に必然性があるからできるんだ。混同されちゃ困る。何でもかんでもあれくらい憶えることができりゃ、一種の超人じゃないか」

「それにしたって、ああいったゲームは記憶力の鍛錬にもなってるのは確かだろう」

「まあ、それはともかく」

相変わらず闇の底から根戸の声がして、

「布瀬が目撃した白昼夢の正体はホランドだった。——よしんばホランドの靴に、ほかの何らかの理由でアスファルトが付着するような可能性は小さくないにせよ、これには〝確からしいにおい〟がするとは思わないか」

「論理性を重視する僕としては、そういう心情的な質問には答えたくないけど……。どうもそのようだね」

「結構。そして今のナイルズの靴にもタールの染がついてるという点に関しては、さっきまで俺達の前に居たナイルズと名乗る少年が、実はホランドだと解釈するのが最も自然じゃないか」

羽仁は答えることができなかった。煙草の火も既に消え、今は全くの暗闇だけがその部屋を支配している。羽仁が答えないままにふたりの沈黙は続き、そしてそれは決して回復されることがないもののように思われた。暗闇のなかでの沈黙。

その時まで耳鳴りのように響き続けていたどこかの窓の音を聞きながら、あるいは羽仁は、その沈黙が終わらぬようにと願っていたのかも知れなかった。

3　大き過ぎた死角

二メートル半を越えるかと思われる巨大なグランドファザー・クロックが、重々しい響きで七時の鐘を打ち鳴らしていた。しかし、それに殆ど打ち消された小さなチャイムの音を、布瀬は聞き逃さなかった。

布瀬は訝しげに眼をあげた。恐らく不意の訪問客だろう。

――間の悪い時に鳴らしたものだな。吾輩が近くにいなけりゃ、完全に鐘の音でかき消されている。

布瀬はともあれ、玄関へと急いだ。

重々しい樫《かし》の扉を開くと、不意の訪問客は雛子だった。

「ホホウ。これはこれは。居れば大変だった人物の、遅れ馳せの登場かねえ」

「え。何のこと」

いきなり訳の判らない挨拶を受けて、雛子は風に乱された髪を押さえながら、戸惑ったように眼をぱちくりさせた。

「いや、まあそれはどうでもいいのだがね。しかしまたこんな時刻に、どういう風の吹きまわしかな」

「だって」

雛子はそこで急に照れたような笑みに戻って、

「誰もいない羽仁さんのところにみんなが集まるっていうんだもの。どうせそうなると、この間みたいな推理較べが始まるに決まってるでしょう。この間はあんなことがあって出席することができなかったから、今回は絶対に機会を逃す訳にはいかないわ。……前回は推理較べの最中に殺人が起こって、不謹慎な言い方だけど、考えてみれば、全く惜しいことをしたわ。もしもあたしがその場に居れば、立ちどころに密室の謎を暴き、犯人を指摘できたに違いないなんて考えると……」

「あっは。恐がりのくせに好奇心だけは人並み以上という訳かな」

靴を脱ぎながら喋る雛子にそんな冷やかしの言葉を投げかけて、布瀬はクックッと忍び笑いを洩らした。

「あら。それ、どういうこと」

「さあてね。……ところで推理較べの方はまだ始まる気配はないね。もしかすると、今日はこのまま何事もなく終わるのかも知れないのだよ。今は皆、てんでにコレクションを鑑賞するために、あっちこっちの部屋べやに別れているといった情況だな」

「なあんだ」

雛子はがっくりと肩を落とした。

「無駄骨だったのかしら」

「まあそう焦らず、ゆっくり構えることだね。三代続いたという蒐集品の数々を見学するのも悪くはなかろう」

布瀬は雛子の先に立って、階段をひとつ登り、それらが陳列されてある部屋の方へと案内した。

「そういえば、あたしはまだそういったものを見せて貰ったことがなかったわ。倉野さんあたりならしょっちゅう来てるから、何度か見てるんでしょうけど……」

羽仁の曾祖父が一時期イギリスに在住していた時の屋敷を模したものだと言われる、煉瓦造りの四階建ての洋館は、全体に黒く燻《くす》んだ色調のせいか、濃い緑のなかに蹲《うずくま》った巨人の印象を与える。しかし内部は後からかなり手が加えられており、廊下も階段も明るく落着いた趣きに統一されてあった。

「なかなか黒死館とまではいかないが、それでもこの館の雰囲気は、ちょいと日本では味わえぬものだろうね」

そんなことを口にしながら布瀬が導いたのは、応接間風の広い部屋だった。黒いビロードの綴織《タペストリー》が壁を覆い、その隅ずみには雑多な装飾品が並べられていたが、それら悉《ことごと》くが、金銀、瑪瑙《めのう》、琥珀、七宝《しっぽう》といった煌《きら》びやかな輝きを放っている。

「そこに腰かければどうかね。ついでに、何か冷たいものが飲みたいだろう。続きの部屋にはホーム・バーもあるから、特別に吾輩がジュースでも容れてさしあげようかね」

なぜか上機嫌にそんなことまで言って、布瀬は奥の緞帳《どんちょう》を掻きのけるように姿を消した。雛子は肩からバッグを降ろすと、緑色の紋繻子《しゅす》張りのソファーにそれを置き、そのまま自分は扉の反対方向にある窓の方に歩いていった。幅は狭いくせに高さは天井にまで届きそうなゴシック風の窓の外では、今は黒い影としか見えない森が、鬱蒼とした姿を微かに風に揺るがせていた。そしてその上空には、深い藍色のなかにぽっかりと、異様に黄色い月が浮かんでいる。

黄色い月。

確かにその色は尋常ではなかった。雛子はその月を追いかけるように流れてゆく淡々しい雲影を瞶《みつ》めながら、急激に湧き起こってくる暗い予感を意識していた。

――急がなくてはいけないんだわ。

雛子は脣に強く指を押しあてた。

――早く終わりにしてしまわなくては。

しばらくして、布瀬は片方にジュース、もう片方にはアイス・コーヒーを手にして戻ってきた。

「あっは。勝手にナポレオンなんぞを頂戴するのも気がひけるから、吾輩もこれでおつきあいするよ」

布瀬はそう言いながら、ジュースの方を差し出したが、

「あのう……布瀬さん」

「何だね、その猫撫で声は」

「あたし……ジュースより、アイス・コーヒーの方がいいな」

「え」

布瀬は金縁眼鏡のなかの細い眼を丸くした。と、急に仰反《のけぞ》るように笑い始め、

「あっはっは。いや、いいとも、いいとも。それでは吾輩は、謹《つつし》んでミックス・ジュースを頂くことにするよ」

「御免なさいね」

雛子は受け取ったアイス・コーヒーにちょっと口をつけると、しかしすぐにまた真剣な表情に戻って、

「ねえ、布瀬さんはこの間の密室の謎、もう解いてるの」

「オヤオヤ、怺《こら》えきれずにとうとう探りをいれてきたか。ふむ。吾輩にかかってはあんなもの、まるで初等数学のようなものだがね」

「じゃあ、犯人も判ってるの」

「当然ね」

布瀬はニヤニヤと笑みを洩らしながら答えてみせた。そこで雛子も急《せ》きこむように、

「そうするとやっぱり、あれは死角の問題なんでしょう」

「死角？」

しかし布瀬の表情は、その雛子の言葉によって、急に揺蕩《たゆた》うような曖昧さを浮かびあがらせたのだった。

「ホホウ。これは面白い。どうやら吾輩のものとは全く異なった推理を持っとるようだね。吾輩に言わせるならば、あれは擬態の問題と呼ばれるべきなのだがね」

「擬態……？」

雛子は訝しげに相手の顔を見上げた。

「ふふん。まあいいさ。で、どうかね。いつまで待っても始まるかどうか知れぬ推理較べなどあてにせず、今この場で互いの推理を比較検討するというのは。後になって皆の前で間違った推理を披露することになるより、今自分の推理の間違いに気づいた

方がいいだろうからね。あっは。言わばこれは、後になって恥をかかぬようにという親心なのだよ」

毒舌を交えた布瀬の提案に、

「そうであれば、あたしとしても願ったりだわ。……但し、間違いに気づいて救われるのは布瀬さんの方でしょうけど」

と、雛子もなかなか負けてはいない。

「ふむ。では、お先にどうぞ」

「そうね。……先に正しい推理が出るというのは順序としてどうかとも思うけど、そこは勘弁して貰っちゃう。……それじゃ、まず事件の概略をもう一度辿ってみる処から始めようかしら」

そう前置きすると、雛子は二、三秒の間頭のなかを整理するように口を鎖した。

「今度の事件は、ナイルズの書いたあの小説中の密室とは、まるで正反対の趣向になっていたという意味で、まさしく《さかさまの密室》だった訳ね。小説の方では、密室のなかに居る筈の真沼さんの屍体が消えてしまう。ところが今度の事件では、何もなかった密室のなかに突然ホランドの屍体が出現した。ねえ、そうでしょ」

「その通り」

「あの『黄色い部屋』の別室に何もなかったことは、向かいあった両方の扉の鍵穴から、それぞれ別の人達がなかを覗くことによって確かめられている。その時点では、中央の部屋にはホランドの屍体なんてなかった。それなのに、再び電気が消えた後、扉を破って中央の部屋に雪崩れこむと、そこにはホランドの屍体が横たわっていた、と、こういう具合ね……。しかも、雪崩れこんでからホランドの屍体を見つけるまでの時間はごく僅かなものでしかなかったから、扉を破ってから屍体をその部屋のなかに運びこんで、さも最初からその場に存在していたふうに錯覚させるというトリックは、時間的にも空間的にも不可能だった訳……。即ちここにおいて奇妙な不可能犯罪が出現したことになるけど、ここまでは間違いないかしら」

「完璧だね」

布瀬は鷹揚な口調で相槌を打った。

「だけど、これが人間の手による犯罪である限り、そこには抜け穴がなくてはならないの。でも、その抜け穴は一体どこにあったのか。——そう考えてゆけば、それに直接答えを出す前に、ひとつの疑問が浮かびあがってくるのが判る筈よ。つまり、犯人はなぜ根戸さんを奥の物置に閉じこめたのかということ……。ええ、勿論根戸さんが奥の部屋に閉じこめられたのは、犯人側の作為であることは疑いのない事実よ。そして考えられるたったひとつの理由は、誰かその部屋から鍵穴を覗く人物が必要だったからだわ。そしてそれは取りも直さず、中央の部屋にホランドの屍体がなかったのを確認させておくってことでしょ。ね、ほら。奇術師がよくやる手よ。怪しげな箱かなんかを取り出してきて、まず最初に蓋をあけて、なかが空っぽなことを示しておく。あれと同じだわ。空っぽなように思わせて、本当はちゃあんとなかにいろんなものがはいってる……。わざわざ両方の鍵穴から覗かせるなんて、まるでそのやり口でしょ。屍体はやっぱり、あの部屋のなかにあったのよ」

ながい睫毛を二、三度屡叩《しばたた》かせ、ぐいと斜《しゃ》に構えると、それなりに雛子の言葉にも迫力があった。布瀬は雛子のそんな勢いに、少しばかりたじろぐようなそぶりをみせると、

「ふうむ。既にその時点から吾輩とは別の岐路を辿ってはいるが、いや、なかなか堂にいった話の進めぶりではある。……しかしながら、やはり誤りは誤りでしかないのであってね。死角の問題というからには、そこに行き着くのは当然であるのかも知れないにしても、少なからず遺憾に思うよ。君の推理など、吾輩にはすぐに見当がつく。それは恐らく、こんな具合だろう。

「鍵穴からの視野には角度の限界がある。だからもしも、その見える部分と見えない部分の境界面が互いに交わっていたとするならば、両方の鍵穴から等しい距離の処のものは死角にはいってしまう訳だね。とすれば、ホランドの屍体は部屋の中央に堂々と寝かせてあったのかも知れない。……あっは。部屋の中央が死角にはいる。それは

純粋な死角の問題であると同時に、一種心理的な盲点の問題でもあったと言いたいのだろう。最初から言えばこうだ。……犯人は以前からあの『黄色い部屋』における鍵穴からの死角に気づいていて、それを密室殺人に結び付けようとした。予《あらかじ》め、店の配線の元締めである安全器に細工をしておく。つまり、掌のなかに握りこめるくらいのワイヤレスのスイッチによって、電気をいつでも消したり点けたりできるような回路を装塡しておけばよろしい。そうして犯人は満を持して機会を待った。さて、そうすると都合よくホランドが表の部屋に出てゆく。頃合を見計らって彼は掌のなかのスイッチを押し、一時的な停電の状態をつくる。そして急いで根戸を倉庫の部屋に押しこみ、そこの扉の錠を降ろしてしまう訳だ。そうしてその鍵は、テーブルの上に置いておく。……ここで注意すべきことは、彼はその鍵の隣にもうひとつ、表の扉の鍵にそっくりな別の鍵を並べておいた。これがつまり密室トリックの正体という訳なのだ。

「はてさて、犯人の活躍はそれからが本番だ。どうした、何事だという訳で、皆と一緒に犯人も表の店側の部屋に出てゆくのだが、そこで彼は暗闇のなかでいち迅くホランドを捜しあて、隠し持っていた紐で声も立てさせず縊《くび》り殺してしまうのだな。そうしてホランドがこときれたのを確かめておいて、その屍体を再び中央の部屋に運びこむ。計画通りに屍体を位置させた後、彼は本物の鍵でこっそりと扉に鍵をかけて出、準備万端整ったところで、いったん電気を点けるのだ。……後はもう説明するまでもない。根戸が騒ぎ始め、これは只事でないと皆して鍵穴を覗きこむ。そうして部屋のなかに何もないことを確かめさせておいて、もう一度電気を消す。これはいかんと皆は扉をぶち破る。そうして全員が雪崩れこんだ時に、犯人はこれまた素早く屍体の位置を修正し、同時に本物の鍵と贋物の鍵を交換しておくのだよ。この贋物の鍵は、合鍵である必要すらない。どうせ鍵穴からはかなりの距離があるからして、充分外見が似てさえいれば、本物だと思わせるのに事足りるだろうからな。最後にそっと安全器に施した回路をとり除けば、総てが終わる。……どうかね。君の推理はこうなのだろう。それともまさか、死角というのはソファーとか戸棚の物陰のことをいってるのじゃないだろうね。そうであれば、全く話にならんが……」

布瀬は意地の悪い笑みを浮かべながら、そう言葉を結んだが、雛子は意外に平気な顔でこう尋ね返した。

「全く話にならないって……それはどうしてなの」

「ふむ。現場にいなかった者はこれで困る。いいかね。それくらいの疑いは、吾輩にはその場ですぐに頭に浮かんだ。そうして吾輩は実際に試してみた。ふたつの鍵穴からの死角が本当にあるものかどうか……。そうして、吾輩はそれがないことを確かめたのだ。物陰という意味の死角も、両方の鍵穴からの視線が届かない空間という意味での死角も、なかったのだよ。ソファーや机の下もある程度見えたし、戸棚はぴっちりと隙間なく並べられていた。要するにホランドの屍体を隠すのに充分なほどの死角は、あの部屋には存在しとらんのだよ」

「ねえ、布瀬さん」

自信たっぷりにそう断言した布瀬に、雛子はそこでいかにもアリスさながらの微笑を浮かべてみせた。

「あたしがさっき言った死角の問題という言葉は、こう言い直してもいいのよ。……つまり、大きい、過ぎた死角の問題と……」

「何」

布瀬の眉間に深い縦皺が刻みこまれた。雛子はそれを認めると、窓際から先程バッグを置いたソファーの方に踵《きびす》を返し、テーブルに手をつきながらもう一度くるりとこちらに振り返った。そうして手にしていたアイス・コーヒーで口を潤すと、指でグラスの表面についた水滴をなぞりながら、焦《じ》らすようにゆっくりと次の言葉を口にのぼらせた。

「ねえ、布瀬さん。鍵穴から覗いたあの部屋に、果たして死角があったかどうかどころでない、それが全部死角だったとすればどうかしら……。いえ、これは喩え話でも何でもないのよ。つまり、皆さんが鍵穴から見た光景自体が死角の役割を果たしていた場合だって、考えられるんじゃないかってことなの」

「ふうむ。それはまた突飛な意見を持ち出してきたものだね。しかし、その内容がもひとつピンと来ないのだが、少し嚙み砕いて説明願えないかね」

布瀬は窓枠に手をかけたまま、低い声で促した。

「ええ、それは勿論」

雛子は再びグラスに口をつけると、

「あの時現場に居あわせた人達が目撃した部屋のなかの光景は、全くの偽りのものだったということなのよ。……ねえ、あたし達が、こう、普通の状態でものを見る場合と、鍵穴を通してものを見る場合とでは、ひとつの決定的な相違点があるんだけど、お判りかしら。それは片眼を瞑《つむ》るか否かっていうことなのよ。そうすると、そこから当然導き出される結論として、鍵穴から覗いた光景には、あるものが欠落してしまうことになる。……こう言えば簡単でしょ。一方の眼だけしか使わないことによって、その光景には遠近感というものがなくなってしまうの。遠近感のない光景。それはまるで、写真のようなものだわ。

「倉野さんのように、自分の目撃した靴の存在を否定してしまうのはあまりにも極端だけど、普通、あたし達は、自分の眼で見たものは、まるで疑いをさし挿むことなく信用してしまうものじゃないかしら。ほかの感覚はともかく、人間はこと視覚に関しては絶対的な信頼を置いてるわ。百聞は一見に如《し》かず、なんて。だけど、視覚でさえもそれほど確かなものでないことは、いろいろな錯視の図によっても明らかなことじゃない。ねえ。そういうところから見れば、今度の事件は、現場に居あわせた人達よりも居あわせなかったあたしの方が、ひょっとすると正しい推理のためのよりよい条件にいたのかも知れなくてよ。……布瀬さんの推察は概《おおむ》ね正しかったけど、死角という点に関する限り的をはずれてたわ。あたしの結論は、皆さんが鍵穴から見た光景は、写真に過ぎなかったということなのよ」

「ホホウ。——写真とね」

布瀬は心底呆気にとられたように、軀を少し仰反《のけぞ》らせた。

「するとあの鍵穴に、写真を貼りつけてあったとでもいうのかな」

「ええ。そう言って大きな間違いはないと思うわ」

と、こちらは飽くまで冷ややかな口調で、

「正確には、小さな箱のようなものを使うのがいちばんいいんじゃないかしら。写真も、スライド用のポジ・フィルムがいいわね。筒状の箱の片方にそれを貼りつけ、もう片方を鍵穴に被《かぶ》せるのよ。そうすれば室内に電気が点いた時だけ、その照明の光によって映像が浮かびあがるという仕掛けだわ。そして実は、その時ホランドの屍体は既に中央の部屋に置かれている訳なの。その後再び電気が消されて、闇のなかで扉が撲ち破られた時、犯人はそっとふたつの扉から、その装置を取りはずしておくだけでいいのよ」

「お見事！」

布瀬は殆ど飛びあがらんばかりに、びっくりするような音をたてて手を叩いた。

「全くこれは恐れいった。いや、死角の問題などと言うものだから、てっきり単純に考えておったのだが、まさかこれほどとはね。その点に関しては、まず御勘弁願おうか。……ふむ。しかしながら君の推理は、こういうふうにも訂正され得るのではないかな。実はその装置が被せられてあったのは、倉庫に通じる扉の鍵穴だけだったと。つまり、その仕掛けに騙されたのは根戸ひとりであり、ホランドの屍体は店側の扉のすぐ横あたりに置かれてあって、犯人は扉を撲ち破った後、急いでソファーの傍らに屍体の位置を移動させた。……どうかね。この方が一層、成功率が高いように思われるが」

そんなふうに妙なところをついてきた布瀬に、雛子はやはり動揺の色を見せることなく、即座にそれを否定していた。

「それは駄目よ。なぜって、もし片方だけにその装置を施した場合、布瀬さん達の鍵穴からは、反対側のその扉に仕掛けた箱が見えてしまうじゃない」

「ふふん。成程」

布瀬はなぜかその言葉に愉快そうな笑いを返すと、

「しかし――雛子女史。その答は、同時に君の推理全体をも否定していることになるのだぜ」

何万という木の葉が触れあい、打ちあって、ざあっという音をたてた。今度こそ雛子の方が、訝しそうに眉を顰《ひそ》める番だった。

「どういうことなの」

「ふふん。やはり現場に居あわせなかったというのは致命的だったということさ。両方の鍵穴にそのような箱を取りつけておかねばならないとすれば、その推理自体が誤りだと看做《みな》されねばならんのだよ。何故かと言うに、犯人は表側の扉に取りつけた装置を取りはずすことなど不可能だったからなのだ。あの扉は中央の別室のなかに向かって倒れた。であるからして、そのような装置を取りはずすためには、その扉を少し持ちあげねばならない。しかし、吾輩はその後電気がつくまで、あの倒れた扉の上に立っていた。その上電気がついてからは、この吾輩が扉を持ちあげて壁に立てかけた。……いいかね。そのような装置を取りはずすことなど、誰にもできなかったのだ。装置を取りはずすことが不可能だったということは、初めからそんな装置など存在しなかったということにほかならん。ふむ。つまりは、要するに君の推理が間違っていることになる」

だったら、その箱を取りはずしたのが布瀬さんだとすれば。――雛子はそう言いかけて、やっとのことで思い留まった。

布瀬が犯人である訳がないのだ。

雛子はそのまま口を鎖し続けた。風が鳴り、風が鳴り続け、それはそのまま雛子の耳の奥に棲《す》みつくように、いつまでもぐるぐると駆け巡っていた。

4 ユダの罪業

「いいかね。今度の殺人は、そんなちゃちなものではないのだ。曳間の殺された最初の事件の方では、倉野がいつ帰ってくるか判らないという条件のもとで行なわれたという点で、かなり偶然的要素がはいりこんでいたかも知れないが、第二の殺人事件の方は、その情況から見て極めて緻密な計画によるものであることは、明らかだろう」

布瀬は喋りながら振りまわしていた手を後ろで組んだ。そうして、ふと囁くような口調になると、

「話は少し変わるが、あの七月三十一日の夜には四つの推理が提出された。甲斐や倉野の推理は、話にもならんものだった。それに根戸のものもあっさりと間違いと判り、これは本人も認めたようだったな。ハハン、しかしこの吾輩の推理は、決して否

定された訳ではないのだ。いいかね、このことをよく頭にいれておいて貰いたい。吾輩の推理は、何となくナイルズの心情的な反駁《はんばく》に一歩譲った恰好になったが、実質的には、奴は何も否定し得なかったのだ。いちばん上の兄が本当に死んでしまったという証拠を、奴は何ひとつ示すことができなかったのだよ。

「第二の殺人の犯人は、やはり森《しん》という名の少年なのだ。これが吾輩の示す、唯一無二の解決なのだぜ。ふむ、そういえば、先程吾輩の言った《擬態の問題》という言葉の意味も、おおよそ察しがつくのではあるまいか。ホランドの屍体と思われたものは、実は屍体ではなく、ましてやホランドなどではなかったのだ」

布瀬はそこで言葉を切り、相手の反応を窺うといったふうに、ちょっと舌舐めずりをしてみせた。暗い緑の紋繻子張りのソファーのなかに腰を降ろしたまま、雛子は身動きひとつ見せなかった。

「最初から順序だてて話そうか。あの推理較べの会合には、最初からもうひとりの別客があったのだよ。それがナイルズとホランドの兄である、森という名の少年だった訳だ。と言っても、彼はあの『黄色い部屋』の近くにひそんだまま、ずっと機会を狙っていたのだがね。

「そうして推理は始まった。……一体どのようなうちあわせが彼らの間に成立していたものかは判らんが、とにかくホランドとナイルズは途中で表の部屋に出てゆく。しばらくしてナイルズだけが中央の部屋に戻り、その後に影山も訪れる。……殺人があったのは、恐らくその後だろう。片城森は彼の分身とも言うべき一卵性三生児の弟——片城蘭、つまりホランドを、隠し持った紐で、あっという間に絞め殺してしまったのだよ」

その瞬間、雛子はまるで自分がその少年に縊《くび》られようとしてでもいるかのように、ぴくりと軀を顫わせた。布瀬はそれを見て取ると、初めて満足そうな笑みを浮かべて、

「さて、それからが大変なのだ。彼はホランドの屍体を、恐らくトイレのなかにでも隠しておいて、今度は安全器の方にとんでゆき、そこで建物じゅうの電源を切ったのだよ。突如、部屋のなかは闇に包まれる。ふむ、その時咄嗟に根戸を奥の倉庫に押しやり、鍵をかけて閉じ籠めてしまったのは、ナイルズだった。……倉庫の鍵はテーブルの上に置き、そうして先程の繰り返しになるが、表側の贋の鍵を横に並べておく。皆は何事かと店の方に出てゆく。……あっは、そのあたりは先程吾輩が喋った通りだ。ただ違うのは、扉に鍵がかかっているのに気づき、皆が扉のところに集まり、いったん電気を点けて部屋のなかを覗かせた時も、その中央の部屋にはまだ、実際にホランドの屍体などなかったという点なのだよ。

「二度目に電気が消えた時、皆はこれはいかんと扉をぶち破る。……さて、手品はそ

の時に行なわれたのだよ。いいかね。扉をぶち破って皆が雪崩れこんでから、甲斐が屍体を発見するまでの間のごく僅かな時間に、屍体をエッチラオッチラ担ぎこんで、そうしてソファーの横に寝かせるなどということは、これは到底不可能であると言わざるを得ない。ふむ。しかしだね、ホランドにそっくりの少年が皆の間をすり抜けて、その位置に寝そべるだけだとすれば、これは充分可能だったと言うべきなのだぜ。腕のつけ根を縄で縛って、脈搏も止めていたに違いない。とにかく全員、その手品にてっきり欺《あざむ》かれて、摩訶不思議な屍体出現が成立した訳だな。勿論、ナイルズの方はその間に、本物の鍵と贋物の鍵をすり換えておくことは言うまでもない。そして密室が成立する。

「憎いほど人間の心理の弱みにつけこんでいるのは、そこからなのだよ。甲斐が屍体を発見し、どうやらそれがホランドだということになって、ナイルズが泣きながらそれに取り縋《すが》る。……さてその場合、ほかの者はどうしても屍体に触れることを遠慮するではないか。そこが彼らのつけ目であった訳なのだ。全く巧く計算されている。とにかくそいつが手品の種で、その時まで死んだふりをしていた少年は、そっと起きあがり、部屋を抜け出して隠していたホランドの屍体の処へ行くと、今度こそその屍体をエッチラオッチラ担いで戻るのだよ。……いやはや、全くもって奇妙な図式と言うほかない。ホランドの屍体がむくむくと起きあがり、それがそっくり同じホランドの屍体を背負って歩きまわるなんぞ、吾輩が所有するところの『新青年』の全巻を引き換えにしても見たかった光景だな。闇のなかでも見える眼を持たないことが、つくづく悔やまれてならんね。

「とまれ、そうやって屍体をその位置に移し変えると、彼は安全器の処に戻り、蓋を閉めるのだ。電気は点き、彼はその場から立ち去る。……どうかね、それで総ての証拠は持ち去られ、後には何も残らない。つまり、世にも不思議な犯罪は、その時点で全き完成を見るのだよ」

「……そうすると、ナイルズも殺人に手を貸したって言うの」

雛子は初めてそこで口を開いた。僅かに顫えてさえいるその声は、布瀬のなかの何かと微妙に同調しあったようだった。

「ふむ。概《おおむ》ね、その通りだね」

布瀬は冷たく言い放った。

「ただ、ナイルズにどの程度、殺人に荷担する気があったのかは判らんがね。……とにかく、ホランドが途中で気分が悪いという口実のもとに部屋を抜け出したことから見ても、最初に何らかの計略が三人の間にうちあわされてあったことには間違いないが、ホランドを殺害するという真の計略に、ナイルズが全面的に参加していたかどうか。ふむ。あるいはナイルズもある程度騙されていたのかも知れんが」

「でも……。そんな人が本当に生きているとして、どうして三つ子の兄弟を殺さなければならないの。いいえ、それだけじゃないわ。最初の殺人だって、曳間さんを殺さなければならないような、どんな理由があったたっていうの」

雛子は必死で喰いさがった。しかし布瀬は、

「ふうむ。それは本人に訊いてみるより手はないな。――但し、第二の殺人の方は恐らく、曳間を殺害したのが自分であることをホランドに気づかれ、そうしてホランドがそのことで彼を責めたてたからではないか、などと推察できなくもない。が、やはりこれも空想の域を越えてはおらんな」

と、あっさり引き揚げにかかる。雛子はしばらく黙ってから、

「でも……。そんな共犯説なんて認める訳にはいかないわ。最初に取り決めた十戒にも反してるじゃない」

「――別に、共犯と断定している訳ではないのだがね」

布瀬がそうぽつりと呟いた時、突如として恐ろしい叫び声が風の音に淆《まじ》って聞こえた。断末魔の叫び。しかしどこか遠くの方から聞こえたために、それほど大きくは響かなかった。

ふたりはぞっとして立ち竦《すく》んだ。顱頂《ろちょう》から爪先まで凍るような戦慄が駆け抜け、それは一瞬のうちに何度もそこを往復した。ほんのひととき、軽い眩暈《めまい》をも感じたよう

だった。はっと気がつくと、その叫び声は既に鳴り渡る風の音のなかに消え去ってい
て、ただ彼らの耳の奥にだけ、幽霊のように染みついている。彼らはたった今聞いた
恐ろしい悲鳴が、単なる幻聴ではなかったかと疑わずにいられなかった。
ふたりは互いに、牽制しあうように眼を見交した。それによって先程の絶叫が現実
以外のなにものでもなかったことを確かめると、ふたりの表情は再び硬直した。雛子
は脣まで蒼く変色させて、今ようやく軀を小刻みに顫わせ始めている。
「どこかしら」
布瀬は答える代わりに、視線をあちこちに巡らせた。窓から闇のなかに首をつき出
しもしたが、やはり答は見あたらないようだった。
「やっぱり、この建物のなかかしら」
雛子は再び、語尾のはっきりしない声で呟いた。
再び沈黙が降りた。それほど大きな声ではなかったが、はっきりと聞こえた先程の
絶叫に、ほかの者もやはり声をひそめて様子を窺っているのだろうか。もともと並み
の建築とは異なり、物音や声を通しにくい造りにはなっているというものの、それは
気味の悪い静寂だった。
「もしかして、あの声は――」
それを口にしていいのかどうか、雛子は少し躊《ため》って、

「――倉野さんの」

その時、布瀬はいきなり無言のまま扉に向かった。金縁眼鏡のガラスが光って、その表情は読み取れなかったが、雛子はその勢いにつられるように、慌てて腰を浮かした。

「待って」

廊下に出ると、どこかの階段から遽《あわただ》しく駆ける跫音が聞こえた。

――犯人の？

雛子は激しく打ち続ける胸の鼓動を意識しながら、左右に延びるながい廊下を見較べていた。この館を訪れた時には随分明るい廊下だと思ったが、部屋の照明に慣らされた後では、やはり全体に仄暗い闇が漂っているとしか見えない。

布瀬は忽ち一方に見当をつけたらしく、走るような速さで右手の方向に歩いてゆく。雛子はそれに遅れぬように、急いで後に従った。

「今何時なの」

「七時四十分」

布瀬は雛子に背を向けたまま、そう初めて口をきいた。別の廊下から、再び駆け過ぎるような跫音が響いた。

廊下の薄闇には、モリエールやカラカラの石膏像が台の上に据えられ、雛子はそれをひとつひとつ通り過ぎるたびに、息苦しさが増してゆくのを感じた。

建物のいちばん奥にある階段に辿り着くと、下から登ってくる根戸に合流した。

「ああ。雛ちゃん」

そう驚いたように言って、すぐ布瀬に、

「聞いたか」

「ああ」

尋ねかけてきた根戸の表情も、硬直したように蒼褪めている。息を弾ませながら階上の薄闇を窺い、

「俺は羽仁と一緒に居たんだ。羽仁は声が聞こえた途端に部屋から飛び出していった。俺は少し遅れて、まず一階の部屋を一応見てまわったんだが、どうも違うらしい。二階でもなかったのか」

「もっと上のように思えたが……」

「かなり遠くに聞こえたからな。四階かな」

照明の乏しい階段を登りながらそんなことを喋り、

「この建物は複雑だからな。拱廊下《そでろうか》の方からかも知れんし、向こうには続きの別棟もあるだろ。……オヤ。あの音は」

その音に雛子も気づいた。それほど遠くないどこかから、激しい物音がはっきりと

聞こえてくる。ドシンドシンと何かが壁にぶつかっているような、恐ろしい響きだった。

「上だ！」

叫びながら根戸は凄じい勢いで駆け登っていた。それに続いて布瀬も弾けるように走り、あっという間に雛子との間隔は拡まった。待ってという言葉も出ないまま、雛子は言い知れぬ恐怖に襲われ、ただ死にもの狂いで彼らの後を追った。

「甲斐！」

「ああ、根戸」

それは階段を登りきり、右手に曲がった最初の部屋だった。甲斐はそこの扉を撲ち破ろうと、必死で体あたりを喰らわしている。

「早く。手伝ってくれ。鍵がかかってるんだ。なかで、多分――」

「よし来た」

布瀬も一緒になって、三人は力まかせに扉にぶつかった。すぐ後に、殆ど雛子と同時に羽仁も息を切らせながらやって来た。見ると、手には大きなハンマーのようなものが握られている。雛子はぎょっとして軀を少し仰反《のけぞ》らせたが、

「よし、いいものを持って来た。任せろ」

いちばん長身の根戸がそれを受け取り、渾身の力を籠めて振りおろした。その音は

廊下のつきあたりまで、ガーンと谺した。

「だいたいの見当をつけてここの部屋に来てみたら、なかから微かに呻き声が聞こえたんだ。鍵がかかっていたのでこれを取って来た」

羽仁は苦しそうに息を継ぎながら言った。

三人が何度か軀をぶつけて、少し箍《たが》が弛みかかった上にハンマー攻勢である。ほどたたぬうちにメリメリと厭な音をたて始め、さらに四、五回打撃を加えると、扉はついに蝶番《ちょうつがい》の方から弾け飛び、心臓が縮みあがるような大音響をあげて倒れた。

今度は二度目の殺人の時とは異なり、部屋のなかにも明かりが点いている。彼らはすれ違いになかから誰かが出てこないか、無意識に注意しながら雪崩れこんだ。

それは数々の甲冑を陳列してある部屋だった。扉に近い部分を残して床の殆どは眼に鮮やかな白い木綿の布で敷きつめられ、彼らはそこに飛びこんだ途端、その浮き立つような白のなかに、この世ならぬ香気を吐き散らしながら咲き狂う、一輪の巨大な花を見て立ち竦んだ。

それは共通した幻視だった。

凶悪な花に思われたその真紅の血溜りに、倉野が横たわっていた。苦痛に身を捩るように背を丸め、左半身を下にして倒れている倉野の鳩尾《みぞおち》には、小刀が深ぶかとつき刺さっている。しかし彼らの位置からは、表情まで窺い知ることはできなかった。

真先にそちらに駆け寄ったのは根戸だった。屈みこんでそっと倉野の軀に手を触れ、しばらくじっとしていたかと思うと、

「まだ生きている」

「本当か」

羽仁も慌てて走り寄った。

「本当だ。微かだが脈がある」

「救急車だ」

羽仁は弾けるように立ちあがると、恐ろしい勢いで部屋から消えた。甲斐と布瀬もその無惨な血溜りに近づくと、黙ったまま覗きこむように首を伸ばす。雛子はそういった光景を自分の頭とは遠い、どこか別の場所でありありと感知しながら、何か取りとめのないことばかりを意識の上にのぼらせていた。日本間風に改造された部屋のなかで十数体の甲冑は、あるいは凝然と立ち竦み、あるいはどっかりと床几《しょうぎ》に腰を降ろして、眉庇《まびさし》の陰に隠された虚ろな空間から、威圧するような視線を送り続けている。しかもその悉《ことごと》くが歪んだ面頰《めんぼお》の口をさらに大きく歪ませて、咆哮にも似た笑いを投げかけているのだ。

雛子は悲鳴を挙げる機会を失ったまま、ただ痙攣するように軀を顫わせて立っていた。

「ひどい刺し方だ。一体何ヵ所刺してるんだろう」

「どうする。この刀」

「待て、へたに抜かない方がいい。大出血でもされたら、どうにもならない」

言い交す三人の顔からも、全く血の気が失せていた。倉野の着ているシャツは既に地の色も判らぬほどに血にまみれ、切り裂かれた胸や腹、そして深ぶかと小刀のつき刺さったままの鳩尾のあたりからは、まだドクドクと血液が流れ出しているのが判る。下にした左半身に当たる布地は新たな血液を吸い続けて、少しも固まる様子を見せない。

布瀬は呻くように立ちあがった。それは息をつまらせるような血の匂いのせいかも知れなかった。

相当激しく苦痛に踠《もが》きまわったのだろう。顔や縮めた腕まで血に汚れ、小刀の柄《つか》までがヌラヌラと不気味な赤に染まっていた。

「ひでえな。口からも血が……」

「おい。よせよ」

窘《たしな》めるように言って、根戸は入口近くで小刻みに軀を顫わせている雛子の方に近づいた。

「大丈夫かい。雛ちゃん」

そう呼びかけながら、根戸の視線は雛子の肩をすり抜けて、扉の方に向けられたような気がした。雛子はそれに気づいて、怯えるように後ろを振り返った。

そこにはいつの間にはいってきたものか、やはり蒼褪めた表情で唇を堅く結んでいるナイルズが立っていた。雛子にはまるで、音もなく気配もなく、宙空から不意に姿を現わした直後の光景のように思われた。

「どこに居たんだ。――ナイルズ」

雛子を庇うように、根戸は鋭い口調で訊き質した。そしてナイルズがそれに答える素振りを見せずにいると、

「ふん。それよりもはっきりと、ホランドと呼んだ方がいい。――なあ。お見事な人間交換だったが、それもこれまでだ。倉野を刺したのはお前だろう」

雛子は思いがけぬ言葉に、肩に掌を乗せている根戸の顔を、反射的に見あげていた。それに少し遅れて、少年は一点を凝視していた瞳をゆるゆると解き、怪訝そうに上眼遣いを寄こした。

「こいつは意外だね。根戸ホームズ」

布瀬がゆらりとふたりの間に進み出た。

「するとお前は、ここに居るのがホランドだと言うのかね」

「そうとも。既に、三人に手をかけた」

根戸はぎらぎらとした眼を少年から離さなかった。その時、電話を終えたらしい羽仁も、扉のはずされた戸口に現われ、

「ナイ――」

そう息を呑んで立ち止まった。

「俺と羽仁は一緒に居た。布瀬と雛ちゃんも一緒だったんだろう。で、お前はどうなんだ。……ふん。答えられるか」

「根戸」

相変わらずぼんやりとこちらを見あげたまま答えようとしない少年に代わって、甲斐がそう口を挿んだ。

「それは駄目なんだよ。ナイルズは、俺と一緒に居たんだ」

言いながらしゃがみこんで、倒れた扉を持ちあげる。反対側の鍵穴にも鍵はさしこまれていなかった。

「お前と一緒に?」

根戸の顔が曇った。

「しかし……」

「根戸」

布瀬はにやりと、しかし硬張りの消えない笑みを浮かべた。

「お前の推理はだいたい見当がつくが、……いいかね。今度の一連の事件は、吾輩があの時も断言した通り、三番目の三つ子の兄弟が犯人であると仮定しない限り、結局説明がつかんのだ。そして今日、この建物のなかにも、ナイルズのほかに、三番目の分身がひそんでいたに違いなかろう。倉野を殪《たお》したのはそいつだよ。いや、今我々の眼の前にいるこの少年こそが、片城森でないとは誰にも言えんがね」

最後は叫ぶように言って、布瀬はレンズ越しに血走った眼で睨み据えた。四人はその告発に、一言半句も返すことができぬまま、ただ彼らの中央に立ちつくしている人物を瞶めるしかなかった。

布瀬の言葉通り、もしここにいる少年が片城森だとすれば。彼らは信じられぬ想いで、眼の前の美しい少年をつくづくと眺め渡した。

羽仁は今にもその繊《しな》やかな獣が牙を剝き、四方を囲んでいる者に襲いかかるのではないかという妄想をさえ抱いたが、意に反して誰ひとり身動きひとつ見せる様子もなかった。ふと気がつくと、依然風は窓を顫わせて鳴り続け、そんななかで彼らは、これ以上にないほどの静寂を味わっていた。彼らは化石のように黙り、そうしてそれは警察が来るまでの何分かの間、絶えることなく続けられた。

布瀬は警察に総てを語った。一連の殺人の真犯人が片城森という名の三つ子のひとりであるという自分の推理も。

それはひとつの終焉《しゅうえん》だったのかも知れない。彼らの間に何気なく闊歩《かっぽ》し、幾度となく会話さえ交わしていただろう姿なき《ユダ》は、今現実のこちら側へとその正体を暴き出されてしまったのだ。それは全くの解明という訳ではなかったが、いずれその少年が追いつめられ、そのあからさまな姿を晒《さら》すことになるのも時間の問題だろうと思われた。

結局部屋のなかからは鍵は発見されず、今度ばかりは密室殺人ではなかったことが確かめられた。

ながい事情聴取が続き、彼らは深い疲労の暗渠《あんきよ》をくぐり抜けさせられた。そうして、倉野が出血多量のために病院で息をひきとったという訃音《ふいん》が伝えられたのも、翻弄されるようなそのながい時間の最中だったのである。

5　逆転された密室

「しかし全く、ざまぁないと言いたいね。何だというのかな。今度の殺人は」

憎まれ口を叩いたのは布瀬だった。

「さかさまどころか、密室でも何でもなかったとはね。ふふん。三回目にして、密室トリックの案につまってしまったとは情ない。尻切れ蜻蛉《とんぼ》の妙な結末だな」

そう言い続ける布瀬の表情も、しかし未だに蒼褪めたものには違いない。とはいってもこの『黄色い部屋』のなかでは、それを確かめる術もないだろう。甲斐も根戸も倦《う》み疲れた表情を隠そうともせず、ぼんやりとそんな布瀬の言葉を聞いていた。

「それとも今度の殺人だけは、やむを得ずして起こった、突発的な事件だったというのかね。ふむ。そうではあるまい。羽仁の屋敷に忍びこんでいたからには、最初から倉野を殺すことはちゃんとあいつの計画表のなかに書き録《しる》されていたに違いなかろう。……それがどうだね。実際は倉野を殺した後、部屋の鍵を外側からかけて逃げ去っただけとはね。あっは、何と他愛もない。曳間とホランドの事件ではなかなか感心させられるところもあったが、いや、やはり子供が実行する計画殺人なんぞ、これが限度なのかも知れんな」

布瀬がそこまで喋った時、不意に根戸が飾り棚の上を指差して呟いた。

「あれが、例の人形だったな」

それは一体のフランス人形だった。浅瀬に潜り、揺らめく水面を透かして空を見あげたような、その時の色がそのまま虹彩に凍りついてしまったような、そんな眼だった。黄色い光線を浴びせかけられたそれは、つやつやとした皮膚の人間らしい色を失ってはいたが、その光沢や眼の輝き、そして微かに覗いている小さな歯並びを見れば、それが魔法で人形の姿に変えられてしまった幼い少女であることは、容易に察しがつくのである。

「ふふ。真沼だけじゃない。倉野も、そしてナイルズも、この人形がお気にいりだったのは同じなんだ……」

根戸はテーブルの上にだらしなく脚を伸ばした恰好のまま、くっくっと疲れた笑いを噛み殺した。

一夜明けた二十六日。三人は共に一睡もしていなかった。ながい事情聴取から解放され、彼らは群らがる記者連中の眼を誤魔化して、この『黄色い部屋』に立ち寄ったのだ。

根戸はひとしきり笑いを噛み殺した後で、ふーっと深い息をつくと、

「新聞を見たら、家の者がまた腰を抜かすだろうな」

「ふむ。まあ、それはいいのだがね。しかし、昨日の殺人はあまりにお粗末だった」

「あっはは。まだ言ってるよ。余程今度の事件は、布瀬の殺人美学に觝触《ていしょく》したらしいね」

「当然だとも」

布瀬はフランス人形から視線を逸らしながら言い据えた。

「それともまさか、全く密室でも何でもなかったこと自体、ひとつのさかさまだなどという訳ではなかろうな。――ハハン。さかさまといえば、根戸は勿論、ケプラーの

ことは知っていよう。ドイツの天文学者である、ヨハネス・ケプラーだがね」

「あたり前だろ。それでなくとも、ケプラーは同時に数学者でもあったんだからね」

根戸はそう答えて、首を擡《もた》げると、

「彼の業績のうちで最も有名なものは、太陽系の惑星の軌道を記述する三法則の公式化だが、純粋に数学的な分野においても、彼はいくつかの大きな貢献をなしている。例えば彼は、酒樽のなかにはいっている葡萄酒の体積を計算しようとして研究を進め、回転体の体積を求める方法を見つけるに至ったんだよ。つまり積分だね。一般に微分積分学の創始者はニュートンとライプニッツだってことになってるけど、このことから鑑《かんが》みても、ケプラーは彼らの先駆者だと言えるだろうな。……いや、しかしまたどうして突然にケプラーの名前が出てくるんだ」

講釈の途中でふと首を傾げてみせると、それに対して布瀬は、室内の黄色い空気の微かな流れに乗る如く、動き始めた点もしかとは判らぬゆらりとした動作で軀の位置をずらせながら、周囲に居並ぶ人形達に語りかけるかのように言葉を返した。

「彼はまた、形而上学的な思索をも好んだらしい。十七世紀の初め頃、彼はこういう素朴な、しかも興味深い疑問を提出したのだよ。即ち、『我々の眼球の網膜に映る外界の映像は上下左右が全く逆になっているのに、どうして我々はそれをさかさまの像として知覚しないのか』とね」

「へえ?」

根戸はぽかんとした表情を見せて、

「そいつは初耳だった。……ふん。しかし——どうしてかな」

「やはり、お前も疑問に思うかね」

布瀬は急に、タップを踏むような勢いで振り返った。

「こいつは全く、面白い問題だと思うね。で、お前はどういう解答を試みるね」

「そうだな。……ふうむ」

根戸は肘掛け椅子の背凭れに頭をのめりこませるように反り返ると、

「こんなのはどうかな。網膜からの神経が、脳に至るまでに一回、上下左右を再び元の位置関係に戻すために、一本一本がぐるりとさかさまに交差していると考えれば……」

「ふむ。上等上等」

布瀬は二、三度手を叩いてみせて、陽炎《かげろう》が揺れるほどの笑いを洩らした。

「お前が今思いついた説は、まず殆どの人間がそう考えるであろう、最も素朴な解答だね。最初はやはりそんな具合に考えられて、この問題は簡単に片づけられていたのだな。しかし、解剖学的にはそのような交差の状態は認められんのだよ」

するとすかさず根戸は、

「だったら、視神経ではなくて、脳のなか。——つまり、ああ、今想い出したぞ。確か視神経は脳にはいる処で、視神経交差という部分を通る筈だったけど、それは関係ないのか」

「ふむ。また妙なことを憶えているものだね。しかしながら、視神経交差というのは、簡単に言うと、ただ右の眼球から来る視神経と左の眼球から来る視神経とを交差させているだけなのだぜ」

「だったら、その、もうひとつ奥だよ。視神経交差を通過した神経は、これもまたウロ憶えだけど、脳の奥にある視床という処と、四丘体上丘《きゅうたい》という処で細胞を接続し直した後で、いよいよ視覚の中枢である後頭葉の視覚野へ行くんだったな。だからその途中のどこかで視覚像がもう一度さかさまにひっくり返るような交差があるとすればだよ……」

「あっは。これはますますもって驚きだね。何で憶えたのかは知らんが、恐ろしい記憶力だな」

　布瀬は恰度眼鏡のレンズが黄色い光線を反射させる角度に首を持ちあげて、その輝きのために表情が読み取れないままに、微かな肯定の仕種を示した。

「実は、その想像はそれだけに限定して言えば、満更的はずれでもないのだ。視床の一部や四丘体上丘で神経細胞を接続し直しているというのはお前の言う通りだし、その接続の仕方というのは、左から来て右へ抜けるといった順接ではなく、ひとつひとつの接続個所で鏡に反射するような、いわば反転的な接続になっている。しかしながら、よく考えれば、それで問題が解決される訳ではないことが判る。つまり、網膜に映った像は、上下、左右ともに反転しているのだが、鏡像はその片方しか反転しないのだからな。

「いずれにせよ、お前さんの考え方の根底にあるものを端的にモデル化すると、網膜に鏤《ちりば》められたひとつひとつの視細胞からの神経が、それに見合うひとつひとつの脳細胞へと連絡し、あたかも脳のなかにあるスクリーンに映像が映し出されるといった方式でものが見え、画面の方向が決定されるという訳だ。しかしその説明は、説明になっていないのだぜ。何故かと言えば、そのような整然と配列された脳細胞のスクリーンに映像が映し出されたとしても、それを知覚するためには、やはりその映像を視る他の何者かがいなければならないからなのだよ。そうするとこれは、説明のための説明を永遠に必要とする堂々巡りに陥ってしまわざるを得ないだろう。

「話を映像の《向き》だけに限定して言えば、そのスクリーンを表側から見るか、あるいは裏側から見るかで、その映像の左右の向きはまるで反対になってしまうし、さらにはまともに見るか逆立ちして見るかによって、上下の向きもまるで反対になってしまう。こうなってくると、もう、その場合の《まとも》と《さかさま》の根本的な基準がどこにあるのかさえ判らなくなってくるではないか。ハハン。そうなのだぜ。成程、網膜に映った像は確かにさかさまだが、それは飽くまで外界の像に対してさかさまであるに過ぎないのだよ。しかしながら、我々が知覚している映像の《向き》と、外界の《向き》とは、本質的に比較しようがないのだ。つまり、全く次元が別なのだよ。較べても意味がないもの、と言っていい」

布瀬はそこで言葉を切って、相手の反応を探るように二、三秒の間を置いた。

「ここまで言えば、うすうす気づいたことだろうよ。結局のところ、吾輩が最初に掲げてみせたケプラー氏の『我々の眼球の網膜に映る外界の映像は上下左右が全く逆になっているのに、どうして我々はそれをさかさまの像として知覚しないのか』という問題は、『外界の映像と知覚される映像は、同一の方向に向いている』という独善的な前提の上に成り立っている。従ってこの問題は、敢えて言えば誤った問題、意味のない問題ということになるのだぜ。まだ判りにくいというのなら、こういう喩え話をすればいいかも知れん。……いいかね。仮に産まれたばかりの赤ン坊に手術を施して、両方の眼の視神経を、映像が普通人とは逆転するように一本一本を巧妙に一八〇度反対の位置に繋ぎ変えておき、そのまま育てさせた場合のことを考えるのだよ。……もしもこれが充分発育した者に、突然こんな手術を加えたとするならば、そいつは外界がまるでさかさまにひっくり返ってしまった映像を知覚することになるだろう。しかし、赤ン坊の時にそんな手術をして、そのまま育てられた人間は、自分がさかさまの映像を見ていることを意識しないに違いない。と言うより、自分が知覚している映像を、彼は当然あたり前のものと思うに違いないのだぜ。しかしながら、彼の映像は一般人の映像とは上下左右が逆になっていることは確かなのだ。さて、設問。……そういう手術を施した人間Aと、普通に育った人間Bが居るとする。BはAにそんな手術が加えられていることを知らない。A自身も自分にそのような手術が施されていることに気づいていない。そんなAとBが一緒に生活する場合、彼らの間に互いに、相手の視覚像が自分とは逆になっているかも知れないという疑いを生じさせる場合が、どんな瑣細《ささい》なことでもいい、果たして存在するだろうか。

「簡単な思考実験だよ。答は否なのだ。彼らは互いに何の異和もなく生活し得る。いや、たとえ手術のことをふたりとも知っている場合でさえ、彼らが互いに相手の視覚像が自分とはさかさまになっていることを確かめ、成程と納得することは、どのような方法を用いようとも絶対に不可能なのだぜ。つまりは、ふたりともその点に関しては全く同等の人間なのだよ。このふたりを外側から区別することはできん相談なのだ。

「そうすると、そこでさらにひとつの疑問が浮かびあがってくるだろう。先程吾輩は、そのような手術を受けた人間は一般人の視覚像とはさかさまの世界を見ることになると言ったのだが、果たして一般人の皆が皆、悉《ことごと》く同じ《向き》の映像を見ているのかどうか、それすら怪しくなってくる。そうなのだぜ。何しろこいつは互いに確認し合うことはできんのだからな。結局のところ、我々の認識する視覚像の《向き》は、外界の像が網膜にそのまま映ろうが、さかさまに映ろうが、そんな次元とは全く無縁なものなのだよ。そう、あれと同じだ。吾輩に見えている赤という色が、他人にとっては全く別な色に見えているかも知れんという、誰しも一度は考えてみる疑問にね。主観的な世界の《向き》は絶対的なものではないのだ。あっは。しかし人間は、〝眼で知覚する映像〟をそのまま《世界》と重ね合わせていないと生きてゆけんからな。それがとどのつまり、ケプラー先生の疑問の正体だったという訳なのだぜ。……しかし、なかなか興味深いではないかね。人間はそれぞれ、各人によって全く異なった《向き》で映像を見ているのかも知れんというのは……」

得々と喋り続けていた布瀬は、そこでふと肩を竦めるように言葉を切ったが、しかしなおかつ根戸には、その布瀬の表情に、依然暗い翳のようなものがつき纏っているような気がしてならなかった。

根戸はそのまま、妙なさかさま談義だね、という次の言葉を一瞬躊躇《ためら》った。その時、いつの間に忍びこんでいたのか、あの眼鏡猿のような影山が跫音もたてずに滑り寄り、不意に布瀬の背後から押しつけるような声で口を開いたのだった。

「でも、最後の言葉はやはり、意味がないですね」

「影山」

甲斐が怯えたような声を出した。

「ふむ。意味がないと言ったのはどういうことかね」

布瀬が僅《わず》かに首を曲げると、シャンデリアの光が眼鏡から遠のき、その下で眼だけが影山の姿を捉えているのが見て取れた。影山はそんな布瀬の言葉に、拇指《おやゆび》と中指で黒縁眼鏡を押しあげながら、

「エーテルの存在と同じですよ」

そう言って、悠然とテーブルの方に近づいた。

「光を伝える媒質として全宇宙に充満していると仮想されたエーテルは、相対性理論の出現と共にその存在を否定されたのですが、そのあたりの事情は皆さんも御存知でしょうか。ニュートンによって確立された古典力学は絶対的時空の仮定の上に成り立っていたために、エーテル即ち絶対空間と看做せば全く都合がいいこともあって、エーテルの存在は疑いのない事実だとされていたのですが、現実にはどうしてもその存在を確認することができなかったんですね。このエーテルが存在するかどうかという論争はながい間繰り返し続けられたのですが、それに終止符を打ったのが相対性理論なのですよ。といっても、それはエーテルの存在を積極的に否定した訳ではないので

す。ただ、エーテルが存在したとしてもそのこと自体何の意味も持たないと言っているだけなんですよ。はい。つまり物理学の方ではひとつの原則があって、ある説が既存の理論や実験結果との矛盾のないことが確かめられても、その真偽を証明する方法が存在せず、しかもその仮定から新たな予言や建設的な理論が何も導き出されないとすれば、その説は科学的理論としての価値を持たないと判定されなければならないのですね。実際、エーテルは存在しようがしまいが力学体系に何の影響も及ぼさないことが確認され、それによってその存在を云々すること自体意味がないと看做されるに至ったのですよ。で、そういった意味において、先程の布瀬氏の言葉も同様な評価が下し得るのではないですか。……人間はそれぞれ各人によって全く別の映像を見ているのかも知れない。それは成程否定することもできない代わりに、正しいことを検証することも決してできない種類の仮説でしょう。しかもそこから何の有意義な問題も導き出されてこないとすると、やはり先程の言葉には意味がないと言っていいんじゃないでしょうか」

影山は媚《こ》びるような笑みを浮かべて、テーブルの上にそっと手をおろした。影山の立っているその場所は、かつてホランドの屍体が転がっていた位置であることに根戸は気がついた。

布瀬は疲れたように脣を捩曲《ねじま》げると、

「何だかお前の考え方を拡張すると、誰にも知られずに終わるような現実の出来事も、また意味がないように思えるな」

しかし影山はそれには答えずに、突然首を挙げると、

「ああ。そうでした。布瀬氏は警察に自分の推理を語ったそうですね。一連の連続殺人は総てナイルズ達三つ子の長兄である片城森の仕業だと……」

「そうだが」

「小生は警察の報告を聞いたんですよ。それによると、そういう人間はこの世に存在しないそうなんです。ナイルズ達の産まれた病院に問いあわせたところ、一卵性三生児のひとりは生後一週間で、再生不良性貧血の一種である先天性赤芽球低形成症という病気のために、確かに死亡したことが判明したんですよ」

不意に空間が凍りついたようだった。

人形達の誰かが、くすりと忍び笑いを洩らしたような気がした。布瀬はその一瞬の沈黙に気圧されるように蹌踉《よろめ》くと、

「馬鹿な」

そう呟いたまま、小刻みに脣を顫わせた。

——誰にも知られずに終わる事件の真相も、また意味がない……。

激しい惑乱はまた、根戸と甲斐にしても同じだった。ふたりは助けを求めるように

眼を見交わし、再び怯えるように眼を逸らした。

その時、突然激しく扉が開け放たれた。四人がぎょっとしてそちらに顔を向けると、血相を変えて飛びこんで来たのは羽仁だった。

「なあ、なあ、もう聞いてるのか。倉野の解剖の結果」

冷たい予感が彼らを支配した。四人は言葉を返すことができぬまま、黙って首を振った。

羽仁は苦しそうに息を継ぐと、額にびっしょりと浮いた汗を拭いながら、恐怖に硬張った表情でそれを告げた。

「あの部屋の鍵が倉野の咽の奥から発見されたんだよ。――倉野はあ、の、部、屋、の、鍵、を、呑、み、こ、ん、で、い、た、ん、だ」

その時、まわりじゅうの人形がどっとばかりに笑い出したようだった。一斉の、その津波のような哄笑《こうしょう》は、黄色い薄明かりに充たされた部屋のなかにわんわんと谺し、無能な人間どもを嘲りつくすかのように、気違いじみた叫び声となって彼らの頭上に崩れかかった。それは嵐のような激しさだったが、根戸は足がひきつったように動くことができなかった。

人形達が正体を剥き出したのだ。

布瀬は、いつ膝を床に落としていたのか判らなかった。涙が不意にぼろぼろと頬にこぼれ、思わず手で顔を蔽いはしたが、一度堰《せき》を切った涙は後から後から流れ落ち、なかなか留まろうとはしなかった。何の涙なのかよく判らなかった。

布瀬は幾度も嗚咽《おえつ》を嚙み殺し、嚥《の》み下そうとした。が、そうしようとすればするほど声は咽をついてあふれ出る。そんな布瀬を見おろしながら、人形達は一層狂ったような哄笑を浴びせかけ、そしてそれは、いつまでも終わることなく続けられるような気がした。

密室は、逆転することによって完成したのである。

そうして悉《ことごと》くの謎は振り出しに戻り、事件の真相は堅牢な匣《はこ》のなかに封印され、それはナイルズの言葉通り、あの不可知の海に沈められてゆくのだろう。黄色い空気を顫わせて降り落ちる夥《おびただ》しい人形達の哄笑のなかで、ただそのことだけが確かな映像として眼の前に展がっているような気もした。

6 ラプラスの悪魔

街は紫色の薄闇に沈んでいた。杏子が視線を留めていると、その紫色の光景は次第に焦点をぼやけさせ、通り過ぎる車のテール・ランプや華やかに流れるイルミネーションとも相俟《あいま》って、どこか遠い北欧の街のような錯覚を与える。それほどその時の夜景は濃密であり、透明であった。杏子はそうして焦点をぼやけさせたまま、その不思議な黄昏に包まれた街のなかに、黒い二階建ての馬車を、遠くに聳える緑灰色のサイロを、白いリボンを遊ばせてなわとびをする少女を見ようとした。

「結局、密室だったんだ」

ながい沈黙を置いて告げられた根戸の言葉が杏子の耳に届いたが、彼女はそのまま視線を動かそうとはしなかった。どうしてそんなことに拘泥《こだわ》らなければならないのかという、憤りめいたものが胸のなかにひっかかったのもまた事実だった。街は悲しいほど澄みきった大気に包まれて、杏子にはそれがフェリーニか誰かの映画の一シーンに思えてならなかった。

「結局、倉野を殺したのは、あの部屋のなかに置かれていた鎧武者だというほかないんだよ。甲冑のなかの虚ろな空洞に突然どこからともなく悪霊のようなものが忍びこんで、それがあの大鎧を動かし、倉野の軀を小刀でめった刺しにしたのでもない限り、どうにも説明がつかないんだ。……なあ。あの部屋は警察によって厳重に調査されつくしたんだぜ。さすがに最も重要な蒐集品を陳列してある部屋だけあって、窓にも頑丈な鉄格子が埋めこまれてあったし、その上硝子窓もぴったり鎖されて内側から鍵をしめてあった。羽仁家の者は、合鍵の存在など考えられないと口を揃えて言うし、扉はやはり、隙間を利用した紐のトリックなど不可能ですよと言わんばかりの、四方ともぴったり閉じるものだったし、さらにその鍵穴は、内側と外側が直通になってる類いのものではなかったから、ナイルズの小説のようにウースティーというような……いや、君は読んでなかったんだね。まあ、とにかく、鍵穴を通して細工することも不可能なんだ。そしてその鍵は倉野の咽の奥から発見されたと。……いやはや、これはもうまるで出鱈目《でたらめ》だよ。それにしても、どうして倉野の奴は鍵を呑みこんだのか……」

いったん口を開くともう止まらないらしく、根戸は短い髪を搔き毟《むし》るように言いつのって、

「なあ。俺には今度の事件が、ひとりにせよ複数にせよ、人間が計画を練って行なったものとは思えないんだ。つまり人間ならぬもの――それはさっき俺が言った悪霊でも、鬼でも、悪魔でもいい――とにかく何かしら俺達には把握できないものの仕業でなけりゃ、この情況は説明がつかないじゃないか」

「マリオン」

杏子はようやく視線を窓の外から店のなかに戻すと、微かな冷笑を浮かべて呟いた。

「そういったものの専門は、あなた達の方でしょう」

そう問いかける杏子の射るような眼差しに、根戸は少なからず戸惑ったような表情

をのぼらせて、

「俺は研究者ではあっても術者じゃないんだ」

そう反論してみせはしたが、杏子は飽くまで冷ややかな面持ちを崩そうとはせず、

「それほどたいした違いはないいんじゃなくって」

「しかし……」

「あなたは結局、最初からそんなもの信じてはいなかったのよ」

切りこむように言われて、根戸は一瞬言葉を失っていた。店内に眼を滑らせたが、
倖い近くには客が席を占めておらず、根戸はそっと杏子の顔を瞶《みつ》め直した。

「あなたはもともと、根っからの合理主義者だったのよ。密教だの陰陽だの、そんなの、単なる御体裁だわ」

「違う」

「そうかしら」

あしらうように言って、杏子は再び窓の外に視線を戻した。

根戸には何が何だか判らなかった。何故にこんな会話にならなければならないのか。

——これだから、女ってのは……。

根戸は苦々しく杏子の横顔を眺めていたが、その理不尽な感情が何かにすり替わっ

たように、ふと妙な言葉が口からついて出た。

「そう言えば君も、赤ん坊の時、貧血に罹《かか》ったたって言ってなかったたっけ」

「わたしじゃないわ。姉さんよ」

「何だ。雛ちゃんのお母さんの方か」

根戸は少し口を曲げながら、煙草を取り出そうと上着の内ポケットを弄《まさぐ》った。

「なあに。わたしだったらよかったということなの」

「あはあ。そんなにつっかかるなよ」

やっと探りあてた煙草を一本、口に銜《くわ》えると、レシートの上に乗せてあったマッチを擦って、

「ただ、……同じ病気に罹って、森っていう子は死んじまっただろ。何となく、皮肉な話だなと思ってね。もしも森って子が今も生きてて、ナイルズ達が三つ子のまま育ってたとしたら、どうなってたんだろう」

そう言いながらゆるゆると煙を吐き出した。淡々しい酩酊感が忽ち頭にまで昇り、根戸はひととき、その快い感覚を貪《むさぼ》るように静かに息を止めていた。

「姉さんは、父と母の血を輸血して助かったのよ」

「ふん。それでも助からなかったとしたら、今度は雛ちゃんがこの世に存在しないことになるんだね」

「そんなものよ。みんな、瑣細《ささい》なことだわ」

根戸はそれを聞くと、思わず意地の悪い笑いを浮かべた。

「瑣細なこと、ねえ。まるで悟りきったような口振りじゃないか。だとすると、今起こっている連続殺人事件も、みんな取るに足りないことなのかい」

「そうよ。みんな、瑣細な間違いよ」

「そんなに居直られちゃあ、かなわないな」

根戸は取りつく島もなく、堅い椅子に背を凭れさせた。そうして、もう湯気の立たぬコーヒーを眺めながら、

「そうであってくれれば、どれだけ……」

そう言いかけて、妙に言葉がつっかかった。しかし根戸は、自分が一体何に躊《ため》らったのか判らなかった。

――瑣細な間違い。

似たような意味の言葉を、どこかで聞いたような気がした。何だったのだろう。ナイルズの小説か。

根戸は急に訳の判らない恐怖を覚えた。全身に鳥膚《とりはだ》が立つのが判る。はっとして顔をあげると、それは一瞬、すぐ眼の前を通り過ぎたような気がした。

――錯誤。錯覚。

しかしそれはやはり、手を伸ばしかけた途端、ものの見事に手の届かない場所へと翻《ひるがえ》って逃げてしまったようだった。根戸は必死でその後を追いかけるように、

「それが正しいのかも知れない」

そう呟いていた。あともう一歩前に進めば、この半透明な膜のようなものをつき破って、何かしら明るい別の光景が展けそうな予感が纏わりついて離れないのだが、依然、根戸はその突破口の所在が摑めぬまま、もどかしく首を捻ることしかできないでいた。

「そういえば、甲斐クンはどうしたの」

「ああ。それもおかしいんだけど」

根戸は苛々と眉を顰《ひそ》めながら、

「警察に足留めの通知を喰らってるにも拘らず、あいつ、どうも部屋を空けたままにしてるらしいんだな」

それを耳にするなり、杏子は窓の外に首を向けたまま、急に吹き出すように笑い始めた。

根戸は眼を疑った。

「何がおかしいんだ」

「だって」

杏子はなおも美しい笑顔を横に向けたまま、

「実際、愉快なんですもの。みんな、ひとりずついなくなってしまうんだわ。三人が死んだ上に、真沼クンと甲斐クンも行方不明になって、もうすぐわたしと雛ちゃんも東京を離れるし……」

「あ」

根戸は思わず煙草を口から離した。

「決まったのか」

「何が」

「東京を離れるって」

「前からそう言ってるじゃないの」

「だって……本当に」

口籠もる根戸に、杏子は半ば憐れむような笑顔を向けながら、

「今日が二十八日だから三日後……。それっきりよ」

その時根戸は初めて、杏子の口紅の色がいつもと違うのに気がついた。それっきりよ、と呟く脣の動きはスロー・モーションで見るように何度も頭のなかに反復され、そしてその濡れたような艶やかな輝きを宿している脣は、ごく僅かながら、いつものものよりもその赤の深さを増していた。

根戸は激しく煙草に噎《む》せながら、その色の意味を推し量ろうとしていた。

「それじゃあ、まるでナイルズの小説と一緒じゃないか」

「なあに。……ああ、そういえばナイルズ、また小説を書き進めたんですってね。わたしはまだ読ませて貰ってないけれど。雛ちゃんもかしら」

根戸は一瞬、眼の前が暗くなったような気がした。なおも強く咳こみながら、根戸は不意に、たった一滴の涙を零《こぼ》していた。

思いがけないことだった。

慌てて顔を俯《うつむ》けたが、それは涙が落ちるより先だったか後だったか、よく判らなかった。そして無理に咳を続け、しばらくはそのまま、涙に気づいたのかそうでないのか、何も言わないでいる杏子の沈黙を肩口に受け止めながら、いちばん悲しい生き物は貝なのかも知れない、根戸はそんな脈絡もないことを考えていた。こうして我々は、杏子の言うように崩壊の道を辿ってゆくのだろうか。甲斐がこのまま姿を消すと決まった訳ではないが、もしもそれが本当になってしまえば、後に残るのは、羽仁、布瀬、影山、ナイルズの四人しかいない。

あるいは筋書きは、生きていればこのファミリーの一員となる筈だった片城森が十五年前に死んでしまった時から、総てこうなるようにと定められていたのだろうか。何から何まで、そこに集う人物の一挙手一投足、そして彼らの抱く様ざまの想いから、墜ちゆく奈落の闇の深さまで、悉《ことごと》く組立てられ、決定され、遂行されていたとでもいうのだろうか。

「ラプラスの悪魔って知ってるかい」

根戸が顔をあげると、

「知らないわ。ルシフェルとかベールゼブブとかいう名前なら、わたしだって聞いたことがあるけど」

「ラプラスっていうのは十八世紀頃の数学者さ。彼は、この宇宙に起こる事象は総て完璧な因果律に縛られていると考えて、自分の著書でこういうことを述べてるんだ。……『例えばある瞬間において、自然を動かしている総ての力とそれを構成している総ての物体の相互的な位置を知ることができる知性、つまりそれらの資料を分析するのに充分なだけの巨大な知性があるとすれば、それは宇宙の最も大きな天体の運動と最も軽い微粒子の運動を同一の微分方程式のなかに包含することが可能だろう』とね。嚙み砕いて言えば、この宇宙に起こる森羅万象は、悉く微粒子と微粒子の相互作用によって成り立っているのである限り、それは物理法則に従って運動する微粒子の運動の集積にほかならない。しかも、その微粒子の状態が正確に掌握できてさえいれば、その運動の仕方はたったひと通りしかない筈だから、どこまでもその行動が予測できる。だから、この宇宙に存在する悉くの微粒子の位置とエネルギーを知ることができれば、それから計算することによって、無限の過去から無限の未来までの宇宙の姿を知ることができるということなんだ。つまり、宇宙に起こる総ての出来事は、物理法則によって過去から未来永劫まできちんと定められているというんだよ」

根戸は憑かれたように言いつのった。

「勿論、人間にはとても全部の微粒子の行動やら位置関係を調べることなんてできやしないさ。しかし、もしもそれを見通すことのできるような、さっきも言った巨大な知性を持つ〝何者か〟を仮定したとすれば、そいつにはもう、宇宙が消滅するまでのありとあらゆる出来事が判ってしまうことになる。……ねえ。そうして、その巨大な知性は、後にラプラスの悪魔という名称を得ることになったのさ。奴には何もかもお見通しなんだ。人の心というのも、結局は化学反応や電気的反応の集積にしか過ぎないからには、奴には人間が生まれた時から死ぬまで、何を考え、何を思って生きてゆくのかさえ、手に取るように予測できるんだよ。……それがラプラスの悪魔なんだ」

「判ったわ、マリオン。あなたが何を言いたいのか」

杏子はそっと、テーブルの上に手を滑らせながら言った。根戸はその時、杏子のつけている香水もまた、いつもと違ったものであることに気がついた。

「要するに今度のことはそれと同じで、総てこの世ならぬ何者かの手によって、何から何まで最初から決められていたのではないか、と、こうでしょう。……とうとう宿命論的なところまで行き着いてしまったのね。そんなにまでして自分を説得しないではいられないなんて、あなたもつくづく可哀相な人だわ」

「ありがとう」

根戸は鼻白んだように笑って、

「だけど、これは俺の確信なんだ。実のところ、機械的な因果律は現在の物理学では否定されてるんだけどね。……ただ俺は、そのラプラスの悪魔のような奴が俺達の上にいるという点だけは断言できる。賭けてもいいさ。それでなくて、どうしてこんなに奇妙な偶然が氾濫するものか。君と雛ちゃんが八月三十一日に青森に行ってしまうことだって、既にナイルズの『いかにして密室はつくられたか』が予告してる通りだからな」

「どういうこと」

相手の熱心さに、杏子は初めて首を傾げながらそう尋ね返した。

「い、い、い、い、い、いいえ、どういうこともこういうこともこういうこともない」

根戸は二本目の煙草に火をつけ、

「そこにはちゃんと、君達ふたりが青森の親戚の家に引越すというエピソードが描かれてるんだよ。ちゃんと日付も明記してね」

「それが八月三十一日だというのね……」

そっと眉を顰めてみせる面持ちは、しかし、さほど深刻なものとは受け取れなかった。あるいは杏子自身、今自分がいるのは紫に暮れなずむどこか遠くの街だという想いから、抜け出ることができないのかも知れなかった。根戸は再び、ふと残虐な衝動にかられて、

「それに、ナイルズの小説にはもっと面白いことも書かれてあったよ。君とナイルズが、何回か肉体関係を結んでいるという内容でね……」

しかし根戸は、喋った後で軽い後悔を感じていた。杏子の表情は、今度ははっきりと変化を見せ、そうしてそれは決して回復されないもののように凍りついてしまったのだ。

「ナイルズが、自分で……？」

やっとそう訊き返したその表情の奥には、確かに強い否定の意思表示があったものの、そのさらに奥には、正体は知れぬがそれとは別種の感情が見え隠れしていた。虞《おそ》れにも似た、翳のようなもの。根戸は微かな痛みさえ覚えながらも、いったん口をついて出た言葉は、ずるずると坂を転がるように留まることがなかった。

「なかなか興味深かったよ。それによると、君はナイルズを羞《はずか》しがらせることに熱中してたそうだけど……」

杏子の表情の奥にひそむ虞《おそ》れのようなものが、さらにその影を濃くした。そしてそ

れはみるみる杏子の肌の内側を被いつくしてゆくのだろう。根戸には奇妙にまざまざと、その浸蝕の光景が壮大な壁画にでも臨むかのように眺望することができた。それは不思議な闘いのようでもあり、圧倒的な闇の降臨のようでもあった。

「何であれ、みんな終わったのよ」

眦《まなじり》を決したような、鋭い語調だった。根戸はその硬質な杏子の表情を美しいと思い、そして同時に、ひとつの伽藍《がらん》めいたものが全くの崩壊をなし終えたことを悟ってもいた。その悟りはまるで唐突に訪れたために、根戸はその瞬間をこれといった大きな感情を抱くこともなく、ひどく柔軟にすり抜けてしまっていた。そしてそうであるからには、これから先は何の悲しむべきこともなく、これ以上のどのような崩壊が彼の前に待ち受けていようが、最早それは根戸にとって何の拘りもないものであるに違いない。

杏子は既に立ちあがりかけていた。

根戸は動けなかった。

――俺には復讐することしか残されていない。

根戸はそうも考えていた。じゃあ、という言葉が口を出そうになるのをやっと押し留めて、根戸は背を向けかけた杏子に、なぜか判らぬままそんなことを尋ねていた。

「最後に――今日の香水の名前を教えてくれないかな」

その言葉に背を向ける動作を止めると、再び首だけゆっくりとこちらにまわし、今はもうもとの植物的にさえ見える表情に戻った横顔を向けながら、杏子はぽつりとそれに答えた。

「ラ・フュイト・デ・ザール……」

——時の移ろい——。

根戸は椅子に腰を降ろしたまま、店のなかにひとり、ただその言葉だけを繰り返していた。ほかには誰もいない。異国の風景が窺い見える窓の店には、最早その時、誰ひとりとて存在する筈がなかったのである。

7 撫でてゆくのは風

羽仁は前髪を掻きあげながら、熊のように輪を描いて歩きまわっていた。

九月一日。甲斐はついにその姿をどこにも現わすことなく、結局は真沼と同じ行方不明ということで警察の捜索も始まったのだが、その消息は杳《よう》として摑みどころがなかった。並行して、『黄色い部屋』は改装のため休店となった。

周囲の人びとの手によって、彼らの空間は見るも無惨に切り裂かれ、蹂躙《ふみにじ》られ、今そこに漂うのは妙に白じらとした光に照らし出される稀薄な空気でしかない。それは惨劇の後に当然訪れる、是も非もない情況だったのかも知れないのだが、彼らは執拗にそれを拒み続けるかのように、根戸のマンションに集まった。

羽仁は歩きまわっていた足を止めて、ゆっくりと部屋のなかを見渡した。

布瀬はあの時以来、驚くほど無口になっていた。そしてそれは概《おおむ》ね誰に対しても言えることで、ナイルズは勿論、根戸さえも椅子に腰を降ろしたまま、先程からひと言も口をきかないでいる。ただひとり、いつもと変わらないのは影山だけで、そんな有様の三人を横眼に見ると、肩を竦《すく》めるように羽仁の方を振り返って、

「小説と現実とでは、やはり勝手が違うんですねえ。いやはや、小生も全く呆気に取られて、なす術もない状態ですよ。小生にとっていちばん不可解なのは、何度も繰り返された言葉ですが、この一連の連続殺人劇を遂行させるような動機がどこにもないことなんです。はい。ああ、勿論小生は皆さん方との交流が浅くて、根深いところの様ざまな事情にも精通していないものですから、あまりこんなことを大見得切って言えないんですけれど。……それについてはどうですか」

「その通りだよ」

羽仁は再び頭を掻いた。

「僕もそこのところが、どうしても判らない。曳間、ホランド、倉野。この三人が殺

されなければならないような理由は、誰を犯人に仮定したところで説明がつかないんだよ。だとすれば、犯人は最初から全く動機もなしに三人を殺したことになってしまう。……ただ殺人を犯したいという欲求だけが犯人のなかで先行していて、三人は無作為に選び出された被害者に過ぎないとしたら、犯人は骨の髄までの殺人狂なんだ」

吐き出すように言ってのけると、影山もそれに加わるように、

「もしもそれが正しいとすれば、殺人はまだまだ続くかも知れませんねえ。なにせ、犯人はこの五人のなかにいる訳でしょう」

その言葉は、黙りこくっていた三人の軀に、ぴくりと反応を与えた。

「そうとばかりは言えんだろうさ。行方不明になった真沼や甲斐にしたって、条件は変わらないからな。……それよりも俺は、どうもお前さんのことがひっかかってならないんだけどねえ」

そう初めて口をきいたのは根戸だった。影山は剽軽《ひょうきん》な表情をさらに恍《とぼ》けたものにして、

「それはまた、どういうことですか」

「だってお前さんは、今度の一連の事件を最初から予測してたじゃないか」

影山はその言葉にも、依然愛想のいい笑みを消そうとはしなかった。

「あの暗号ですか」

「そうだよ」

明るい日差しが根戸の背後から絶え間なく流れこんでいて、それは表情を読み取り難くしていた。柔かな日差しだった。細かい水滴が噴水のように吹きあげられて砕け、さらに微細な霧となって飛び散っている様にも似ていた。

「俺は七月三十一日の推理較べでは、あの暗号を半分しか解いてなかったんだよ。勿論、もう少し説明する筈だったんだが、俺が影山架空説を誦《とな》えた直後にお前が登場したものだから、結局あれっきりになっちまった。あっはは。俺も少し感情的になってたからね。……しかし、よくよく考えれば、確かに影山という人物がみんなでつくりあげた架空の人間だという、最終的な結論は間違いだったけど、その一歩手前までの俺の推理が否定された訳では決してない。いや、それどころか、あの暗号の謎は謎として、依然解決されないまま残ってるんだから、俺は気を取り直して、残り半分も解読してやろうと、ここ何日か頭を悩ませ続けたんだよ。具体的には、あの文面の裏にあった奇妙な図案だ。

「あの八角形の枠に関しては、俺は最初から九星術の方位盤に違いないという確信を変えることはなかったよ。しかし、あの九つの文字の意味が判らない。まんなかに鬼。そうして上から左まわりに、宏、芇、厶、木、仏、人、厶、口、だったな。……いやはや、全く何のことなのか。といっても、俺はひとつの見当だけはついてたんだ。方位盤のなかに配置されてるからには、そのひとつひとつは人物を示してるに違いないとね」

「ねえ、根戸」

急に口を挿んだのは羽仁で、

「僕も一応、あの図案についてはいろいろ考えを巡らせてみたんだよ。『ム』という文字はシとかボウとか読んで、わたし、とか、それがし、なにがし、という意味を表わし、あるいは日本だけで使われる用法だけど、『ムる』と書いて、ござる、と読ませる。それから『厶』というのは中国で使われている略字で、もとは、細かい、とか、微か、という意味の『麼』という文字だったんだね。これはバとかマとか読んで、『麼』という俗字体を持つんだけど、『厶』という文字は厶九牌《ヤオチユウ》という言葉で、麻雀を嗜《たしな》む人にはお馴染の筈だよね……。そこまでは調べたんだ。だけど、あの『帀』という文字。あれは僕の持ってる漢和辞典にも載っていなかったんだよ。あんな文字、本当にあるのかい」

「うむ。あれは……」

根戸は頷いて、脣を舌で湿すと、

「字の意味だけなら、倉野にはすぐ判った筈なんだよ。囲碁の用語にあの文字を使うものがあるんだ。囲碁というのはそもそも石による陣地の囲み合いで、その陣地の大きさを競争するものなんだけど、黒と白の陣地の数が全く同じ場合のことをこの文字を使って〝芇《じご》〟というんだ。もともとはベンとかメンとか読んで、相当たる、という意味を表わす文字らしい。囲碁の用語にはほかにも、征《しちょう》とか尖《こすみ》とか劫《こう》とかいう独特のものがあるんだけど、それはともかく、囲碁に関係のある文字だけに、俺は初め、こいつは倉野のことを意味してるんじゃないかとも思った」

「あはあ。なるほど」

羽仁は力なく笑って、

「囲碁に麻雀……。だとすると、麻雀の方は誰かな。いちばん強いのは、お前か真沼だろう」

「いや、羽仁。……そんなふうに考えたくなるのが当然だけど、表側の暗号文に字面《じづら》の意味がなかったように、こちらも実は、文字そのものの意味は関係ないんだ。重要なのは、文字の形状だったのさ」

「どうもよく判らないなあ」

言いながら、羽仁は影山の方を振り返ってみた。相変わらずいつもの媚びるような笑みを絶やそうとしない影山は、ウェーブのかかった髪を掻きながら、悪戯がばれた時の子供のような表情を浮かべていた。

「要は足し算と引き算さ。周囲の八つの文字は、中央の鬼という文字に加えるか除くかして、人の名前を浮かびあがらせるためのものに過ぎないんだ。それに気がついたのは、八つの文字のなかに厶という部首を含んでいるものが四つもあったからだ。しかも中央の鬼という字にしてからがそうだろ。こいつは何かあると考えて、俺はついにその謎を解いたよ。鬼ひく宏は久、鬼たす芇は蘭、鬼ひく厶は甲、鬼たす木は根、鬼ひく仏は羽、鬼たす人は倉、鬼ひく厶は曳、鬼ひく口は布。芇というのは、巾を門の略字と看做して使うところがみそだ。強引なところもあるけど、鬼という文字を中心にこれだけやれたのは見事なような気もする。……判りやすく図に直してみようか」

そう言って根戸は立ちあがり、机から紙と鉛筆を持ってきて、テーブルの上で何やら描き始めた。

「北を上に、直しておくよ」

影山を除く三人は、ぼんやりとその図案を覗きこんだ。羽仁はなぜかしら、根戸の手によって不思議な呪法がなされてゆくような気がしてならなかった。

「オヤ。これは……」

最初にそれに気づいたのは布瀬だった。眼鏡の奥で下瞼をあげて眼を細めると、

「実際の住居の方角そのままではないかね」

「さすがに布瀬。仏文学科」

聞いたようなことのある訳の判らないことを言って根戸は、

「まさしくこれは、ある場所から見た我々の住居の方角を、図に表わしたものにほかならない。俺は東京の地図をひっぱり出して調べてみたけど、その中心をあの『黄色い部屋』に置けば、これがまた実に旨く辻褄が合うんだ。偶然といえば全く奇妙な偶然だが、俺達の住所にこんな不思議な位置関係があるなんて、影山のあの図案の謎を解いてみるまで気がつかなかったとは、全く迂闊だったたな」

そうすると、影山はこのファミリーに加わって間もなく、この奇妙な偶然に気がついていたのだろうか。三人は慌てて、飽くまで飄々《ひょうひょう》とした雰囲気を崩そうとはしない、この黒縁眼鏡の小男に視線を揃えた。

「さて、ここまで判ってしまえば、後はもう簡単さ。九つの宮に、九星術固有の数字と色をあて嵌め、それに例の図方の概念を応用すればいい。《図は暗き印》という暗

号文の言葉もそこで初めて意味を持ってくる筈なんだよ。……そう言えばもう見当がつくだろ。『白い部屋』、『黒い部屋』、『黄色い部屋』と、既に我々の眼の前には三つの色が堂々と提示されてるじゃないか。これをそれぞれ、持ち主のいる場所にふりあてれば、いよいよ辿るべき径がはっきりしてくるというものさ。中央には黄、北には白、南西には黒……。おやおや、そうするとこれはどうやら、中央に五黄の来る定位盤らしいね。もしそうだとすれば、周囲の色彩も同時に決まって、北から左まわりに、一白、六白、七赤、二黒、九紫、四緑、三碧、八白、ということになる。それでは実際にひとつひとつを検討してゆけばどうなるか……。

「羽仁のところは『白い部屋』だから一白で問題はない。倉野のところは六白が来る筈だが、一説によると、この六白というのは黄色から橙にかけての色を差すそうだから、これも旨く適合するな。曳間のところは七赤が来る訳だけど、別にあいつの部屋は赤くも何ともないから、これは該当しないかと思えばさにあらず。あいつの住んでるアパートの名前が紅《くれない》荘であることはみんなもよくご承知の筈だ。そうしてお次の布瀬のところは、二黒で『黒い部屋』。久藤宅は九紫だが、雛ちゃんの部屋の装飾がだいたい紫色の色調だったね」

羽仁は根戸の説明を聞きながら、軽い眩暈《めまい》をさえ感じていた。眼に見えぬものの呪縛を、その時初めて明確な実体として意識しなければならなかったのだ。

「ホランドとナイルズの部屋は緑色の毛氈《カーペット》が敷いてあり、壁紙も枯草色と、これも次に来る四緑と符合するじゃないか。しかもホランドはことのほか緑色が好きだったしね。甲斐のところは三碧で、これは青が基調となってるあいつの部屋と合致するし、最後に俺の番だけど、八白にあたるこの部屋はどうだ。——羽仁の『白い部屋』に負けないほどの白い部屋だろ」

羽仁は強烈な不安にかられながら、そっと影山の方に眼を配った。そうして彼は眼を疑った。影山の表情はいつの間にか、羽仁の不安をそのまま反映したように、曖昧な翳りとでもいったものをその上に漂わせていたのだ。

「なあ、影山。ここに来て俺は、お前が総てを予測してたのを思い知らされたよ。俺達を鬼に喩えたのは面映ゆいことだが、方位盤にあて嵌めるべき数字は、図案の上に書かれてあった《四鬼》にほかならない。つまり俺達の本命星が四緑木星だとして、方位盤と照らし合わせれば、四緑の蘭——ホランドが本命殺にはいり、その反対方向の倉野が的殺にはいるじゃないか」

根戸は、影山の様子を敢えて無視するかのように言いつのった。

「また、俺は逆のことも考えてみたんだ。もしかすると《四鬼》ってのは、中央の鬼に四緑をあて嵌めるという示唆かも知れないとね。もしもそうだとすると、周囲の枠には上から左まわりに、九紫、五黄、六白、一白、八白、三碧、二黒、七赤、ということになって、調べるのは五黄殺と暗剣殺の組だということになるんだが、面白いことにこちらの考え方を適用しても、倉野が五黄殺、その反対方向のホランドが暗剣殺にはいることになって、話は殆ど変わらないんだ。お前の意図がどちらにあったのかは知らないが、とにかくホランドと倉野のふたりの上に、凶々しい死神の大鎌が振り降ろされると、はっきり予告されてる訳だ。……尤も、五黄殺はじわじわと蝕《むしば》むような不幸を表わし、暗剣殺は降って湧いたような不幸を表わすという性質から見れば、あっという間に縊《くび》り殺されたホランドが暗剣殺で、反対に出血多量によってじわじわと死んでいった倉野が五黄殺だとする後者の解釈の方が、より本命らしく思えるけど」

柔らかな光に充ちた部屋のなかで、布瀬は蒼褪めた顔色を隠そうともせずに口を挿んだ。

「しかし、それでは、曳間の死はどうなるのかね……」

そうはいっても、蒼褪めているのは何も布瀬ひとりに限ったことではない。ナイルズも根戸も羽仁も、そうして今は影山まで血の気の失せた顔を並べて、互いの顔を瞶めあっている。それはまるで白昼に集う幽霊のようで、羽仁はひととき、何かが明らかにされてゆく期待と恐怖を、等分に味わっていた。

「さあ。それなんだよ」

根戸はテーブルの上に鉛筆を叩きつけるように投げ出し、

「そこが今度の事件を判らなくしてた点なんだ。七月三十一日の推理較べの時点で、こいつが判っていれば。……はっきり言おうか。死を予告されてなかった曳間がなぜ殺されたのか。……しかも現場が倉野の部屋だった、その理由を」

「根戸！」

仰反《のけぞ》るように布瀬が呻いた。

「あれは――間違いだったと言うんだな。単なる、マチガイだったと」

羽仁は耳を塞《ふさ》ぎたい衝動をやっと抑えた。その言葉は彼のなかのある部分と、奇妙な共鳴を起こしているようだった。直接の記憶ではない。後から倉野に聞いたところの、そしてナイルズの小説にも書かれていたところの、ひとつの堪え難い言葉だった。

「そうさ。曳間の殺害は、犯人の予定表に載ってたものじゃなかったんだ。曳間は倉野と間違って殺されたんだよ」

それは全く新しい光景だった。眼の前にぶ厚く垂れ籠めていた靄が不意に霧散し、その向こうから現われた視界の深さに、彼らは微かな身じろぎを禁じ得なかった。

「例えばこんなふうに考えてもいい。倉野の留守中に部屋を訪れていた曳間を、後からやってきた犯人が階段の上から呼びかけ、戸を開けた途端に心臓を短剣でひと突きしたんだと。勿論犯人は、そこに臾間がいるなどとは思ってもみなかったに違いない。窓もカーテンもしまっていたため薄暗かったこともあって、犯人は臾間を倉野と間違えちまったんだ。だから、犯人がその後三時間以上も倉野の帰りを待ったのも判るだろう。靴を見せるためなんかじゃない。奴はまさしく、倉野の命を奪うためにだけ、その場に留まってたんだぜ」

「だって、倉野は殺されなかった……」

拒むように羽仁が言うと、

「そこが奇妙な犯罪心理なんだが」

と、鼻白んだように言葉を切って、根戸は、

「犯人は間違い殺人を犯し、再び殺人を行なうことに怖気《おじけ》づいちまったんだ。あの茹《う》だるような熱気のなかでひたすら倉野の帰りを待ち続けるくらいだから、最初はどうでも、狂った殺人計画を是正するつもりだった筈だけど、最後の土壇場になって、ついつい躊躇してしまった。……そうすると、もう駄目さ。ぐずぐずしてると臾間の屍体を発見した倉野が戻ってくる。かくしてほんの一瞬の躊躇が、彼をしてその場から遁走せしめる。後に残ったのは、世にも不可解な《密室ならぬ密室》という訳だ。勿論、戸口の鍵を表側からかけていたのは、倉野以外の人物の闖入を防ぎ、倉野には用心をさせないための小細工に過ぎない」

「じゃあ、犯人は」

ぽつりと、その時初めてナイルズが口を開いた。嗄《しわが》れた声。流れこむ初秋の光には相応《ふさわ》しくない巨大な悪意の影が、その時の部屋には落ちているような気もした。ナイルズの呟きは、当然、根戸の話の後に来るべき疑問だった。

「それは影山がなぜ殺される人物を、あれほど正確に予測できたかという疑問に重なってくるだろ。偶然なんかであり得ないのは、雛ちゃんと杏子さんの方はひと纏《まと》めに《久》を使ってるのに対し、片城兄弟の方はホランドだけを指名して《蘭》を使ってることを見ても明らかだ。影山が正確に殺される人物を指摘できた理由。――それはたったひとつしかない。殺人を計画し、そしてそれを実行したのが、ほかならぬ影山自身だったとすれば……」

言いながら、根戸はゆっくり顔を挙げた。ほかの者もつられるようにそれに従った。

そこには、ぼんやりと幽霊のように佇《たたず》む影山の姿があった。

「だいたいからして、我々との交流が最も浅い影山に、ファミリーのなかで殺人が起こり、しかも殺されるのはホランドと倉野だなどと予測できる道理がない。しかし殺人者が影山自身だとすれば、自分が予定した被害者のリストを暗示してみせるだけのことなんだから、これほどたやすいことはないね。……ホランドの時だって、考えてみれば、影山。お前があいつに会った最後の人間だったじゃないか。お前が俺達のいた部屋にはいってきた時、既にホランドを絞め殺した後だったとすればどうだ。そうさ。この俺を物置に抛りこんだのもお前なら、密室を構成したのもお前なんだ。……羽仁の屋敷の時だって、お前はいつでも忍びこむことができたんだからな」

追いうちをかけるように根戸が言うと、影山は蒼白な表情のまま、やっと気を取り直したように眼をキョロキョロと動かして、

「だって、それでは、トリックのことには何も触れていないじゃないですか。……だいいち、小生には、アリバイがあるんですよ。……曳間氏の時もそうですし、倉野氏の時も、いろいろと警察に調べられたんですから……」

詰まり詰まり、やっとそれだけを言い返して、影山は突然痛みを怺《こら》えるように顔を歪ませた。

「――小生には、何が何だか判らなくなってしまいました」

喰い縛った歯の間から微かな呻き声を洩らしながら、弱々しい声でそう呟いて、再び顔をあげると、

「あれは、小生の悪戯だったんですが――」

それが最後だった。影山は弾けるように扉の方に駆け出すと、あっという間に根戸の部屋から姿を消し去っていた。あまりに急な出来事だったので、彼らは殆ど声を出す暇さえなかった。

ただ一瞬、影山が扉を開いた途端に、吹き抜けになった部屋のなかを、一陣の風が走り過ぎたのだけは、彼らも妙にはっきりと意識していた。

それきり二度と影山は戻ってこなかった。根戸の部屋にだけではない。その日から、影山は決して彼らの前に姿を現わすことがなかったのだ。時の流れはそれ以後も歩みをやめることなく、いつしか一週間たち、ひと月たち、ただその時の風の感触だけがやけになまなましく残されたまま、しかし彼らの眼の前には、再び深い濃霧の底へと鎖された鈍色《にびいろ》の世界が、圧倒的な重圧感を伴って展がっているばかりだった。

8　遡行する謎解き

試みに新聞や週刊誌を展げてみても、その頃には既に彼らの間の一連の事件に関する記事は、紙面のどこにも見つけることはできなくなっていた。恐らくそれに関しては、ファミリー内の細かな事情について堅く口を鎖し続けてきた、彼らの唯一の勝利と言えるのかも知れなかった。警察の捜査も決してその手を弛《ゆる》めた訳ではなかったが、事件の真相と殺人者の正体はついに明らかにされることなく、一連の謎はようやくにして迷宮入りの様相を色濃くし始めているというところらしかった。

そのほかに彼らに関係したことと言えば、真沼と甲斐の消息は依然として知れず、影山も純然たる行方不明という訳ではないにしても、九月一日以降、彼らの間に姿を見せようとはしなかった。そうするうちにスナック『黄色い部屋』の改装が終わり、店名も『帰路』というありきたりのものに変えられて、聞くところによれば夥《おびただ》しく蒐集されていた人形達も悉《ことごと》く売り払ってしまったらしく、彼らの間に甲斐良一からの新装案内の葉書が届けられたのは、十月も初旬になってからのことだった。

　葉書には形式的な文章が印刷された後に、弟のことは気にせず、今まで通り気軽に立ち寄ってほしい旨《むね》が書き加えられていた。

　残された者のうち、最も深い傷を負ったのはナイルズの筈で、雛子が彼のなかでどのくらい重い位置を占めていたのかは知れぬにしても、十五年前に分身のひとりを喪《うしな》い、そしてまた今、共に生き残ってきたもうひとりの分身を喪ったとあっては、彼を責め苛《さいな》む現実の重さはいかばかりだっただろう。しかもそのナイルズ自身の書いた小説を契機として惨劇は始まり、それを追いかけるようにして現実と架空の激しい競争が続けられたからには。

　彼らはこの現実に張り巡らされた罠の、底知れぬ巧妙さに戦慄するほかなかった。陥穽は至るところにその不気味な口を開き、あるいは既に、どっぷりと総てを呑みこんでしまう架空の胎内を、彼らは歩き続けているのかも知れないのだ。

「胎内巡りという言葉があるね。——あれに似てるな」

店内には、事件のあった別室も、今は痕跡すら認められなかった。色彩も爽やかな中間色によって占められ、かつての不吉な空気はひとときの悪夢だったかと思われるほどである。ただその代わりに新たに二階が増築され、四人はそちら側には客がいないのを確かめて、二階準備中の札を出して貰い、窓際のテーブルのひとつに席を占めたのだった。

十月五日。窓から眺め渡される街路樹も黄色く染まり、すっかり外界は秋の装いに衣更えをなし終えていた。二度ほど台風が日本の上空を通過してしまうと、もうそれまでの異常気象は過去のものとなり、あれほど世間に蔓延《まんえん》していた終末思想とやらの風潮も急速に姿を消し去って、季《とき》の流れは再び順調にその歩みを取り戻していた。

「全くな。しかも、どこまで続いてるのか、さっぱり判らないとくる。……案外、死者の辿る虚無もこんなものかも知れないぜ」

根戸が言葉を返した時、不意にナイルズの肩がぴくりと顫えた。思いがけない言葉に、羽仁も眉を顰めて、

「死者が、何だって……？」

「自らの想いとは無縁な場所にいるってことでは、生者も死者も、たいした違いはないってことさ。御参考までに――」

そう言って、根戸は胸ポケットから黒い小さな手帳を取り出し、ぽんとテーブルの

上に抛ってみせた。

「これは」

「死者の書さ」

根戸の表情に悪戯な笑みが浮かぶと、つられたように羽仁も口許を緩めた。

「へえ。死後の世界の案内書っていう——。それにしては、パピルスでできているようにも見えないけど」

「録《しる》したのは神官ならぬ黒魔術師だからな。これは曳間の手帳だよ。この間、家の人に借りたんだ。見てみろよ」

「曳間のだって？」

羽仁が開いたページには、断片的な語句や文章と、できそこないの魔法陣に見える図形で、びっしりと埋めつくされていた。

「残念ながらこれは日記じゃない。書かれてあるのは殆ど、奴の専門だった心理学的なことばかりでね。そういった構想が浮かぶと、必ずこの手帳に書き録していたらしい。だから事件の本質には何ら関係ないけど、最初から読んでゆくとなかなか面白いんだ……。勿論、ここに書かれてあるのは、奴の頭のなかに構成されつつあったもののほんの断片に過ぎないだろうけど、それらを繋ぎあわせてみると、その恐ろしい全貌が仄《ほの》見えてくるんだよ。俺は読み進みながら、凄いスリルを覚えて顫えあがっちまった。……奴の謀《たくら》んでいたのは、どうも驚いたことに、教授連を驚倒させたというあの『記憶におけるくりこみ原則』などもその一環に過ぎない、全く画期的な理論体系だったんだ。俺は思うんだが、曳間ってのは、数学の分野で言えばエバリスト・ガロアに喩えられるべきだな」

「またぞろ、何だか訳の判らないことを言いだしたな」

髭を撫でつけながら、遮るように言葉を挿んだのは布瀬だった。彼もまた、一時期の鬱状態から、ようやくいつもの皮肉屋に立ち戻っていた。

「しかし畢竟《ひっきょう》、事件の本質に無関係であるばかりか、死者の辿る虚無とやらにもあまり関係がなさそうに思われるのだがね」

「そう言われると弱いな」

根戸は短い髪をバリバリと掻いて、

「まあとにかく、最後の文章を読んでみてくれ。強《あなが》ち関係なくもないだろう」

布瀬はそれを聞くと、手帳のページをパラパラと捲《めく》った。

そこには次のような文が録されてあった。

『何度も何度も繰り返される思考実験。その度に顔を覗かせる僅かな齟齬《そご》。それを埋めあわせようとする、殆ど絶望的な試み。そうだ。僕は、そこに微調整など効《き》かないことを知っている。髪の毛ほどの隙間のために、塔は再び撲ち崩されねばならないのだ。こんなところにすら不連続線が横たわっている。

誰が一体、何を、どうやって共有できるというのだろう。そう僕も君も思っている。だからこそ、そっと囁きかけよう。無論、精神なんて、脳内の化学変化と電気的作用の、ちょいと複雑な集積に過ぎないんだと。そうとも。不連続線が呪縛のために準備されていたとしても、雁字《がんじ》搦《がら》めに身動きできなくなるまで待つことはない。踏み越えたまえ。

何度雷光が塔を撲ち崩そうと、新たな塔はその度に立つだろう。決して力強くはないこの囁きを、君は矛盾《さかしま》と笑うだろうか』

そこから後は、痛ましいほどの空白が手帳の終わりまで続いていた。

「どうだ。これが唯一、心情吐露の部分だよ」

「成程ねえ」

真先に口を開いたのは羽仁だった。

「彼はやり残したことがたくさんあるんだねえ」

しかしそう後を続けた時、不意にナイルズが激しい口調で決めつけた。

「それは誰だってそうだよ！」

羽仁ははっと息を呑んだ。根戸と布瀬も、思わず呆気に取られたように眼を瞠《みは》った。

彼らが言葉を失っている間、眉根を寄せ、きつく脣を噛んだナイルズのなかで、苛立ちとも諦めともつかぬものが、艶やかな一枚の皮膚の向こうにわらわらと青白い炎を吹きあげていた。

「何て顔してるの。僕がこんな喋り方するの、おかしい？　……冗談じゃないや。こんなふうにとどめを刺されたってのに、平和な顔なんてしてられるもんか」

再び吐き棄てるように言って、拳を膝の上に打ち据える。羽仁は、またしても現実が貌を変えてゆく予感に抱き竦められていたが、そうして次第に項垂《うなだ》れたナイルズの声は、急に弱々しいものになった。

「全く……決定的だよ。これがやっぱり、潮時なのかな……」

「一体、何を言っとるのかね」

ようやく布瀬が尋ねかけると、ナイルズは手の甲を口に押しあてるようにして、

「どうして最初から判ってくれなかったのか。……そう思うよ。……ねえ。倉野さんが殺された時、僕にはアリバイなんてなかったんだよ」

「何だって」

三人は口ぐちにそう叫んだ。そうしてその瞬間から、彼らの眼の前に屈まるように

腰をおろしている少年は、みるみる〝恐ろしき殺人者〟への変貌をなしとげてゆくかと思われた。

「それじゃ、君が……」

「早とちりはしないでよ。だからと言って、僕が倉野さんを殺したという訳じゃないんだ。だけど、僕にアリバイがないとなると、同時にアリバイのない人が、もうひとりでてくるじゃない」

謎かけのようにナイルズが言うと、二、三秒の沈黙の後に、

「甲斐が……？」

溜息まじりに根戸が呟いた。

「だけど、君は」

「そこが、僕に課せられていた、ひとつの罰だったんだよ。僕は、誰かがその点を指摘してくれないかと、ずっとずっと心の底から願ってたんだ。僕と甲斐さんの奇妙な共犯関係に気づいてくれるのを。……結局、その告発は雛ちゃんがしてくれたけど、こんな形で曳間さんからとどめを刺されるとはさすがに思わなかったな」

ナイルズはそこでいったん言葉を切った。昂まった感情を抑えるように、そうして二、三度深く息をつくと、

「はっきり言って、倉野さんを殺したのは甲斐さんにほかならないんだ。僕は、甲斐

さんがあの時——根戸さんや布瀬さんの見当違いな追究を受けようとしてた僕に、ナイルズは俺と一緒にいたからアリバイがあると助け舟を出した時——倉野さんを殺害したのは甲斐さんだと、間違いなく確信することができたんだよ」

「では、あの密室のトリックは……」

詰問するような口調で布瀬が言葉を挿んだ。ナイルズはしかし、それを待ち受けていたかのように傍らのバッグに手をやって、しばらくそのなかを探っていたが、

「それを解いたのも雛ちゃんさ」

そう言いながら取り出したのは一通の封筒だった。

「僕からくどくどと説明するよりも、この手紙を読んでくれた方がいい。密室の解明と、それに関連した僕への告発が要領よく纏められてるから。……そう。さっきも言いかけたけど、この手紙は僕への告発状だったんだ。届いたのはつい昨日さ。いっそどこまでも、甲斐さんとの共犯関係を曳きずっていこうとしてた僕に、この手紙と曳間さんの文章は……」

ナイルズの言葉は、そのまま続いていたようだった。しかし羽仁の頭のなかで、それは次第に曖昧なものになった。彼の眼は既に、先程手渡された手紙の文面を一心に追い始めていたからである。……

こちらに移ってから、もうはや一ヵ月。あなたの小説のなかに、時は降り積もってゆくものだという言葉があったけど、あたしも最近、そう感じることが多くなってきたわ。広い部屋のなかにぽつんとひとりいると、もう何もかもが悪い夢だったようで、こうしてぼんやりしている時も、はっと夢からさめて、総てがもとに戻るのではないかしら、なんて考えちゃうの。ただ、夢がさめた時、自分がどこに、どうしているのか、あたしは一体、いつからこんな悪い夢を見始めたのか、それがどうしても判らないんだけど。……御免ね。変なこと書いちゃって。でも、勿論、こんなことばかり考えてた訳じゃないわ。それどころか、あたしは倉野さんが殺された時の密室を、とうとう開くことに成功したのよ。

倉野さんの悲鳴を聞いて、真先に駆けつけたのは羽仁さんだった。だけど鍵がかかっていたので、羽仁さんは扉を壊すためのハンマーを取りに行った。後から来た甲斐さんは、体あたりで扉を撲ち破ろうとした。そこへ、根戸さんと布瀬さんが到着して、三人で扉に体あたりし始める。遅れてあたし、そして羽仁さんも戻ってきて、とうとう五人の眼の前で扉は撲ち壊された。

悲鳴が聞こえてから扉を破るまでの顚末は、だいたいこんな具合だったけど、今回の密室の秘密は、総てこのなかに隠されてたの。あたし達が部屋の前に到着した時、甲斐さんが扉に体あたりしながら、鍵がかかっている、手伝ってくれ、なんて遽《あわただ》しく声をかけるものだから、誰もそれを鵜《う》呑《の》みにしてしまって、本当に鍵がかかってるか確かめようとはしなかったわ。だけど、実際は鍵などかかっていなかったとしたらどうかしら。——鍵もかかっていない扉を撲ち破るなんて、まるで滑稽な喜劇。でも、それが事実だったの。

それなら、羽仁さんが来た時には鍵がかかっていた筈の扉から、どうやって甲斐さんは外に抜け出したのか。

あなたには、もうずっと前から判ってたんじゃないかしら。甲斐さんは、特別な器具や操作など何も必要としないで、あの部屋から外に出ることができたの。つまり、あの部屋の扉は、最初から最後まで、一度も鍵などかけられてはいなかったのよ。

それでは羽仁さんも甲斐さんとぐるになって、嘘の証言をしたのかしら。——いいえ、羽仁さんの言葉にも嘘はなかったわ。羽仁さんがノブをまわそうとした時、確かにそれはビクとも動かず、それでついつい鍵がかかってると思いこんだのでしょうけど、実はその時、甲斐さんが部屋の内側からノブをしっかりと握りこんで、動かないように固定していたのよ。こう言っちゃうとまるで子供騙しに聞こえるかも知れないけど、少なくとも紐やピンセットを使うトリックなどよりは、よほど実際的な方法に違いないわ。恐らく、この単純さが却ってあたし達の盲点になってたんじゃないかしら。

ここまで来れば、後はもう説明するまでもないわね。あなたもやって来てから、甲斐さんが扉を持ちあげて、そこにも鍵がないのを示してみせたのを憶えてるでしょ。多分あの時、こっそり止金をひっぱり出して、鍵がかかっている状態に直したに違いないの。そうして同時に密室は完成し、後はその部屋の鍵が、倉野さんの軀のなかから発見されるのを待っていればいいという訳。それが、密室に関する謎の総てなのよ。

確かにあたしは、それが唯一無二の解決だと今でも信じてるわ。でも、密室に関する謎だけならそれですむけど、そこから逆に導き出されてくる結論を前にすると、あたしは急に立ち止まらなくちゃいけないの。

判らないことはみっつあるわ。ひとつは、もし今までの説明が真相だとすると、これは計画的犯行である筈がないということなの。なぜなら、あの時はみんなそれぞれ、全く任意の部屋べやに別れてた筈だから、最初に来るのが羽仁さんで、しかもその羽仁さんがハンマーのことを想い出して扉の前からしばらくいなくなり、それに遅れて後のひとがやってくるなんてことは、甲斐さんにせよ誰にせよ、絶対に予想できなかった筈だもの。もしかすると、羽仁さんはその扉の前を立ち去ろうとはしないかも知れないし、あるいはハンマーを取りに行く前にほかのひとがそこにやって来るかも知れない。だいいち、羽仁さんひとりが真先に駆けつけないで、みんな一緒にその部屋の前に来るかも知れない。……そうなの。要するに甲斐さんには、そんなに都合よく事態が進行する保証を絶対に持てなかった筈なのよ。そうすると、あれは全くの偶然に助けられた犯罪ということになってしまうでしょ。あれほど狡知にたけた殺人者が、はっきりとした成功の確証もなく殺人を遂行するなんて、あたしにはとても信じられないわ。そこがどう考えても、あたしにはちぐはぐに思えるの。一体どうして、甲斐さんは今回に限って無計画に、あるいは衝動的に倉野さんを殺したのか。

判らないことのふたつ目は、なぜ倉野さんが鍵を呑みこんでいたのかということね。聞いた話によると、別に無理矢理咽の奥に鍵を押しこんだ形跡もないようだし、だいいちそんなことで届くような浅いところではなかったということだから、倉野さんは自分から進んで鍵を呑みこんでなくちゃいけない。勿論、いろいろと解釈をつけられなくもないけど、やっぱりどう言ったところで、それは空想の領域にしか過ぎないような気もするわ。

そして判らないことの最後は、ナイルズ、あなたに直接関係してるのよ。もしもあたしの推理が正しければ、あなたは嘘の証言をしたことになるわ。……あの時。甲斐さんが、『ナイルズは俺と一緒にいたからアリバイがある』と言った時に、あなたはそれを否定しようとはしなかった。ええ、勿論あの場の雰囲気では、あなたが疑われていたところへの救いの手だったから、すぐさまそれを否定できなかったのだと解釈してもいいわ。でも、問題はそれですむ訳がないの。なぜなら、あなたは甲斐さんの言葉を聞いたと同時に、甲斐さんが倉野さんを殺した犯人だと悟った筈だもの。そうしてしかも、あなたは自分の疑いが晴れてからも、甲斐さんの証言を否定しようとはしなかった。あたしには、どうしてもそこが判らないの。

もしかするととんでもない誤解かも知れない。……そんなふうに怯えながら、やっぱりあたしは、眼の下に展がった空想という名の奈落へ踏みこんでるんだけど。

ここまでがあたしの、あたしなりの結論よ。そしてあたしは、もうこれっきり今までのことは一切忘れて、ここからの新しい自分自身を瞶《みつ》めてゆくように努めなくちゃ、と思ってるの。そうしてあたしは、これからのながいながい、気の遠くなるような時間を待ち続けるのでしょうね。変なこと書いて御免なさい。

文面はそこで終わっていた。便箋の最後で恰度切れていたので、もしかするとその後にも少し文章が続いているのかも知れなかった。恐らくそうであるなら、そこにはプライベートな内容が書かれてあったのだろう。

「雛ちゃんの推理は正しかったのさ。倉野さんを殺したのは、甲斐さんだったんだ」

読み終わった頃を見計い、少し間を置いてナイルズが言った。すると、それできっかけを得たように布瀬は、

「成程ね。結局、倉野の推理が最も正しかった訳か。殺人の動機は曳間の令姉と杏子女史を結ぶ恋愛感情の縺《もつ》れで、曳間を殺害した後も、止金を失ったまま転がり続けることになったと。ホランドの場合はよく判らんが、倉野の場合は彼の推理自体が彼の命取りになったと言っていいのかね。……確かに曳間の時も、三時十分頃の不在証明は怪しくなるし、ホランドの時も、あの扉を破って部屋のなかに雪崩れこんだ先頭は甲斐だったが……」

そう呟きながらナイルズの方に視線を戻したが、

「三時十分頃のアリバイが怪しくなるって、それはやっぱり、僕も一緒に疑ってる訳なの」

情なさそうに言葉を返して、ナイルズは、

「まあ、それも無理ないかも知れないね。悪いのはこの僕なんだから。……でも、もう一度天地神明に誓って言うけど、少なくとも僕はみんなに対して、積極的に嘘の証言をしたことはないんだよ」

三人は再び訳の判らない表情に還るしかなかった。

「しかし、甲斐が犯人だとすれば――」

羽仁が怺えきれずにそう言いかけた時、

「だからそこからして間違ってるんだ。いい？　甲斐さんは断じて、この一連の殺人事件の真犯人ではないんだよ」

呆気に取られた三人を眼の前にして、ナイルズはほんの僅かながら首を傾げてみせ、そのままゆっくりと言葉を続けた。ぽっと上気した頰を滑り、赤い唇、そして鼻翼の傍の蠟細工のような皮膚を昇って、ながく覆さりがちな睫毛にまで視線を移動させても、今はその雰囲気までホランドそのものに見えるナイルズの、ただ輝かしいばかりの美しさだけが表を蔽いつくしていて、その奥にある筈の彼によって見透かされている事件の真相の形は、一向に彼らの眼には窺い知ることはできなかった。

「ねえ。これほど《さかさま》という色調に彩られてきた事件だもの、その解決篇もまたさかさまな性格を具えたものでなければならないのも当然とは言えないかしら。言わばこれは、遡行《そこう》する謎解きなんだよ。……解決は過去へ過去へと逆向きに進められなければいけないんだ……」

9　キングの不在

根戸はふと、白昼夢から眼を醒ますように首を振ると、やはり明るい日差しに充たされた窓の外の光景に眼をやった。街は清澄な大気の底にあり、眼をあげるとその季節特有の、ひとたび落ちこんでしまえば二度とそこから抜け出せないような底なしの蒼穹が展がっていた。

「甲斐さんが倉野さんを殺した。だけど甲斐さんは犯人ではない。――奇妙なパラドックスだと思われるかも知れないけど、実際そうなんだから仕方ないんだよ。なぜなら、甲斐さんが倉野さんを殺さなければならない理由はたったひとつしかないんだもの。それは、復讐ということなんだ」

「復讐？」

三人は初め、ナイルズが何を言っているのか判らなかった。

「あの八月二十五日の夜、どういうことが起こったのか、僕の空想を話してみようか。恐らくは、そんなに筋道をはずれていないと思うんだけどね。……そう、まず、あの甲冑のある部屋に倉野さんを連れこんだのは甲斐さんだったんだ。甲斐さんの目的は、あることをはっきりさせるということだった。僕としては、その時点で甲斐さんには、倉野さんを殺すつもりなんかなかったと信じたいな。だって、あれが全く衝動的な殺人であることは、さっきも言った通りだもの。……多分倉野さんの方でも、そこでどんな会話が交わされるのか、薄々気がついてたんだと思うよ。だから倉野さんはその部屋のなかにあった鍵で、誰も途中ではいってこないように扉に鍵をかけたんだ。だけど、ここが問題なんだけど、甲斐さんはその後、倉野さんに気づかれないように、同じ鍵でそっと、扉の鍵をはずしておいたんだよ。

「さて、そこでふたりの間に激しい口論が行なわれる。その結果、とうとう甲斐さんは傍らの小刀を抜き払って、倉野さんを刺し殺してしまったんだよ。――いや、倉野さんはその時はまだ生きてたんだったね。そうして血まみれになった倉野さんは、小刀を鳩尾《みぞおち》に突き立てたまま、甲斐さんの前で鍵を呑みこんだのさ。そう、倉野さんは、甲斐さんがこっそりまた鍵をはずしてたなんて知らなかったから、当然鍵を呑みこんでしまえば甲斐さんは外に出られない筈だった。恐らくその行為は、殆ど無意識に行なわれたんだと思う。そうなんだ。それは倉野さんにとって、ごく自然なものだったに違いないんだ。ただ、甲斐さんが予め鍵をはずしておいたことから、その事件は奇妙な方向へと転がっていってしまったんだよ。

「甲斐さんは、だけど、眼の前でそうやって倉野さんが血みどろで苦しむのを見て、恐怖のためにその場を離れることもできなかったんだね。そうやってまごまごしているうちに、思いがけず迅《はや》く羽仁さんが駆けつけ、すぐそこまで階段を登ってくる跫音が響いてきた。甲斐さんは慌てて扉の処にすっとんでゆき、必死でノブを押さえつける。扉の向こうにやってきた何者かは、しばらくそのノブをガチャガチャとまわしていたけど、急に諦めたように跫音が遠ざかった。ほっと胸を撫で降ろした甲斐さんは、人気がないのを確かめて外に忍び出、後はさっき言った通りさ。甲斐さんは、そこで一世一代の大芝居を打ったんだよ。……ただ、それで終わっていれば何もかも旨く行ってたんだけど、甲斐さんはついつい、自分のアリバイも確かにしておきたかったので、みんなに責められてる僕を助けるふりをして、逆に自分のアリバイをも成立させてしまうという絶好のチャンスに、思わずとびついてしまったんだね。まあ、そういう点が甲斐さんの甲斐さんらしいところなんだけど。……いや、ひょっとして僕が恐れてるのは、あれが全く僕を庇《かば》うためだけのものだったとしたら、ということなんだ。……ふふ。本当に、甲斐さんはあらゆる意味でもって、心優しい殺人者――お人よしの殺人者だったんだよ」

「ちょ、ちょっと待ってくれ。ようやく問題が呑みこめてきたんだが、すると、一連の事件の真犯人は倉野だったと言うんだな！」

訥《ども》りながら根戸はナイルズの話を遮った。ナイルズはそれには答えぬまま、相手の胸の前に投げ出されるように置かれてある煙草の箱を牽《ひ》き寄せると、そのなかから一本、そっと選ぶように抜き出した。彼らが呆れるように見守るなかで、ナイルズはそれを口に銜《くわ》え、傍らのマッチを手に取ると、包みこむような手つきで火をつける。ぼおっと燃えあがる先っぽの炎のなかに微かに青い色が混じり、それがすぐさま煙草の先に移ってゆくのを、三人は信じられぬものでも眼にするように瞶めていた。

それはひとつの儀式のようでもあった。ナイルズが煙草を吸うところを見るのは、それが初めてだった。

「甲斐さんは、事件の真犯人はお前かと詰め寄ったんだ。そうして、倉野さんは、曳間さんとホランドを殺したのは確かに僕だと答えた筈さ。……甲斐さんがひそかに鍵をはずしたのも、実際のところ、殺人者を眼の前にして話をすることへの恐怖心からに違いないんだよ」

意外に慣れた仕種で、煙を吐き出しながらそう語り、ナイルズは冷めたコーヒーに手を伸ばした。眼に痛いほどの白磁のコーヒー・カップは、少年の掌のなかで可愛らしい音を奏でた。

「それでは次に、遡行する順番で、ホランドの殺害に移るよ。あの、七月三十一日の惨劇だね……」

そう前置きしながら、優雅とも見える手運びでカップに口をつけると、

「その前に言い添えておきたいんだけど、みんなもしかすると、あの時殺されたのが実はナイルズで、今眼の前に居るこの僕はホランドじゃないのか、なんて疑惑がまだ半分くらい残っているかも知れないね。僕のとる態度やら喋り方を見ていれば、よけいそんな疑惑が深まるのも無理ないと思うんだ。今の僕は、まるで以前のホランドみたいでしょ。……でもね。これだけは言っておきたいんだけど、僕達はもともとそんなに違った性格を持ってた訳じゃなかったんだよ。いや、はっきり言って、僕達の兄さんが産まれて間もなく死んでしまった時に、残された僕達の性格は異なったもので

あり得る筈がないというふうに定められてたんだ。その僕達が、みんなも知ってる陰と陽の正反対な外観を見せてたのは、僕とホランドの間に交されてたひとつの黙約のせいだったんだよ。僕達をより双子らしく見せるという、推理較べの時にも言った理由で、僕は明るく陽気な、そしてホランドはひき籠もりがちで冷笑的な、互いに全く対照的な仮面を覆って生活してたのさ。それがホランドを喪い、もう誰に区別して貰う必要もなくしてしまった僕が、本来の性格に戻るのはあたり前でしょ。……そう。これが多分、本当の僕なんだよ。考えてみれば、ホランドよりも僕の仮面の方が、より欺瞞に充ちたものだったということ。ただそれだけなんだ。……

「さて、倉野さんがホランドを殺した段取りだけど、これはもう最初から最後まで、徹頭徹尾緻密な計画のもとに実行された殺人劇だったことは念を押しておきたいね。しかもその発想は、僕の書いた小説の架空の密室事件にあったのも確かなことなんだ。倉野さんは僕の小説を、推理較べのあった日の四日前に読んでる点に注意して貰いたい。……ねえ、あの時点での僕の小説の意図は、動機づくりということだったんだけど、その同じ架空の部分は、倉野さんにとっては全く別の意味を持ってた訳なんだ、しかも、倉野さんの肩には、絶対的な使命とでも言うべきものが課せられてたんだよ。それは、総ての辻褄を合わせるということだったのさ。倉野さんは、是が非でもホランドを、さかさまの密室のなかで殺さなければならなかった。そうして、僕の密室を裏返すことで、それを成し遂げようとした訳なんだ。

「雛ちゃんと布瀬さんの推理は聞いたけど、どちらもなかなか鮮やかなもので、僕は本当に感心したんだよ。雛ちゃんが『死角の問題』で、布瀬さんが『擬態の問題』だったね。でも……これもまた、雛ちゃんの推理の方が事件の本質により近かったんだ。あれはやはり『死角の問題』さ。ねえ、でも、雛ちゃんはもう一歩のところで真相に到達することはできなかったけど、視界を遮るものは何も通常の物体でなく、かといって雛ちゃんの指摘した〝贋の光景〟というのでもなく、ほかにもある筈なんだけど判るかなあ。……ひとつは、屍体が全くの闇のなかに隠れている場合で、これはしかし、あの部屋のなかにはそんな場所なんて存在しなかったんだから問題にはならないよね。うん、だけど、もうひとつ、その全く逆の場合のことも考えていいんじゃないかしら。……つまり、光のために屍体が隠される場合だよ」

「すると、ナイルズ」

羽仁は軀を仰反《のけぞ》らせるようにして、そう反射的に叫んでいた。

「死角は、あのシャンデリアだったというのかい」

根戸はその瞬間、凍りつくような恐怖を再体験していた。頭の芯がきーんと痺《しび》れて、軽い眩暈《めまい》が立ちのぼる。

根戸は、しかしやっとのことで踏み留まりながら、必死であの時の光景を再現しようと試みていた。確かにあの時は、シャンデリアの上には何も見えなかったのだ。しかし、それが黄色い照明のせいなのかどうかは、ついに判別することができないで終わった。瞳を凝らそうとすると、その光景は彼の視線に晒されるのを拒むように揺らぎ、ゆるゆると解きほぐれたかと思うと、もうあとかたもなく消え去ってしまう。根戸は身を焼くようなもどかしい想いとともに、結局ナイルズの言葉を認めるほかなかった。

「安全器に点滅自在の装置を取りつけてあったというのは、布瀬さんの説明通りでほぼ間違いはないと思うよ。隠し持っていたスイッチを押して停電の状態にすると、まず倉野さんは根戸さんを押しやって、倉庫のなかに閉じ籠めてしまうんだ。倉野さんには、根戸さんがすぐには叫びださない充分な確信があったんだと思うよ。それは根戸さんの頭にあった、全員がぐるになっているという疑惑さ。実際根戸さんは、倉野さんの思惑通り、すぐには声をあげることができなかった。そうして倉野さんは闇に紛れてホランドの処にとって返し、あッという間も与えず、あの紐で首を絞めあげたんだよ。まさにホランドにとっては、声を挙げる暇もなかったんだろう。……僕達が闇のなかを手探りで歩きまわっているそのすぐそばで、それは実行されたんだ。恐らくホランドは最初の一瞬で失神してしまって、そうしてそのままゆっくり、こちら側からあちら側へと、闇のなかを滑り落ちてゆくように死の世界へのめりこんでいったんだね。

「倉野さんは、そんなホランドが絶命したのを確かめると、屍体を担ぎ挙げ、中央の部屋に搬《はこ》びいれて、そのままシャンデリアの上に乗せておいたのさ。倉野さんが危ない橋を渡ったのは、実にその間だけなんだ。その間に根戸さんが声を挙げれば、何もかもが崩れ去ってしまったんだけど、幸か不幸か、依然根戸さんは、闇のなかで架空の殺人者と果てしもない睨みあいを続けていた。……鍵のトリックに関しても、布瀬さんの推理通りさ。倉庫の鍵と、表の鍵によく似た別の鍵をテーブルの上に置き、倉野さんは店の方に戻ると、本物の鍵で密室を二重にする。後は、怺《こら》えきれなくなった根戸さんが叫びだすのを待ってさえいればよかったんだ。そうして、頃合を見計って、安全器の電源をいれる。勿論その前に、店側の照明のスイッチを切っておいたことは言うまでもない。中央の部屋から明かりが洩れ、両側の扉の鍵穴から中央の部屋を覗きこませて、そこで不可思議な密室を完成させる準備は悉《ことごと》く整った訳なんだ。

「さて、もう一度電気を消し、これはいよいよぐずぐずしておれんということで、みんなは扉を撲ち破る。最後の大立廻りは、その直後の数秒が成否の分かれ目だった。甲斐さんに続いて部屋のなかに雪崩れこんだ倉野さんは、そのまま先頭の甲斐さんをつきとばしておいて、電光石火の早業でテーブルの上にとび乗り、シャンデリアの上からホランドの屍体をおろしてソファーの傍に横たえる訳だよ。鍵の交換はその後でいい。倉野さんにとって有利だったのは、ほかのひとは威勢よく扉を破ったものの、一寸先も判らぬ闇のなかにとびこむんだもの、どうしてもその動作は緩慢なものになってしまう。……少し心理学的な理屈をつけるなら、僕達の主観的な時間の流れは、自分自身の行動と歩調をあわせようとする性質を持っているために、倉野さんがいくら最高の早業を発揮したとしても三、四秒の時間はかかった筈だけど、それが殆ど一瞬の間のように感覚されるんだ。勿論、三、四秒が十秒だったとしても、扉を撲ち破った後で屍体を中央の部屋に搬びいれることなんて到底不可能だから、その点に関してはさしたる変わりはないんだけど、あたかも屍体が突如として密室のなかに出現したという演出効果を最大限に昂めるには都合がよかった。しかもその後で僕が泣き縋《すが》ったりしたものだから、みんなの心理はますます幻惑され、混乱に拍車がかけられることになってしまったんだよ」

そこまでナイルズが喋った時、羽仁は軀を揺らせるように、

「成程。……総てが見事な計算の上に成り立っていたんだね。倉野は全員の心理の微妙な動きまで読んでいて、それらをひとつひとつ巧妙に縒《よ》りあわせることによって、あの奇妙な《さかさまの密室》を構築した訳だ。……結局僕達は彼の筋書き通りに、自分の役割を忠実に演じていたんだな」

しかしナイルズは、それに殆ど眼に止まらぬくらいの皮肉な笑みを返しただけで、

ゆっくり二本目の煙草に火をつけた。

「とにかく」

と、しばらく躇うように、

「後は簡単な事後処理だけだった。表の鍵を本物とすり換え、安全器に取りつけた装置は闇に紛れてそっと取りはずしておく。安全器はそのまま開いたままにしておけばいいのさ。そのうちに誰かが開きっぱなしになってるのに気づいてくれるんだからね……。そうしてその装置とワイヤレスのスイッチは、警察が駆けつける前に店の外へ隠しておこうか。それとも、風船につけてとばすとか、鳥につけてとばすとか、例の証拠湮滅《いんめつ》法くらいは使用したかも知れないよ。ね、これが第二の密室殺人劇の真相だよ」

ナイルズの手にした煙草から、ゆらゆらと懶《もの》げな煙が宙に舞いあがってゆく。根戸はその軌跡を、半ば信じられぬものでもあるかのように瞶めていた。そうして、ふとその白い煙が双曲的臍型のカタストロフィーに従っていることに気づいた時、その向こうで布瀬が口を開いた。

「ふうむ。見事なチェック・メイトだね」

そう言って、ちらりと根戸の方に視線を送ると、

「しかしながら、肝腎のキングは既にこの世に存在しとらん訳だ。……あっは。皮肉

な話だが、考えてみればそれが当然かも知れんね。何故かと言って、吾輩達は既にこのゲームに負けていたというだけの話だったのだから……」

そうして布瀬は、彼に似つかわしくない気弱な苦笑を浮かべてみせた。それは根戸の奥深いところと、奇妙に切なく同調しあったようだった。

「では、遡行する順序からいって、いよいよ最後に曳間の事件の番になる訳だろう」

羽仁は沈黙を押しやるようにそう言って、

「でも、僕にはちょっと頷けない点があるんだ。曳間の殺人の場合、倉野が犯人だったとすれば、三時十分頃まで犯人がひそんでいたという証言は全くのでっちあげということで無視していい訳になるから、それはそれでいいとしても、死亡推定時刻の十二時から十二時半までの間は、倉野には完璧なアリバイがあるじゃないか。一緒に居た杏子さんが偽証しているというだけですむならまだしも、アリバイを証言しているのはその喫茶店のウェイトレスやボーイもなんだろう。一体、その点についてはどう説明するの」

身を乗り出して尋ねかけると、一方のナイルズは煙草を持った手の甲を困ったように唇にあてた。そうしてしばし言葉を選んでいるらしく黙っていたが、やがて意を決したように視線を据えると、ぽつりと奇妙なことを呟いたのだった。

「倉野さんは偽証なんかしていないよ。だって、倉野さんは曳間さんを殺してはいないんだもの」

10 匣のなかの失楽

店内に流れる曲は、いつの頃からかムード音楽からバロックへと移り変わっていた。その時荘重な通奏低音と共に、彼らの耳にはいってきたのはアルビノーニの『アダージオ』――しかし彼らはそんなことに気づいていなかったのかも知れない。なぜなら、ナイルズの呟きの後に続いたものは、ただただ果てしもないような沈黙でしかなかったからだ。

「どういうことなんだ」

怺えきれなくなったように根戸が吐き出すと、続いて羽仁が、

「どうも判らない。すると、曳間を殺した犯人は犯人で別にいるっていうのかい。……でも君はさっき言ったじゃないか。あの甲冑を陳列してある部屋で甲斐は倉野を問い質し、倉野の口から彼が曳間を殺害したことを聞き出したんだと。そして、それだから甲斐は倉野に復讐の刃を――」

「そうだよ。あの時、倉野さんは確かに、自分が曳間さんとホランドを殺したと言った筈だよ。それをはっきりと耳にするまでは、いくら疑わしいといっても、その相手

を殺してしまうところまでいく筈がないもの。……でも、それでも倉野さんはやっぱり、曳間さんを殺してはいないんだ」

「何だかさっぱり判らんな。すると倉野は、自分でも犯していない殺人を自分が犯したと証言したことになるのかね」

　布瀬の言葉にも、

「そうだよ。だって、倉野さんがホランドを殺した理由も、ただその一点から導き出されてきたんだもの」

　熱っぽくそう言いきると、ナイルズは豹のような眸《め》で三人の顔を素速く見まわした。微かに血走っているのが判った。根戸はふと、眼の前にいるこの少年も既に狂気にとり憑かれているのではないかとさえ疑っていた。

「ホランドを殺した動機が何だって？」

「倉野さんは、曳間さんを殺害したという罪を身に引き受けるためにホランドを殺したんだと言ってるのさ」

　再び沈黙がその場に割りこんだ。そのまま三人は奇妙なものでも瞶めるように、ぼんやりと身じろぎさえしなかった。コンピューターならさしずめ、《解読不能》のパンチ・カードを絶え間なく吐き出し続けるだろう。ナイルズはそういう形での反応に、少し脣を捩曲げてみせて、

「あはっ、その表情からすると、どうやら僕の精神状態を危ぶんでくれてるようだね。まあ、それも無理ないかも知れないな。……それじゃ、話を具体的なところにまで戻すけど、あの推理較べのあった七月三十一日の前日、即ち僕達が雛ちゃんのところへ弔問に行った三十日の話は憶えてるでしょ。僕の小説にも詳しく書いてあったから……」

ナイルズは三人が頷いてみせるのを確認して、

「雛ちゃんのところを訪れた後で、僕は倉野さんが目白のアパートに帰るのについていったよね。アパートの戸口の処で、倉野さんは鴨居から鍵を取り、錠をはずし、そして引戸をあけた。その時、僕がほんの僅かの間眼を離した隙に、何かが起ったんだって。……そうだよ。恐怖に凍りついた表情を見た時、僕は絶対に倉野さんは何かを見たと確信したのさ。僕はすぐさま土間の通路にとびこんで、そこに誰もいないことを確かめたけど、それでもその確信は変わることはなかったんだよ。……ねえ。それほど倉野さんを恐怖させたものって、一体何だったと思う？」

ナイルズは三人の顔を等分に眺め渡した。すると羽仁が微かに声を顫わせながら、ゆっくりとそれに言葉を返した。

「つまり、こう言いたいんじゃないのかな。曳間を殺した別の人物が、そこに何らかの符牒を残しておいたんだと。……倉野はそれによって真相を知り、同時にその人物を庇《かば》うために、曳間殺しの罪を自分が被らなければならないことを悟ったんだってね」

「ということは」

間髪をいれず布瀬がそれをひき取ると、

「三つの殺人は、三人の別個の人物によってなされたという訳かね。しかしそうなると、曳間を殺した人物は……」

しかしナイルズは急いで手をテーブルの上につき出すと、

「ちょっと待って。それは違うんだ。実を言うと、倉野さんの見たのはある特定のものではなかったんだよ。戸口をあけた時に倉野さんが見たのは、ある大きな間違いと、それに纏《まつ》わるところのある図式だったんだよ」

「図式？」

三人は思わず声を合わせた。

「この一連の事件は、最初から、ある大きな間違いによって始まったんだよ。ある馬鹿馬鹿しい間違いからね。……それがなければ、殺人なんて起こることはなかったんだ。だけど間違いは起こってしまった。ねえ、全くそれは愚かしいことなんだよ。でも、いったん起こった間違いは、坂を転がり落ちる雪玉のように、ほかのものを巻きこんで、どんどん膨れあがっていったんだ。ホランドもそのために死んだんだよ」

独白めいたナイルズの言葉を聞きながら、根戸は再び、同じような言葉をどこかで聞いたような気がしていた。間違い。大きな間違い。根戸は必死でその記憶を辿ろうとしたが、その径《みち》はどんよりと深い霧に包まれた、いずことも知れぬ茫漠たる風景に続いてゆくばかりだった。

崩壊の後にその場を占めるのは、ただ後悔というものでしかないのだろう。根戸はそうして、静かにナイルズの言葉を待った。

「それは本当につまらないことだったんだよ。……ねえ、倉野さんのアパートの戸口を想い出してよ。あの引戸についている鍵のことを。――あれは鍵をさしこんで、それをまわすことによってあけしめする捩込み錠だったんだよ。通常の鍵でなく、そのような捩込み錠にしか現われない特殊な現象が、その間違いを産んだのさ。いい？　その特殊な現象とはこうなんだよ。あの手の錠においては、それが鍵のかかっている状態にあるかそうでないかは、そこに鍵を差しこんで錠をあける方向にまわしてみる限りでは、その判別が難しいということなんだ。通常の鍵の場合だと、差しこんだ鍵をまわして扉が開けば鍵はかかっていたんだし、その逆の場合でも一回で間違いなくその判別は正確につく。でもあの式の捩込み錠では、錠がかかっていようがいまいが鍵はいくらでもまわるんだし、そのどちらでも結局戸は開くのだから、判別はまさに〝手応え〟ひとつにかかってる訳なんだ。勿論、僕達なら全くその通りだろうけど、倉野さんは三年間もあの鍵を使用してきたんだからその〝手応え〟で判別する能力はかなり正確なものにはなってただろうさ。だけどそれはやはり絶対的なものではなかった筈だよ。……ね。判ったでしょう。七月十四日の三時十分頃、倉野さんが新宿から戻ってきた時、実はあの戸口には鍵なんてかかってなかったんだよ。

「あの時、なかにはいって踏板の前に靴が二足あるのを見た時、倉野さんは何か妙なものを感じたと言ってたでしょう。あれは実は、靴があるからには表の戸口には鍵はかかっていなかったのだろうかという、無意識的な疑問だったのさ。その時、それを意識の上にまでのぼらせればまだ、間違いは喰い止められてたんだろうけど、倉野さんは誰かが来ているという喜びでそちらの方を押し流してしまった。そうして後からそれを想い返した時には既に、鍵がかかっていたのに靴があったのはおかしいと感じた、という解釈に逆転してしまってたんだよ。つまり、鍵がかかっていたという錯覚は、そこで完全な事実になりおおせてしまったんだ。だから三十日のことも判るでしょう。恐らくあの時も鍵をかけ忘れたまま雛ちゃんのところに出かけてたんだよ。そうして戻ってきた時に鍵を使おうとして、今度は例の〝手応え〟で間違いに気がついた。その一瞬は別に何も思わなかったに違いないさ。でも、引戸をあけた途端、その、もしかしたらという考えが稲妻のように閃き、倉野さんは恐怖に摶たれてその場に凍りついてしまった。そうだよ。倉野さんはその時、自分の犯した錯覚に気がついたんだ。

「それじゃ十四日の三時過ぎ、倉野さんが戻ってきた時に表の戸口に鍵がかかっていなかったとすれば、話は一体どう変わるのか。どうもまだピンと来てないようだけど、落着いて考えてみれば判る筈だよ。第一に、あれは《さかさまの密室》でも何でもなかったのだということ。第二に、デザート・ブーツの主が曳間さんを殺した犯人である可能性は極めて薄くなること。そして第三に、――これが最も重要なことなんだけど――あの事件が殺人だったのかどうかも疑わしくなるということ。……そうなんだよ。はっきり言ってしまえば、曳間さんは誰に殺されたんでもない。ただ自らの手で命を断ったに過ぎないんだ。あれは自殺だったんだよ」

三人は半ば陶然とナイルズの言葉を聞いているような気がした。もう誰も言葉を返そうとはしない。ただ彼らは、今、大いなる審判が下されつつあることだけははっきりと意識していた。

「要するに最初の事件に関しては、警察の判断が最も正しかった訳なんだよ。例えば刃物による刺殺体の場合、自殺と他殺を判別するには、その短剣が刺さっている位置とその傷痕の角度との関係が重要になるんだってね。自殺の場合は概《おおむ》ね下から上へ向かって突きあがる恰好になり、他殺の場合はその逆が多いということを聞いたことがあるよ。そういった科学的な考察を、その筋の専門家が様ざまに検討した結果下した判断だから、もう少しそちらを信用してみてもよかったんだね。……まあ、これは結果論に過ぎないんだけど。

「さて、そこまで話せばもう見当はついたでしょう。あの靴の主はホランドだったんだよ。勿論、布瀬さんが目撃したのは、三時頃に倉野さんのところに遊びに行ったホランドの姿なんだ。そしてそこで、ホランドは曳間さんが胸に短剣を刺して死んでいるのを発見したんだよ。そう、恰度倉野さんと同じ具合さ。そして当然の如く、ホランドもまた、その建物のなかに殺人者がまだいるのではないかという恐怖に襲われたんだよ。逃げるように階段を駆けおりると、その時恰度倉野さんが戻ってきた。でもホランドにはそれが判らない。もしかすると殺人者かも知れないので、慌てて炊事場のカーテンの陰に隠れ、そこで倉野さんをやり過ごしたのさ。そうしてそのまま靴も満足に履かず、一目散に建物から逃げ出したという訳なんだ。

「つまり七月三十日までの時点で、曳間さんの死が自殺だと知っていたのはホランドだけだったんだ。勿論、最初は迷ってたに違いないけど、恐らく事件の進行を眺めていて、警察もあれが自殺だという方針を採ったらしいことなどから、その確信を得たんだと思うよ。何より、あの事件が僕達にとって他殺でなければならなかったのは、鍵を外側からかけ、しかもなおかつ靴を見せびらかせたままその場にひそんでいたという犯人像が幻影としてあったからだものね。それが初めからないホランドは、容易にあれが自殺だという結論に到達することができたんだ。十七日の会合の時だって、僕はホランドの言動がどうも奴らしくないことに疑問を感じてたんだけど、何もかも知ってて、しかも座興のつもりでみんなの反応を楽しんでいたというなら、それも旨く説明がつく。……ただ、ホランドは調子に乗りすぎて、ひとつ大きな過ちを犯してしまった。《犯行は連続殺人でなければならぬ》なんて、話を面白くしようとして言い出したに違いないんだけど、それがあいつの命取りだったんだ。その荊冠《けいかん》が結局自分の処に還ってこようとは、その時はまるで夢にも思わなかったんだろうね。

「しかし倉野さんは、自分の犯した錯覚に気づいてしまった。その瞬間の倉野さんの心理を考えると、僕は顔を背けたくなってしまうな。……曳間さんの屍体の前で涙さえ流し、その復讐を誓い、曳間さんの死に相応しい殺人のかたちを捜しあてるためになら、総てを辞さないという想いを固めていた倉野さんの精神状態は、その現実の壁にぶち当たって、まさに粉ごなに砕け散ってしまったんだ。倉野さんは、曳間さんの死を量る天秤の、もう一方の錘《おもり》を失ってしまったんだよ。同時にそれは、倉野さんの精神の破綻《はたん》でもあったんだ。……ねえ、推理較べの席上で倉野さんの披露した推理。あれはほかでもない、倉野さん自身の心理を語っていたに過ぎないんだよ。話の上での甲斐さんを倉野さんに、曳間さんのお姉さんを曳間さんに、そして恋愛感情を復讐感情に置き換えれば、あの推理はそっくりそのまま倉野さん自身の心理の告白になってしまうじゃない。何なら根戸さんがひきあいに出したカタストロフィー理論の上でも、全く同じ図式になることを確かめてみたらいいよ。最初から曳間さんの死が自殺であることを知っていたなら、勿論倉野さんも殺人まで起こすことはなかったんだけど、いったん曳間さんの死に見合う殺人のかたちを追い求めることだけを目的の総にしてしまった倉野さんにとって、既に自殺という真相は、架空の側に押しこめてしまわなければならなくなっていたのさ。

「犯人はどうしても必要だった。そのためには自分自身を犯人に仕立てあげるのがいちばんいい。つまり、犯人志願者とでも言うのかな。そうして倉野さんは、それを動かぬ事実とするために、殺人を犯さなければならなくなったんだ。そう。これはひとつの儀式だよ。そしてその犠牲《いけにえ》にホランドが選ばれた理由はいろいろあるけど、いちばんの理由はほかでもない。靴の主がホランド以外にないことを結論した倉野さんは、曳間さんの死が自殺であることを知っているホランドの口を封じなければならなかったんだ。ホランドを殺した時点で見事に現実は架空といれ代わり、後に残るのはまさに理想的な殺人事件以外の何物でもないという段取りさ。しかも《犯行は連続殺人でなければばならぬ》と主張した本人が恐ろしい殺人鬼の餌食となるなんて、この上なく魅力的な趣向じゃない。それに、僕らの綽名の由来からして何だか意味ありげだものね。……だけどその殺人が理想的であるためには、とびきりの不可能性と底知れない謎が要る。しかも僕の予言から始まり、偶然にも曳間さんの死の上に現われた見せかけの《さかさまの密室》という主導音を、ホランドの時にもありありと奏でなければならないんだ。驚くべきことは、そんな総ての条件を満たす殺人劇の計画をたった一日で立ててしまったことだけど、その狂気じみた思考力は逆に、壁にぶつかってなお出口を求めながら迸《ほとばし》る、屈折した感情のヴォルテージがいかに強烈なものだったかということの逆証になるんじゃないかなあ。

「さて、そこで眼を移して考えなければならないのは、ホランドの心理の動きなんだ。三十日にあったことを僕はその夜のうちにホランドに喋ったんだけど、あいつはその話を聞いて、倉野さんが曳間さんの死が自殺であることに気づいたな、とピンときた筈なんだよ。そうしてホランドはこう考えたと思うんだ。倉野さんがそれに気づいてしまったからには、この遊戯ももう終わりだとね。ともかくその次の三十一日、『黄色い部屋』に集まったところ、何となく推理較べを始めなければすまない情況になってしまった。ホランドは興味深くことの進行を傍観するつもりでいたんだと思う。その場で倉野さんは、曳間さんの死が自殺であることを暴露するだろう。そうだよ。ホランドはあの時、倉野さんの口からゲームの終了が告げられるのを待ってたんだ。

「だけど、実際の進行はホランドの想像とは異なっていた。倉野さんはゲームを終わらせようとするどころか、とんでもない見当はずれの推理を熱心に組立てていくじゃない。ホランドはそこで途方に暮れてしまったに違いないんだ。なぜ、どうして？　ホランドはその時初めて、不吉な空気を感じたのさ。倉野さんの推理の意味を総て理解したかどうかは判らないけど、ホランドはとにかく、この現実が予想もしなかった方向へと滑り始めてるのを悟ったんだよ。それはホランドにとって宙ぶらりんの、何とも言えない恐怖だったに違いない。しかも、倉野さんの方ではそれさえも自分の計画にはいっていたんだよ。だから、倉野さんは推理を述べる順番まで自分の犯行に都合よくふりあてたんだ。順番を決めたのは倉野さんの取ってきたタロット・カードによってだったけど、あの時倉野さんはひとつの手品をやってのけたんだよ。奇術用語では『フォース』というんだけど、相手に全く無作為に一枚のカードを選ばせるように見せかけて、実はこちらの意図する特定のカードを強制する技法があるよね。倉野さんはそれによってみんなの推理する順番を決めてしまったのさ。しかも倉野さんは、ここで自分の行なおうとしている殺人のトリックまで暗示してみせているんだよ。ねえ。ホランドにふりあてられたカードは、XIIの『吊し人』だったことを憶えてるかしら。そうだよ。まさにホランドはシャンデリアの上に吊されたんだ。……勿論僕達は倉野さんにそんな特技があるなんてことは知らなかったけど、幼馴染だっていう羽仁さんなら知ってるんじゃないの」

「ああ」

羽仁は淋しそうに眼を細めながら、その質問に頷いた。

「はっきりそんなテクニックを身につけていたのかどうかは知らなかったけど、あいつはトランプ奇術や、カードのゲームが大好きだったのは確かだよ。尤も大学にはいってからは、『原則的に偶然性に左右されないゲームが最もすぐれている』という持論のせいか、あまりトランプを手にしなかったようだけど……。しかし、そうなると、僕があの場にいなかったことも、倉野にとっては都合がよかったということなのかな」

そう言って片手で顔を覆うと、布瀬もそれに続けるように、

「結局、本当に真剣だったのは倉野だけだったということかね。そういえば、あの七月十七日の会合の時のことを想い返せば、確かにそうだったと言えるかも知れんが――」

しかし布瀬がそこまで喋った時、突然ナイルズは、思わずほかの者の息を呑みこませずにおかないほどの、語気鋭い言葉を叩きつけた。

「でも、僕はそれを赦してはおけなかったんだ！」

根戸は眼を見開いた。ナイルズの両方の拳はテーブルの上で、ぶるぶると烈しい怒りに顫えていた。俯きがちの眼は一点に据えられていて、しかしそれが決して現実の

ものの上にないことは、根戸にも容易に察せられるのだ。そうしてそんなナイルズの憎悪が、その拳から瞳に、そうしてその上方にすっと抜けてゆくように消えたかと思うと、

「さっきから言ってる、僕の罪とか、僕と甲斐さんとの奇妙な共犯関係というのがどういう意味なのか教えてあげるよ。……いいかい。倉野さんを殺したのは甲斐さんなんだけれども、そうするようにしむけたのはこの僕だったんだよ」

「何――」

口籠《くぐも》るような声で呻いたのは羽仁だった。

根戸は楔《くさび》を撲ちこまれる思いだった。

「僕はホランドが殺された時に誓ったんだよ。ホランドを殺した者をこのままにはしておかない。その上に必ず報復の鉄鎚を振りおろしてやるんだとね。そうだよ。それだけは、その時の僕の気持ちだけは、僕は今でも肯定してやるさ。誰が何と言おうと、僕は永久に肯定し続けてやる。僕の影。僕の分身。僕のもう半分だったホランドを殺した奴を、それがたとえどんな理由があったにしろ、僕は絶対に赦してはおけなかったんだ。僕はあの時、あの小説を復讐のためだけに書き続けると言ったけど、頭を搾りつくした挙句にことのからくりを悟った僕は、それを文字通り実行することにしたのさ。もう詳しくは言わないけど、あの小説の第四章は、曳間さんを殺害した犯

人——つまり倉野さんに復讐を加えるようにという、甲斐さんへの殺人教唆の役割を持ってたんだよ。僕は考えに考えに考え抜いて、そうしてあれを書くことにしたんだ。

「だけどこんなことを言っても、みんなは決して頷くことはないだろうね。そうだよ。それは確かに卑怯なやり方かも知れないさ。直接自分の手でそれを行なわないで、あたかも人形使いのように他人の心理を操って、それで自分の復讐を成就させるなんて。そうだよ。確かにそうさ。だけども僕は、ホランドを殺した倉野さんに、言葉の真の意味での自滅を与えなければならなかったんだよ。曳間さんの死を正当化するためにホランドを殺した倉野さんの論法をとことんまで行き詰めるとどうなるかを、倉野さん自身の上につきつけてやる必要があったんだ。僕は今でも、倉野さんの方が正しかったのか、僕の方が正しかったのか、それともふたりとも間違っていたのか判らない。……だけど一体誰がそれを裁くんだろう。誰がそれを裁き得るんだろう。僕はそれを叫び続けるしかないんだ。そうだよ。僕はそんな裁きなんか、僕に残された総てのものに賭けて拒否してやるさ」

根戸は、ながいながい告白を総て語り終えたナイルズを前に、深い悲しみに陥ってゆく自分を意識していた。遅過ぎたのかも知れないが、彼ははっきり、今初めて自分達が同じ一族であったことを悟っていたのである。

——俺達は密室のなかを生きてきたんだ。

不意に熱いかたまりのようなものがこみあげてきた。それは胸から鼻の奥まで一挙に駆けあがり、反射的に根戸は全身の力を籠めて嚙み殺そうとした。

——産まれた時からそうだったんだ。俺達はいつも自分自身というこの密室のなかに育ってきた。そうだ。そしてそれはいつの間にか奇妙な愉悦となっていた。だからそれ故に、この世界は失楽園以外の何物でもなかったんだ。——哀れな一族。——だけど、俺達はこの何もない密室のなかで、いつまでこの失楽を担わなければならないのだろう。『いかにして密室はつくられたか』とは果たしていかなる問いかけだったのか。俺達は一体、いつまでこの匣《はこ》のなかの失楽を味わわなければならないのだろう。

誰もひと言も口をきかなかった。四人はそれぞれの真相のかたちを抱き、そしてその沈黙は、そのままいつまでも続いてゆくだろうと思われた。

しかし、その時突然遽《あわただ》しい靴音が彼らの耳を襲った。階段の方だった。根戸が慌てて振り返ると、そこに現われたのは店のマスターである甲斐の兄だった。恰幅のいい体軀を揺すらせ、いつもは人のよい容貌を今は蒼く硬張らせながら、彼は階段を登りつめた処で立ち止まった。そして四人の不審な表情を前にして、彼は微かに顫える声で悲報を伝えたのである。

「弟の屍体が見つかったそうだ。金沢の海で、どうも、弟は自殺したらしい」

それが最後の審判だった。何も言うべき言葉はなかった。

ついに現実の進行は、全くナイルズの小説通りに幕を閉じたのである。

それは架空と現実が完全にいれ換わってしまった瞬間だったのだろう。四人はその時、今はもういない夥しい人形達の嘲るような哄笑を再び聞いたような気がした。何百何千という闇が降り立ち、しかもなおかつ秋の日差しに充たされてやまぬ部屋のなかで、彼らのそんな想いは、しかし巨大な波に攫《さら》われるように、あとかたもなく向こう側へと零《こぼ》れ落ちてしまうのかも知れなかった。

静謐な、さかしまの祝祭のようでもあった。

終章に代わる四つの光景

1　九星と血液

「やっぱり僕の想いなんか、たかが知れていたんだね。裁きは見事に下されてしまったんだもの」

ナイルズの言葉は、ともすれば単調な轟音のなかにかき消されてしまいそうだった。

あとの三人は等しく甲斐の遺体を想い浮かべていた。蒼を通り過して土色にまで変色してしまった、あの非人間的な物体。しかもその胸には、まさに黒い穴としか見えない恐ろしいものがぽっかりと口を開いて、しかしそこからは血の一滴も滲み出ようとはしなかったのである。そうしてそれ故に、かつては甲斐良惟という一個の人間だった筈のその亡骸《なきがら》は、単なる物体としてのよそよそしさしか持ちあわせていないように思われた。

それはこんなふうに言い換えてもいい。こちら側で、どんなに悲しみ、どんなに怒り、どんなに口惜しがろうとも、その想いは亡骸に触れる端から忽《たちま》ち何処とも知れず消え去ってしまい、そうして向こう側からは決していかなる種類の反応も返ってこないのだと。投げかける想いはそこで永久に一方通行になり、もう既にそんなことは拘《かかわ》りなく、死者は彼自身の沈黙を守り続けるだけなのだ。彼らはその沈黙が、既に死者自身にぴったりと過不足なく重なりあい、最早微動だにしないのをその眼で確かめてきた筈だった。

しかしそれならば、一体彼らのなしてきたことは何だったのだろう。数々の崩壊を招いた一連の惨劇は、何の意味も持たぬ不在のための祝祭でしかなかったのだろうか。

「でも、そうだとしたら、裁きというものにも意味がないに違いないよ」

羽仁は夢想の後を続けてそう呟き、はっと気がついたように下を向いた。

快い列車の揺れは、脳髄のどこか奥深いところを麻痺させようとする。その車輌には不思議に客数が少なく、しかし暖房の熱気は座席の下から確実に伝わってきて、それは眠りを誘う相乗効果となっているようだった。

「……それはどうか知らんが、吾輩もそんなことを云々する必要はないと思うね。いや、決してナイルズを庇おうとかいう意味でそう言うのではないのだぜ。つまり吾輩としては、甲斐はお前さんの小説にヒントを得てではなく、それとは全く別個に自分自身で推理を進め、それで倉野を疑うようになったのではないかと信じ始めているからなのだよ。……根戸に羽仁はどう思うかね。一体、あの小説のために甲斐が倉野を殺すことになったと、お前達は思っているのかな」

根戸はその言葉にはっと眼を見開いて、

「いや」

と思わず否定の言葉を返しておいてから、躊《ため》らうように少しの沈黙を置くと、

「俺もそれをずっと疑ってたんだ。そうなんだよ。そんなことがある筈はない。いや、甲斐自身のためにも、そんなことはあってはならないんだ。あいつは自分自身の推理に従って倉野を疑い、問い詰め、そして殺したんだよ。そうさ。そうに違いない」

それに続いて羽仁も、

「そう言われれば、成程そうだよね。果たしてあの小説でひとりの人間の行動をそこまで誘導できるかどうか……。確かにそれは甚《はなは》だ疑わしいな」

そう言って子供っぽい表情に戻ると、自分の膝の上に頬杖をついてみせた。

ナイルズは絶句していた。しかしそれは、不思議にしあわせな絶句だった。

列車の傍を流れていたながい崖が切れて、その時窓の外には見渡すばかりの山並みが展がった。彼らはその美しさに、思わず眼を牽かれて振り返った。殆ど濃い青のように見える緑の層巒《そうらん》が幾重にもおし重なり、それは右から左まで、小広い窪地を囲繞《いにょう》しながら軀を押しあうように巨大な帯となって続いていた。

「凄いな」

羽仁が真先に感嘆の声を挙げていた。

「ねえ。僕の夢は、こういう処に巨大な洋館をぶっ建てることなんだよ」

「黒死館のような、かい」

すかさず根戸がからかった。

「どういう趣向の洋館かは、決まっているのかな」

「いや、それは勿論まだなんだけど」

羽仁は困ったように頭を掻いて、

「だけど細かい部分部分のイメージはできているんだよ。それよりも、できることなら登っても登っても登りきれない階段とか、いくら流れ落ちても循環してつきない滝とか……」

「何だいそりゃあ。それじゃあまるで実現させることは不可能だと宣言してるようなものじゃないか」

根戸はそう言って背凭れに背中をぶつけた。

「どうせならもう少し現実性のある趣向を考えてくれないかな。十二宮の間とか、九星の間とか……」

「ちょいと待った」

そこでいきなり手を挙げたのは布瀬で、

「それで想い出したのだが、吾輩は昨日の夜、ちょいと奇妙なことに気づいたのだよ。それは例の、九星術に関連したことであってね……」

すると根戸は片眉だけつりあげて、

「何だ。どうも夜遅くまで起きてると思ったら。てっきり甲斐の屍体が眼にちらついて眠れないいんだろうと踏んでたんだけどな」

「馬鹿を言っちゃあいかん。それはお前の方ではないかね」

布瀬は笑いながら、

「いやいや、冗談ではない。どうにも不可思議な暗合なのだ。とても偶然とは思えんのだよ。つまり、根戸の発見以外にも、我々と九星術との相関関係が見つかったのだ。そもそも、我々の住んでいるそれぞれの場所の間に、奇妙な共通点があることに気づかんかね」

「何だいそれは。……この上何を聞いても、もう驚くことはないだろうけど」

そう言う羽仁に続いて根戸は、

「共通点って、九星術に関係してる以上、数字か色彩か、それとも五種類の星かだろうけど……」

「ハハン。お前もこの間の推理の時に、このことに気づくべきだったのだぜ。と、こう言うからには、その共通点というのは」

「色彩か！」

根戸はそう叫ぶと、考えこむように頭をさげた。

「そう。その通り。つまり我々の住んでいる場所は、総て色彩に関係した町名を与えられているのだよ。お前の処は白山で白、羽仁の処は若葉町で、九星術の方では碧に該当する。倉野は目白で白。曳間は萩山町で、これは紫を示しているのだろう。吾輩は御存知、緑ケ丘であるからして緑。久藤邸は下目黒で黒。ナイルズの処は白金で白。そして最後の甲斐の処は、まさしく最も危険な色である黄色だけに、ちゃんと隠し文字になっているではないか。日本橋横山町、とね。そうしてそれらの中央にある『黄色い部屋』――そのすぐ傍にあった真沼のアパートは赤坂で赤。はてさてこうなると、その各々の色と方角とを照らしあわせてみれば、それが九種類の九星盤のうち、七赤が中央にはいるものにぴったり符合することが明らかになってくる。北から左回りに、三碧、八白、九紫、四緑、二黒、六白、五黄、一白。まさに寸毫《すんごう》の狂いもない。

「どうかね。根戸。お前の指摘した部屋の色以外にも、こういう具合に町名の色によっても奇妙な暗合が浮かびあがるのだぜ。どちらが表側でどちらが裏側の貌《かお》かは判らんが、この符合に全く意味がないとは言いきれまい。あっは、そうなのだぜ。果たして影山はあの九星盤に、どちらの組合わせをあて嵌めようとしたのか。……この新たな方位表を見れば、五黄殺は甲斐、暗剣殺は曳間の上に落ちている。つまり、お前の解釈では他殺で命を落とすホランドと倉野の死が予見され、吾輩の解釈では自殺で命を落とす曳間と甲斐の死が予見されていたことになる。とすれば、影山としては両方の意味を持たせたと考える方が当たっているのかも知れんな。そうして、あるいはあいつが最後に言い残したように、あの図にはただ悪戯としての意味だけがこめられていて、いずれにせよ大したことではなかったのかも知れんが」

「なあるほど」

それには根戸も感心したように言って、

「それなら俺も、昨日の夜に考えていたことを披露しようか」

「オヤオヤ、これはまた面白い。すると何かね。昨日の夜、遅くまで起きていた吾輩とお前は、それぞれ別個に奇妙な想いを巡らせていたという訳かな。一体どんなことだったのか伺おうかね」

「そう改まられても困るんだが」

はにかんだように笑いながら、羽仁とナイルズの方にもちらりと一瞥をくれると、

「ふと思いついたんだよ。それというのも倉野のことを考えていたからなんだ。あいつと喋った様ざまなことを想い出していて、急に頭に浮かんだのさ。それは輸血と血液型に関することなんだが」

「輸血？」

羽仁と布瀬が同時に訊き返したのにこっくりと頷いて、

「あいつはこう言ったんだ。中学や高校の教科書では、例えばAB型の人にはA型、B型、O型の血液も輸血できるが、O型の人にはO型の血液しか輸血できないなどと書いてあっただろ。しかしこういった、O型はAB型、A型、B型に、A型とB型はAB型にそれぞれ輸血できるという考え方は古典的なものに過ぎないそうだ。現在では異なった型の血液の輸血は全く行なわれないと言っていい。なぜかというと、そういう場合にも抗原抗体反応によって凝集や溶血などの障害が起こる可能性があるからなんだよ。だから一般的に世間に流布しているこのような考えは、医学領域、ことに臨床関係では殆ど通用しないのさ」

「へええ？　で、それは一体、どういう意味を持っているのかな」

唐突な話題に、羽仁は心底訳の判らないような顔をして首を傾げた。根戸はにやり

と笑うと、

「つまりこれは、杏子さんの秘密と拘《かかわ》ってくるんだよ」

「杏子さんの？」

「そうだよ。これは一種のパズル形式の問題になっていたんだ。次に示す幾つかの文章から、あるひとつの結論を導き出せというものなんだな。順に言えば、第一に雛ちゃんの血液型はＡＢ型、杏子さんの血液型はＯ型であること」

するとと布瀬も、強い日差しを気にするように軽く目を閉じて、

「それはナイルズの小説にも書かれてあったね」

「第二に雛ちゃんの両親が事故に遭った時、雛ちゃんのお母さんは重体だったお父さんに輸血をしたということ」

「ふむ。それもまた吾輩も聞いてはいたが」

「第三にこれもこの間に話をしたと思うんだけど、雛ちゃんのお母さんは赤ン坊の時に、ナイルズ達の兄貴が命を落としたという同じ貧血に罹って、両親の輸血を受けたということ」

「あはあ。何となく判ってきたぞ」

羽仁が身を乗り出してくるのを差し止めて根戸は、

「その通り。ＡＢ型の子供が産まれるような両親の血液型の組合わせは、ＡＢ型どう

し、ＡＢ型とＡ型、ＡＢ型とＢ型、Ａ型とＢ型の四種類しかないんだよ。しかもその一方からもう一方へ輸血ができるような組合わせと言えば、ただひとつＡＢ型どうしというのが残るのは判るだろう。雛ちゃんのお母さんはＡＢ型だったんだな。

「さて、御承知の通り雛ちゃんのお母さんと杏子さんとは姉妹だった。さて、今度は、ＡＢ型とＯ型の子供が産まれるような両親の血液型の組合わせだけど、これは最初からＡ型とＢ型しかない筈なんだ。ところが雛ちゃんのお母さんは両親から輸血されたことになっている。問題はここで起こってくるんだよ。いいかい。余程の緊急時でさえ、他型の血液の輸血は極く少量に限られているくらいなんだ。しかしそのような病気であるからには、かなり持続的な輸血の必要があっただろうし、しかもＡＢ型の血液の赤ン坊にＡ型とＢ型の血液を一度に輸血するなんてことはまずもって考えられないだろう。つまり、そこに矛盾が起こってくるんだ。どこかに間違いがある筈なんだ。そうして俺は、多分、杏子さんはその両親の本当の子供じゃなかったと結論したのさ。そう考えるのが、どうも一番当たってるような気がするんだな」

「ふうむ。とすれば、それが杏子女史の持つ暗い部分の核だった訳だね」

「そうさ。……しかしそれも今となっては、もうどうでもいいことだけど」

　心なしか自嘲気味に言って、根戸は窓の外の光景に眼を移した。

「とにかく、みんな終わってしまったことさ。ナイルズも、もうつまらないことをクヨクヨ気にする必要はない。雛ちゃんも手紙のなかで書いてたじゃないか。俺達はここからの新しい自分自身を瞶《みつ》めていかなきゃならないんだ」

力強い口調だった。ナイルズはその言葉と共に、窓の外の山並みの光景を痛いくらいに眩しく感じていた。深い緑は擂鉢《すりばち》状にそそり立ち、客車の揺れにあわせるようにゆっくりと眼の前を流れてゆく。

「ちょっと気障《きざ》だけど、なかなかいいよ。さすが根戸さん、数学科、というところだね」

肩に降りかかる柔らかな日差しに応えるようにナイルズが言うと、根戸も首を反り返らせるように笑って、

「あっはは。こいつめ、地獄へ堕ちろ」

「あと東京へはどのくらいだろう」

ふと羽仁がそんなことを口にしたのは、次第に増してきた列車の速度のせいだろう。そのあたりから線路は緩やかな下り坂になっているらしく、その上を疾駆する車輪のリズムも徐々に激しさを加えつつあった。

2　青い炎

階段を駆けあがってくるなり、羽仁は大声で怒鳴った。

「おおい。これ、知らないだろ」

その剣幕にほかの客は一斉に彼の方を振り返り、羽仁は羽仁で、二階にそんな大勢の客がいるとは思わなかったらしく、照れくさそうに肩を竦《すく》めながら足速にこちらに向かって歩いてくる。

「馬鹿じゃないのか、お前」

「知らないって、何のこと」

そこにいた布瀬とナイルズが重ねるように言うと、

「あはあ、申し訳ない。つい、この間の調子でね」

そう、まず弁解しておいて、

「しかしまあ、とにもかくにもこれなんだ」

羽仁が差し出したのは一冊の雑誌だった。

「それは詩の雑誌じゃないの」

「その通り、このなかの、ええと——」

慌てて目的のページを捜していたが、

「これこれ。この詩を見てくれ」

ふたりは首を曲げるように、両側からそのページを覗きこんだ。そうしてすぐに、あッという驚きの声を挙げた。そこには聞き憶えのある言葉が、活字となって横たわっていた。掲載されていた詩の冒頭を占める、次のような三行だった。

——君はどこにいるの
——どこにもいないわ
——じゃ、行こうか

「これは」

詩はその先まで続いていたが、そこまでを見て取ると布瀬は呆れたように呟いた。

それは人びとが冬支度を急ぐ、十一月も半ばの日曜日のことだった。『帰路』で憩《いこ》う客のなかにも、既にコートやマフラーを身につけている者が少なくない。羽仁も柔らかそうな厚いセーターを着こんでいて、ナイルズの横に腰を降ろしながらそれを脱ぐと、

「この雑誌では詩を一般に募集していてね、優秀作に賞を与えることになっているら

しいんだよ。で、今回入賞したのがこの詩なんだ。ね。ペンネームは原亘糸冬なんて、いかにもありそうもない名前になっているけど、これは絶対真沼に違いないよ」

「いやあ。びっくりしたなあ」

ナイルズは首を振りながら軀を背凭れに沈めると、

「でも凄いや。この雑誌の賞なら相当権威もあるんでしょう。真沼さんがどこかで無事に暮らしてることも判ったし、ということは、いつかまた、ひょっこり顔を見せる可能性も大きくなった訳だね。……とにかく真沼さんはこれで、詩人への道へ大きく足を一歩踏み出したことになる。ねえ、これは全く凄いことだよ」

「ふうむ。それではこの集いは、真沼のためのささやかな祝いの席にしなくてはならんな。今日は根戸が抜けてはいるが」

布瀬が言うと、羽仁もぽんと膝を叩き、

「そういうことなら僕も――カフェ・ロワイヤル、お願いします」

注文を取りに来たウェイトレスにそう呼びかけておいて、

「しかし、そういえばナイルズ。君もこういうのを知ると、創作意欲が湧くんじゃないのかい。それともあの『いかにして密室はつくられたか』は、もう完成したのかな」

「いや、まだだよ」

「でも、完成させるつもりはあるんだろう」

「それは絶対、書きあげるさ」

ナイルズはそう言ってはね起きると、

「ただ、どういうふうに結末を持っていっていいものか、ちょっと迷ってるんだ。一体どこで事件が終わるのかもよく判らないし」

「ふんふん。……だけどあれが完成すると、一体どういうことになるのかなあ。マスコミが報道したのは事件の極く皮相的な部分に過ぎないし、そのなかには間違いやら明らかな脚色などもあったから、あの小説を読んでもこの事件のことだと気づかない人の方が多いと思うんだよ。そうするとその読者は、現実の部分と架空の部分と、果たしてどちらの側を現実の話として捉えるんだろう」

「さあて。それは難しい問題だな」

布瀬は雑誌のページをぱらぱらと捲りながら、しかし既に注意はそちらの方にいってしまっているらしかった。そんな布瀬を抛っておいてナイルズは、

「まあ、それは未知の読者に委《まか》せればいいじゃない。僕も後は、現実の成りゆきと筆の流れに頼るだけさ。……ねえ、それよりもまだあまり暗くなっていないのに、カフエ・ロワイヤルなんか注文していいのかな」

「そういえばそうか」

「昼行燈《あんどん》という感じでね」

「オヤ、それはどうも皮肉に聞こえるな。何しろ僕は常に間抜けなワトソン役でしかなかったものねえ」

「そんなこと、ないけどさ」

「どうせならアイリッシュにでもするんだったなあ。値段が違うだろ。値段が」

「それもまた、せこいよ」

しかしそうこう言ううちに注文の品が運ばれてきて、羽仁は満更でもなさそうにそれを受け取った。そして最初のひと口をちょっと啜って、

「うん、なかなか」

などと舌鼓を打ちながら、角砂糖にブランデーを注ぎかけた。

「それじゃあ、いよいよ」

ナイルズが言うと、布瀬も慌てて本を傍に置きながら、

「オイオイ。吾輩にも鑑賞させてくれんかね」

シュバッ――という音と共にマッチの軸に火がつき、それがゆるゆると白い角砂糖の上に翳されたかと思うと、殆ど眼に止まらぬほどの炎が揺らめき立った。

「本当に点いてるの」

ナイルズの言葉に、羽仁はそっと掌をスプーンの上に近づける。するとその翳りの

なかに静かに燃える仄青い火が現われ、飾るように細い黄色の光が走るのが判った。

そうして羽仁は、その恰好のままスプーンを持ちあげ、手品師がよくやるようにカップの上でそれを確かめさせると、静かにコーヒーのなかに沈めていった。忽ち白い角砂糖はコーヒー色に崩れた。微かな音が聞こえたようでもあり、最後の一瞬に炎はぽっと明るく燃え立ったようでもあったが、しかしスプーンを沈め去り、そのままゆっくりかきまわしてしまえば、もうそこには何も残らない。

3　解決のない解決

「ふうむ。真沼がねえ」

根戸は小さく首を振りながら答えた。

「で、それで君の話は終わりだね」

「終わりだねって――」

羽仁は少なからず呆れたように言って、

「何だかたいして関心もないような素振りだね」

「いや、そういう訳でもないんだが、俺はそれよりも聞いて貰いたいことがあって」

そう言いながら、ようやく凭れかかっていた椅子から軀を起こす根戸の表情は確かに只事でなく、羽仁もつられたように顔を堅くして相手の言葉を促した。

「何だい、一体。聞かせてくれ」

「俺がずっと考えてたことなんだ。それはほかでもない。今度の一連の事件に関することでね……」

ふたりの向かいあう根戸の部屋にも、寒気はどこからともなく忍びこんできていた。根戸の後ろで窓が激しく鳴り、羽仁ははっと胸を突かれたようにそちらに眼をあげた。夜だった。

「それはつまり、もうひとつ裏側の真相ということなんだよ。本当の意味でのラプラスの悪魔は実在したんだ。つまり、一連の事件の真犯人のことなんだが」

「何だって」

羽仁は耳を疑った。とすれば、まだ事件は終焉《しゅうえん》を迎えてなどいないということなのだろうか。総てを操ってきた巨大な影は、現在も彼らのすぐそばに寄りそっているというのだろうか。羽仁には何が何だか判らなくなってしまった。

「そんな、だって」

「俺の躓《つまず》きの石は、布瀬の目撃した白昼夢の件《くだり》だった」

羽仁に構わず、根戸はそう自分の考えを語り始めた。

「ホランドは偶然に倉野の部屋を訪れた。そうして曳間の屍体を発見した。うん。それはそれでいいさ。別に不自然でも何でもない。……しかし、それは三時頃のことだったんだぜ、布瀬が白昼夢を目撃したのは十二時半なんだ。もしも布瀬の見たのが本当にホランドだったのなら、この二時間半の時間の落差は一体何だったと言えばいいんだろう。そうなんだ。俺はその点を、どうしても説明できなかったのさ。……いや、勘違いしないでくれ。こんなことを言うと、布瀬の目撃した白昼夢の正体はナイルズで、俺の言っている事件の首謀者もやはりあいつなんだろうと思われるかも知れないけど、それは違う。いろいろ考えた結果、俺は白昼夢の正体はやはりホランドに間違いないと思うんだよ。そうして俺は、その空白の時間を埋めるための理由をやっと捜し当てることができたんだ。道標になってくれたのは……何だと思う。この手帳だったんだよ」

根戸はポケットからその黒いものを取り出した。羽仁にも見憶えのあるそれは、『帰路』で根戸が公開した、曳間の手帳に違いなかった。

「俺はあれからも、この手帳を何度も何度も読み返してみた。そうして、読み返すうちに、俺の頭にはひとつの疑問がゆっくり萌芽《ほうが》していったんだよ。それに俺はあることを想い出したんだ。曳間の好きな探偵小説のベスト・テンのなかに、遠藤周作の『闇のよぶ声』がはいってたことを。俺はそれで、俺のなかで育ってゆく疑問を確かめるために、神保町のあたりを歩きまわってみたんだ。……ほら。五月の終わり頃に倉野が曳間の姿を見かけたっていうあたりさ。俺はその近くに、とうとう俺の疑問を氷解してくれる場所を発見したんだ。それは催眠術の研究所のような処で、曳間は行方不明だった期間、ずっとそこを訪れてたことも俺は確かめてきた」

「催眠術？」

羽仁は、自分の軀の均衡を保つのに必死だった。

「それに考えてもみろ。今度の一連の事件は、実際、連続殺人事件なんかじゃなく、飽くまで不連続なものだったじゃないか。――そうとも。この惨劇を企み、計画し、そして並べ立てたドミノの駒を倒すように事件の口火を切ってみせたのは曳間だったんだ。事件を裏から操ってたのは、その時既に死者となっていた曳間だったのさ。俺達は、死者の殺人計画書にまんまと乗せられて、その筋書き通りに動いてたに過ぎないんだ」

「つまり、曳間は後で次々と殺人が起こるのを予想して自殺したと言うのかい」

「そうだよ」

あっさりと肯定して、根戸は後を続けた。

「しかし、それが起こるためにはどんな条件が必要か。……俺は考えた結果、それがたったふたつでいいことに気がついたんだ。ひとつは、充分時間を置いて戻ってきた倉野が、戸口の鍵がかかってたと錯覚すること。もうひとつは、倉野が帰ってくるぞの二、三分前というきわどい時間にホランドが部屋を訪れること。このふたつの条件が満たされた時、現実は抛っておいてもそのまま急な坂を転がるように、惨劇に向かってつき進んでゆくだろうことを、曳間は俺達の心理の襞《ひだ》にまで分けいり、読みきってたんだよ。……そしてそのために、曳間は予《あらかじ》め倉野とホランドに催眠術をかけておいたんだな。術を解いた後で、本人も意識しないうちにある特定の行動や思考に赴かせるという、後催眠をね。間違っちゃならないのは、曳間は倉野に直接『殺人を犯せ』と指示した訳じゃない。曳間は倉野の人格にまで踏みいって、それを歪めちまうようなことはしなかったんだ。ただ彼は、倉野に『戸口の鍵がしまってると錯覚する』ように暗示しておいただけなのさ。つまり、きっかけを与えてやったに過ぎないんだよ。

「ホランドには自殺の直前に、倉野の部屋へ呼び出して催眠をかけたと思う。どういう暗示を与えてたのか、もうだいたい判るだろ。近くにひそんで倉野の帰りを待ち、その姿を認めたらすぐさまひと足先に部屋のなかにはいる。……恐らく曳間はただ単にそんな行動を強いた訳ではなく、それに特定の意味を与えていたに違いない。そしてホランド自身は、その暗示による行動は忘れちまうんだ。予想外だったのは催眠をかけられた直後に、予行演習のためかそのあたりをうろうろしてる姿を布瀬に目撃されたことさ。しかし、ともあれそのことも曳間の筋書にさしたる影響を及ぼすことなく——いや、却って効果的な素材となって惨劇の幕は開いちまったんだ。そういえば、もしかすると倉野が曳間のために復讐しようとしたその心理の一部分には、催眠術をかけられた者が術者に対して抱く、《ラ・ポール》と呼ばれる深い精神的な繋がりが荷担してたのかも知れないな……。だから真沼のあの既視感《デジャ・ヴュ》も、曳間の催眠術のせいさ。曳間は自分の術の練習台として真沼に度々後催眠をかけてたんだろう。事件には直接関係なかったが」

　羽仁は根戸の言葉を、ぼんやりと遠くの方で判っていた。そうしてそのまま、ゆるゆると視線を窓の方に向ける。ふと、闇のなかに白っぽい影が浮かびあがり、羽仁は霧が出始めているのに気がついた。

「つまり真犯人は最初に死んでいたというんだね。だけど、どうして。……曳間は自殺してまで惨劇を起こさなくっちゃならなかったんだよ。まさか、曳間にもやはり姉と同じく精神病の血が潜在していたというのなら、今度の事件は単なる狂気の沙汰になってしまうじゃないか」

「それは、一体何と言えばいいのかな」

　根戸は言葉を選ぶようにしばらく躇《ためら》って、

「ただ、この手帳を読んでいて次第に判ってきたのは、曳間にとって俺達ファミリーは、ひとつの実験場だったということなんだ。だけど、ここが奇妙な逆説なんだが、曳間は決して惨劇が起こることを望んでなどいなかったんだよ。え？　俺の言ってることは変だろう。だけど、それが本当なんだ。もしかすると曳間の予測が狂ってて、倉野は殺人に踏み切るところまで行かないかも知れないし、ほかにどんな偶然が割りこんできて、総てがおじゃんになってしまうかも知れない。——曳間はそこに賭けたんだ。曳間の願いは、ただただ、そのような条件が揃っても惨劇が起こることがないようにという、その一点にかかっていたのであって……

4　不連続の闇

——そうなんだ。そして、それでもなおかつ惨劇が起こらないとすれば、僕らの頭上に覆い被さっていた巨大な黒い影のせいで惨劇が起こることもまた、決してない筈だったからなんだ。

ナイルズは漂流船のようにあてどなく歩きながら、そう考え続けていた。濃い霧が足や手に纏わりつき、しばし滞るように絡まっていたかと思うと、すぐまた後方に流れ去ってゆく。そんなことを、もう何度繰り返したものか。ナイルズの全身は既に、激しく汗をかいたようにじっとりと濡れそぼっていた。

——だけど、実際に惨劇は起こってしまった。でも、それはそれで仕方なかったのかも知れない。そうだよ。だって、現実がこんなふうになっていなければ、ひょっとしてこの僕こそが自分の手で殺人を犯していたかも知れないんだから。

白い闇。それはこのようなものだったのだろう。処どころに点っているらしい街灯の光は厚ぼったい濃霧に鎖されて、ぼんやりと攪拌《かくはん》されたままその場からこちらに届くことができないでいた。そしてナイルズは、その甘ったるいミルクのような霧のなかを、ただどこまでも彷徨《さまよ》っているのだ。

ふと、どこか遠くの方で、踏切の遮断機の音が、カンカンと湿った響きを帯びて鳴り始めた。ナイルズは自分の辿っている、果たして道かどうかも訝しいその道が、一体彼をどこに連れてゆこうとしているのか判らなかった。ただ、眼の前に行手を遮るものが浮かびあがるたびに、方向を変えているに過ぎない。そうして数限りない角を折れ、辻を過ぎるうち、最早今歩いている場所が街なかなのか、それとも人家から離れた場末なのかさえ区別できなくなっていた。

記憶錯誤と催眠術。かつて曳間はナイルズに語って聞かせたことがあった。既視が起こる瞬間には、現在から過去に向かって、記憶が逆向きに構築されるのだと。電光板の上に光のついた点が次々と走り過ぎるように、それは現在の一点から時間を遡ってゆくのだと。ならば、人間の記憶が常にそのようなものであることはむしろ当然なのだろう。記憶はその一瞬一瞬、現在から過去へと繰りこまれてゆき、そうして一瞬前の自分は最早現在の自分にとって記憶でしかないというならば、人間が生きているのはその絶えざる虚構のただなかであり、彼が進みゆく地点は大いなる架空だと言って何がおかしいのか。

そんなことを考えているうち、ふと気がつくと先程のシグナルの音は既にやんでいて、ナイルズは踏切を通過する電車の音が聞こえなかったことを不思議に思った。

何だったのだろう。故障だろうか。ナイルズはそんな疑問を胸に昇らせながら、しかしその道を歩き続けるしかなかった。霧はいよいよ深く、そうして少年はすっかり濡れ鼠になりながら、曳間の辿った道を自分もまた辿ってゆくのかも知れなかった。濃密な霧のなかに響くのは、もう既に自分自身の跫音と息遣いだけでしかない。不連続の闇。少年はそんな言葉を想い浮かべてもいた。

――ひょっとしたら、もう僕自身、あの小説のなかに封じこめられてしまったのかしら。現実と架空は見事にすり換わり、今僕が辿っているのはもう、小説のなかの出来事に過ぎないのかしら。

しかしその疑問も最早この濃霧のなかでは、さしたる意味を持ちあわせていないのかも知れない。処どころぼおーっとコバルト色に点っている明かりも、暈《かさ》のかかったように滲んで、どう見てもガス灯の光としか思えないのである。だからその朧《おぼろ》な灯に映し出される、殆どそれと見てとれぬような、もしかするとこちらの妄想からくる幻かも知れない幽《かす》かな物影も、やはりこちら側で役割をふりあててゆかなければならないのだろう。

——それともあれは、変電所の明かりなんだろうか。

少年はびしょ濡れになった外套のポケットに手をつっこんだまま、そう考えて激しく身を顫わせた。巨大な影は頭上杳《はる》かに伸びあがり、彼を呑みこもうと立ち塞がっているような気もした。しかしもう一度その晦冥《かいめい》を見やると、その影の気配は既に跡形もなく消え去ってしまっている。少年は持ちきれない苛立ちを意識しながら、このげっぷの出そうな濃霧のなかを漂い続けるしかなかった。

——この霧。そうだよ。僕は一体何を望んでいたんだろう。ただこうやって霧の迷宮のなかを歩き続けて、だけど僕は一体、何を望んでいたというんだろう。

それは少年を妙におかしい気持ちにさせた。そうだ。だから今ここを歩いているのは僕ではないんだろう。こうしてこんなことを考えているのは、もう僕ではないに違いない。

しかし少年の前に、答えるものは何も存在しなかった。道もなく、坂もなく、建物もなく、穹《そら》もなく。ただ霧、霧、霧だけが上も下も判別なく少年の周囲を鎖していた。

——だから、曳間さん。あなたは勝ったんだよ。不連続線の向こうに踏み越えていったあなたは、勝ったんだよ。

そう呟く少年の前には、しかしなおかつ圧倒的な不在があるばかりだった。そうなのだ。そこから総てが始まってゆくにしても、果てしもなく続くこの霧の底を、殆ど泳ぐようにして歩き続ける少年は、自らの意志とは関係のない世界を待たなければならないのである。――深い深い霧。

その時まで彼は、こんなに深い霧を経験したことがなかった。周囲のもの総てが、厚くたれこめたミルク色に鎖され、深海の光景のようにどんよりと沈みこんでいる、こんな霧を。

サイドストーリー
匣《こばこ》の中の失楽

ある日、曳間了《ひくまりょう》がアパートに戻ると、奥の部屋の万年床で双子の片割れが眠っていた。

くしゃくしゃになった菖蒲《しょうぶ》柄の掛け蒲団の上で、すうすうと寝息さえたてて眠りこけている。曳間はショルダーバッグを肩にかけたまま、そっとその寝顔を覗きこんだ。窓はあけっぱなしだし、扇風機もついたままだが、西陽《にしび》がまともに射しこむので、少年の額には汗の玉がいくつも細かく浮かんでいる。髪も全体に汗でしっとりとして、何本かが縒《よ》りあわさったひと束の前髪が風にゆっくり揺れ動いていた。ナイルズだろうか。ホランドだろうか。普段もなかなか見分けがつかないが、寝顔となるとますますそうだ。一人でここに来るといえば、恐らくナイルズのほうなのだろう。到底確かな判断材料ではなかったが、そういった経験則はけっこうあたるものだ。曳間はバッグを肩からおろし、座卓の前に胡坐《あぐら》をかいた。

扇風機は古い四枚羽のもの一台しかない。曳間は座卓のペン立てに挿してあったなかから赤塗りの大きな団扇《うちわ》を選び、はだけた胸に風を送った。けれども、何しろ空気そのものが暑い。柱にさげた寒暖計を見ると、三十五度。体温よりはわずかに低い程度だ。ぬるい風をいくら扇《あお》いでも効果は乏しく、しかも団扇を振る動作自体が新たな汗を招くという部分も確かにあって、もしかするとこれはひとつの無限循環ではないかという想いがふと浮かんだ。

それでも五分ほど扇いでいるうちに、ようやく新たな汗は滲《にじ》む程度になった。この先はいくら扇いでもそれこそ無限循環だと判断して、曳間は団扇をペン立てに戻した。

西陽はどんどんオレンジ色の濃さを増している。もうじきすっかり暗くなるだろう。曳間は卓上の電灯をつけ、右脇の抽斗《ひきだし》から原稿用紙を取り出した。そしてそれを前にひろげ、再び五分ほど額を指で揉んだり顎《あご》の肉をつまんだりしていたが、おもむろにシャープペンシルを手に取り、升目を文字で埋めはじめた。

「あれ?」

突然の声に、曳間は手を止めて振り返った。少年が蒲団の上で体をこちらに向け、眼をシパシパさせている。一瞬、自分がどこにいるのか分からなくなったのだろう。

「寝ちゃったんだ。ゴメンなさい。勝手にあがりこんで」

窓の外はもうすっかり真っ暗だ。ようやく少し冷気の混じった風が音もなくカーテンを揺らめかせている。曳間はそちらに立ち、キシキシと滑りの悪くなった窓をしめながら、

「かまわないよ。甲斐《かい》や羽仁《はに》なんてしょっちゅうだから。だけど、鍵の置き場所がよく分かったねえ」

少年は額の汗を拭いつつ、

「そんなの、曳間さんの行動様式から類推すれば簡単だよ。だいいち、プランターに一本だけ造花が混じってるなんて、いかにも怪しいもの」

そのこまっしゃくれた口振りはやはりナイルズだ。曳間は座卓の前に腰を戻し、

「羽仁にでも教えてもらったか」

途端にナイルズはきゅっと片眉をひそめて、

「参ったなあ。逆に図星を指されちゃった。ホントに何でもお見通しなんだから」

降参というように両手をあげた。そして急にはっとした顔で、

「あ。ずっと扇風機、独り占めしちゃってたんだね。ゴメンなさい！」

慌てて膝を揃えつつ頭をさげた。

「いいよ、いいよ。その代わり、安眠中のところをじっくり鑑賞させてもらったから」

「言葉が間違ってない？　鑑賞じゃなくて観察でしょ」

ナイルズは大きく口を曲げてみせたが、

「もしかして、僕が何の夢を見ていたかまでお見通し？」

そんなことを言って上目遣いに覗きこむ顔は、もう一転して悪戯《いたずら》っぽい表情だ。

「まさか。あらゆる方向に通常の物語文法を超えて展開する夢を予測するなんて、ブラウン運動を予測するよりも難しいんじゃないかな。そんなことができるなら、本当に魔術師というほかないよ」

「さすがに無理？　まあ、それはそうだよね。実は、僕もあんまりよく憶えていないんだ」

するとと曳間はああという顔で、

「そうか。そこさえ想像がついていれば、適当にデタラメを並べていればよかったわけだ」

残念そうに指を鳴らしてみせた。

「で、今日は何の用事かな。ただ気が向いたからというわけじゃないんだろう」

訊かれて、ナイルズはますます悪戯っぽく、

「それに関してなら、もしかしたら見当がつかない？」

曳間は困った子だなというように苦笑を浮かべて、

「確かに夢よりははるかに推測の可能性は大きいかな。しかし、いくら何でも手がかり不足だから、せめてこちらからの質問に——そうだな——三つ答えてくれるかい」

「三つでいいの？　もちろん、いいけど」

「では、まず、君が今読んでいる、もしくはいちばん最近に読んだ本は？」

「本？」

ナイルズは怪訝そうに眉をひそめながら、

「今、白井《しらい》喬二《きょうじ》の『富士に立つ影』を読んでる途中だけど」

「次に、君が今日、家を出た時刻は？」

「ええっと、二時過ぎだったかなあ」

「では、最後に、これがいちばん重要な質問なんだけど、君が今穿《は》いているパンツの色は？」

「なあに、それ。そんなことがいちばん重要？　まあ、いちおう、答えるという約束だから答えるけど——」

そう言って、ズボンの前をちょっとひっぱって覗きこみ、

「紺色の地にヨットの柄模様。さあ、これで何が分かるの？」

挑むように胸をそらすと、曳間は額の中央をトントンと指先で二回叩いて、

「夜通しかかった苦心の作？」

そんな問いかけを返して寄こした。そしてその瞬間、ナイルズの表情がぴくりと強《こわ》張《ば》り、みるみる大きく眼が見開かれた。

「君はそれを僕に見せに来たんだね。小説や評論じゃないな。絵でもない。パズルやクイズというわけでもない。……それほど大きくない、形のあるものだね。電気回路？　あるいは彫金鋳金《ちょうきんちゅうきん》の類《たぐ》い？　残念ながら、そのあたりまでが僕の限界だな」

ナイルズの顔にしばらく様ざまな表情が交差していたが、やがて手をゆっくりポケットにつっこみ、再び取り出した手をひろげると、そこにあったのは高さ四センチ、直径三センチほどの円筒形の小匣《こばこ》だった。濃紺の地に、古めかしいデザインのアルファベットと紋章が、赤や緑や金で美しく装飾されている。組み合わせた色ガラスに鋳金を施《ほどこ》したものだろう。

「これ、昨日、夜遅くまでかけて僕が作ったものなんだ。自分でもなかなかの出来栄えだったから、ちょっと自慢したくって。……だけど、どうして？　あんな質問で、どうしてここまで分かっちゃうの？」

狼狽の入り混じった茫然とした表情は、奇蹟を目のあたりにした人間のそれだった。

曳間は数秒置いてクックッと笑いを洩らし、

「嘘だよ。質問は関係ない。初めからそういうことじゃないかと見当をつけていたんだ」

ナイルズは長い睫毛《まつげ》を何度も瞬かせて、

「初めからぁ？　だったらもっと凄いじゃない！」

「そうでもないよ。材料はいくつかあったから。ただ、ひとつひとつは不確かな材料でしかないんだけどね。そのひとつが、この部屋で僕を待つあいだに寝こんでしまったことから、寝不足だったんじゃないかと想像できたこと。次に、君の右側のポケットが大きくふくらんでいたことだ。普通、そんなものを入れたままだとゴワゴワして気持ち悪いから、そのへんに置いておけばいい。それを敢えてポケットに入れたままにしておいたのは、僕が戻ったあと、おもむろに取り出して見せたいんじゃないかと想像したんだよ。それぞれはいかにもあやふやだけど、組み合わせて考えれば、寝る間も惜しんで作ったものを見せに来たという仮説はなかなかいい線ではないだろうか。そして、肝腎《かんじん》のそのモノだが、君の性格からして、原稿用紙をその大きさまで折り畳んだりするはずがない。もちろん、絵にしても同様だ。多分、工作物と考えていいだろう――」

「でも、彫金鋳金というのはどこから？」

「君の右手の人差し指の内側についている黒い線だよ。深くはないけれども、皮膚が黒く焦げたあとだね。それも、ごく最近のものらしい。もしもそれが問題の工作物と関係しているなら、ハンダかガスバーナーでも使ったんじゃないかとあたりをつけたんだ」

ナイルズは急いで自分の右手を確かめ、やはり数秒の間を置いて、

「さすが曳間さん！　やっぱり凄いや」

降参したように肩を竦《すく》めた。

「ほかならぬ君にそう言ってもらえるのは光栄だね」

「何言ってるの」

「いやいや、本当だよ。だいいち、僕が君の齢《とし》だった頃は、どうしようもなくボヤボヤしたガキだったからね。後世畏《おそ》るべしというのは君たちのことだ。それに、この小匣も凄い。形状からして、茶入れかな。南蛮蒔絵やステンドグラスをイメージさせながらも、ここに描かれている紋章は中世に黒魔術で使われていたものだね。その趣向ももちろん、デザイン的にも素晴らしいよ。文才は以前から承知していたけど、美術的才能にも恵まれているとは、僕のような人間には羨ましい限りだ」

ナイルズはその後半をやり過ごして、

「この紋章のことまで知ってるの？　まあ、当然か。曳間さんは現代の黒魔術師だものね」

「その呼び方はちょっとなあ。まるで世に災厄を振り撒こうとしているみたいじゃな

いか。日々善行を積もうという気まではさらさらないが、意外にさほど悪意のない人間なんだよ、僕は」

「それは分かってるけどさ。あくまでイメージだからしようがな」


「あれ？」

突然の声に、曳間は手を止めて振り返った。少年が蒲団の上で体をこちらに向け、眼をシパシパさせている。一瞬、自分がどこにいるのか分からなくなったのだろう。

「寝ちゃったんだ。ゴメンなさい。勝手にあがりこんで」

窓の外はもうすっかり真っ暗だ。ようやく少し冷気の混じった風が音もなくカーテンを揺らめかせている。曳間はそちらに立ち、キシキシと滑りの悪くなった窓をしめながら、

「かまわないよ。甲斐や羽仁なんてしょっちゅうだから。だけど、鍵の置き場所がよく分かったねえ」

少年が欠伸《あくび》を噛み殺しつつ、

「羽仁さんに教えてもらったんだ」

そう返すと、曳間の顔がかすかに曇った。

「え？　何か？」

「いや、別に」

曳間は座卓の前に腰を戻し、煙草を取り出して火をつけた。

「そう？　何だかちょっと——残念そうな顔しなかった？」

ひと息深く煙を吸いこみ、細く長く吐き出して、

「鋭いね。読み取られるような表情を浮かべたつもりはないんだが。まあ、残念といえば残念かな。起きて喋っているところはよく見ているけど、眠っているところは滅多に眼にする機会がないからね」

「眠っていたほうがいい？」

「少なくとも、そのほうが鑑賞はしやすいだろう」

「いろんなことがしやすいだろうね」

そんな台詞を口にしつつ、探るような視線を投げかける素振りは、どうやらナイルズではない。ホランドのものだ。

「で、今日は何の用事かな。ただ気が向いたからというわけじゃないんだろう」

するとホランドは蒲団の上に膝で立ち、無言のままポケットに手をつっこんだ。そしてそこから取り出したのは、高さ四センチ、直径三センチほどの円筒形の小匣だった。濃紺の地に、古めかしいデザインのアルファベットと紋章が、赤や緑や金で美しく装飾されている。組み合わせた色ガラスに鋳金を施したものだろう。

「君の作品？」

「まさか。こないだ家族で長崎に旅行したとき、バザーで見つけて買ったんだ。見たところ、茶入れだから、海外からの輸入品じゃないですよね。初めはごくあたり前の南蛮美術かと思ったんだけど、どうもキリスト教系の図案じゃなさそうなので、どういう由来のものか気になって。それで、曳間さんならこういうのに詳しいんじゃないかと――」

曳間は口を窄《すぼ》め、しばらく額を指先でぐりぐりと揉みまわしていたが、

「由来となると困るけど、その紋章のことなら分かるよ」

けれどもいち早く、ホランドは曳間の眼の前で手をひろげて、

「実は、待ってるあいだ暇だったから、そこにあった『魔術図像事典』で、もう調べちゃったんだ。やっぱり黒魔術系の紋章だったんだね。だけど、用がすんだからってそのまま帰ると、まるっきり空き巣狙いみたいだから、いちおう帰りを待とうと思って」

曳間は「そうか」と口のなかで呟き、

「もしもこれが安土桃山や江戸時代のものなら、この種の紋章や図案が当時既に伝わっていたことを示す大発見だろうが、恐らくそうではないだろうね。バザーに出まわっていたことからしても、ごく最近、素人作家によって作られたものじゃないかな」

「やっぱり？　それはちょっと残念だけど——でも、文化財的な価値はなくとも、美術的価値まで失われたわけじゃないよね」

「そうだな。どんな大作家も初めは素人なんだし」

ホランドは蒲団の上に胡坐をかき、改めて額の汗をぐるりと拭って、

「本来、美術品の価値は、それが成立した背景には左右されないはずでしょう。そこでは作者が誰かさえ関係ない。でも、実際にはそうじゃないですね。まず、何よりも、その作品が世に出なければならないし、贋作《がんさく》や模造品ではないとか、作者が誰か、作者が分からないならどれくらい古いものかというのは、やっぱり決定的な基準になっちゃうでしょう」

「もちろん、ひとつの極点として、そういったラディカルな普遍主義と言うべき立場はあるね。そのいっぽうで、美術的価値は市場によって決定されるという身も蓋もない立場もあって、実際はその両者のあいだで揺れ動いているというのが実状じゃないかな」

「そういうところにも、曳間さんの言う不連続線が横たわっているってこと？」

ホランドの言葉に、曳間の顔にはくすぐったそうな苦笑が過《よ》ぎった。

「実は僕、ちょっとそういう問答をしてみたい気分もあって、それでここに来たんだよ。そうでなくても、前々から一度訊いてみたかったんだ。曳間さん自身は、その問

題のいちばん根っこをどんなところに設定しているの」

　曳間は二センチほどのびた煙草の灰を灰皿に落として、

「それはまた、いきなり踏みこんだ質問だねえ。それだけにいろんな答え方があると思うけど、どういうのが君のお気に召すだろう。以前から、そして恐らく今後も引き続いての最大の問題は〈死〉という不連続線だが、まあ、ここ最近の気分からすれば、膜《まく》かな。不連続線の問題は、そのまま膜の問題に関数変換できるからね」

「膜？」と、ホランドは眼を瞬かせた。

「そう。膜だ。人間は膜でできている。無数の膜によって人間たり得ている。もっと遡《さかのぼ》れば、すべての生命は膜を獲得することで成り立った。しかし、それと引き替えに、生命には孤絶や疎外が宿命づけられた。つけ加えれば、その後に獲得した有性生殖と、さらに後年の理性というやつがそれを決定的なものにしたということになるんだが」

「ふうん。なるほど。膜か――」

　ホランドは軽く首を傾げて、

「もしかして、有性生殖もそうだけど、理性そのものも膜や不連続線に繋がってくるのかな？」

「ああ。理性の基本は概念による世界の区分けだからね。言わば、そこでは生命の進化と類比的な事態が起こっているわけだよ」

「そうか。世界を区分けして、整理して、操作しやすいようにする。そのぶん、孤絶や疎外は深まっていくわけなんだ」

曳間は大きく頷き、

「君はやっぱり飲みこみが早いね。まさしくその通りだ。そして区分けや整理というのは、世界の抽象化にほかならない。かくして世界を抽象空間のなかで切り貼りすることによって、人間は理性の精華とも言えるシミュレーション能力まで手に入れた。だとすれば、その行きつく果てにある光景を僕は予告できる。黙示録《もくしろく》的な救済だとか、弥勒菩薩《みろくぼさつ》の到来だとか、科学や資本主義の勝利だとかいった大きな物語はもはや成立しない。物語は生まれるはなから細分化されていく運命にある。そんなあぶくのような無数の物語に埋もれつつ、今にしてなお想像しにくいほど孤絶と疎外が深まっていくばかりだろうとね」

ホランドはかすかにぶるっと身を震わせた。

「曳間さん、何だか預言者みたいだね。でも、こんなことを言うのは僕のキャラじゃないかも知れないけど、それはいささか悲観的に過ぎない？」

するとと曳間はうっすらと笑って、

「そうかも知れない。こうした思考をひっぱっていくのは、畢竟《ひっきょう》その人間の気分や気質だからね」

　そして話題を切り替えるように、

「それはそうと、こちらからもひとつ訊いていいかな」

「なあに」

「君の右手の人差し指についている黒い筋は何なんだい」

　ホランドはキョトンとした顔で慌てて自分の手を確かめ、

「ああ、これ。一昨日の理科の実験だよ」

　ナイルズなら「何だと思う？」と訊き返してきそうなところを、あっさり答えた。

「理科の実験？　どんな？」

「炎色反応の実験だよ。焼けたピンセットにうっかりさわっちゃって。危うく水ぶくれにならずにすんだけど」

「そうか」

　軽く肩を
「あれ？」

　曳間の声に、少年が振り返った。それまで座卓に向かって何かしていた少年は、すぐに体ごとこちらに向きなおり、

「ゴメンなさい。勝手にあがりこんじゃって」

さして悪びれたふうもなく、ぴょこんと首をさげた。曳間は眼をこすりこすり半身を起こしながら、

「それはいいけど……そうか、鍵をあけっぱなしのまま寝ちゃったんだな」

見ると、窓の外はもうすっかり真っ暗だ。ようやく少し冷気の混じった風が音もなくカーテンを揺らめかせている。曳間はそちらに立ち、キシキシと滑りの悪くなった窓をしめた。

「で、君はナイルズ？　ホランド？」

途端に少年は悪戯っぽい表情になって、

「どっちだと思う？」

「そんなふうに訊き返してくるところは、ナイルズかな。もっとも、素直にそう考えるのを逆手に取ることもできるけど、そもそもホランドはそんなふうに裏をかくキャラクターじゃないからね」

すると少年は束《つか》ねた両手を頭の上にやり、

「ちぇっ。つまんないなあ。もうちょっと悩んでくれなくちゃ」

口を尖らせながら、のけぞるように座卓に寄りかかった。

曳間はふとその座卓の上に原稿用紙がひろげられているのに気づいて、

「おや。何か書いてたのかい」

「ああ。ゴソゴソしてたら原稿用紙があったから、ちょっと使わせてもらったんだ。かまわなかった？」

「それはいいけど……もうずいぶん書いているじゃないか。小説だね。読ませてもらってもいいかな」

曳間が横に腰をおろすと、ナイルズはうんと頷き、

「そりゃ、紙を無断使用しておいて、ダメとは言えないものね。実は今、ミステリの構想があるんだ。だけどかなり長いものになりそうだから、本当にちゃんと書けるかどうか自信がなくてさ。で、その練習のつもりで、スケッチみたいな断片的なものをちょこちょこ書き散らしてるんだよ。別に完結した話というわけじゃないから、そのつもりで読んでよね」……

そんな言葉を聞き流しながら、曳間は文章を眼で追った。驚いたことに、いきなり登場しているのは曳間自身だ。小説の練習のためということだから、絵で言えば身近な人物の肖像画を描くようなつもりだろうか。けれども読み進むうちに何だか妙な展開になってきて、思わず何度か首を傾げた。

「どうかなあ」

読み終わった頃合を見てナイルズが声をかける。

「はじめは自分が主人公というのは、何だかくすぐったいものだと思いながら読んでいたけど……これは小説の練習というより、僕という人間を対象にした観察報告という感じだね」

「ああ、そうか。そんな感じ？　でも、やっぱり練習は練習なんだよ。実は、構想中の長編ミステリは実名小説なんだ。まわりのみんなに登場してもらうって趣向のね」

「そうか。それでね」

曳間はある部分納得したが、

「ここに登場する曳間君は、あたかも洞察の魔に憑《つ》かれているかのようだね。その自信満々の洞察が呆気なくはずれて、誰一人知らないままに蹉跌《さてつ》を味わうというわけか。もしかすると、これは自分を過信しがちな僕への忠告でもあるのかな」

ナイルズはぶるんと首を横に振って、

「まさか。それはあくまで小説上のことだよ」

「そうだな。モデルにされた人物がいちいちこんなふうに口を出していては埒《らち》もない。ただ、そこはいいにしても、この小説にはもうひとつ、曳間君のフェアならぬ行動が隠されているね」

その言葉に、ナイルズはぎょっとしたように、

「フェアならぬ行動？　なあに。そんなところがあった？」

「茶入れだよ。少年が眼醒めたあとのナイルズの節をパートⅠ、ホランドの節をパートⅡとして、パートⅠの茶入れとパートⅡの茶入れが全く同じものとして描かれている。これは不自然じゃないか。パートⅠが曳間君の創作で、パートⅡが現実だとすると、曳間君はどうやってまだ見ぬ茶入れの形状を知り得たんだろう。いや、そもそもポケットのふくらみからだけでは、それを茶入れと見抜くのは不可能じゃないか。この矛盾にどうしても解決をつけるなら、曳間君はあらかじめ寝ている少年のポケットをこっそり探って、なかにあるのが茶入れであることを確認していたと考えるしかない。これは洞察の魔に憑かれているのではなく、自分の洞察力を誇示したい欲望からの行動だね。まあ、そういう部分も架空の性格づけということならいいんだが、もしかすると実際の僕もそんなふうだと思われているのならちょっと――」

するとナイルズは「あちゃあ」と頭の後ろに手をやり、

「ミスった！　もちろんそんな気は全然ないよ。ついうっかり――。そうか。考えればそうだよね。実は、何も考えないでパートⅠを書いてて、その途中でこんな趣向もアリかなと思いついて、そのままパートⅡを続けちゃったんだ。そのとき、もうちょっと注意するんだったなあ。ああ、もう、バカバカバカ」

そのままポカポカと頭を叩きだした。

「それほど悔やむことじゃないだろう。単なるうっかりミスなら、そこだけ書き直せばすむんだから。いや、狙いは面白いと思うよ。文章もなかなか堂に入っているし」

けれどもナイルズはすっかり悄然たる面持ちで、

「今回はたまたま曳間さんに指摘されたからいいけど、こういうミスって、けっこうやっちゃいそうだもんなあ。そのミスを前提にしてどんどん話を進めていって、あとで致命的なことにならないとも限らないでしょ。これだって、あとで自分一人で気づいたかどうか自信がないもの。ああ、やっぱり小説って難しいや。ホントに僕に長編なんて書けるのかなあ」

「小説が難しいというのはそれとして、君がやろうとする狙いそのものが難しいからじゃないか。まあ、事前に不安がっていても仕方ないから、そういう構想があると知った以上、とにかく書いてもらわなくっちゃ」

「そうだね」と、素直に頷いたナイルズだったが、ふとその眼にキラキラした輝きが戻ったかと思うと、

「ああ。でも、もしかすると、こんな手もあるのかな。ミスをこのまま利
「あれ？」

曳間の声に、少年が振り返った。それまで座卓に向かって何かしていた少年は、すぐに体ごとこちらに向きなおり、

「ゴメンなさい。勝手にあがりこんじゃって」

さして悪びれたふうもなく、ぴょこんと首をさげた。曳間は眼をこすりこすり半身を起こしながら……

文庫新装版あとがき

講談社ノベルス版（一九九一年刊）のあとがきに、人間は約七年で体を構成する元素が入れ換わってしまうので、この作品はもはや現在の僕にとって全く別人のものと言っていいだろうと書いたが、それからさらにほぼ四半世紀（！）たった今、『匣の中の失楽』を執筆していた二十二、三歳の僕は完全に消え去り、仮に残ってるとしても、蓄積したまま排出しきれなかったごくごく微量の重金属元素くらいのものだろう。

従って、このたび講談社において再文庫化されるにあたって、本来つけ加えるべきことはさらにない。ただ、サイドストーリーである「匳《こばこ》の中の失楽」に関しては全面的に責任を負わねばならないが、これも著者自身による二次創作のようなものと受け止めて戴くのが実態に即しているだろうか。

と、何やら他人事めいた物言いに終始するのも申し訳ないので、ここで少々朧《おぼ》ろな記憶を掘り起こしてみよう。

振り返って、僕が世界の謎を読み解くツールとして初めに出会ったのが天文学と医学、そして博物学だったように思う。家にあった図鑑はどれも好きだったが、とりわけ天文の図鑑は繰り返し読み、宇宙のスケールの途轍《とてつ》もなさを想像しては不思議な眩暈《めまい》を体感していたものだ。婦人雑誌の付録の『家庭の医学』もひそかな愛読書だった。『家庭の医学』といっても当時のそれはなかなか馬鹿にできず、心臓の様ざまな先天性奇形の種類や、それに対する術式までが詳しく図入りで説明されていたりして、それらがまるで魔法陣のように魅力的で、なおかつどこか後ろめたさもあり、親に隠れて押し入れのなかで貪るように読んでいたのを思い出す。つけ加えれば、百科事典を適当に捲《めく》って読むのも好きだったし、古い大判の漢和辞典で恐ろしく画数の多い漢字を眺めたりするのも大好きだった。

そこから物理、数学と遡《さかのぼ》り、相対論や量子論、無理数、虚数、連続体の濃度、トポロジー、果ては不完全性定理と、何度もくるりと世界をひっくり返された。それらとともに哲学が来て、世界の分析法や整理法がこんなにも多種多様に用意されているのかと眼を見開かされた。心理学や精神病理学も人間の不思議さの展覧会であり、占術や魔術、錬金術といったオカルトも先人たちの血みどろの格闘の歴史として、いくら眺めても飽きなかった。

乱歩やブラッドベリに惹《ひ》かれて迷いこんだ文学でもそんな世界との格闘がやれるの

だと、いや、文学ならではこそのやり方もあるのだと教えてくれたのが埴谷雄高だった。『ドグラ・マグラ』や『家畜人ヤプー』はたったひとつの前提を変えることで、世界全体がひっくり返ってしまうことを実証してくれた。『黒死館殺人事件』にはもうただただひたすらに心地よい眩暈を覚えるばかりだった。

そうした流れとは別に、根っからのマンガ少年だった僕は手塚、石森、白土、楳図、水木といった巨人たちの影響をどっぷり受けていたのだが、何といっても思春期の頃に受けた『ＣＯＭ《こむ》』体験が大きい。岡田史子、宮谷一彦、真崎守といった若々しい作家たちが繰りひろげる世界との格闘の息吹を鼻先に感じて、胸の奮えを抑えきれなかった。特に、いつもどこか遠い世界と空続きに繋がっているような萩尾望都の作品世界にはぞっこん参った。

そしてそれらをひっくるめて、何よりも決定的だったのが『虚無への供物』だ。高校一年十五歳の晩秋、一回こっきりで二度とないあの至福の読書体験は、宗教でいえば儀礼としての神秘体験だったのだろう。あのとき僕は確かにとりわけ大粒の呪いの種子を蒔《ま》かれたのだ。

もちろん実態はこんなにきれいな時系列をなすわけではなく、幾重にも折り重なったり行きつ戻りつしているのだが、系譜学的にはおおよそこんなふうだったか。『匣の中の失楽』は僕のなかのそうしたあれやこれやの、僕なりの貧しい集大成であるわけだが、こうして粗い笊《ざる》の目ながらいかにもの《前史》を録しておくのも強ち《あなが》無益なことではないように思う。

竹本健治

――反転を重ねる現実の中での――眩《めく》るめく知的青春の悲歌

松山俊太郎（インド学研究者）

一、三大巨匠の塁を摩す　新鋭の超人《ファウスト》的実験作

竹本健治氏は、処女長編『匣の中の失楽』によって、小栗虫太郎の『黒死館殺人事件』における、暗合に耽溺する超越的推理、尖端科学理論を転用した比喩的洞察、隠微学的暗号図の提出による雰囲気形成などの特色を踏襲し、中井英夫氏の『虚無への供物』における、登場人物の作中作の殺人予告、素人探偵の推理・告発競べ、色彩と方位の神秘的な関連づけなどの趣向を継承し、ヴァン・ダインを中興とする絢爛たる精神的血脈の、嫡系であることを証明した。

『虚無への供物』からのバトンを受けようとして『匣の中の失楽』が書かれたことは、前者の物語が七月十二日で終るのに対して、後者の日付が七月十三日から始まる事実にも示されている。この作品が、本格的な推理小説であると同時に高踏的な心理

小説であり、密室の連続作品でありながら〈さかさまの密室〉の可能性を追究し、ミステリーとアンチ・ミステリーを兼ねているのは、後継作としての技術的要請に応えたものであった。

だが、この非凡な二重構造の設計も、竹本氏の意図からすれば、序の口の作業に過ぎなかった。卓《すぐ》れた作家には、学んで及ばぬ、固有の領域が厳存する。亜流に甘んじないためには、先輩の手法を発展させるに止まらず、自己の独一の天分に基く、画期的な寄与をおこなわなければならないのである。

創造性を発揮すべき境地として、竹本氏が択《えら》んだのは、夢野久作が『ドグラ・マグラ』で取り組んだ、〈記憶と時間にかかわる、認識の根源的不確実性〉という問題をはじめとする、認識論上の諸問題を、まったく新しい方式で推理小説に採り入れることであった。

これらの問題に対する竹本氏自身の考察を主人公の行動原理に反映させることで、『黒死館殺人事件』および『虚無への供物』での犯罪動機の特異性を凌駕し、一方、あくまでも本格長篇としての明晰さを維持することで、『ドグラ・マグラ』の晦渋《かいじゅう》さを克服し、日本異端文学史上の三大偉業の精華を綜合することが、『匣の中の失楽』を執筆する、公的な目的となったのである。

こうして、竹本氏の狙いは、個人同士の水準での、利害や感情の葛藤を原因とする、殺人事件や心理劇を展開することから、人間存在にとっての普遍的な条件である、〈認識の先天的な被制約性〉が、いかに知的青春を蝕むかという事実の小説化に移っていった。

二、登場人物の名前に籠めた　世にも不思議な寓意の謎

そこで、登場人物紹介の運びとなるが、作者は、不敵にも、挑発的に奇妙な姓名を付して、全十二名の〈役柄〉を、最初から暴露している。すなわち、F＊大数学科の学生でチェスの得意な〈根戸真理夫〉が、〈マリオネット〉のアナグラムと気づくことから、芋蔓式に他の読み換えも判ってくる。

Q＊大国文科の詩を書く〈真沼寛〉は〈マヌカン〉、F＊大薬学科の碁が強い〈倉野貴訓〉は〈グラン・ギニョール〉、K＊大国文科の〈羽仁和久〉は〈埴輪〉、一卵性双生児の少年たち〈片城成・蘭〉は〈形代〉と、さらに五名が、〈人形〉となる。

すると、F＊大心理学科の『黒魔術師』と渾名される〈曳間了〉は、〈マリオ（ネットの糸を）引く（人形遣い）〉と解されるから、かれこそ、〈事件の黒幕〉と決まる。

元N＊美大油絵科の〈久藤杏子〉は、女性にもかかわらず、〈アン・コック・ドー

ル（＝一羽の黄金の雄鶏）〉、つまり、〈犯人の告発者〉となり、姪の少女〈久藤雛子〉は、〈告発者〉と〈雛人形〉を兼ねる。

残る三人のうち、S＊大物理学科の〈影山敏郎〉は、〈影〉と〈蔭〉の両面をもち、後者としては〈人形遣い・曳間〉の〈配下〉としての暗躍が予想され、N＊美大油絵科の〈甲斐良惟〉と、K＊大仏文科の〈布瀬呈二〉は、未詳であるが、〈人形〉に違いない。

かかる命名法は、一見、『虚無への供物』の色彩づくめのやり方を捻っただけとも感じられ、また、『黒死館』の〈テレーズ人形〉からの発想とも思われるが、実は、きわめて深刻な意義を籠めて採用されたものである。

なぜなら、『匣の中の失楽』という題名での〈匣〉は、第一義としては、《四章》の小見出しから、〈おもちゃ箱〉であり、この〈匣〉の中に、〈人形遣い〉自身も、〈人形遣い〉の役を与えられただけの人形〉として、自由を奪われ閉じこめられており、この〈支配者〉の〈失楽〉がもとで、他の〈人形たち〉も、〈失楽〉の運命をたどることになるからである。

したがって、このように手の内を覗かせたことには、推理小説の作者としての、外濠を埋めても難攻不落だとする、読者の推理力への見くびりと、哲学小説の作者としての、どうしても〈寓意〉に気づいてもらいたいという、読者の鑑賞力への訴えとの、二重の心理がはたらいている。しかし、この〈寓意〉がまた、一筋縄ではいかない曲者かもしれないのである。

それはそれとして、これらの姓名には、〈役柄〉を指示する機能を授けられる以前に、別の理由から、たとえば〈クドウ〉の場合、〈工〉でなく〈久〉を用いなければならないといった制約が存在し、また、おそらく作者と仲間のモデル小説でもあるから、モデルの〈実名〉か〈渾名《あだな》〉を連想させるという条件が加わっていたかもしれない。してみれば、登場人物の姓名の完成こそ、竹本氏の創作における、第一の山場だったのである。

三、認識の本質を問いつめる『死霊』風の哲学小説へ

さて、この大作は、霧の迷路の中で〈不連続線〉を求める、曳間の彷徨《ほうこう》ではじまるが、〈不連続線〉とは、〈認識の先天的な被制約性〉の有力な一例としての、〈現実認識の不可避的に排中的な非連続性〉という心理学的事実に苛立つ曳間が、この事実を超克するために、幼時体験から取り出した、一つの〈象徴〉である。

つまり、《天気図》における〈不連続線〉とは、その名称とは反対に、不連続な二つの相を〈連続させる線〉だったのである。したがって、濃霧の中で象徴としての

〈不連続線〉を尋ねる行為は、精神の衰耗状態の中で〈不可能を可能にするもの〉に執着する、狂気に近い心境の、視覚的な表現と解される。

後になって、曳間の心酔者である倉野は、曳間の日常の印象から、「千枚通しの先でも傘の先でも万年筆の先でも、とにかく尖ったものを上向きにして、そこにビー玉やらピンポン玉を乗せようとする」、狂女の話を作り出しているが、シジフォス的妄執の描写として、巧みで美しく哀しい。

『匣の中の失楽』には、このような〈刑而上学的ヴィジョン〉が随所に鏤《ちりば》められているから、それらの箇所を拾い読みするだけでも、愉しい知的興奮を覚えるのである。しかも、この作品の半ばは、俊敏な若者たちの哲学論義・科学論義で成り立っているのであるから、まさに推理小説版『死霊』の趣がある。ちなみに、作者は、布施呈二に埴谷雄高氏を投影して、氏の用語である"Ach!"をもじった、「あっは」を連発させるという、遊びをおこなっている。

しかし、推理小説としての常識的均衡を考慮し、作品の厖大化《ぼうだい》を危惧したためか、作者の代弁者である曳間が、「記憶におけるくりこみ原則」「記憶における超多時間原則」という二論文の、梗概すら述べてくれず、影山の〈時間理論〉も不明であるのは、いささかもの足りない。ただし、これは初版本による感想であって、後述のごとく、解説者は『匣の中の失楽』が完結作であることに疑いをもっているので、いましばらく注文はつけないでおく。

そこで、さきの〈認識の被制約性〉および〈現実認識の非連続性〉の問題に戻ると、これらはむしろ、作者が闡明《せんめい》しようとした問題の糸口に過ぎないのであるが、それでもなおかつ、前者こそ、登場人物たちが〈人形〉と化した原因の一つであろうし、後者は、作品そのものが奇想天外の形式を具える最大のヒントとなっている。

四、どこまで拡大可能か　新機軸の〈鏡地獄〉――

つぎに、《序章に代わる四つの光景》の第四光景まで進むと、トマス・トライオンの恐怖小説『悪を呼ぶ少年』に出てくる双生児の一人の名をとって、〈ナイルズ〉と呼ばれる、十五歳の片城成が、登場者全員からなる〈ファミリー〉の内部で起こる連続殺人事件を描いた、実名小説『いかにして密室はつくられたか』を執筆すると宣言し、最初の被害者は曳間にすると予告する。

これが、七月十三日のことであるが、翌十四日には、予告が実現して、倉野の部屋で曳間の屍体が発見され、〈ファミリー〉は大恐慌をきたす。

以上が、《一章》を終えるまでの粗大な要約であるが、《二章》の冒頭に、作者によるナイルズの長篇・第一章（二五〇枚）のバランスのとれた要約があり、『匣の中の失楽』と内容も枚数も全同なので、それを多少整理したものを写しておく。

《序章に代わる四つの光景》

1曳間の、独白めいた想念の描写。

2（真沼の）既視感《デジャ・ヴュ》。

3（倉野と雛子の目碁でできた、不吉な）三劫。

4〔『いかにして密室はつくられたか』執筆宣言〕（言及せず）。

4（影山から送られた暗号文の中の）四波羅蜜。

《一章》

1〈第一の屍体〉。

2曳間の死。

8〜4『黄色い部屋』での不在証明提出。

9十戒の取り決め。

10〈さかさまの殺人〉。

10この事件の主導音は《さかさま》にある（倉野とナイルズの対話の結論）。

つまり、『匣の中の失楽』と『いかにして密室はつくられたか』（以下、『失楽』、

『密室』と省略）は、《一章》の終りまでは、〈総題名〉を除く一字一句が、完全に等しいと考えられるわけである。

ところが、驚くことに、このナイルズの『密室』を読まされているのは、なんと、死んだはずの曳間ではないか。

しかし、冷静に判断すれば、《一章》と《二章》の叙述を、同時に事実と認めることはできないけれども、《序章……》の現実から見れば、どちらを〈実録〉と解し〈フィクション〉と解しても、いささかの不都合もないわけである。それどころか、《二章》の叙述を事実として過去を否定すれば、《序章……》の現実性も一挙に粉砕されてしまう。

こうして、《三章》では、曳間は、やはり死んでいたのだと反転するが、《二章》で生死不明となった、真沼は、そのままであるから、《三章》の立場によれば、《二章》は、〈部分的フィクション〉である。

それがまた、《四章》では、曳間と、《三章》で殺された、ホランドこと片城蘭が復活するから、《四章》を虚構とみなさぬ限り、今度は、《三章》が、〈部分的フィクション〉に堕してしまう。

つぎに、《五章》では、《四章》で九月三日にまで進んだ記述を、八月二十五日まで引き戻して修正し、結局、ナイルズの予言通り、四人の死者が出たところで、《終章

『匣の中の失楽』にかかわる様々の現実

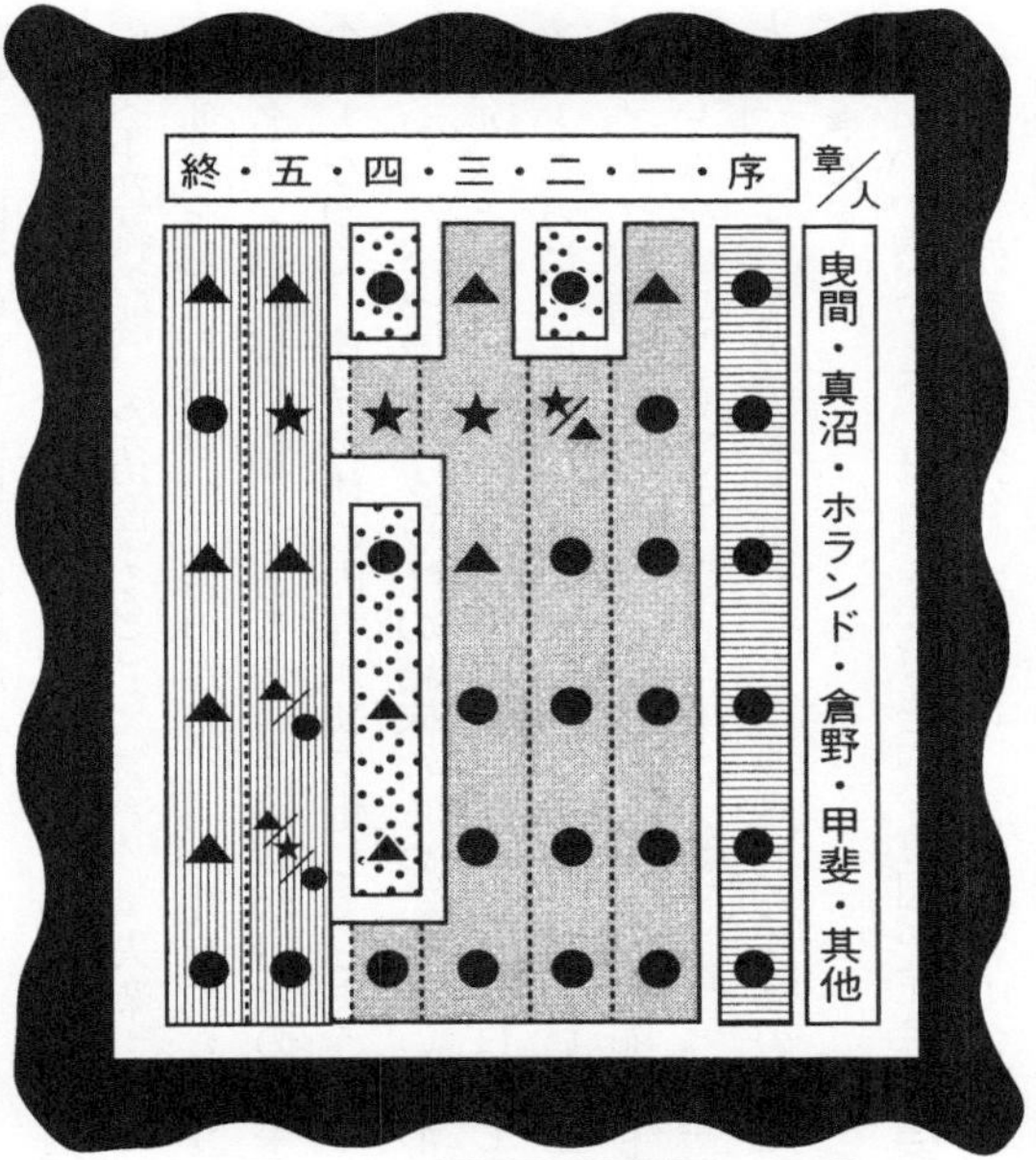

●＝生存　▲＝死亡　★＝生死不明

■＝いわゆる現実。

▤＝『匣』での基本的現実。

▒＝『密』での中核的現実。

░＝『密』での中核的現実および『匣・五』での現実と矛盾する、『密・二四』での現実。

▥＝『匣』での現実か、『密』のみでの現実か、区別できぬ現実。

に代わる四つの光景》に承け継がれる。

しかし、最後に、ナイルズが、《序章》で曳間が彷徨した〈霧の迷宮〉そのままの、〈不連続の闇〉を彷徨することになり、『失楽』中でもっとも理論的にまとまった内的独白をおこないつつ、おのが自己同一性をすら疑うに至る。ここで、関係者全員の姓名が〈人形づくめ〉であるという用意が最大の効果を発揮し、ナイルズの正体が不明となって、作品全体の内容が架空化してしまうのである。

これは『ドグラ・マグラ』の結末ならぬ結末という形式と酷似しているが、曳間とナイルズという、年齢差がありながら素質的にほぼ等しい二人を、対称的な位置に据えたところに、単純に割り切れない、微妙な味わいが生じている。

かくして、結末からすれば、《序章……》の発端までを、束の間に形成された〈妄想〉とみなすこともでき、《序章……》からすれば、《一章》以降の全部を〈作中作〉として、すべての死者を蘇らせる、夢魔的な作品の構造を、簡略化して紹介することができた。

だが、『失楽』は、はたして竹本氏の意図が完全に達成された作品であろうかという疑いが、頭を離れない。なぜなら、まず、影山の処遇が最初の役割から見て、中途半端であり、つぎに、久藤杏子と雛子の離脱が、あまりにも呆っ気なく、さらに、予期したほどには、認識・記憶・時間に関するレクチュアが見られず、また、《五章》

が『密室』に属するか否か明白でなく、《終章……》に日付がない。

この長篇の構造は、作中でも触れられていた、〈無限に映像を縮小再生産し合う二枚の鏡〉の機能を〈さかさま〉にしたもの、すなわち、〈映像を拡大再生産して、左右の反転でなく、死と生の反転をおこなう鏡〉にも比すべきものであるから、せめてもう一度は、〈反転〉を望みたい。

五、書かでもの老いの繰り言　飽かでもの辛いお別かれ

①密室トリックその他、推理の本質にかかわる点に触れられなかったが、早く本書が読書子に必読のものとなって、公然と全てを論じうるようになってほしい。
②付図は、説明する余裕がなかったが、カット代りにはなるであろう。
③作者の本書執筆開始が二十歳そこそこであったことや、当時から信じられぬ程の博識であることに言及しなかったが、それは、大樹に育つ人という印象が強く、早熟とは異なる悠々とした感じを受けたためである。
④……以下、時間と紙数がなく執筆断念。
●後記　擱筆後、編集部から、曳間了は〈ピグマリオン〉、久藤杏子は〈アンチッ

ク・ドール〉、久藤雛子は〈ビスク・ドール〉というのが、著者の意図であると教えられたが、〈二〉で述べた解釈は、一つの推理として、敢えて訂正しなかった。

（講談社文庫初版所収『匣の中の失楽』解説／一九八三年）

蛇足のようなもの

乾くるみ

今回の「新装版」には決定版とも言える松山俊太郎さんの名解説が再録されるそうなので、ここで何を書いても蛇足扱いになってしまうのは避けられませんが、それでも思いの丈を書かせていただきます。

まずは個人的な思い出話から。私は本書を高校二年生のときに読みました。古本屋で雑誌《幻影城》のバックナンバーを買い集めて、同誌に連載された版でまず読んで、その直後にこれも古本屋で見つけた（今となっては幻の）ハードカバー版で、改めて一気読みしました。その後も改版され出版されるたびに買って読んでいます。

その経験を踏まえて言うと、個人的には、本書は高校二年生ぐらいのときに読むのが最適だと思います。

小中学校の義務教育をようやく終え、義務でなくなったにもかかわらず高校に進学して勉強を続けている自分がいったい何を目指しているのか、朧《おぼろ》げながら気づき始めるのがその頃ではないでしょうか。

人類にとって「世界」は謎に満ちていました。もちろん今も謎は残されています。しかし謎は先人たちの手によって少しずつ解明されてきました。その解明の歴史を、自分がいま追体験し、受け継いでいるということ。個別に教わっている数学や物理学や化学や地学や人文科学（社会学・地理・歴史・倫理社会・言語学など）が、互いに結びついて自分の脳内で巨大な「世界観」を形づくる瞬間が、もうすぐ先に予感されている頃。

そういう自己形成期の、ちょうど良いタイミングで本書を読むと、自分の中でいろんなことが一気に捗《はかど》ります。それは一生にそう何度もない体験です。一冊の本によって世界の見え方が変わるのです。

推理小説の形を取っていますが、謎解き小説の最上級を目指した結果、作者が自分で作りだした謎（犯人は誰か、動機は何か、密室はいかにして作られたか）だけでなく、世界の謎まで解いてしまえるだけの道具を取り揃えて見せているところに特徴があり、より大きな知的興奮を感じるのです。

こうした指向性には先例があって、よく言われるのが、独自の脳髄論で読者の世界観を一変させようとした夢野久作の難読書『ドグラ・マグラ』、古今東西のあらゆる知識（図像学から相対論まで）を駆使して悪魔的連続密室殺人事件の謎を解く小栗虫太郎の難読書『黒死館殺人事件』、鉱物と植物と東京の地理が色彩と暗合で交錯する中井英夫の大作『虚無への供物』の三作（いわゆる三大奇書、あるいは三大ミステリ）です。

それらを意識して書かれた本書では、眼球の構造に対するこだわりが特に目立ちます。眼球は「人が世界を視認する」際のインターフェースであり、脳とともに人間の世界認識の根幹に組み込まれています。そういった生体科学からのアプローチもあれば、他方で心理学だったり物理学だったり、あるいは怪しげなカバラ数秘術などにも言及があったり、使えそうなものから歴史的役割を終えたものまで、さまざまな「世界認識の道具」が、殺人事件の推理にかこつけて紹介されています。

個人的には本書を通じて「ラプラスの悪魔」という考え方に出会えたのが、人生の大きな契機となりました。「物理学と哲学がそこで通じるのか！」という点に関して、目から鱗が落ちたのです。学問に対して一気に能動的になりました。

推理小説以外の本にも興味を持つようになり、やがて都筑卓司の『不確定性原理』（講談社ブルーバックス、一九七〇年）に出会いました。同書の第一章は「ラプラスの悪魔」と題されています。さらに第五章「忍術と不確定性原理」には「トンネル効果」という小見出しもあって、読んでゆくと例の「十の、十の二十四乗乗」という数字も出てきます。本書『匣の中の失楽』が書かれて以降、佐藤友哉や山口雅也がその数字や考え方を自作に取り入れていますが、出典はここだったのかと思って嬉しくなりました。

細部に関してさらに気づいたことを補足しますと、本書五章の「1　降三世の秘法」に、次のような会話が出てきます。ナイルズが、

「勿体ぶった言いまわしや暗喩が多いって言ったけど、あれには気がついているのかなあ。……記憶錯誤《パラムネジー》と催眠術に関して」

と言ったのに対して、布瀬が、

「あっは。それは恐らく、聖四文字《テトラグラマトン》と木綿和布《ゆうわふ》ほどの意味だろうよ」

と言い返しています。この謎めいた会話に関しては、それきり説明がないのですが、布瀬の返答にはおそらく以下のような意味が込められていたはずなのです。「聖四文字」とは「神の御名」を表す四つの子音のことで、現在のアルファベットに直せば「ｙｈｗｈ」に相当するものでした（昔のヘブライ語の文字には母音に相当する記号がなく、子音のみで表記していました。現在の「2ちゃん用語」の「ｋｗｓｋ」などに近いかも）。しかしユダヤ教では「汝《なんじ》、神の名をみだりに口にするべからず」という戒律があり、誰もがその戒律を守って神の名を発音しなかったので、時代が下ってみると、「ｙｈｗｈ」にどんな母音を補って、どんなふうに発音するのかがわからなくなっていました。「ヤハウェ」とか「ヱホヴァ」など、宗派によって主張する発音が違うのはそのためだそうです。母音を好きなように補って良いのであれ

ば、たとえば「ｙｕｈｕｗａｈｕ」とすることもできます。「聖四文字」と「木綿和布」の関係は、つまり「証拠（状況／伏線）」と「そこから導き出されうる複数の（恣意的な）解釈のうちの一つ（でしかない）」というふうに、読み換えることができます。ナイルズの発言に対する返答として書けば、

「たしかに『記憶錯誤』という状況（伏線）は書かれているけれども、それが『催眠術』によるものだという解釈は一意ではない、それは恣意的なものだ」

という反論に、ちゃんとなっているのです。

作中に仕込んだすべてのネタを読者に明かすのではなく、一部を伏せたままにするこういう演出は、受動的な読者に対しては不親切に感じられるでしょうが、能動的な読者が現れてそのネタを読み解いてくれたときには、その人へのボーナスとして機能します。ファミコンのゲーム（スーパーマリオ）などではよく目にする手法ですが、小説でも同じようなことができるのです。

本書の講談社文庫版は一九八三年に初版が出ました。私が最初に雑誌連載版を読んでから三年後のことです。そこで松山俊太郎さんの解説を読んでビックリしました。登場人物名が人形になぞらえられているということに、その時まで気づいていなかったからです。本書に対する評価はますます上がりました。

ちなみに松山さんの解説では「未詳」扱いになっていた〈甲斐良惟〉と〈布瀬呈

二〉ですが、前者は〈傀儡《かいらい》〉、後者はイタリアの指人形劇〈ブラッティニー〉が由来ではないかという説があるそうです。

話の流れで言及すると、中井英夫の『虚無への供物』にも同様の仕込みがあることを最近知って、個人的にひっくり返りました。

二〇一五年に豊島区立中央図書館で「戦後70年　中井英夫と尾崎左永子展」が催されました。そこで配布されたリーフレットに濤岡寿子が寄せた紹介文（探偵小説研究会の同人誌《CRITICA》十号に再録されています）に次のような一節が書かれていたのです。


こだわりといえば、奈々村久生の名前は、中井英夫が敬愛する久生十蘭からの命名で、また氷沼家を訪れる刑事の名前も久生十蘭の『魔都』の真名古警視と似た真名子という名前をつけています。他の登場人物の名前も、ひ（氷沼）、ふ（藤木田）、み（光田）、よ（吉村）、いつ（伊豆金造）、むう（牟礼田）、な（奈々村）、や（八田）、ここのつ（鴻巣）、とう（塔晶夫・中井英夫のデビュー時の名前）と言葉遊びをし、言葉遊びが嵩じて『不思議の国のアリス』のお茶会のパロディまで行われます。

この「ひ・ふ・み・よ……」の部分、恥ずかしながら濤岡さんのこの紹介文を読むまで気づいていませんでした。初読から三十余年が経ってこういう発見がまだあるのですから、読書ってやめられないですよね。

本書は、一九九一年十一月に講談社ノベルスより刊行された
『匣の中の失楽』の新装版です。

|著者|竹本健治　1954年兵庫県相生市生まれ。東洋大学文学部哲学科在学中にデビュー作『匣《はこ》の中の失楽』を伝説の探偵小説誌「幻影城」に連載、'78年に幻影城より刊行されるや否や、「アンチミステリの傑作」とミステリファンから絶賛される。以来、ミステリ、SF、ホラーと幅広いジャンルの作品を発表。天才囲碁棋士・牧場智久が活躍するシリーズは、'80〜'81年刊行のゲーム3部作（『囲碁殺人事件』『将棋殺人事件』『トランプ殺人事件』）、『狂い壁 狂い窓』、第17回本格ミステリ大賞受賞の『涙香迷宮』まで続く代表作となっている。

新装版《しんそうばん》　匣《はこ》の中《なか》の失楽《しつらく》

竹本健治《たけもとけんじ》

2015年12月15日第1刷発行
2024年3月4日第8刷発行

発行者——森田浩章
発行所——株式会社　講談社
東京都文京区音羽2-12-21　〒112-8001
電話　出版（03）5395-3510
　　　販売（03）5395-5817
　　　業務（03）5395-3615

Printed in Japan

講談社文庫
定価はカバーに表示してあります

KODANSHA

デザイン—菊地信義
本文データ制作—講談社デジタル製作
印刷———株式会社KPSプロダクツ
製本———株式会社KPSプロダクツ

ISBN978-4-06-293279-0

講談社文庫刊行の辞

二十一世紀の到来を目睫に望みながら、われわれはいま、人類史上かつて例を見ない巨大な転換期をむかえようとしている。

世界も、日本も、激動の予兆に対する期待とおののきを内に蔵して、未知の時代に歩み入ろうとしている。このときにあたり、創業の人野間清治の「ナショナル・エデュケイター」への志を現代に甦らせようと意図して、われわれはここに古今の文芸作品はいうまでもなく、ひろく人文・社会・自然の諸科学から東西の名著を網羅する、新しい綜合文庫の発刊を決意した。

激動の転換期はまた断絶の時代である。われわれは戦後二十五年間の出版文化のありかたへの深い反省をこめて、この断絶の時代にあえて人間的な持続を求めようとする。いたずらに浮薄な商業主義のあだ花を追い求めることなく、長期にわたって良書に生命をあたえようとつとめるところにしか、今後の出版文化の真の繁栄はあり得ないと信じるからである。

同時にわれわれはこの綜合文庫の刊行を通じて、人文・社会・自然の諸科学が、結局人間の学にほかならないことを立証しようと願っている。かつて知識とは、「汝自身を知る」ことにつきていた。現代社会の瑣末な情報の氾濫のなかから、力強い知識の源泉を掘り起し、技術文明のただなかに、生きた人間の姿を復活させること。それこそわれわれの切なる希求である。

われわれは権威に盲従せず、俗流に媚びることなく、渾然一体となって日本の「草の根」をかたちづくる若く新しい世代の人々に、心をこめてこの新しい綜合文庫をおくり届けたい。それは知識の泉であるとともに感受性のふるさとであり、もっとも有機的に組織され、社会に開かれた万人のための大学をめざしている。大方の支援と協力を衷心より切望してやまない。

一九七一年七月

野間省一